Макс Кідрук

Де немає Бога

Роман

Харків
2021
КСД

УДК 821.161.2
К38

Обережно! Ненормативна лексика!

Дизайнер обкладинки *IvanovITCH*

ISBN 978-617-12-4950-9 (дод. наклад)

Моєму батькові, Івану Миколайовичу,
який вказав шлях до книжок, що навчили мене мріяти,
та мамі, Ніні Сергіївні, яка зробила все інше

— Що ж, не затримуйся, втікай швидше, й нехай Господь тобі допоможе. Небезпека на людину чатує там, де немає Господа.

— Ти не маєш віри, чоловіче, Господь присутній у будь-якому місці.

— Це так, але Він не завжди нас помічає...

Жозе Сарамаго. Євангелія від Ісуса Христа

Who cares if one more light goes out
In a sky of a million stars?

Linkin Park. One More Light[1]

---

[1] Кого хвилює, якщо згасне ще один вогник / У небі, де мільйон зірок? (Linkin Park, пісня «Ще одне світло», 2018). — *Тут і далі прим. авт.*

23 січня 1997-го
Міжнародний аеропорт Шоуду[1], Пекін, КНР
08:17

Погода зіпсувалася відразу по восьмій. Зіщулене та посиніле від морозу сонце вишкрябалося над горизонтом, де його неначе тванистим желе обліпили розпластані понад землею хмари. Вітер ще вдосвіта набрав сили й дув рівно, не дужчаючи. Поодинокі сніжинки поступилися місцем роям колючих крупинок — починався снігопад. Білосніжний «Boeing 777» компанії «Altair Air», чиї широко розкинуті крила півгодини тому почистили від намерзлої за ніч кірки й обробили спеціальним розчином проти обледеніння, повільно засипало снігом.

У кабіні двоє пілотів готували літак до зльоту. Шістдесятиоднорічний Адам Ерландссон, командир екіпажу, щойно завершив запуск двигуна № 2, після чого скоса зиркнув на Ши Сюньчжао, другого пілота.

— Готовий рушати?

У дев'яностих і на початку нульових в «Altair Air», другій за величиною авіакомпанії Об'єднаних Арабських Еміратів, під час формування екіпажів дотримувалися правила, що один із пілотів повинен обов'язково знати мову країни, до якої прямує літак. 2003-го від правила відмовилися — не так просто знайти працівника, який розмовляє бенгальською, дзонг-ке[2] чи мовою ток-пісін[3] і вміє керувати надсучасним

[1] Столичний аеропорт Пекіна, найбільший у Китаї та другий за величиною у світі.
[2] Дзонг-ке — офіційна мова Бутану.
[3] Ток-пісін — одна з трьох офіційних мов Папуа Нової Гвінеї, якою послуговується більшість населення країни.

лайнером, — однак 1997-го воно ще діяло, тож у кожному рейсі до Пекіна праворуч білявого синьоокого Ерландссона сидів китаєць.

— Якщо не заперечуєте, я би хотів, аби літак ще раз обробили рідиною проти обмерзання, — тихо промовив Ши.

Ерландссона дратувала притаманна китайцеві манера говорити. Непоказний і небагатослівний Ши Сюньчжао ніколи не дивився в очі й постійно гугнив так, що Адаму доводилося прислухатися. Кар'єра Ерландссона розпочалася наприкінці п'ятдесятих у «Svenska Flygvapnet», шведських військово-повітряних силах, де він став одним із перших, хто освоїв новітні на той час надзвукові винищувачі «J35 Draken»[1]. Майже десятиліття пролітавши на Драконах, Адам залишив армію і влаштувався пілотом у SAS, Скандинавські Авіалінії. Завдяки службі у ВПС Ерландссон вийшов на пенсію 1994-го, на дев'ять років раніше від належних за законом шістдесяти п'яти, та вже через рік знудився без діла й вирішив повернутися на роботу. У SAS на той час пілотських вакансій не виявилося, і літній швед погодився на пропозицію дубайської «Altair Air», яка вдруге за десятиліття розширювала флот. Грубуватий Адам звик до по-військовому чітких відповідей, через що тихий і неговіркий Ши Сюньчжао йому до скрипу зубовного не подобався. Швед насмішкувато гмикнув — літак оббризкали гліколем півгодини тому — й намірився бовкнути щось образливе, коли раптом згадав про нещодавно надісланий із метеостанції погодний звіт. Мінус 26,8 °С за бортом. Збіса холодно. Ерландссон не раз злітав за такого морозу, та й завірюхи в себе на півночі бачив куди гірші, проте ще жодного разу не підіймав літак у небо за такого морозу й такого снігопаду водночас. Може, китаєць усе ж має рацію. Навіть найтоншої, менше за міліметр, кірки на

[1] Дракон (*швед.*).

крилі вистачить, аби перетворити надсучасний лайнер на некероване двохсоттонне корито.

А сніг уже йшов суцільною стіною.

Відвівши погляд, Адам затиснув перемикач на штурвалі та проказав у причіплений до навушника дротовий мікрофон:

— Диспетчерська, це Альтаїр-Ейр три-чотири-два.

— Альтаїр-Ейр, вас слухаю.

— Ми б хотіли перед зльотом ще раз обробити літак рідиною проти обмерзання.

— Альтаїр-Ейр, запит прийнято. Чекайте.

За хвилину ліворуч від літака зі снігового місива виринув блакитний аеропортовий деайсер[1]. Ерландссон нахилився до вікна кабіни та простежив за спецавтомобілем. Коли деайсер наблизився впритул до крила, висока металева стріла, що підтримувала люльку із працівником наземних служб, усе ще була невидимою, а тому здавалося, наче люлька левітує на висоті кількох метрів над кабіною автомобіля. Пілот почекав, доки деайсер сховається за крилом, після чого відкинувся на крісло та похитав головою.

— Треба валити, поки нас тут на хрін не замело.

08:23

Чжан Цзінлінь утретє за хвилину підтягнув зав'язки капюшона, і на той момент у цілому світі не знайшлося б людини, яка би дужче за нього ненавиділа свою роботу. Зміна почалася лише двадцять хвилин тому, а Чжан уже змерз як собака. Ніч була ясною і морозною, проте коли перед світанком із заходу насунули хмари, температура не піднялася, навпаки — стало холодніше, та ще й із неба посипався колючий сніг. Екіпажі літаків, що готувалися до зльоту,

[1] Деайсер (англ. авіац. *deicer*) — спеціальна машина для розбризкування рідини проти обмерзання по поверхні крил і рулів висоти літака.

навперебій викликали деайсери, і китаєць розумів, що наступні кілька годин безвилазно сидітиме в люльці.

Він стер рукавом куртки сніг, що налип на обличчя, і потупав, аби зігрітися. Снігопад густішав. Чжан Цзінлінь кривився, чуючи, як тверді, мов піщинки, сніжинки стукотять по капюшону.

Коли до літака, чиї габаритні вогні проблискували крізь снігову круговерть, залишилося дві сотні метрів, вітер поривно посилився і люлька під ногами загойдалася. Чжан вилаявся і схопився рукою за поручні.

Скрипнула рація. Крізь вітер поскрипування нагадувало шарудіння тонкої фольги.

— Куди спочатку? — долинув із динаміка голос водія.

Чжан зняв рацію з пояса й кілька секунд совав її в негнучкій через рукавицю долоні. Зрештою великий палець уперся в тангенту.

— До хвоста, — прокричав Чжан Цзінлінь, — рушай до хвоста! Крила потім.

Деайсер повернув праворуч. За кілька секунд сигнальний ліхтар на крилі літака опинився ліворуч і позаду, й спецавтомобіль зупинився перед велетенським хвостом, верхній край якого на вісімнадцять із половиною метрів здіймався над землею.

— А хай йому, — простогнав Чжан. Знову 777-й. Чотириста квадратних метрів крил. У п'ять разів більше роботи, ніж із будь-яким ближньомагістральним літаком. Китаєць помотав головою. Двісті тонн ваги, і це без пасажирів, багажу та палива. Як ця хріновина взагалі літає?

Він спершу вихилився з люльки й оглянув поверхню горизонтального стабілізатора та руля висоти. Чисто. Втім, аеродинамічні поверхні обробляють рідиною проти обледеніння не лише з наміром прибрати лід, а й для того, щоб запобігти його намерзанню, тому Чжан без нарікань узявся до роботи. Натиснувши кнопку на пульті, він трохи підняв люльку, потім спрямував брандспойт на горизонтальний стабілізатор і повернув кран. Із конічного наконечника вирвався щільний струмінь мутнуватої рідини. Струмінь ударив у хвіст — сипонули бризки — і підігріта суміш гліколю та води почала розтікатися стабілізатором. Над хвостом літака клубами здійнялася біла пара, та вітер швидко шматував і затирав її снігом.

Із лівим стабілізатором Чжан упорався менш як за дві хвилини. Закривши кран, китаєць знову взяв до рук рацію і затис тангенту.

— Від'їдь ліворуч, — наказав водію, — я підніму люльку над корпусом і звідти дістану правий.

Цівка гліколю із близької відстані зазвичай легко змиває навіть дуже товсту кірку льоду, та оскільки наморозі на хвостових стабілізаторах не виявилося, Чжан вирішив, що поллє правий стабілізатор із висоти, навісом, а не прямою струминою. Це дасть змогу не об'їжджати велетенський хвіст 777-го та зекономить трохи часу.

— Зрозумів, — озвалася рація.

Коли деайсер рушив з місця, задом від'їжджаючи від лайнера, раптовий порив вітру вдарив у люльку. Телескопічна стріла, що втримувала її над кабіною, лячно заскрипіла. Чжан послизнувся й увігнався ліктем у поручень, від чого рація ледь не вискочила з руки.

Люлька продовжувала розгойдуватися ще півхвилини після того, як він випростався.

Водій підрулив до фюзеляжа приблизно посередині між хвостом і крилом. Китаєць затиснув кнопку на пульті й не відпускав її, поки телескопічна стріла не випнулася на повну. Люлька тепер висіла просто над фюзеляжем, і з такої позиції, трохи вивернувши брандспойт, можна було дістати правий стабілізатор. Одначе не минуло й секунди, як Чжан пожалкував про своє рішення. Щойно люлька піднялася над корпусом літака, вітер почав торсати її з такою силою, що Чжан не встояв на ногах і мусив присісти, вчепившись руками в поручні. Ставши на коліно, він намагався спрямувати брандспойт на правий стабілізатор, але через хитавицю струмина виписувала в повітрі лише мляві спіралі й більша частина гліколю розбризкувалася на фюзеляж і землю.

Для розгойданої люльки витягнута стріла слугувала плечем, що передавало на її опору величезне поперечне зусилля. Коли Чжан Цзінлінь спробував підвестися, металеві стійки, що підтримували стрілу, з гучним скреготом зламалися. Стійки повилітали з кріплень так, наче їх підірвало вибухівкою. На мить Чжан Цзінлінь завис, немов у невагомості, а потім він сам, люлька під ногами та довжелезна металева стріла шугонули вниз на фюзеляж 777-го.

Від удару китайця викинуло з люльки. Він спробував, розпластавшись, утриматися на масній від гліколю обшивці, проте не зміг, ковзнув, як шматок масла розігрітою сковородою, і з висоти триповерхового будинку полетів на промерзлий бетон.

08:27

Адам Ерландссон підскочив у пілотському кріслі й витріщився на другого пілота. Ши Сюньчжао залишався незворушним, ніби нічого й не сталося, і старий швед відчув, як у грудях темною хвилею здіймається роздратування.

— Ти чув? — вигнув брови. — Чув, як торохнуло? — Він прихилився до вікна кабіни, проте, певна річ, нічого не побачив. — Хтось зачепив нас крилом?

— За нами нікого немає, — тихо заперечив Ши.

Ерландссон, уже не приховуючи роздратованості, штрикнув поглядом значно молодшого напарника.

— По-твоєму, у нас хвіст відпав чи як?

— Я можу вийти до салону.

— Ні! — хитнув головою Ерландссон. — Краще...

Чоловік не встиг завершити, що саме краще, бо в кабіні пролунало характерне теленькання — хтось із екіпажу викликав пілотів. Швед підняв слухавку і, бризнувши слиною, гаркнув:

— Ерландссон слухає!

— Адаме, у нас тут... — Іда, тридцятирічна стюардеса із Брюсселя, затнулася, — дещо трапилося.

— Ми чули. Розказуй.

— Точно не знаю. Усередині салону ніяких пошкоджень.

— Тоді що?

— Мені здається, цей автомобіль... ну, той, що розбризкує антифриз... він врізався в наш літак.

— Врізався в літак?! — Ерландссон ледве стримувався, щоб не почати вголос лаятися. Якщо це правда, виліт затримають щонайменше на кілька годин.

— Не зовсім. Мені здається, він зачепив нас стрілою. Я бачу працівника наземних служб, він випав із люльки й лежить на землі. А стріла лежить на...

— Ідо, почекай секунду. — На панелі за штурвалом заблимав індикатор, сповіщаючи, що на зв'язку із бортом 342 аеропортовий диспетчер. Ши Сюньчжао подав знак командиру, що може прийняти виклик, але швед помотав головою і затиснув перемикач на штурвалі: — Диспетчерська, це Альтаїр-Ейр три-чотири-два, вас слухаю.

— Альтаїр-Ейр, у вашого деайсера щойно зламалася стріла, — скоромовкою проторохтів диспетчер. — Технік саме обробляв кіль і рулі висоти. Стріла впала на фюзеляж у хвостовій частині.

— Ми почули, — каркнув Ерландссон. — Моя старша стюардеса говорить, що ваш працівник випав із люльки. Він хоч живий? — Не вистачало ще морочитися із трупом.

— Так, — відповів диспетчер. — Поряд із ним водій. Швидка вже їде.

— Які пошкодження?

— Е-е... Водій каже, що технік, імовірно, зламав собі ребра, і ще руку, проте хребет, напевно, цілий, бо бідолаха може ворушити...

— Я питаю про пошкодження корпусу мого літака, — обірвав його пілот.

Диспетчер кілька секунд німував, а тоді мовив:

— Я не знаю. До вас вирушили техніки, вони подивляться. Звідси через снігопад не видно.

Ерландссон самими губами зобразив «паскудство». Стріла деайсера — не зубочистка. І, судячи зі звуку, вона не просто шкрябнула корпус, а гепнулася просто на фюзеляж. Тобто подряпиною справа аж ніяк не обмежиться.

— Вас зрозумів, кінець зв'язку. — Пілот повернув до губ пристрій для зв'язку з екіпажем, кілька секунд сердито цідив повітря крізь зціплені зуби, а тоді затиснув тангенту: — Ідо, у того сраного деайсера таки відвалилася стріла. Китайці вже ідуть дивитися.

— Що мені говорити пасажирам?

— Те, що й завжди: усе під контролем, хвилюватися нічого.

— Ми продовжимо політ на цьому літаку?

— Ідо, скажи їм, що все під контролем!

— Я зрозуміла.

Ерландссон опустив руку з передавачем і спересердя вгатив ребром долоні по хрестовині штурвала.

— Бляха! Як може зламатися грьобана стріла?! — Він повернув голову до Ши: — Ти це уявляєш? Ти, на хрін, *можеш* таке уявити: її відірвало вітром! Ви їх із соломи робите? Чи з армованого коров'ячого лайна? — Насправді деайсер був французького виробництва, та Адаму, певна річ, цього відомо не було.

Китаєць вдав, що не почув останніх фраз, і відповів таким тоном, наче підтримував бесіду із підстаркуватим професором:

— Напевно, щось із гідравлікою... Або якийсь заводський дефект.

Ерландссон пирхнув, після чого на якийсь час у кабіні запала тиша. Чути було лише, як крупинки снігу труться об віконне скло. За хвилину Ши озвався:

— Вважаєте, нам не дозволять вилетіти?

Ерландссон закотив почервонілі очі.

— Зараз, блядь, заклеїмо дірку скотчем і полетимо. — Пілот скривив губи, ніби мав намір чвиркнути цівкою слини на цифрові дисплеї за штурвалом, але за мить вгамувався і закінчив спокійніше: — Ліпше думай, як пояснюватимеш пасажирам, що їм доведеться тягнути свої сраки до термінала та хрінзна-як довго чекати на інший літак.

За півтори хвилини жовчне Ерландссонове передбачення справдилося: диспетчер повідомив, що стріла деайсера наскрізь продірявила фюзеляж у хвостовій частині лайнера. Майже готовий до зльоту «Boeing 777» розвернувся і посунув крізь завірюху назад до термінала.

24–31 січня 1997-го

Уночі 24 січня 1997-го «Altair Air» відправила до Пекіна двох фахівців — з'ясувати ступінь пошкодження обшивки й вирішити, як діяти далі. Тим вистачило одного погляду на проломину у фюзеляжі, аби збагнути, що про безпечний перегін літака до Еміратів не може бути й мови, тож ремонт 777-го доведеться проводити на місці.

Передусім представники «Altair Air» зв'язалися з виробником літака й описали пошкодження. Інженери «Boeing» запропонували дві схеми виконання ремонту: перша — перекриття пробоїни накладними латками, і друга — так звана *flush repair* — повна заміна пошкоджених секцій, що дало би змогу зберегти без змін аеродинамічну гладкість фюзеляжа. Після нетривалих консультацій зі штаб-квартирою в Дубаї араби пристали на другий варіант.

25 січня пошкоджений лайнер відбуксирували до ремонтного ангара Китайських Авіаліній. Уранці 26 січня із заводу

корпорації «Boeing» в Еверетті[1] надіслали повний пакет необхідної для заміни секцій технічної документації, і літак почали готувати до ремонту: зафіксували на опорах, із-під призначеної для демонтажу ділянки фюзеляжа вилучили вентиляційні канали, трубопроводи та проводку, після чого, висвердливши понад п'ять тисяч заклепок, зняли продірявлені секції обшивки.

Фрагменти корпусу на заміну пошкоджених надійшли із заводу в Еверетті 29 січня. Того самого дня на спеціальних швартових ременях нові секції опустили на фюзеляж, відцентрували та просвердлили в них п'ять тисяч отворів під кріпильні елементи. 30 січня краї секцій змастили герметиком і зафіксували на потрібних місцях, після чого почався кропіткий процес встановлення заклепок.

«Boeing» рекомендував з'єднувати обшивку зі шпангоутами за допомогою алюмінієвих заклепок діаметром 4/32 дюйма. На складі Китайських Авіаліній таких заклепок не знайшлося, проте сорокарічний інженер Гао Чжи, який керував бригадою із трьох працівників, що виконували клепання, цим не переймався. Заклепка — це не надчутливий сенсор і не карта пам'яті бортового комп'ютера й поготів, це лиш металевий стержень з упорною головкою для з'єднання деталей, тож Чжи зміркував, що нічого поганого не станеться, якщо для ремонту він добере найближчі за розміром заклепки серед тих, що є на складі. 4/32 дюйма — це 3,175 міліметра, і Чжи роздав своїм підлеглим китайські заклепки зі сталі діаметром 3,2 міліметра.

По суті, інженер Чжи вчинив правильно — різниця в діаметрах була нікчемною, крім того, отвори під заклепкове з'єднання завжди роблять дещо більшими за діаметр заклепки, оскільки під час заклепування стержень «товстішає»

---

[1] Завод корпорації «Boeing» у штаті Вашингтон, на якому проходить збирання всіх лайнерів-гігантів «Boeing 747», 767, 777 та 787.

і заповнює зазор, — якби не одне але... Частина заклепок виявилася бракованою. Діаметр кожної четвертої з п'ятьох із половиною тисяч виданих клепальникам заклепок на декілька сотих перевищував номінальне значення: 3,25... 3,28... окремі навіть 3,31 міліметра. Заклепки все ще протискалися у просвердлені під них отвори (окремі ледве-ледве), проте між ними та стінками отворів не залишалося зазору. Як наслідок, коли працівник, якому дісталася більшість бракованих кріпильних елементів, спеціальним пневмомолотком розплющував заклепку, намертво приєднуючи секцію обшивки до шпангоута чи силового стрингера, в отворі довкола розклепаного стержня формувалися мікроскопічні тріщини, такі малі, що поперваx їх не виявив би навіть найчутливіший дефектоскоп.

Пізно ввечері 30 січня бригада інженера Чжи встановила останню заклепку.

31 січня 1997-го відремонтований «Boeing 777» повернувся до Дубая і вже наступного ранку вилетів у рейс.

Упродовж років мікротріщини, що виникли через використання дефектних заклепок, ніяк не впливали на міцність фюзеляжа. Вони були незначними й цілком могли залишатися такими протягом визначеного розробниками терміну експлуатації авіалайнера. Проблема полягала в тому, що будь-який літак у польоті зазнає навантажень, що їх інженери називають знакоперемінними. Під час підйому на крейсерську висоту, де повітря розріджене, тиск усередині салону розпирає фюзеляж. Під час зниження перед приземленням фюзеляж стискається до вихідного стану. І так постійно — стискання-розтискання під час зльоту та посадки. Спричинені цим навантаження, вочевидь, надто малі, щоб зруйнувати літак, але їхня повторюваність поступово призводить до втоми металу. І ця втома насамперед і найдужче позначається на деталях, які раніше, до початку експлуатації, уже мали пошкодження.

Відремонтований у Китаї лайнер міг пропрацювати ще не менш як чверть століття (після чого його успішно порізали б на брухт), а тріщини на секціях обшивки у хвостовій частині так і залишилися б несуттєвими за однієї умови — виконання не більше ніж одного циклу зльоту-посадки на добу. Простіше кажучи, літак мав би здійснювати не більш як один рейс на день. Цілком нормальний режим роботи для далекомагістрального лайнера.

Проте склалося інакше.

1998 – квітень 2017-го

Азійська фінансова 1997-го, а за нею світова криза 1998-го котком пройшлися по авіаперевізниках Об'єднаних Арабських Еміратів. Компанія «Altair Air», яка напередодні, 1996-го, майже у півтора рази збільшила флот, опинилася на межі банкрутства. Для скорочення витрат її керівництво відмовилося від двох десятків азійських маршрутів, а на решті зменшило частоту рейсів. Станом на кінець 1998-го тридцять сім зі ста сімдесяти двох лайнерів компанії стояли законсервованими на спеціальній стоянці неподалік Міжнародного аеропорту Дубай. Серед них — «Boeing 777» за реєстраційним номером A6-MRD, якому в січні 1997-го в аеропорту Пекіна замінили частину обшивки у хвостовій частині фюзеляжа.

1999-го цей самий «Боїнг» узяла в операційний лізинг південноамериканська холдингова компанія «LATAM Airlines Group». Літак отримав реєстраційний номер PS-NZP і до кінця нульових літав між Європою та Бразилією в лівреї «LATAM Brazil». За цей час лайнер двічі пройшов перевірку рівня D[1], його також чотири рази перефарбовували, проте ніхто не помітив крихітних цяток іржі на обшивці вздовж одного зі шпангоутів у хвостовій частині. Наприкінці 2007-го «LATAM Airlines Group» викупила авіалайнер у арабів, але менш як за рік, у розпал глобальної фінансової кризи 2008-го, продала його Міжнародній фінансово-лізинговій корпорації, на той час найбільшій компанії з довгострокової оренди літаків у світі, котра 2009-го передала лайнер в оренду Японським Авіалініям.

Отоді все й почалося.

Упродовж наступних семи років орендований японцями «Boeing» став робочою конячкою на ультракороткому маршруті між Токіо й Осакою. Вісім рейсів щодня. Зліт, година у повітрі, приземлення. Зліт, година у повітрі, приземлення. За ці роки лайнер виконав понад двадцять тисяч циклів зльоту та посадки. Мікроскопічні тріщини розгалужувалися, перепліталися та проростали вглиб, але залишалися непоміченими.

2010-го в Японських Авіалініях розпочали планове оновлення флоту. Компанія позбувалася лайнерів, що зійшли з конвеєра до 2000-го, і ставила на їхнє місце новітні «дрімлайнери» «Boeing 787». Узимку 2016-го «Boeing 777», який колись належав «Altair Air», повернувся до ILFC.

У «Altair Air» тим часом справи пішли вгору, і керівництво авіакомпанії, аби потіснити конкурентів «Ethiad» та «Emirates», запланувало до 2022-го подвоїти флот. Щоправда, з огляду на велику чергу із замовників корпорація «Boeing» могла відправити перші «дрімлайнери» для «Altair Air» не раніше за листопад 2019-го. Арабам довелося поспіхом добирати літаки через операційний лізинг. У лютому 2016-го «Altair Air» уклала угоду про оренду десятьох

---

[1] Перевірка рівня D (англ. *D check*) — найбільш повна та прискіплива перевірка технічного стану літака, що охоплює всі системи авіалайнера. Відбувається приблизно раз на шість років.

лайнерів із ILFC. Один із цього десятка виявився тим самим 777-м, який упродовж 1994—1998 років літав під кольорами «Altair Air». Одначе серед менеджерів компанії на той час не залишилося нікого, хто би про це пам'ятав.

4 квітня 2016-го цей літак перегнали зі Сполучених Штатів до ОАЕ. До планової D-перевірки було ще два роки, тож техпрацівники «Altair Air» обмежилися перевіркою рівня A, яку проводять після кожних двох-трьох сотень циклів зльоту-посадки та яка триває близько дванадцяти годин. Цього разу не зауважити іржу на обшивці вже не можна було: чітка лінія з рудуватих цяток витяглася поперек фюзеляжа у хвостовій частині авіалайнера, приблизно над кріслами сорок першого ряду. Хамдан Есмаїл, двадцятитрирічний техпрацівник, який обстежував корпус, довго роздивлявся плями. Втомні тріщини ховалися під фарбою, тож очевидно, що Хамдан не міг їх бачити, а тому, поміркувавши, зробив, на перший погляд, логічне, проте цілком хибне припущення, що іржа поширюється від заклепок. За допомогою ультразвукового дефектоскопа Хамдан перевірив кілька кріплень і здивувався, бо прилад нічого не виявив: із заклепками все було гаразд.

Звідки тоді взялася іржа?

Технік вирішив проглянути експлуатаційну історію літака й невдовзі натрапив на ремонтну карту з описом заміни секцій фюзеляжа, виконаної в січні 1997-го. Хамдан легко з'ясував, що обрамлені бурими підтьоками заклепки тягнуться вздовж краю саме цих секцій. Він також дізнався, що китайський інженер, який керував ремонтом, використав дещо відмінні від рекомендованих виробником заклепки (Гао Чжи зробив про це нотатку в документації). Нічого страшного в тому не було; Хамдан навіть подумав, що на місці Гао Чжи вчинив би так само, та це лише зміцнило його впевненість, що проблема в заклепках. Він припустив, що китайці замість алюмінієвих узяли заклепки із низьколегованої сталі, які з часом окислилися. На секунду в голові авіатехніка постало запитання: чому в такому разі не видно іржі на голівках заклепок, адже вони мали би кородувати першими? Це здавалося логічним, і якби Хамдан хоча б на кілька секунд затримав цю думку в свідомості, то зрештою збагнув би, що його перше припущення цілковито хибне, та цього не сталося. Він перескочив на те, що вважав важливішим. Хамдан усвідомлював: від його рішення залежить, як довго літак простоїть в ангарі, тож спробував оцінити, як довго триватиме ремонт. Висвердлити встановлені китайцями заклепки, наново приєднати секції обшивки... Кілька днів щонайменше, і керівництво за таке по голівці не погладить. Хамдану переказали, що на нараді, яка передувала прибуттю до Дубая перших узятих у лізинг авіалайнерів, директор авіаційно-технічного центру, директор із безпеки та навіть льотний директор компанії в один голос твердили, що літаки слід якнайшвидше поставити на маршрут. Найменша затримка — і завтра на цих маршрутах літатиме «Ethiad» чи «Emirates». Усе ще вагаючись, авіатехнік знову взявся за дефектоскоп і кріплення за кріпленням перевірив два паралельні ряди кріплень.

Ультразвук не виявив нічого підозрілого.

Але ж іржа...

Що більше Хамдан думав про бурі цятки на корпусі, то дужче йому хотілося не зважати на них і відправити літак на перефарбування. Сталь зазвичай міцніша за алюмінієві сплави, і якщо іржавіння зачепило лише поверхню, то на тривкості фюзеляжа це не мало позначитися. (*Ну не розвалиться ж він у польоті через кільканадцять дефектних кріплень!*) Після перефарбування іржа сховається під фарбою, а через два роки під час D-перевірки в Еверетті фахівці «Boeing» нехай роблять із заклепками все, що заманеться. Проте Хамдан був надто відповідальним, щоб отак просто відмахнутися від проблеми. Він уже намірився піти до інженера, коли раптом зрозумів, як розвіяти сумніви. Технік узявся вдруге гортати експлуатаційну історію, цього разу ще прискіпливіше продивляючись аркуш за аркушем. Хамдан шукав записи про проблеми з герметичністю салону. Це ж елементарно! Чому він не здогадався раніше? Корпус літака не є цілковито герметичним, будь-який лайнер помалу «підтікає» в польоті, і якщо «підтікання» повітря стає відчутним, раніше чи пізніше екіпажі починають скаржитися на втрату тиску в польоті. Якщо він знайде задокументовані скарги — для початку хоча б одну! — отже, з фюзеляжем не все гаразд, і секції доведеться замінювати.

Хамдан Есмаїл нічого не знайшов. Жоден з екіпажів, які користувалися лайнером упродовж двадцяти трьох років, не нарікав на недостатню герметичність салону, після чого технік виснував нове, ще більш неправильне припущення: якщо корпус не «підтікає» за перепаду тиску, то на іржу можна не зважати.

Хамдан так і не збагнув, що іржа поширюється не від заклепок, а просочується крізь фарбу з поверхні обшивки. Він не здогадався змістити сенсор дефектоскопа хоча б на кілька міліметрів убік від заклепок, де прилад виявив би цілі мікропечери, усередині яких структура металу нагадувала крихке печиво. Натомість технік швидко пройшов до кінця контрольний список і на тому завершив перевірку.

У другій половині квітня 2016-го 777-й перефарбували в кольори «Altair Air».

28 квітня лайнеру присвоїли реєстраційний номер A6-MRO й офіційно ввели до флоту компанії. Уже наступного дня він, у новій лівреї, вирушив у перший рейс до столиці Індонезії Джакарти. Через три місяці літак перекинули на інший маршрут. За дивним збігом борт A6-MRO поставили на пекінський напрямок, той самий, за яким він курсував два десятиліття тому, до того як економіки «азійських тигрів» посипалися, немов карткові будиночки.

АЕРОПОРТ

10 травня 2017-го
Міжнародний аеропорт Дубай, ОАЕ

Рейс FZ 728 вилетів із Жулян із годинним запізненням, однак паніка стиснула крижаними пальцями нутрощі Анни Янголь значно пізніше, у повітрі над Іраном, коли жінка несподівано збагнула, що припустилася жахливої помилки й різниця в часі між Україною та Еміратами становить не одну, а дві години. Коли шасі білосніжного «Boeing 737» з оранжево-блакитним написом «FlyDubai» на фюзеляжі торкнулися бітумного покриття смуги 12L дубайського аеропорту, виснажене серце Анни гуркотало, немов барабан. Жінка лише раз, за мить до приземлення, зиркнула на телефон (08:37, тобто 10:37 за місцевим часом — до вильоту до Бангкока трохи більше як сорок хвилин), після чого швидко відвела очі, так ніби боялася, що надміру прискіпливий погляд пришвидшить плин часу. Півгодини тому, після оголошення про початок зниження перед посадкою, Анна поговорила зі стюардом — високим хлопчиною з темними очима та блискучим від гелю чорним волоссям — і дізналася, що всі рейси компанії «Altair Air» вирушають від крила С Термінала 3, а їхній літак прибуває до старого Термінала 2, що стоїть осторонь на півночі аеропорту. Що ще гірше — Анна не мала на руках посадкового талона на рейс до Бангкока. У березні їй виповнилося сорок сім, востаннє вона заходила до літака понад двадцять років тому, а відтак не знала, що на рейс можна зареєструватися онлайн, о першій же ночі під час реєстрації в Жулянах щось не спрацювало, тож Анні видали талон лише на переліт до Дубая. Чорнявий стюард, коли це почув, подумав, що безмежно здивується, якщо пасажирка встигне на свій рейс, однак засмучувати її не став, натомість трафаретним голосом пояснив, що потому, як лайнер зупиниться, їй треба спуститися до трансферної стійки перед виходом до зали прильотів, а звідти добиратися до Термінала 3 шаттл-бусом.

Протягом хвилини після приземлення, доки літак, сповільнюючись, наближався до південно-східного кінця смуги 12L, Аннин страх залишався нечітким і безбарвним. Зате коли о 10:38 «Боїнг» повернув на руліжну доріжку й упродовж кількох секунд в ілюмінатори лівого борту можна було бачити все летовище, Анна тихо застогнала: будівлі на півночі та півдні аеропорту розділяло півтора кілометри вільного простору. Поміж змазаними тремтливим маревом і немовби вкопаними в землю терміналами витяглися дві широченні, адаптовані до гігантів «Airbus A380», злітні смуги. Тієї миті просякнута жахом підозра, якій Анна опиралася відтоді, як рейс FZ 728 злетів над Жулянами, вдерлася у свідомість і затопила холодним мороком решту думок: *усе — вона не встигне*.

Стюарди відчинили двері о 10:46, Анна першою вискочила із салону. Кулею пролетіла телескопічний трап, у терміналі, не зупиняючись, відшукала очима вказівник «TERMINALS 1, 3» і помчала коридором у той бік, куди вказувала стрілка. Серце металося, наче пташка в коробці. Багажу в неї не було, лише невелика, затиснута під пахвою сумка зі штучної шкіри, куди вчора по обіді, похапцем збираючись, жінка вкинула кілька футболок, пачку вологих серветок, зубну щітку та парасольку. Були ще зіпрілі від поту згортки, заховані під бюстгальтер, у труси та до кишень джинсів, але про них Анна Янголь воліла не думати.

Перед ескалатором жінка наздогнала пасажирів іншого рейсу. Чорнобороді араби в білосніжних кандурах[1] і картатих куфіях[2], кілька високих білявих дівчат у спортивних куртках із написами «SVERIGE[3]», молодий чоловік у діловому костюмі з перекинутим через плече рюкзаком і велетенськими навушниками на голові (амбушюри повністю затуляли вуха), тендітна китаянка із трьома дітьми, один із яких — хлопчик трьох-чотирьох років — звивався на її руках і верещав так, неначе з нього рвалися назовні демони. Допомагаючи собі ліктями, Анна проштовхалася на перший поверх. Араби проводжали її розгніваними позирками, навздогін линув сердитий шепіт, але жінка не зважала й, низько опустивши голову, бігла далі. Анна розуміла, що їй не можна привертати до себе увагу — думки про запізнення на рейс до Бангкока наповнювали тіло зловісним мерехтінням, але ще гірше буде, якщо її затримає служба безпеки аеропорту, — втім, жінка не могла нічого із собою вдіяти: паніка батогами ляскала над вухами та гнала її вперед.

Згортки, муляючи, заважали бігти.

Під стелею на виході з ескалатора висів новий вказівник. Стрілка показувала ліворуч. Анна розвернулася, за півсотні метрів попереду розгледіла трансферну стійку та побігла ще швидше. На ходу жінка дістала смартфон і подивилася на екран. 08:54.

За шість одинадцята за дубайським часом.

Двадцять шість хвилин до вильоту.

Аннина подорож розпочалася двадцять годин тому на старому автовокзалі Рівного, де вона сіла на маршрутку до Києва. О третій пополудні сонце ще висіло високо, тож,

---

[1] Кандура, або дишдаша — традиційний мусульманський одяг для чоловіків, що має вигляд довгого просторого плаття з білої тканини.

[2] Куфія — чоловіча хустка для голови, популярна в арабських країнах.

[3] Швеція (*швед.*).

виходячи з квартири, Анна захопила сонцезахисні окуляри. Поки вона доїхала до Києва, сонце зайшло, і перед терміналом Анна підняла окуляри на маківку та цілковито забула про них.

Там вони й залишалися — потонули в золотавому волоссі, — доки жінка реєструвалася на рейс, чекала на виліт, куняла в літаку. Похапцем покидаючи літак, на якому прилетіла з Києва, Анна так і не згадала про окуляри. За лічені кроки від трансферної стійки вони висковзнули з волосся та злетіли з голови. Анна схаменулася, лише коли окуляри, дзенькнувши, вдарилися об підлогу. Вона повернула голову й угледіла, як ліве скельце вискочило з оправи та покотилося в той бік, звідки вона прибігла. Тієї миті Анні здалося, що на неї витріщається весь термінал, однак зупинятися вона не стала.

Через секунду жінка застигла перед стійкою.

— Мені до Термінала 3, — випалила, сапаючи. — Якнайшвидше!

Із протилежного боку стояв молодий хлопець, такий самий чорнявий, як і стюард із літака. На стіні позад нього мляво зблискувала синя вивіска «TRANSFER DESK».

— Ваш пункт призначення?

— Пробачте? — Анна давно не розмовляла англійською, та й хлопчина навпроти говорив із жахливим арабським акцентом: *йор дістінийшн*.

— Куди ви прямуєте? — по складах промовив працівник аеропорту.

— А, так... Бангкок... до Бангкока! Ось. — Анна дістала із сумки роздрукований електронний квиток. — Рейс ALR 114.

Хлопець пробіг очима аркуш.

— Усе правильно, це в Терміналі 3, — по-арабськи тверді «р» та короткі «і».

Він повернув роздруківку. Анна вирячилася:

— А посадковий талон?

— У Терміналі 3 пройдіть до трансферної стійки J. Тут я не можу вас зареєструвати.

— Чому?

— Не можу. Ви повинні зареєструватися в Терміналі 3. — Хлопець показав на ряди пластикових крісел із хромованими бильцями за спиною Анни. — Сідайте. Автобус буде з хвилини на хвилину.

Жінка замотала головою.

— Ні, ні! Ви не розумієте, я не можу чекати, я спізнююся!

— Вам потрібно дочекатися автобуса, — відкарбував хлопець. Потім зм'якшився: — Якщо раніше приїде транспорт «Emirates» чи «Qantas», я попрошу, щоб вони вас підкинули. Зазвичай вони не відмовляють. — Він розвів руками: — Швидше ніяк. Пробачте.

Анна відійшла від стійки та роззирнулася. Вона опинилася посеред просторої зали з низькою стелею на першому поверсі аеропорту. Праворуч і трохи позаду розташовувалася трансферна стійка, ліворуч вишикувалися затерті пластикові крісла з вигнутими спинками. Де-не-де сиділи пасажири. Південна стіна зали була скляною. Анна крізь неї бачила літаки на стоянках перед терміналом. Довкола них метушилися працівники аеропорту в кислотно-жовтих зі срібними смугами жилетках. Трохи далі горбатий велетень «Boeing 747» із Юніон Джеком[1] на хвості повільно розвертався перед розгоном. На паралельній смузі набирав швидкість значно менший, схожий до того, на якому прибула Анна, літак у лівреї «Turkish Airlines». Рев двигунів хльоснув по вікнах за секунду до того, як лайнер задер носа та відірвав шасі від смуги.

— Автобус, — прошепотіла жінка, заламуючи пальці. — Де автобус? — Нічого навіть віддалено подібного на шаттлбус, який прямує до Термінала 2, у полі зору не було.

[1] Юніон Джек (англ. *Union Jack*) — британський прапор.

Спершу Анна не сідала, та за хвилину, відчувши, як тремтять коліна, опустилася на найближчий до виходу стільчик. Жінка намагалася уникати погляду на затиснутий у спітнілій долоні телефон, однак куди б не повертала голову, очі ніби магнітом притягувало до екрана. 08:58... 08:59... 09:00.

Одинадцята година в Дубаї.

Невидимі хвилі паніки накочували одна за одною й розбивалися об щось тверде у грудях, примушуючи жінку раз по раз здригатися. Ще від часу приземлення в Анни дзвеніло у вухах, а тепер щоразу, коли чергова хвиля досягала піку, дзвін посилювався, помалу стаючи майже нестерпним.

Об 11:05, коли до вильоту рейсу ALR 114 залишалося чверть години, Анна почала тихо плакати. Вона більше не дивилася на телефон, безсило звісивши руки між колінами.

На сидіння ліворуч від жінки присів літній чоловік у ретельно відпрасованих твідових штанах і чорній сорочці.

— У вас усе гаразд?

Анна підвела голову. Чоловікові на вигляд було за шістдесят, напевно, ближче до сімдесяти: худа шия, гостре підборіддя, відстовбурчені вуха. Хоча погляд насамперед чіплявся за очі — світло-сірі, обпалені сонцем, зі зморшкуватою, потрісканою і схожою на стару гуму шкірою під ними. Жінка перевела погляд на рудувате із просивинами, старанно зачесане набік волосся.

— Здається, це ваше. — Чоловік розмовляв англійською з легким акцентом. Голос — густий і впевнений. Він справляв враження людини, котра вміє говорити і звикла до того, що її слухають. Оскільки Анна не відповідала, розгублено втупившись у його лице, чоловік продовжив: — Це ж ви загубили, так?

Анна опустила погляд: незнайомець простягав їй сонцезахисні окуляри. Її окуляри. Ліве скельце було вставлене в оправу.

— Скельце пластикове. — Літній чоловік наче прочитав її думки. — Я втулив його назад.

Анна не ворушилася.

— Беріть. — Він стримано всміхнувся, вирішивши, що жінка не розуміє англійської.

Анна поклала долоню на груди, переконуючись, що пакунки на місці, після чого обережно — так ніби скельця могли попекти її пальці — взяла окуляри за дужки.

— Дякую вам, — сказала англійською.

— Чому ви плачете? — запитав чоловік.

Анна роздратовано змахнула зі щік сльози. Що йому до неї? Вона спізнюється на літак, на найважливіший літак у своєму житті, й нічиї вмовляння тут не допоможуть. За секунду знервованість обернулася злістю, Анна Янголь розтулила рота з наміром огризнутися, та не змогла відразу пригадати що-небудь уїдливе англійською, а за той час, поки копирсалася у пам'яті, нарешті зауважила на шиї чоловіка колоратку[1]. Чорну сорочку незнайомця увінчував комірець-стійка із жорсткою вставкою білого кольору. Злість миттєво спала, й Анна знітилася, збагнувши, що ледь не напосілася на священика.

Почервонівши, жінка відвернулася. Наступної миті її очі розширилися, а думки про священика вилетіли з голови: до прозорих розсувних дверей термінала підрулював автобус-гармошка з написом «Dubai Airports» на тонованих вікнах, а чорнявий працівник, який кілька хвилин тому спілкувався з нею за стійкою, прибирав натяжну стрічку, що перекривала шлях до виходу. Анна підхопилася. Якийсь час не рухалася, так немов боялася, що шаттл-бус розчиниться в повітрі, наче марево, а тоді метнулася до дверей.

Годинник на телефоні показував 09:07, однак дивитися на екран Анна більше не наважувалася.

---

[1] Колоратка — елемент одягу християнських священнослужителів західних церков, що має вигляд жорсткої білої вставки в комір сорочки або окремого білого комірця з маніжкою, який одягають під сутану.

Готель «Grand Excelsior Sharjah», Шарджа[1], ОАЕ
7 км на північ від Міжнародного аеропорту Дубай

У той момент, коли «Boeing 737» з Анною Янголь на борту виходив на глісаду[2] за дев'ятнадцять кілометрів на північний захід від торця смуги 12L дубайського аеропорту, сорокатрирічний Єгор Парамонов, пілот першого класу російської авіакомпанії «TransAsian», важко розплющивши очі, відсунувся на край ліжка. Протягом півхвилини із виразом майже дитячого здивування на прим'ятому після сну обличчі чоловік роздивлявся напівприкриту ковдрою тендітну жіночу спину, котра у просіяному крізь зелені портьєри ранковому світлі набула кольору маринованих оливок. Над правою лопаткою темніла рожева пляма від його носа, трохи нижче, швидко висихаючи, блищала смужка слини. Густе, смолянисто-чорне волосся розметалося подушкою.

Повія.

І, судячи з вигину спини та м'якості волосся, збіса дорога повія.

«Цікаво, я їй уже заплатив?» Єгор напружив пам'ять, однак не зміг пригадати, чи розраховувався з хвойдою після того, як привів до номера. Тоді подумав, що нізащо не знімав би повію на всю ніч. Чи таки знімав?.. Якщо ні, тоді якого лисого розчепірка виляглася на його ліжку? Просто вирубилася? І що тепер? Він не платитиме за цілу ніч!

Парамонов перекинувся на спину, тильним боком долоні витер слину з кутика рота та втупився в стелю. Тіло поступово випливало зі сну: спочатку дернуло в горлі, потім злегка закололо в попереку. Парамонов потягнувся та по-

---

[1] Шарджа — третє за величиною місто ОАЕ, разом із Дубаєм й Аджиманом формує агломерацію з населенням 3,1 млн мешканців.

[2] Глісада (фр. *glissade* — ковзання) — траєкторія польоту літака безпосередньо перед посадкою, що є лінією, нахиленою під кутом 3° до горизонту, яка впирається в точку приземлення на злітно-посадковій смузі.

кректав, із самовдоволеною посмішкою пригадавши, що вичворяла вночі чорнявка. А тоді раптом збагнув, що в кімнаті страшенно душно. Єгор нечітко пам'ятав, як п'ять чи шість годин тому повія, зайшовши до номера, обернулася до нього та зіщулилася. Навряд чи їй було холодно, радше то вона так загравала — натякала, щоб її обійняли та почали пестити, проте Парамонов, якому зазвичай вистачало келиха віскі, щоби почуватися гусаром, учинив інакше: відступив до стіни та крутнув регулятор кондиціонера вправо, майже до упору. Зробив дамі приємне! Єгор не подумав глянути, на якій температурі зупинився регулятор, — двадцять шість? двадцять вісім градусів?.. — і відразу потягнув повію до ліжка. Кондиціонер, звісно, відімкнувся (добре ще, що не ввімкнувся обігрівач), і тепер кімнату аж розпирало від затхлого, липкого повітря.

Усе ще туплячись у стелю, Парамонов згадав про басейн на даху готелю. Тілом прокотилася млосна дрож. О, це саме те, що треба: сходити в душ, поснідати й поплавати! Потім можна взяти книгу та провалятися до вечора в шезлонгу. Або просто поспати. Хай там що, попереду цілий день — його екіпаж вирушає до Москви лише завтра по обіді.

Пілот повернув голову й кинув погляд на наручний годинник, залишений на тумбочці. 10:24. Наступної миті пробудження докотилося до нижньої частини тіла, і Парамонову хтось наче хлюпнув кислоти до живота — нестерпно захотілося відлити. Чоловік сів, спустив ноги на підлогу й нахмурився, відчувши, що наступив на щось слизьке. Піднявши стопу, побачив прилиплий до підошви презерватив.

— От бляха...

Струснувши кондом, пілот підвівся й почовгав до регулятора кімнатної температури. Срібляста риска стояла навпроти позначки тридцять градусів. Парамонов крізь зуби вилаявся і прокрутив регулятор уліво до найнижчої поділки — 12 °C. Над головою тихо загуділо, і з вентиляційних отворів полилося холодне повітря. Єгор задоволено хекнув і почалапав до ванної.

Парамонов відливав уже майже півхвилини, коли в'язку тишу готельної кімнати пронизав стандартний iPhon'івський рингтон. Єгор закотив очі. Отак завжди: не встигнеш спустити штани, хтось уже надзвонює. Він старанно напружився, та це не допомогло: «iPhone» припинив вібрувати за секунду до того, як міхур спорожнів.

Коли пілот вийшов із ванної, повія сиділа на ліжку, сонно кліпаючи та соромливо прикриваючи груди ковдрою. Парамонов зміряв її поглядом. Азіатка. Китаянка чи казашка. Зовсім юна, із м'якими соковитими грудьми та розкішним волоссям. Чимось схожа на трохи зарозумілу сусідку, що вселилася до квартири поверхом вище за місяць до того, як він почав літати до Еміратів; не вистачало хіба мінімалістського татуювання — тонкої горизонтальної лінії, що тягнулася круг шиї, наче чокер. Та сусідка, байдуже, що Парамонов не приховував, що накинув на неї оком, із ним навіть не віталася, тож чоловік, придивляючись до неабияк сколошканого простирадла, із особливою насолодою пригадував, як накинувся на азіатку, щойно вони опинилися в ліжку. Чорт, давно такого не було. Дівчина тим часом, ховаючи усмішку, закусила ковдру. Єгор простежив за її поглядом і збагнув, що стовбичить посеред кімнати цілковито голий. Він знову закотив очі, підступив до ліжка й обмотався рушником. Узявши з тумбочки телефон, глянув на пропущений. Телефонував Артур Казарін, льотний директор «TransAsian». Росіянин враз посерйознішав і натиснув «Зателефонувати».

Казарін відповів після першого гудка.

— Алло!

— Це Парамонов.

— Єгоре, привіт. — Казарін був майже на п'ятнадцять років старшим за Парамонова, та попри це розмовляв із ним на «ти». Зрештою, як і з більшістю підлеглих. — Не розбудив?

— Ні. Був у ванній. Щось сталося?

— Сталося, — кинув Казарін. — У Космакова померла дружина. Сьогодні вночі. Стало погано із серцем, їй викликали швидку, проте в лікарні не відкачали. Такі от справи...

Юрій Космаков був найстаршим за віком і найбільш досвідченим пілотом «TransAsian», він працював у авіакомпанії від часу заснування й останні чотири-п'ять років незмінно літав за маршрутом Москва — Пекін — Москва.

— Співчуваю. — Парамонов не так щоб аж близько товаришував із Космаковим, тож не надто переймався тим, що звучить радше буденно, аніж засмучено: — Вона на щось хворіла? — І тут-таки пригадав: — Чекай, Юра ж зараз у рейсі, так?

Казарін зітхнув.

— Усе правильно. Юра в Пекіні.

— Йому хтось повідомив?

Розмовляючи, Парамонов підійшов до зашторованого вікна, проте стояв упівоберту й краєм ока бачив, що повія, ледь розтуливши рота, спостерігає за ним. Чорнявка мала дещо збентежений вигляд, так ніби не могла повірити, що клієнт розмовляє російською. А може, саме тієї миті думала, що він міг би бути їй за батька? «Якщо вона вже тут, — Парамонов роздивлявся напівприкриті ковдрою витончені ніжки, — не завадило б іще раз побавитися. Сніданок і басейн зачекають».

— Я говорив із ним... е... щойно. — Казарін помовчав. — Він за годину вилітає до Москви. Полетить «Аерофлотом». Я, власне, тому й телефоную.

Єгор бовкнув:

— Ага. — Хоча насправді не розумів, до чого хилить директор.

— Я хочу, щоб ти полетів до Пекіна, — правив далі Казарін, — поведеш Юрин літак до Москви. Другим пілотом у нього Бутинєц, ви ж колись працювали разом.

Парамонов протиснув крізь викривлені губи безгучне «бля», а тоді запитав:

— А хто полетить замість мене з Дубая?

— Скуратов. Він уже вирушив.

— До Дубая?

— Ні, бляха, до Марса! Звісно, до Дубая! Десять хвилин тому вилетів із Шереметьєво.

— А не можна було послати Скуратова до Пекіна?

— Не можна було. Скуратов жодного разу не літав до Пекіна. Він не знає аеропорту. А ще в нього малий наліт на 777-му, годин двісті, по-моєму.

Парамонов зморщив носа. Маячня! Для успішного вильоту не потрібно ідеально знати аеропорт, це ж не посадка! І наліт на 777-му нізвідки не візьметься, якщо не літати на 777-му. Крім того, є Бутинєц, він два роки літав із Космаковим і добре знає аеропорт! Проте чоловік знав, що сперечатися марно.

— Яка тобі різниця, Єгоре? — трохи роздратовано продовжив директор. — Це на раз. Ти однаково цілий день мав відсиджуватися в Дубаї. Полетиш до Пекіна, виспишся, а потім поведеш 777-й до Москви. Які проблеми?

Настрій у Парамонова безповоротно зіпсувався. Замість шезлонга на даху п'ятизіркового готелю півдня трястися в літаку над Центральною Азією? Ну та звісно: які, бляха, проблеми?

— Ніяких, — буркнув він.

Про ще один «заїзд» із азіаткою можна забути.

— От і чудово.

— Коли я вилітаю?

— Об 11:55. «Altair Air», рейс 341. Третій термінал. Тобі забронювали квиток у першому класі. Будеш у Пекіні близько півночі.

— Добре.

— У тебе менш як півтори години. Не розслабляйся.

І Қазарін розірвав зв'язок.

Парамонов повернувся до дівчини. Вона усміхалася, соваючи ніжкою по простирадлу, проте усмішка зів'яла, щойно повія розгледіла вираз його обличчя.

— Тобі треба піти, — захриплим голосом промовив пілот.

— А, о'кей.

— Ні, ти не подумай. Мене викликають до Пекіна. Це терміново. Літак через годину. Вибачай.

— Усе гаразд, розумію.

— Можеш, якщо хочеш, сходити в душ.

— Ні, я піду.

Парамонов обійшов навкруг ліжка, шукаючи труси. Дівчина висковзнула з-під ковдри, підібрала з підлоги сукенку, стала спиною до пілота й почала одягати її через голову. Чоловік зупинився, замилувавшись її грудьми. Чорт, як же жаль, що треба летіти.

— Що? — запитала повія, помітивши його погляд.

— Ти казашка?

— Ні.

— Қитаянка?

Блиснули міцні рівні зуби.

— Не скажу.

«Ну й хрін з тобою», — вирішив Парамонов. Його труси якогось дідька лежали під ліжком, і він поліз їх діставати.

— Зате ти — росіянин. — Повія тицьнула в нього пальцем. Тон у неї був не те щоби зневажливий, а радше насмішкуватий. Кутики тонких губ ледь задиралися.

Стоячи навколішки біля ліжка та притримуючи рукою рушник, Єгор лише знизав плечима. «А ти — просто повія», — трохи ображено подумав він.

Дівчина захопила з тумбочки сумочку та пройшла до виходу. Парамонов скинув рушник, швидко надягнув труси та пішов за нею. Це мало дивний вигляд — проводжати повію, — проте пілот досі не спромігся пригадати, чи він платив, а зважаючи, як його обслужили, не хотів видатися невдячним. Може, він розрахувався із сутенером ще в ресторані? Але чому не пам'ятає цього? У будь-якому разі він не міг узяти її на цілу ніч. Це ж бісова купа грошей! Просто не міг!

Повія защебнула застібки на босоніжках. Босоніжки були на каблуках, тож скошені до перенісся карі очі, коли вона випросталася, опинилися на рівні Єгорових. Кілька секунд вони мовчки дивились один на одного, наче чекали на щось, а тоді Парамонов дурнувато кахикнув і запитав:

— *Have I paid you already*?[1]

Повія напружилася.

— *Have paid for what*?[2]

— Ну, за твої послуги.

Ляпас прилетів немов нізвідки. Парамонов проґавив момент, коли дівчина замахнулася, і збагнув, що вона замислила, лише коли крихітна долоня опинилася за сантиметр від його щоки. Накладні нігті дряпнули щетину, лівий бік обличчя затопила хвиля пекучого жару. Пілот інстинктивно підняв руку, провів пальцями по неголеній шкірі й тихо промовив:

— То ти не...

Парамонов затнувся. Довелося прикусити язика, щоб не розреготатися. Учора він не був п'яний, чорт забирай, ні — трьох келихів односолодового віскі йому недостатньо, щоб зануритись у теплий туман, який згладжував гострі кути й примушував жіночі обличчя загадково сяяти, — тож добре пам'ятав азіатку, пам'ятав, як чіпляв її... абсолютно впевнений, що знімає повію.

Незважаючи на всі намагання не засміятися, усмішка таки продерлася назовні, підсвітивши припухле лице. Єгору здалося, що чорнявка от-от засичить по-зміїному, та вона

---

1 Я тобі вже заплатив? (*англ.*)

2 Заплатив за що? (*англ.*)

лиш кинула на нього погляд, яким можна було просвердлювати отвори в бетоні, й виплюнула:

— Старий козляра! — Після чого розвернулася та рішуче закрокувала до ліфта.

Чоловік причинив двері й прикусив губу, тлумлячи ідіотське гиготання, проте сміх клекотів у глибині горлянки, а губи самі розтягувалися до вух. Йому сорок три (гаразд, уже майже сорок чотири), учора він був у звичайному одязі, не в льотній формі, й, однак, не напружуючись, затягнув у ліжко на двадцять років молодшу дівчину. Єгор потер долонею щоку й пригадав, яким запаморочливо м'яким видавалося на дотик волосся азіатки. Коли взагалі він востаннє спав із такою красунею? Ще й не за гроші!

Настрій поліпшився. Парамонов відтягнув штори — кімнату залило вицвіле над пустелею сонячне світло — кілька секунд дивився на затоку, а тоді відригнув і подався пакувати речі.

Міжнародний аеропорт Дубай
Термінал 3

Працівник аеропорту на вході до термінала показав, куди бігти, й Анна, піднявшись на другий поверх, помчала заллятим яскравим світлом коридором.

Гамір тиснув на мозок. Анні здавалося, наче вона продирається крізь невидимі чагарі: звуки голками дряпали натягнуті нерви. Менш ніж за хвилину вона дісталася просторого, розгородженого натяжними стрічками приміщення. Праворуч, під скляною стіною, тягнувся ряд сполучених між собою реєстраційних стійок, за кілька кроків попереду під стелею висіла величезна вивіска «TRANSFER DESK J», проте Анна її не помітила й збагнула, що потрапила до трансферної зали, лише тоді, коли, не встигнувши загальмувати, вклинилася у вервечку людей, що стояли в черзі.

Жінка ненароком зірвала натяжну стрічку й перекинула чиюсь валізу, проте не обернулася в той бік. Витягнувши шию, Анна ковзнула поглядом понад головами й заніміла. Трансферна стійка була величезною. У залі стовбичили півтори сотні пасажирів, розбиті на кілька довжелезних черг. Паніка, що впродовж останніх двох годин бушувала, немовби поза тілом, пробила черепну коробку й, увірвавшись досередини, почала трощити все в голові.

Це кінець. Жодного шансу. Вона спізнилася.

За реєстраційною стійкою, частково затуляючи скляну стіну, містилися чотири вертикальні монітори з переліком рейсів, що вирушали з Термінала 3. Анна пробіглась очима по найближчому та відразу, не шукаючи, натрапила на рядок «ALR 114 Bangkok». Справа від пункту призначення палали червоним слова: «FINAL CALL»[1]. Отже, літак іще не відлетів. Жінка витяглася струною (на секунду її серце стислося до крихітної грудки) і кинулася до найближчої стійки.

— Я перепрошую... пробачте... вибачте... мій рейс...

Вона штовхнула літню африканку, потопталася по чиємусь багажеві, пірнаючи під натяжну стрічку, ледь не збила три- чи чотирирічну дівчинку. Засмаглий чоловік у лляному жакеті та джинсових шортах щось прокричав їй услід незнайомою мовою. Лише опинившись перед стійкою, вона наважилася глянути на годинник. 09:18. Вісімнадцять по одинадцятій у Дубаї. А що, як — у грудях спалахнув слабкий вогник — виліт затримується? Що, як вона встигне?

За стійкою сиділа широколиця арабка у блідо-зеленому хіджабі з родимою плямою завбільшки з колекційну монету на підборідді.

— Я запізнилася, так? — випалила Анна.

---

1 Останній заклик (*англ.*).

— Ваш рейс? — запитала реєстраторка.

Серце немовби дерев'яніло. Налігши грудьми на стійку, Анна чула, як воно глухо вистукує об ребра. Коли вона озвалася, голос неначе відокремився від тіла:

— ALR 114 до Бангкока.

Арабка кивнула й зиркнула на невидимий для Анни монітор. За мить проказала:

— Ще триває посадка. Будь ласка, ваш паспорт.

Клянучи себе за неуважність — могла ж витягти дорогою! — Анна змарнувала чверть хвилини, дістаючи закордонний паспорт із перекинутої через плече сумки.

— Ось, тримайте.

Арабка схилилася над клавіатурою. Анна знову з острахом подивилася на телефон. 09:19. Тієї самої миті клацання клавіш припинилося. Працівниця інфоцентру зосереджено вчитувалася в щось на екрані.

— Щось не гаразд?

— Звідки ви летите? — не підводячи голови, запитала арабка.

— З України.

— А ваш багаж...

— У мене немає багажу. Лише ручна поклажа.

Реєстраторка поправила хіджаб і глипнула на Анну — темний лоб покраяли зморшки, через що вираз обличчя здавався незадоволеним, майже суворим, — але за мить, не зронивши жодного слова, вона відвела погляд.

Анна поклала телефон перед собою та зчепила над ним пальці. Страх гриз її за ребра. Коли цифри на екрані мобільного змінилися — замість 09:20 висвітилося 09:21, — арабка, не підіймаючи голови, взяла до рук радіотелефон, що стояв на спеціальній підставці обіч клавіатури, швидко набрала номер і притулила слухавку до вуха. За секунду з динаміка долинула нерозбірлива відповідь, після чого дівчина взялася щось пояснювати арабською. Анну затрясло, наче від холоду, коли в потоці незнайомих звуків вона вирізнила слово «Бангкок». Вислухавши відповідь, арабка відклала слухавку й поглянула на Анну.

— Пробачте, я не можу видати вам посадковий талон.

Груди прохромило палючим болем, й упродовж кількох секунд Анна почувалася так, ніби їй вистрелили в спину. Зрештою, втягнувши крізь зуби повітря, вона вчепилася руками за стійку з таким виглядом, неначе її намагалися силоміць від неї відтягти.

— Чому?

— Ви не встигнете до крила С, літак уже готується рушати.

Несподівано для себе Анна заволала:

— АЛЕ Ж ТАМ НАПИСАНО «FINAL CALL»! — Вона тицьнула пальцем у монітор за спиною арабки, проте жест вийшов незграбним і змазаним, рука підіймалася повільно, немовби крізь товщу води, лише пальці дрібно тремтіли. Злякавшись сили власного голосу, жінка прошепотіла: — Посадку ще не завершено...

Реєстраторка пересмикнула плечима.

— Це великий аеропорт, пані. Я не можу видати посадковий талон, бо ви однаково не встигнете на рейс. — Арабка все ж озирнулася, кинувши погляд на табло, і тієї миті напис «FINAL CALL» справа від рейсу ALR 114 змінився на «GATE CLOSED[1]». Вона повернула голову й зміряла Анну незворушним, позбавленим теплоти поглядом. — Мені жаль.

— Ви не розумієте. — Анна притиснула пальці до лівої скроні й поволі скулювалася, відчуваючи, як жах неухильно просвердлює мозок. — Мені конче потрібно до Бангкока... Я маю бути там до завтрашнього ранку... Ви не розумієте... — Дві великі сльозини викотилися з очей, вона сердито їх змахнула.

(*не плакати... не плакати... не плакати*)

[1] Ґейт закрито (*англ.*).

— Пробачте, нічим не можу допомогти.

Арабка поклала перед Анною її паспорт і демонстративно повернулася обличчям до наступного в черзі чоловіка.

— Будь ласка. — Анна продовжувала відчайдушно чіплятися за стійку. Поміж зжованими, тихими словами проривалися схлипування.

— Відійдіть, — наказала дівчина з-за стійки.

Несподівано за стільцем, на якому сиділа арабка, з'явився молодий чоловік у вим'ятій блакитній сорочці. Праворуч на грудях теліпався затертий бейдж із написом «MANAGER».

— Що трапилося? — Британський акцент, поріділе волосся на маківці, невдоволений погляд. — Чому ви плачете?

Анна проковтнула схлип і, опановуючи себе, заплющила очі.

— Ця жінка... — Трясця, який сенс марнувати час, скаржачись на арабку? Анна розплющила очі й виразно промовила: — Мені потрібно до Бангкока, — голос деренчав, через що здавалося, наче слова поскрипують між зубами. — Я прилетіла з Києва літаком «FlyDubai», проте виліт затримали, і я тепер не встигаю на літак до Бангкока.

— І тому ви плачете? — підняв брови британець. — Я можу це вирішити.

Анна витріщилася на нього.

— Якою компанією ви повинні були летіти до Бангкока? — Доторком до плеча чоловік безмовно звелів арабці звільнити місце. Та слухняно підвелася і відійшла. Він сів на її місце.

— «Altair Air», рейс 114.

Пальці британця заметалися над клавіатурою.

— Оу-у-у'кей, — протягнув він. — У «Altair Air» сьогодні більше немає рейсів до Бангкока, наступний вилітає завтра об 11:20, там є вільні місця, якщо це вас влаштовує, я можу перереєструвати вас на...

Анна замотала головою так, що золотаві пасма замиготіли перед очима.

— Ні, ні, ні! Будь ласка, зрозумійте, це важливо, мені призначено зустріч, і від неї залежить... — вона затнулася. Не схоже було, що британець аж надто уважно дослухається. Він був увічливим, однак не більше. Навряд чи його ставлення змінить те, що він дізнається, з ким і на котру заплановано зустріч.

— О котрій вам потрібно бути в Бангкоці?

— О дев'ятій ранку. Тобто ні. — Анна знову мотнула головою. — О дев'ятій зустріч. Я мушу бути раніше. Хоча б на півтори-дві години. Щонайменше на дві.

Чоловік кивнув.

— Отже, сьома ранку. — Він втупився в екран і щось набрав на клавіатурі. — Секунду... Ось: у «Emirates» сьогодні п'ять рейсів до Бангкока. Три відлетіли, два ще попереду. Перший, ЕК 370, вирушає о 12:45, прибуває до пункту призначення сьогодні о 22:25. Другий, ЕК 374, вирушає о 22:30. Але цей, схоже, вам не підійде, бо прилітає до Бангкока завтра о восьмій ранку. — Він подивився на Анну та скупо посміхнувся. — На ЕК 370 є місця. — Театральний позирк на годинник. — Ви ще матимете час пообідати.

Анна спробувала всміхнутися у відповідь і несміливо запитала:

— То ви можете видати мені посадковий талон на цей рейс?

Британець знову набув злегка невдоволеного вигляду.

— Так, але... — Він почав здогадуватися, що пасажирка із золотавим волоссям не зовсім розуміє, про що йдеться, — оскільки це рейс «Emirates», вам треба заплатити за квиток.

В Анниному животі розверзлася прірва.

— Але я вже заплатила!

Серце стало холодним, як шматок металу. Анна намагалася уявити щось хороше — вечірні прогулянки Лебединкою[1] під руку з чоловіком; її син, який виходить із таксі, приїхавши у свою першу відпустку; остання, ще до війни,

[1] Лебединка — парк зі штучним озером у центрі Рівного.

сімейна вечеря в скай-барі «Manhattan», з вікон якого відкривався чаруючий огляд Рівного, — проте серце несамовито витанцьовувало, наповнюючи кров страхом.

— Так, — кивнув британець, — але ви не встигли на рейс ALR 114.

— Ви не розумієте, — прошепотіла Анна.

— Повірте, я вас розумію. Але, будь ласка, зрозумійте й ви мене: ви запізнилися на рейс не з вини «Altair Air», отже, вартість квитка вам не відшкодують. У них є вільні місця на завтрашній рейс, і я просто зараз можу вас на нього зареєструвати. Вас це не влаштовує, тож я спробував пошукати інші варіанти, тобто рейси інших компаній, які вчасно доправлять вас до Бангкока. Є варіант із «Emirates», але, вочевидь, «Emirates» не зобов'язана опікуватися пасажирами «Altair Air», тому, якщо хочете летіти, ви мусите купити квиток.

Анна стояла з таким виглядом, наче її пригинало до землі невидимою зливою.

— Скільки?

— Дві тисячі п'ятсот вісімдесят п'ять дирхемів.

— А можна... — Серце стягував зашморг, кожен удар відлунював болем у голові.

— У доларах? Євро?

— У доларах, будь ласка.

Усі звуки довкола неначе зав'язли у повітрі.

— Сімсот чотири долари, пані.

В Анни затряслася нижня губа.

— Я не можу собі це дозволити, — прошелестів її голос.

— У вас немає грошей?

Її очі зробилися тихими, немов на похороні.

— Я маю гроші. Але не можу заплатити сімсот доларів.

Британець не зводив очей з її обличчя.

— Скільки ви можете заплатити?

Жінка не відповіла. Сухі губи ворушилися так, ніби вона жувала повітря. Чоловік почекав п'ять секунд, а тоді озвався:

— Я все ще можу вам допомогти, просто скажіть, яку суму ви готові витратити.

— Я не знаю, — ледь чутно відповіла вона.

Британець нахилився до монітора. Анна безгучно плакала, дивлячись, як пальці чоловіка пробігають клавіатурою. Спливло півхвилини. Зрештою британець, розчаровано прицмокнувши, похитав головою.

— Я спробував дібрати варіант із пересадкою в Делі, — пояснив він. — У «Altair Air» сьогодні два рейси до столиці Індії, на обох є вільні місця, і я міг би зареєструвати вас на один із них. Із Делі ближче до Бангкока, тобто квиток став би вам не більше за сто п'ятдесят доларів. — Чоловік потер долонею підборіддя. — Але, як на зло, усі вечірні рейси до Бангкока заповнені. Жодного вільного місця.

Анна мовчки забрала паспорт і відступила від стійки. Британець відчув дивний дискомфорт у грудях, зауваживши, як змінилося обличчя жінки: просто на його очах воно посіріло, наче в мерця, наче хтось задмухнув свічку, чиє світло наповняло лице барвами.

— Почекайте. — Він незграбно махнув рукою. — Я спробую ще один варіант.

Жінка зупинилася. Британець, насупившись, утупився в монітор. Анна стежила за ним, поки сльози не заслали погляд і світ довкола не перетворився на тріпотливу мішанину кольорів і світла. Далі просто стояла, сіпаючись, коли який-небудь різкий звук з-за спини наждаком проходився по виснажених нервах. Через півхвилини чоловік узяв до рук телефон і когось набрав. Анна розрізняла окремі слова, та вже не знаходила сил, аби скласти їх докупи. Поклавши слухавку, британець кашлянув. Вигляд він мав спантеличений.

— Щось є? — Анна з болісною тривогою поглянула на нього.

— Не знаю, чи вам сподобається, але я знайшов варіант... ем-м... із пересадкою в Пекіні. — Британець затих, чекаючи на реакцію. Анна кивком попросила продовжувати. — Сьогодні в «Altair Air» заплановано рейс до Пекіна. Літак повинен був вирушити об 11:55, але наземні служби не встигли його підготувати, і виліт затримується. Я щойно розмовляв із менеджером «Altair Air»: посадка почнеться не раніше як за південь. У вас є час, а на борту місця. Я також пояснив вашу ситуацію, і він погодився обміняти ваш квиток без доплати. Тобто за переліт до Пекіна ви нічого не платите. Далі, — чоловік скосив очі на монітор, — політ триватиме сім із лишком годин, ви будете в Пекіні за півгодини до півночі за місцевим часом. Одразу по другій ночі з Пекіна вилітає рейс «Shanghai Airlines» до Бангкока. Час у польоті — п'ять годин і п'ять хвилин. Час у Таїланді відстає на годину від пекінського, тобто ви прибудете до Бангкока о 6:15 ранку за місцевим часом. Квиток коштує двісті вісімдесят три долари. — Пауза. Анна перестала дихати. — Якщо погоджуєтеся, я негайно реєструю вас на рейс до Пекіна.

Анна несамохіть приклала долоню до грудей. Двісті вісімдесят три. Двісті вісімдесят три долари...

Британець чекав, що вона вирішить.

— Купувати квиток до Бангкока треба у вас? — зрештою запитала жінка.

— Так. Усе тут. Нікуди не потрібно йти.

— Тоді... — Анна закусила губу й ледь відвела погляд, щоб не дивитися йому в очі. — Ви почекаєте? Я мушу взяти гроші.

— Узяти з банкомата? — не зрозумів британець. — Навіщо? Можете тут, за стійкою, розрахуватися карткою.

— Ні. Я просто... — вона почервоніла, — повинна... відійти.

Британець не змінився на лиці, проте Анна відчула, що її поведінка починає його дратувати.

— Пані, зараз одинадцята тридцять. На рейс до Бангкока залишилося не так багато квитків. Крім того, ви взагалі нікуди не потрапите, якщо проґавите рейс до Пекіна.

— Мені треба відійти.

Чоловік знизав плечима.

— Як хочете.

Анна вибралася за межі відгородженої стрічками ділянки та покрутила головою навсібіч. Туалети розташовувалися із протилежного від реєстраційних стійок боку, й вона підтюпцем побігла до них.

Жіночий туалет був видовженим приміщенням з умивальниками попід правою стіною та рядом кабінок попід лівою. Анна по черзі заглянула до кожної, переконуючись, що всередині нікого немає, після чого, налякано озирнувшись, зачинилася в найдальшій від входу.

Перевівши подих, Анна поставила сумку на підлогу, опустила кришку унітаза та стягнула через голову футболку. Бліда в цятках ластовиння шкіра тьмаво зблискувала від поту. Закинувши футболку на гачок, жінка лівою рукою зсунула донизу ліфчик, а правою витягла з чашок дві скручені валиками й обмотані тонкою гумкою пачки стодоларових банкнот. Обережно поклавши згортки на кришку унітаза, Анна ще раз озирнулася, щоб переконатися, що двері за її спиною зачинені. Потому розстібнула джинси й дістала з-під білих бавовняних сліпів два товстіші валики, за ними ще два — зовсім маленькі, завтовшки з указівний палець — дістала зі шкарпеток. Насамкінець видобула складену книжечкою пачку купюр із задньої кишені джинсів.

Присівши навпочіпки перед унітазом, Анна познімала гумки з валиків і взялася похапцем рахувати. Тисяча триста... чотири сімсот... одинадцять тисяч двісті. Банкноти були вологими від поту, липли до пальців і майже не шелестіли. Сімнадцять сто... двадцять дві з половиною... двадцять сім тисяч дев'ятсот. Дорахувавши купюри, Анна зойкнула й затулила рота долонею. Усього двадцять вісім тисяч вісімсот. Нутрощі залило мертвотно холодною млістю: не вистачало понад тисячі доларів. Упродовж кількох секунд жінці здавалося, що вона зомліє. Коліна опустилися на кахлі, в очах потемніло. Рахуючи, вона могла помилитися — на сотню чи дві, — але ж не на тисячу доларів!

Несподівано холодний вогонь у животі поступився місцем майже нестерпним пекучим хвилям. Що, як вона неправильно порахувала гроші ще в Рівному? Що, як, кваплячись, захопила із собою менше як тридцять тисяч? Анна застогнала, та вже за мить ляснула долонею по лобі. Ідіотка! Вона пригадала, як поклала частину грошей — шістнадцять чи сімнадцять сотень, вирішивши, що така сума не викличе підозри, якщо раптом митникам у Жулянах заманеться обдивитися вміст її сумки, — до гаманця.

Спазми продовжували прокочуватися животом, поки Анна шукала гаманець у сумці. Всередині все перемішалося — був момент, коли жінку пересмикнуло від припущення, що гаманець випав під час бігу, — та зрештою жінка відшукала його поміж футболок на дні сумки. Гроші були на місці. У гаманці, на відміну від валиків, лежали банкноти різних номіналів — сотні, двадцятки, п'ятірки й навіть кілька однодоларових папірців, — вкладені у згорнутий удвоє блокнотний аркуш. Анна спершу дістала гроші, тоді розгорнула папірець. Перед виїздом із Рівного вона записала на ньому адресу посольства України, а також назви двох найближчих до посольства станцій метро:

87 All Seasons Place, CRC Tower, 33rd Floor,
Wireless Road, Lumpini, Patumwan, Bangkok

Ratchaprarop, Makkasan

Сховавши папірець назад до гаманця, Анна перерахувала банкноти. Тисяча п'ятсот тридцять чотири долари. Отже, разом — тридцять тисяч триста тридцять чотири долари. Усе, що їй вдалося зібрати перед вильотом. Тридцять тисяч необхідно віддати в посольстві. Решти мало вистачити, щоб перебути день у Бангкоці та перебратися до Камбоджі. Як повернутися з Камбоджі до України, Анна не уявляла. Грошей на переліт не було, проте вона від початку на цьому не зациклювалася, вважаючи, що насамперед мусить дістатися до посольства та віддати гроші, а там уже щось придумає. Тепер усе змінилося: двісті вісімдесят три з трьохсот тридцяти чотирьох доларів потрібно викласти, щоб через Пекін долетіти до Бангкока. Вона опиниться в Таїланді із п'ятдесят одним доларом у кишені. Ну гаразд, із аеропорту поїде на метро, це коштуватиме сорок п'ять батів[1] (приблизно півтора долара — Анна з'ясувала вчора перед вильотом). День можна протриматися без їжі, ба навіть без води. Але як далі? Чи вистачить сорока дев'яти баксів для того, щоб вивезти двох людей із Таїланду? А раптом квиток на автобус коштуватиме дорожче за двадцять п'ять доларів?

Відповідей не було, а роздуми лише виснажували, тож Анна вибрала із розсипаних на кришці унітаза банкнот триста тридцять чотири долари й заштовхала їх до кишені джинсів, а решту розділила на шість купок і поскручувала назад у валики. Упоравшись, вона поглянула на сумку, зважуючи, чи не скинути туди всі гроші, але вирішила цього не робити. На шляху до ґейта стоятиме пост перевірки безпеки, її сумку пропустять через сканер, і невідомо, як відреагують службовці аеропорту, виявивши тридцять тисяч доларів готівкою. Анна знала, що з України без декларування дозволено вивозити не більше за десять тисяч (власне, через це й ховала гроші в білизні), зате нічого не знала про закони ОАЕ, а відтак розсудила, що краще не ризикувати, й порозпихала згортки в ті самі місця, звідки витягла. Надягнувши футболку й застібнувши джинси, жінка прискіпливо

[1] Бат (код: THB) — грошова одиниця Таїланду.

обдивилася себе. Не знайшовши нічого підозрілого, поправила волосся та вийшла з кабіни.

Перед трансферною стійкою було так само людно. Ігноруючи сердиті вигуки, Анна продерлася крізь натовп. Буквально за секунду перед нею до стійки підступив лисий чолов'яга в заплямованій жиром футболці, такий товстий, що складки між головою та плечима нагадували обгорнуті довкола шиї поливальні шланги. Анна кинулася вперед, відштовхнула товстуна ліктем і опинилася перед британцем.

— Це ви. — З тим самим виразом застиглого невдоволення він підняв брови.

— Так.

Товстун сердито засопів і торкнувся Анниного плеча.

— Я перепрошую...

Жінка відвела пухку руку.

— У мене за чверть години літак.

Лисий засопів ще дужче.

— Але я... я...

Він чи то погано говорив англійською, чи то погано говорив узагалі: доки підшукував слова, Анна відтіснила його ще далі й вищирилася.

— Я не піду звідси без посадкового талона.

Заплила жиром голова повернулася до британця, проте той промовчав, і в цей час Анна остаточно вклинилася між ним і стійкою.

— Я згодна, — випалила вона. — Реєструйте мене на рейс до Пекіна, ну, й далі, до кінця. Я купую квиток до Бангкока.

— Секунду.

Британець нахилив голову й узявся щось друкувати. Несподівано клацання клавіш обірвалося. Чоловіків рот не видав жодного звуку, проте губи заворушилися, й Анна змогла чітко прочитати коротке «shit[1]».

---

[1] Лайно (*англ.*).

— Що знову не так?! — Від хвилювання вона стала майже невагомою.

Британець провів рукою по волоссю й винувато зиркнув на українку.

— Пробачте. Я помилився. Ціна, яку я вам назвав... двісті вісімдесят три... це в євро...

Анна ніколи не була релігійною, принаймні точно не вірила в Бога, якому моляться у церквах, але й атеїсткою себе не вважала. Її віра — якщо вірою назвати підсвідоме захоплення витонченою складністю Всесвіту та непевне відчуття, що навіть неживі речі можуть мати невидимий складник, який наближено й дуже неточно описує слово «душа», — була близька до анімізму, проте тієї миті Анна Янголь уперше замислилася про наділену свідомістю всесильну потойбічну сутність, що взяла за мету за будь-яку ціну не пустити її до Бангкока. Або ж веде її кудись. Ця думка справила дивовижний ефект, замість смиренного спустошення, розпаливши в Анниних грудях почуття злостивої затятості. Злість підживила її, сповнила рішучістю будь-що вчинити наперекір долі.

— І дешевше немає?

— Ні. Мені страшенно жаль, пані, це моя...

Українка махнула рукою, примусивши його затнутися.

— Скільки це в доларах?

— Триста тридцять один.

«Це божевілля, — подумала Анна. — Якийсь дурнуватий сон». На виході з туалету вона дістала паспорт і весь час, поки йшла до стійки, тримала його разом із телефоном у руці. Натиснувши бокову кнопку, жінка підсвітила екран. 09:39. За двадцять дванадцята в Дубаї — до зустрічі в посольстві менш як доба. Вона може придбати квиток і все ще збереже потрібні їй тридцять тисяч, та це означає, що вона залишиться в Бангкоці з *трьома доларами в кишені*. Чи то пак менше ніж із двома, якщо вирахувати сорок п'ять батів на проїзд у метро до центру міста. Анна раптом збагнула, що завтра після дев'ятої ранку не матиме грошей навіть на повернення до аеропорту, адже, якщо все вдасться, до вечора вже буде не сама, а двох доларів недостатньо, щоби двом людям доїхати до терміналів на метро. З іншого боку, грошей якраз вистачає, щоби дістатися до посольства, а це єдине, що справді важить.

Британець кахикнув.

— Я перепрошую, за вами черга.

Він дивився просто в її обличчя, проте очі залишалися байдужими.

— Я беру квиток.

— Рейс 889, «Shanghai Airlines», з Пекіна до Бангкока, виліт о 2:05 11 травня, прибуття до пункту призначення того самого дня о 6:15 за таїландським часом. Усе правильно?

— Так.

— Триста тридцять один долар.

Анна дістала гроші із задньої кишені джинсів. Секунду водила по банкнотах пучками пальців, неначе намагаючись запам'ятати, які вони на дотик, після чого витягла з пачки три однодоларові папірці, а решту, не перераховуючи, передала чоловікові за стійкою. Той кивнув.

— І ваш паспорт, будь ласка.

Анна підштовхнула документ. Британець розгорнув його, з удаваною серйозністю звірив її з фотографією, а тоді схилився над монітором і літера за літерою надрукував: «ANNA YANHOL».

Міжнародний аеропорт Дубай
Зала очікування перед ґейтом C32, Термінал 3

Парамонов проминув відгороджену від термінала товстим матовим склом VIP-ложу авіакомпанії «Altair Air» і завернув до експрес-бару, що тулився в куті попід стіною ложі.

— Що бажаєте? — За прилавком стояв чорношкірий офіціант з акуратною борідкою півмісяцем.

— Привіт. — Єгор ковзнув очима по сандвічах і круасанах, які мали такий вигляд, наче їх хтось уже намагався безуспішно прожувати. — Я нічого не замовлятиму, хотів лише запитати, чи не могли б ви на якийсь час позичити склянку?

У голові проскочила думка: якби бовкнув щось таке в Москві, у нього вже випитували б навіщо, натомість чорношкірий промовив:

— Звісно. Вам яку?

— Як для віскі. — Парамонов почекав секунду та сяйнув міцними зубами. — Насправді будь-яку, мені ліки запити. — А потім показав рукою за спину, де над прозорими розсувними дверима до телескопічного трапа висіла квадратна дошка з блакитного пластику із написом «GATE C32»: — Це мій ґейт, я лечу до Китаю.

— Беріть. — Офіціант поставив перед Парамоновим циліндричний келих із товстим денцем. — Дати води?

— Ні, дякую. — Росіянин підняв склянку, ніби виголошуючи тост: — Перед посадкою принесу.

Розвернувшись, Єгор окинув поглядом залу. Підсвідомо відзначив, що серед пасажирів незвично багато дітей, а тоді зауважив кілька вільних місць у дальньому куті попід скляною стіною, що виходила на летовище. Пілот швидким кроком пройшов між рядами та присів у незручне металеве крісло. Льотну форму в непрозорому флізеліновому чохлі поклав на сусіднє сидіння. Чекати на посадку в барі було би комфортніше, проте Єгор розумів, що нічого міцнішого за «Heineken» там немає, а розпивати щойно придбаний у дьюті-фрі віскі «Ballantines» на очах у темношкірого офіціанта він посоромився. Крім того, Єгор полюбляв отак посидіти перед вильотом: спиною до зали очікування й обличчям до вікна, дивлячись, як літаки набирають швидкість перед зльотом.

і заспокоюючи нерви.

Парамонов відкрив блискавку на боковій кишені валізи й дістав коричневу півлітрову пляшку з білою етикеткою — «Ballantines Finest», 43 градуси. Відкрутивши кришку, наполовину наповнив склянку, трохи почекав, споглядаючи, як віскі виблискує на сонці, а тоді одним ковтком вихилив половину налитого. Він не встиг поснідати в готелі, й порожнім шлунком миттю розплилося лоскітливе тепло.

Мружачись від яскравого світла, Парамонов перевів погляд на летовище. Під ґейтом, притулившись щокою до телескопічного трапа, що вистромлювався зі скляної стіни термінала, стояв велетенський «Boeing 777» зі стилізованим під арабську в'язь написом «Altair Air» на борту. На доріжці для маневрування, що тягнулася паралельно до термінала, у черзі на зліт вишикувалися чотири літаки. Фюзеляжі розпливалися та мерехтіли в мареві гарячих газів, що виривалися з турбін. Удалині, на тлі випаленого неба застигла вервечка сріблястих цяток — авіалайнери, що один за одним заходили на посадку. Парамонову ввижалося, що цятки не наближаються, а лише збільшуються в розмірах, застрягши в нерухомому повітрі. Не було ні вітру, ні хмар — ідеальні погодні умови для польоту.

Утім, ні гарна погода, ні алкоголь не притлумлювали неспокій, що наростав у міру наближення вильоту. Парамонов не був пияком і тим паче ніколи не сідав за штурвал нетверезим (до тридцяти років він узагалі не вживав нічого міцнішого за пиво), але з осені 2015-го щоразу перед тим, як ступити на борт пасажиром, добряче закладав за комір. Алкоголь розслабляв, притуплюючи почуття самотності, проте ніколи по-справжньому не заспокоював. Два-три келихи віскі перед вильотом на якийсь час нібито розмазували страх, відтискали його на задній план, та щойно Парамонов опинявся в салоні, крижана грудка в животі розросталася, ставала твердою, відчутною на дотик, через що здавалося, наче під легенями застрягло чавунне ядро.

Єгор чудово усвідомлював, як це звучить: пілот, що провів у повітрі чотирнадцять тисяч годин, боїться літати. Але річ у тім, що страх приходив, лише коли він летів не за штурвалом. У кабіні Парамонов міг контролювати все, що відбувається в літаку, та майже все за його межами. Зрештою в кабіні було повно речей, про які він мусив подбати, — розмови з диспетчером, контрольні списки й інструкції, прокладання курсу — і це не залишало місця для дурниць, які лізли в голову на пасажирському сидінні. Насправді ірраціональний страх не мав нічого спільного із боязню висоти, клаустрофобією чи власне польотом. Парамонов боявся тільки одного — померти безглуздою болісною смертю через ідіотів на землі. Так, як померла Зоя три роки тому.

Пілот подивився на годинник. До його вильоту з Пекіна ще було двадцять шість годин. Зазвичай Парамонов переставав пити за добу до рейсу, однак сьогодні відчував, що нещадно глушитиме алкоголь усю дорогу до Пекіна. Рівно чотири роки. Чотири роки відтоді, як він познайомився із Зоєю... Чоловік одним ковтком допив віскі, ледь скривився, заковтуючи напій, а тоді знову наповнив склянку.

То було похмуре й не по-весняному холодне 10 травня 2013-го. Аеропорт Схіпгол[1]. Першу половину того року Єгор здебільшого літав до Європи — Барселона, Франкфурт, Амстердам, — а Зоя працювала агентом служби VIP-обслуговування в голландському представництві «Trans-Asian». Того дня Парамонов керував 737-м «Боїнгом», який о 14:20 вирушав із Амстердама до Москви. Посадка закінчилася вчасно, о чверть по другій пілот готувався відчалювати від трапа та вирулювати на зліт, коли до кабіни

[1] Схіпгол (нід. *Schiphol*) — найбільший аеропорт Нідерландів, належить до п'ятірки найбільших у Європі.

зазирнула стюардеса й повідомила, що з офісу компанії отримано наказ затримати виліт. Єгор попросив дізнатися, що відбувається. Спочатку він думав, що на борт хочуть посадити нелегала, якого випроваджують із Євросоюзу, чи щось таке, проте помилився. За хвилину стюардеса повернулася та передала йому рацію. Парамонов повторив запитання. Із динаміка долинув незвично низький жіночий голос: «Ніяких нелегалів, компанія чекає на двох пасажирів». Це відразу насторожило. Реєстрація завершилася півгодини тому, Парамонову доповіли, що на борту присутні всі, хто пройшов реєстрацію, звідки, до дідька, взялися ще двоє пасажирів? Тихий голос у рації пояснив, що це, напевно, хтось із родичів керівництва. Тож шість членів екіпажу та сто вісімнадцять пасажирів стали чекати. Спливло десять хвилин, потім двадцять, потім півгодини. О третій пополудні літак, спалюючи пальне, усе ще стояв біля ґейта, а пілот нагадував розбурханий вулкан. На його запити менеджерка в терміналі видавала незмінну відповідь: чекайте. Зрештою терпець урвався. Аж сіпаючись від люті — ще трохи, і доведеться дозаправляти літак! — Єгор увірвався до термінала, втім, побачивши жінку, з якою розмовляв по рації, несподівано принишк. Струнка, з кучерявим волоссям кольору темної міді, розкішними грудьми та вузькими стегнами. Вона простягнула руку та відрекомендувалася: агентка служби VIP-обслуговування Зоя Суворова. Та мить відбилася в мозку наче фотографія. Парамонов спершу оцінив спокусливу ямку між грудьми, а потім, піднявши голову, прикипів поглядом до її очей. Ті очі здавалися якимись надлюдськими: блакитні, смарагдові, сірі та бурштинові вкраплення змішалися на яскраво-жовтому тлі. Райдужки скидалися на відполіровані кульки із дрібнозернистого граніту. Чоловік ніколи не повірив би, що стільки кольорів може вміститися в парі очей. Зрештою Парамонов так чемно, як тільки міг, поцікавився, де ті двоє гандонів, через яких сто двадцять людей годину стирчать у літаку? Виявилося, що VIP'и досі не пройшли перевірку безпеки. Єгор вирячився: за час, що минув, до ґейта вдалося би рачки доповзти! І тоді Зоя, підступивши так близько, що Парамонов, не напружуючись, уловлював запах її шкіри, пояснила: вона не впевнена, але думає, що пасажири взагалі ще не в Схіпголі, на її думку, вони лише під'їжджають до аеропорту. Потім він дізнався, що тими пасажирами були дев'ятнадцятирічна дочка Артура Казаріна та її двадцятичотирирічний іспанський бойфренд, і, ймовірно, якби знав, на кого очікує, то поводився б менш імпульсивно, натомість пілот прогорлав: «Закривайте йобаний ґейт!», на запитальний погляд Зої гаркнувши: «Скажеш, нехай пензлюють пішки», після чого закрокував до літака. За десять хвилин його «Боїнг» розвертався в повітрі над озером Маркермер, лягаючи на курс до Москви.

Пізніше того дня, сідаючи в таксі на стоянці перед аеропортом Шереметьєво, Єгор отримав у *Viber'і* повідомлення із незнайомого номера: «Пишу, щоби перепросити, хоча в затримці не було моєї вини. Сама їх ненавиджу! А ти — крутий». Поки машина покидала територію аеропорту, *Viber* знову теленькнув. «Знищ це повідомлення», — і смайлик. Єгор із уже трохи призабутим гарячковим поколюванням у грудях надрукував: «Звідки дістала мій номер?» Через хвилину Зоя відповіла, що завжди дістає те, що хоче.

Вони переписувалися всю ніч і першу половину 11 травня. 13 травня Парамонов знову очолив екіпаж, що летів до Амстердама. Зоя, попри те що була вихідна, приїхала до нього в аеропорт. Вони зустрілися та проговорили весь час, доки лайнер готували до зворотної дороги, з відчуттям, ніби знають одне одного від народження.

До Зої Єгор мав чимало коханок, однак що старшим ставав, то менше втіхи отримував від флірту. Відносна легкодоступність стюардес і набридлива шаблонність швидкоплинних службових романів перетворили секс на рутинну, часом нестерпно нудну процедуру. Із Зоєю, втім, склалося інакше: сидячи навпроти неї в гамірній аеропортовій кав'ярні, пілот почувався школярем на першому побаченні. Не те щоби він геть утратив голову, просто щось було в її очах, у її гортанному масному голосі, що примушувало його тремтіти від самої лише думки про те, щоб торкнутися губами її шиї.

Упродовж наступного місяця Парамонов літав до Голландії не рідше як двічі на тиждень. Траплялося, він полишав авіалайнер, який щойно привів до Москви, переходив до сусіднього ґейта і, як був, у льотній уніформі, вирушав до Схіпгола літаком «Аерофлоту» чи KLM[1]. Тричі за місяць Єгор і Зоя на орендованій машині вибиралися на пляжі Схевенінґена[2], одного разу — пізнього вечора, майже вночі — прогулялися вздовж каналів Амстердама, проте здебільшого проводили час у готелях на околицях нідерландської столиці.

Про те, що Зоя заміжня, Парамонов дізнався наприкінці червня. Після чергової ночі в готелі жінка підкинула його до аеропорту, а коли, виходячи з машини, Єгор запропонував на кілька днів махнути до нього в Москву, змінилася на лиці, так наче він наступив їй на ногу. І промимрила, що в неї є чоловік. Дев'ять років тому, щойно перебравшись до Нідерландів, вона вийшла заміж за голландця. Родині її чоловіка належали логістичні компанії в Голландії та Румунії, тож він часто бував у відрядженнях, що давало їй змогу зустрічатися з Єгором, навіть побувати з ним на курорті, але летіти до Москви... Парамонов лише стенув плечима. Він не був одруженим, ніколи не замислювався над одруженням і загалом (почасти тому, що за час роботи у «TransAsian» мав стосунки зі щонайменше чотирма заміжніми жінками)

---

[1] KLM (нід. ***K**oninklijke **L**uchtvaart **M**aatschappij* — Королівські нідерландські авіалінії) — нідерландська авіакомпанія, заснована 1919 року. Із 2004-го є частиною «Air France».

[2] Схевенінґен — морський курорт на березі Північного моря неподалік Роттердама.

ставився до шлюбу з неприхованим цинізмом, тож Зоїна розповідь не позначилася на ставленні до неї.

Принаймні не відразу.

Бурхлива фаза їхнього роману завершилася восени. Спершу це скидалося на те, ніби і Єгор, і Зоя навчилися контролювати пристрасть, однак ближче до початку зими 2013-го стало зрозуміло, що контролювати вже нічого. Упродовж зими вони все ще надсилали один одному відверті фотографії, зрідка, коли випадала нагода, кохалися в готелях поблизу Схіпгола, проте Парамонов усе рідше замовляв квитки до Амстердама. У грудні в Києві розпочалися масові протести, і Парамонов посварився із Зоєю, бо вона захищала українців. Востаннє вони побачилися у квітні 2014-го. У червні 2014-го востаннє списалися. Зоя повідомила, що за кілька тижнів летить разом із чоловіком на відпочинок до Південно-Східної Азії.

Єгор відпив віскі, потримав пекучий напій у роті, зробив ковток і заплющив очі, відчуваючи, як алкоголь пропалює собі шлях стравоходом. *Чотири роки.* Уже понад рік йому доводилося докладати зусиль, щоб усвідомлено пригадати риси Зоїного обличчя. Вона все ще снилася йому, проте радше як позбавлений чіткості обрис, безкровний фантом, і Єгор дедалі частіше усвідомлював, що та Зоя, яка виринає у снах, насправді мало схожа на жінку, з якою він кохався в дешевих готелях на околицях Амстердама. Проте забути її він не міг — через те, що почалося після розставання.

Парамонов напрочуд чітко пам'ятав 17 липня 2014-го: уранці він повернувся з нічного рейсу з Дубая, потім відсипався до третьої, а прокинувшись, без особливого зацікавлення гортав новини про події на сході України. Близько шостої вечора за московським часом просто на його очах у спільноті «Сводки от Игоря Стрелкова» у «ВКонтакті» з'явилося повідомлення про збитий бойовиками український Ан-26. Єгор колись літав на Ан-24, базовій моделі для військового Ан-26, а тому, природно, зацікавився.

17.07.2014 17:50 (мск) Сообщение от ополчения.

В районе Тореза только что сбили самолет АН-26, валяется где-то за шахтой «Прогресс». Предупреждали же — не летать в «нашем небе».

А вот и видео-подтверждение очередного «птичкопада».

Птичка упала за террикон, жилой сектор не зацепила.

Мирные люди не пострадали.

А также еще есть информация о втором сбитом самолете, вроде бы Су.

Під текстом ішли два відео, на яких було видно стовпи чорного диму над териконом. Викличний стиль повідомлення спричиняв рефлекторне відторгнення, через яке текст здавався несправжнім, якимось насправді недоумкуватим, та все ж чоловіка пробрало морозом, коли він уявив понівечені тіла таких самих, як і він, пілотів на схилі кучугури з перемеленого шлаку та породи.

А вже о чверть по шостій у стрічці новин на сайті *Lenta.ru* спливла інформація про збитий над Україною пасажирський літак компанії «Malaysia Airlines». Єгор пригадав, як відчуття невимовного жаху розтеклося тілом і на хвилину позбавило його змоги рухатися. Стаття не містила інформації про тип літака, проте Єгор знав, що «Malaysia» не літають з України. Лайнер летів з Європи, через усю Азію, а на таких маршрутах ніщо менше за «Boeing 767» чи «Boeing 777» не курсує. Це означало, що загинуло щонайменше кількасот людей. За півгодини *Lenta.ru* підтвердила найгірші побоювання: тип лайнера — «Boeing 777-200ER», кількість загиблих — двісті вісімдесят три особи. Єгор повернувся до сторінки Стрєлкова, проте стрічку підчистили, і новина про збитий Ан-26 зникла.

Уранці 18-го Парамонов прокинувся з відчуттям невиразної тривоги, яка холодною вогкою марлею огортала нутрощі. По телевізору торочили про український винищувач, що нібито збив МН 17, та хвилювало чоловіка дещо інше. 777-й вилітав із Голландії, і Єгору раптом страшенно захотілося написати Зої. Просто висловити співчуття, запитати, чи на борту не було когось зі знайомих або родичів. Він надіслав смс, однак Зоя не відповіла. Продублював повідомлення у *Viber'i*. Спливло півгодини — жодної відповіді. Ще за півгодини Парамонов роздивився напис дрібним шрифтом у верхній частині *Viber*-діалогу, відразу під нікнеймом «Z. Suvorova»: *у мережі вчора о 14:03*. Востаннє Зоя виходила в Інтернет за годину до вильоту малайзійського «Боїнга». Не думаючи ні про що — так наче витискання недобрих думок могло скасувати те, що сталося, — Парамонов сів за ноутбук, зайшов на сайт «Malaysia Airlines» і переглянув список загиблих пасажирів. Зої серед них не знайшлося. Єгор ненадовго видихнув, одначе за мить до того, як опустити кришку лептопа, око зачепилося за рядки, які видалися підозрілими:

Zoe	**RIEDEWALD**	born 1982	Dutch
Bruno	**RIEDEWALD**	born 1971	Dutch

Зоя Рідевальд, 1982 року народження, та Бруно Рідевальд, 1971-го. Обоє — голландці. Мабуть, подружжя. Єгор раптом збагнув, що ніколи не цікавився, як звати Зоїного чоловіка, вона про нього також не розповідала. Звісно, Зоя відрекомендувалася Суворовою, проте хто заважав їй скористатися дівочим прізвищем? Може, вона завжди так робила, вважаючи, що в такому разі російськомовні VIP-пасажири ставитимуться до неї приязніше? Зрештою Єгор жодного разу не бачив її паспорта. Розуміючи, що не вдасться спекатися думок, які осколками застрягли в мозку, чоловік зателефонував менеджерці з персоналу «TransAsian» і попросив з'ясувати, чи в їхньому офісі у Схіпголі є працівниця на ім'я Зоя Суворова. За хвилину менеджерка відповіла, що в голландському представництві «TransAsian» немає нікого із прізвищем Суворова. Тоді Єгор, холонучи, запропонував перевірити прізвище Рідевальд — АР-АЙ-І-ДІ-І-ДАБЛ'Ю-ЕЙ-ЕЛЬ-ДІ, — на що швидко отримав відповідь: із листопада 2008-го Зоя Рідевальд працює агентом служби VIP-обслуговування, але на цей час перебуває у відпустці.

Стіни ніби звузилися, а стеля опустилася. Парамонов кілька секунд ошелешено мовчав, потім зміркував, що варто було би сказати, що пані Рідевальд більше не вийде на роботу, проте не зміг вимовити жодного слова й розірвав зв'язок.

У ніч на суботу, 19 липня, Єгор не склепив очей. Він сам не розумів, чому спогади про Зою виявилися такими болісними. Вони до ранку перекочувалися через нього, наче хвилі через плавця, що ліг на спину, і лише потому, як сонце розтопило світанкову сірість, тіні, що всю ніч розпачливо шепотілися в голові, відступили. Упродовж наступних днів чоловік майже не згадував Зою і зрештою переконав себе, що реакція на смерть коханки була нічим не зумовленою випадковістю. Втім, він помилявся.

Химерні сновидіння, на яких, немов бур'ян на родючому ґрунті, проросла аерофобія, настигли його за місяць після катастрофи рейсу MH 17. Спершу Парамонову наснилося, як він проводжає Зою та її чоловіка на літак до Куала-Лумпура. Щоночі впродовж тижня пілот бачив цей сон майже без змін: він стоїть посеред зали відльотів аеропорту Схіпгол і звіддалік спостерігає, як Зоя та Бруно поволі просуваються в черзі на реєстрацію. Уві сні Парамонов не знав про катастрофу, а тому не відчував страху. Тільки після пробудження довго тупився в стелю та намагався зрозуміти, якого біса, щойно він заплющує очі, із підсвідомості вилазить одна й та сама картинка.

А наприкінці серпня дещо змінилося. Парамонов заснав та опинявся у Схіпголі. Як і раніше, бачив перед собою Зою, що тримала під руку високого голландця, а потім зненацька починав розуміти — тобто розуміти *ввісні*, — що подружжя сідає на літак, у який через три години влучить випущена із зенітного комплексу «Бук» ракета. Сон був дико реалістичним, але попри це росіянин лише дивився, як Зоя та Бруно отримують посадкові талони та прямують на посадку, й нічого не робив, аби їх зупинити.

Тієї ночі Парамонов уперше прокинувся із відчуттям, неначе в нього палає шкіра, і до ранку не заснув.

Трохи більше ніж тиждень події ввісні розгорталися без змін, аж доки якоїсь ночі на початку вересня чоловік підступив до Зої та, жодним словом не згадуючи про катастрофу, спробував відмовити від польоту. Парамонов-увісні інтуїтивно осягав, що розповідь про катастрофу, яка ще не відбулася, спричинить зливу запитань, на які він не має відповіді, а відтак, по суті почуваючись німим, не втративши мови, вигадував усілякі нісенітниці — благав, упрошував, коли це не діяло, зривався на крик. Зоя сердилася, іноді поблажливо всміхалася, проте зрештою незмінно прямувала до ґейта.

І то був лише початок. У ніч із неділі на понеділок, 13 жовтня 2014-го, Парамонов перенісся до вже звичної зали відльотів аеропорту Схіпгол, підійшов до Зої та її чоловіка й узявся переконувати їх не сідати на малайзійський літак. І тоді Зоя, засміявшись, сказала, що не полетить, якщо він вирушить до Малайзії замість неї. Парамонов-увісні закляк від жаху. Він силкувався заперечити, подати який-небудь знак, що не погоджується, проте нервові волокна немовби від'єдналися від тіла. Пілот спостерігав за собою нібито з боку, споглядав, як мляво ворушаться губи, як із язика зісковзує приглушене «гаразд», після чого вони із Зоєю міняються місцями: тепер уже Зоя проводжає його на борт, який розірве на шматки над Україною, а він стоїть поруч із Бруно Рідевальдом і безпорадно кліпає.

Цього разу Парамонов прокинувся не просто обливаючись холодним потом, а з таким хрипом, ніби в грудях кришилися ребра. Нестерпно дзвеніло в голові. Удень чоловік совався, немов учаділий, а вночі сон повторився і... просунувся трохи далі. Початок був, як завжди: Парамонов (уже проти волі) підійшов до Зої, попросив не летіти, а тоді став на її місце в черзі. Зоїн чоловік (*дивно... Єгор ніколи не бачив Бруно Рідевальда, проте свідомість малювала високого голландця зі зморшкуватим засмаглим обличчям, котре нагадувало начищений до блиску старий черевик*) усміхався і щось говорив. Парамонов, хвилюючись, перебивав, твердив, що їм не можна летіти, що вони загинуть, якщо сядуть на літак, однак його фрази неначе текли повз, зачіпаючи голландця тільки тоді, коли йшлося не про «Боїнг». Зрештою Єгор і Бруно зареєструвалися та пішли на посадку, і лише потому пілот, хрипко сапаючи, прокинувся.

Кожної наступної ночі сон наче поглиблювався. Через три ночі Єгор і Бруно пройшли перевірку безпеки. Ще через ніч потрапили до термінала. За тиждень проминули дьюті-фрі магазини... вступили до зали очікування... стали в чергу перед ґейтом...

Тієї зими щоразу, коли лягав спати, Парамонов почувався мурахою, що, попри відчайдушний спротив, сповзає в піщану пастку мурашиного лева. Інертне розгортання сну тривало, і на початку лютого Єгор із голландцем дісталися літака, після чого надокучливе, але загалом стерпне сновидіння обернулося лютим кошмаром. Тепер, поринаючи в забуття, Парамонов долав увесь шлях від стійок реєстрації до «Боїнга», спостерігав за підготовкою до зльоту, рулінням, розгоном, набором висоти й до кінця сну залишався в літаку. Три години, хвилина за хвилиною, він проживав кожну деталь польоту. Чоловік заледве не божеволів, розуміючи, що кожна мить наближає його до загибелі. Не осягаючи ілюзорності марення, Парамонов-уві-сні влаштовував бійки з пасажирами, імітував серцевий напад, рвався до кабіни пілотів, а в одному зі снів навіть удавав терориста-смертника з дистанційно керованим вибуховим пристроєм. Що завгодно, аби посадити клятий літак!

За мить до катастрофи лещата жахіття розтискалися, і Єгор, хапаючи повітря, неначе пірнальник, який на останньому подиху спливає з глибини, прокидався. Простирадло під ним було сірим від холодного поту, а він сам немов щойно витягнутим із калюжі.

Єгор влив до рота чергову порцію віскі й покрутив у руці склянку. Він міркував про те, що добре пам'ятає, як розвивався кошмар, але чомусь не віднайде у спогадах ту мить, коли вперше відчув нервозність у салоні авіалайнера. У липні 2015-го він літав на відпочинок до Туреччини й у повітрі над Чорним морем спробував уявити, що відбувалося в салоні рейсу MH 17 під час катастрофи. Після детонації ракети лайнер прошили тисячі дрібних осколків. Чи загинула Зоя від влучання одного з них? Якщо ні, то чи встигла що-небудь подумати до того, як знепритомніла від розгерметизації? І якщо таки встигла, то якою була її остання думка?.. Мабуть, тоді все й почалося. Парамонов зійшов із трапа в аеропорту Анталії, не підозрюючи, що страх — безжальний, первісний страх — холодною змією згорнувся у шлунку.

Невдовзі, заходячи до літака як пасажир, пілот уже ні про що інше не міг думати. А як їй було? Що вона відчувала? Як довго була живою після влучання? А раптом Зоя опритомніла, коли авіалайнер знизився (хоча вживати слово «знизився» стосовно останніх хвилин малайзійського «Боїнга» здавалося блюзнірством) до висоти, де можна було дихати? Що в такому разі вона думала — якщо, певна річ, зберігала здатність мислити, — протягом хвилини, доки пошматований сталевими картечинами двохсоттонний літак мчав до землі? Вечорами, залишаючись сам на сам зі своїми демонами у трикімнатній квартирі неподалік метро «Кожу́ховская», Парамонов намагався впорядкувати те, що творилося в його голові, й зрештою зрозумів, що основною причиною неспроможності сісти в пасажирське крісло тверезим стала безглуздість катастрофи, в якій загинула Зоя. Щоб вивалити сучасний літак із небес, потрібна відмова водночас кількох надважливих систем. Або груба помилка пілотів. Або жахливі погодні умови. Навіть якщо ці три фактори поєднуються, здебільшого лайнер усе ще можна врятувати. Тож Парамонов здогадувався, що найдужче дошкуляють не нічні кошмари. Найдужче дошкуляло усвідомлення, що 14 липня над Донбасом стояла чудова погода, «Боїнг», на якому летіла Зоя, був справним, а в кабіні сиділи досвідчені пілоти...

Росіянин спорожнив склянку та стуленими вказівним і середнім пальцями витер губи. За вікном, просто навпроти нього, у тремтливих хвилях теплого повітря пропливав «Airbus A330» компанії «China Southern». Краєм ока вловивши якийсь рух, чоловік повернув голову ліворуч. Через три сидіння від нього на крісло осіла худорлява жінка з гострим, наче під лінійку накресленим носом, і сузір'ями ластовиння на щоках. Сонцезахисні окуляри, заплутавшись у золотавому волоссі, сповзли за тім'я. Жінка тримала спину неприродно рівною і тупилася осклянілими очима в невидиму точку за стіною термінала, а тоді раптово поникла: плечі опустилися, руки обвисли між колінами, а погляд устромився в підлогу. Неначе маріонетка, чий ляльковод несподівано впустив мотузки.

Після двох порцій віскі натщесерце об'єкти в полі зору трохи розпливалися, та, примружившись, Парамонов розгледів у руках незнайомки паспорт із тризубом. Через тризуб, а також через волосся, яке нагадувало рудувате волосся Зої, чоловік затримав погляд на секунду довше, і тоді просто на його очах жінка зіщулилася ще дужче й безгучно заплакала. Сльози потекли так рясно, що вже за чверть хвилини українка мала такий вигляд, наче їй хлюпнули водою в обличчя.

Парамонов піднявся з крісла, поставив порожню склянку на сидіння та підійшов до жінки. Вона не зреагувала. Пілот присів навпочіпки й озвався російською:

— У вас усе добре? — Жінка повернула голову. Її очі були кольору кави, дуже розведеної молоком, хоча прямі пустельні промені робили райдужки безбарвними... ну, майже безбарвними — як річкова вода. — Усе гаразд?

Вона не була старою — років п'ятдесят щонайбільше, — проте видавалася якоюсь вицвілою. Замість обличчя — закам'яніла попеляста маска. Губам, бровам, волоссю і навіть ластовинню немовби бракувало кольорів. На худій шиї у такт ударам серця пульсувала худа жилка.

Жінка повільно виструнчилася — Парамонову тепер доводилося дивитися на неї знизу вгору, — але не відповіла.

— Я побачив ваш паспорт. — Чоловік кивнув на затиснутий між долонями документ. Українка сиділа чи то збентеженою, чи то напруженою. І цілковито замкненою в собі. Парамонов, ніби виправдовуючись, додав: — У вас український паспорт.

Вона ледь розтулила губи:

— А ви...

— Ні, ні, я з Росії. — Попри легкий туман у голові, пілот зауважив, як за пеленою сліз щось промайнуло. — Живу в Москві. Просто ви так гірко розплакалися, і я подумав...

Згасле обличчя жінки спотворив густий багрянець. У вузьких прорізах очей замерехтіли іскри. Наступної миті вони шугнули в глибину зіниць, наче їх втягнуло туди протягом, і незнайомка, подавшись уперед, здавленим від люті голосом просичала:

— Відійди від мене.

У кутиках її рота біліли цятки слини.

— Що?

М'язи обличчя засмикалися, і жінка крізь зуби вицідила три склади:

— Пі-шов-геть.

Парамонов підвівся. Кілька разів кліпнув — от дурепа, що з нею не так?.. хотів же допомогти, — й мовчки відійшов до свого крісла. Проте не сів. Руки зачесалися від бажання знову наповнити склянку, одначе глухе нерозуміння українки здійняло в грудях хвилю клекітливого обурення, і пілот відчував, що від третьої порції алкоголю тільки погіршає. Краще потім, уже в літаку. Закинувши на зігнуту в лікті руку чохол із формою і взявшись за ручку валізи, Парамонов подався до кав'ярні повертати склянку.

Міжнародний аеропорт Дубай
Зала очікування перед ґейтом С32, Термінал 3

Кардинал Дюк Апшоу, донедавна ординарний єпископ[1] єпархії Джексона[2], провів поглядом чоловіка з великими, немов у шимпанзе, вухами й відвернувся, продовживши спостерігати за жінкою, яку годину тому зустрів у трансферній залі Термінала 2. Апшоу сидів біля розсувних дверей виходу С32, а тому не міг розгледіти, як чоловік діставав із сумки пляшку та наповнював склянку. Зате помітив, як розплакалася жінка та як чоловік підійшов і присів біля неї. Коли чоловік (із виглядом, наче отримав незаслужений ляпас) відступився, жінка знову заплакала. Окуляри, які літній кардинал повернув їй перед посадкою до шаттл-буса в Терміналі 2, з'їхали до потилиці, й Апшоу зміркував, що

---

1 Ординарій (лат. *ordinarius*) — священнослужитель католицької церкви, який обіймає певну посаду та наділений пов'язаною з нею владою.

2 Єпархія Джексона — єпархія римо-католицької церкви із центром у місті Джексон, штат Міссісіпі, США.

вони навряд чи доберуться до пункту призначення разом із власницею. А ще він жалкував, що не зміг її втішити, навіть подумував спробувати ще раз, однак не рушив з місця. Так само як звукова хвиля — це ще не вітер, думка — не завжди поштовх до дій. Чи не вперше за півсотні років відтоді, як його малолітня сестра вціліла в автокатастрофі, шістдесятитрирічний кардинал Дюк Апшоу почувався розгубленим, бо не бачив, куди веде світло.

Якщо відверто — не бачив світла взагалі.

Жінка піднесла до обличчя телефон і ніби заспокоїлася. Апшоу ще якийсь час стежив за нею, а тоді відвів голову та втупився в летовище. Розпечене повітря переливалося сріблом, крізь скляну стіну долинав приглушений гул реактивних двигунів. Колись, іще замолоду, кардинал полюбляв літати, тепер же навіть після відносно нетривалого, п'ятигодинного перельоту з Рима чоловікові здавалося, ніби він чує, як стогнуть усі його кістки.

Апшоу відчував легкий смуток через те, що довелося поїхати з Рима. Він ні на що не сподівався, від початку розумів, що перебування у Ватикані стане недовгим, та все ж іноді фантазував, як було би добре залишитися архіпресвітером, скажімо, у базиліці Санта Марія Маджоре[1] і доживати життя, споглядаючи заходи сонця над вічним містом. Натомість він летить до Китаю на невизначений термін. Дюка Апшоу не тішило навіть усвідомлення, що тиждень тому Папа Франциск висвятив його в кардинали. І річ не в тім, що кардиналом він поки що був лише номінальним — *in pectore*[2], — а його імені не знав жоден із членів Священ-

---

[1] Санта Марія Маджоре (італ. *Basilica di Santa Maria Maggiore*) — папська базиліка, одна з чотирьох головних базилік Рима.

[2] *In pectore* — латинський вислів (у перекладі звучить як «у грудях», «у серці», «у таємниці»), який використовують із 1536-го року для називання кардинала, якого Папа призначив секретним рішенням (тобто без оголошення імені). Якщо Папа до своєї смерті не встигає повідомити ім'я нововисвяченого кардинала зібранню кардиналів (Консисторії), призначення є недійсним. Призначення кардиналів *in pectore* зазвичай зумовлене прагненням уникнути політичних ускладнень.

ної колегії. Насправді Апшоу засмучували обставини, за яких він отримав титул. Якби він знав, що удостоївся титулу за заслуги перед церквою та людьми, то пишався б цим, і в тому не було би гріховної гордині — так столяр пишається зручним столом, який роками служитиме власникам, або швачка тішиться з уміло скроєного плаття, що даруватиме радість жінці, яка його носитиме. Проте кардинал Апшоу розумів, що присвоєння йому кардинальського титулу не мало нічого спільного з його діяльністю на чолі єпархії Джексона.

Старий клірик потер очі й окинув поглядом залу для очікування. Не менш як три чверті пасажирів — китайці. Невисокі, кругловиді, галасливі. Апшоу несвідомо відзначив, що за все життя не бачив стільки китайців, і це вкотре повернуло до роздумів про цілковиту безглуздість відрядження до Китаю. Він нічого не знає ні про країну, ні про людей, він не хоче їхати, а проте безсилий що-небудь змінити.

Кардинал Апшоу відвернувся, склав долоні на поясі та втупив погляд у летовище. Чи міг він що-небудь змінити? Напевно, що так, але коли? 2009-го, коли очолив єпархію? 1999-го, коли став єпископом? Ще раніше? Спогади почали випливати із закапелків свідомості, наче вихоплені променем ліхтарика речі на темному горищі, й Апшоу швидко скотився до подій другої половини дев'яностих, на яких усе зав'язалося. На той час він був священиком церкви Святої Трійці в містечку Віксбург на східному березі Міссісіпі, і десь на початку 97-го до нього вперше докотилися чутки, що один зі священиків сусідньої єпископської церкви Святої Марії виявляє надмірне й неналежне для духівника зацікавлення малолітніми католичками. Через два роки сорокап'ятирічний Апшоу висвятився на єпископа, перебрався до Джексона й викинув чутки з голови. Щоправда, ненадовго. Стежачи за літаками, які велетенськими блискучими жуками ледачо повзали летовищем, кардинал пригадав, як на початку нульових у Бостонській єпархії спалахнув гучний скандал — сотню священиків запідозрили в розбещенні неповнолітніх, кількох зрештою засудили на тривалі терміни, кардинала Бернарда Лоу звинуватили у приховуванні відомих йому фактів розбещення і змусили піти у відставку. Після такого Апшоу більше не міг ігнорувати чутки, проте нічого не зробив, удав, ніби не було їх узагалі, і тепер, копирсаючись у спогадах, намагався збагнути, як можна було так довго залишатися сліпим.

Несподівано у пам'яті зринув абсолютно непов'язаний ні зі скандалами, ні з Китаєм епізод, який трапився на початку дев'яностих, ще коли Апшоу жив у Віксбурзі. Якоїсь ночі під його ліжко в старому дерев'яному будинку, який Апшоу виділила парафія, заповзла гримуча змія: чоловіка розбудило тріщання хвостового брязкальця. Священик лежав непорушно, аж поки гримучник не затих, а потім, так і не вирішивши, як вчинити, провалився в сон. Наступного дня змія зникла — уранці Апшоу перевернув увесь будинок, але гримучника ніде не знайшов. І тепер, невідь-що видивляючись серед залитих сонцем бетонних смуг дубайського аеропорту, кардинал учепився за цю історію. Він не шукав виправдання своїй бездіяльності, зовсім ні, просто мусив за щось учепитися. Історія зі змією хоч якось пояснювала його дії: не чіпати іноді краще, ніж боротися.

У червні 2009-го Апшоу став ординарієм (тобто очолив єпархію Джексона). Невдовзі по тому його аусиліарій[1], єпископ Джон Джозеф Гоук, приніс лептоп зі збереженою на жорстокому диску понад сотнею відеозаписів із дитячою порнографією. Єпископ Гоук не пояснював, звідки взяв ноутбук, сказав лише, що він належав одному зі священиків міста Кларксдейл на півночі штату. Імені також не назвав.

[1] Аусиліарій (лат. *auxiliarius* — допоміжний), або вікарний єпископ — у католицькій церкві єпископ, який у великих або численних єпархіях виступає помічником єпископа-ординарія.

Після тривалих роздумів і молитов Дюк Апшоу вирішив, що порно — ще не доказ того, що священик втілює патологічні фантазії в реальному житті. Протягом 2009—2011 років Джон Джозеф Гоук ще не менш як дюжину разів особисто доповідав ординарію про спроби сексуальних домагань з боку священиків єпархії — *і це вже були не чутки,* — та Апшоу однаково не вживав жодних заходів. Він просто не знав, що робити. До скандалу в Бостонській єпархії проблемних пресвітерів зазвичай перекидали між парафіями. Ніхто не тішив себе думкою, що це вирішить проблему, та принаймні на якийсь час це її приховувало. Проте саме такі, на перший погляд, безпричинні переведення стали ниткою, що привела перших журналістів до священиків-педофілів та їхніх жертв. Апшоу було відомо, що після 2002-го необґрунтоване переведення будь-якого пресвітера до нової парафії миттю насторожувало ЗМІ, а тому... просто чекав, доки змія відповзе. Спочатку це діяло. Упродовж подальших чотирьох років ординарій єпархії Джексона не чув про жоден випадок сексуальної наруги над дітьми та зрештою повірив, що тактика замовчування, на відміну від інших єпархій, тут спрацювала.

Грім гримнув навесні 2016-го. Тринадцятирічна школярка із Бейтсвіла, що на півночі штату Міссісіпі, записала на телефон, як під час сповіді місцевий священик, не соромлячись висловів, пропонував їй відсмоктати в нього. Під час розслідування з'ясувалося, що впродовж семи років такі пропозиції від священика чули щонайменше дев'ять школярок. На цьому все могло би скінчитися — нещодавно стих грандіозний скандал з архієпархією Лос-Анджелеса, й одного сексуально стурбованого священнослужителя вже було недостатньо, щоби потрапити на шпальти загальнонаціональних видань, — якби не старша сенаторка від штату Міссісіпі Меґан Сандерс. Невдовзі по тому, як на місцевому телебаченні показали відеозапис тієї школярки, пані

Сандерс ненароком дізналася, що понад тридцять років тому той самий священик діймав її благовірного, який також був родом із Бейтсвіля. Сенаторка мала одну особливість, що справила разючий вплив на подальші події: на відміну від більшості своїх колег із Республіканської партії пані Сандерс була атеїсткою. Того самого вечора вона особисто зателефонувала єпископові Апшоу й пообіцяла, що підсмажить його католицьку задницю так, що пекло здаватиметься йому курортом, а наступного дня єпархія Джексона відчула на собі всю міць американської правоохоронної системи. Сандерс виступила із промовою на телебаченні й оголосила про відкриття гарячої лінії, після чого свідчення про сексуальні домагання посипалися, наче з мішка. Протягом першого тижня від служіння відсторонили двадцять одного священика, а до початку літа кількість жертв, готових свідчити в суді, перевалила за півтисячі.

Єпископ Апшоу зреагував заявою, в якій назвав педофілію не просто гріхом, а злочином проти віри та людяності, і висловив співчуття сім'ям тих, хто зазнав принижень. Він вирушив у поїздку штатом, під час якої зустрічався із постраждалими, втішав та особисто просив у кожного пробачення. Упродовж тривалого часу — майже одинадцяти місяців — єпископу вдавалося триматися осторонь офіційного розслідування, аж поки у квітні 2017-го у «Clarion-Ledger»[1] не з'явилася стаття, автор якої, покликаючись на одного із заступників єпископа, стверджував, що Дюку Апшоу, як і кардиналові Бернарду Лоу, весь час було відомо про священиків-педофілів.

Наступного після публікації ранку Апшоу викликали до Мобіла, штат Алабама, на зустріч із Його Високопреосвященством Томасом Роді, головою архієпархії Мобіла, до

[1] «The Clarion-Ledger» — американська щоденна газета в Джексоні, штат Міссісіпі. На сьогодні залишається однією з небагатьох газет США, яка продовжує поширюватися в усьому штаті.

якої належить єпархія Джексона. Десять років тому, в липні 2007-го, керівництво архієпархії Лос-Анджелеса пішло на угоду з позивачами й виплатило жертвам насильства шістсот шістдесят мільйонів доларів — рекордну для позовів такого штибу суму. Виплати поставили єпархію на грань банкрутства, проте дали змогу її голові, кардиналові Махоні, уникнути свідчень у суді. Тож Його Високопреосвященство архієпископ Мобіла пояснив Апшоу, що в *їхній* архієпархії стільки грошей немає. Роді розумів: у разі виклику до суду Дюк Апшоу не брехатиме й зізнається, що знав про випадки розбещення впродовж років, після чого адвокати обдеруть єпархію як липку, що стане кінцем римо-католицької церкви в регіоні. Архієпископ Мобіла анітрохи не перебільшував. За борги в єпархії можуть відібрати не лише адміністративні приміщення, а й храми, а тому єпископа Апшоу потрібно було будь-що вберегти від свідчень під присягою.

Після кількох днів телефонних перемовин із Римською курією[1] єпископ Апшоу спішно вилетів до Ватикану, де на початку травня Папа Франциск призначив його своїм першим таємним кардиналом. І відразу по тому відрядив до Китаю.

Апшоу усвідомлював, що ніщо так просто не стається. Бог перевіряє його стійкість. Бог шле випробування, щоби зробити його кращим, чуйнішим, смиреннішим. Апшоу також усвідомлював марність спроб осягнути нікчемними людськими мізками глибину Господніх задумів, але... однаково відчував важку спустошеність у грудях. Раніше він принаймні здогадувався, куди рухається, відчував Його присутність, знав, що попереду йде Проводир, який — хай би як важко було дорогою — завжди подбає про те, щоб наприкінці була мета. А яка мета в нього тепер? Таємно очолити

---

1 Римська курія — адміністративна організація, що допомагає Папі Римському керувати католицькою церквою.

католицьку церкву в Китаї? Та формально такої церкви навіть не існує. У КНР п'ять із половиною мільйонів католиків, у всіх великих містах стоять собори та базиліки, проте з організаційної точки зору вони не є римо-католицькою церквою. Ще 1951-го влада вигнала з країни папського нунція, а 1958-го двох місцевих священиків — Бернадина Дун Гуанцина та Юаня Веньхуа — висвятили на єпископів без згоди Святого престолу, в такий спосіб створивши в Китаї власну церкву, відокремлену від решти католицтва. Вочевидь, що Ватикан не міг залишити таку численну парафію під наглядом маріонеток, і з шістдесятих років у Китаї почали діяти неофіційні, або «таємні», папські єпископи, якими опікувався такий само «таємний» ватиканський кардинал.

Через одержимість потайливістю Дюк Апшоу не одягнув ні кардинальської мантії, ні червоного бірета[1], узагалі нічого. Чи не вперше від початку тисячоліття єпископ мандрував у мирському. Навіть золоту кардинальську каблучку з папським гербом доведеться зняти перед перетином китайського кордону. І саме ця надмірна таємничість, вважав Апшоу, підкреслювала абсурдність місії. Він ніколи не був у Китаї, навіть приблизно не уявляв, хто з єпископів схвалений Папою, а хто — лояльний до режиму, і чудово розумів, що його відрядження до КНР — лиш додаткова пересторога, зумовлена усвідомленням, що сенаторка Сандерс має достатню владу, щоби дістати його навіть у Ватикані. Апшоу не нарікав, але не міг без суму думати про те, що присвоєння кардинальського титулу було не заслуженим підвищенням, а вимушеною прелюдією до заслання.

Рух за вікном відволік його. Апшоу сфокусував погляд і провів очима білосніжний «Airbus A350», що промчав

[1] Бірет — головний убір духовенства римо-католицької церкви. Колір бірета відповідає рангу того, хто його носить: червоний — кардинал, амарантовий — єпископ, чорний — священик.

смугою і важко відірвався від землі. Наступної миті просто перед його очима постав, частково затуливши летовище, невисокий силует. Дюк Апшоу відхилився і підсліпувато примружився. За крок від нього стояла дівчинка років восьми — густо-чорне волосся до ліктів, маленький ніс із рельєфними ніздрями, темні очі. Через ямки на округлих щоках здавалося, наче вона постійно всміхається. На ній були джинси й довга синя кофта із закасаними рукавами.

— *Ruz be kheir*[1], — сказала дівчинка. У руках вона стискала плюшевого коалу.

— Привіт. — Апшоу сів упівоберту й окинув швидким поглядом залу. — Ти сама?

Дівчинка насупилася. Єпископ усміхнувся, й усмішка миттю зм'якшила старечу жорсткість рис його обличчя. Малявка кілька секунд вивчала дужки зморщок довкола його губ, після чого зосереджено підсумувала:

— *Shoma farde kheili mosenni hastid*![2] — Потім показала Апшоу коалу: — *Man yek arusake khers daram*[3]. — Судячи зі стану хутра, іграшка не вперше вирушала в мандри з дівчинкою. — *Madaram mige ke man dige bozorg shodam. Vali ba in khers man az hich chiz nemitarsam*[4].

Апшоу похитав головою, що не розуміє її. Дівчинка раптом озирнулася до вікна та вказала на літаки, що вишикувалися перед зльотом:

— *Shoma ham parvaz mikonid be keshvar Chin*?[5]

— Я тебе не розумію, — м'яко мовив Апшоу. — Ти не розмовляєш англійською?

Дівчинка знову насупилася, поміркувала й заперечно мотнула головою.

Отже, дещо таки розуміє.

---

1 Добрий день (транслітерація, фарсі).

2 Ви такий старий! (транслітерація, фарсі)

3 У мене є ведмедик (транслітерація, фарсі).

4 Мама каже, що я вже доросла. Але мені з ним не так страшно (транслітерація, фарсі).

5 Ви теж летите до Китаю? (транслітерація, фарсі)

— Як тебе звати?

Її й так великі очі розширилися: цю фразу вона пам'ятала зі школи й по складах відповіла:

— *My name... is... Leila*.

Демонструючи, що зрозумів, Апшоу легенько торкнувся долонею до її плеча.

— Ти — Лейла. — Дівчинка закивала, єпископ тицьнув пальцем у себе: — А я — Дюк.

Вона спершу всміхнулася, а потім знову насупилася. Дюк? Дивне ім'я. Дівчинка ніколи такого не чула й засумнівалася: а раптом це не ім'я взагалі? Що як зморшкуватий чоловік у чорній сорочці мав на увазі щось інше?

Лейла намірилася щось сказати, коли до неї підбігла невисока жінка із накинутою на голову хусткою. Схопила Лейлу за руку, щось сердито до неї заговорила. Зауваживши, що чоловік, із яким спілкувалася дівчинка, дослухається, жінка збентежено замовкла. Вона знітилася ще дужче, розгледівши колоратку в комірі сорочки.

— Уже посадка, — ламаною англійською пояснила вона. Голос звучав невпевнено, так наче вона перепрошувала, що забирає Лейлу. — Це донька. Нам час піти. Пробачте.

Апшоу — досі з усмішкою на зморшкуватому лиці — кивнув. Лейла, відкопиливши губу, водила ногою по блискучій підлозі. Осмикнувши її, жінка розвернулася й закрокувала до вервечки пасажирів, що поступово вибудовувалася навпроти виходу до телескопічного трапа.

— Якою мовою вона розмовляла? — кинув Апшоу навздогін. — Це ж не арабська, ні?

Жінка відповіла через плече, не зупиняючись:

— Це фарсі.

Дюк Апшоу знову кивнув. А тоді відвернувся до вікна термінала. На світло-сірі очі, які ще мить тому приязно всміхалися, лягла тінь порожнечі.

Міжнародний аеропорт Дубай
VIP-ложа авіакомпанії «Altair Air», Термінал 3

Лоуренс Ґрейс напівлежав на розкішному шкіряному дивані неподалік входу до VIP-зали та переглядав фотографії Варвара, бійцівського пітбуля, який на минулорічних боях у Пекіні здобув п'ять перемог і жодного разу не програв, коли планшет у руках тихо дзенькнув, а в нижньому правому куті екрана вискочила піктограма Messenger'а. Лоуренс тицьнув пальцем у синій кружечок: угорі розкритого діалогового вікна висіло непрочитане повідомлення від Дейна Едвардса, його агента. Ще до того, як сфокусувати погляд, хлопець наморщив лоба та спробував уявити, котра зараз година у Портленді. Одинадцята вечора? Вже за північ?

Dane Edwards 11:46
Уранці на nfl.com викладуть ТОП-10 гравців, які не ввійшли до сотні найкращих

Лоуренс скривився. Медійникам під час міжсезоння в НФЛ доводилося зі шкіри пнутися, щоб нашкребти притомні теми для новин. Кінець весни та перша половина літа були в цьому сенсі найгіршими, оскільки у проміжку між закінченням драфту[1] та початком тренувальних зборів писати просто нічого. У цей період для заповнення газетних шпальт чи ефірного часу в спортивних ток-шоу використовували

---

[1] Драфт НФЛ (англ. *draft* — відбирати) — щорічна триденна подія, під час якої команди американської Національної футбольної ліги по черзі обирають нових гравців із команд студентської ліги. Порядок у черзі визначають за підсумками попереднього сезону: команди, що посіли нижчі місця, роблять вибір раніше за тих, що виступили краще. У такий спосіб слабші команди обирають сильніших гравців, що вирівнює шанси всіх команд перед початком нового сезону. Драфт складається із семи раундів, у ході яких кожна із тридцяти двох професійних команд НФЛ обирає по одному гравцю студентської ліги. Командам дозволено торгуватися й обмінюватися позиціями і до початку, і під час самого драфту.

вбогі вигадки на кшталт «ТОП-10 найгірших розіграшів сезону» чи «ТОП-5 тачдаунів[1], закинутих із відстані понад сорок ярдів у ході матчів плей-оф». На відміну від них ідея рейтингу «ТОП-100 гравців за підсумками сезону» не здавалася двадцятичотирирічному Лоуренсу Дарнеллу Ґрейсу, другий рік поспіль кращому ресиверу[2] команди «Portland Invaders», вбогою чи примітивною. Навпаки — це було круто. Список укладали за підсумками голосування самих гравців. Про тих, хто потрапляв до сотні, Ліга випускала короткі ролики-досьє, які поступово оприлюднювали впродовж подальших десяти тижнів — щопонеділка, по десять водночас, починаючи з найнижчого, сотого місця. Ці ролики ширилися мережею, немов пожежа. Через них до хрипоти сперечалися експерти й гризлися в соцмережах фани. Зате про «ТОП-10 гравців, які не ввійшли до сотні кращих» Лоуренс чув уперше. Напевно, якийсь журналіст, не накопавши нічого більш цікавого, через два тижні після оголошення першої десятки вирішив написати про гравців, які за підсумками голосування розташувалися на місцях зі сто першого по сто десяте. Що завгодно, аби не втрачати аудиторію в міжсезоння.

Жалюгідно. Просто жалюгідно.

Лоуренс нахмурився ще дужче й надрукував у відповідь:

Lawrence Grace 11:46
навіщо ти це пишеш?

---

[1] Тачдаун (англ. *touchdown* — приземлення) — один зі способів набирання очок в американському футболі. Щоб заробити тачдаун, потрібно доставити м'яч до залікової (кінцевої) зони команди-суперника. Це можна зробити у два способи: 1) гравець разом із м'ячем забігає до залікової зони; 2) гравець отримує пас, перебуваючи в заліковій зоні (обов'язкова умова після отримання пасу — повний контроль м'яча).

[2] Ресивер (англ. *receiver* — той, що отримує [пас]) — позиція в команді нападу в американському футболі. Завдання ресивера під час наступальних розіграшів — пробігти запланованим маршрутом, за можливості звільнитися від опіки захисника (зазвичай корнербека) та прийняти пас.

Dane Edwards 11:46
подумав, буде краще, якщо ти дізнаєшся від мене
дуже сподіваюсь, що до ранку ти охолонеш й не накатаєш дурниць у Twitter’і

Lawrence Grace 11:47
ти вже знаєш, хто в списку?

Звісно, Едвардс знав.

Dane Edwards 11:47
ось відеозапис — youtu.be/WkWTxYPOcs8
тут усі десятеро, в одному ролику
доступ відкрито лише для тебе

Лоуренс якийсь час не відписував, отетерілим поглядом туплячись у планшет. Хлопець здогадувався, що його немає на відео, інакше б Едвардс не згадував про *Twitter*. Отже, він не потрапив навіть до жменьки невдах, які очолили другу сотню кращих гравців НФЛ. Трясця, за нього взагалі хоч хтонебудь голосував? Це взагалі нормально, що ресивер, на рахунку якого одинадцять тачдаунів і тисяча триста пройдених ярдів, не потрапив навіть до... У вікні месенджера, обірвавши Лоуренсові роздуми, вискочило нове повідомлення:

Dane Edwards 11:47
пробач, але я не можу не запитати
як я розумію, ти не збираєшся на OTA[1]?

[1] OTA, ***O**rganized **T**eam **A**ctivities* (англ. Організована командна діяльність) — загальна назва тренувальних занять у Національній футбольній лізі, які проводять наприкінці квітня та на початку травня, тобто між закінченням сезону й обов’язковими тренувальними зборами. Мета OTA — допомогти новачкам адаптуватися в Лізі, а також підтримати спортивну форму інших гравців під час міжсезоння. Формально участь досвідчених гравців у OTA команди не є обов’язковою, однак відсутність без поважної причини вважають неприйнятною.

Ресивер пригладив долонею розкошлану чорну бороду — він не голився понад три місяці, узагалі не торкався бритви відтоді як «Portland Invaders» програли Супербоул[1], — і відстукав пальцями по цифровій клавіатурі:

Lawrence Grace 11:37
Дейне... не починай

Dane Edwards 11:37
я не читатиму тобі нотацій
просто зваж усе

Лоуренс відчув, як у грудях закипає роздратування.

Lawrence Grace 11:37
зваж усе, бо ЩО?
що вони мені зроблять?
викинуть з команди?

Упродовж свого першого сезону в НФЛ — потому як у квітні 2014-го «Portland Invaders» вибрали його в першому раунді драфту, — Лоуренс Ґрейс провів на полі не більше як сорок хвилин, зловив вісім пасів (один — у заліковій зоні) й набрав півсотні ярдів. Зате вже наступного року хлопець став найрезультативнішим ресивером команди, а 2016-го набрав тисяча триста ярдів за сезон. Журналісти, певна річ, обсмоктуватимуть його відсутність, колеги по команді бурчатимуть у роздягальні (*чому ми мусимо гарувати в парких шоломах на стоградусній спеці*[2], *поки Ґрейс смажить батони на курорті?*), проте навряд чи хтось із

---

[1] Супербоул (англ. *Super Bowl* — суперкубок) — фінальна гра сезону в професійному американському футболі, неформальне національне свято у США. Відбувається щороку в першу неділю лютого.

[2] 100 °F = 37,8 °C.

тренерського штабу матиме до Ґрейса серйозні претензії. Насправді Дейну Едвардсу хотілося вірити, що не матиме, бо чуття підказувало агенту, що це дуже залежить від того, з якого боку дивитися на останні сорок секунд у грі за суперкубок: це «New England Renegades» так ефектно його виграли чи «Portland Invaders» так безбожно його просрали?

Агент друкував півхвилини, і зрештою на екрані Лоуренсового планшета зринуло повідомлення:

Dane Edwards 11:38
Ларрі, зараз я пишу не як твій агент, а як твій друг, і я наполегливо раджу тобі з'явитися на ОТА, нехай і з запізненням, але приїхати... особливо зважаючи на те, як завершився попередній сезон

Хлопець безшумно заворушив губами, від чого схожа на вмочену в чорно-коричневе мастило борода засмикалася, мов жива.

Lawrence Grace 11:38
ти натякаєш, що «Загарбники» програли через мене?

Dane Edwards 11:38
я ні на що не натякаю
програє завжди команда
але ти мій клієнт
і моя робота — дбати, щоб у тебе була робота
щоб ти, чорт забирай, заробляв
бо якщо ти не зароблятимеш, я також сидітиму без грошей
і дозволь нагадати, що заробляєш ти не лише футболом
а я щось не бачу черги з агентів «Under Armor» чи «Nike», які добиваються зустрічі зі мною, щоб обговорити рекламу за твоєю участю!

Агент не на жарт розходився.

Dane Edwards 11:39
трясця, Ларрі, я ні на що не натякаю!
але ти ж не маленький уже
ти мусиш розуміти, який це матиме вигляд в очах фанів!
уяви, який сморід здійметься, якщо ти без причини не з'явишся на ОТА

Lawrence Grace 11:39
припини

Dane Edwards 11:39
це сприймуть як вияв неповаги до команди!

Lawrence Grace 11:39
не драматизуй, я тебе прошу

Dane Edwards 11:39
Ларрі, ніхто не підписує рекламні контракти з гравцем, якому насрати на власну команду!

Обличчя Лоуренса стислося до вперто виставленого підборіддя, що надавало йому хижого, по-звірячому лютого вигляду. Начхати на рекламні контракти! Він надрукував:

Lawrence Grace 11:39
дякую за турботу, Дейне, але я не приїду
я в чудовій формі, а тому з'явлюся лише на зборах
у серпні

Едвардс не відписував хвилину. Зрештою в Messenger'і вискочило запитання:

Dane Edwards 11:40
де ти зараз?

Лоуренс криво посміхнувся: агент змирився.

Lawrence Grace 11:40
в Дубаї, чекаю на літак до Пекіна

Навіть якщо й здивувався, Дейн Едвардс ніяк не виказав подиву.

Dane Edwards 11:40
о'кей, тоді хоча б не викладай у Instagram'і фото з дівчатами
чи з барів
чи де там ти будеш
нічого не публікуй узагалі
просто забудь про свій сраний Instagram

Lawrence Grace 11:40
добре

Dane Edwards 11:41
я розповідатиму, що ти полетів до Тибету
типу, відходити від програшу
налаштовуватися на новий сезон
чи щось таке

Лоуренс не відповів. Сплинула хвилина, агент також більше не писав, і хлопець подумав, що розмову, напевно, закінчено. Він вирішив вимкнути планшет, одначе занесений над кнопкою вимкнення палець застиг, наче наткнувшись на невидиму перешкоду. Лоуренс нервово ковзнув язиком по губах, прогорнув діалог до початку й утупився в посилання на відео. Очі — дві блідо-зелені крижинки — розширилися. І до того бліда шкіра стала немовби прозорою. Хлопець тицьнув пальцем в екран — перейшов за посиланням — і, обхопивши планшет руками, схилився над екраном.

Ролик тривав чотири хвилини — заледве по двадцять секунд на позицію, — і серед гравців виявилося лише два ресивери: тридцятирічний ветеран «Las Vegas Gamblers» Уенделл Андерсон, який набрав трохи більше за вісімсот ярдів за сезон, і Брекстон Фуллер із «Miami Killer Whales», який у листопадовому матчі з «Indianapolis Stars» порвав зв'язки на коліні та вибув до кінця року. Лоуренс розумів, що *весь* список однозначно є суб'єктивним, оскільки голосують не експерти, а гравці, проте порівнювати себе із цими двома каліками було нестерпно. *Як він опинився нижче за них*? Хоча найгірше чекало попереду: останню (сто десяту в загальному списку) позицію займав Брендон Бартон, чорношкірий корнербек[1] «New England Renegades», який грав проти Лоуренса в четвертій чверті матчу за суперкубок.

Усередині хтось наче шкрябнув сірником, і в Лоуренсовій голові спалахнув вогник ненависті. Він одсахнувся від планшета. Впродовж кількох секунд у свідомості крутилася ідіотська думка про те, що відео, напевно, потрапило сюди з паралельної реальності, адже в нормальному, впорядкованому світі — у реальності, до якої звик Лоуренс, — такого просто не могло статися.

Для Брендона Бартона, попри те що він був лише на кілька місяців молодшим за Лоуренса, 2016-й став дебютним сезоном у НФЛ. І дебют відверто не вдався: Брендон жодного разу не ввійшов до стартового складу, за сезон з'явився на полі тричі — у неважливих для «Ренегатів» матчах, — заблокував чотири паси та не виконав жодного перехоплення. Чотири відбиті паси за сімнадцять тижнів! Під час матчів плей-оф Бартон не виходив на поле взагалі, тож не дивно, що на момент появи в матчі за суперкубок про нього

[1] Корнербек, або скор. корнер (англ. *cornerback*, CB) — позиція в команді захисту в американському футболі. Завдання корнербека — не дати ресиверу спіймати м'яч (або зупинити ресивера після отримання пасу).

ніхто не знав. Лоуренс пригадав, як через тиждень чи півтора після Супербоулу переглядав ранкове шоу «Good Morning Football» на кабельному каналі «NFL Network», де ведучий завзято розказував, як на початку четвертої чверті, побачивши Бартона на полі, поліз у *Google*, просто щоби з'ясувати, хто то в біса такий.

А потім усе змінилося. За сорок секунд до закінчення матчу безіменна тінь перетворилася на героя, і про нікому не відомого чорношкірого корнера заговорила вся країна. Хештег #BurtonDidIt[1] одинадцять днів тримався в топі *Twitter'а*.

Від часу програшу в матчі за суперкубок минуло чимало ночей, упродовж яких Лоуренс, годинами лежачи без сну й туплячись у стелю спальні, шматками видирав із мозку спогади, та це не допомагало позбутися огидного відчуття безсилля та приреченості. І він, і Бартон родом з одного містечка — Віксбурга на заході штату Міссісіпі. Не те щоб вони товаришували чи добре знали один одного, просто обоє були приблизно однакового віку та змалечку грали в американський футбол. Брендон походив із небагатої сім'ї і навчався в державній Віксбурзькій середній школі, родина Ґрейсів навпаки належала до вищого класу. Батько Лоуренса, Джонатан Ґрейс, був полковником Інженерного корпусу армії США, чий численний підрозділ розквартировувався у Віксбурзі; дядькові, Пітерові Ґрейсу, належали кілька логістичних центрів неподалік Нового Орлеана й мережа аптек, що розкинулася на три штати: Арканзас, Луїзіана й Міссісіпі. Відтак Лоуренс Ґрейс відвідував елітну школу святого Алоїзія. Обидві школи мали футбольні команди й часто грали між собою — не менш як двічі на рік Брендон і Лоуренс зчіплялися на лінії зіткнення. Кремезніший Лоуренс зазвичай брав гору, щоправда, ніколи цим

---

[1] Бартон зробив це (*англ.*).

не хизувався. На височенному флагштоці посеред заднього подвір'я Ґрейсів досі майорів бойовий прапор конфедератів — пурпурове полотнище із синім діагональним хрестом і білими зірками, — а полковник Джонатан Ґрейс із пелюшок привчав сина, що за Конституцією всі, певна річ, рівні, проте білий усе ж трохи рівніший за чорного, тобто просто не може програти, а якщо чорний таки виграє, отже, він махлює, тож Лоуренс домінування над чорношкірим опонентом вважав чимось самоочевидним і беззаперечно правильним. Так само Лоуренса ніколи не дивувало, що матір Брендона була кінченою алкоголічкою, а батько гарував на буровій платформі в Мексиканській затоці й за чутками під час відпусток більше часу проводив у борделях Нового Орлеана, ніж із родиною у Віксбурзі. Вони ж чорні, що з них узяти?

Далі — гірше. Навесні 2010-го Брендона відсторонили від тренувань. Подейкували, що його спіймали за вживанням заборонених речовин, наркотиків тобто. Бартона не вигнали з команди, проте до кінця сезону він не з'являвся на полі: у березні його батько помер від передозування героїном, і хлопцю, імовірно, було не до футболу.

Це останнє, що Лоуренс Ґрейс чув про Брендона Бартона в школі. Після закінчення школи батьки відправили його на північ, до престижного Університету Пітсбурга, де він одразу став гравцем основи в університетській команді й швидко забув про колишнього шкільного опонента. Як склалася доля Брендона після школи, Лоуренс дізнався з новин наступного після 51-го Супербоулу дня. Це було неважко: про корнербека «Ренегатів» говорили всі без винятку спортивні ЗМІ. Найдужче здивувало, що попри інцидент із наркотиками, який повинен був поставити хрест на планах стати професійним футболістом, Брендон примудрився отримати спортивну стипендію в Університеті Західної Алабами, а через три сезони, 2014-го, наважився спробувати свої сили в драфті. Останнє видавалося не просто нахабством, а відвертим глумом над Лігою. Ну гаразд, чорношкірому якимось дивом вдалося потрапити до «Тигрів Західної Алабами», але про що він думав, коли поперся на драфт? Це ж НФЛ! Ніхто не братиме до професійної команди колишнього нарика!

Власне, так і трапилося. У квітні 2014-го Лоуренса Ґрейса абсолютно прогнозовано обрали в першому раунді драфту. І то не просто в першому: «Portland Invaders» попереднього сезону на останніх хвилинах програли гру за звання чемпіона конференції і як наслідок опинилися на самісінькому дні драфтової черги — на двадцять дев'ятій позиції серед тридцяти двох команд. Щоб отримати Ґрейса, вони мусили будь-що піднятися в черзі, тому «Загарбники» не пошкодували двох своїх лайнменів[1] і двадцять дев'ятої позиції в третьому раунді в обмін на третю позицію першого раунду, яка належала «Miami Killer Whales». Це означало, що портлендці не просто хотіли, щоби Лоуренс грав у їхньому нападі, вони боялися, що якась із команд забере ресивера до того, як до них дійде черга.

Брендона натомість не обрали взагалі. Навіть в останньому, сьомому раунді драфту менеджери професійних команд вважали, що серед молодих гравців, які все ще «висять на дошці», є потенційно кращі футболісти. Брендон повернувся до Віксбурга й два роки, від травня 2014-го до червня 2016-го, працював офіціантом у ресторані «Popeye's Pizzas» (про це Лоуренс також дізнався зі ЗМІ). Ґрейс не уявляв, що мало статися, щоби після такого Брендон

---

[1] Лайнмен (англ. *lineman* — людина на лінії) — позиція в американському футболі. Лайнмени — це гравці з вагою понад 140 кг, які перед початком розіграшу стають у шеренги один навпроти одного по різні боки лінії зіткнення. Завдання лайнменів команди захисту — зім'яти шеренгу лайнменів нападу та повалити квотербека (лідера нападу) до того, як він передасть м'яч ресиверу. Завдання лайнменів нападу — захищати квотербека; під час атакувальних розіграшів лайнмени нападу не мають права торкатися м'яча.

потрапив до НФЛ. Без дива не минулося: у травні 2016-го Майк Каннінгем, один із корнербеків «New England Renegades», спокусившись на грубі гроші, перейшов до «Washington Federals», і тренер «Ренегатів» Білл Вентрон, шукаючи йому заміну, невідь-чому згадав про Брендона Бартона, який залишився без команди два роки тому. Білл запросив хлопця на тренувальний збір, по завершенню якого «New England Renegades» запропонували новачку контракт.

Ґрейс відкинувся на спинку дивана й устромив пальці в бороду. Наркотики, другий Дивізіон студентської ліги, офіціант у «Popeye's», чотири відбиті паси за сезон і жодного перехоплення. Той чорношкірий пасував до НФЛ так само, як друга дірка до Лоуренсової задниці! Тож ресивер не розумів *чому*. Чому тренер «Ренегатів» випустив Брендона на поле не просто під час найважливішого матчу, а тієї миті цього матчу, коли, як часто повторював полковник Джонатан Ґрейс, софіти палали найяскравіше? Той чорношкірий лузер не повинен був навіть носа витромлювати із роздягальні! Натомість...

Чорт!

На противагу Брендонові Лоуренс Ґрейс крокував по життю із високо піднятою головою. Елітна школа; миттєве місце у стартовому складі університетської команди; за три роки в Пітсбурзі — абсолютний рекорд серед гравців «Пантер» за кількістю занесених тачдаунів; перший раунд драфту 2014-го. Після трьох років у Портленді Лоуренс мав рівень, недосяжний для більшості ресиверів, які обігнали його в рейтингу гравців: тисяча триста два ярди й одинадцять тачдаунів за сезон, три з яких — із відстані понад сімдесят ярдів.

Своєю грою він перетворював кращих корнербеків на бевзів, обходив найвигадливіший захист так, наче то були статичні манекени. Ні, Лоуренс не сподівався на звання

MVP[1], і він загалом розумів, що тисяча триста ярдів нічого не означають, якщо ти не пройшов одного єдиного, що відділяв твою команду від чемпіонства, проте впасти нижче за чорношкірого, чия мати чи не щодня впивалася до безпам'яті, а батько сконав через передозування героїном... Неприпустимо. Образливо. Гидко... Проте ось він, сидить у VIP-залі арабської авіакомпанії, половина менеджерок якої вдягнуті так, що цілком можуть ховати під тканиною пояс шахіда, й думає про собачі бої в Пекіні тоді, коли Брендон Бартон розгулює рідним Віксбургом, хизуючись чемпіонською каблучкою зі ста сімдесятьма п'ятьма відбірними діамантами на безіменному пальці.

Лоуренс замотав головою, ніби струшуючи неприємні думки. Досить. Так не можна. Треба припинити самокатування, інакше він доведе себе до сказу. Лоуренс повернувся до велетенської матової шибки із зображенням орла з широко розкинутими крилами — емблемою компанії «Altair Air», — яка відмежовувала VIP-зону від решти термінала. За склом виднілася довжелезна черга з пасажирів, серед яких Лоуренс розгледів не менше ніж три десятки дітей різного віку.

Ресивер озирнувся через плече й звернувся до працівниці компанії.

— Ці всі люди, — він махнув рукою на вікно ложі, — вони чекають на рейс до Пекіна?

— Так, пане.

— Чому так багато дітей?

— Дитячий тиждень, — пояснила дівчина. — Кожна дитина в супроводі дорослого може полетіти до Пекіна за один долар.

---

[1] MVP, ***M**ost **V**aluable **P**layer* — найцінніший гравець. У Національній футбольній лізі його визначають шляхом голосування за підсумками регулярного сезону та матчів плей-оф. На відміну від рейтингу «ТОП-100 найкращих гравців сезону» участь у голосуванні беруть спортивні журналісти й експерти.

— За один долар? — перепитав Лоуренс.

— Так, пане.

— Лайно!

Дівчина трафаретно всміхнулася.

— Не переймайтеся, у першому класі не буде жодного.

Футболіст відвернувся і, нахмурившись, почав роздивлятися чергу. Група дітлахів, регочучи, гасала між пасажирами. Один із них — худорлявий хлопчина в чорній бейсболці із пласким козирком — відколовся від інших, підбіг до вікна VIP-зали та притулився до шибки просто навпроти дивана, на якому сидів Лоуренс. Став оглядати залу. Лоуренс спершу побачив рідкі коричнюваті зуби малого та злегка розкосі очі — хтось із батьків точно мав китайські корені, — і лише потім зауважив сріблясто-чорний логотип «Los Angeles Raiders» на бейсболці. «Raiders» 2016-го не вийшли до плей-оф, але Лоуренс відчував, що малий мусить знати його. Хлопчак нібито прочитав його думки. Помітив Лоуренса — і розкосі очі різко розширилися. Впізнав! Збагнувши, що ресивер «Загарбників» дивиться просто на нього, малий відсахнувся і потупився. А тоді, не піднімаючи голови, перевальцем відступив від вікна, розвернувся й побіг назад до черги.

Лоуренсова борода знову засмикалася. Він уявив, як учинив би шмаркач, якби на його місці сидів Брендон Бартон. Кривозубий виблядок уже, напевно, звивався б, немов ужалений, на мигах випрошуючи автограф. І напудив би від щастя в штани, якби на додачу вициганив ще й селфі.

— Паскудство, — прошипів Лоуренс.

Він стиснув кулаки та спробував заспокоїтися. Відволіктися. Перестати згадувати те, що сталося під час Супербоулу. Думати про щось хороше, наприклад, про бої в Пекіні. Та було вже пізно: спогади, неначе скинутий зі сходів килим, розгорталися самі собою. Лоуренс пригадав, як шалено калатало серце, коли його команда вишикувалася перед вирішальним розіграшем. М'яч — на позначці один ярд. До залікової зони «Ренегатів» рукою дістати. Рахунок — 24:28 на користь бостонців[1], «Загарбникам» потрібен тачдаун. Велетенський електронний годинник за спинами захисників «New England Renegades» відраховує час до закінчення матчу... 49... 48... 47 секунд. Один ярд. Один довбаний ярд! Лоуренс пам'ятав, як скоса кинув погляд на бокову лінію «Ренегатів», де заціпеніли Білл Вентрон і його помічники, й зміркував, чому тренер «Ренегатів» не бере тайм-аут, аби зупинити час[2]? 44... 43... Якщо м'яч перетне лінію, рахунок стане 31:28 на користь «Загарбників»... 42... 41... і в «Ренегатів» просто не залишиться часу, щоби спробувати відігра...

Деренчання телефона повернуло ресивера до тями. Лоуренс поліз до кишені, приклав мобільний до щоки.

— Так?! — гарикнув він.

— Воу, — пролунало в динаміку. — Чого такий злий?

— Нічого... — Лоуренс видихнув. — А, йди нахер! Просто поганий настрій.

— Йо, то я тобі зараз його поліпшу! Я знайшов собаку, про якого ти навіть не мріяв. Сунь Чи просить шістнадцять куснів.

— Дорого. Що за собака?

— *Буллі кутта*[3].

---

[1] Бостон — найбільше місто та неформальна столиця Нової Англії, регіону США, що охоплює шість штатів: Коннектикут, Мен, Массачусетс, Нью-Гемпшир, Род-Айленд і Вермонт. Відповідно «бостонці» — це гравці «New England Renegades».

[2] В американському футболі матч складається із чотирьох п'ятнадцятихвилинок, однак ігровий годинник часто зупиняють між окремими розіграшами, і гра може тривати понад три години. Рефері зупиняють таймер після незавершеного пасу (коли ресивер не спіймав м'яч) чи внаслідок розіграшу, під час якого м'яч опиняється за межами поля (наприклад, коли гравці команди, яка захищається, виштовхують ресивера з м'ячем за бокову лінію). Крім того, команди мають по три тайм-аути, які також зупиняють час. Тайм-аути зазвичай використовують на останніх хвилинах матчу для збереження ігрового часу й можливості відігратися.

[3] Буллі кутт, або пакистанський мастиф — порода бійцівських собак, поширена в Пакистані. Мовою панджабі (мова корінних мешканців пакистанської провінції Пенджаб) *буллі* означає «дуже зморщений», а *кутта* — «собака».

— Пакистанський мастиф?

— Ага! Справжній диявол, Ларрі, справжній диявол! І щоб я здох, коли перебільшую. Він на моїх очах роздер ведмежа.

— Ведмежа? — Лоуренс звів брови. — Ти сказав «ведмежа»?

— Так!

— Звідки вони взяли ведмедя?

— Чувак, це Китай. Я не знаю, звідки вони взяли ведмедя, проте не здивуюся, якщо наступного року вони тренуватимуть псів на драконах. Коротше, слухай, і нехай твоє...

— Почекай, — Лоуренс перебив співрозмовника, все ще не розуміючи причину захвату: — Скільки тому ведмежаті?

— Ну, бля, ну, чувак, я не Стів Ірвін, я не знаю. Рік, півтора, може, трохи більше. Я не шарю у ведмедях. Воно було десь удвічі важче за мастифа.

Лоуренс ледве стримався, щоб не присвиснути. *Вдвічі важче за дорослого буллі кутта.* Триста? Триста п'ятдесят фунтів[1]? Він відчув, як збудження, неначе бульбашки, попливло крізь шлунок до грудей і далі до шиї.

— Гарді, то яке це, в сраку, *ведмежа*?!

Той, кого назвали Гарді, самовдоволено пирхнув.

— Ну, я сказав «ведмежа», бо це був не зовсім дорослий ведмідь, розумієш? Щоб ти раптом не подумав, що наш мастиф прикінчив триметрового грізлі.

Він промовив «наш». Наш мастиф. Бульбашки, що розпирали горлянку, стали гарячими. Від збудження в Лоуренса закололо в очах.

— Загриз на смерть?

— Менш як за хвилину, чувак. Я поліз по телефон, щоб зняти для тебе відео, але коли ввімкнув камеру, знімати вже

[1] Відповідно 136 і 159 кілограмів.

не було чого: *буллі кутта* перетворив ведмедя на килим. Присягаюся, скільки шукаю для тебе собак, ще такого не бачив: через п'ять хвилин ведмідь мав такий вигляд, наче його вантажівкою переїхало. Від нього нічого не лишилося! — Гарді аж похлинувся. — Пес так ошалів, що китайці не могли витягти його з ями. Притиснули рогачами до підлоги, і тільки після того хазяїн надягнув на нього щось типу гамівної сорочки. — Гарді замовк, але Лоуренс чув його збуджене дихання. — Пам'ятаєш Ганнібала з «Мовчання ягнят»? Пес був точно як він, коли його забирали з рингу.

— Хто хазяїн?

— Якийсь австралієць, живе в Індії. Яка різниця? Сунь Чи вже про все домовився.

— Хто ще приїжджає цього року? — запитав ресивер.

— Девелін із Окленда з новим бультер'єром. Іще Блейк — пам'ятаєш його? — чортів гівнюк обіцяє привезти свого бандога. Герст хвалився в мережі гуль-догами. Ну, ще кілька пітбулів будуть — як завжди. Ага, ледь не забув: старий Джо Декер везе ірландського стаффордширського бультер'єра, і я раджу придивитися до нього уважніше.

— Чому?

— Зараз завантажу відео. Місяць тому проходили бої в Гуанджоу. Ірландець загриз алабая.

— Та ти, бляха, гониш!

— Анітрохи. На псяру ніхто не ставив, судді навіть думали скасувати бій, типу, велика невідповідність габаритів, але Декер наполіг, мовляв, мій собака, що хочу, те й роблю. Йо, брате, сам побачиш. Ще та м'ясорубка. Собаки гризлися годину, й ірландець так вимотав алабая, що той ледве стояв. Під кінець бійки тер'єр до кісток позривав м'ясо з його задніх лап, а потім, коли алабай геть здувся, виждав момент і одним укусом перетяв яремну вену.

— Уф! — Лоуренс збуджено засопів. — Чекаю на відео.

— Треба трохи часу. Тут хріновий Інтернет.

Ресивер зиркнув на годинник. 11:52. Посадка вже мала би початися. Лоуренс сподівався, що Гарді встигне завантажити ролик до того, як його покличуть до ґейта.

— Ти коли прилітаєш? — запитав Гарді.

— За розкладом близько півночі, але виліт затримують. Мабуть, буду пізніше. Номер готовий?

— Звісно! Я тебе зустріну.

— Гаразд, тоді до зустрічі.

Лоуренс сховав телефон і взяв до рук планшет. Від нетерплячки хлопець вистукував ногою по підлозі, проте від Гарді нічого не надходило. Через хвилину до Лоуренса наблизилася дівчина в довгій синій спідниці, синьому жакеті зі значком у вигляді орла з розкинутими крилами на лацкані та білому хіджабі.

— Пане Ґрейс, перепрошую за затримку та прошу вас пройти на посадку.

Лоуренс подивився на неї.

— Якщо я відійду від зали, зв'язок із мережею розірветься, так?

— Так, пане.

— А в літаку?

Арабка вибачливо всміхнулася:

— На жаль, на наших літаках поки що немає можливості користуватися Інтернетом.

Лоуренс, невдоволено роздувши ніздрі, підвівся.

— Я ще чимось можу вам допомогти? — запитала дівчина.

Ресивер відвернувся до неї спиною, закинув на плече сумку та попрямував до виходу. Біля дверей зупинився і швидко надрукував у Месенджері:

Lawrence Grace 11:56

ще довго?!

мені вже час на літак

Hardy Sullivan 11:57
сраний Китай, ще не завантажилося!

Lawrence Grace 11:57
ну ти даєш!
скільки ще?

Hardy Sullivan 11:57
пише, 25 хвилин
але це може бути година

Лоуренс Ґрейс вишкірився, проте відписувати не став. Тримаючи планшет під пахвою, він вийшов із VIP-ложі й закрокував до входу в телескопічний трап.

Міжнародний аеропорт Дубай
Зала очікування перед ґейтом C32, Термінал 3

Ще хвилину потому, як чоловік, що заговорив до неї, пішов із зали очікування, Анні Янголь не вдавалося викинути його образ із голови. Слабкий запах алкоголю. Зелена сорочка з коротким рукавом. Карамельного кольору очі. Коли росіянин дивився на неї, Анні здавалося, що на його обличчі нічого, крім очей, немає.

Анна опустила погляд на затиснутий у руці телефон і згадала, що не вивела смартфон із режиму «В польоті». Вона зайшла в налаштування мобільного й активувала sim-карту. За півхвилини ввімкнувся роумінг, і телефон видав серію тихих вібрувань, сповістивши про шість пропущених дзвінків від Влада. Перший — о восьмій сімнадцять за київським часом, далі — ще п’ять упродовж години. Останній надійшов п’ять хвилин тому.

Анна тихо схлипнула. За мить телефон знову завібрував, цього разу на екрані одне за одним спливли кілька текстових повідомлень.

Влад 08:55
Куди ти зникла?!

Влад 09:01
Поясни, що сталося! Я розмовляв з Ольгою. Нічого не розумію!

Влад 09:04
Не можу добитися до сина. Де ви всі? Що відбувається?!

Анна застигла, схилившись над телефоном, хоча бачила лише розмиту білу пляму. Невдовзі екран згас, а жінка продовжувала тупитися в нього затуманеним поглядом, жуючи нижню губу та не помічаючи, як сльози скрапують на захисну плівку.

Вона просиділа так хвилину, після чого смартфон знову приглушено завібрував. Анна стрепенулася, змахнула сльози та сфокусувалася на екрані. Вібрація не припинялася. Щойно її погляд прояснився, серце важко бухнуло та пропустило удар.

Телефонував Влад.

Першою зринула думка про кількість грошей на рахунку. Чи достатньо для розмови? Роумінг увімкнувся, отже, грошей вистачить на хвилину-дві. А потім: яка розмова?! Що вона йому скаже? Пробач, Владе, я лечу до Бангкока через Пекін, бо... Бо що? Навіть якби хотіла щось сказати, Анна не встигла б розповісти й десятої частини того, що сталося впродовж останніх днів.

Телефон постогнав ще півхвилини, а тоді затих. Анна взялася несамовито кусати губу. Вона мружилася і морщила лоба, так ніби намагалася згадати давно забуту географічну назву чи прізвище актора, якого бачила раз за життя, і ніяк не могла позбутися холодної важкості, що обручами здушувала худі груди.

За хвилину телефон знову завібрував. Коли спалахнув екран, Анна підскочила й ледве приглушила зойк. З якоїсь причини другий дзвінок став більшою несподіванкою, ніж перший. Жінка збентежено витріщалася на смартфон, а потім здогадалася, що Влад отримав повідомлення, що вона на зв'язку. Тому й надзвонює. За хвилину вібрація обірвалася, проте за лічені секунд почалася знову.

Протягом п'яти хвилин Влад Янголь раз за разом набирав дружину.

Після четвертого дзвінка Анна мусила докладати зусиль, щоб не розридатися вголос. Вона стиснула телефон так, що побіліли пальці. Потім спробувала заплющити очі, проте відразу розплющила, бо свідомість умить вималювала їй Влада, що стоїть посеред вогкого бліндажа — у запраній майці, «піксельних» штанах, кросівках на босу ногу, — й уперто втоплює кнопку виклику на сірій від бруду мобілці.

Сьомий виклик був останнім, після нього Влад припинив надзвонювати. Невдовзі по тому на екрані смартфона з'явилося текстове повідомлення:

Влад 09:46

Візьми трубку, будь ласка...

Анна кавкнула. Притулила телефон до губ, пальцями із силою здушила скроні й, зігнувшись, сховала лице в коліна. Спина затряслася від ридань. Окуляри висковзнули з волосся та впали до ніг.

Телефон мовчав.

Тим часом двоє працівників «Altair Air» за стійкою перед виходом до телескопічного трапа завершували приготування до посадки. Збиралася черга, проте Анна сиділа спиною до зали й нічого не помічала. Вона випросталася, лише коли залою очікування розлетілося трансльоване через гучномовець повідомлення:

— Пасажири рейсу ALR 341 компанії «Altair Air», що прямують до Пекіна, будь ласка, пройдіть на посадку до виходу С32. Увага! Оголошується посадка на рейс 341 компанії «Altair Air» до Пекіна. Пасажирів, що летять бізнес-класом, просимо пройти до виходу першими.

Жінка підвелася, втерла сльози, кілька секунд дивилася на сонцезахисні окуляри на підлозі, наче не розуміючи, звідки вони там узялися, потім швидко підняла їх і стала в чергу. Вона все ще тихо схлипувала, коли повз неї до проходу ліворуч від стійки, на моніторі над яким світився напис «BUSINESS CLASS», пройшов чорнявий чоловік у зеленій сорочці. Росіянин. Він демонстративно відвернув голову в інший бік.

Біля стійки жінка подала працівникові авіакомпанії паспорт і посадковий талон. Той ледачо підставив штрих-код під вічко, проте коли сканер пискнув, підняв брови й утупився в монітор. Укотре за день Анні похололо всередині.

— Я можу перевести вас до першого класу, — сказав працівник.

Анна прикипіла очима до паспорта — працівник усе ще тримав його в руці, — й через те не відразу зрозуміла, що він має на увазі.

— Що це означає? — пробелькотала вона.

— Хтось із нашої компанії напартачив, так? — усміхнувся хлопець.

— Я не... — жінка розгубилася, — з вашої компанії?

— Хтось із моїх колег.

— Та ні... Ніби ні.

— У мене стоїть позначка, що вас потрібно перевести до першого класу, якщо там є вільні місця. — Він лише тепер зауважив, що Анна заплакана, й посерйознішав: — Є кілька місць. Я можу вас перереєструвати. Звісно, якщо хочете.

«Британець», — збагнула Анна, а тоді пересмикнула плечима.

— Добре. Реєструйте.

Працівник щось натиснув на клавіатурі, після чого кульковою ручкою виправив вказане на посадковому талоні місце: з 37E на 4K.

— Місце чотири-кей у першому класі. Прошу.

Анна забрала паспорт і пройшла крізь розсувні двері. За крок поперед неї до рукава, що з'єднував лайнер із терміналом, пірнув насуплений молодий хлопець із м'язистим торсом і бородою-лопатою. Крокуючи за ним трапом, Анна нарешті припинила схлипувати. Потім збагнула, що досі тримає в руці телефон. Вона поглянула на темний екран зі слідами губів і подумала, що смартфон краще вимкнути, щоб не розряджати батарею. Хтозна, чи матиме вона час зарядити його в Бангкоці. Проте за секунду до того, як жінка затиснула бокову кнопку, телефон тихо дзизнув, і на екрані сплило смс-повідомлення.

Ольга Данко 09:58

Сумніваюсь, що мої слова тебе зачеплять. Просто хочу, щоб ти знала: я зневажаю тебе. Ти жалюгідна, хоча навряд чи колинебудь це усвідомиш. Ти не уявляєш, як я жалкую, що ми познайомилися.

Міжнародний аеропорт Дубай
Термінал 3, ґейт C32

Працівник компанії «Altair Air», який запропонував Анні Янголь місце в першому класі, стомлено потер пальцями очі й подивився на годинник. 12:22. Вісім хвилин тому з лайнера доповіли, що готові відчалювати. Хлопець зітхнув і вчетверте за останні п'ять хвилин підніс до губів мікрофон:

— Пані Гелен Горовіц, повторюю, пані Гелен Горовіц, що летить до Пекіна рейсом ALR 341, негайно підійдіть до...

— Та годі, — обірвала його напарниця. — Закриваємо ґейт.

Хлопець штрикнув її сердитим поглядом:

— Вона зареєструвалася, і в неї ізраїльський паспорт. Що з нею потім робити, якщо вона не має візи?

Дівчина заперечила:

— Вона зареєструвалася в терміналі, отже, у неї є віза.

Хлопець уперто замотав головою:

— Те, що вона зареєструвалася в терміналі, означає лише, що в неї *була* віза. А що як термін збіг?

Окрім цих двох, у залі очікування перед ґейтом С32 нікого не було. Тільки неподалік бару, в якому Єгор Парамонов позичав склянку, стояла коротко підстрижена шатенка років тридцяти п'яти. На ній була темно-зелена з червоними вкрапленнями сукня і легка бірюзова кофта. На ногах — босоніжки на високих підборах. Працівник «Altair Air» раз у раз зупиняв на шатенці погляд. Попри те що жінка була старшою не менш як на десять років, вона йому подобалася. Спершу він навіть подумав, що шатенка може виявитися їхньою загубленою пасажиркою, однак та не реагувала на жодне з його оголошень.

— Добре, — хлопець махнув рукою, — оголошую востаннє, і закриваємо.

Він набрав у груди повітря, затиснув тангенту й монотонно проторохтів:

— Це останній заклик на рейс три-чотири-один компанії «Altair Air» до Бангкока. Пані Гелен Горовіц, повторюю, пані Гелен Горовіц, будь ласка, негайно підійдіть до виходу С32, ми закриваємо ґейт!

Шатенка, яка весь цей час дивилася вбік, немовби приглядаючись до чогось у глибині довжелезного термінала, несподівано повернула голову й закрокувала до стійки.

Хлопець, забувши про затиснутий у долоні мікрофон, витріщився на неї. Наблизившись, шатенка подала йому паспорт з укладеним досередини посадковим талоном.

— Ви на цей рейс? — сторопів він.

— Так.

Здуріти можна. Він повторював заклик п'ять разів!

— Ви впевнені?

— Так.

Червоні вкраплення на платті виявилися вишнями, а сама жінка зблизька дещо старшою, ніж хлопець гадав спочатку, — десь трохи за сорок, — але від того не менш гарною. Акуратно підведені олівцем арки брів, маленькі дужки з боків губ, тонкий із непомітною горбинкою ніс. І трохи зверхній, свідомий власної краси погляд. Вона здавалася спокійною, проте часте й неглибоке дихання виказувало притлумлену тривогу.

Працівник «Altair Air» розгорнув простягнутий паспорт і втупив збентежений погляд у талон. У рядку «Passenger's Name» стояло «HELEN HOROWITZ». Хлопець звів очі на жінку. Він розумів, що його робота полягає зокрема й у тому, щоб залишатися привітним і ввічливим до пасажирів, хай там як вони поводяться, проте не зміг стриматися.

— У вас проблеми зі слухом? — Видресирувана усмішка застигла, перетворившись на недоладно висічений барельєф.

«У мене проблеми з усім моїм життям», — подумала Гелен. Останні півтора роки вона почувалася наче вцілілий із потонулого корабля, якому ніяк не вдається догребти до берега. Вона не могла більше зоставатися в Еміратах, але й сідати на літак не хотіла. Якась невидима сила немовби відштовхувала її від трапа.

— Ви ж стояли тут увесь час, — крізь зуби процідив хлопець.

Жінка висмикнула паспорт із його рук, нахилилася та прошепотіла:

— Не твоє собаче діло.

Працівник «Altair Air» майже напевно бовкнув би щось таке, що вартувало йому роботи, якби не його напарниця. Дівчина забрала в нього посадковий талон, підсунула штрих-код під сканер і швидко повернула пасажирці. Після чого з незворушним виразом обличчя вказала на прохід до літака:

— Приємного польоту.

Гелен Горовіц відійшла від стійки, та за крок від розсувних дверей зупинилася, ніби наштовхнувшись на невидиму перешкоду. Власний голос громовим відлунням прокотився головою: *не йди*! Вона озирнулася, очі заметалися порожньою залою очікування. Напад паніки був таким гострим, що жінка почала розвертатися спиною до трапа, коли раптом помітила двох працівників служби безпеки, які неквапом крокували центральною галереєю. Чоловіки не дивилися в її бік, але...

Гелен опанувала себе, після чого, опустивши голову, пройшла крізь розсувні ворота.

Спочатку літали птахи, і птахів створив Бог. Літали янголи, і янголів створив Бог. Чоловіки й жінки мали довгі ноги та порожнисті хребти, і такими Бог їх створив із якоїсь причини. Втручатися в політ означало втручатися в Божі справи.

Джуліан Барнз. Рівні життя

I don't hear no choir, all I see are liars
Is there someplace other than this, maybe somewhere higher?

Deuce. World On Fire[1]

[1] Не чую ніякого хору, довкола самі брехуни, / Чи є десь іще інше місце, може, десь там вище? (Deuce, пісня «Світ у вогні», 2017.)

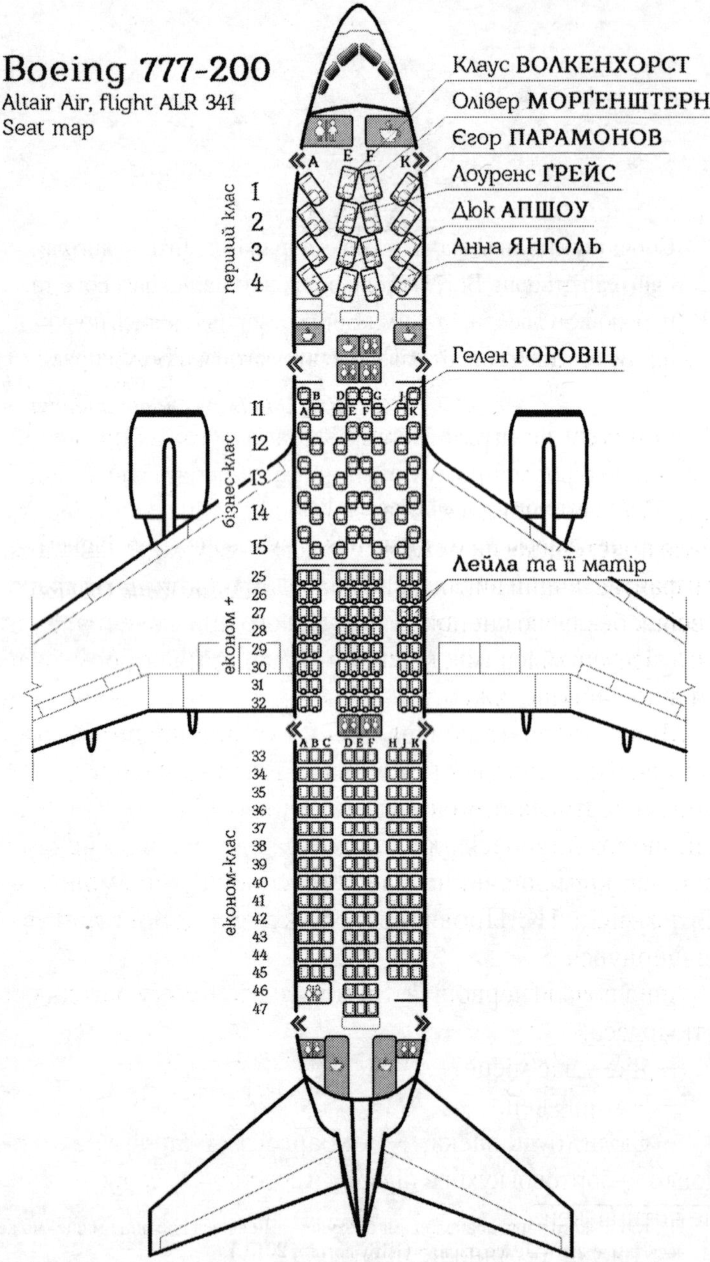
Boeing 777-200
Altair Air, flight ALR 341
Seat map
Клаус ВОЛКЕНХОРСТ
Олівер МОРҐЕНШТЕРН
Єгор ПАРАМОНОВ
Лоуренс ҐРЕЙС
Дюк АПШОУ
Анна ЯНГОЛЬ
Гелен ГОРОВІЦ
Лейла та її матір
перший клас
бізнес-клас
економ +
економ-клас

ЛІТАК

10 травня 2017-го
«Boeing 777-200» авіакомпанії «Altair Air», рейс ALR 341
11 хвилин до зльоту

Анна ніколи не літала першим класом, тож, опинившись у стильно оформленому приміщенні в носовій частині «Боїнга 777», розгубилася. Завдяки меншій кількості крісел тут було просторіше, як у салоні економ-класу. Самі крісла мали фантастичний вигляд: високі, оздоблені темним деревом і всіяні безліччю кнопок незрозумілого призначення. Судячи з відстані між ними, кожне за бажання трансформувалося в повноцінне ліжко.

Місце 4K розташовувалося в куті під правим бортом літака. Анна повернула в прохід одразу за входом до лайнера й застигла поміж рядами ні в сих ні в тих. Пасажири, що вже порозсідалися, один за одним зводили на неї очі, всі, крім росіянина в зеленій сорочці, що вмощувався на місці 1K. Побачивши жінку, він демонстративно відвернувся.

Анна почала червоніти. За мить на допомогу нагодилася стюардеса.

— Яке у вас місце?

— Чотири-кей.

— Сюди, будь ласка, — стюардеса обійшла із жінкою довкола бортової кухні й підвела її до крісла в кутку. — Місце чотири-кей.

— Дякую. — Анна не підіймала очей.

Стюардеса за півхвилини повернулася.

— Перепрошуємо за затримку, за кілька хвилин ми рушатимемо на зліт. Бажаєте шампанського?

Секунд п'ять Анна розгублено кліпала. Шампанського вона не хотіла, зате відчувала страшенний голод. Вона раптом збагнула, що вже незабаром доба, як тріски не мала в роті.

— А можна... — Жінка намірилася попросити щось поїсти, проте, подивившись на пасажирів, знітилася. Дехто досі приглядався до неї. Анна уявила, як вони витріщатимуться, якщо вона візьметься наминати сандвіч до того, як літак відчалить від трапа, й мовила: — Можна мені просто води?

Стюардеса кивнула:

— Звісно.

Через півхвилини на трикутному столикові обіч крісла стояв пластиковий келих із водою. Анна зробила маленький ковток, витягла окуляри з волосся та відкинулася на крісло, прихиливши голову до підголівника. Дихання вирівнялося, дрож немовби витікала з рук — принаймні впродовж наступних семи годин їй не доведеться нічим перейматися. Очі самі по собі заплющилися. Анна зненацька подумала, чи що-небудь змінилося б, якби двадцять років тому вона залишилася у Стокгольмі? Насправді такі думки гнітили, жінка гнала їх геть, однак запитання виявилося слизьким, як масло, і постійно вислизало, ковзаючи назад до свідомості.

Її дитинство минуло в Рівному. Анна закінчила школу за два роки до розвалу СРСР і відразу вступила на інженерно-фізичний факультет КПІ, спеціальність «Матеріалознавство», а після випуску — до аспірантури. Вона була старанною, але їй не пощастило з керівником: брезклий лисий старигань постійно забував про неї, й Анна ніяк не могла зрозуміти, що крилося за тією забудькуватістю — звичайна байдужість чи перші вияви деменції. У будь-якому разі написання дисертації не надто просувалося. Змарнувавши рік, Анна почала замислюватися над тим, аби покинути аспірантуру, проте в листопаді 1994-го на конференції познайомилася зі шведським професором Карлом Еґерстедтом. Вражений її знаннями, а також стерпним, як на слов'янку, рівнем англійської, Еґерстедт запросив аспірантку до себе на Департамент матеріалів та нанофізики в Королівському технологічному інституті. Поки професор підшукував грант, Анна підтягнула англійську й оформила потрібні документи. Восени 1995-го вона виїхала до Швеції.

На зимові свята Анна навідалася до Рівного, де познайомилася з мовчазним і сором'язливим юнаком із дивовижними очима попелястого кольору. Хлопець — Влад Янголь — був на два роки молодшим. Новорічної ночі вони переспали. То не було ні кохання з першого погляду, ні ґвалтовний спалах пристрасті. Анна насправді так ніколи й не збагнула, що то було. Вони добряче набралися, а потім в обох неначе повідлітали гальма. У січні дівчина повернулася до Стокгольма, де наприкінці лютого виявила, що вагітна.

Швеція змінила її, й Анна довго зважувала рішення, про яке ще півроку тому не наважилася б навіть думати: вагалася, чи народжувати. Зрештою переконала себе, що малюк не стоятиме на заваді навчанню. Порадившись із професором Еґерстедтом, вона вирішила поїхати до України, народити дитину, а через рік-два разом із малюком повернутися та продовжити навчання.

Артем з'явився на світ у вересні 1996-го. У лютому 1997-го Влад з Анною побралися, проте спливло добрі десять років, доки Анна визнала очевидне: до Швеції вона не повернеться. До середини нульових професор Еґерстедт із частотою раз на півроку нагадував про себе, пропонуючи повернутися. Після прочитання чергового листа

Анна протягом кількох хвилин дозволяла собі помріяти, як усе склалося б, якби вона не завагітніла, але ніколи по-справжньому не жалкувала про те, як усе обернулося. Бо це означало б жалкувати про появу найважливішої в її житті людини...

Лайнер задом посунув від термінала. Жінка не розплющувала очей, здогадавшись про рух за легким здриганням корпуса, а тоді спробувала пригадати, коли востаннє бачила сина. Ця думка ніби прогризла діру в її свідомості, крізь яку потоком ринули спогади. Вони перекинули Анну до засотаного сирим мерехтливим світлом ранку, три тижні тому, коли, стоячи за облупленою на кутках плитою, вона готувала сніданок і чекала на приїзд чоловіка.

17 квітня 2017-го
Рівне, Україна

Літак, що вилетів із Запоріжжя о чверть по одинадцятій, приземлився в Борисполі невдовзі після півночі. О першій ночі Влад дістався до залізничного вокзалу, де швидко з'ясував, що раніше за четверту ранку до Рівного нічого не їде. Він відпросився лише на три дні — щойно дізнався про відпустку Артема, — а тому вирішив не чекати. Взяв таксі, доїхав до автостанції «Дачна» на заході Києва, вибрався на проспект Перемоги й викинув убік праву руку із виставленим догори великим пальцем.

Попри пізню годину, незадовго до другої Влада підібрав шофер-далекобійник, що віз курятину до Німеччини. Через чотири з половиною години Влад зіскочив на узбіччя поблизу клеверної розв'язки на сході Рівного. Вантажівка рушила на об'їзну, а чоловік, закинувши армійський наплічник на спину, подався естакадою до міста. За кількасот метрів на захід від розв'язки розташовувався зоопарк, навпроти входу до якого була зупинка, і Влад підрахував, що о шостій тридцять там уже мають ходити маршрутки.

Чоловік крокував на захід і з насолодою вдихав прохолодне повітря. Крізь ніч пробивався сіруватий світанок. Обрамлений сивими хмарами місяць усе ще висів над горизонтом. Повітря здавалося масним від запаху мокрої землі, де-не-де вздовж дороги темніли калюжі — вночі, мабуть, добряче лило. Коли ліворуч від траси замаячів паркан зоопарку, хмари майже повністю розтанули.

Влад не помилився: на зупинці із розчиненими дверима стояла 53-тя маршрутка. Він заскочив досередини, спіймав у дзеркальці заднього огляду заспаний погляд водія, поставив наплічник на крісло та присів поруч.

Влад був у цивільному. Звістка про Артемів приїзд заскочила його зненацька, і він не мав часу, щоб випрати одяг. Його форма після п'ятнадцяти тижнів на «нулі» зрослася із брудом, і чоловік, посоромившись заходити в ній до літака, перевдягнувся в туалеті запорізького аеропорту в єдиний умовно чистий одяг: старі джинси, футболку та нейлонову вітрівку. Вітрівка лежала згорнутою в наплічнику з осені, і складки на тканині не розгладилися досі.

За мить до того, як водій заговорив, Влад щось немовби відчув і, звівши погляд, наштовхнувся на водянисті очі у дзеркальці заднього огляду.

— *Платить будем, служивый*? — Шофер чи то за наплічником, чи то за складками на вітрівці здогадався, що пасажир повертається із зони АТО.

Влад підібгав губи й узявся смикати пальцями нейлон. Навіть чверть століття тому, під час навчання на гідромеліоративному факультеті Інституту інженерів водного господарства в Рівному, його було важко назвати балакучим. Доцент, що вів у Янголя вищу математику, на першому ж практичному занятті, глумлячись із хлопця, вигадав одиницю вимірювання один янг — мінімальна кількість слів, які впродовж хвилини мусить вицідити студент, аби не схопити двійку, після чого оголосив, що Владова здатність перетворювати думки на закінчені речення за цією шкалою близька до позначки «нуль цілих хер десятих». З віком зносини з незнайомими людьми давалися чоловікові все важче. Коли Владу перевалило за сорок, він не раз із тупим подивом помічав, що фізично не здатен видушити із себе й півслова у відповідь на запитання від незнайомця. Колись Влад читав про рідкісну нервово-м'язову хворобу міотонію. Люди із вродженою міотонією не спроможні розслабляти м'язи: найменший різкий порух після відпочинку спричиняє тривалий спазм. Наприклад, рвучко схопившись за ручку дверей, вони не можуть розчепити пальці або ж, стрімко підвівшись, надовго ціпеніють у ступорі. Влад Янголь іноді думав, що страждає на особливий різновид міотонії, який впливає винятково на щелепні м'язи. Після трьох місяців на полігоні та майже чотирьох у багнистих окопах на «передку» слова просто відмовлялися виходити з рота. І що дужче він силкувався що-небудь промовити, то міцніше зціплювалися щелепи.

Зрештою з таким виглядом, наче губи заніміли від холоду, чоловік відповів:

— У мене посвідчення.

Рот шофера смикнувся:

— *Посвидчення кого*?

— Уч... учасника війни.

Власна фраза здалася Владові цілковито недолугою, проте він сказав саме «учасник війни», а не «учасник бойових дій», бо так було на одне слово менше.

— *Какой войны*? *С Наполеоном*? — Водій втягнув повітря з таким звуком, ніби хотів харкнути. — *У нас что, война в стране*?

Влад відвів погляд від очей у дзеркальці. Губи немовби склеїлися. Слова в той момент просто перестали існувати, думки руйнувалися, розпадалися на шматки, які вперто не бажали збиратися докупи, та найгірше — чоловік не мав бажання нічого доводити. Влад не відчував ні злості, ні суму, ні навіть знесилення. Їхати за гроші теж не хотів. Він мовчки й не знати до кого кивнув, стягнув наплічник із крісла та вийшов із маршрутки.

Дорогою з Києва Влад покуняв, тому йти було легко. Він проминув зоопарк, а коли добрався до кільцевої розв'язки, над якою височіла бетонна стела з датою заснування Рівного, повз нього прогуркотіла порожня 53-тя маршрутка. Ще через десять хвилин ліворуч проступили корпуси обласної лікарні; праворуч тягнувся занедбаний парк на схилі Пагорба Слави. За набутою на «нулі» звичкою Влад прискіпливо обдивився зарості й несподівано вгледів розквітлий бузок. Чоловік зупинився і недовірливо нахмурився. Бузок зазвичай цвіте на початку травня, а тут за півсотні кроків від дороги розкинулося невисоке деревце, щедро обліплене фіолетовими суцвіттями. Влад залишив наплічник на узбіччі, пішов до бузку й зірвав кілька гілок. Під деревом росли дикі жовті хризантеми, чоловік нарвав і їх також, щоправда, цілковито впевнений, що рве якісь мутантні ромашки.

До багатоповерхівки на Княгині Ольги Влад Янголь дістався о сьомій двадцять.

Анна відчинила двері після першого дзвінка. Чоловік переступив поріг, скинув наплічник і несміливо, наче боявся, що його погляд із незвички може обпекти, зиркнув на дружину. Обличчя Анни спершу видалося незнайомим, але за мить ніби потрапило у фокус, і Влад іще дужче знітився, вихоплюючи очима зморшки та посивілі пасма, яких раніше не було.

— Привіт, — тихо мовив він.

Анна наблизилась до нього й обійняла. Притислася всім тілом і, гамуючи тремтіння, зітхнула. Чоловік не рухався, тримав руку з квітами за спиною, а другою несвідомо м'яв плаття над попереком дружини.

— Як ти тут? — запитав Влад.

Не випускаючи його з обіймів, Анна мотнула головою, мовляв, байдуже.

— Як *ти*? — її голос сухо шелестів від хвилювання.

— Та ніяк. — Влад смикнув плечима й обережно відсторонився. — Втомлений трохи.

Він говорив тихим, ласкавим голосом, немовби гладив пальцями її шкіру. Анна зіщулилася, відчувши, як мурашки поповзли із рук на шию.

— Ти так довго добирався, я вже почала хвилюватися.

— Я пішки. Не було маршрутки. — Влад раптом сконфужено насупився, неначе намагаючись згадати щось важливе, а тоді вивів руку з-за спини та вручив дружині букет: — Це тобі.

— Дякую. — Анна всміхнулася, однією рукою забрала квіти, іншою взяла чоловікову долоню. — Заходь, роздягайся. Артем уже приїхав. Я думала, він буде пізніше за тебе. — На мить її очі стали винуватими: — Він у ванній.

Чоловік кивнув.

— Я чую.

Крізь бубоніння телевізора долинав шум води й гугняве мугикання.

Артем вийшов з ванної за хвилину. На порозі кімнати, де його батько, стомлено відкинувшись на спинку дивана, тупився в стіну над телевізором, хлопець застиг. Влад, помітивши сина, підвівся і ступив крок назустріч. Упродовж кількох довжелезних секунд вони змірювали один одного поглядами. Присадкуватий сорокап'ятирічний чоловік із засмаглим до чорноти обличчям і тонкошиїй двадцятиоднорічний хлопець із гострим борлаком і широко посадженими очима. Артем дивився на батька й думав, що вони вперше не бачилися так довго. Він переминався з ноги на ногу, не знаючи, що робити. Обійняти? Але це якось трафаретно й по-шмаркатому. Артем знав, що батько терпіти не може надмірних виявів любові, називає їх «телячими ніжностями», лише зрідка дозволяючи матері себе обійняти. Але як тоді? Потиснути руку?.. Влад тим часом розглядав підсмикнуте синове підборіддя, що підкреслювало злегка випнуті верхні зуби, й думав, що той схожий на булькату рибу, яка підозріло витріщається на нього з мутної води. Зрештою він простягнув руку, й Артем мляво, ніби соромлячись, потиснув її.

За хвилину Анна покликала снідати, і чоловіки подалися до кухні.

Сонце підіймалося над сусідньою багатоповерхівкою. Перші, ще сонні промені прослизали крізь вікно, і кімнату затоплювали теплі барви. Кухня, як завжди, була чистою, але заваленою якимось мотлохом і купою геть не кухонних речей. За холодильником стояла коробка з квадрокоптером «Phantom 3», під батареєю — купа натівських нагрудників і жилетів, на табуретці біля плити — картонна коробка з тактичними поясами. Знадвору не долітало жодного звуку. У повітрі висів аромат свіжозірваних квітів, змішаний із запахом тушкованого м'яса. Посеред стола парувала миска картоплі.

Анна сіла за стіл першою. Промені м'яко лягали на її обличчя, перетворюючи золотаве волосся на розжарений німб і роблячи крихітні веснянки нібито рельєфними, схожими на тисячі розкиданих у морі островів. Влад присів наступним — на табурет праворуч дружини, а Артем умостився навпроти матері, спиною до вікна.

— Рада, що ви вдома, — сказала Анна. Їй хотілося, щоби час зупинився, щоб вони більше не розлучалися, щоб ні Артем, ні Влад нікуди не їхали, і залишилися з нею назавжди. — Їжте.

Чоловіки наповнили тарілки й узялися їсти. Анна накидала собі картоплі, та майже не торкнулася до неї. Переводила погляд із сина на чоловіка й назад. Зрештою зупинила його на Артемові.

— Розкажи, як у тебе.

— Нічого, — хлопець утер долонею рота і стенув плечима, — працюю.

— Працюєш, і все?

— Угу.

Вона стримала зітхання. Син тупився в неї порожнистим відчуженим поглядом, і причину цього Анна не могла зрозуміти. Зрештою так було завжди: вже багато років усі її спроби заповнити тишу за столом хоча б якоюсь розмовою зазнавали фіаско.

— Весь у батька, — дивлячись радше в синів лоб, аніж в очі, промовила вона.

Артем картинно закотив очі й почав:

— Це кур'єрська компанія, але ми не посилки розвозимо. Точніше не лише посилки. У нас купа постійних клієнтів, ми для них скуповуємося в маркетах, забираємо з магазинів вибраний через Інтернет одяг, замовляємо їжу з ресторанів, ну, всяке таке, і потім усе це відвозимо до них додому, — він говорив із таким виглядом, наче раніше вже розповідав усе, а вони забули, тож тепер мусить, вдаючи, ніби нічого не сталося, повторювати по другому колу. — Вони за це платять добрі гроші. Ну, типу, в них немає часу й усе таке, і вони хочуть, щоб, коли прийдуть додому, все було готове: їжа в холодильнику, свіжа зубна паста, костюм для гольфу на завтра, лижна маска чи ласти перед вильотом на відпочинок.

— Тобі подобається? — не підіймаючи голови від тарілки, запитав Влад.

Артем, зиркнувши на матір, відповів:

— Це цікаво. Постійно в дорозі, багато нового бачиш. Місто дуже гарне. Ну й, основне, платять добре. Не кажучи про чайові. Іноді за одну поїздку чайових можна відгребти більше, ніж тут, у Рівному, заробити за місяць.

Хлопець затих, і розмова провисла. Артем опустив погляд у тарілку, відчуваючи, як у грудях наростає роздратування. Усе, як завжди: йому постійно доводилося зі шкіри пнутися, щоб добитися від батька хоч якоїсь реакції, яка б відрізнялася від апатичного кивка чи непомітного поруху бровою. Він знову почав:

— Ма тобі ще не казала, я вам трохи грошей привіз, ну, залишив, може, на щось... — Артем затнувся. — Ви б ремонт тут зробили. — Він показав на плями жиру над плитою. — І ще, батя, я для тебе дещо маю. Блін, ма, геть забув, а ти не нагадала. — Хлопець нахилився до холодильника, відчинив дверцята, дістав ізсередини пляшку віскі «Duncan Taylor». — Це «Дункан Тейлор», ну, віскі такий, дванадцять років витримки, односолодовий, тобі має сподобатися. Хочеш, можемо спробувати просто зараз, — Артем без упину говорив, і це дратувало його ще дужче. — Налити?

Влад кивнув.

Поки хлопець відкорковував пляшку, Анна дістала два келихи й поставила їх на стіл. Артем розлив світло-бурштиновий напій, підсунув один келих батькові. Потім заціпенів, не наважуючись піднести руку. Не знав, чи батько чаркуватиметься. Влад мовчав, спрямувавши погляд на стіну понад синовим плечем. Артем знав, що батько ніколи не був багатослівним, але тепер мовчанка була інакшою, такою пекучо нестерпною, що аж різало в очах. У нього враз з'явилося бажання, щоби Владові хтось зателефонував — комісар, наприклад, чи командир якийсь — і висмикнув звідси, забрав просто зараз, наказав поїхати якнайдалі.

Сплинуло півхвилини. Артем підняв келих і зробив ковток. Влад теж відпив — зовсім трохи, — після чого сфокусував погляд на синові, чекаючи, що той скривиться, та цього не сталося. Хлопець опустив склянку на стіл, півхвилини не рухався, а тоді звів очі на батька. Кутики губ затремтіли.

— Досить. Не мовчи. Зараз задушиш своєю мовчанкою. Кажи вже!

Анні здалося, наче ранкове світло раптово погустішало й набуло ядучо-жовтуватого відтінку.

— Казати що? — Влад стомлено скинув вицвілі очі.

— Що тебе гризе! Що ти думаєш про мене! Про те, що твій син сидить на заробітках у Москві, доки ти воюєш із росіянами! — останні слова Артем уже майже прокричав.

Виникла кошмарна пауза. З кімнати немовби викачали повітря. Анна закусила краєчок губи, а тіні, що ховалися в складках її обличчя, проступили чіткіше. Влад мовчки дивився на сина. Артем, не витримавши погляду, закинув голову й одним ковтком спорожнив келих. Потім гупнув склянкою об стіл і вп'явся поглядом у матір.

— Він тільки й мріє, щоб я поліз у ті окопи і щоби мене там прикінчили, хіба ні? — повернув голову до батька: — Тобі цього треба? Тоді ти заспокоїшся? Я тоді виконаю свій обов'язок перед країною, яка навіть роботи мені нормальної не може дати?

Влад розтулив рота й напружився. Його дружина та син завмерли, вижидаючи, що він скаже, та чоловік лише смикнув борлаком. Наготовлені слова — власне, два чи три слова — замість зісковзнути з язика безгучно провалилися всередину.

Анна штрикнула Артема поглядом, але промовила м'яко, без докору:

— Перестань. Із воєнкомату тричі надсилали повістку. Твій батько звелів нічого тобі не говорити. Навіть не згадувати при тобі. Він же боїться... — вона зам'ялася, — він не хоче, щоб ти пішов за ним.

Артем недовірливо кліпнув, і на якусь мить його запал пригас.

—А я б ніколи не пішов, ма. Це не моя війна. Я взагалі не розумію, чому повинен нею перейматися. Я приїхав, щоб вас побачити, щоб відпочити, але я... чому я постійно мушу думати про цю довбану війну? Так, я живу в Москві, мені подобається місто, мені страшенно подобається, що воно ніколи не спить, мені подобаються люди, з якими працюю. Чому я маю почуватися через це винним? Вони нормальні, це не монстри, вони не п'ють кров немовлят. Більшості взагалі начхати на те, що тут, у нас, твориться. Вони, як усі, — хочуть працювати, заробляти, витрачати. А я хочу бути, як вони! Що в цьому поганого? У мене є дівчина, ма. — Насправді це не зовсім відповідало дійсності, А́лія не була його дівчиною, тож остання фраза немовби зав'язла в зубах, і хлопець напружився, щоб її закінчити. — То мені що — від неї відмовитися? Покинути її, бо в неї російський паспорт? Бо мій батько воює на Сході? Ма, я заробляю п'ять тисяч євро на місяць... — А це вже відверта брехня. Навіть із чайовими Артем отримував тільки трохи більше за дві (що не так багато для Москви), хоча його боси не втомлювалися повторювати, що чотири з половиною чи навіть п'ять тисяч євро на місяць — це цілком реально для кур'єра, аби лиш бажання. — Через те, що хтось десь помирає, я зобов'язаний від них відмовитися, повернутися сюди й гарувати за три тисячі гривень? Чи за сім гнити в окопах, охороняючи нікому не потрібну шахту? Я нікому не бажаю зла, я просто хочу жити та насолоджуватися життям. — Артем зробив паузу, сподіваючись почути від батька щось у відповідь, проте Влад німував, і хлопець знову почав дратуватися. — Це не моя війна, — злостиво повторив він, потім мотнув головою до батька. — І не твоя теж! Поясни мені, яка користь із того, що ти півроку просидів у землянці посеред поля? Багато повоював? Самому хоч полегшало?

Аннин погляд судомно смикнувся: це вже було занадто. Влад свердлував очима келих. Очі були порожніми, немовби п'ятнадцять тижнів на війні спалили вщент запас його емоцій. Він хотів зреагувати, відчував, що мусить обізватися, проте звично німував. Йому здавалося, наче слова, які цикадами дзижчать у голові, щойно вилетівши з рота, стиснуться до банального набору звуків, сутність яких ще можна буде вловити, але значення ці звуки вже не матимуть ніякого. Неначе у древній молитві мертвою мовою, адресованій богам, яким уже давно ніхто не поклоняється.

Мовчанка скувала їх густим чорним желе.

Спливла хвилина. Артем раптом гостро пожалкував про те, що наговорив, і поклав руку на батькове плече.

— Пробач, па, я... ну, я не хотів. Серйозно.

Той жест, а ще дужче — затушована нещирість фрази, вмить довели Влада до сказу. Зовні чоловік не змінився, проте нутрощі неначе обілляли гасом і підпалили. Він повернув голову до Анни, розпачливо шукаючи її погляд. Дружина тупилася у складені на столі руки, одначе вмить щось відчула, звела голову й торкнулася рукою загрубілої чоловікової долоні.

Влад заплющив очі, здивувався, збагнувши, що тепло дружини більше не зігріває його, та струсив синову руку з плеча. Потому допив віскі, поставив келих на стіл із таким стуком, що Анна й Артем підстрибнули, мовчки підвівся та вийшов з-за столу. На виході з кухні він зачепив ногою пуфик, що причаївся за дверима. Гнівно рохнувши, чоловік ударив пуф удруге, через що той відлетів до протилежної стіни коридору. Влад пройшов до спальні, причинив за собою двері та повалився на ліжко.

Хвилин десять він лежав, заплющивши очі, проте заснути не міг. Сумка стояла поряд, і чоловік, потягнувшись, дістав звідти мобільний телефон. Машинально протерши долонею подряпаний екран, Влад зайшов до галереї та відкрив один із небагатьох, зроблених за час перебування на лінії розмежування знімків. Їхній взвод щойно привезли до Авдіївської промзони, і вони сфотографувалися на тлі двох армійських КРАЗів. Влад наблизив знімок і став роздивлятися знайомі обличчя. З тих, хто стояв обабіч нього, двох уже не було серед живих: двадцятидворічного Гната Калитко на прізвисько Кріт ще в лютому після тижневого запою забрали до лікарні в Запоріжжі, де він за день помер від панкреонекрозу, а Слава Ситник, якого всі називали Лускунчиком, загинув менше ніж місяць тому. Лускунчику було трохи за сорок, родом із Ясинуватої, жив у Донецьку, про те, чим займався до війни та чому пішов на фронт, ніхто не знав. Власне, через похмуру мовчазність вони з Владом і зблизилися.

Чоловік іще більше наблизив фотографію і спробував за виразом обличчя здогадатися, про що думав Лускунчик, коли їх фотографували. Риси дробилися на пікселі, тож зрозуміти що-небудь було важко. Влад пригадав, як за день до злощасного обстрілу із цього самого телефона показував Лускунчикові фотографії сина. У Ситника дітей не було (чи не єдине, про що Владу відомо достеменно), тож він прогорнув знімки із ввічливим терпінням бездітного чоловіка й мовчки віддав телефон. Влад сказав йому — збрехав, як і решті, — що Артем на заробітках у Польщі.

А наступної ночі до посадки поблизу їхніх позицій потихому заїхали дві батареї самохідних установок із 14-ї окремої механізованої бригади. Чверть години лупили по заздалегідь визначеній цілі на південний схід від Крутої Балки, а тоді забралися. Уранці лейтенант говорив, що арта розбомбила «Красуху»[1] і що тих «Красух» усього

[1] «Красуха» — російська система радіоелектронної боротьби, призначена для встановлення радіоперешкод і протидії бортовим радарам бойової авіації.

десять на всю російську армію. У цьому місці тканина пам'яті стоншувалася. Влад невиразно пригадував, як по обіді з'явилися чутки, що пушкарі з 14-ї рознесли на друзки не лише «Красуху», що вчорашньої ночі неподалік залізничної станції Ясинувата снаряди — випадково чи навмисно — влучили у вантажівку з бойовиками, яка рухалася чи то до Ясинуватської розв'язки, чи то до позицій за Крутою Балкою, і загинуло щонайменше двадцятеро людей. Обстріл у відповідь почався щойно стемніло. Спершу зачахкали міномети з боку Яковлівки, Мінерального та Спартака, потім долучилася артилерія на всій лінії довкола Авдіївки: упродовж трьох годин бойовики нещадно довбли фільтрувальну станцію, шахту «Бутівка», частину протиповітряної оборони, що колись обслуговувала Донецький аеропорт. Після півночі до арти приєдналися «Гради». Обстріли, то затихаючи, то посилюючись, тривали до третьої ранку, а десь між першою ночі й тим моментом, коли гуркотіння вибухів остаточно припинилося, Слава Ситник вибрався із бліндажа й почвалав через промзону в бік Донецької фільтрувальної станції. Зранку Влад і двоє його товаришів по службі знайшли Лускунчика в полі неподалік дороги на Кам'янку. Як вони його шукали, Влад не пам'ятав. Більш-менш чіткі спогади про той день починалися від тієї миті, як тіло Ситника притягли до промзони. Оглушений і виснажений безсонною ніччю, Влад тупився в нашпиговану свинцем замерзлу плоть, повільно прокручуючи в голові ідіотську думку, що в Лускунчикові тепер стільки металу, що його доцільніше віддати на металобрухт, аніж везти на кладовище.

Відтоді щовечора, підклавши руки під голову, Влад міркував, хто зламається наступним.

Чоловік не знав, чому Лускунчик подався до армії. Навряд чи через переконання, інакше сидів би в окопах ще в липні 2014-го. Вочевидь, щось трапилося, щось достатньо вагоме, аби примусити його перейти лінію розмежування та стати контрактником ЗСУ. Та дошкуляло інше. Влада зачепили синові слова. Яка користь із того, що вони з Лускунчиком п'ятнадцять тижнів скніли в землянках? Хай там що примусило Ситника взятися за зброю, навряд чи він припускав, що на «нулі» здебільшого сидітиме в землі, ховаючись від обстрілів, доки йому не зірве дах і він не вийде зі сховку просто під снаряди. Влад знав, що син помиляється. Не може бути двох правильних суджень, коли йдеться про людське життя — хтось помиляється, а хтось обов'язково має рацію, — і Влад не сумнівався, що правда на його боці, та цілковита неспроможність обґрунтувати цю впевненість не лише на словах, а й у думках дратувала й не давала спокою.

З-перед очей не зникало обличчя Слави Ситника. Мовчазний, завше насуплений, із коротким волоссям і невидимими віями. Ситник ніколи не нарікав і не чекав на допомогу від волонтерів, якщо щось було потрібно, мовчки вирушав до міста й купляв за свої: сковорідку, сокирку, запчастини до генератора.

Влад Янголь сів на ліжку. У грудях застрягло щось нестерпно гостре. Може, Лускунчик не встиг нічого зробити за час, що провів на передовій, але ніхто — чорт забирай, ніхто! — не має права говорити, що він загинув даремно.

Сіруваті очі чоловіка неначе втонули в очницях. Усе своє життя, щось вирішуючи, він терзався сумнівами. Задовго до того, як розпочата всередині нульових Стівом Джобсом цифрова революція докотилася до України, до того як через неї Владові довелося згорнути торгівлю компакт-дисками й відкрити на місці музичного магазина малоприбуткову кав'ярню, його мучило невідступне почуття розгубленості. Роками Владові здавалося, наче він не може осягнути якусь напрочуд важливу істину про життя, істину, яку інші люди в інших країнах засвоюють заледве не з пелюшок, і основне — що за це нерозуміння, за неспроможність навчитися фундаментальним правилам йому доводиться постійно розплачуватися. Це почуття діймало його впродовж чверті століття і пригасло лише тоді, коли він потрапив на фронт. Чи знайшов він там відповіді? Дізнався щось таке, чого раніше не знав? Певна річ, ні. Просто за лічені тижні його перманентна розгубленість — те майже нестерпне усвідомлення відсутності мети, коли відчуваєш, як від тебе віддаляється щось важливе, проте не здатен навіть приблизно збагнути, що саме, — поступилася похмурій і злостивій упертості.

Влад підвівся, перетнув коридор, зайшов до зали. У роті стояв присмак заліза. Його син лежав на дивані, підклавши руку під голову, іншою стискаючи пульт. Анна сиділа у кріслі біля хлопцевих ніг.

— З... заб... забирайся геть. — Владове обличчя вкрилося зморшками, так ніби він надкусив кисле яблуко. Очі стали свинцевими.

— *Що*? — Артем витріщився на батька.

— З... збирай речі т'та вимітайся.

Анна підхопилася.

— Влад!

Її немовби вдарили ногою в живіт, жінка навіть мимоволі гикнула.

Хлопець звівся на ноги.

— Ма, все нормально. Я піду.

— Не йди. — Вона ривком повернула голову до чоловіка. — Навіщо ти?

— Ма, я сам хотів. Так буде краще. Я тебе наберу.

Сльози обпалювали Анні очі, та вона швидко опанувала себе. Ніхто, крім неї, не зупинить це божевілля.

— СТІЙ! — Вона сама отетеріла від сили свого голосу. Тицьнула пальцем просто в обличчя синові: — Зайди до своєї кімнати, зачини двері, і щоб протягом наступної години я тебе не чула.

— Ма, але він...

— Я сказала: ніхто із цієї квартири нікуди не піде! — Важко любити двох чоловіків одночасно. — Марш до своєї кімнати!

Артем похитав головою, проте послухався.

Анна зачекала, доки син вийде із зали, а тоді підійшла до чоловіка. Розширені очі надавали їй трохи переляканого вигляду. Влад не рухався, дивився кудись повз неї порожнім поглядом і натужно, немовби задихаючись, сопів. Зрештою жінка підступила впритул і міцно обійняла його. Вона майже чула лихоманкове стрекотання невисловлених думок у його голові, відчувала грудьми серцебиття, та не відсторонювалася. Анна стискала Влада в обіймах, аж поки той не відчув, як крижана скалка в його грудях починає повільно танути.

---

10 травня 2017-го
«Boeing 777-200» авіакомпанії «Altair Air»

Поки літак вирулював до злітної смуги, Парамонов, аби відволіктися, уявляв, що в цей момент робить командир екіпажу. Стежить, як зростає тяга двигунів? Пробігає очима передзлітний контрольний список? Чекає на дозвіл диспетчера на зліт? Потім, коли «Боїнг», розігнавшись, важко відірвався від землі, Єгор відволікся на штучні острови, розкидані вздовж узбережжя Перської затоки. За хвилину після зльоту літак пішов на плавний правий розворот, і першим в ілюмінаторі з'явився найбільший із трьох штучних архіпелагів Пальма Джебель Алі, відразу потому виплила його зменшена копія Пальма Джумейра, і насамкінець, як літак уже майже вирівнявся, спрямувавши носа на північний схід, під крилом промайнув Світовий архіпелаг[1].

Одначе надовго цього не вистачило. Острови швидко зникли, і коли за ілюмінатором не залишилося нічого, крім одурманливо синьої води, страх, що крався за Парамоновим назирці, знову підняв голову. Алкоголь насправді ніколи не був надто дієвим седативним засобом — навіть на голодний шлунок, — і п'янкий туман, що ніби розм'якшував усі відчуття, незабаром поступився місцем сухості в горлі та відбійним молоткам болю у скронях. Утім, найдужче Єгора дратували двоє пасажирів у дорогих костюмах, що займали місця 1E і 1F ліворуч нього. На обличчі чоловіка, що сидів навпроти, на 1F, застиг вираз невинної, неусвідомленої зверхності, зазвичай притаманний похилого віку професорам, надміру зарозумілим політикам чи спадкоємцям грандіозних статків, яким не доводиться гарувати, щоб заробити собі на життя. Він був цілковито лисим — крізь бліду шкіру немовби просвічував череп, — і якимось наче сплюснутим: якщо дивитися анфас, голова набувала карикатурно плоского, немов у риби, вигляду. Ефект сплюснутості підсилювали притиснуті до голови крихітні вуха. Припасований по фігурі жакет лише підкреслював майже анорексичну худорлявість і велетенський зріст пасажира.

Розглядаючи позбавлене зморщок лице, Парамонов подумав, що чоловік ненабагато за нього старший, але потім, зауваживши обвиті синюшними венами долоні, збагнув, що йому напевне не менше як шістдесят. 1F іноді озивався до свого супутника — жахливо скрипучим, занадто урочистим голосом — і говорив при цьому достатньо голосно, щоб Єгор упізнав німецьку. Його компань-

---

[1] The World Islands, Palm Jumeira, Palm Jebel Ali — штучні архіпелаги на узбережжі Дубая, ОАЕ; перший з висоти пташиного польоту має вигляд карти світу, два останні — велетенських пальм.

йон на 1E здавався років на двадцять молодшим. Його очі були такого самого, як у 1F, сіро-блакитного кольору, проте округлість рис, оливкова шкіра та чорне волосся, що хвилями стікало за вуха, вказували на принаймні наполовину ненімецьке походження. Він час від часу чхав, і щоразу в найменш підхожу мить: щойно Парамонов заплющував очі, вводячи свідомість у стан хисткого спокою, як по вухах ляскало чергове розкотисте «апчхи!», Єгора аж підкидало над кріслом, а відігнаний ціною неймовірних зусиль ірраціональний страх повертався, щоб уп'ястися в його спину своїми кігтями.

Дратівливо скрипучий голос і безперервне чхання зовсім вивели Парамонова з рівноваги. Він уперся очима у знак «Застебнути ремені», що світився над головою, якийсь час вагався, чи не покликати стюардесу й попросити порожній келих до того, як знак згасне, але тут 1E знову заливисто чхнув, і Єгор, аж почорнівши від роздратування, висмикнув із сумки «Ballantines», тремтячими руками відкрутив кришку та зробив ковток просто з горлечка.

Утримуючи пляшку між ногами, росіянин відвернувся від ілюмінатора. Йому раптом стало гидко. Що з ним коїться? Він летить на одному з найнадійніших у світі авіалайнерів, за бортом — чудова погода, далеко внизу — Індійський океан. Ну кому може знадобитися збивати цей чортів літак? Парамонов підніс пляшку до губ і зробив ще три ковтки. У горлі запекло, і він закашлявся. Німець із 1F з неприхованим осудом зиркнув на пляшку, проте Парамонову було байдуже. За хвилину під діафрагмою нібито луснула бульбашка з теплим повітрям — віскі «впало» до живота, — і росіянин розслаблено видихнув: клубок із колючого дроту, що підпирав груди та шию, почав розсмоктуватися.

Парамонов розірвав пакетик із навушниками, який залишила стюардеса, під'єднав їх до смартфона й у плеєрі розгорнув папку «Brutto». Першою ішла акустична версія написаної ще для «Ляпис Трубецкой» пісні «Зорачкі». Росіянинові не подобалися ні «Ляпис», ні «Brutto», проте окремі акустичні римейки старих хітів «Ляписа» у виконанні неабияк схудлого й підкачаного Міхалка, на які Єгор натрапив у *YouTube* минулого літа, несподівано зачепили — «зайшли». Тупуваті панківські пісні набули не просто нового звучання, а нового сенсу. Парамонов надягнув навушники й натиснув «Play». Після короткого гітарного вступу Сергій Міхалок затягнув:

Цікавае пытанне: дзе мая радзіма,
Дзе мая айчына, хто мяне чакае,
Сіндбада-пілігрыма? [1]

Віскі огортав туманом мозок. Акустичні гітари та хриплуватий голос Міхалка заколисували.

У Ціхім акіяне плывуць мае далоні
На Марсе мае вочы, а вусны на балоце
У камароў у палоне... [2]

Парамонов почав поринати в алкогольну напівдрімоту, коли у милозвучні гітарні переливи вплівся дивний шум. Не розплющуючи очей, росіянин наморщив лоба. Звук був не просто недоречним, він здавався немислимим, неприйнятним на борту — за чотирнадцять років роботи пілотом комерційних авіаліній Єгор ніколи такого не чув. Спершу він навіть подумав, що звук лине з навушників, і знадобилося кілька секунд, аби збагнути, що пісню «Зорачкі» він прослуховував десятки разів, і нічого такого там не було, а отже, звук таки надходить ззовні. Пілот випростався, розплю-

---

1 Цікаве запитання: де моя батьківщина, / Де моя вітчизна, хто на мене чекає, / Синдбада-пілігрима? (*білор.*)

2 У Тихім океані пливуть мої долоні, / На Марсі мої очі, а вуста на болоті, / У комарів у полоні (*білор.*)

щив очі й скинув навушники з голови. Високий німець із 1F витріщався на нього такими самими, круглими від здивування очима.

На тлі розміреного гулу двигунів салоном ширилося протяжне собаче виття.

За п'ятнадцять хвилин до того

Олівер Морґенштерн, сорокачотирирічний депутат баварського ландтагу[1], вже не знав, куди ховати серветки. Зіжмакані, просяклі слизом паперові згортки встеляли половину столика біля його крісла, а з носа й далі бурхливо текло. Це ж треба було примудритися — підхопити застуду після чотирьох днів у Еміратах, де навіть уночі температура не опускалася нижче за 22 °C!

Олівер був наполовину ліванцем. Його батько — Гельмут Морґенштерн, етнічний баварець — усе життя присвятив громадській діяльності й належав до нині вже вимерлого типу політиків, фанатично одержимих дотриманням слова, які могли піти у відставку в разі невиконання однієї єдиної передвиборної обіцянки. Гельмута сім разів поспіль переобирали до земельного парламенту Баварії, з 2003-го і до самої своєї смерті 2011-го він обіймав пост голови ландтагу, а як політик найбільше пишався роллю у створенні *Krankentransporte im Flugzeug*[2], гелікоптерної рятувальної служби Баварії, напевно, найсучаснішої в Німеччині.

Ім'я матері було Яра Антар. Її сім'я мігрувала з Лівану до Західної Німеччини в січні 1973-го, за лічені дні до перших важких сутичок між ліванськими урядовими військами та палестинськими загонами, про які в Європі ще ніхто не

---

1 Баварський ландтаг (нім. *Bayerischer Landtag*) — однопалатний парламент федеральної землі Баварія.

2 *Krankentransporte im Flugzeug* — букв. повітряна швидка допомога (*нім.*).

знав, і за понад два роки до Автобусної різанини[1], яка прогриміла на весь світ. Поквапливий виїзд до Німеччини був наслідком виняткової політичної інтуїції Гайтама Антара, Оліверового діда. Гайтам був дипломатом і з липня 1969-го працював першим секретарем ліванського посольства у ФРН. Улітку 1972-го Гайтаму запропонували посаду в Міністерстві закордонних справ і емігрантів Лівану, він повернувся до Бейрута, якийсь час пропрацював першим заступником міністра Маждалані, але в січні 1973-го, збагнувши, що громадянська війна неминуча, зібрав усю сім'ю та перебрався до Баварії.

Через три місяці — 29 квітня того самого 1973-го — Яра Антар вийшла заміж за молодого баварського політика Гельмута Морґенштерна, з яким познайомилася ще навесні 1972-го під час офіційного прийому у Федеральному міністерстві закордонних справ. А вже у грудні, за п'ять хвилин до Нового року, в клініці на Майштрассе у Мюнхені на світ з'явився Олівер. Поспіх, із яким молодята відгуляли весілля, промовисто вказував коли не на небажаність, то точно на несвоєчасність появи маленького Олівера.

Від батька Олівер успадкував колір очей, голос і вміння гарно говорити, а від матері — м'якість рис і південну меланхолійність. 2008-го тридцятичотирирічний Олівер вступив до ХСС[2] і взяв участь у своїх перших виборах. Він швидко набув популярності серед молоді й особливо серед жінок — двох верств, які здебільшого ігнорують місцеві вибори, — завдяки чому з невеликою перевагою переміг свого опонента від соціал-демократичної партії. 2013-го, перед

[1] Автобусна різанина — розстріл автобуса з палестинцями, учасниками мітингу Організації звільнення Палестини, вчинений членами Фалангістської міліції, основної збройної сили правохристиянських радикалів, 13 квітня 1975-го. Її вважають початком другої громадянської війни в Лівані (1975—1990).

[2] Християнсько-соціальний союз (ХСС, нім. *Christlich-Soziale Union*) — правоцентристська християнсько-консервативна політична партія у Баварії. Багаторічно та незмінно найвпливовіша партія Баварії.

другими виборами, Олівер, який на відміну від батька ніколи не переймався власною зовнішністю, почав «розпливатися» — набирати вагу, — що, втім, ніяк не позначилося на результатах. Навпаки — на той час тридцятидев'ятирічний Морґенштерн здобув найбільш переконливу в історії парламентських виборів у Баварії перемогу — за нього проголосували 63 % виборців.

Такий результат виявився несподіванкою навіть для Олівера. Зазвичай найвищі шанси стати прем'єр-міністром федеральної землі Баварія має *spitzenkandidat*[1], тобто мажоритарник із найбільшою кількістю голосів. Наприкінці жовтня 2013-го, за три дні до першого засідання ландтагу, на якому партії, що пройшли до парламенту, повинні були обрати прем'єра, Клаус Волкенхорст, політтехнолог, який протягом чверті століття працював радником у Гельмута Морґенштерна, а після смерті останнього, зрозуміло, почав опікуватися його сином, натякнув Оліверові, що депутати з ХСС не підтримають його кандидатуру. Олівер популярний, це так, але він молодий, недосвідчений, не має ні стратегії, ні команди, ну і — про це Клаус тактовно змовчав — наполовину ліванець. Одна річ — достукатися до молоді та сподобатися тридцятип'ятирічним самотнім домогосподаркам, і зовсім інша — очолити уряд найбільшої у складі ФРН землі.

Розрулювати ситуацію не довелося, оскільки за законом прем'єр-міністром Баварії може бути особа, якій на момент голосування в ландтазі виповнилося сорок років, а Оліверу сорок стукнуло б лише у грудні. 27 жовтня 2013-го депутати обрали прем'єром Хорста Зеехофера, досвідченого бюрократа, який із 2008-го стояв на чолі ХСС. Зеехофер вимушено запропонував Морґенштерну-молодшому очолити Міністерство економічних справ і медіа, енергії та технологій

[1] Чільний кандидат (*нім.*).

(*Staatsministerium fur Wirtschaft und Medien, Energie und Technologie*), проте Олівер відмовився. Клаус назвав пропозицію нікчемною, хоча сам Олівер розумів, що він наразі неготовий до такої відповідальності. Хай там як, а Клаус не збирався зупинятися і відразу взявся мізкувати, що треба зробити, аби 2018-го, після наступних земельних виборів, Олівер гарантовано сів на місце Зеехофера. Значною мірою завдяки його зусиллям у січні 2017-го Олівера Морґенштерна обрали секретарем баварського крила ХСС.

Олівер двічі поспіль чхнув, удруге так щиро, що перед очима застрибали темні цятки, а під лобом розплився тупий біль. П'ятдесятивосьмирічний Клаус Волкенхорст, який, знявши туфлі та витягнувши худі ноги, сидів на кріслі праворуч, навіть не глянув на нього. Радник перечитував підписаний напередодні з арабами меморандум і раз у раз повторював, як чудово буде оприлюднити його напередодні виборів. Олівер не слухав. Видобувши з упаковки чергову серветку, тернув нею під носом, потім змахнув слиняві бризки з поверхні планшета, що лежав на колінах, і, немов зачарований, прикипів до екрана.

Екран займало вікно відеохостингу *YouTube*. Повільно провівши пальцем по поверхні планшета, Олівер перетягнув повзунок прокручення на початок, потому, трохи повагавшись, запустив завантажене ще в терміналі відео. Він не випускав гаджет відтоді, як зайшов до літака, проте лише зараз зважився передивитися ролик.

Відео було коротким — хвилина й вісім секунд — і мало назву «Driver saves puppy from death[1]». На екрані проступала частина широкої швидкісної магістралі — дві смуги в кожен бік. Асфальтобетон блищав від роси, дальнє узбіччя ховалось у тумані. Судячи з ракурсу, відеокамера розташовувалася на

---

1 Водій рятує від смерті щеня (*англ.*).

естакаді чи арці понад трасою. Зображення було чітким, але майже безбарвним, як зазвичай на записах із камер спостереження. Олівер не міг відірватися від яскравої чорної плями в лівому нижньому куті екрана, яка впадала в очі на одноманітно сірому тлі дорожнього покриття. То було щеня — крихітне чорне цуценятко відчайдушно намагалося звестися на ноги серед автомобілів, які, не гальмуючи, мчали повз. Зовсім мале — тиждень чи два від народження. Здійняті автомобілями повітряні вихори несамовито хльоскали його, штовхали, закручували, іноді перекидали на спинку. Невдовзі щеня облишило спроби підвестися і згорнулося калачиком посеред дороги. Було видно, як воно тремтить. Машини не зупинялися — окремі на швидкості об'їжджали цуценя, проте більшість навіть не намагалася маневрувати та гнала навпростець. Одна, дві, три... п'ять... десять... Цуцик дивом залишався неушкодженим. Двічі він зникав під днищем — авто пролітало просто над ним, — і ще не менш як тричі колеса прокочувалися буквально за сантиметр від крихітного тільця. На сорок дев'ятій секунді за метр від щеняти, ввімкнувши «аварійку», зупинився сріблястий седан «Audi A6». Водій вискочив з авто — то був чоловік: чорні штани, світла сорочка, коротка, до пояса, вітрівка — оббіг капот і, нахилившись, підняв скорчене тільце. Секунду роздивлявся, а тоді, пригорнувши, поніс щеня до салону.

Олівер тільки раз поглянув, як чоловік підбирає щеня. Під час наступних прокручувань політик перетягував повзунок на початок, щойно сріблястий «Audi A6» з'являвся в полі зору камери. Він знову й знову передивлявся відео з таким виглядом, наче намагався порахувати машини, які проїхали повз, однак що більше вглядався, то дужче супився, як ніби порахувати з якоїсь причини не вдавалося.

Усього машин було п'ятнадцять.

Клаус Волкенхорст тим часом відклав папери й відкинувся на спинку крісла.

— З китайцями буде інакше, — уголос міркував він. Клаус не сумнівався, що серед пасажирів ніхто не розуміє німецької, а тому не переймався зниженням голосу. — Вони завжди кажуть саме те, що хочеш почути, але насправді ніколи не знаєш, що в їхній голові. — Він раптом зауважив, що Олівер залип у планшет і абсолютно не слухає його, тож, витягнувши шию, зиркнув на екран. Права брова ледь піднялася. — Звідки в тебе мережа?

— Нізвідки, — відповів Олівер. — Я завантажив сторінку ще в терміналі.

— Навіщо?

— Коментарі.

— Читаєш коментарі?

Олівер кивнув. Клаус дурнувато покивав у відповідь, кілька секунд помовчав, потім підсунувся і знову потягнувся очима до планшета:

— Скільки там переглядів?

— Майже сім мільйонів. — Олівер зіжмакав відповідь до якоїсь безформної грудки, так ніби, що швидше він її промовить, то менше значення вона матиме. — Я не шукав його. Воно чомусь знову вилізло у тренди... мені його викинуло.

— Це ж добре, хіба ні? — на губах Клауса зазміїлася посмішка.

Олівер промовчав, і Клаусова посмішка згасла. Політтехнолог окинув підопічного стурбованим поглядом. Олівер сидів із таким виглядом, неначе кудись провалюється, неначе щось закривається в його очах.

— Можна я гляну? — попросив Волкенхорст.

Олівер, не дивлячись, передав радникові планшет.

Клаус не став запускати відео — він і так знав, що на ньому, — зате на кілька секунд, немовби смакуючи, затримав погляд на позначці «6 904 005 переглядів». І лише потім узявся гортати коментарі.

Snowgirl 1 тиждень тому

I love that man[1].

human_ 1 тиждень тому

Ich will erfahren, was mit dem Welpen weiter passiert ist[2]!

Bamby S 1 тиждень тому

So glad that someone finally stopped to help the lil guy out… Saddened by how many people just kept going[3].

John Browning 2 тижні тому

Dieser Kerl ist ein Held! Viele anderen würden einfach vorbei fahren[4].

Ynse Schaap 2 тижні тому

OMG HE SHOULD RECEIVE AN AWARD OR SOMETHING[5].

Mark NC 2 тижні тому

He's an Angel has sent by God[6].

— Фантастика, — шепотів Клаус, — це просто фантастика, хіба ні?

Олівер мовчав. Його ніздрі розширилися, а губи викривилися, наче в людини, яку огорнуло важким смородом, і водночас він дещо збентежився, так ніби щойно збагнув, що сморід надходить від нього, що це він гниє зсередини.

Клаус зітхнув.

— Олівере, припини. Будь ласка. Ти зараз поводишся, мов дитя. — Олівер не дивився в його бік. — Пам'ятаєш,

---

[1] Я люблю того чоловіка (*англ.*).

[2] Я хочу знати, що далі сталося зі щеням (*нім.*).

[3] Тішуся, що хтось таки зупинився та допоміг малюку... Сумно, що стільки людей продовжували їхати (*англ.*).

[4] Той чувак — герой! Стільки інших просто проїхали повз (*нім.*).

[5] О МІЙ БОЖЕ, ВІН МАЄ ОТРИМАТИ НАГОРОДУ ЧИ ЩОСЬ ТАКЕ (*англ.*).

[6] Він — Ангел, посланий Богом (*англ.*).

як казав твій батько? Ти мусиш навчитися ходити по землі, допоки намагатися злетіти.

Олівер не пам'ятав. Він не пригадував, чи його батько коли-небудь казав щось таке. Принаймні не в такому контексті. Зате він добре пам'ятав, як наприкінці нульових, невдовзі після того, як померла Яра Антар, Гельмут приходив додому страшенно втомлений, розчарований і злий. Дуже рідко — значно рідше, ніж йому хотілося б — Олівер робив спроби розговорити батька, проте в підсумку розмова щоразу зводилася до однієї й тієї самої, наповненої смутком фрази: у житті кожного з нас існує лінія, перетнувши яку, ми вже не можемо змінитися. Що ближче до смерті, то частіше Гельмут повторював її.

— Вимкни його, — глухо наказав Морґенштерн.

Екран погас, і Клаус повернув планшет.

12:58, GMT +4
13 хвилин після зльоту

Сховавши планшет, Олівер опустив спинку крісла, підклав під голову подушку й ліг. Волкенхорст щось занотовував до старомодного щоденника у шкіряній палітурці.

— Завтра у нас немає зустрічей, зможеш відлежатися, — не відриваючись від записника, кинув він.

Олівер не відповів. Із-під напівопущених повік він крадькома стежив за радником. Клаус Густав Волкенхорст. Сплющений ніс, гостре підборіддя, пласкі коричнюваті зуби — неначе випрасуваний разом із костюмом, — та попри сховані глибоко у складках худого лиця щурячі очі, попри неслухняні волосинки у бровах, що надавали Клаусу потішного вигляду, Волкенхорст справляв враження людини, котра усвідомлює своє місце в житті та контролює все, що відбувається довкола.

Було в ньому щось таке, що ніби промовляло: все добре, я про все подбаю, вір мені.

Олівер заплющив очі та прикрив обличчя передпліччям. Ніс геть заклало, і він мусив дихати ротом. Клаус скоса зиркнув на нього й поцікавився:

— Як почуваєшся? — пауза. Дурнувате запитання. — Тобі принаймні не гірше?

Не прибираючи руки, Олівер мотнув головою. Говорити не хотілося. Останнім часом він узяв за звичку використовувати Клаусову балаканину як фон для власних думок. Радник це відчував, а тому мовчки відвернувся і знову втупився в записник.

Олівера охопив неймовірний, майже відчутний на дотик смуток. У такі моменти він як ніколи гостро відчував, як йому все остогидло. Останніми днями він дедалі частіше поринав у спогади й запитував себе, чи існує де-небудь людина, яка досягла у своїй сфері стільки, скільки досягнув він у політиці, але так само люто ненавидить те, що робить. За цим питанням із дражливою невідворотністю спливали спогади про марні спроби вийти з батькової тіні, випливти з його кільватерної струмини, єдиним наслідком яких було ще більше вгрузання в болото політики... і від цього лише гіршало.

Загалом таких спроб було три. Уперше зійти зі шляху, яким тягнув його батько, Олівер спробував ще в юності, задовго до формального початку політичної кар'єри. Олівер обожнював батька — власне, Гельмута любили всі, йому симпатизували навіть опоненти, — проте ніколи не мріяв стати таким, як він. Урочисті прийоми, наперед підготовлені виступи, штучні посмішки на камеру — усе це викликало у хлопця несвідоме почуття огиди. Гельмут уперто цього не помічав і від кінця вісімдесятих залучав сина до роботи в ХСС.

Олівер почав звичайним хлопчиком на побігеньках — передруковував проекти законів, які розглядали депутати ландтагу, допомагав установлювати рекламні плакати перед виборами тощо, — проте вже за півроку Гельмут довірив синові редагувати тексти своїх виступів і партійні прес-релізи.

Олівер багато читав, грамотно писав і мріяв, що колись буде письменником, але нікому цього не розповідав, бо побоювався розчарувати батька. 1992-го, коли Олівер навчався в останньому, тринадцятому класі гімназії, Гельмут дедалі частіше брав його із собою до ландтагу, де захоплено пояснював, як функціонує політична система Баварії. Хлопець розумів, що мусить поговорити з батьком, але ніяк не міг обрати нагоду. Він не знав, як сказати, що не допомагатиме Гельмуту в ХСС і не вступатиме до LMU[1], принаймні не на факультет соціальних наук. Зрештою Олівер обрав вечір, коли сім'я влаштовувала коктейльну вечірку для друзів, сподіваючись, що батько буде напідпитку й це полегшить розмову. Проте задовго до завершення вечірки Гельмут Морґенштерн покликав сина й узявся вихваляти його перед гостями. Усередині в Олівера все обірвалося. Та мить, коли батько, вчепившись у його плече, окрилено розписував посоловілим бюргерам, яких висот досягне його хлопець у політиці, стала найгіршим спогадом усієї юності: Олівер зіщулювався, буквально зсихався під променями щирого батькового захвату. Того вечора він так нічого й не сказав.

Друга невдала спроба порвати з політикою припала на квітень 2008-го. Той рік узагалі почався дуже важко. У січні, після чотирьох років виснажливої боротьби, Яра Антар померла від ангіосаркоми[2]. Пухлина буквально задушила її, пронизавши метастазами легені, печінку, нирки,

[1] *Ludwig-Maximilians-Universität*, LMU — Мюнхенський університет Людвіга-Максиміліана, найстаріший вищий навчальний заклад у Баварії (*нім.*).

[2] Ангіосаркома — рідкісна, вкрай злоякісна та метастатична пухлина, що утворюється з клітин ендотелію, які вистилають стінки кровоносних судин. Трапляється з однаковою частотою в чоловіків і жінок, переважно у віці 40—50 років. Здебільшого вражає нижні кінцівки.

кістки та мозок. Тож коли Гельмут Морґенштерн, якому в травні мало виповнитися шістдесят три, ненав'язливо запропонував синові спробувати сили у виборах, той, щоб не засмучувати батька, погодився. І хай як це дивно, розмову, під час якої Олівер опинився за крок від того, щоб відмовитися, завів саме Гельмут.

Усе відбулося за день до офіційного висунення Олівера кандидатом у депутати. Вони зібралися на вечерю в обідній залі Гельмутового будинку на півночі району Боґенгаузен. Як завжди після смерті Яри втрьох — Гельмут, Олівер і його дружина Турід. Якийсь час їли мовчки, а потім Гельмут відклав виделку й тихо мовив:

— Тобі це не подобається.

Пояснювати потреби не було — обоє розуміли, про що йдеться. Попри те що Олівер понад десять років працював у апараті ХСС — після університету писав усі батькові промови, після тридцяти допомагав із SMM, тобто із маркетингом у соцмережах, — до квітня він офіційно не був членом партії. Членський квиток йому вручили менш як тиждень тому.

Олівер повільно звів голову.

— Я готовий працювати в апараті, але виступи, інтерв'ю... стежити за кожним словом... це не для мене.

— Не розумію... тобі гарно вдається. — Гельмут сидів із розгубленим, заледве не нещасним виглядом; тієї миті він уперше осягнув, скільки років примушував сина робите те, що йому не до вподоби, хоча більше за це його налякало усвідомлення, що його синові вже тридцять чотири, а він жодного разу не поцікавився, чому той хотів би присвятити життя. — Я ще не бачив, щоби хтось тримав аудиторію так, як ти.

В Олівера стислося серце.

— Річ не в тім. Я знаю, що це так. Просто... — він опустив очі в тарілку, — я не люблю людей.

Гельмут несамохіть пригладив пальцями схоже на пух, ретельно зачесане волосся. Він завжди, навіть за вечерею у себе вдома, мав ідеальний вигляд. Здавалося, наче щоразу, виходячи до туалету, він потай причісується та підпрасовує сорочку.

— Пекар може не їсти хліба, торговець рибою може ненавидіти суші, я знаю продавця книг, який не читає навіть бульварних газет, то чому ти думаєш, що політик повинен любити людей? Твоє завдання не любити їх, а робити так, щоб їм жилося краще.

Олівер подивився на батька, перевів погляд на Турід. Він усе чекав, коли хтось скаже йому: «Ну, гаразд, твоя правда, ми дарма це почали», проте вони мовчали. Олівер не міг зробити цього сам, не міг промовити категоричне «ні» першим: він надто любив батька. Тож роздратований беззмістовною мовчанкою виплюнув:

— А ти?

— Що я?

— Тобі теж це не подобається, — Олівер говорив не притаманним йому різким тоном. — Я ж бачу. Особливо останнім часом.

— Ну... — Гельмут замовк. Жодної думки не відображалося в порожніх очах. — Багато чого змінилося відтоді, як я починав.

— То чому не облишиш усе? — Олівер кисло посміхнувся й невдало пожартував: — Клаус не дозволяє?

Його батько сердито рохнув:

— Клаус робить свою роботу, — потім закінчив уже спокійніше: — Ти ж знаєш мою відповідь: є лінія, перетнувши яку, ми вже не можемо змінитися.

Олівер подумав, що це не так, — ніколи не пізно змінитися, — проте змовчав. Він хоч сам у це вірить? На тому коліщатка розмови застопорилися.

Утретє покінчити з політикою Олівер намагався після смерті батька. Гельмут ніколи не говорив про проблеми зі здоров'ям, але після смерті Яри марнів із кожним днем, вицвітав, як покинута на сонці стара фотографія. Уранці 4 лютого 2011-го він, як завжди, поїхав на роботу, о чверть по десятій йому стало зле, і хоч викликали швидку, медики не встигли. Коли реанімобіль примчав до ландтагу, Гельмут Морґенштерн уже був мертвий. Серцевий напад.

Цього разу Олівер вирішив безповоротно. Через два тижні після похорону батька він розповів дружині, що не братиме участі в наступних виборах і вийде з ХСС по закінченню свого терміну в ландтазі. Ще за тиждень повідомив Клауса. Гельмутів радник був не в захваті, та не відмовляв його. А потім, 13 березня 2011-го, несподівано занедужала Турід. Перші симптоми нагадували звичайний грип — три дні жінка провалялася з температурою в ліжку. Коли на четвертий день температура не знизилася, Олівер повіз дружину до лікарні, і там почалося пекло, отямитися від якого він не зміг дотепер. 18 березня стан Турід різко погіршився — температура підскочила до сорока, — її перевели до палати інтенсивної терапії та під'єднали до апарата штучної вентиляції легень. Поки лікарі з'ясовували, що відбувається, Турід через крапельницю вводили п'ять різних антибіотиків. На ранок 19-го Турід почала марити, дихання стало сухим і спорадичним. Олівер погано пам'ятав той день, усе пливло перед очима, він споглядав світ наче з іншого виміру. Він слабко пригадував, як двоє лікарів у блідо-зелених халатах пояснювали, що щось атакує тіло його дружини, проте їм не вдається визначити, що саме. Трохи згодом інший лікар (а може, то був один із тих двох, що розмовляли з ним раніше) попередив, що перед тим, як Турід здолає інфекцію, їй погіршає, та якщо вона протримається до світанку, то зрештою все буде гаразд. Але те, із чим Турід боролася, виявилося сильнішим, — коли Мюнхен огорнули вогкі березневі сутінки, дружина Олівера померла.

Після розтину лікарі встановили, що смерть настала внаслідок важкого сепсису, який спричинило потрапляння в організм бактерії MRSA, метицилін-резистентного золотистого стафілококу, нечутливого до антибіотиків. Турід від початку була приречена. Оліверу сказали, що бактерія, найімовірніше, проникла у кров через прищик на її сідниці.

До ранку 20 березня Олівер постарів на десять років. Найдужче гнітило те, що смерть дружини заскочила його зненацька. Мама померла від раку, та Олівер мав півтора року після останнього рецидиву, щоби підготуватися до її смерті. Гельмут, хоч і відійшов раптово, був немолодим і після смерті дружини постійно ходив пригнічений, дратувався через найменші дрібниці. Це ніяк не пом'якшувало болю від утрати, але принаймні вписувалося у звичний порядок речей: літні чоловіки, що надміру переймаються негараздами на роботі, подеколи помирають від серцевого нападу. Це боляче, проте так є, із цим нічого не вдієш. Із Турід усе було інакше. Нордичного типу білявка, яка обожнювала теніс, щоранку пробігала не менше ніж три кілометри та за останні п'ять років із медиків відвідувала лише дантиста, згоріла за шість днів у стінах найсучаснішої лікарні Мюнхена в оточенні зграї лікарів, які просто не знали, що ще їй вколоти. Це було неправильно. Нестерпно. Несправедливо. Це отруювало мозок, фізично знищувало Олівера. Він навіть не попрощався з нею. Він іще тиждень тому, повертаючись із ландтагу, ховався в її обіймах, і забував про ненависну роботу, і думав, що так триватиме якщо не завжди, то хоча би дуже й дуже довго.

Після смерті дружини Оліверу почало здаватися, нібито він проживає чиєсь чуже, геть позбавлене сенсу, пустопорожнє життя. Він втратив апетит, ні з ким не спілкувався, ночами лежав на ліжку та безгучно плакав, розпачливо ховаючи обличчя в нічну сорочку, яка була на Турід перед тим, як він відвіз її до клініки, а вдень вибирався до центру Мюнхена й довго тинявся магазинами, до яких вони з Турід полюбляли заходити. І час від часу йому ввижалося, ніби він бачить її поміж стелажів у жіночому відділі, ніби Турід просто відійшла, щоб вибрати білизну чи поміряти нові джинси, але майже відразу потому Олівер розумів, що це міраж, його дружина померла, її більше немає, і це усвідомлення впорскувало в його тіло нову порцію виснажливо гострого відчаю, такого щемкого, що Олівер заходився слізьми, наче дитина, й кидався геть із магазину, дорогою сахаючись від манекенів, неначе то були розвішані вздовж стін мертвяки.

Упродовж місяця після смерті Турід Олівер часто замислювався над самогубством. Бувало, змучившись від безсоння, чоловік сідав у ліжку й розгублено роззирався навсібіч, вишукуючи хоча б якусь річ, заради якої вартувало б жити. Звісно, нічого не знаходив, але так і не вибрав смерть. Олівер не вірив у загробне життя, тож, хай якими дошкульними були спогади про Турід, згадувати безмежну, незвідану для сторонніх глибину їхніх стосунків, згадувати, як простір довкола, щойно вони опинялися на самоті, пронизували невидимі ні для кого, крім них самих, м'які промені, було значно краще, ніж сподіватися на примарну зустріч в іншому світі.

Якось на початку травня 2011-го, коли Олівер уже майже змирився з тим, що решта життя перетвориться на низку нескінченних, наповнених зневірою днів, Клаус Волкенхорст покликав його на вечерю. Вони зустрілися в ресторані «Dallmayr» неподалік Марієнплац і Нової ратуші й увесь вечір розмовляли про щось дріб'язкове, зовсім неважливе, старанно оминаючи згадувати роботу й нещодавні смерті. На прощання Клаус обійняв Олівера. І хоч обійми не вирізнялися теплотою — Клаус обіймав його, мов камінь, — прийшовши додому, Олівер раптом збагнув, що, крім Клауса Волкенхорста та довбаної роботи, в нього нічого немає, нікого не залишилося, і... він дозволив Клаусу повести його за собою.

У серпні Олівер Морґенштерн повернувся до ландтагу. Волкенхорст умить завалив його роботою: більше зустрічей, більше урочистих прийомів, більше відповідальності, і все ж кожен наступний день здавався дедалі менш яскравим і все більш порожнім та безглуздим. Олівер люто ненавидів те, що робив, але нічого не міг вдіяти. Іноді він просто не знав, як здихатися Клауса (радник був немовби старим псом, який дістався у спадок від родичів: Олівер його ледве терпів, але спекатися не міг). І потім цей успіх на виборах 2013-го... Вони обоє виявилися до нього неготовими — 63 % голосів виборців! — і зрештою Олівер вирішив, що не може просто взяти та покинути все. Його батько, напевно, перевернувся б у могилі.

Тож Олівер не пам'ятав, щоби Гельмут коли-небудь казав про «необхідність учитися ходити, допоки полетіти», проте не раз упродовж років, що минули після батькової смерті, подумки повторював його слова про те, що в житті кожного існує лінія, перетнувши яку, ми вже не можемо змінитися.

24 хвилини після зльоту

Відклавши записник, Клаус Волкенхорст відхилився на спинку крісла та втупився у мутно-білу стелю салону. Тихо бемкнувши, відімкнувся знак «Пристебнути ремені». Клаус, не розстібаючи, послабив ремінь. Він думав про Олівера. Про кислий вираз, який останнім часом не сходив із його лиця, про погаслий погляд, який не далі як учора з перемовників, які диктують умови, заледве не перетворив їх на жалюгідних прохачів, а ще про реакцію на ролик із *YouTube*. Клаус не вперше втрачав контроль над політиками, з якими працював, але ніколи тим не переймався, бо завжди мав нитки, за які міг смикнути, аби владнати ситуацію. Шість років тому, коли він почав працювати з Гельмутовим сином, Олівер був податливим, як розм'яклий на сонці шоколад, але віднедавна Клаусові дедалі частіше доводилося жорстко наполягати, навіть сваритися, щоби схилити Олівера до того чи того рішення, і не через те, що він утратив важелі, на які можна було би натиснути, а через те, що ці важелі більше не діяли. Олівер став упертим і непередбачуваним, і це дивувало Клауса. Особливо після того, що сталося два місяці тому. Невже Олівер не розуміє, як міцно відтепер прив'язаний до нього? Не усвідомлює, що приречений працювати з ним так довго, як йому, Клаусові, заманеться, і робити все, що він накаже? Невже Олівер ніколи не замислювався, що в разі оприлюднення всього, що Клаусові відомо, його ганьба впродовж місяців смакуватиме журналістам краще за їжу?

Радникові міркування перервало пронизливе собаче виття. Клаус підскочив на кріслі, брови вигнулися над холодними очима двома дугами. Він перевів погляд на пасажира на 1J, який почав заливатися віскі, щойно лайнер відірвався від землі, — той із роззявленим ротом витріщався на нього.

— *Was ist das?*[1] — почулося з-за спини.

То був Олівер. Клаус не озирався, проте здогадався, що його підопічний сів. Це ж треба, щоб саме в цьому літаку...

— Я не знаю, — проскрипів радник. Він усе ще не наважувався поглянути на Олівера.

— Звідки це? — Олівер Морґенштерн крутив головою. — Цей якийсь запис?

Виття посилилося. Кілька пасажирів натиснули кнопку виклику стюардеси. З бортової кухні, що відмежовува-

[1] Що це? (*нім.*)

ла салон першого класу від кабіни пілотів, долинуло тихе бемкання. За мить шторки смикнулися, з-за них вийшла стюардеса. Найближчим до неї кріслом, над яким горів індикатор виклику, виявилося місце 1J. Дівчина всміхнулася до Парамонова.

— Так, пане, я вас слухаю.

— Вас нічого не напружує? — Парамонов розмовляв англійською, проте сп'яну язик заплітався, і коли спотворені російським акцентом слова долетіли до Клауса, той скривився.

Олівер Морґенштерн голосно чхнув, і це додало ситуації комічної сюрреалістичності.

— Перепрошую? — дівчина тягнула час.

Росіянин, наче бездарний актор, різко підвищив голос:

— Собаче, бляха, виття! Ви його не чуєте?

— Ні, я... тобто так. Я чую його.

Проходом між кріслами наблизився м'язистий юнак у чорних спортивках-галіфе та синій футболці із зображенням закутого в білі лати штурмовика із «Зоряних воєн». Лоуренс Ґрейс. Ресивер сперся на пластикову стійку, що відгороджувала місце 1J, краєчки його губ химерно подриґували. Якщо то була посмішка, то, певно, найгірша на світі.

Олівер став над своїм місцем і вп'явся поглядом в американця.

— *What are you laughing at?*[1] — запитав він англійською.

Через закладений ніс запитання прозвучало гугняво, і Лоуренсова посмішка поширшала. «Бо я лечу на собачі бої, і цілком імовірно, це один із собак, за яким спостерігатиму».

— Та просто кумедно.

[1] Із чого ти смієшся?

Олівер збілів.

— Кумедно *що*?

Лоуренсові так і кортіло розбовкати про бої в Пекіні, збити пиху із пришелепкуватого напівкровки, проте хлопець добре пам'ятав історію Майкла Віка[1], тож, попри те, що пасажир був не американцем, притримав язик за зубами.

Завивання між тим не стихало. Звівши брови, Парамонов чекав на продовження.

— Напевно, це чийсь собака у відділі багажу. — Стюардеса не ховала погляд, на її губах усе ще трималася усмішка, хоча голос звучав дещо збентежено.

Парамонов розтулив рота, щоб відповісти, та його випередили німці. Олівер і Клаус заговорили водночас, і їхні запитання злилися в одне.

— З ним щось сталося?

— Ви впевнені, що з ним усе гаразд?

Дівчина кивнула:

— Я повідомлю командира екіпажу.

І зникла за шторками.

Вона повернулася за півхвилини.

— Просто під нами передній вантажний відсік, — стюардеса пояснювала різко, наче захищаючись. — Один із пасажирів подорожує з великим собакою, за правилами таких тварин можна перевозити лише в багажі. Відсік під тиском, температура всередині кімнатна. Я також запевняю вас, що перед вильотом тварину напоїли та нагодували, перед посадкою дали побігати, крім того, клітка достатньо велика, щоб вона могла вільно встати та розвернутися, тобто...

---

[1] Майкл Вік (англ. *Michael Vick*) — колишній квотербек НФЛ, який більшу частину своєї кар'єри виступав за команду «Atlanta Falcons». Кар'єра Віка обірвалася 2007-го, коли він визнав себе винним в організації собачих боїв і провів двадцять один місяць у федеральній в'язниці.

— Тобто ми слухатимемо це, — посміхаючись, Лоуренс Ґрейс махнув рукою в той бік, звідки долинало протяжне скигління, — аж доки не прилетимо до Пекіна?

Дівчина замовкла. До такого її не готували, вона не знала, що відповісти.

— Припини, — осадив Лоуренса Парамонов. — Що ти пропонуєш? Розвернути літак до Дубая? Через собаку?

— Ніхто не пропонує повертатися, — встряв Волкенхорст, — ми просто хочемо переконатися, що із собакою все гаразд.

— Запевняю вас... — почала стюардеса, та Лоуренс знову її обірвав.

— Ну, звісно, все гаразд. Просто закортіло поспівати.

Олівер поглянув на ресивера так, ніби хотів задушити. Волкенхорст проігнорував американця.

— Ми можемо якось потрапити до багажного відсіку? — запитав радник.

— На жаль, це неможливо. Лише після приземлення.

Олівер подивився на стюардесу. Запалені, налиті кров'ю очі сльозилися.

— Так не можна. Він так виє... з ним точно не все гаразд. Ми не можемо просто сидіти й нічого не робити. Ми не можемо просто слухати це.

— Я сподіваюсь, він затихне, — сказала стюардеса.

— Аякже, — у голосі проступило роздратування, — затихне, коли знесиліє або взагалі помре. А що, як він заплутався в чомусь і задихається.

— Олівере... — Клаус спробував заспокоїти підопічного.

— Я запевняю вас... — знову озвалася стюардеса.

Та Олівер відмахнувся.

— Ви не знаєте! Ви не можете знати, що із собакою. Ми мусимо сісти в найближчому аеропорті та з'ясувати.

— Ні! — Анна Янголь підхопилася зі свого крісла. Широко розплющені очі хворобливо блищали. Стюардеса та чоловіки повернули до неї голови. Її вигук прозвучав майже непристойно різко, й упродовж кількох секунд ніхто не сприймав його за частину розмови. Ніхто не розумів, що їй треба. — Не можна приземлятися!

— Чому? — крізь закладений ніс прогугнив Олівер.

Анна застигла із роззявленим ротом. Мала такий вигляд, ніби перебувала в чужому тілі, й дивилася на Олівера із дивним, напрочуд сильним виразом, якого той не міг збагнути. Обличчя бліде, вицвіле, немовби рештки графіті на облупленій стіні. Зрештою, нічого не сказавши, вона потупила погляд, і тоді виття раптово обірвалося.

Чоловіки перезирнулися. Стюардеса полегшено видихнула. Клаус Волкенхорст навіть посміхнувся; посмішка розпалила в Оліверові почуття ворожості, проте він промовчав. Розмова припинилася, і за чверть хвилини Клаус мовив:

— Гадаю, інцидент вичерпано. — Він поглянув на Анну: — Ми далі летимо до Пекіна, — потім повернувся до Олівера: — І з собакою все гаразд.

Лоуренс Ґрейс підморгнув стюардесі й попрямував до свого місця.

31 хвилина після зльоту

Хляпнувшись у крісло, Лоуренс спостерігав, як вмощується на своєму місці Олівер Морґенштерн. Якийсь час ресивер намагався уявити, якою була б реакція того пришелепи, якби він таки розповів про собачі бої.

За мить до того, як Лоуренс відвернувся до вікна, у його голові спалахнуло дивакувате припущення: а що як собаку, чиїм виттям вони мали приємність насолодитися, везуть на бої до Пекіна? На обличчі проступила єхидна посмішка.

Він чимало віддав би, щоб побачити вираз обличчя напівкровки в той момент, коли хтось каже йому, що собака, заради якого він рвався посадити пасажирський літак, стік кров'ю в бійцівській ямі на задвірках задрипаного готелю в нетрях району Фентай на південній околиці китайської столиці.

Одначе посмішка швидко сповзла з лиця. Між грудьми та животом поступово загусала вже звична для останніх тижнів важкість від роздратування, цього разу через те, що Гарді не встиг надіслати запис із розправою пакистанського мастифа над тристафунтовим ведмедем. Лоуренс прикрив очі долонею та спробував зосередитися на тому, що він відчував би, переглядаючи відео, проте марно. Натомість його повело до роздумів, які обірвав дзвінок Гарді: суперкубок, завершальна чверть, Брендон Бартон.

Щойно думки про чорношкірого корнера скочили в голову, Лоуренс уже не мав снаги їх позбутися. Спогади про 51-й Супербоул немовби звили кубло з реп'яхів у напрочуд віддаленій частині його мозку, в потемках, звідки він не міг їх видерти, хай як старався. Чомусь — Лоуренс сам насилу в це вірив — те, як його команда програла, важило для нього набагато більше за сам програш. Може, причина крилася в нездоровій публічності — надмірній, майже патологічній цікавості до його персони, що звалилася на Ґрейса після суперкубку. Півроку тому навіть у Портленді ресивера впізнавали не всі, наприклад, на нього не зважала схожа на *Pink* барменка з кав'ярні на розі 12-ї авеню та Салмон-стрит, або полісмен, який минулої весни зупинив його за милю від стадіону, схоже, зовсім не підозрював, із ким має справу... Після 51-го Супербоулу все змінилося. Впізнавали Лоуренса тепер усі без винятку, та ніхто не спиняв його посеред вулиці, щоб попросити автограф.

5 лютого 2017-го
NRG Stadium, Х'юстон, Техас
Хвилина до початку 4-ї чверті 51-го Супербоулу

Навіть без гравців на полі стадіон ревів так, що доводилося підвищувати голос, аби тебе чули колеги по команді.

— Вони посадили на лаву 25-го! — Стодесятикілограмовий рудоволосий тайт-енд[1] Раян Фостер стояв просто над Лоуренсом, але той його не чув. — Чуєш, Ґрейсе? — Фостер постукав кісточками пальців по наплічних пластинах ресивера, і Лоуренс нарешті повернув голову. — 25-й на лаві запасних!

Ресивер насупив брови та витягнув шию, намагаючись роздивитися гравців суперника, що збилися докупи за боковою лінією із протилежного кінця поля, проте з лави майже нічого не розгледів і підвівся. Лоуренс ненадовго затримав погляд на шерензі кремезних лайнбекерів[2], а тоді помітив Малкольма Валентайна. Жилавий 25-й номер, згорбившись, сидів праворуч і позаду захисників «Ренегатів», які готувалися вийти на поле, і тупився собі під ноги.

— Він травмувався?

— Ні, — похитав головою Раян Фостер, злиплі від поту пасма впали на лоба. — У тому то й річ! Його прибирають із гри.

---

[1] Тайт-енд (англ. *tight end*, TE — підсилений край) — позиція в команді нападу в американському футболі. Тайт-енд перед початком розіграшу розташовується з лівого чи правого краю п'ятірки лайнменів нападу й поєднує в собі функції ресивера та лайнмена, тобто може разом із лайнменами блокувати гравців суперника або, як ресивер, приймати пас від квотербека та прориватися полем, набираючи ярди.

[2] Лайнбекер (англ. *linebacker*, LB — той, що позаду лінії) — позиція в команді захисту в американському футболі. Здебільшого перед початком розіграшу лайнбекери стають за лінією лайнменів захисту та можуть і атакувати квотербека супротивника, і відходити в глибину поля для того, щоби перехопити пас або зупинити прорив гравця з м'ячем.

— Якого біса? — Лоуренс спохмурнів.

Малкольм Валентайн жодного разу протягом гри не завадив йому прийняти пас і під кінець третьої чверті нагадував вимотаного тореадором бика, але якщо не він, то хто? «Ренегати» не мали інших корнерів, які могли б змагатися з ним у швидкості. Поставити когось на місце Валентайна — це однаково, що залишити в захисті діру із підсвіченим вказівником «АТАКУВАТИ СЮДИ».

— Хто замість нього?

— 21-й у грі, — сказав Фостер. — Валентайна садять, бо він нічого не може з тобою вдіяти.

— Дурня якась. — Лоуренс примружив очі. — А 21-й це...

— Брендон Бартон.

— Бартон? — Ресивер підняв брови. — Хто це?

На той час спогади про шкільного опонента цілковито стерлися з пам'яті.

— Я не знаю. Новачок.

Пролунав свисток. Головний суддя підняв руку, наказуючи гравцям виходити на поле.

— Пішли. — Раян Фостер поторсав Лоуренса за захисний нагрудник. — Збили з ніг, тепер мусимо доламати їм хребта! Ще один тачдаун, і їм кінець, брате!

Рахунок був 17:14 на користь «Загарбників». Крайня атака «Ренегатів» наприкінці третьої чверті захлинулася: «Загарбники» зупинили бостонців на позначці сорок чотири ярди, і тим довелося повертати м'яч. Наступний драйв[1] міг стати для «Загарбників» вирішальним.

---

[1] Драйв — в американському футболі — послідовність наступальних розіграшів, під час якої команда, що володіє м'ячем (команда нападу), набирає ярди, просуваючи м'яч до залікової зони суперника. Команда нападу має чотири спроби, щоби пройти десять ярдів. Якщо вдається набрати десять (або більше) ярдів, команда отримує нові чотири спроби на наступні десять, і так далі, доки драйв не завершиться занесенням тачдауну (сім очок) чи забиванням польового гола (три очки). В іншому разі — себто, коли команда нападу на якомусь етапі драйву не змогла пройти десяти ярдів, — м'яч переходить до суперника, який розпочинає власний наступальний драйв.

— Ага, о'кей, — неуважно зронив Лоуренс.

Йому не вдавалося викинути з голови думки про 21-й номер. Надягаючи шолом, вишукував його серед «Ренегатів», які виходили на поле. Бартон. Брендон Бартон. Ім'я чомусь здавалося знайомим. Лоуренс знов і знов прокручував його в голові, проте витягти що-небудь із надміру наелектризованого мозку не спромігся — спогади були тьмяними й невиразними, наче вкриті товстим шаром криги, — і ресивер зосередився на іншому. *Новачок*. Як можна кидати необстріляного новачка в таку м'ясорубку? Це ж Супербоул!

Ґрейс мотнув головою, переконуючись, що шолом добре закріплено, після чого рушив до поля. За крок від крайки хтось смикнув його за передпліччя. Ресивер озирнувся — за ним стояв координатор нападу Рон Метьюз.

— Білл Вентрон виводить Валентайна з гри, — зсунувши однобічний навушник із товстим амбушюром і вигнутим до рота мікрофоном на потилицю, заторочив Рон. — Замість нього Бартон. Темна конячка, проте я сумніваюся, що в нас із ним виникнуть проблеми.

Гравці в біло-синіх шоломах з емблемою «Ренегатів» поволі займали позиції вздовж лінії зіткнення, проте ресиверу ніяк не вдавалося відшукати серед них 21-й номер.

— Так, тренере.

Лоуренс подумав, що тренер «Ренегатів» не ризикне вивести Бартона проти нього. Найімовірніше, новачок розташується на позиції сейфті[1], а його прикриватиме хтось інший.

— Ми нічого не змінюємо, — пояснив Рон, — просто пам'ятай, що проти тебе грає інший корнер.

---

[1] Сейфті (англ. *safety*, S — гарантія, порятунок) — позиція в команді захисту в американському футболі. Сейфті перед початком розіграшу стоїть у глибині захисту, на відстані десяти-п'ятнадцяти ярдів від лінії зіткнення. Гравець цієї позиції стежить за м'ячем і страхує корнербеків і лайнбекерів у разі, якщо ті не змогли зупинити гравця нападу, яким опікувалися.

Лоуренс кивнув. Рон штовхнув його в плече, випроваджуючи на поле.

Тієї самої миті головний суддя дав свисток, і на велетенському чорно-білому табло за заліковою зоною «Ренегатів» пішов відлік часу, відведеного на підготовку розіграшу. Двадцять п'ять секунд.

Команда нападу згуртувалася довкола Джареда Коузера, височенного квотербека[1] «Загарбників». Той опустився на коліно — шоломи зімкнулись над ним — й озвучив схему першого розіграшу:

— *Load Right J-26, Power Boss! On two*[2].

Гравці плеснули в долоні та підтюпцем розбіглися на позиції. Лоуренс розмістився ліворуч на лінії зіткнення. Він був у міру розслабленим, оскільки оголошений Коузером код відповідав виносному розіграшу на правому фланзі. Від Лоуренса вимагалося лиш якомога довше відволікати на себе корнера та сейфті біля лівої бровки.

Ставши на позицію, ресивер обстежив глибину поля. Хотів зрозуміти, куди Білл Вентрон, тренер «Ренегатів», поставив 21-й номер. Не знайшовши корнербека, Лоуренс вирішив, що Раян Фостер і Рон Метьюз помилилися, і 21-й залишився на лаві за бровкою, а тоді перевів погляд на свого опонента й від несподіванки вирячився. Навпроти нього, ледь нахиливши тулуб і скоса дивлячись на центрального лайнмена, стояв Брендон Бартон.

Лоуренс одразу його впізнав — чорношкірий корнер із муніципальної школи Віксбурга. Втім, що-небудь подумати чи тим паче промовити ресивер не встиг. Джаред Коузер

---

[1] Квотербек (англ. *quarterback*, QB) — найважливіша позиція в американському футболі. Квотербек є лідером команди нападу, обирає схему кожного розіграшу та відповідає за її втілення. Перед початком розіграшу квотербек здебільшого розташовується відразу за лінією лайнменів.

[2] В американському футболі перед початком кожного розіграшу квотербек оголошує команді нападу коротку закодовану інструкцію, з якої кожен гравець дізнається про схему розіграшу та власну роль у ньому.

ковзнув поглядом по застиглих на стартових позиціях уздовж лінії зіткнення гравцях, упевнився, що кожен на своєму місці, прогорлав «*Set!*»[1] і майже відразу виплюнув подвійне «*Hut-hut!*»[2]. Після другого «*hut*» центральний лайнмен скинув Джареду м'яч, і розіграш почався. Щойно м'яч зрушив із місця, лінії вишикуваних один навпроти одного дебелих лайнменів зійшлися — у повітря над газоном вихлюпнулася суміш розлюченого рохкання, гарчання й утробних стогонів. На правому фланзі лінії зіткнення лайнмени «Загарбників» намагалися зім'яти та відтіснити своїх опонентів. Їм це вдалося, й утвореного коридору якраз вистачало, щоби Маркус Фуллер, раннін-бек[3], проскочив і взявся набирати швидкість, однак один із лайнбекерів «Ренегатів» кинувся навперейми й повалив його на землю. Пролунав свисток — комбінація завершилася набором одного ярда.

Лоуренс не мав забігати далеко, проте вирішив оцінити швидкість Бартона, і рвонув навскоси через поле, імітуючи прорив у глиб захисту. Свисток рефері зупинив його за кілька кроків від центральної лінії. Гальмуючи, Лоуренс зиркнув через плече. Бартон відстав на два ярди. Ресивер розвернувся, щоб побігти до своїх, однак Брендон, зупиняючись, послизнувся і, кумедно змахнувши руками, витягнувся навзнак просто перед ним. Переступивши через корнербека, Лоуренс поглянув на нього зверху вниз:

---

[1] Стали! (*англ.*)

[2] Під час оголошення схеми розіграшу квотербек зазначає, на який рахунок команда має цей розіграш почати: *on one* — на перший, *on two* — на другий, *on three* — на третій, і т. д. Так роблять, аби заплутати захист суперника. За подвійного (*hut-hut*) чи потрійного (*hut-hut-hut*) сигналу хтось із команди захисту може зірватися з місця раніше (відповідно, на перше чи друге *hut*), а це є порушенням правил, і як підсумок — м'яч автоматично переставляють на п'ять ярдів ближче до залікової зони команди, що захищається.

[3] Раннін-бек (англ. *running back*, RB — букв. «той, що біжить позаду») — позиція в команді нападу в американському футболі. Мета раннін-бека під час розіграшу — отримати м'яч від квотербека (безпосередньо в руки, не пас) і прорватися якомога далі крізь захист суперника (це так званий виносний розіграш, коли м'яч «несуть» по землі, — на відміну від пасового, коли м'яч посилають повітрям).

— Це твоя перша плей-оф гра? — Губи склалися в презирливу посмішку. — Що, гандон, почуваєшся щасливчиком? Перший сезон і відразу до Супербоулу?

Вигляд у Брендона був наче в дитини, що не розуміє, де опинилася. Ресивер ляснув його по шолому та підтюпцем побіг до «Загарбників», що гуртувалися довкола квотербека.

Усередині він аж палав. «*Він повільніший! Господь усемогутній, він набагато повільніший за мене!*» Лоуренс розштовхав лайнменів, смикнув квотербека за футболку та збуджено зашепотів:

— Джареде! Послухай! Проти мене новий корнер, новачок!

— І що?

— Він зовсім зелений. Він не встигає за мною!

Сіро-зелені очі Джареда хижо спалахнули.

— Я тебе зрозумів. — Квотербек замахав долонями, збираючи гравців довкола себе. — До мене, змінюємо розіграш! — Потому сперся руками на коліно, виждав, доки шоломи зімкнуться над ним, і відкарбував: — *Zero Out Slot 62, F Slim, Z Montana Flare! On one, on one!*

Джаред плеснув у долоні, чоловіки випросталися і попрямували на позиції. Лайнмени вийшли до м'яча і, посхилявшись на витягнуті руки, завмерли в шерензі перед захисниками «Ренегатів». Лоуренс відбіг праворуч і зупинився на позиції слот-ресивера — трохи нижче за лінію зіткнення та посередині між крайнім правим лайнменом і Джермейном Гоукінсом, ресивером на правому краї. Брендон Бартон застиг у стійці навпроти нього.

Джаред окинув поглядом гравців своєї команди й вигукнув коротке «*hut!*». У вибраній схемі Лоуренс був його основною мішенню, тож після отримання м'яча від лайнмена Джаред не дивився на ресивера, щоби захисники «Ренегатів» за рухом очей не здогадалися про лінію подачі пасу. Лоуренс тим часом промчав шість чи сім ярдів просто на Бартона, на мить, щоб обдурити корнербека, нахилив корпус праворуч, а потім, різко розвернувшись, рвонув у інший бік — до центру поля.

Бартон купився. Змістився до краю поля, а коли Лоуренс раптом змінив напрямок руху, послизнувся і відстав на добрі два ярди.

За три кроки від центру поля Лоуренс розвернувся, нагotoвавшись ловити пас. Джаред зробив усе, як треба: закручений ідеальною спіраллю м'яч опускався просто на груди ресиверу. Брендон, намагаючись завадити Лоуренсу впіймати сфероїд, витягся у стрибку, проте не торкнувся до нього — пролетів повз ресивера й ницьма гепнувся на траву.

Бартонового падіння Лоуренс не побачив. Отримавши м'яч, він розвернувся і помчав до залікової зони суперників. Через п'ять секунд його перехопив сейфті «Ренегатів», але на той час Ґрейс уже забіг на половину поля бостонців.

«NRG Stadium» вибухнув оглушливим ревом. Лоуренс зірвався на ноги. М'язи аж поколювало від захвату, в грудях немовби лускали теплі бульбашки. Фуллер, Гоукінс, Фостер наскочили на нього, вітаючи з успішним проривом. Випручуючись із їхніх обіймів, ресивер прикипів очима до велетенського екрана за стійками воріт, на якому повторювали щойно розіграну комбінацію: пас Джареда Коузера та його, Лоуренсовий прохід по центру. У момент прийому пасу долоню Брендона Бартона від м'яча відділяло не менше як фут. «*Цілий фут!* — думка билася в голові у такт із ударами оскаженілого серця: — Здуріти можна!» Зазвичай квотербек мусить поцілити м'ячем у «вікно» не більше за кілька дюймів у діаметрі, а тут... корнербек не мав жодного шансу, щоби відбити м'яч. Лоуренс не міг повірити: чорт забирай, це ж Супербоул! Хіба може бути *так* легко? Хіба може бути *так* весело?

До позначки, на якій Лоуренса зупинили з м'ячем, підбігли Джаред Коузер і лайнмени. Джаред, піднявши руку, наставив долоню, ресивер із розмаху ляснув по ній і мовив:

— Бачив?

— Так!

— Ще раз на мене.

Джаред кивнув і прогорлав до решти:

— *Eagle Right, Z 62, Clipper Raft! On one, on one!*

Лоуренс знову розташувався «у слоті», цього разу ліворуч від квотербека. Брендон Бартон застиг у стійці навпроти. Після початку розіграшу Джермейн Гоукінс і Раян Фостер рвонули вперед, а потім водночас повернули ліворуч, відтягуючи на себе сейфті, натомість Лоуренс побіг до правого краю поля. Вільний сейфті «Ренегатів» учасно збагнув, що Джаред пасуватиме Лоуренсу, проте нічого вдіяти не зміг: квотербек «Загарбників» виконав просто ідеальний пас, ресивер відірвався і від корнера, і від сейфті й легко впіймав перекинутий через голову м'яч. Коли сейфті «Ренегатів» виштовхав Лоуренса за межі поля, той набрав для команди понад двадцять ярдів.

Стадіон шаленів. «Загарбників» від залікової зони «Ренегатів» відділяло сімнадцять ярдів. Очі Лоуренса сяяли, наче їх підсвічували ліхтарем.

Джаред Коузер криками підганяв «Загарбників», налаштовуючи їх дотиснути суперників. Нападники швидко вишикувалися вздовж лінії зіткнення, і тоді, за секунду до того, як подати сигнал про початок розіграшу, квотербек «Загарбників» дещо побачив. Один із двох сейфті в глибині поля «Ренегатів», збагнувши, що Брендон Бартон самотужки не впорається з Лоуренсом Ґрейсом, покинув свою позицію та перемістився на лівий фланг — ближче до зони, якою прориватиметься ресивер. Відтак, у глибині захисту «Ренегатів» замість двох залишився тільки один захисник. Джаред швидко глянув на Лоуренса. Той ледь помітно кивнув, показуючи, що розуміє.

Ховаючи усмішку й стежачи, як захисники «Ренегатів» неспокійно перезираються, Джаред виплюнув гортанне «*hut!*». Центральний лайнмен поміж ніг передав йому м'яч, після чого квотербек на п'ять кроків відскочив від лінії зіткнення. Лоуренс метнувся вперед, але за мить повернув ліворуч і щодуху помчав до краю поля, виманюючи за собою і корнера, і сейфті, тягнучи їх подалі від центральної зони. Упродовж двох секунд після початку розіграшу Джаред Коузер удавав, ніби готується відпасувати Лоуренсу, ніби чекає лише, поки той звільниться від опіки Брендона Бартона, а тоді зненацька розвернувся праворуч і шпурнув м'яч по центру — просто в руки Раяну Фостеру. Кремезний тайт-енд, випередивши лайнбекера «Ренегатів», прийняв пас, на повній швидкості протаранив єдиного сейфті та, по суті, разом із останнім ввіпхався до залікової зони.

ТАЧДАУН!

Уболівальники горлали так, що закладало вуха.

Лоуренс на радощах скинув руки. Його радість злегка затьмарював той факт, що під час *цього* розіграшу Брендон немовби приклеївся до нього, не відставав на жоден дюйм, і якби Джаред кидав м'яч йому, хтозна-чим це закінчилося б. У голові Лоуренса навіть промайнула думка, що за весь матч Малкольм Валентайн, на місце якого вийшов Бартон, не опікувався ним так щільно та що Білл Вентрон, тренер «Ренегатів», таки щось знав, коли ризикнув випустити новачка в завершальній чверті Супербоулу, проте Лоуренс відігнав її. Це вже не мало значення. 24:14 — його команда на десять очок попереду за тринадцять хвилин до завершення матчу.

— Ну як, шмаркачу? — Лоуренс повернувся до Брендона, його обличчя роздирала зухвала посмішка. — Як воно — грати проти чемпіонів?

Брендон мовчки відвернувся і пішов геть. Лоуренс засміявся йому в спину, а потім разом із Фуллером, Гоукінсом і кількома лайнменами побіг вітати Раяна. Рудоволосий тайт-енд гасав перед трибунами та розмахував над головою м'ячем, із яким забіг до залікової зони. Лоуренс наскочив на нього ззаду й обійняв. Їх оточили інші нападники. Раян випручався і повернувся до ресивера.

— Звалив на землю, доламуй хребет! — прогарчав він. Пластиковий фіксатор на підборідді з'їхав на нижню губу, шолом заледве тримався на голові, та Фостер не зважав: в очах палахкотіли бенгальські вогні. — Що я тобі казав, брате?! Звалив на землю, ЛАМАЙ ЇХНЮ ДОВБАНУ ШИЮ! — тайт-енд схопив Лоуренса за краї захисного нагрудника та ривком підняв у повітря. — Юх-ху!

Лоуренс Ґрейс розреготався і ляснув долонею по шолому Фостера.

— Ти крутий, бро! Тепер черга за захистом. Мають їх зупинити.

Раян Фостер поставив Лоуренса на землю, й обоє підтюпцем рушили до бровки. Краєм ока Ґрейс помітив, як найближчий телевізійний оператор навів на них камеру. Зазвичай ресивер удавав, наче не зауважує націлених на нього об'єктивів, але цього разу не втримався. Став лицем до оператора та підняв долоні. На правій виставив два пальці — середній і вказівний, на лівій — чотири, сховавши великий. Потому порухав долонями, то прибираючи, то виставляючи середній палець на правій, і мотнув головою на табло: двадцять чотири — чотирнадцять... двадцять чотири — чотирнадцять... Жодна команда за всю історію НФЛ не відігравала десять очок в останній чверті Супербоулу. За оператором зібралося з десяток журналістів, заклацали фотокамери. Лоуренс переможно всміхнувся, опустив ліву руку, праву долоню повернув тильним боком до камер і розчепірив усі пальці. А тоді пучкою великого потер нижню фалангу безіменного.

Двадцятичотирирічний Лоуренс Дарнелл Ґрейс показував журналістам місце на пальці, де, як він сподівався, невдовзі опиниться його перший чемпіонський перстень.

51-й Супербоул
12 хвилин 10 секунд до закінчення 4-ї чверті

Після короткої перерви «Ренегати» пішли в наступ. Що здивувало Лоуренса — суперники не поспішали. Бостонці потребували щонайменше двох результативних драйвів, щоби відігратися, проте не панікували: раннін-беки не кидалися стрімголов на захисників, квотербек не жбурляв м'яча на п'ятдесят ярдів, намагаючись одним пасом покрити півполя. Майстерно поєднуючи виносні та пасові комбінації, «Ренегати» пройшли позначку п'ятдесят ярдів, на половині «Загарбників» трохи забуксували — захисникам вдалося навіть відкинути їх на одинадцять ярдів, — але потім Террон Армстед, квотербек бостонців, ефектно поцілив просто в руки своєму ресиверу на чотириярдовій лінії. Наступна комбінація завершилася взяттям залікової зони «Загарбників». 24:21 — «Ренегати» скоротили відставання.

Коли обоє бокових суддів підняли руки, сигналізуючи про тачдаун, Лоуренс сплюнув під ноги та потягнувся по шолом. Джаред Коузер узагалі не сідав і тепер пробігся вздовж лави, ляскаючи в долоні та підбадьорюючи товаришів:

— Мусимо відповісти! — У голосі квотербека вчувалося напруження. — Чуваки, встаємо, мусимо відповісти їм!

Раян Фостер підвівся, понуро зиркнув на Лоуренса та стукнув кулаком по нагрудних пластинах:

— Погнали.

«Загарбники» розпочали драйв із двадцятиярдової позначки на своїй половині поля. Перший розіграш був виносним: раннін-бек Маркус Фуллер набрав шість ярдів. Під час другого Джаред Коузер віддав короткий пас Джермейну Гоукінсу, і той подолав ще п'ять, поки його не зупинили. Третій розіграш знову був спробою прорватися «по землі», проте захисники завалили Фуллера ще на лінії зіткнення.

Під час наступного розіграшу Джаред обрав основною мішенню Лоуренса Ґрейса, і схема розіграшу передбачала дальній пас.

Центральний лайнмен скинув м'яч квотербеку «Загарбників», і Лоуренс щодуху помчав у бік залікової зони. Ресивер подумки порахував до восьми, а потім на бігу озирнувся. Одного погляду вистачило, щоби збагнути, що Джаред перестарався: м'яч летів надто швидко та високо — Лоуренс не мав жодного шансу його впіймати. Та приголомшило інше: Брендон Бартон дихав йому в потилицю. У корнербека очі рогом лізли від напруження, проте він не відставав. Лоуренс спробував уявити, що сталося б, якби Джаред виконав більш точний пас... Перехоплення?.. Навряд. Бартон усе ж ішов трохи позаду й на такій швидкості нізащо не перехопив би м'яч, але точно завадив би його впіймати. Чорт!

М'яч врізався в газон неподалік двадцятиярдової лінії на половині поля «Ренегатів». Боковий суддя помахав руками в горизонтальній площині, сигналізуючи про незавершений пас. Лоуренс і Брендон загальмували, корнербек одразу розвернувся і попрямував назад до лінії зіткнення. Зате ресивер затримався. На екрані за вертикальними стійками показували повтор попереднього розіграшу. Лоуренс простежив за дивовижним спуртом Брендона та лише після того, збентежено поправивши шолом, подався до лінії зіткнення.

Несподівано в голові у такт із ударами серця запульсувало «батько... батько... батько...». Лоуренс насупився, не розуміючи, звідки воно прийшло. Хтось наче нашіптував слова над його вухом. Ресивер потрусив головою, женучи їх геть. Він просвердлював очима дірку в спині 21-го номера та силкувався збагнути, яким дивом той уже вдруге так щільно його прикриває. Що як Брендон не просто свіжіший, а справді кращий за Малкольма Валентайна?

(*батько*)

Лоуренс підбіг до товаришів по команді, що згуртувалися довкола Джареда. Здушеним від напруження голосом квотербек озвучив план наступного розіграшу: імітація атаки «по землі», а тоді пас по центру на Джермейна Гоукінса. Лоуренс кивнув, рушив на лівий фланг і дорогою...

(*батько*)

...подумав про свого батька, полковника Джонатана Ґрейса, який зателефонував йому вранці та почав розмову зі слів «Доброго ранку, чемпіоне». Це воно? Щось не гаразд із його татом? Попри те що ресивер не дозволяв думкам, які не стосувалися гри, затримуватися на збаламученій поверхні розуму, він зрозумів, що ні. Слово, яке скалкою застрягло в мозку, не пов'язане з полковником Ґрейсом. Лоуренс наблизився до краю поля — Брендон Бартон застиг навпроти — і тоді його враз осяяло.

(*батько... батько... батько...*)

Серце вихлюпнуло в тіло порцію гарячої крові. Ресивер втупився у вкрите потом обличчя корнербека. Перед очима сплив померхлий, немовби порослий пліснявою обрис чогось, що він знав дуже давно, багато років тому, і Лоуренс скривив губи в недобрій посмішці: *не його батько — батько Брендона.*

Почався розіграш. Джаред вдав, немов передає м'яч Фуллеру, проте той промчав повз, і квотербек понад головами лайнменів перекинув м'яч Гоукінсу. Ресивера миттю повалили на землю троє захисників «Ренегатів», однак м'яч зрештою перемістився на дванадцять ярдів.

Доки тривав розіграш, Лоуренс із Брендоном трохи поштовхалися на лівому фланзі, хоча ресивер у цей час міркував переважно про Малкольма Валентайна. Валентайн виснажився не лише фізично, а й морально: Лоуренс домінував упродовж гри, і це, певна річ, добряче діймало корнербека «Ренегатів». Під кінець третьої чверті Валентайн був засмиканим, розчарованим, а отже, невпевненим у собі.

Принаймні не так, як на початку матчу. Обігравати такого завжди легше. А Брендон, хоч і нижчий на голову й повільніший, усе ж свіжий і вмотивований. І коли свисток сповістив про завершення розіграшу, Лоуренс Ґрейс уже знав, як це змінити.

— Хей, Бартоне! — він грубо гукнув корнербекові. — Думаєш, якби твій старий дожив до цього дня, він би пишався тобою? — Брендон змінився так, як ніби надягнув інше обличчя. — Не відвертайся, чувак! Я ж із тобою розмовляю! Думаєш, твого старого зараз би роздувало від гордощів? Чи він сидів би обдовбаний у занюханому трейлері й пускав слину, навіть не розуміючи, що на поле вийшов його син?

Брендон стояв із таким виглядом, наче йому на голову накинули поліетиленовий мішок і взялися душити. Очі розплилися мутними озерами, посірілі губи ворушилися, проте звуки, що витискалися з горлянки, ніяк не складалися в слова. Він так нічого й не вимовив, і зрештою Лоуренс, зумисне турнувши його плечем, побіг до своїх.

51-й Супербоул
7 хвилин 23 секунди до закінчення 4-ї чверті

Дві наступні комбінації пройшли невдало — команда не набрала й трьох ярдів, — і коли перед черговим розіграшем «Загарбники» збилися купи на сорокашестиярдовій лінії, над шоломами зависла мало не на дотик відчутна пелена страху: вони надто далеко від воріт, аби пробивати польовий гол, і якщо під час розіграшу не вдасться набрати хоча би сім ярдів, м'яч доведеться віддавати «Ренегатам». Джаред обвів поглядом товаришів по команді.

— Ми мусимо пройти зараз. — Він звертався немовби відразу до всіх, але втупив погляд у Лоуренса. — Мусимо пройти, чуваки. Не можна перекладати це на захист.

Ресивер кивнув:

— Я готовий.

Квотербек відкарбував:

— *Wing T-69, Bootleg Left*.

І гравці розбіглися на позиції.

За командою центральний лайнмен скинув м'яч Джареду. Квотербек рвонув ліворуч уздовж лінії зіткнення і на ходу виконав пас. Лоуренс, витягшись у стрибку, впіймав м'яча. Коли бутси торкнулися газону, ресивер не став озиратися, переконаний, що відірвався від Бартона. Він розвернувся праворуч, намірившись пробігти не менш як десять ярдів, доки його перехопить сейфті, коли в спину на швидкості врізався вантажний трейлер. За мить після зіткнення в голові проскочило: «Який, у біса, трейлер на футбольному майданчику?!» — та це анітрохи не допомогло позбутися відчуття, наче в нього в'їхала вантажівка.

Удар був таким сильним, що повітря в легенях неначе затверділо. Лоуренс лантухом вилетів за бровку й лише дивом не випустив із рук м'яча. Сфероїд із синтетичної шкіри спочатку все ж вислизнув із пальців, однак за мить до падіння ресивер затиснув його поміж забралом і нагрудником, а потім обхопив, як дитину, руками. Пролунав свисток — розіграш завершено, «Загарбники», набравши чотирнадцять ярдів, опинилися на половині «Ренегатів».

Лоуренс поквапливо скочив на ноги та вишкірився, проте тут-таки ледве не впав — перед очима танцювали іскри, у вухах дзвеніло, а у грудях пекло так, ніби хтось вирвав живцем частину легень. Брендон крокував геть.

— Це все, на що ти здатен, 21-й? — крикнув навздогін ресивер, однак голос звучав здушено, начебто в людини, котра щойно ледь не вдавилася. — Все, що ти можеш?

То була бравада. Насправді Лоуренс почувався оглушеним. Коли різко повертав голову, картинка перед очима змазувалася, зсувалася, нібито він дивився на все з вікна автомобіля, що мчить шосе. Лоуренс дозволив усадовити себе на лаву, і «Загарбники» продовжили наступальний драйв без нього. Йому потрібен був час, аби оговтатися.

Драйв майже відразу захлинувся. Впродовж трьох наступних розіграшів нападу нічого не вдавалося, під час останнього захисники «Ренегатів» узагалі прорвали шеренгу лайнменів і відкинули Джареда Коузера на сім ярдів від лінії зіткнення. За шість хвилин і двадцять секунд до завершення четвертої чверті «Загарбники» повернули м'яч супернику, і «Ренегати» пішли в наступ.

То був важкий і виснажливий драйв. У бостонців не було й сліду тієї легкості та винахідливості, з якою вони провели перші три чверті. Спроба за спробою нападники вигризали кожен ярд. Шоломи із тріском зіштовхувалися, шматки газонового покриття летіли з-під бутс, паси були переважно бокові й короткі, подалі від швидкісних сейфті та височенних лайнбекерів «Загарбників», однак «Ренегати» не зупинялися. Зі стогонами, що вихоплювалися крізь зціплені зуби, сунули вперед. Захист «Загарбників» нічого не міг із ними вдіяти.

Коли м'яч перетнув позначку двадцять ярдів на половині поля «Загарбників», у Лоуренса вздовж хребта забігали мурахи.

Коли бостонці просунулися ще на сімнадцять ярдів, ресивер припинив стежити за подіями на полі й почав дивитися на час. Він уже не сумнівався, що м'яч перетне гольову лінію. Значно важливіше тепер: чи залишиться в «Загарбників» час, щоби відігратися.

За дві хвилини й одинадцять секунд до кінця четвертої чверті квотербек «Ренегатів» Террон Армстед відправив м'яч до залікової зони, і рахунок став 24:28.

Важка, переповнена напруженням безмовність, яка затопила табір «Загарбників», разюче контрастувала з дикунським ревом уболівальників. Першим гнітючу мовчанку порушив координатор нападу Рон Метьюз.

— Ще є час... ми ще маємо час, — він бубнів, не зауважуючи, як голос наливається жовчною гіркотою.

Лоуренс, який стояв за координатором, намірився щось сказати, аж раптом збагнув, що в нього трусяться коліна. Ресивер потер вологі від поту долоні й стиснувся так, що заскреготіли зуби, та тремтіння не минало. Увесь його досвід, вся показна самовпевненість перестали що-небудь означати, щойно зайшлося про драйв, від якого залежало чемпіонство, — найважливіший драйв у його кар'єрі.

Нападники «Загарбників» підводилися і повільно, немов зачаровані, натягали шоломи на голови.

— Чемпіонський драйв, феллас! — Джаред Коузер майже люто заплескав у долоні. — Вставайте! Піднімайте, на хрін, гепи! — хрипкий голос густою хвилею котився над лавами. — Все, крізь що ми пройшли впродовж сезону, всі сили, що віддали, весь піт, що пролили, — все заради цього моменту! Чуєте мене? Ніхто не казав, що буде легко! Це Супербоул, а Супербоул ще ніколи й ні для кого не був легкою прогулянкою! Я знаю, про що кажу! — Джаред брав участь у Супербоулі XLII у складі «Даллаських Лонґхорнів», але тоді, 2009-го, «Лонґхорни» програли «Кольтам» із рахунком 20:34, тож попри впевнений вигляд і рішучу жестикуляцію Лоуренс Ґрейс відчував, що його квотербек боїться. Джаред Коузер говорив правильні слова, підкріплював їх запеклим лясканням кулака по долоні, проте примудрявся не дивитися ні на кого з колег по команді. Його погляд линув немовби крізь них. Лоуренс лише на мить, по суті, ненароком зчепився з квотербеком очима, після чого миттю відвернувся, побачивши в сіро-зелених райдужках темне віддзеркалення власного страху. — Пам'ятайте, за що граємо! Збивайте, бийте, продирайтеся крізь них, але не тому, що мусите, а тому, що так хочете! — Джаред майже зірвався на крик: — Не тому, що мусите, а тому, що так хочете! Чуєте мене?!

Хтось просто покивав. Кілька голосів злилися в невиразне «так». Джаред сплюнув під ноги, сердито труснув незакріпленим на голові шоломом і загорлав:

— ВИ МЕНЕ, НА ХРІН, ЧУЄТЕ?!!

Цього разу «Загарбники» відповіли потужним «ТА-А-А-К!», і голос Лоуренса долучився до загального хору.

— Тоді до справи!

51-й Супербоул
Коли софіти палають найяскравіше

«Загарбники» почали із двадцятип'ятиярдової лінії на своїй половині поля. Завдяки кільком вдалим виносним комбінаціям просунулися до середини поля, проте на позначці сорок дев'ять ярдів зупинилися. Три виконані поспіль пасові розіграші завершилися невдачею: спершу Джаред зависоко послав м'яч, і Лоуренс у стрибку не зміг його впіймати; потім лайнбекер «Ренегатів» завадив Джермейну Гоукінсу зафіксувати м'яч перед падінням; а за третьою спробою і ресивери, і тайт-енд забарилися, і м'яч узагалі полетів у зону, де нікого не було. «Загарбники» зависли над прірвою.

Коли Лоуренс долучився до товаришів по команді, що згуртувалися довкола Джареда перед четвертим розіграшем, він почувався так, ніби його тіло плавиться на повільному вогні. Думки тріскотливим роєм металися в голові. Четверта спроба. Хвилина й двадцять секунд до завершення. Якщо вони не наберуть хоча б десять ярдів, усьому кінець. Усьому кінець! Шанси пройти потрібну відстань були мізерними, проте якась частина Лоуренсової свідомості вперто відмовлялася повірити, що захист «Ренегатів» їх от-от зупинить. Цього не станеться. З ким завгодно, але не з ним.

Джаред Коузер спрямував погляд на свого головного ресивера. Очі квотербека тонули в очницях, обличчя здавалося сірим, як мовби вкритим кіптявою. Під тим поглядом у грудях, поверх тривожного мерехтіння, сколихнулася якась глуха нетерплячка, і Лоуренс пригадав, що в дитинстві мріяв саме про такий момент: хвилина до фінального свистка, і доля матчу лише в його руках. Вони з Джаредом водночас повернули голови, і на перехресті їхніх неспокійних поглядів опинився Брендон Бартон. Квотербек відкарбував:

— *Zebra Double Wing, Right Weak, 382. On one!*

Лоуренс зривисто зітхнув. Дальній пас. На нього. Ресивер відбіг ліворуч і зупинився на вихідній позиції. Спідлоба зиркнув на Брендона, що стояв навпроти: бездонно темні очі, губи стиснуті так, наче корнер набрав до рота води та боїться її розхлюпати.

— *Hut!*

Тіло стало невагомим, і Лоуренс, розсікаючи повітря, помчав до залікової зони. Він неначе ковзав над газоном. Шум у вухах перекрив у голові вереск знавіснілих уболівальників. Пробігши двадцять п'ять ярдів, ресивер не витримав і озирнувся. Закручений спіраллю м'яч сягнув вершини параболічної траєкторії і швидко опускався. Аритмічне, надсадне дихання Бартона лунало просто за спиною. Лоуренс — суцільний клубок наелектризованих м'язів — уклав усі сили в завершальний ривок. Коли до залікової зони залишилося десять ярдів, він знову озирнувся і більше не спускав очей із м'яча. Брендон не відставав. На п'ятиярдовій лінії ресивер високо підстрибнув — на мить начебто злився із повітрям, — але Брендон дотягнувся до м'яча раніше: не відбив, лише черкнув пучками пальців, одначе цього виявилося достатньо, щоби змінити траєкторію. Лоуренс хапнув долонями порожнечу, після чого всі разом — і ресивер, і корнербек, і м'яч — полетіли на землю.

Лоуренс проорав плечем газон на відстані витягнутої руки від гольової лінії. Нутрощі немовби вкрилися тріщинами, та допоки тілом розпливався відчай — *він облажався, він підвів команду!* — ресивер відчув, як щось ударилося об його стегно. Хлопець швидко вивернувся, задер голову та ледь не заверещав — м'яч крутився у повітрі над його колінами. М'яч не торкнувся землі! Лоуренс підбив сфероїд ногою, обхопив обома руками й притиснув до грудей.

Упіймав! Упіймав! Упіймав!

Ресивер продовжував лежати, прибитий до землі ревом очманілого стадіону, коли суддя зупинився біля нього та випростав праву руку в бік залікової зони «Ренегатів» — пас упіймано, драйв триває.

Першим до Лоуренса підскочив Раян Фостер. Тайт-енд поставив хлопця на ноги і, горлаючи щось несусвітнє, взявся трусити: ресивер теліпався в руках велетня ганчір'яною лялькою. Потім підбігли кілька лайнменів, а за ними Джаред Ќоузер.

— Ми не закінчили. — Обличчя квотербека було блідим. — Час! Час! — Він показав пальцем на монітор і взявся жестами їх підганяти. — Стали! Швидше, на місця! — Джаред мав рацію, однак дзвінкий від напруження і водночас надміру впевнений тон чомусь налякав Лоуренса. Він не розумів, навіщо так квапитися: у них чотири спроби й ціла хвилина, щоби пройти один нещасний ярд. — *Gun Brown Right, 80 Hot Delay!*

Лоуренс і Гоукінс перезирнулися — «Hot Delay», цей розіграш вони відпрацьовували впродовж місяців, але жодного разу не використовували протягом сезону, тож суперник просто не міг про нього знати — й побігли до правої бровки.

Ідея полягала в тому, щоби розташувати двох ресиверів один за одним на правому фланзі: Джермейн Гоукінс зайняв позицію на лінії зіткнення, Лоуренс Ґрейс зупинився на крок позаду нього. Передбачалося, що корнербеки, які їм протистоятимуть, розмістяться дзеркально — це тактично найбільш правильно. Відтак завдання Гоукінса під час розіграшу — намертво зчепитися із ближнім корнербеком і сформувати те, що футбольним жаргоном називають «бульбашкою». Мета такої «бульбашки» — перешкодити другому корнербекові дістатися до Лоуренса: захисникові доведеться оминати двох зчеплених гравців, завдяки чому головний ресивер на нетривалий час позбудеться опіки.

Лоуренс за спиною Гоукінса завмер, прострелив поглядом залікову зону й упевнився, що корнербеки розмістилися дзеркально. Потім витягнув шию і понад головою товариша оглянув трибуни. Серце ніби от-от розірветься. Монотонне та якесь немовби урочисте гудіння натовпу виснажувало. Ресиверу здавалося, наче всі дивляться на нього, наче весь стадіон знає, що Джаред Коузер цілитиме м'ячем йому в руки. Хлопець зіщулився, неначе зсихаючись під поглядами вболівальників, а тоді звів очі на чорний електронний годинник за спинами захисників. Годинник невблаганно відраховував час до закінчення матчу: 49... 48... 47 секунд. Лоуренс подумав: «*Один ярд. Хай йому, лиш один ярд*!» Звідти, де стояв Джермейн, до гольової лінії рукою подати. Доки Джаред, надриваючись, роздавав останні настанови лайнменам, Лоуренс скоса кинув погляд на бокову лінію «Ренегатів», де вклякли Білл Вентрон і помічники, і його мозок обпекла думка: чому тренер «Ренегатів» не бере таймаут, аби зупинити час? 44... 43... Якщо м'яч перетне лінію, рахунок стане 31:28 на користь «Загарбників»... 42... 41... і «Ренегати» не матимуть часу, щоби відігратися. Щоби принаймні спробувати...

Лоуренс похолов. Щось не гаразд. Треба зупинити й перепланувати розіграш, однак Джаред Коузер уже відбіг від лайнменів і, нахиливши корпус, наготувався приймати м'яч.

— *Ready!*

Вигук квотербека струмом ударив по нервах. Лоуренсові м'язи дрібно затремтіли.

— *Set!*

Ресивер перестав дихати. Очі прикипіли до руки центрального лайнмена, що притискала м'яч до землі.

— *Hut!*

М'яч зрушив із місця.

Лоуренс спершу смикнувся вперед, нібито намірившись помчати праворуч, до кута залікової зони, проте потім різко крутнув у протилежний бік. Краєм ока ресивер зауважив, як Джермейн учепився в нагрудник «свого» корнера та штовхнув того в бік Брендона. Більше туди не дивився. За крок до гольової лінії на ходу розвернувся обличчям до Джареда. М'яч уже летів до нього. Просто в руки.

Після того відчуття часу цілковито стерлося. Все відбувалося, немов за сповільненого знімання. Відстань була незначною, і м'яч ішов по прямій. Лоуренс наставив долоні. Перед ним нікого — лайнбекери «Ренегатів» зчепилися з лайнменами «Загарбників», позаду теж порожньо. Він сам за крок від гольової лінії. Стежачи, як м'яч наближається, ресивер почав завалюватися назад, аби впіймати м'яч, уже перебуваючи в заліковій зоні, — це відразу дасть тачдаун, утім, коли до м'яча залишалися лічені дюйми, права рука раптом злетіла вгору — щось масивне боляче вдарило під пахву й, перекидаючи, витіснило Лоуренса із залікової зони, — а наступної миті, втративши рівновагу, він упав на газон... і час відновив звичний хід.

Ставши навкарачки, хлопець побачив неподалік Брендона Бартона, що згорнувся калачиком із притиснутим до грудей м'ячем, і лайнбекерів «Ренегатів», які, захлинаючись переможним ревом, вистрибували навкруг нього. Ресивер підвівся та роззирнувся. Маркус Фуллер присів навпочіпки за два кроки від нього й тримався руками за голову з таким виглядом, ніби його зараз знудить. Раян Фостер зняв шолом і затуляв обличчя долонею, наче якесь невидиме світло різало йому очі. Джермейн Гоукінс ішов геть від лінії зіткнення. Лоуренс відштовхнув двох «Ренегатів», що казилися коло нього, та підбіг до Джареда.

— Що сталося?

Квотербек мовчав, уникаючи погляду в очі.

— Що трапилося, Джареде?! — голос ресивера тремтів. «Скажи, що це не те, що я думаю, скажи, що м'яч упав на землю до того, як 21-й упіймав його! Скажи, що в нас іще три спроби...»

— Вони забрали м'яч, — розчавленим, згаслим голосом промовив Джаред. Потім, уже розвертаючись, аби піти геть, кивнув на екран над воротами.

Лоуренс задер голову. Режисери раз по раз прокручували закінчення розіграшу. На екрані було видно, як Брендон налітає на нього ззаду, шоломом підбиває руку, виштовхує його із залікової зони та ловить м'яч. Перехоплення[1]. М'яч у «Ренегатів» за тридцять вісім секунд до завершення матчу.

(*звідки він там узявся?*)

Це кінець.

(*чорт забирай, ЗВІДКИ ВІН ТАМ УЗЯВСЯ?*)

Лоуренс зняв шолом і поплівся до своєї бровки. Обличчя було відстороненим, тієї миті він ще нічого не відчував — ні жалю, ні шоку, — не усвідомлював того, що відбулося; мав пройти час, допоки цю порожнечу в грудях почнуть заповнювати збентеження та біль.

Через хвилину нападники «Ренегатів» вишикувалися на одноярдовій лінії. Террон Армстед став на коліно, «спалюючи» час, що залишався на таймері, і через тридцять вісім секунд суддя сповістив про закінчення матчу. 24:28 — «Ренегати» перемогли. Загуркотіли, розпорюючи нічне небо сріблястими смугами, феєрверки, повітря замерехтіло від конфетті, бостонці — і гравці, і тренери — висипали на поле та заходилися вітати одне одного.

Біля Лоуренса зупинився притихлий Рон Метьюз. Координатор нападу глипнув на ресивера, і той, намагаючись

---

[1] Перехоплення (англ. *interception*) — в американському футболі — ігровий епізод, під час якого надісланий ресиверу м'яч перехоплює в повітрі захисник суперника. Перехоплення призводить до завершення наступального драйву та переходу м'яча до команди, що захищалася.

витримати погляд, одчайдушно підшуковував яку-небудь фразу, яка дала би змогу розвіяти зневіру та неприязнь, що зависли поміж ними.

— Його там не мало бути, — зрештою мовив ресивер.

Рон уперся руками в боки й дивився на екран понад трибунами. Навушники з мікрофоном лежали на траві, дріт тягнувся до тепер уже непотрібного передавача на поясі. На обличчі координатора застиг вираз приреченої безпомічності. Вони обоє знали, що Гоукінс зробив усе правильно й Бартона не мало би бути на гольовій лінії, тож Метьюз не став відповідати.

Лоуренса огорнуло дивне відчуття, наче він намагається зав'язати розмову з людиною, яку бачить уперше. Розгубленим тоном ресивер повторив запитання, яке вже ставив Джареду:

— Що сталося?

Рон знизав плечима.

— Він зрізав маршрут.

— Блядь, — вилаявся Лоуренс. — Як? Як саме?

— Я не знаю...

Погляд Рона потьмянів, і він повільно закрокував до роздягалень. Навушники з мікрофоном волочилися за ним по траві...

Поволі лави з того боку, де розташовувалися «Портлендські Загарбники», спорожніли. Помічники тренера, координатори, лікарі та персональні асистенти порозходилися, забравши із собою сумки, рушники, нотатки з планами на гру. Лиш де-не-де валялися паперові скляночки та порожні пластикові пляшки з-під води. Лоуренс Ґрейс залишився сам. Сидів, упершись ліктями в коліна, туплячись у поставлений поміж ніг шолом. У повітрі все ще кружляли конфетті.

Одним із останніх до роздягалень прямував Раян Фостер. Минаючи Лоуренса, тайт-енд зупинився.

— Ти в нормі, бро?

Ресивер звів голову:

— Ага.

— Точно?

«Ми щойно програли Супербоул. Як я можу бути в нормі?»

— Так. Усе гаразд.

— Я йду. — Раян кивнув у бік подіуму, який швидко споруджували в центрі поля: — Несила цю срань бачити.

— Добре. Я теж. Я зараз. Просто... — ресивер замовк. Раян, недослухавши його, поплівся геть.

Лоуренс Ґрейс, сам не знаючи чому, залишився. Обхопивши підборіддя долонями, дивився, як працівники в ядучо-зелених жилетах завершують монтувати подіум. Гравці «New England Renegades», їхні друзі та родичі, всміхаючись та обіймаючись, збиралися довкола. Згодом на подіум зійшов Гаррі Гарлоу, комісар Національної футбольної ліги. За ним — тренер «Ренегатів» Білл Вентрон і квотербек Террон Армстед. Останнім на підвищення вибрався член Залу слави НФЛ, у минулому лайнбекер «Лонґхорнів», п'ятдесятичотирирічний Лерой Холлістер. Він мав вести церемонію нагородження.

Ще один член Залу слави, жива легенда НФЛ, квотербек Джуліан Уайт, неквапом ніс до подіуму трофей Ломбарді[1]. Заціпенілий, немовби вкутаний вогким півмороком Лоуренс простежив, як Уайт пройшов між двома шеренгами «Ренегатів», ступив на підвищення та поставив кубок перед Гарлоу. Ресивер бачив, як комісар вручив трофей Террону Армстеду, бачив, як квотербек підступив до поручнів, підняв кубок над головою і щось прокричав, але не розрізнив жодного слова. Довкола снували якісь люди, проте ніхто не помічав його, він наче став невидимкою, і через цю мовчазну

[1] Трофей Ломбарді — трофей, який щорічно вручають команді-переможцю Національної футбольної ліги, названий на честь тренера Вінса Ломбарді. Має вигляд срібного м'яча на срібній тригранній підставці.

байдужість поразка видавалася ще болючішою. Щось холодне поволі тверднуло поміж легенями та шлунком, перекочувалося всередині, час від часу перекриваючи дихання.

Несподівано перед Лоуренсом вигулькнула худорлява темношкіра журналістка з хіпуватим оператором за спиною. Оператор тримав на плечі камеру, скерувавши об'єктив на Лоуренсове обличчя.

— Як сильно ви розчаровані, адже від перемоги вас відділяв один ярд? — Дівчина націлила мікрофон на ресивера. — Це боляче?

Лоуренс уявив, як забиває її шоломом до смерті. Потім проскрипів крізь зуби:

— Так, боляче... це дуже боляче... Якщо не брати до уваги втрату когось із близьких, це, напевно, найбезжальніший... найгостріший біль, який тільки можна відчути.

— А що скажете стосовно вашого передчасного святкування? Я про момент, коли за рахунку 24:14 ви показали на камеру, як погладжуєте чемпіонську каблучку на безіменному пальці. Ви ж саме це мали на увазі, так? Прокоментуйте, будь ласка.

Лоуренс підвівся, надягнув шолом і, понуривши голову, попрямував до проходу між трибунами. Він щосили намагався відмежуватися від ґвалту, що вирував довкола. Не дивився на поле, не слухав, як Холлістер вітає тренера «Ренегатів», не чув, що відповідає Вентрон. Та церемонію нагородження транслювали на велетенських екранах над стадіоном, і перед тим, як пірнути під трибуни, ресивер усе ж помітив на одному з них дещо, що примусило його вклякнути: на подіумі, за Гарлоу, Вентроном, Холлістером, Армстедом та Уайтом, стояв Брендон Бартон.

Лоуренс повільно розвернувся обличчям до підвищення. Ось він — чорношкірий нікчема з теплою півусмішкою і сріблястою смужкою конфетті, що застрягла за вухом, — придуркувато тупиться в засотане світловою імлою небо.

«Щоб ти здох, сука, — ресивер здригнувся, відчувши себе самотнім як ніколи раніше в житті. — Що ти там побачив? Ти щойно переміг у Супербоулі, що ти, на хрін, видивляєшся в тій чорноті?!»

Тим часом Лерой Холлістер подякував тренерові Вентрону та звернувся до Террона Армстеда, квотербека «Ренегатів».

— Терроне...

— Так.

Уболівальники, що спостерігали за нагородженням, озвалися схвальним гудінням. Террон підняв руку над головою і помахав комусь у натовпі.

— Вітаю з перемогою, та перед тим, як дати тобі слово... думаю, ти будеш не проти... я хочу покликати сюди одного молодого чоловіка, сьогоднішнього героя. — Стадіон вибухнув оглушливим ревом. — Брендоне, підходь! Як почуваєшся?

Террон відступив убік, пропускаючи корнербека вперед. Лерой Холлістер тицьнув мікрофоном Брендонові в обличчя. Хлопець від хвилювання аж скулився. У нього ще ніхто й ніколи не брав інтерв'ю. Усе відбулося надто швидко: вихід на поле, перехоплення м'яча за сорок секунд до завершення матчу, обійми товаришів, рев стадіону. Ще й хвилини не минуло відтоді, як хтось із асистентів, напнувши йому на голову бейсболку із логотипом «Ренегатів» і написом «SUPER BOWL LI CHAMPIONS», виштовхав його на подіум.

— Як ти? — поцікавився Холлістер. — Уже потримався за Трофей Ломбарді?

— Ні.

— Чому?

Брендонові губи склалися в несміливу усмішку.

— Террон його забрав і нікому не віддає.

Лерой розреготався, зробив знак Террону, і той поставив сріблястий кубок на бильце перед Брендоном.

— Торкайся! — Холлістер жестом запросив Брендона. — Не бійся, можеш навіть поцілувати. Він тепер і твій також.

Хлопцю здавалося, наче кубок випромінює сріблясте мерехтіння. Він благоговійно провів пальцем по тригранній стійці, потім торкнувся носика металевого м'яча.

— Хочеш щось сказати? — запропонував Холлістер.

Брендон спідлоба зиркнув на ведучого, немовби перепитуючи: «Справді, можна?» Лерой спробував здогадатися, що криється за воскуватою водянистістю Брендонового погляду, але зрештою підбадьорливо кивнув, мовляв, валяй, ти заслужив. І корнербек уп'явся очима у мікрофон.

— Я хочу подякувати товаришам по команді... — слова змазувалися в мурмотіння. Хлопець нервово посмикав носа, глипнув праворуч, на Білла Вентрона: — Хочу подякувати тренеру за те, що повірив у мене й дав мені можливість, ну... зіграти сьогодні. А ще я хочу... — а тоді враз затнувся, затремтів і потупився.

Лоуренса тим часом накрило болюче усвідомлення невідворотності програшу. Відчуття підкрадалося, нишком ішло за ним відтоді, як суддя сповістив про завершення матчу, і ось нарешті наздогнало, хльоснуло його невидимою хвилею — і всередині Лоуренса Ґрейса щось тихо зламалося. Брендонове мурмотіння невблаганно скрапувало з безкрайої тиші над стадіоном, і ресивер, скривившись, відвернувся. Він пересилював себе, щоб не затулити вуха. Він відчував, що мусить піти, проте його мозок із садистською зловтіхою вималював в уяві картину, як він стоїть на місці того недолугого нігера й упевнено та чітко відповідає на запитання Холлістера, тож химерне відчуття — нестерпне поєднання впертості та презирства до самого себе — втримало його в проході між трибунами. Лоуренс повернув обличчя до велетенського екрана над східними трибунами. Оператор крупним планом показував Брендона Бартона. Той зовсім не скидався на людину, яка щойно здобула найвищий в американському футболі трофей. Здавалося, корнербек от-от розплачеться. Лоуренс бачив, як Террон

Армстед поклав долоню на шию Брендона та по-дружньому його поторсав.

— Усе о'кей, чувак. — Квотербек «Ренегатів» нахилився до мікрофона. — Ти це зробив, чуєш? Бартоне, ти це зробив, хай йому! Говори, що хотів.

Брендон, не підіймаючи голови й заледве не черкаючи мікрофон губами, вицідив:

— Я хочу подякувати своєму батькові...

Лоуренс затремтів, не вірячи в те, що чує. Батькові? Якому батькові?

— Ага-а, — протягнув Холлістер, — мабуть, твій тато тут, на трибунах?

— Ні, — Брендон ще дужче зіщулився й опустив підборіддя, ховаючи очі за козирком бейсболки, — він помер...

Уболівальники збентежено притихли.

— О, мені жаль, Брендоне, — похитав головою Холлістер. — Співчуваю.

Лоуренса перекосило.

— Твій батько був нариком, — не відриваючи очей від екрана, прошепотів ресивер. — Що ти, на хрін, мелеш?

— Він давно помер, але... я хочу сказати... у мене без нього... — Брендон прикусив губу, заплющив очі та притулив до повік великий і вказівний пальці. У Лоуренса відвисла щелепа: на екрані будо видно, як із-під пальців корнербека виточуються сльози. Брендон Бартон плакав. — Якби не він, я б тут не стояв.

Холлістер мовчав, схиливши голову.

— Ти сраний мудак, — стиснувши кулаки, скреготнув зубами Лоуренс, — твій батько сконав від передозування хрінзна-скільки років тому!

Брендон тим часом підняв руку та випростаним вказівним пальцем потягнувся до неба. Щось ніби підштовхувало його до темряви, що ковдрою вкривала заллятий штучним світлом стадіон.

— Я впевнений, ти бачиш. — Слова, щойно випорснувши з рота, розтавали в повітрі, проте Холлістер усе ще тримав мікрофон біля Брендонових губів, тож підсилений динаміками шепіт линув над стадіоном. — І я хочу, щоб ти знав: це все заради тебе, тату... Я пам'ятаю... І я теж тебе дуже люблю.

---

10 травня 2017-го
«Boeing 777-200» авіакомпанії «Altair Air»

Під час набору висоти тиск у салоні авіалайнера поступово зменшується до рівня, підтримуваного впродовж польоту. Такий рівень пілоти називають еквівалентною висотою кабіни, тобто замість оперувати точним значенням тиску в Паскалях чи фунтах на квадратний дюйм, використовують еквівалентну висоту над рівнем моря, що має той самий атмосферний тиск. У салоні «Boeing 777», який злетів з аеропорту Дубая і взяв курс на Пекін, еквівалентна висота кабіни складала вісім тисяч футів, або два кілометри та чотириста метрів. До висоти вісім тисяч футів тиск усередині кабіни лайнера приблизно дорівнював тиску за його бортом. Після вісімдесятого ешелону[1] тиск у салоні перестав падати, і в міру того, як літак, розганяючись, підіймався в розріджене повітря, усе сильніше розпирав фюзеляж. О 13:00, коли «Boeing 777» досягнув висоти шести з половиною кілометрів, повітря тиснуло на корпус із силою чотири з половиною фунти на квадратний дюйм. Насправді — небагато. За умови, звісно, що фюзеляж без пошкоджень.

О чверть по першій за дубайським часом борт ALR 341 зайняв триста шістдесятий ешелон[2]. Атмосферний тиск за

[1] Тобто висоти вісім тисяч футів (2438 метрів).
[2] 10973 метри.

бортом упав до ста п'ятдесяти двох міліметрів ртутного стовпчика — майже в чотири рази менше, ніж у салоні літака. Ще за чверть години перші мікророзколини довкола заклепок у хвостовій частині з нечутним хрускотом пробилися крізь авіаційну фарбу на поверхню фюзеляжа. О пів на третю кількість цяток, над якими лущилася фарба, перевалила за півтисячі. Вони росли, поглинали кріплення за кріпленням і зливалися, формуючи дві повноцінні тріщини.

Тріщини, що протинали обшивку наскрізь... і неухильно повзли назустріч одна одній з боків фюзеляжа.

Кабіна пілотів
16:31, GMT +5
2 години 46 хвилин після зльоту

Небо було таким чистим, що здавалося відполірованим до блиску куполом із синього скла — жодної хмари аж до горизонту. Внизу розкинулося мереживо з похмурих хребтів і бляклих льодовиків гірського масиву Каракорум. Із висоти одинадцяти кілометрів розсічені зигзагуватими ущелинами зубчасті пасма нагадували зашкарублу, вкриту брудно-білими шрамами шкіру велетенського доісторичного чудовиська.

Попри відсутність хмар, нерівномірно прогріте над поплямованими кригою скелями повітря неспокійними вихорами підіймалося аж до 380-го ешелону[1], і «Боїнг» упродовж уже майже години без упину трясло. Турбулентність, однак, була помірною, і пілоти не зважали на неї. Еліаш Зоммер, п'ятдесятип'ятирічний командир екіпажу, швейцарець за національністю, читав на планшеті завантажену ще в терміналі статтю про ідіотську словесну сварку між лідерами США та Північної Кореї. Його напарник, двадцятишестирічний малайзієць Амір Бахтіар, зі знудженим виразом

[1] 11582 метри.

на смаглявому обличчі роздивлявся гори за вікном кабіни. Літаком керував автопілот.

На початку 2017-го у «Altair Air» працювало понад чотири тисячі пілотів майже ста різних національностей. На платню араби не скупилися — навіть відносно малодосвідчений авіатор, як-от Амір, із доплатами за продуктивність і понаднормові години щомісяця отримував не менш як п'ятдесят тисяч дирхемів (понад тринадцять із половиною тисяч доларів), — тож отакі інтернаціональні екіпажі на літаках «Altair Air» були нормою.

Якоїсь миті Амір торкнув командира за лікоть і показав на щось у вікні.

— Поглянь.

— Що там? — Еліаш витягнув шию і повернув голову праворуч.

— Над вершиною К2[1] немає сніжного савана. — Амір не зводив погляду з велетенської, схожої на піраміду гори на сході, й не помітив, як командир байдуже пересмикнув плечима. — Дивовижно, — прошепотів малайзієць.

Сніг щільною ковдрою вкривав масивні відроги гори, проте відкрита висотним вітрам вершина залишалася чистою — моторошне сіро-коричневе ікло, що пнеться до неба.

— Це К2? — перепитав Еліаш Зоммер. Швейцарець, байдуже, що півжиття провів у Альпах, ніколи не цікавився альпінізмом. Але про Чоґорі, певна річ, чув. Амір у відповідь кивнув. Тоді Еліаш тицьнув пальцем у вершину лівіше від точки, до якої прикипів очима другий пілот. — Той пік ніби вищий за неї.

— Це лише здається. Просто він ближче до нас.

Зоммер промовчав, недовірливо звівши посивілі брови. Бовтанка раптово посилилася.

---

[1] К2, або Чоґорі — друга за висотою гірська вершина після Джомолунгми, 8611 метрів над рівнем моря.

— Це якась із вершин масиву Гашербрум[1], — припустив Амір, — там із десяток піків, три чи чотири восьмитисячники, я колись читав, що якийсь із них досі не підкорено, мабуть, це один із...

Малайзієць недоговорив. Літак струсонуло так, що пілотів попідкидало над сидіннями. Їх би викинуло з крісел, якби не ремені безпеки. Відразу по тому із глибини салону долинула серія моторошних звуків: спершу щось подібне до шипіння, а слідом за ним — супроводжуваний металевим скреготом вибух.

16:46

Звук був таким сильним, що, здавалося, міг вибити зуби. Водночас із ним пронизливо заквилила аварійна сигналізація, і все це разом майже заглушило свист, із яким повітря виходило з кабіни. Температура різко впала, через холод волога, що була в повітрі, сконденсувалася, і пілотів, як за помахом чарівної палички, огорнув легкий туман.

— Що за?! — Амір попервах розгубився. Вирячені очі заметалися між цифровими моніторами. — Щось вибухнуло!

Більш досвідчений Еліаш, хоч і перелякався не менше за другого пілота, витримку зберіг. З того як заклало вуха, командир одразу збагнув, що лайнер утратив герметичність. На такій висоті вміст кисню у повітрі в чотири рази нижчий, ніж потрібно для дихання, тож передусім потрібно було подбати про кисневі маски. Без масок вони вже за лічені секунди сапатимуть, немов божевільні, й ні про що інше не зможуть думати. Еліаш Зоммер загорлав:

— Розгерметизація! — У розрідженому повітрі голос звучав пронизливо високо, майже пискляво. — Аміре,

---

[1] Гашербрум — гірський масив у горах Каракорум, розкинувся в контрольованому Пакистаном регіоні Кашмір неподалік кордону з Китаєм.

маска! Швидше, швидше! — Еліаш ривком висмикнув кисневу маску зі спеціальної ніші ліворуч від крісла, мерщій накинув її на голову, затягнув кріплення та глибоко вдихнув. Кисень із сичанням полився крізь регулятор. Голову розпирало від болю, проте в очах одразу прояснiло. Командир скосив очі на напарника: — Аміре, ти о'кей? Як чуєш мене?

Амір затягував кріплення на своїй масці.

— Чую добре, — голос малайзійця надходив, як крізь ковдру.

Еліаш вимкнув аварійну сирену й наказав:

— Squawk 77[1].

— Це люк шасі? — Амір усе ще ковзав поглядом по екранах.

Літак дрібно трясло.

— Що? — насупився командир. — Шасі? Ні! — Він роздратовано повторив наказ: — Squawk 77!

Амір виставив на транспондері код 7700, машинально доповів:

— Squawk 77. — А тоді продовжив панічно крутити головою: — Це двигун, так? Щось із двигуном?

Туман розсіювався. Еліаш кинув погляд на індикатори потужності й частоти обертання двигунів.

— Обидва в нормі. — Він поклав праву руку на важіль регулювання тягою двигунів, великим пальцем натиснув кнопку, що деактивувала автомат тяги, і переставив важіль

---

[1] Squawk — чотиризначний код автоматичного надсилання транспондера літака у відповідь на запит з активного радіолокатора диспетчерської станції. Транспондер (від англ. ***transmitter-responder*** — передавач-відповідач) дає змогу ідентифікувати літак, допомагає системі уникнення зіткнень запобігати небезпечному зближенню літаків, а також надсилає радару дані про висоту польоту. Термін «squawk» використовують диспетчери під час присвоєння ідентифікатора, за яким радар упізнаватиме лайнер, наприклад: «Emirates 308, squawk 0464». Також є спеціальні коди: 7500 — захоплення літака, 7600 — втрата зв'язку, 7700 — аварійна ситуація. Вигук капітана «Squawk 77!» означає, що він наказує другому пілотові встановити на транспондері код 7700 і в такий спосіб повідомити диспетчеру про технічні проблеми на борту.

тяги на малий газ: — Починаю екстрене зниження. — Кисню, що подається пасажирам, вистачає на дванадцять хвилин, тобто після розгерметизації екіпаж повинен якнайшвидше знизитися до висоти трьох-чотирьох кілометрів, де пасажири зможуть дихати самостійно, і лише після того з'ясовувати серйозність пошкоджень і вирішувати, де приземлитися. Ліву руку Еліаш поклав на штурвал, великим пальцем потягнувся до кнопки вимикання автопілота: — Деактивую автопілот.

Амір припинив крутити головою, втупився в командира.

— Ні!

Суплячись через спалахи лютого болю в голові, командир екіпажу втупився в малайзійця. Він не зрозумів, і Амір вигукнув удруге, гучніше:

— Командире, ні!

Еліаш вишкірився:

— Що таке?!

— Куди ти, в біса, знижуватимешся?! — Амір показав рукою за вікно. Внизу, огорнені невиразним ясно-синім серпанком, зміїлися гірські хребти. — Під нами Гашербрум!

Еліаш збілів і прибрав великий палець від кнопки вимикання автопілота. Він думав, що Амір поводиться неадекватно, а сам ледь не розпочав піке, яке закінчилося б зіткненням із горами.

— Чорт. — Тепер і його очі забігали по панелі приладів. Автопілот не відімкнувся, оберти турбін не падали, тож якщо більше нічого не станеться, вони спокійно дотягнуть до аеропорту. Повинні дотягнути. Найважливіше зараз — не накоїти дурниць. Командир екіпажу повернувся до Аміра: — Скільки? Яка їхня висота?

— Я не знаю. Але ми не можемо піти стрімко вниз.

— Запропонуй ешелон.

Амір, прикусивши губу, замислився, проте Еліаш не міг чекати й за секунду вибухнув:

— П'ятнадцять тисяч? Дай мені ешелон! Сто п'ятдесятий?![1] Не мовчи!

— Надто низько, — швидко промовив другий пілот. — Нам може знадобитися простір для маневру.

Амір забобонно не озвучував, для якого маневру, проте мав слушність. Пілоти не знали, яких пошкоджень зазнав «Боїнг» унаслідок розгерметизації. Бортовий комп'ютер сповіщав про падіння тиску, жодних повідомлень про проблеми із системами керування не було, та це не означало, що проблем не виникне, щойно вони спробують випустити шасі чи розвернути лайнер на меншій висоті. І Амір, і Еліаш усвідомлювали, що після зниження їм доведеться вимкнути автопілот і з'ясувати, чи лайнер не втратив керованості. І якщо раптом під час маневрування літак почне завалюватися, їм не завадять кілька зайвих тисяч футів вільного простору під крилами, щоби змогти його вирівняти. Вони не можуть летіти просто над горами.

— Дай мені ешелон, — прохрипів Еліаш.

— Двісті двадцятий[2], — запропонував Амір.

Еліаш аж шикнув:

— Двісті двадцятий?

— Так.

Командир мотнув головою в бік пасажирського салону.

— Вони зможуть дихати на двісті двадцятому?

— Я не знаю. Але гарантую, що ніхто не зможе дихати, якщо ми напоремося на якусь із вершин.

— Чорт. — Еліаш Зоммер активував назад автомат тяги і, випроставши руку до регулятора висоти польоту, невпевнено повторив: — Двісті двадцятий ешелон.

— Роджер[3], — підтвердив Амір, — двісті двадцятий.

---

1 150 ешелон — 15 тисяч футів (4572 метри) над рівнем моря.
2 220 ешелон — 22 тисячі футів (6706 метрів) над рівнем моря.
3 Роджер (англ. ROGER) — у радіожаргоні — кодовий вислів, що означає «вас зрозумів».

Командир прокрутив регулятор проти годинникової стрілки, доки на цифровому табло понад ним замість «360» не висвітилося «220», потім, скориставшись розташованим трохи лівіше на панелі коліщатком прокручування, виставив вертикальну швидкість зниження — чотири з половиною тисячі футів на хвилину. Секунду нічого не відбувалося, а тоді тряска різко посилилася. Еліаш, усе ще тримаючи пальці біля коліщатка, але не торкаючись його, поглянув на Аміра. Другий пілот, учепившись долонями в коліна, не зводив очей з лінії авіагоризонту та показів цифрового альтиметра обіч нього.

— Спойлери[1], — слабким, здушеним голосом проказав Амір. — Це просто спойлери.

Еліаш кивнув. Число на альтиметрі почало розмірено зменшуватися: 36000... 35908... 35816... 35724... Лайнер, опустивши ніс, стрімко втрачав висоту.

— Ніби все гаразд, — прокоментував командир. Він не встиг договорити, коли бортовий комп'ютер видав попереджувальний сигнал: подвійний удар дзвона. — Що це?

— Падіння тиску в центральній гідравлічній системі, — випалив Амір.

Обоє, затамувавши подих, втупилися в інформаційну панель. За секунду пролунала серія з потрійних зумерів, що сповіщали про відімкнення автопілота.

— Почалося, — крізь зуби процідив Еліаш. Бортовий комп'ютер більше не контролює літак, отже, пошкодження достатньо серйозні. Швейцарець відімкнув сигналізацію, обхопив побілілими від холоду пальцями штурвал і повідомив напарникові, що перебирає керування на себе: — Мій літак.

Амір Бахтіар демонстративно відсторонився від стійки між ногами.

[1] Спойлери — в авіації — гальмівні щитки на крилах, які в піднятому (випущеному) положенні призначені для гасіння підйомної сили та сповільнення літака.

— Твій літак.

Тієї самої миті лайнер, який за інерцією продовжував знижуватися, почав завалюватися на праве крило. Шлунок підпер горло, й Еліашу здалося, наче він провалюється у глибоченну прірву.

16:47

Стюардеса зробила кілька пожадливих ковтків кисню із портативного балона, закрила випускний клапан і піднесла до рота трубку для переговорів. Жінка тремтіла від холоду й страху, проте її голос звучав натреновано рівно:

— ...аварійна розгерметизація! Будь ласка, одягніть кисневі маски! Застебніть ремені! Переконайтеся, що ремені безпеки застебнуто!.. — Вона похлинулася, перед очима немовби майнуло чорне крило. Похапцем відкрила балон, зробила глибокий вдих і продовжила: — Потягніть маску на себе, покладіть її на обличчя та зафіксуйте на голові. Дихайте вільно. Якщо ви одягли маску на себе, допоможіть тим, хто поряд. Повторюю...

Найдивніше, що Єгора Парамонова розбудив не вибух і не різкий свист, із яким повітря виривалося із салону. Півгодини тому його мозок поринув у важку алкогольну дрімоту — росіянина нібито кувалдою вирубило, — і він опритомнів, лише коли почав задихатися. Парамонов розклепив повіки, кілька разів, неначе викинута на лід рибина, безрезультатно хапнув ротом повітря, потім побачив кисневу маску, що теліпалася біля голови, і збагнув, що сталося, ще до того, як слова стюардеси пробилися до свідомості. Він остаточно отямився, коли вуха різонув гучний, схожий на ремиґання віслюка стогін.

Парамонов сів, приклав до рота маску й смикнув за трубку, активуючи подачу кисню. Чистий кисень умить випалив рештки туману в голові, та від того не полегшало. Відчуття було таке, ніби йому цвях межи очі забили. Вуха заклало, власне дихання глухим ревом відлунювало у мозку. Думки мовби вибухали поміж скронями: *розгерметизація?.. теракт?.. влучання ракети?.. зіткнення з іншим літаком?..*

Зліва знову долинуло сповнене відчаю охкання. Парамонов повернув голову — стогнав німець з 1E. Росіянин спершу не зрозумів, що з ним, а потім пригадав несамовите чхання. Шмарклі заблокували повітря в євстахієвих трубах і гайморових пазухах, і тепер воно буквально розривало черепну коробку. Олівер Морґенштерн, дряпаючи пальцями вилиці, корчився на кріслі. Найгірше те, що на німцеві не було маски.

Парамонов відвернувся і визирнув крізь ілюмінатор. Літак не падав, отже, пошкодження, імовірно, не були критичними, проте він також не знижувався, і це непокоїло. Триста шістдесятий ешелон — це точно не місце, де варто затримуватися з діркою у фюзеляжі. Мороз стягував шкіру. Парамонов подивився на двері кабіни пілотів, перевів погляд на стюардесу, яка втиснулася у крісло, перелякано вчепившись у перехресні лямки, потім подумки порахував до п'яти. Нічого не змінювалося — літак летів рівно. Чому вони не знижуються? У кров вихлюпнулася порція панічного жару, втім інстинкти професійного пілота швидко заглушили страх, і Парамонов підвівся.

Передусім, не знімаючи маску, він поторсав голомозого, який, скорчившись, трусився на кріслі 1F. Коли той звів очі, Єгор показав на притихлого Олівера.

— Надягни на нього маску! — Вібрація фюзеляжа пронизувала тіло дрібним тремтінням, роблячи голос деренчливим і якимось наче фрагментованим.

Секунду Клаус Волкенхорст витріщався на Парамонова, не розуміючи, що той від нього хоче. Росіянин іще раз тицьнув на Олівера.

— Встань і допоможи йому з маскою, інакше він помре!

Клаус нарешті кивнув, неохоче розстебнув ремінь безпеки і, перехилившись через перегородку, що розділяла сидіння першого класу, взявся припасовувати маску.

— Сядьте на місце! — озвалася зі свого місця стюардеса. Не підсилений динаміками голос звучав карикатурно пискляво, неначе в мультфільмі.

Парамонов прокричав:

— Я пілот! — Потім затримав дихання, відкинув маску, обійшов бортову кухню і зі спеціальної скриньки дістав один із кисневих балонів, що залишилися. Глибоко вдихнувши, він повернувся до стюардеси й ще раз заспокоїв її: — Я літаю на 777-му. Що сталося?

Круглі від переляку очі, здавалося, займали півобличчя.

— Щось вибухнуло.

— Де?

— Далі по салону. Мабуть, у хвості.

Парамонов завагався. Треба йти до кабіни, запропонувати допомогу. Проте лайнер — напевно, все ще на автопілоті — продовжував летіти рівно. Навряд чи за кілька хвилин що-небудь зміниться. Буде краще, якщо він спочатку пройдеться салоном і погляне, що трапилося.

— Я візьму балон і сходжу подивлюся. Дізнаюся, які пошкодження. Ви зв'язувалися з вашими колегами з хвоста?

— Ні. Тобто так. Я намагалася. Але вони не відповідають.

«Хріново», — подумав Єгор.

— Добре. Я все з'ясую.

Він затиснув патрубок кисневого балона зубами та, допомагаючи собі руками, швидко перетнув салон першого класу. Проминувши другу кухню та туалети, росіянин зупинився на порозі бізнес-класу.

Обвислі кришки камер, де ховалися кисневі маски, та гнучкі прозорі трубки для подачі кисню вібрували в такт із корпусом. Пасажири — ті, що були при пам'яті, — отупіло телющилися на Парамонова. Той, розставивши ноги, ковзав очима по салону. Біль, що причаївся в потилиці, перекинувся на решту голови, та росіянин не зважав. Не виявивши нічого підозрілого, він нахилився до посірілої від страху шатенки на найближчому кріслі й запитав англійською:

— Ви бачили якісь пошкодження?

Вона зосередила на ньому осклянілий погляд зацькованої тварини, що втратила волю до життя. Парамонов не здавався:

— Де вибухнуло?

В очах щось промайнуло, і шатенка махнула рукою собі за спину, в бік салону економ-класу.

— Дякую. — Парамонов поклав руку на її плече. — Все буде гаразд!

Коли він випростався, тремтіння палуби під ногами посилилося. Росіянин перевів погляд ліворуч, до ілюмінаторів, угледів лише небо, а вже за мить відчув, що літак знижується. Отже, пілоти живі, а лайнер не втратив керованості. Щойно Єгора пронизала думка, що ця пригода мине без неприємних наслідків і що зрештою він хизуватиметься нею перед колегами, літак накренився на правий борт. На мить тіло затопило неприємне відчуття невагомості. Потім, коли корпус струсонуло так, що шатенка, поруч із якою стояв Парамонов, голосно клацнула зубами, а 777-й кинуло ліворуч, ніби корабель, у борт якого вдарила висока хвиля, росіянин утратив рівновагу й повалився на підлогу. Кисневий балон вискочив з руки та покотився проходом до носової частини літака.

16:49

Еліаш повернув штурвал ліворуч. 777-й ривком вирівнявся, та вже за кілька секунд знову почав кренитися на правий борт. Командир викрутив штурвал до упору, і завалювання зрештою припинилося, проте не більше. Крен не зникав. Лайнер продовжував втрачати висоту із правим крилом, опущеним щонайменше на тридцять градусів щодо горизонту.

Другий пілот тим часом зв'язався із диспетчером в Ісламабаді, який прийняв рейс 341 невдовзі потому, як той перетнув кордон Пакистану.

— Ісламабад-контроль, це Альтаїр Ейр три-чотири-один, просимо... хе... негайно... — Він із жахом спостерігав, як надулися м'язи на передпліччях Еліаша. Мозок відмовлявся вірити, що штурвал у крайньому лівому положенні всього лиш утримує літак від обертання. — Негайно! У нас проблеми, просимо звільнити шлях для аварійної посадки. Знижуємося і підтримуємо двісті двадцять. Прийом.

— Роджер, — диспетчер зреагував умить. — Підтверджую дозвіл на зниження, двісті двадцятий ешелон. — Пауза. — Ви хочете приземлитися в Ісламабаді?

— Підтверджую, Ісламабад.

— Вас зрозумів. Готую смугу.

Попри скажений холод, на перекошеному від напруження обличчі Еліаша Зоммера виступив піт. Не повертаючи голови, він прохрипів:

— Допоможи мені... він продовжує кренитися праворуч... що відбувається?

Амір узявся за штурвал зі свого боку й також викрутив його ліворуч, та це не надто допомогло. Літак їх не слухався. Крім того, що більше вони знижувалися, то дужче трясло 777-й. Корпус тремтів так, що другому пілотові ледве вдавалося прочитати повідомлення бортового комп'ютера.

— Вирівнюй! — закричав Еліаш.

— Я намагаюся!

Командир важко дихав:

— Це через гідравліку? Що з гідравлікою?

— Мертва! Центральна система на нулі!

— Інші системи?

— Ліва також! Права... дві тисячі... дві тисячі фунтів[1].

— Як таке може бути?

— Тисяча сімсот фунтів!

Гідравлічна рідина — наче кров у літаку. Вона забезпечує рух регулювальних площин — елеронів, стерна, рулів висоти — образно висловлюючись, «літакових м'язів». Якщо у гідравлічних системах падає тиск, лайнер стає практично некерованим, і штурвал можна викидати у вікно.

Ліве крило продовжувало повільно підійматись. 777-й дедалі більше забирав праворуч, дедалі нижче опускав носа й набирав швидкість. Тепер гори затуляли весь огляд справа у вікні.

Еліаш повернув голову до Аміра. Шкіра на його щоках набула зеленкувато-землистого відтінку, киснева маска з'їхала на підборіддя — сопла ніздрів темніли понад її краєм, — та він не міг її поправити. Кожен вдих супроводжувало судомне хрипіння.

— Аміре, слухай мене: я триматиму штурвал, а ти спробуй двигунами, — це старий авіаційний трюк — у разі «втрати» елеронів підганяти потужність окремо на кожному з двигунів. — Лівий на малий газ, а на правому додай тяги.

Другий пілот відпустив штурвал і поклав ліву руку на важіль тяги двигунів. Важіль складався із двох симетричних частин, які регулюють потужність відповідно лівого та правого двигунів. Амір дуже обережно посунув уперед праву половину важеля.

Це спрацювало. Гудіння двигуна № 2 повиразнішало, зростання тяги збільшило підйомну силу на крилі, й літак почав вирівнюватися. Еліаш полегшено зітхнув і швидким рухом поправив маску. Регулювання тяги не вирішувало їхніх проблем, але принаймні давало змогу перевести подих

---

1 2000 фунтів на квадратний дюйм (psi) = 138 бар. Номінальний тиск у гідравлічних системах «Boeing 777» складає 3000 фунтів на квадратний дюйм.

і зосередитися на чомусь іншому. Амір затиснув перемикач на штурвалі та викликав диспетчера:

— Ісламабад, дайте радар-вектор на аеропорт.

— Роджер. Правий чи лівий поворот?

За таких обставин у разі спроби збільшити тягу лівого двигуна лайнер майже напевно завалюватиметься, тож 777-й відтепер міг розвертатися лише праворуч.

— Правий... правий поворот!

— Добре. Гаразд. — Диспетчер звірився з радаром. — Альтаїр три-чотири-один, повертайте праворуч, курс два-один-нуль[1]. Два-один-нуль, радар-вектор на Ісламабад.

Автопілот не працював, пілоти мусили вручну розвернути літак у потрібному напрямку.

— Я поволі зменшуватиму тягу на правому, — мовив Амір, — ми знову почнемо завалюватися, але заразом повертатимемо. Ти стеж за курсом, скажеш, коли припинити. Коли вирівняти назад.

— Гаразд.

Другий пілот узявся за важіль тяги двигуна № 2 і повільно потягнув його назад. 777-й зреагував одразу — праве крило пішло вниз.

— Легше... легше... — крізь зціплені зуби цідив Еліаш.

Амірове дихання стало рівнішим. Їхній ситуації не позаздриш, однак літак слухався його, і це заспокоювало. Він не втримався і скосив очі на цифрову панель інструментів, на яку бортовий комп'ютер виводив інформацію про курс повітряного судна. Літак розвертався на південь: сто сорок п'ять... сто п'ятдесят... сто шістдесят градусів... Амір перевів погляд на альтиметр на сусідній панелі й похолов. Вони втратили майже десять тисяч футів висоти та продовжували стрімко знижуватися.

---

[1] Магнітний курс літака визначають як кут між напрямком на північ і поздовжньою віссю повітряного судна. Відраховують за годинниковою стрілкою. Наприклад, сорок п'ять — це курс на північний схід, двісті сімдесят — строго на захід.

— Не нахиляй ніс! — вигукнув він.

— Я не нахиляю!

Амір витріщився на показник вертикальної швидкості. Понад дві тисячі футів за хвилину.

— Не нахиляй так!

— А, чорт... — Еліаш скреготнув зубами.

Амір скривився так, наче проковтнув таргана. Пілоти водночас збагнули, що падіння тиску в гідравлічних системах позбавляло їх змоги керувати не лише елеронами, а й рулями висоти. Креп був важливим, годі й казати, та, вочевидь, не меншою проблемою був контроль тангажу[1].

— На себе! Піднімай його, Еліаше! — у розпачі закричав другий пілот. Якби не маска, командир, напевно, побачив би, як вібрують його гланди. — Ми вріжемося в гори!

Еліаш Зоммер, не виводячи ручки із крайнього лівого положення, потягнув штурвал на себе. Нічого не відбулося. 777-й, ледь нахиливши ніс, і далі мчав назустріч вічній сірості масиву Гашербрум.

16:50

У момент, коли відбулася розгерметизація, Анна не спала. Впродовж кількох секунд після страхітливого скреготу, відлуння якого прокотилося салоном, жінка, вихилившись із крісла, тупилася в бік хвостової частини літака. Почувши оголошення стюардеси, вона слухняно надягнула кисневу маску, і лише потому пекучий жах розплавленим металом почав вливатися в її тіло. Голову пронизав жахливий біль, сухі очі немовби колючим дротом обмотали, проте хвилювало Анну інше. Прихилившись до ілюмінатора, на поверхні якого намерзав конденсат, вона міркувала про те, скільки тисяч кілометрів відділяє помережені

[1] Тангаж (фр. *tangage* — кильова хитавиця) — кутовий рух літального апарата щодо головної поперечної осі.

тінями й неначе скроплені сріблом понурі хребти внизу під літаком від Бангкока. Ці думки з'їдали її живцем. Коли Єгор Парамонов озвався до стюардеси, Анна знепритомніла — не від нестачі кисню і не від тупого болю в голові, — просто коли усвідомлення, що її шанси вчасно дістатися до Бангкока стрімко скочуються до нуля, стало нестерпним, у мозку ніби спрацював запобіжник, і нервова система вімкнулася.

Майже хвилину після того, як опритомніла, Анна Янголь перебувала в химерному напівсвідомому стані, наче людина, що відходить від операційного наркозу. У сприйнятті реальності зяяли дірки: жінка не розуміла, де вона, не осягала, що коїться, й відчувала лише, що їй страшенно холодно. Під задубілою шкірою серце ледве скорочувалося, а органи начебто затихли й зупинилися.

Анна не зауважила кисневий балон, що підкотився та стукнувся об її гомілку. До вух долетів перший благальний вигук Парамонова, проте у свідомість він не протиснувся. Тільки після кількох наступних вигуків, зрозумівши, що чує російську, жінка стрепенулася.

Вона повільно повернула голову й націлилася очима на Парамонова.

— *Подай баллон!* — Чоловік стояв навкарачки за кілька метрів од неї, у проході між кріслами бізнес-класу, та намагався підвестися. Його обличчя синіло на очах. — *Подтолкни его!*

Невидимі коліщатка закрутилися в Анниній голові. Росіянин. Це через нього. Через таких, як він. Наднирники вихлюпнули в кров чималу порцію адреналіну, і перед усе ще притуманеним поглядом замерехтіли картинки: дзвінок Артема... Владова кав'ярня... поквапливі збори... виліт із Борисполя... Нічого цього не було б, якби не такі, як він!

— Кинь мені балон! — Парамонов зіп'явся на ноги, та майже відразу заточився. Стоячи навколішки, він тягнувся руками до синьої циліндричної посудини з таким виглядом, ніби намагався зрушити й підтягнути її до себе силою думки.

Анна дивилася на нього порожніми очима античної статуї і не відповідала. У голові прояснішало достатньо, аби якась частина її свідомості осягнула, що цей чоловік нічим не завинив, однак...

— Балон!

...вона сховала руки, немовби злякавшись, що вони не послухаються та підштовхнуть кисневий балон проти її волі.

Спершу Парамонов вирішив, що українка, заціпенівши з переляку, просто не чує його, та приглянувшись, помітив холодний відблиск у спрямованих на нього очах і зрозумів, що вона не реагує навмисно. Анна поставила ступню на балон і мовчки спостерігала, як росіянин агонізує від нестачі кисню.

— Ти здуріла! — задихаючись, прокричав Парамонов. Біль у голові засліплював. — Я пілот! Чуєш мене? ПІЛОТ!

Її губи ледь розтулилися, та поза тим жоден м'яз не ворухнувся. Перед очима Єгора застрибали чорні мушки. Відганяючи їх, він труснув головою, однак замість зникнути мушки розплилися плямами Роршаха[1], що звузили поле зору до мутнуватого вічка. Парамонов почувався, як на човні, що відпливає від берега, — усе віддалялося. Розуміючи, що до втрати свідомості залишаються лічені секунди, чоловік тицьнув пальцем у бік хвостової частини літака та з останніх сил прокричав:

— Я мушу піти до хвоста, щоб побачити, що сталося!

І тоді в Анниних очах щось зблиснуло...

(*Бангкок*)

...промайнув хворобливий натяк на щось украй болюче.

Вона підняла балон і кинула його росіянину.

---

[1] Плями Роршаха — психодіагностичний тест для дослідження особистості, запропонований швейцарським психіатром Германом Роршахом. Людину, яка проходить тест, просять розповісти про асоціації, що виникають під час споглядання різноманітних симетричних стосовно вертикальної осі чорнильних плям.

16:51

Півхвилини, втримуючи дихальний патрубок зубами, Парамонов лежав на спині й віддихувався. Зрештою, чіпляючись руками за сидіння, він підвівся та попрямував до салону економ-класу. Проминувши перегородку з туалетами й ще однією бортовою кухнею, Єгор вражено завмер. Овальні ілюмінатори пунктиром тягнулися вздовж бортів. Не менше ніж чверть сидінь в економ-класі займали діти. Парамонов бачив їхні вирячені заплакані очі, бачив жалібно викривлені під жовтими масками роти, проте плачу не чув. Не через шум двигунів. Усі звуки перекривав несамовитий рев розрідженого повітря, що вривалося крізь велетенський пролам у фюзеляжі, передній край якого проходив приблизно над сидіннями сорокового ряду.

— Щоб я здох... щоб я здох... — Єгор підніс долоню до затиснутого між губами патрубка, немовби намагаючись сховати слова за долонями. Він не те що ніколи з таким не стикався, він навіть уявити не міг, що таке буває.

Задню частину салону економ-класу, від сорокового ряду та майже до відсіку для стюардів, заливало сонячне світло. Діра починалася відразу над палубою з лівого борту, вигиналася дугою до палуби з правого борту та мала в довжину щонайменше шість метрів. Шматок обшивки площею сто двадцять квадратних метрів просто випарувався з фюзеляжа.

Парамонов обережно просунувся вперед і завмер, учепившись пальцями за спинку сидіння 37F. Далі йти не наважився. На рядах із 40-го до 46-го пасажирів не було. Чоловік припустив, що у момент розгерметизації всіх непристебнутих викинуло за борт, а решта самостійно перебралася на сидіння подалі від пробоїни. Принаймні йому хотілося в це вірити. У самому хвості, на підлозі попід шафами з їжею і сміттям, Єгор помітив скорчене закривавлене тіло стюардеси й глухо застогнав, розуміючи, що нічим не може їй допомогти. Вистукуючи зубами від холоду, чоловік обстежив краї пролому, з яких стирчали обривки дротів і трубопроводів. Передній, над 41-м рядом, мав такий вигляд, наче корпус 777-го надрізали велетенським ножем.

Єгор позадкував і на сидінні 35J угледів дівчинку-азіатку років семи, що згорнулася калачиком і дрібно тремтіла. Жовтий намордник маски з'їхав на підборіддя, відкривши ніс і частину рота, тендітні груди аритмічно надималися та опадали. Худорлява жінка, напевно, матір дівчинки, на місці 35K, попри маску на обличчі, не виявляла ознак життя. Парамонов нахилився і притулив палець до її шиї. Жилка під щелепою слабко пульсувала. Отже, просто знепритомніла. Єгор поправив маску й укрив дівчинку ковдрою, що валялася під сидінням, а потім, кидаючись від крісла до крісла, взявся допомагати дітям: підтягував лямки на масках, перевіряв ремені безпеки, вкутував їх ковдрами.

Задихавшись, він зупинився й окинув оком салон. Щелепні м'язи німіли, втомившись затискати патрубок балона, холод пробирав до кісток, та поза тим було щось іще. Щось неначе муляло у грудях. Парамонов розумів, що їм потрібно швидко знизитися. Нестача кисню — не найстрашніша загроза в разі розгерметизації. Низька температура та розріджене повітря можуть спричинити кесонну хворобу, коли розчинені у крові й тканинах гази закипають, утворюючи бульбашки, що руйнують стінки клітин і судин, тож поправлянням масок і вкриванням ковдрами тоді нікому не допоможе. Та це було не те. Літак, хоч і повільно, проте знижувався. Його непокоїло щось інше.

Але що? Що не гаразд?

Неспроможність осягнути причину неспокою, що розповзався нутрощами, дратувала. Єгор гарячково покрутив головою. Подивився на порожні сидіння, ще раз обмацав поглядом передню крайку велетенського пролому. Що могло статися? Спрацював вибуховий пристрій? Але вибух не залишив би після себе рівний зріз. Крім того, бомба такої сили понівечила би сидіння та палубу, а вони цілковито непошкоджені... Ні, ні, знову не те... Парамонов потягнувся поглядом уздовж проходу та втупився в заклякле тіло стюардеси. Він може її врятувати? Це те, що його гризе? Його почало трусити. Може, проповзти під кріслами? Але як він посуне її назад? Лізти під струмінь повітря, чия швидкість перевищує шістсот кілометрів за годину, — це самогубство.

І тоді Парамонов глянув у пролом. Не на край, який агресивно щетинився дротами, а вперше усвідомлено крізь отвір. Небо. Він бачив небо, і це чомусь було погано. Дуже погано. Чогось не вистачало. Там було лише небо і... Єгор відвів погляд і потер пальцями прооране зморшками тривоги чоло. На голову тиснула вага випитого алкоголю. Що не так? Таке відчуття, ніби він стоїть над прірвою, але однаково хоче ступити крок уперед. Коли він знову звів голову, нутрощі стислися в панічний клубок, який неначе намагався вистрибнути з тіла. Росіянин утратив відчуття підлоги під ногами. Він зрозумів.

На тому місці, де мав стриміти височенний — майже десять метрів заввишки — горизонтальний стабілізатор 777-го, було порожньо. Парамонов застиг із роззявленим ротом. Дихальний патрубок вислизнув з-поміж зубів, і він впустив би балон, якби не притримував його рукою. Це кінець. Думки немовби заклинило. Всі, крім однієї: сьогодні він помре. Літаки не літають без кіля[1].

Упродовж секунди перед внутрішнім зором постала картина катастрофи: корпус розійшовся по заклепковому шву над сорок першим рядом, потік повітря ринув в утворену тріщину й почав віддирати обшивку, секції довкола тріщини потягнули за собою наступні, і, як наслідок, велетенський

[1] Кіль — в авіації — вертикальна площина хвостової частини літака з прикріпленим до неї поворотним стерном. Призначена для забезпечення стійкості літального апарата.

шматок дюралюмінію разом із усім, що було під ним, відокремився від фюзеляжа, як-от шкірка від апельсина. Та найгірше, що зірваний пласт обшивки кинуло на вертикальний стабілізатор — критично важливий елемент для втримування «Боїнга» в придатному для керованого польоту положенні, — і на швидкості понад дев'ятсот кілометрів за годину стабілізатор зрізало під корінь, наче той був із паперу.

Коли перше заціпеніння минуло, Парамонов рвонув назад, до носової частини літака. Потрібно якнайшвидше повідомити пілотів. Між 28-м і 29-м рядами росіянин перечепився об чиюсь звішену із сидіння руку й поточився, знову ледь не випустивши балон. Підводячись, він зиркнув праворуч і на місці 27J побачив дівчинку в довгій синій кофті без кисневої маски на обличчі. За нею, на 27К, неприродно вигнувши голову, лежала жінка в арабській хустині. Її маска також теліпалася незакріпленою, посинілий язик вивалився з рота.

Парамонов безгучно лайнувся: вочевидь, жінка намагалася спершу одягнути маску на дівчинку, але знепритомніла, залишивши і себе, й дитину без кисню. Єгор посадив дівчинку рівно й закріпив маску на її голові. Він сягнув рукою до жінки, коли раптом насторожився. Чоловік відклав балон, притулив жовтий пластиковий конус до обличчя і спробував вдихнути. Марно. Тоді посмикав за прозору трубку, що тягнулася від кисневого генератора до маски, — нічого не змінилося. Парамонов відкинув конус, зірвав маску з голови дівчинки, підніс її до свого рота, проте кисень не йшов.

— А хай йому, — прошипів пілот.

Над кріслами 27J і 27К не запустився генератор кисню. Парамонов закрутив головою, вишукуючи вільні місця. Як на зло, всі були зайняті. Кілька крісел стояли вільними в салоні першого класу, та доволокти туди і жінку, і дитину Єгор не міг. Секунду повагавшись, пілот зробив великий ковток кисню з балона, затримав дихання, розстебнув ремінь безпеки над дівчинкою, підхопив її на руки та підтюпцем побіг до носової частини літака.

Ускочивши до салону бізнес-класу, Парамонов поклав дівчинку на місце 4E. Тоді розвернувся до Анни Янголь і смикнув її за руку.

— Пересядь, — він тицьнув пальцем на місце 4F, — і допоможи їй.

Двічі повторювати не довелося. Анна скинула маску, захопивши сумку із частиною грошей, пересіла на 4F і схилилася над малою.

— Спершу надягни сама, — важко сапаючи, наказав Єгор.

Анна, затягуючи маску, втупилася в нього:

— Що з нею?

— Над її сидінням не спрацював генератор кисню.

— А що там у хвості? Щось серйозне? Куди ми зараз летимо? — Її очі раптом спалахнули, ніби зросла напруга в мережі: — Мені потрібно до Бангкока.

Парамонов подивився на неї і подумав: «Дурепо, ти сіла не на той літак». Однак наступної миті в ньому прокинувся професійний пілот:

— Усе буде гаразд. Подбай про дівчинку. Не знімай маску та не відстібай ремінь безпеки аж до приземлення.

16:55

Пілоти впустили його після першого ж стуку. Парамонов сів у крісло позаду важелів, що регулюють тягу двигунів, і швидко пристебнувся:

— Я пілот «TransAsian», чотирнадцять тисяч годин, останні три роки на 777-му. — Він кинув кисневий балон і надягнув дихальну маску. — Якщо потрібна допомо...

— Будь, як удома. — Командир екіпажу, все ще втримуючи штурвал у крайньому лівому положенні, вичавив із губ привид усмішки. — Я Еліаш.

— Амір, — озвався зі свого місця другий пілот.

— Єгор.

— Росіянин? — зиркнув через плече командир.

— Так, — відповів Парамонов. «Яка зараз, у сраку, різниця?» — Я був у хвості.

— І що? — водночас запитали пілоти.

— Щось вибухнуло, зірвало велетенський фрагмент фюзеляжа, — росіянин говорив швидко, ковтаючи слова. — За сорок першим рядом майже нічого не залишилося, знесло все — від борту до борту...

Амір уловив запах алкоголю.

— Ти що — п'яний?

Єгор проігнорував його.

— Це не все. Фюзеляж видерло цілим шматком, і той під корінь зрізав кіль.

— Він п'яний, — підвищив голос Амір.

— Трясця твоїй матері, ти не чуєш, що він каже?! — несподівано розлютився Еліаш. — Ти вважаєш, він такий п'яний, що не розгледів би кіль, якби той був на місці?! — Він знову зиркнув через плече на росіянина. — Що ще?

— Я не бачив рулів висоти, але, ймовірно, їх також пошкоджено. — Єгор тицьнув на педалі для керування стерном, в які Еліаш Зоммер усе ще впирався ногами. — Перестань. Немає сенсу тиснути.

— Але ж... — промимрив командир, — я думав, гідравліка...

— У нас немає горизонтального стабілізатора, — повторив Парамонов. — Це не проблема гідравліки. Там уже нема до чого гідравліку прикладати.

Еліаш Зоммер обережно зняв ноги з педалей. Ті вирівнялися, а літак продовжував летіти, як летів.

— А що з гідравлікою? — запитав росіянин.

— Вісімсот фунтів на лівій системі, — випалив Амір.

Єгор Парамонов збілів. Таке враження, наче в грудях загупало разом із десяток сердець.

— А права? Центральна?

— Мертві, — на денці Амірового голосу забриніли істеричні нотки: — Під кілем є місце, де всі три трубопроводи пролягають поруч. Мабуть, його розтрощило.

Парамонов мовчав, осмислюючи інформацію. Без кіля. Тепер ще й без гідравліки. Вони в літаючій труні. Це навіть гірше, ніж у його сні, бо падіння буде довгим і болісним, а він весь час залишатиметься при пам'яті.

— Ми намагаємося лягти на курс до Ісламабада, — кривлячи губи від напруження, промовив Еліаш. — Використовуємо двигуни.

Росіянин пробігся очима по моніторах і вказав пальцем на покази швидкості ліворуч від цифрового авіагоризонту.

— Завелика швидкість.

— Я знаю, — кивнув Еліаш. — Але це те, що тримає нас над горами. Ми не змогли його вирівняти, він лише зараз почав задирати носа.

— Фугоїда?

— Так, — командир ще раз кивнув. — Ми зараз у нижній точці циклу.

У разі втрати контролю (але за збереження тяги) на значній висоті літак виписує у повітрі так звану фугоїду. Спершу він опускає ніс і знижується, поволі набираючи швидкість. Зі зростанням швидкості збільшується підйомна сила, тож літак задирає ніс і набирає висоту. Під час підйому швидкість падає, і літак знову знижується. І так далі. Це ніби повітряні американські гірки, на яких лайнер поступово втрачає висоту — півтори-дві тисячі футів за цикл.

Парамонов сфокусувався на індикаторі висоти:

— Двадцять три з половиною[1].

— Набираємо, — прокоментував Амір.

---

[1] 23,5 тисячі футів = 7162 метри.

Еліаш Зоммер подивився на росіянина, і його ламкий голос долинув, як із довжелезної труби:

— Візьмеш на себе керування тягою, — командир не запитував, але Єгор кивнув на підтвердження і, натягнувши ремені, підсунувся до важелів, — із правим обережно — варто зменшити оберти, відразу кидає у правий крен. Амір говоритиме із диспетчером. Я, поки ще є хоч якийсь тиск, допомагатиму елеронами. Коли вийдемо з гір, знизимося, і тоді через серію правих розворотів спробуємо вирівняти його вздовж посадкової смуги. — Еліаш важко дихав. — Усе буде гаразд, ми його посадимо.

— Добре. Я зрозумів.

Не відриваючи очей від індикаторів швидкості та висоти, Парамонов поклав долоні на важелі тяги. Ледь зрушив уперед правий, переконуючись, що двигун слухається його. Отже, застосовуючи регулятори тяги двигунів, він розвертатиме літак і частково керуватиме його швидкістю. Зусилля на закрилки та флаперони[1] надходить не через гідравлічну систему, а через окремі електричні приводи, тож їх також можна використовувати. Випускання шасі допоможе погасити горизонтальну швидкість. Цього загалом достатньо, щоб утримувати літак без вертикального стабілізатора в повітрі — це як балансувати із розкрученим м'ячем на вказівному пальці: непросто, проте можливо, — та Парамонов усвідомлював, що навряд чи цих засобів вистачить, аби безпечно приземлитися.

На зв'язок вийшов ісламабадський диспетчер:

— Альтаїр три-чотири-один, ви підтверджуєте оголошення надзвичайної ситуації?

---

[1] Флаперон — різновид керуючих поверхонь літака, який поєднує в собі функції закрилків і елеронів. Закрилки розташовані на задній крайці крила, у випущеному стані збільшують його площу й застосовувані для збільшення підйомної сили під час зльоту чи посадки (тобто на малих швидкостях). Елерони розміщені симетрично на консолях крил, відхиляються завжди диференційно (тобто якщо лівий угору, то правий униз, і навпаки) та призначені для керування креном літака.

Від пілотів досі не прозвучало сигналу «Mayday»[1].

— Так, підтверджую! — гаркнув Амір.

— Три-чотири-один, вас зрозумів. І... е-е... не могли б ви... е-е... означте природу вашої ситуації.

Другий пілот хотів відповісти, проте його увагу відволікло повідомлення на основній панелі. Випроставши руку, малайзієць закричав:

— Гідравлічний тиск повністю втрачено!

— Повністю? — перепитав Еліаш. — Я тебе правильно зрозумів?

— Так. Усі три системи мертві!

777-й знову почав кренитися на правий борт.

— Додавай, — наказав Еліаш Парамонову. Той, вистромивши крізь зуби кінчик язика, плавно переставив правий важіль уперед. — Нас розвертає на захід! Чорт!

Літак вирівнявся, але зійшов з курсу. Диспетчер, зауваживши відхилення на радарі, пророкотав:

— Альтаїр три-чотири-один, тримайтеся курсу два-один-нуль, напрямок на Ісламабад.

— Ісламабад-контроль, літак майже некерований, — пробелькотів Амір.

— Некерований, три-чотири-один, вас зрозумів.

Еліаш подивився на Єгора, перевів погляд на Аміра:

— Летимо далі? Або треба зробити повне коло, щоб лягти на курс.

— Далі... — Амір Бахтіар раптом почав стишуватися, так ніби хтось вичавлював із нього життя, — п-просто летимо.

Парамонов замотав головою:

— Ми не знаємо, що там. Нам вистачає висоти, щоб розвернутися.

Диспетчер помітив, що рейс 341 припинив знижуватися.

---

[1] Mayday — міжнародний сигнал лиха в радіотелефонному зв'язку.

— Альтаїр-Ейр три-чотири-один, підтвердіть зниження до висоти двісті двадцять.

— Так, ми... — Амір кинув погляд на альтиметр, — Ісламабад-контроль, набираємо.

Гори зникли, тепер крізь вікна було видно лише нестерпно синє небо. Ядуче-синій колір, здавалося, сочився просто з повітря.

— Роджер. Можете назвати висоту?

— Двісті сорок[1].

— Роджер. Ваше розташування: сорок три кілометри на північний захід від Скарду[2]. Ви можете приземлитися в Скарду?

— А... е-е-е... — Амір завагався, — не знаю. Ми не зможемо. Літак некерований.

777-й продовжував задирати ніс і набирати висоту. Опір повітря зростав, і горизонтальна швидкість стрімко падала. Парамонов краєм ока стежив за індикатором висоти — 244[3], — однак про горизонтальну швидкість, яка ще кільканадцять секунд тому була завеликою, не думав.

— Альтаїр-Ейр три-чотири-один, що у вас пошкоджено?

— Салон... — Амір мав такий вигляд, ніби застряг на залізничному переїзді й розуміє, що на нього мчить товарняк.

— Спитай, яка там смуга, — звелів Еліаш.

— Ісламабад-контроль, яка довжина смуги в Скарду?

Коротка пауза, і диспетчер заговорив:

— Дванадцять тисяч футів. Висота — трохи більше за сім тисяч футів над рівнем моря. Вони регулярно приймають «Boeing 737».

— Ми зможемо сісти, — випалив Еліаш.

1 24 тисячі футів = 7315 метрів.

2 Скарду — місто у провінції Гілгіт-Балтистан на північному сході Пакистану, розташоване на висоті 2600 метрів над рівнем моря, великий туристичний хаб.

3 24,4 тисячі футів = 7437 метрів.

— Ісламабад-контроль, дайте радар-вектор на Скарду.

— Три-чотири-один, очікуйте. Я зв'яжуся із диспетчером Скарду.

Зиркнувши на наручний годинник, Парамонов проказав:

— У пасажирських масках закінчується кисень. Треба знижуватися.

Еліаш Зоммер хотів відповісти, аж тут озвався механічний голос бортового комп'ютера:

— *Airspeed low*[1].

І з його горла натомість випорснув надломлений вигук:

— О, ні!

— Ніс униз! — заверещав Амір. — Ніс униз!

Еліаш рефлекторно відтиснув штурвал до упору, та це був радше жест відчаю: після падіння тиску пілоти втратили змогу передавати сигнали на рулі висоти. Водночас у навушниках усіх трьох пролунав стурбований голос диспетчера:

— Альтаїр-Ейр три-чотири-один, ви можете перемкнутися на частоту 124,0?

Ніхто йому не відповів.

— Альтаїр-Ейр три-чотири-один, Альтаїр-Ейр три-чотири-один, це Ісламабад-контроль, якщо чуєте мене, будь ласка, «IDENT»[2].

Парамонов, не знімаючи рук із важелів тяги, витріщався на індикатор горизонтальної швидкості, проте не міг вигадати, як зарадити ситуації. Наступної миті активувався

---

[1] Низька швидкість (*англ.*).

[2] Сучасні транспондери обладнано кнопкою «IDENT». Її натискання активує в squawk-коді спеціальний біт, після отримання якого наземна радіолокаційна станція підсвічує літак на екрані радара. Цей прийом застосовують, щоб виокремити лайнер серед інших. У ситуаціях, коли диспетчеру не вдається зв'язатися з екіпажем, IDENT-запит дає змогу з'ясувати, чи пілоти все ще чують диспетчера. Якщо на вимогу ввімкнути IDENT-біт відповідна точка на екрані радара підсвічується, це означає, що зв'язок утрачено не повністю: екіпаж приймає команди диспетчера, проте з якихось причин не може передати відповідь.

вібросигналізатор — обидва штурвали з деренчанням затряслися, сповіщаючи про наближення до звалювання[1]. Ноги Парамонова немовби наповнили кубиками льоду, що швидко танули.

— Тягу вниз! — загорлав Еліаш.

— А крен? — Очі росіянина розширилися від жаху.

— Забудь про нього!

Єгор потягнув правий важіль на себе, літак, не опускаючи носа, різко накренився, й у животі роздулася нудотно тепла бульбашка. Бортовий комп'ютер диявольськи незворушним голосом видав попередження:

— *Bank angle*[2].

— Ще нижче! — вимагав Еліаш. — Це все?

— Так! — Росіянин перевів важіль тяги в найнижче положення. — Малий газ!

— *Bank angle*.

— Блядь!

Ніс опускався дуже повільно, зате висота зменшувалася на очах: двадцять чотири сто... двадцять три сімсот... двадцять дві дев'ятсот... двадцять дві тисячі футів.

— Альтаїр-Ейр три-чотири-один, якщо чуєте мене, перемикайтеся на Скарду-підхід, 124,0 Гц.

Амір Бахтіар відтиснувся руками від крісла, так ніби це могло сповільнити падіння, і через силу відповів:

— Ісламабад, літак неконтрольований.

— Альтаїр три-чотири-один, вас слухаю. — У диспетчера закінчилися ідеї. Він чекав, що скаже Амір, однак малайзієць мовчав, і диспетчер знову озвався: — Альтаїр три-чотири-один, хочете сконтактувати зі Скарду?

— Ні, — Амір уже ледве говорив, слова застрягали в горлі. — Облиште, як є.

---

[1] Звалювання — в авіації — різке падіння підйомної сили внаслідок порушення обтікання крила повітряним потоком (зрив потоку з крила).

[2] Кут крену (*англ.*).

У навушниках прорізався новий голос із жахливим пакистанським акцентом:

— Альтаїр три-чотири-один, це контролер Скарду, якщо чуєте мене, «squawk 5423».

777-й почало трясти, цифри на моніторах змінювалися з такою швидкістю, що Парамонов не встигав їх роздивитися.

— Швидкість? — вигукнув він.

— Росте! — крихким, позбавленим упевненості голосом відказав Еліаш.

Звісно, росте, бо вони падають.

— *Bank angle*...

— Я вирівнюю крило!

Еліаш застережливо махнув рукою:

— Почекай! Ще рано!

— Яка висота? — Різке збільшення тиску затопило голову Єгора дошкульним болем. Росіянину здавалося, наче запалений мозок розриває на шматочки зграя голодних піраній. — Висота, Еліаше?

— Двісті тринадцять[1].

Амір Бахтіар перемкнувся на частоту 124,0:

— Е-е... дайте вектор на Скарду... будь ласка.

— Три-чотири-один, вас зрозумів. Ваш курс сто тридцять. Смуга п'ятнадцять готова. Повторюю, ваша смуга — один-п'ять. — Диспетчер Скарду, побачивши, що на радарі курс лайнера не змінився, запитав: — Альтаїр три-чотири-один, ви можете керувати літаком?

— Ні... Неконтрольований...

Кривлячись від болю, Парамонов посунув уперед важіль, що керував тягою двигуна № 2. Літак почав вирівнюватися, проте майже відразу по тому спрацював вібросигналізатор на штурвалах — водночас із вирівнюванням задирався ніс,

[1] 21,3 тисячі футів = 6492 метри.

і 777-й втрачав горизонтальну швидкість. Єгор ривком збавив тягу.

Несподівано Еліаш загорлав як несповна розуму:

— Там гора!

Парамонов скинув голову:

— Бачу!

Попереду й трохи праворуч у небо врізався гострий кряж.

— Повертай! Повертай! Ліворуч! — Так наче росіянин міг у якийсь магічний спосіб примусити літак його слухатися. — Ми вріжемося в гору!

Єгор занімів, не знаючи, що робити. Ліворуч вони не повернуть. Якщо він збільшить тягу, літак задере носа та звалиться з потоку. Якщо не збільшить, вони не перелетять кряж.

— Я не хочу помирати! — заскиглив другий пілот.

— Аміре, стули пельку! — Еліаш Зоммер тремтливо зітхнув і крикнув Парамонову: — Тягу на правий!

— Не можу! Він задирає ніс! Ми звалимося в плоский штопор!

— Ну ж бо!

— Гора! Гора! — Амір Бахтіар тицяв рукою у моторошно сіре кам'яне ікло, що швидко виростало у вікні.

Росіянин посунув уперед правий важіль тяги, обидва штурвали задеренчали, бортовий комп'ютер попередив про критично низьку швидкість:

— *Airspeed low*.

— Хріново... звалюємося... — Еліаш інстинктивно рвонув штурвал на себе. — Злітний режим! ЗЛІТНИЙ ДАВАЙ!

Парамонов не рухався. Зоммер зняв праву руку зі штурвала й ривком переставив обидва важелі керування тягою на повний газ. Двигуни протяжно застогнали, 777-й ще дужче задер носа. Гора зникла, проте літак продовжував знижуватись, а стійки штурвалів і далі тряслися.

У навушниках пролунав голос диспетчера зі Скарду:

— Альтаїр три-чотири-один, якщо можете, перемкніться на частоту 119,7. Повторюю 119,7.

Спрацювала сирена, сповіщаючи про небезпечне зближення із землею. Безбарвний механічний голос на її тлі звучав майже знущально:

— *Pull up! Pull up!.. Terrain ahead... Pull up! Pull up!..*[1]

Амір заверещав:

— Ні-і-і! — і закрив голову руками.

Еліаш Зоммер також закричав, однак, не припиняючи відчайдушно смикати штурвал, швидко видихся, і його розпачливий крик розпався на булькітливе харчання та кволі стогони. Парамонов, розуміючи, що зіткнення із кряжем не уникнути, опустив важелі тяги — двигуни притихли, лайнер клюнув носом, — і вже за мить крило зі страхітливим скреготом зачепило вкритий льодом схил гори.

[1] На себе! На себе!.. Попереду земля... На себе! На себе!.. (*англ.*)

...о мій Боже, подивись на людину, яку Ти створив, і слава Тобі, адже проклинати Тебе забороняє Закон.

Жозе Сарамаго. Євангелія від Ісуса Христа

— Бог ніколи так би не вчинив, — відповів Греліч. — Ну, якби Він існував.
— Бог існує.
— І на яких підставах Він учинив би те, що, по-твоєму, вчинив із нами?
— Йому не потрібні підстави. Він не залежить від власних рішень. Він може робити все, що захоче, з ким завгодно і коли завгодно.

Роберт Шеклі. Народжений заново

Так багато зірок. Навіщо вони?

Девід Мітчелл. Сон №9

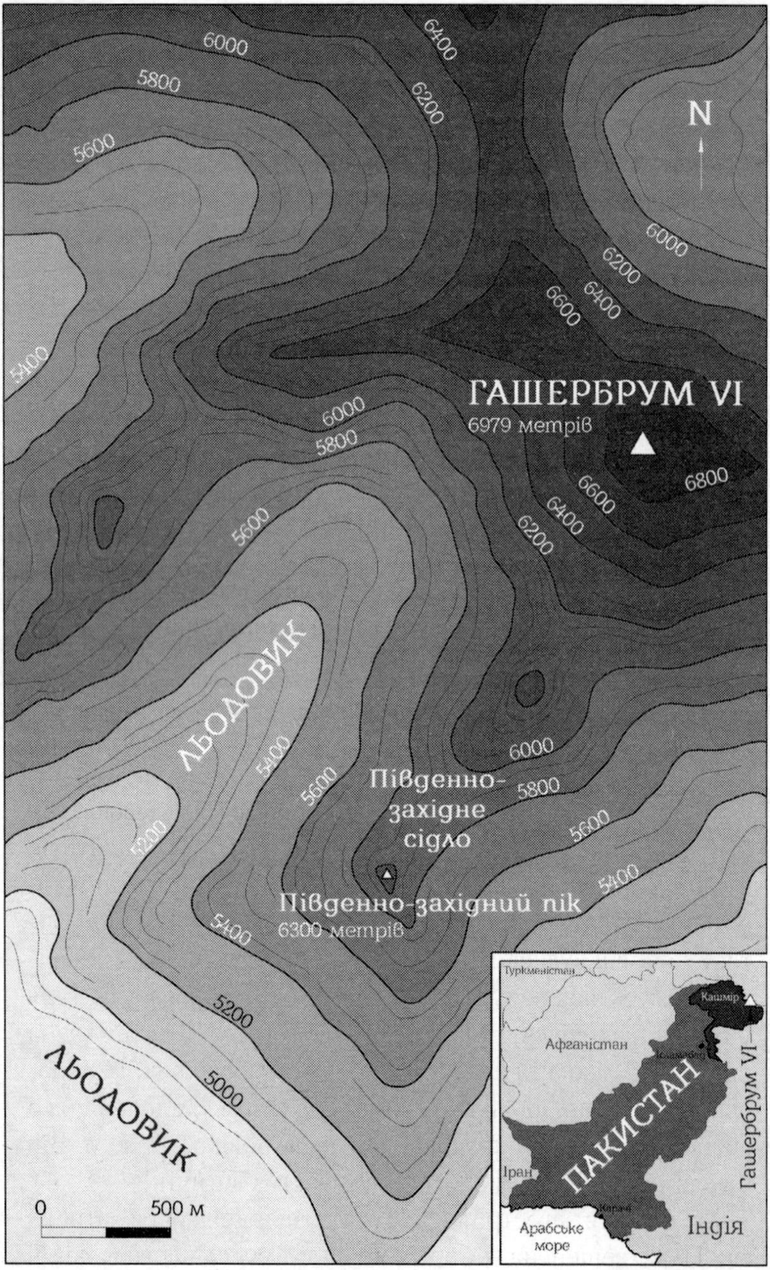
ГАШЕРБРУМ VI
6979 метрів
Південно-західне сідло
Південно-західний пік
6300 метрів
ЛЬОДОВИК
ЛЬОДОВИК
N
0
500 м
6400
6200
6000
5800
5600
5400
5200
5000
6600
6800
Туркменістан
Кашмір
Афганістан
ПАКИСТАН
Іран
Арабське море
Індія
Гашербрум VI

ГОРА

Парамонов повільно й дуже неохоче приходив до тями. Він лежав у незручній позі — на боці з випростаною вперед рукою — і щосили намагався відтягнути мить пробудження. Крізь щілину сухих, як у рептилії, повік пілот нечітко бачив химерно вивернуту долоню. На спробі розплющити очі у повіки вп'ялися гарячі голки. Єгор шикнув і замружився, а тоді одне за одним — неначе хтось пробігся пальцями по тумблерах — почали повертатися фізичні відчуття. Під маківкою загупало, у горлі запекло, наче туди сипнули дрібномеленого перцю. Чорт забирай, такого похмілля в нього зроду не було. І з якого дива? Він вихилив лише кілька порцій, доки клеїв казашку. Чи китаянку. Чи... Стоп! Усе не так. Із азіаткою він познайомився позавчора, а вчора... Закололо в боці, і Парамонов спробував глибоко вдихнути, але не зміг — у роті ніби застрягла грудка зваляного пилу з пилососа. Він був таким слабким, що не спромігся навіть закашлятися, й лише чмихнув носом. Отже, вчора... Перед внутрішнім зором проступили обриси салону першого класу. Він пив у літаку, так, він кудись летів, хоч і не пригадував, куди й навіщо. Чомусь ніяк не вдавалося вдихнути на повні груди. Біль у голові посилився, і Парамонов застогнав. Досить. Треба вилазити з ліжка та йти на кухню — там є аспірин. І тут росіянин зрозумів, що він не вдома. І не в ліжку. І долоня, яка досі проглядається крізь напівопущені повіки, не його. Він би зламав зап'ястя, якби спробував її так вигнути!

Усі почуття загострилися. Єгор розплющив очі й затремтів. Перехрещені на грудях ремені втримували його на кінці розламаного крісла, ліва нога викручена так, що п'ятка майже торкається сідниці. Якийсь час картинка перед очима залишалася розмитою, нібито хтось залляв мастилом верхній шар різкості, тож Єгор сфокусувався на долоні, що маячіла за півметра від обличчя. Після того в голові начебто затріщало, й у свідомість почали вдиратися спогади: Амір... Еліаш... переляканий голос диспетчера... *airspeed low*... скелясте ікло попереду. Він у кабіні лайнера, який розбився, впав у горах десь на кордоні між Пакистаном і Китаєм.

Лайно.

Вивільнивши ногу, Парамонов підніс до очей руку й утупився в годинник. Чотири хвилини по третій за московським часом. На циферблаті та скельці не було видимих ушкоджень, однак, придивившись, Єгор помітив, що секундна стрілка застигла поміж шісткою та сімкою. Мабуть, механізм зупинився від удару в момент катастрофи.

Але як давно?

— Аміре. — Парамонов потягнувся до неприродно вивернутої долоні, торкнувся її пальцями й тут-таки, ніби від удару струмом, відсмикнув руку. Шкіра була холодною. Не крижаною, але недостатньо теплою як на живу плоть. У кров ринув адреналін, і погляд прояснішав. Права частина кабіни мала такий вигляд, неначе її сплюснули під гідравлічним пресом. Другого пілота поховало під нагромадженням алюмінію та пластику, по суті, крім руки, котра, здавалося, стирчала просто з металу, Єгор не розгледів жодної іншої частини його тіла. — Чорт.

Попри холод мертва плоть іще не задубіла — долоня ледь гойднулася від доторку, — водночас пілот не чув шуму вогню, тобто все, що зайнялося внаслідок падіння, вже догоріло. Отже, катастрофа сталася півгодини тому. Щонайбільше годину.

Єгор розстебнув пряжку, з'їхав на підлогу та застогнав. Кожен порух болючою луною віддавав у м'язах. Скрегочучи зубами, чоловік перевернувся на спину, сперся на лікті й подивився ліворуч, на місце командира екіпажу. Ліва частина кабіни виявилася трохи менш понівеченою, та Парамонову вистачило одного погляду, аби зрозуміти, що Еліаш також не пережив падіння. Уламок штурвала протнув його наскрізь, кілька шматків панелі приладів до невпізнання спотворили обличчя.

Парамонов перекинувся на живіт і ковзнув очима по задній стінці кабіни. Двері були на відстані простягнутої руки, і Єгор, зненацька збагнувши, як сильно сплюснулася носова частина лайнера, запанікував. Він наче у труні. Задихаючись, спробував підвестися, проте руки підігнулися. Від удару головою об підлогу кабіни перед очима замиготіли іскри, і тоді він помітив кисневий балон, який відкинув, одягнувши маску. Схопив його, вставив до рота патрубок і відкрив на повну вентиль. Кілька жадібних ковтків вистачило, щоби паніка відступила.

Проте від того не покращало. Рот здавався смітником, до горла підкочувала нудота, легені палали, начебто Парамонов намагався дихати над напівпригаслим вогнищем. Він знову глипнув на годинник і подумки відрахував час у зворотний бік: нехай хвилин сорок без свідомості, не більше ніж чверть години на катастрофу, і ще десь півгодини сну перед розгерметизацією. Отже, востаннє він вливав у себе алкоголь півтори години тому. Якась частина ще може бути неперетравленою. Єгор став навкарачки, не вагаючись, устромив два пальці глибоко в горлянку й виблював. Потім ще раз. І ще раз.

Віддихавшись, підібрав балон і спробував відчинити двері кабіни. Підсвідомо росіянин очікував, що двері заклинило, і дуже здивувався, коли вони подалися після першого натиску. Він по-пластунськи перебрався із кабіни до тамбура перед бортовою кухнею першого класу. Було темно. Ніздрі залоскотав огидний, із мідним присмаком запах паленої плоті, хоча сам тамбур від вогню не постраждав. Праворуч, утримувана ременями на скособоченому кріслі, лежала стюардеса, з якою Парамонов перемовився кількома словами перед тим, як рушити до хвостової частини літака. Єгор провів пальцями по її обличчю. Холодна. Потім поповзом обігнув її, переконався, що селектор на дверях з лівого борту стоїть у положенні «ARMED» (тобто «надувний трап готовий до випуску»), і спробував одчинити двері. За третім разом йому вдалося прокрутити ручку проти годинникової стрілки. Щосили налігши, Єгор посунув двері вбік. Шкіру вмить стягнуло холодом, очі обпекло жирне, масне світло. Спрацювала система надування, за лічені секунди трап розгорнувся і плавно опустився. Прикриваючи очі передпліччям, Парамонов випростався та налаштувався стрибати, аж раптом застиг. Надутий трап повис мало не вертикально. Учепившись лівою рукою за край дверного отвору, Єгор вихилився з літака, зиркнув униз і похолов. Під фюзеляжем розверзлася прірва завглибшки не менше за чотириста метрів. Шкірячись від занадто яскравого сонячного світла, Парамонов втупився в обрамлену чорнозубими скелями смугу незайманого снігу, що майже прямовисно збігала до льодовика. Край гумового трапа гойдався, не дістаючи якихось півтора метри до її початку.

— *Твою мать!* — Він щойно ледь не шугонув у прірву.

Пілот позадкував, перечепився об стюардесу й упав на спину. Переклавши в іншу руку кисневий балон, скочив на ноги, метнувся до дверей із правого борту, проте до ручки не торкнувся. Серце скажено калатало. Ілюмінатор заліпило снігом. Якщо ліворуч зяє урвище, праворуч, за снігом, може бути кам'яна стіна, і тоді двері краще не чіпати: надувний трап запросто зіштовхне рештки літака у провалля.

Ковтнувши кисню, Парамонов протиснувся крізь кухню до салону першого класу. Там було трохи світліше. Промені просіювалися крізь мутні від сажі ілюмінатори лівого борту, заливаючи холодним світлом понівечені крісла. Стелю та більшу частину колись білосніжних панелей вкривала кіптява, перебірка до салону бізнес-класу оплавилася від вогню, хоча саме полум'я вже згасло. Правий борт на всій довжині салону нагадував зіжмакану фольгу. Єгор кілька секунд витріщався на вщент розтрощене крісло 1K, подумав, що вже був би мертвий, якби залишився в ньому, тоді пробігся очима по нерухомих тілах на інших сидіннях і зрештою зупинив погляд на яскравій плямі там, де було місце 4K, яке до розгерметизації займала жінка із золотавим волоссям. Отвір. Величезний пролам у фюзеляжі. Парамонов заквапився до нього.

Багажний відсік сплющило під час падіння, тож від скелястої поверхні під фюзеляжем край проламу відділяло трохи більше за два метри. Єгор запхнув кисневий балон під пахву й зістрибнув. Незграбно приземлившись на витягнуті руки, він до крові роздряпав долоні та подер джинси на правому коліні. Балон вислизнув і, глухо постукуючи, відкотився вбік. Росіянин підхопився, кров відринула від голови, й картинка перед очима розплилася. Секунд десять, упершись руками в боки, він важко відсапувався.

Світло падало з-за спини — попри розмитість, Парамонов чітко бачив власну тінь, — однак сонце сяяло так люто, наче силкувалося йому допекти. Несамовиті колючі промені рикошетили від скель, накидалися з усіх боків, примушуючи безпорадно мружитися. Почекавши, доки зіниці звузяться, він роззирнувся. Носова частина лайнера, звідки щойно вибрався, застрягла над прірвою на західному схилі вузької сідловини, що сполучала два іклоподібні піки. Нижчий із піків — на південному заході — здіймався над сідловиною не більш як на півкілометра. Вищий — майже просто на північ — починався порівняно пологим кам'яним пагорбом, до підніжжя якого тулилася понівечена кабіна «Боїнга», зате потім підносився до неба ледь не прямовисно. На його сплюндрованому вітром і випаленому сонцем схилі було зовсім трохи снігу. Сідло, що завширшки не перевищувало кількох десятків метрів, на сході обривалося прірвою, напевно, такою самою глибокою та стрімкою, як та, що підпирала його із заходу, хоча звідти, де стояв Парамонов, побачити дно було неможливо.

Єгор на секунду затримав дихання та збагнув, що хрипіння, яке долітає до вух, — це не відлуння власного сапання. Потерши очі, він поглянув у бік, звідки долинав звук: за двадцять кроків від пролому в фюзеляжі, обхопивши пухкими руками тулуб, стояв чоловік. Скуйовджене чорне волосся, пом'ятий жакет — на диво, майже цілий, — зате ліва штанина, від коліна й нижче, мала такий вигляд, ніби її пропустили через шредер для паперу. Крізь пошматовані смужки тканини просвічувала вимащена чи то сажею, чи то засохлою кров'ю литка.

Парамонов зашкутильгав назустріч і, наблизившись, упізнав чоловіка — місце 1Е, мовчазний, схожий на турка компаньйон голомозого німця. Позад нього, притулившись спиною до каменя, сидів худорлявий старий у чорній з білою колораткою в комірі сорочці. Його перекошене зморшкувате обличчя видавалося знайомим, але росіянин не пам'ятав, чи старий летів у першому класі.

Отже, троє вцілілих.

Пасажир із 1Е ковтав повітря широко роззявленим ротом із таким звуком, немовби давився водою, і дивився на Парамонова, як змія, не мигаючи. Поки росіянин витріщався на чоловіка з колораткою — покорченими артритом пальцями той обмацував обличчя, як незрячий, що намагається навпомацки щось відшукати поміж зморщок, — сірий жакет витиснув із себе коротке:

— Я Олівер, — наче це щось важило.

Парамонов перевів на нього погляд і запитав ламким голосом:

— Проблеми із серцем?

Олівер Морґенштерн усе ще обіймав власний тулуб із таким виглядом, ніби боявся, що грудна клітка розпадеться на шматки, варто опустити руки. Він сконфужено кліпнув, і тоді Парамонов пригадав розкотисте чхання, що діймало кістлявого німця з 1F протягом польоту.

— Зачекай. — Росіянин, накульгуючи, повернувся до проламу в фюзеляжі, знайшов серед каміння кисневий балон, повернувся і простягнув його Оліверу.

Той ледь насупився.

— Що це?

— Кисень.

Німець жадібно присмоктався до патрубка та кілька разів глибоко вдихнув. Єгор відвернувся і нервово витріщився на те місце, звідки щойно прийшов — на понівечений літак. Чи то пак на носову його частину, оскільки, крім перших двадцяти метрів фюзеляжа, на схилі затиснутої між піками улоговини більше нічого не було: ні крил, ні турбін, жодного сліду від хвоста. Лише кабіна пілотів, салон першого класу, третина салону бізнес-класу — і все. Наче ножем відрізані.

У грудях немовби закрутився вихор.

— Де решта літака? — Сухий язик шматком кори дряпав піднебіння.

За спиною пролунало невиразне мугикання. Парамонов озирнувся і побачив, що старий у чорній сорочці показує пальцем на затінений, східний схил меншого піка. Пілот простежив за рукою, поставив долоню дашком, а тоді, немов зачарований, побрів через сідло. Він зупинився за півдесятка кроків від всіяного гострими уламками схилу, що поволі переходив у провалля; очі прикипіли до вузького, ледь нахиленого на південь виступу, під яким, неначе тиранозаврячі ікла, звисав ряд велетенських буруль. Виступ був приблизно за двісті метрів по горизонталі й майже на сотню метрів вище від місця, де завмер Парамонов. Одразу над ним, невідомо яким дивом утримуючись на запаморочливо крутому схилі, покоїлася центральна частина фюзеляжа «Boeing 777». Верх корпуса прогорів наскрізь, крил не було, з-під обпалених країв обшивки стирчали обрубки лонжеронів, стрингерів і шпангоутів. Цей фрагмент понівечило дужче за носову частину лайнера: місце розлому нагадувало витягнутий еліпс, крізь отвір у якому Єгор бачив купу викорчуваних, спресованих сидінь, що нагадували повалений буревієм ліс.

Оговтавшись, Парамонов узявся водити очима по схилу, шукаючи рештки крил і хвоста. Він опустився поглядом аж до підніжжя кряжа й нарешті помітив щось схоже на сопло газогенератора турбіни. Примружившись, на снігу довкола нього росіянин розгледів десятки менших уламків — із такої висоти вони скидалися на шматочки обвугленої фольги — і спробував збагнути, що саме відбулося під час катастрофи. Вони зачепили крилом схил гори, а тоді...

Його роздуми обірвав шурхіт нерішучих кроків і кволий голос, що долинув з-за спини:

— Що з нами сталося?

Парамонов упізнав тріскучий німецький акцент і не обернувся.

— Літак упав. — Єгор обмацував поглядом льодовик, що виповзав з-за кряжа на півдні, плавно розвертався під сідлом і далі тягнувся майже просто на схід. Із цього боку кряжа його ширина сягала понад кілометр, місцями, може, навіть двох кілометрів — відстані у горах оманливі. — Ми розбилися.

Олівер Морґенштерн став поруч із Парамоновим і з винуватим виразом тицьнув йому в руки майже порожній кисневий балон, після чого знову обхопив груди руками.

— Я розумію, що розбилися. — Німець нагадував оплавлену свічку, залишену біля плити: такий само безформний і восково-блідий. — Чому він упав?

Парамонов не відповів. Подекуди між каменями лежав сніг, температура повітря не перевищувала 8...9 °C, проте сонце смалило нещадно, й поки що холоду не відчувалося, значно дужче дошкуляла неможливість вдихнути на повні груди. Єгор відчував біль у боці (може, зламане ребро), проте здогадувався, що дихається важко не через це. Саме повітря було наче... розведений водою коктейль. І це лякало найбільше.

— Це через вибух у хвості? — припустив Олівер.

За льодовиком, на сході, пнувся до неба покремсаний тріщинами височенний хребет. Парамонов ковзнув по ньому очима, а потому перевів погляд на немовби приклеєну до гори центральну частину фюзеляжа. Він пригадав велетенську пробоїну, що починалася над сорок першим рядом і тягнулася майже до хвоста. Отже, вони зачепили крилом скелю, але яку? Пік над сідловиною чи один із монстрів, що стирчать із гірського хребта за льодовиком? Єгор оцінив протяжність схилу від сідла до вершини над ним на південному заході. Мало. Навряд чи достатньо, щоби розсіяти енергію під час падіння. Найвірогідніше, вони зачепили якусь із вищих гір на півдні чи південному сході, перелетіли льодовик, а потім... Парамонов зиркнув через плече на розбитий ніс літака... і хтось ніби погладив його серце крижаними пальцями. Він раптом зрозумів, якою жалюгідно малою була ймовірність того, що лайнер налетить на гору саме під таким кутом і саме з такою швидкістю, що носова частина, відділившись від фюзеляжа, зісковзне схилом униз і розсіє акурат стільки кінетичної енергії, щоб застрягнути на сідлі. Якби швидкість була хоч трохи меншою, носова частина впала б у прірву разом із крилами та хвостом, якби хоч трохи більша — ніс літака розтовкся б об скелі на півночі сідловини.

Олівер Морґенштерн не вгавав:

— Але ж ми живі, так? — він промовляв таким тоном, нібито сумнівався в цьому. — Ми врятовані?

Його слова лише дряпали поверхню мозку, не проникаючи досередини. Єгор заплющив очі (*трясця, як же важко дихати*), потер пальцями лоба та спробував згадати число. Останнє, що бачив перед зіткненням. Він помилився, відповідаючи Оліверу: вони розбилися, проте не впали. Вони не там, де зазвичай опиняється лайнер після катастрофи, і тому число було дуже важливим. Парамонов усвідомлював це ще тоді, коли 777-й зачепив крилом гору. Від числа залежало, чи є в них шанс урятуватися. Втім, із першої спроби видобути його із виснаженого мозку не вдалося. Думки були якимись зазубреними та спричиняли біль.

— У мене розколюється голова, — не дочекавшись від росіянина на відповідь, промимрив Олівер. — У балоні залишився кисень... можна мені ще трохи?

Парамонов мовчки повернув йому балон.

10 травня 2017-го
Гашербрум VI[1], південно-західне сідло
Щонайменше 5900 метрів над рівнем моря
17:40, GMT +5

Упродовж перших секунд після пробудження Анна почувалася так, наче встромила голову в бочку із цементом. Із правого боку долинали якісь звуки; напружившись, жінка розрізнила голоси — двоє чоловіків перекинулися короткими, надломленими фразами, а потім затихли. Коліна впиралися в щось тверде, страшенно боліла гомілкова кістка та ступня правої ноги. Анна спробувала змінити позу, й тіло несподівано пронизав біль. Скрикнувши, жінка розклепила повіки, після чого серце пропустило удар. Над головою — закіптюжені пластикові панелі (із тріщини в одній із них звисали обвуглені дроти), праворуч, там, де стояло її крісло, — чимала діра в фюзеляжі, крізь яку відкривався віддалений огляд зубчатого гірського масиву, що ривками п'явся в небо. Укриті льодом вершини, зливаючись із небом, відсвічували холодною синявою — небо неначе збігало ними до землі. Анна здригнулася — пояс безпеки врізався в живіт — і затремтіла від усвідомлення кошмарної незворотності того, що

---

1 Гашербрум VI — гірська вершина у масиві Гашербрум, висота 6979 метрів. До цього часу не підкорена.

скоїлося: літак розбився, вона тепер не встигне до Бангкока. Усередині все перевернулося та запульсувало: серце, легені, шлунок, кишківник. Органи начебто зрушили зі своїх місць і ніяк не могли вмоститися назад.

Смикнувши за пряжку, Анна висковзнула з крісла і, вицідивши через зуби схоже на стогін виття, осіла на підлогу. Попри біль у нозі, передусім перевірила, чи на місці гроші. Тремтячими руками обмацала згортки у бюстгальтері, кишенях джинсів і трусах. Усе на місці, і це дещо полегшило важку свинцеву кулю в грудях: вона жива, гроші в неї, їй потрібно вибиратися.

З-за спини почулось якесь шарудіння. Анна обернулася і побачила дівчинку, яку росіянин приніс до салону першого класу за кілька хвилин до падіння. Вона напівлежала, звісивши ноги із крісла; пояс безпеки перетискав груди під пахвами. На обличчі все ще була киснева маска, скроню, щоку та праву частину шиї вкривала багряна кірка присохлої крові.

Дівчинка застогнала, й Анна кинулася до неї. Перехилилася через перегородку між кріслами, зірвала маску, розстебнула пряжку та підхопила малу на руки. Коліно вибухнуло болем, права литка палала так, ніби жінка вступила в діжку із розплавленим металом, але принаймні вона могла стояти, отже, перелому не було. Анна відкинула волосся з обличчя дівчинки, і та втупилася в неї мутними, наче пляшкове скло, очима.

— *Матап... матапу...*[1]

— Тихо, тихо, маленька, все гаразд.

Анна повернулася до світла, що вливалося крізь діру, й оглянула рану на голівці дівчинки. Поріз над скронею був коротким і глибоким, але більше не кровив.

— Господи, що ж мені з тобою робити?

[1] Мамо... мамусю... (транслітерація, фарсі)

Крізь пролам у фюзеляжі знову долинули чоловічі голоси. Анні здалося, що вони віддаляються, і жінка запанікувала:

— Допоможіть! — покликала вона англійською. — Сюди, будь ласка!

Позад Анни щось гупнуло, хоча чуття примусило її озирнутися через плече за мить до того, як звук ударив по вухах. Над одним із крісел другого ряду з невинно-розгубленою гримасою на перекошеному лиці підводився Лоуренс Ґрейс. Жінка відразу пригадала його — жилавий хлопець у тісній футболці та спортивних штанах-галіфе, за яким заходила до літака. Лоуренс відштовхнув від себе кришку відсіку для ручної поклажі, а тоді, щось нерозбірливо прогугнивши, втупився в Анну.

— Тут дівчинка, — мовила вона. — Їй треба допомогти.

На ньому не було жодної подряпини, лише розкошлана борода мала такий вигляд, як нібито в ній завелися таргани.

— Де ми? — промекав хлопець.

— Я не можу спустити її сама. Допоможи мені.

Лоуренс не чув її. Хитаючись, підійшов до крісла біля лівого борту та нахилився до ілюмінатора. У голові запаморочилося — він неначе стояв на даху хмарочоса. Далеко внизу, розриваючи пласти сивого льоду, на поверхню вилазили відшліфовані льодовиком камені; далі за проваллям в усі боки розбігалися страхітливі гірські пасма — призахідне сонце висікало цілі пригорщі іскор на вершинах кольору неба.

Хлопець відсахнувся. Розгублене, з одвислою щелепою обличчя під променем світла, що проникало крізь ілюмінатор, скидалось на виліплене із сирої глини.

— Де ми?

— Послухай, — Анна ковзнула поглядом по обплетених м'язами руках, — літак розбився, але ти повинен...

Її перебили вигуки, що один за одним залетіли крізь діру в фюзеляжі:

— Хей! Ви тут? Все о'кей?

17:45

Під проломом, задерши голови, стояли Єгор Парамонов і Дюк Апшоу. Олівер Морґенштерн шкандибав оддалік. Метрів за двадцять від фюзеляжа німець зовсім знесилився: спершу нахилився, впершись руками в коліна, а потім повалився набік.

Єгор раз у раз кривився, наче від зубного болю, — так діймали його докори сумління. Це не його рейс, але він професійний пілот, а отже, до того як вибиратися з літака, просто зобов'язаний був переконатися, що всередині не залишилося живих. Він водив очима вздовж пролому, добираючи спосіб залізти назад до салону, коли до краю отвору підступила Анна.

— Тут дівчинка. — Жінка мусила відхилятися, щоби втримати персіянку на руках. Мала натужно сопіла, вткнувшись носом їй у плече та вчепившись пальцями за футболку на грудях.

— Вона жива? — крикнув Парамонов.

— Так. — Від напруження на скронях Анни набрякали кров'ю жилки. — Маєте забрати її, я не зможу сама її спустити.

— Усе гаразд, — заметушився росіянин. — Ми витягнемо вас. Та перед тим...

Поряд з Анною вигулькнула скуйовджена голова Лоуренса. Перший шок минув, однак обличчям усе ще блукали химерні напівтіні, а у вирячених очах то спалахували, то згасали вогники збентеження. Він глипнув на Парамонова, перевів погляд на Апшоу, неначе запитуючи в них: «Це все насправді? Це реально відбувається зі мною?»

Дюк Апшоу показав рукою на Анну та звернувся до Лоуренса:

— Допоможи їй.

— Почекай! — похитав головою росіянин. — Ми заберемо малу, а ти переконайся, що всередині немає живих, — американець не рухався. — Ти мене розумієш?

Лоуренс повернув голову, секунд п'ять тупився в напівтемряву салону, лише тепер зауваживши на сидіннях нерухомі тіла, й потому хитнув нею.

— Перевіряй пульс, ось тут, — Парамонов торкнувся стуленими вказівним і середнім пальцями до шиї під щелепою, — праворуч чи ліворуч на рівні борлака. Якщо пульсу нема, проте шкіра на дотик хоч трохи тепла, однаково волочи тіло сюди, я спробую...

— Я знаю, як відрізнити живу людину від мертвяка. — Лоуренс говорив утробним і водночас надміру гучним голосом, як зазвичай розмовляють глухі від народження.

Роздратований, що його перебили, Парамонов насупився, проте доки він устиг щось сказати, Лоуренс зник, а Апшоу штовхнув його ліктем:

— Полізли.

Анна присіла на край отвору та поклала дівчинку на коліна. Шістдесятитрирічний кардинал виявився спритнішим і дістався до жінки швидше за виснаженого похміллям росіянина.

— Не підіймайтеся далі, — сухим, зривистим голосом кинув Апшоу, — я заберу її та передам вам.

Парамонов застиг. Дюк Апшоу кілька разів гойднувся на напівзігнутих ногах, переконуючись, що обвуглений стрингер під ним не прогнеться, а потому кивнув Анні. Жінка спробувала відірвати руки дівчинки від футболки, проте малá, розплакавшись, стисла кулачки так, що побіліли пальці. Анна звернула безпорадний погляд на Апшоу. Той, допомагаючи собі ліктями, видерся трохи вище та схилився над дівчинкою.

— Лейло, — зашепотів кардинал над вухом; дівчинка, не повертаючи голови, скоса повела на нього переляканим поглядом. — Це Дюк. Пам'ятаєш мене? — Футболку вона не відпустила, та Анна відчула, як послабшав натиск крихітних пальців. — Усе гаразд. Чуєш? Усе добре. Дозволь мені допомогти.

Він акуратно стягнув дівчинку з Анниних колін. Пригорнувши її до грудей, обережно спустився на стрингер, що стирчав із пролому, а тоді, кривлячись від болю в спині, нахилився та передав Парамонову. Росіянин поніс Лейлу до більш-менш рівної скелястої ділянки, неподалік місця, де, несамовито тручи скроні, сидів Олівер.

Апшоу допоміг Анні. Щойно її ноги торкнулися каміння, в отворі з'явився Лоуренс.

— Ну що? — піднявши очі, запитав кардинал.

Американець похитав головою:

— Холодні.

Апшоу розумів, що перепитувати безглуздо, проте не стримався:

— Усі?

— Так, усі.

Ресивер присів на краю пролому, зісковзнув на стрингер, а вже звідти скочив на землю. Утрьох вони попрямували до місця, де Парамонов згорбився над Лейлою.

Олівер зняв із себе жакет і підмостив його під дівчинку. Парамонов притримував долонею її потилицю. Ігноруючи біль, що раз у раз вгризався в коліно, Анна стала навколішки, підповзла до Лейли та поклала її голову собі на стегно. Великі та бездонно-темні, як у тюленятка, очі немовби вкривав туманний наліт. Це створювало враження, що дівчинка от-от знепритомніє.

— Віддай балон, — наказав Єгор.

Олівер слухняно передав балон із киснем. Парамонов зважив його на долоні й роздув ніздрі — сталева посудина здавалася майже невагомою.

Анна прочитала його думки.

— Там щось є?

— Зараз побачимо.

Жінка відгорнула з обличчя дівчинки волосся. Росіянин вставив патрубок поміж її губ і крутнув вентиль на повну.

Характерного шипіння не почулося, проте якась кількість газу, схоже, все ще залишалася, бо каламутна поволока на очах спала, Лейла скліпнула та кволо пролепетала:

— *Maman...*

Потому шарпнулася, щоби підвестися. Анна притримала її, одначе дівчинка верескнула, і жінка, мов обпікшись, відсмикнула руку. Рвучко сівши, Лейла закрутила головою.

— *Maman, tó kódjaee?*[1] — тоненький голос лунав розпачливо, дівчинка зіп'ялася на ноги. — *MAMAN!*

Анна спробувала її обійняти. Лейла, випручуючись з обіймів, вперлася руками жінці у ключиці та продовжувала відчайдушно крутити головою.

Дюк Апшоу присів навпочіпки біля Анни й погладив дівчинку по спині.

— Лейло, не бійся...

Вона струснула кардиналову долоню зі спини, потім, спідлоба зиркнувши на нього, затулила обличчя долонями й запхинькала. Анні нарешті вдалося її обійняти.

— Звідки ви знаєте її ім'я?

— Перекинувся кількома словами в терміналі. З нею та її матір'ю.

— Вона знає англійську?

— Ні. Хіба зовсім трохи. Вона щось лепетала на фарсі, англійською змогла назвати лише своє ім'я. — Апшоу раптом наморщив лоба. — Звідки вона взялася в салоні першого класу?

— Я переніс її. — Парамонов приклав патрубок до рота й зробив кілька затяжок, як курець, що розкурює товстенну сигару. Переконавшись, що кисень закінчився, відкинув балон. — Над її кріслом в економ-класі не ввімкнувся генератор кисню.

[1] Мамо, де ти? (транслітерація, фарсі)

— Тобто її матір... — Апшоу недоговорив. Подивився спочатку на росіянина, а тоді обернувся і вп'явся тоскним поглядом у центральну частину фюзеляжа, що застрягла на схилі південно-західного піка, чия вкрита снігом вершина скидалася на казковий замок.

— Матір залишилася в економ-класі. — Її було не врятувати, Парамонов розумів це, та замість сказати «я залишив її в економ-класі» побудував фразу так, ніби матір Лейли не перейшла до салону першого класу з власної волі, тож тепер відчуття провини затопило груди. Через дурнувату спробу прикритися напівправдою, наступна фраза, що злетіла з вуст, видалася майже цинічною: — Я не міг забрати відразу обох. — Простеживши за поглядом кардинала, Єгор понуро мотнув головою і додав: — Вона загинула. Їхні місця були майже у хвості.

— Нехай спочиває з миром, — ледве ворухнувши губами, прошепотів Апшоу.

І стало тихо. Сонце скочувалося до заходу, і важке гранітне небо на сході наливалося загрозливою синню. Лоуренс, суплячись, роздивлявся носову частину фюзеляжа, Анна, ледь розгойдуючись, тулила до грудей притихлу дівчинку, Олівер напівлежав, угрузнувши очима в землю, Апшоу не відлипав вицвілим поглядом від застряглої на схилі центральної частини авіалайнера. В'язка тиша щосекунди немовби набирала вагу, просочувалася свинцем і тиснула на барабанні перетинки, наче вода. Єгор шкірився, відчуваючи, як у вухах наростає гудіння невидимих дзвонів.

Першим порушив мовчанку кардинал. Повернувшись обличчям до Олівера, запитав:

— Вам трохи краще?

— Зі мною все добре, це все застуда. — Олівер спробував сісти рівніше й затремтів. Зуби зрадливо клацнули. — Лише трохи холодно.

Сонце, як і раніше, затоплювало сідловину яскравим світлом, однак температура стрімко падала, і нерухоме повітря поволі впивалось у відкриті ділянки шкіри невидимими жалами.

— Так, — погодився Апшоу, — коли вибралися, було тепліше.

Знову запала мовчанка. Парамонов, чи то мружачись від сонця, чи то кривлячись від болю, що переливався в голові, вивчав поглядом гори на південному заході. На сході, позаду нього, розкинулося малозаселене Тибетське нагір'я, на півночі починалася безлюдна пустеля Такла-Макан[1] — якщо допомога надійде, то лише з півдня чи заходу, від Пакистану. Його роздуми перервав невиразний, неначе розмоклий голос Лоуренса Грейса:

— Що тепер? Хтось знає, де ми?

Парамонов мовчав, розуміючи, що їм не сподобається те, що він скаже.

— Ти ж пілот, так? — Анна звела голову й тримала її впівоберту, щоби не сліпило сонце. — Маєш знати, що робити в таких ситуаціях.

Єгор подумав, що пілотів навчають уникати катастроф, а не виживати в горах після того, як літак розбився, але розумів, що її правда: серед тих, хто вцілів, він єдиний усвідомлює, що їм насправді загрожує. Він швидко обстежив задній край носової частини фюзеляжа — багажний відсік під другим аварійним виходом сплющило майже повністю, тож підлога бізнес-класу опинилася за півметра від землі, — а потім зиркнув на Лоуренса.

— Нам із тобою доведеться залізти назад і все там гарно обшукати. Не лише в першому, а й у бізнес-класі також.

— Навіщо?

[1] Такла-Макан — пустеля на заході Китаю в Синьцзян-Уйгурському автономному районі, одна з найбільших піщаних пустель світу із площею понад 300 тисяч км^2.

— Ну, — росіянин зважував, про що можна говорити, а про що краще змовчати, проте думки були неповороткі, а слова вислизали, щойно він намагався скласти з них речення, — ми не ночуватимемо всередині літака. — Він відвернув голову від носової частини й наморщив лоба. Наступна фраза здавалася брилою, яку потрібно виштовхати з рота. — Це небезпечно: рештки літака тримаються на шмарклях, зависли на краю сідла й будь-якої миті можуть зісковзнути в прірву, тобто ми ночуватимемо під відкритим небом, а отже...

Єгор несподівано затих. На ньому була тільки сорочка з коротким рукавом, і холод щосекунди пролазив все глибше під шкіру. Пілот раптом пригадав свого батька — усе, що той розповідав про гори, — й нервово сіпнувся. Невже він приречений пережити те саме? Це якийсь дурнуватий фарс. Парамонов задер голову й утупився в яскраву синяву над головою із таким виглядом, ніби очікував побачити там чиєсь єхидно всміхнене обличчя...

— Отже, що? — озвався Лоуренс.

Росіянин труснув головою, проганяючи спогади.

— Отже, нам знадобиться багато... — фраза тріснула посередині, — різних речей. Насамперед одяг. Ковдри. Холод уб'є нас, якщо ми не придумаємо, як зігрітися.

— Я піду з вами, — мовив Дюк Апшоу.

— Добре. — Парамонов тепер звертався до обох: — Шукайте ковдри, що їх роздавали стюардеси. Вони з поліестру, синтетичні тобто, й тому дуже електризуватимуться, та навряд чи хтось із пасажирів мав із собою щось тепліше за жакети чи легкі кофти. Що більше ковдр, то краще. Можна буде прорізати в них дірку й надягти через голову, як пончо, — тілом прокотилися дрижаки, наче пілота вдарило струмом. — Наступне — вода. — Він знову окинув поглядом рештки носової частини. — Якщо знайдете пляшки, банки чи ємності з водою — власне, будь-що безалкогольне, — забирайте із собою. Насамкінець — ми мусимо зібрати все, що не згоріло й може горіти. Журнали, книжки, гроші, картки з інструкціями... — Росіянин, аби сховати погляд, вдав, що йому щось потрапило в око; тручи його пальцем, він міркував, як пояснити чоловікам, що стояли перед ним, що одяг із померлих був би добрячим паливом для вогнища. Нічого не вигадавши, він лише промимрив: — Ще сумки можете брати, шкіра чи тканина, якщо вогонь розійдеться, також непогано горітиме.

Лоуренс насупився.

— Пригальмуй. — Він стояв обличчям на захід, і під гірським сонцем очі були такими насичено-зеленими, що здавалися твердими. — Ми тут не зимувати зібралися. По нас незабаром прилетять рятувальники.

Правильніше було би змовчати, проте Парамонову несподівано дошкулив безтурботний, надміру самовпевнений тон американця.

— По нас ніхто не прилетить.

Лоуренс пирхнув.

— Та годі тобі. Це міжнародний рейс, і ми...

— Ти десь бачиш посадкову смугу?

Лоуренс змінився на обличчі й роззирнувся з таким виглядом, нібито росіянин повідомив, що за спиною в нього маніяк із занесеним ножем.

— А гелікоптери? — відшліфована зарозумілість поволі випаровувалася з голосу.

Єгор похитав головою:

— Гелікоптери не підіймаються вище за чотири з половиною тисячі метрів.

— Хочеш сказати, що ми... — Лоуренс на мить замовк й оглянув довколишні скелі так, ніби оце зараз збагнув, де вони опинилися, — то ми вище?

Про висоту Парамонов волів згадувати найменше.

— Якщо тут хтось і з'явиться, — повільно, немов розжовуючи кожне слово, мовив він, — то тільки пішки. Рятувальники можуть тільки прийти сюди, але не прилетіти, розумієш?

Лоуренс застиг із роззявленим ротом. За його спиною схлипнула Анна.

— Заспокойтеся. — Парамонов збагнув, що бовкнув зайве. — Двоє диспетчерів стежили за нами на радарах, вони знають, де ми, і я впевнений: рятувальні служби вже споряджають групу для нашого порятунку. Просто ми справді, е-е-м, високо. Мине трохи часу, доки вони сюди дістануться. І нехай вас не вводить в оману це позірне тепло. Ми на південно-західному схилі, нам пощастило, що зараз немає вітру, і сонце світить просто на нас. Щойно воно сяде, температура опуститься нижче від нуля. — Він кинув погляд на Дюка Апшоу, перевів його на Ґрейса та повторив: — Нам потрібні ковдри, вода, а також усе, що може горіти. — Анна продовжувала давитися схлипами. Єгор нахилився так, щоб вона бачила його, й озвався російською: — *Успокойся. Всё будет хорошо.*

Жінка прикусила губу.

— Я в нормі. — Проте сльози й далі струменіли з очей.

Апшоу наблизився і став майже впритул, так близько, що Єгор відчував тепло його подиху.

— Наскільки ми високо? — ледь чутно запитав кардинал. — Ви ж були в кабіні.

Парамонов хотів сказати, що події, які передували падінню, стерлися з пам'яті, але несподівано усвідомив, що пам'ятає. Він пригадав. Число спалахнуло перед очима, наче його випалили лазером на сітківці. 199. Вони перебували на сто дев'яносто дев'ятому ешелоні[1], коли 777-й зачепив крилом гору. Ось звідки ця задушлива порожнеча в грудях, ось чому після кількох різких рухів у вухах гупають молоти, а небо немовби пливе перед очима.

— Ходімо, — буркнув пілот.

І, розвернувшись, закрокував до фюзеляжа.

---

[1] 6065 метрів.

18:20

Насамперед Парамонов обійшов носову частину з півдня, щоби з'ясувати, як міцно вона тримається на сідловині. Сплющений салон бізнес-класу вгруз у неглибокому жолобі, пророраному під час падіння в суміші каміння та льоду носом літака, зате лівий борт салону першого класу та майже вся кабіна пілотів нависали над чотирьохсотметровою прірвою.

— Там надувний трап. — Апшоу показав на подібну до велетенського гумового човна конструкцію, що нерухомо чепіла під першим входом із лівого борту.

— Так, — кивнув Єгор, — це я його розклав.

— Гляньте, — долинуло з-за їхніх спин.

Апшоу та Парамонов повернули голови до Лоуренса.

— Що там?

— Місяць. — Ресивер дивився в бік, у який витяглася його тінь. Найближчий до сідла хребет, що здіймався за льодовиком на сході, щедро висвітлювало призахідне сонце, зате далі гори тонули в фіолетових сутінках, і далеко за ними, аж на горизонті, з-за тонкої запони темного серпанку випливав величезний місяць. Через різку відмінність у яскравості й надміру густі кольори краєвид здавався якимось несправжнім: і гори на сході, і місяць над ними скидалися на сточені міллю театральні декорації. — Він просто гігантський.

Парамонов змовчав, Апшоу ледь помітно кивнув і відразу відвернувся, втупивши погляд у розпанахане черево авіалайнера.

— Думаєте, ми зможемо щось тут знайти?

Парамонов провів пересохлим язиком по губах:

— Мусимо, — і поліз досередини.

Лоуренс і Апшоу посунули за ним.

Те, на що перетворився салон бізнес-класу, нагадувало звалище сміття після нищівної пожежі. Ні підлоги, ні стелі не залишилося — обвалилися від удару об землю, — і чоловікам доводилося продиратися крізь мішанину розтрощених крісел, обгорілого багажу та вантажних контейнерів. Відгонило гаром і сталлю. У повітрі кружляли пластівці попелу впереміш із пилом і замерзлими часточками вологи. Віддалившись на кілька метрів від краю фюзеляжа, росіянин побачив перші обвуглені тіла. Лоуренс ненароком наступив на щось хрустке, нахилився, щоб роздивитися, і голосно кавкнув, затуливши рота долонею. Просто під ним лежало почорніле немовля. Шкіра була нафтово-чорною, наче обсидіан, і з огидним шурхотом кришилася під ногами.

— Бляха! — Лоуренс відсахнувся, спробував відійти й заточився. Він би впав, якби Апшоу не притримав його. — Тут діти! — ресивер вишкірився. — Чорт забирай, тут стільки дітей!

— Опануй себе, — глухо відказав Парамонов. — Ми їм уже не допоможемо.

— На кий хер ти нас сюди потяг? — Лоуренс усе ще прикривав рота тильним боком долоні. — Тут усе вигоріло вщент.

Єгор мовчки махнув рукою вперед. Ресивер витягнув шию:

— Що там?

— Перебірка між салонами першого та бізнес-класу. Три туалети й дві бортові кухні. Там може бути вода.

— Треба було лізти через діру в правому борті. На хріна ми...

Лоуренс замовк, коли Парамонов схилився над приваленим кучугурою викорчуваних крісел тілом дівчинки-підлітка. На вигляд тій було років тринадцять, арабка. Єгор притиснув палець до шиї, виждав кілька секунд, а тоді, схопивши дівчинку під пахви, почав видобувати з-під завалу.

— Вона жива? — запитав Апшоу.

— Ні.

На ній була червона вітрівка з капюшоном. Тіло звільнилося наполовину, а тоді стегна застрягли між брусами, що слугували опорою підлогового перекриття. Парамонов припинив смикати і, притримуючи тіло дівчинки однією рукою, іншою стягнув з неї куртку.

— Блядь, мужик, ти хворий, — захрипів Лоуренс. — Що ти, в сраку, робиш?

— Вона мертва, — росіянин, не піднімаючи голови, акуратно склав вітрівку, — а куртка допоможе Лейлі зігрітися, — потім, високо задираючи ноги, продовжив шлях до перебірки.

Лоуренс похитав головою і поліз за Єгором.

Діставшись тамбура між салонами першого та бізнес-класу, Парамонов плечем висадив двері одного з туалетів. Кабінку добряче зіжмакало, вона зменшилася до розмірів невеликої труни, і сталевий унітаз — погнутий, але не обгорілий — висів на рівні грудей. Єгор протиснувся досередини, доламав руками кілька пластикових панелей і, оглянувши трубопроводи, тихо вилаявся. Труба, якою питна вода йшла до умивальника, була сухою.

Розташовані з правого боку перебірки шафки повністю зруйнувалися, зате кухня з лівого борту вціліла, тож доки Парамонов копирсався в туалеті, сподіваючись, що у трубах залишилося хоч трохи води, Дюк Апшоу обстежив бортову кухню. Він натрапив на сталеву тацю на коліщатках, на якій стюардеси розвозять напої та їжу, проте всередині виявилося лише сміття та дьюті-фрі товари. Зате за кухнею, на підлозі у скособоченому проході до салону першого класу, кардинал побачив дві пластикові пляшки з водою. Поруч із ними лежала частково обгоріла ковдра з поліестру.

— Я знайшов воду, — повідомив старий. — І ще ковдру. — Він підняв її над головою. — Хоча вона трохи присмалена.

— Чудово. — Парамонов вихилився з туалету. — Забирайте все із собою.

Росіянин пересунувся до наступної кабінки, проте двері не піддавалися, довелося налягати вдвох. Лоуренс якийсь час стежив за ними, а тоді відвернувся і став роздивлятися згарище, через яке вони щойно пробралися. Крізь діру на місці розламу він бачив, як швидко вичахає денне світло. Пітьма, наче курява, підіймалася з-під нагромадження обгорілих крісел та металевих балок і розповзалася за межі фюзеляжа, натомість знадвору до салону проникав холод. Лоуренс похукав на долоні, схрестив руки на грудях і взявся терти долонями біцепси. Старий із колораткою і той другий, зі слов'янським акцентом, не займали його, а сам він не рвався їм допомагати. Якщо не зважати на холод, він почувався цілком стерпно й думав про те, що не все так погано, — бути живим невдахою все ж краще, ніж мертвим чемпіоном, — коли раптом кутовим зором зауважив якийсь порух. За два метри від нього вугільно-чорне бильце з'їхало набік. Під ним, поміж розтрісканих, але не обпалених панелей виднілося тіло. Ще один мрець. І перш ніж Лоуренс устиг замислитись, якого біса уламок крісла рухається так, ніби його хтось штовхає, мертвяк, глухо крекчучи, сів. Із вимащеного кіптявою обличчя на Лоуренса витріщилася пара очей. Хлопець підскочив од несподіванки, але зміг зім'яти нажаханий вереск до більш пристойного придушеного зойку й тільки потому загорлав:

— О, чорт, там хтось живий!

Апшоу та Парамонов підскочили до Лоуренса, після чого втрьох кинулися витягати пасажира з-поміж уламків підлоги та крісел. Чи то пак пасажирку. Вивільнивши її з уламків, вони перенесли її ближче до перебірки й посадили попід бортовою кухнею. На жінці було темно-зелене з вишнями плаття та аж чорна від бруду кофта, яка до катастрофи, вочевидь, була значно світлішою.

— קר... — вона вся тремтіла. — איפה אני?.. למה כל כך קר פה?..[1]

Апшоу присів навпочіпки, скривившись, коли тріснуло коліно, й запитав:

---

[1] Холодно... Де я?.. Чому тут так холодно?.. (*іврит*)

— Я не розумію вас. Ви знаєте англійську?

— Холодно... — повторила. — Чому тут так холодно?

— Літак розбився, — мовив кардинал. — Ми високо в горах.

Парамонов швидко оглянув жінку, проте відкритих ран не побачив.

— Ми що? — блимнула вона.

Ніхто з чоловіків не відповів.

— Яке ваше ім'я? — запитав Апшоу, накидаючи їй на плечі ковдру.

— Гелен. Я... — урятована говорила англійською з легким, ледь вловним акцентом. — Що тут сталося?

— Усе гаразд, Гелен. — Він відкрив одну з пляшок і підніс до її губ. — Як ви почуваєтеся? Нічого не болить?

Жінка зробила кілька ковтків, відвела його руку й роззирнулася.

— Ми розбилися?

— Так. — Кардинал намочив край ковдри й обтер її обличчя. — Це диво, що ви вціліли.

Вона по черзі обвела уважним поглядом чоловіків.

— Що ви тут робите?

Апшоу, схоже, не зрозумів запитання.

— Шукаємо воду та ковдри, — відповів росіянин.

— Навіщо?

— Бо ми в горах, і...

— І... — Вона супилася, наче людина, яка ніяк не може пригадати ім'я далекого родича.

Кисню, що потрапляв до легень крізь ніздрі, не вистачало, і Єгор шумно дихав ротом.

— І поки що по нас ніхто не прийшов. — Він подивився у прохід, що вів до салону першого класу, торкнув Лоуренса за руку й швидко проказав: — Маємо перенести її туди. Потім все обшукаємо та спустимо її крізь діру в правому борті. Це буде легше, ніж тягти її назад через салон бізнес-класу.

Росіянин узяв Гелен за ноги, Лоуренс підхопив її під пахви, й вони перенесли жінку на крісло 4E, на якому під час катастрофи сиділа Лейла.

— Побудьте з нею, — попросив кардинала Єгор. Потім повернувся до хлопця: — Збирай ковдри, сумки, наплічники й волочи все до пролому в корпусі. Ковдри ще можуть бути в тамбурі, отам. — Повторювати двічі не довелося: вистукуючи зубами від холоду, Лоуренс заметався між кріслами. Парамонов попрямував до кабіни пілотів і на півдорозі кинув через плече: — Знайди їй якесь взуття.

Американець глипнув на розпростерту на розкладеному кріслі Гелен, побачив, що вона невзута, й насупився.

— Тобто я повинен...

— Так, ти повинен зняти його з когось мертвого. Інакше вона відморозить ноги.

— А ти куди?

— До кабіни пілотів.

У кабіні зі спеціальної етажерки за дверима Єгор дістав невелику аварійну сокирку з руків'ям, обтягнутим електроізоляційним покриттям. Ця модель 777-го була старішою за ту, на якій він літав, але пілот знав, що, крім сокирки, до обов'язкового комплекту аварійно-рятувального обладнання належать сигнальні ракети, ліхтарі, рятувальні мотузки й аптечка. Втім, прововтузившись хвилину поміж сплюснутими стінами кабіни, він їх не знайшов.

Коли Парамонов повернувся до салону першого класу, перед проломом у правому борті височіла кучугура сірих ковдр із логотипами «Altair Air» (штук шість чи сім розгорнутих і не менш як два десятки неторканих, запакованих у целофан) і кілька сумок, а на ногах Гелен бовталися завеликі й через те надміру туго зашнуровані кросівки «Under Armor».

— Я відшукав ще одну пляшку води, — Лоуренс накинув на плечі ковдру, але не припиняв тремтіти, — і пакет із булочками. Там ще були салати чи щось таке, — хлопець тицьнув пальцем у бортову кухню першого класу, — але все потрощено, їжа впереміш зі склом і пластмасою, і я не став її вибирати.

— Зрозумів. — Єгор повернувся до Гелен: — Зможеш іти?

— Так, мені вже краще. — Жінка відхилила запропоновану Дюком Апшоу руку й самостійно підвелася.

— Тоді забираймося звідси.

Першим, затиснувши під пахвою вітрівку для Лейли, крізь пролам спустився Апшоу. Лоуренс скинув йому пляшки з водою, ковдри та целофановий пакет із хлібцями, після чого зістрибнув сам. Перед тим як допомогти Гелен, Парамонов пройшовся салоном і сокирою позрубував усі ремені безпеки, до яких зміг дотягтися. Склавши їх до однієї із сумок, він скинув їх Лоуренсу. Той зазирнув до сумки, задер голову, проте нічого не спитав.

Єгор і Гелен зупинилися біля пролому.

— Я допоможу, — запропонував пілот.

— Ні, я сама. — Вона мотнула головою.

Ставши на самісінький край, Гелен заклякла. Не змовляючись, вони із росіянином водночас повернули голови в бік оплавленого, розбитого проходу до салону бізнес-класу. Вони замислилися над одним і тим самим, одначе картинки в їхніх головах немовби відрізнялися кольорами. Єгор бачив руїни та смерть і міркував про те, як поперваx нікчемна проблема з корпусом призвела до загибелі стількох людей і перетворила один із найбільш довершених авіалайнерів у світі на купу обгорілого брухту, а Гелен... вона думала про мільйони доларів. Вона не могла нічого із собою вдіяти. Вона вдивлялася в нагромадження розчавлених крісел, схожий на застиглу лаву деформований пластик, оголений пожежею металевий каркас, але бачила лише óргани — людські óргани, напхані в людські тіла.

18:46

За чверть до сьомої сонце сховалося за горами на заході, і небо над сідлом налилося чорнотою.

Доки Парамонов, Апшоу та Лоуренс нишпорили в носовій частині літака, Олівер Морґенштерн буквально посинів на холоді, та попри це жакет одягати не став — залишив Лейлі. Коли чоловіки повернулися, Анна та Гелен натягнули поверх нього принесену Дюком червону вітрівку, й дівчинка нарешті припинила цокотіти зубами.

Усього Єгор нарахував двадцять дев'ять пледів — по чотири на кожного дорослого та п'ять для Лейли. Спершу він роздав кожному по дві ковдри, порадивши обмотати їх довкола ніг та закріпити на кісточках і під сідницями обрізаними ременями безпеки. Він показав, як витягти ремінь із металевої застібки та приладнати на його місце інший, із язичком на кінці, так, щоб утворився імпровізований хомут, натяг котрого легко регулювати і який за потреби можна без зусиль зняти з ноги.

Поки чоловіки й жінки обгортали ноги поліестровими пледами, росіянин по черзі розкладав на більш-менш рівній кам'яній поверхні решту ковдр і по центру кожної робив сокирою невеликий, якраз, щоби пролізла голова, розріз. Потім кожен із уцілілих одягнув дві такі ковдри через голову, ніби пончо. Анна та Гелен допомогли «утеплитися» Лейлі.

Насамкінець Парамонов узявся перебирати вміст принесених із літака сумок. Він поспішав — смужка світла за піками на заході тоншала, сутінки немовби важчали — і не надто церемонився. Єгор сподівався натрапити на записник, течку з паперами чи щось на кшталт роману «Сон № 9» Девіда Мітчелла у м'якій обкладинці, проте йому не пощастило. Перетрусивши майже всі сумки, він знайшов аж одну паперову серветку, невелику коробку з пігулками та гаманець, у якому, як на зло, були лише кредитні картки. Не приховуючи розчарування, чоловік розкрив останню сумку, і тут його за руку вхопила Анна.

— Це моя.

Попри темряву, він бачив веснянки на її обличчі, але не помітив нервового блиску в кавових очах.

— Я візьму тільки гроші та паспорт.

— Ні! — Анна спробувала висмикнути сумку, проте Єгор не випустив її.

— Що ні? — Парамонов нарешті зауважив, як вона заклякла. Він не був певен, чи вона дихає. — Там щось особисте? — Жінка не відповідала. Росіянин підсунув сумку до неї, проте всередині, поміж футболок, устиг помітити товстий жіночий гаманець. — Хочеш — діставай сама. Паспорт, гроші, будь-що з паперу. Більше мені нічого не треба.

— Я не можу. — Анна мала такий вигляд, наче з неї повільно витягували нутрощі.

— Чому? Боїшся втратити паспорт? Тобі зроблять новий.

— Це не через паспорт, — вона сказала це так, немов у неї розпух язик. — Там мої гроші. Вони потрібні мені.

— Ти не розумієш? — Парамонов розізлився. — Мені потрібен папір, аби розпалити вогнище! Без нього ми загинемо! Після того як виберемося, авіакомпанія виплатить тобі стільки, що...

Його обірвав Лоуренс:

— Як ти розпалюватимеш вогнище? — Анна та Єгор перемовлялися російською, та американець, схоже, здогадався, про що йдеться.

Парамонов повернув голову й спокійно запитав:

— Маєш запальничку?

— Ні.

Росіянин підвищив голос:

— У когось є запальничка?

На кілька секунд залягла гнітюча мовчанка.

— Хіба запальнички дозволяють проносити до салону? — озвалася Гелен.

— Бензинові не можна навіть до багажу. Звичайні газові пускають. — Єгор обвів їх очима. — Ну?

Гелен досадливо гмикнула:

— Уперше жалкую, що покинула курити.

— А сірники? — допитувався чоловік.

У відповідь — знову мовчанка. Хтось похитав головою, хтось удав, що дивиться вбік, хоча насправді всі нишком стежили за Парамоновим. Лише Анна (чиє обличчя, щойно стало зрозуміло, що ні в кого з них немає запальнички, немовби закрилося) відступила від росіянина та присіла біля Лейли.

— Ти ідіот. — Борода довкола спотворених гримасою Лоуренсових губ укрилася памороззю. — Ми півгодини повзали, збираючи лахміття, а ти не подумав запитати перед тим, чи є в когось запальничка?

— Якби ти менше витріщався на місяць і трохи більше допомагав, ми б упоралися до заходу сонця і я б устиг розпалити вогонь, — огризнувся Єгор.

— Як?

— У нас є вода.

— І що?! — Між бровами Лоуренса пролягла складка. — Підпалюватимеш папір водою?

Парамонов зміряв його стомленим поглядом, але нічого не пояснював:

— Цю ніч мусимо перебути без вогню. Завтра я про все подбаю.

У сповненій недоброго передчуття тиші вони перебралися до заглибини в схилі кам'янистого пагорба на півночі сідла. Гелен Горовіц чомусь сторонилася Лейли, тож дівчинку посадили між Анною та Олівером. Апшоу, Лоуренс і Гелен розмістилися півколом. Росіянин, перетягнувши до заглибини сумки, влаштувався поруч з Анною. Він буркнув щось про те, що їм слід збитися тісніше, щоби не втрачати тепло, та всі й так інстинктивно горнулися одне до одного. Умостившись, Парамонов пустив по колу пляшку, яку кардинал відкрив у літаку. Кожен зробив по кілька ковтків, решту дали випити Лейлі.

За чверть по сьомій непроникна чорнота здолала останні пурпурові відблиски над горизонтом, і над сідловиною запала ніч. Темрява стерла контури далеких хребтів, однак сірувато-біле місячне сяйво скропило південно-західний пік сріблястим туманом і немовби звільнило його від пітьми.

Мороз стискав свої щелепи. Анна спершу закутала голову Лейли, потім, як хусткою, зав'язала пледом власну. Попри це, що п'ять хвилини тілом прокочувалися хвилі дрібного тремтіння (аж зводило вилиці), і тоді Анна підтягувала коліна до грудей, згинала голову й починала шумно дихати, випускаючи повітря поміж притулених до обличчя долонь. Гелен, що ніяк не могла вмоститися, зробила так само, проте за хвилину, не відчувши полегшення, штурхнула Єгора:

— Чому не можна переночувати в літаку? Там хоч трохи тепліше.

— Бо невідомо, чи добре він тримається на схилі, — відповів Парамонов. — Ми не встигнемо вибратися, якщо фюзеляж покотиться донизу.

Апшоу дістав із пакета пшеничну булку та простягнув її Лейлі. Дівчинка блискавично вихопила булку з рук і відразу, наче боялася, що старий передумає, заховала її під ковдрою. Проте їсти не квапилася — апетиту не було. Значно дужче за голод дошкуляла спрага.

— *Man ab mikham*, — шепнула вона. — *Man teshne hastam*[1].

Мала шепотіла так тихо, що поперваx її почула лише Анна.

— Вона щось каже.

Апшоу нахилився.

— Лейло... Щось не гаразд?

[1] Я хочу ще води. Хочу пити (транслітерація, фарсі).

— *Man teshne hastam*.

— Я тебе не розумію. Можеш сказати англійською? Ти ж умієш, я знаю.

Дівчинка скулилася, майже повністю сховавши обличчя під ковдрою, втім, почуття спраги було надто сильним і заглушило сором'язливість. Вона не зрозуміла жодного слова з того, що говорив кардинал, але здогадалася повторити прохання англійською:

— *Water*...

— Вона хоче ще води, — мовила Анна.

Парамонов дістав із сумки невідкриту пляшку, Анна відкрутила кришку й притулила горлечко до губів малої. Лейла не відривалася, аж поки не випила половину.

На значній висоті парціальний тиск водяної пари в повітрі вкрай низький. Навіть на висоті двох тисяч метрів вологість удвічі менша, ніж на рівні моря, а на високогір'ї, особливо за низької температури, повітря стає цілковито сухим, і, як наслідок, організм швидко втрачає рідину через шкіру й легені. Фізична робота за нестачі кисню та майже нульової вологості ще дужче посилює легеневу вентиляцію і тим самим пришвидшує зневоднення — за таких умов людина іноді втрачає до десяти літрів рідини за добу. Лоуренс мовчав, коли всі лише змочили губи, проте не зміг стриматися, дивлячись, як жадібно ковтає воду Лейла.

— Я теж... — погляд приклеївся до пластикової пляшки, — я хочу ще води!

Анна скоса зиркнула на Єгора, і росіянин, повагавшись, нерішуче кивнув. Жінка передала пляшку Лоуренсу. Ґрейс присмоктався до неї губами і, не відриваючись, зробив три великі ковтки. Парамонов кахикнув:

— Не пий багато.

Лоуренс відірвався від пляшки. Води залишилося на три пальці.

— Чому? — у голосі завібрували агресивні нотки.

— Бо нас семеро, з нами дитина, а це вся вода, що маємо.

— Довкола повно снігу. — Хлопець показав на північ. — Он там, вище по схилу.

— Сніг їсти не можна, — фраза прозвучала по-дитячому наївно, Єгор зрозумів це й одразу напружився, відчайдушно намагаючись згадати все, що батько розповідав про сніг у горах. У пам'яті зринули спогади про один особливо паскудний вечір: у квартирі — холодно, хмари за вікном набрякли чорнотою, об шибки із сипучо-монотонним шерехом розбивалися рої дрібних краплин. Батько, виклавши на бильця покалічені руки, тоскно дивився на нього, зіщуленого на дивані в протилежному кутку, й повільно, неначе смакуючи, пояснював, чому сніг і лід не рятують від спраги в горах. Пояснення було незмінною прелюдією до подальшої розповіді. Воно було вкрай потрібним, аби Єгор повірив, що всі жахіття на пікові Перемоги відбулися насправді, що батько не вигадав їх лише для того, щоб нагнати на нього страху. Саму історію він закарбував до найменших дрібниць — батько повертався до неї чи не щотижня впродовж чотирьох років, аж поки Єгор не втік від нього на навчання до Краснодару, — а от пояснення, як на зло, витерлося з пам'яті.

Лоуренс закотив очі.

— Чувак, припини. Ти вже дістав!

— Як знаєш. — Парамонов відчув, як роздратування їдким клубком підіймається до горла. — Їж скільки хочеш. Тільки пошукай жовтий сніг. Кажуть, жовтий сніг дуже смачний і вартий додаткових зусиль, витрачених на пошуки.

На кілька секунд запала мовчанка, потім Лоуренс вибухнув:

— Цей гівнюк зараз пожартував про сцяки?! — Він зиркнув на Апшоу, перевів погляд на Анну, потім на Гелен. — Ми розхерачилися в горах посеред якогось сраного халіфату, а він жартує про обісцяний сніг?!

— Заспокойся, — втрутилася Гелен. — Він має рацію. Ти не втамуєш спрагу снігом!

— Чому?

— Бо його потрібно розтопити перед тим, як... ну, перед вживанням. Просто жування снігу призведе до ще швидшого зневоднення.

Парамонов мовчав.

— Але чому? — змахнув руками Лоуренс. — Це ж просто замерзла вода!

— Якщо коротко: тому що кількість енергії, яку організм затратить на перетворення снігу на воду, значно більша за кількість енергії, яку організм витягне із розтопленої води. — Лоуренс сидів із дещо спантеличеним виглядом, тож Гелен продовжила: — Вода треба нам для метаболізму, тобто для того, щоб виробляти енергію та підтримувати стабільну температуру тіла. Розумієш? Але на розтоплення льоду піде значно більше енергії, тому я сумніваюся, що це втамує спрагу, проте точно спричинить гіпотермію, зневоднення і, як наслідок, смерть.

— Звідки ти це знаєш?

— Я лікарка.

Лоуренс замовк. Він довго дивився на напівпорожню пляшку — три ковтки тільки роздражнили його, — але зрештою повернув її Анні. Та закрутила кришку. Якийсь час було чути лише те, як швидко й неглибоко, наче загнаний собака, дихає Олівер. Зрештою, туплячись у порожнечу, Парамонов проказав:

— Завтра... якщо не буде хмар... ми розпалимо вогонь.

23:04

Час тягнувся нестерпно довго. За годину до півночі стало так холодно, що Анна мусила раз по раз змигувати, щоби позбутися жахливого відчуття, ніби в неї замерзають очі. Зорі виблискували просто над головами, так близько, що їх, здавалося, можна було погладити пальцями. Анна прислухалася до аритмічного дихання чотирьох чоловіків, жінки та дівчинки й намагалася зрозуміти, хто з них спить (чи радше відключився від знемоги), а хто, як вона, мучиться від холоду.

Не спав росіянин. Згорбившись і обхопивши коліна руками, він сидів біля Анниних ніг і час від часу легенько розгойдувався. Широко розплющені очі були нерухомими, немовби він намагався розгледіти щось за тисячі кілометрів звідси. Анна крадькома стежила за ним і довго вагалася, допоки просунула крізь нашарування ковдр руку й поторсала пілота за плече.

— Пробач, що не відразу подала балон.

Лоуренс Ґрейс, розбурканий звуком її голосу, вистромив з-під ковдр голову — в повітрі понад обороченою памороззю бородою розтанула тонка хмарка пари, — швидко збагнув, що жінка говорить російською, і закутався назад. Парамонов припинив розгойдуватися, майже чверть хвилини мовчав, а потім, не обертаючись, відповів:

— Усе нормально.

Хоча, звісно, нічого не було нормально. Якщо температура й далі падатиме, до ранку вони перетворяться на замерзлі на камінь статуї.

Розріджене повітря мертво застигло над скелями. Безмовність порушувало лиш ледь чутне потріскування каміння, що випльовувало в порожнечу накопичене протягом дня тепло, та глухий скрегіт спресованого льоду. Анна, відчайдушно силкуючись приглушити власний наляканий голос, що похлинався істеричним криком у голові, спершу зосередилася на дзвоні у вухах, потім, задерши голову, рахувала зірки, проте ні те, ні те не допомагало: думки про зустріч у Бангкоці вперто просочувалися на задвірки розуму. Котра зараз година у Бангкоці? Скільки ще до дев'ятої? Після того як рятувальники знімуть з гори, куди їх відправлять? Назад до Еміратів? До Китаю? А що як Влад чекатиме на неї?

Як він зреагує, дізнавшись, що вона не віддасть грошей? Чи погодиться він полетіти з нею до Таїланду?..

Парамонов закашлявся і змінив позу, сівши до Анни впівоберту. Його очі все ще були не сфокусованими, наче в чорноті на заході росіянин продовжував вишукувати щось цілковито непов'язане із цим світом. Несподівано Анні страшенно закортіло почути його голос. Їй не потрібні були заспокоювання чи втішання, достатньо, аби він просто озвався, почав розмову, яка б відволікла її від скаженого холоду, нестерпного дзвону у вухах, приглушених стогонів льодовика та думок про Бангкок. Проте чоловік мовчав.

Метеор залишив сріблясту подряпину на всіяному зірками небі, трохи лівіше від піка, обрис якого проступав у пітьмі на південному заході. Анна сіпнулася, глипнула на росіянина — чи побачив він? — але відразу поникла. Яка різниця? Що їм до каменюки, яка згоріла в атмосфері? Аж тут неподалік точки, де зник метеор, вона помітила пару вогників, які розмірено спалахували й гасли: лівий — зеленого кольору, правий — червоного. Вогні літака. Анна незграбно виборсалася з-під ковдр і штовхнула ліктем Парамонова. Пілот звів брови. Жінка показала на вогні:

— Може, якось подати сигнал?

Пояснювати, що це пасажирський лайнер, який летить на значній висоті та пілоти якого навряд чи видивляються щось на землі, а рятувальникам і так відоме місце катастрофи, було б надто довго, тож Парамонов похитав головою і буркнув:

— Вони знають, що ми тут.

Анна більше не могла мовчати.

— Що трапилося з нашим літаком?

Парамонов кинув на неї втомлений погляд.

— Ти ж був у хвості, — пошепки напосідала жінка, — я хочу знати.

— Із хвостової частини вирвало великий шматок обшивки. Зірвало все від сорок першого ряду й далі майже до хвоста.

Видерті шматки кинуло на кіль, і його зрізало під корінь. Кіль — це, ну... — він поставив долоню вертикально, — це вертикальна частина хвостового оперення.

— Я знаю, що це.

Росіянин знизав плечима.

— Більше нічого розказувати. Літаки не літають без кіля.

Анна мимоволі схлипнула.

— Як думаєш, коли нас звідси заберуть?

Єгор кілька секунд вагався, що відповісти.

— Ми високо в горах, і тому... — він безгучно поворушив губами, — ну, такого ще ніколи не було.

— Чого не було?

— Ми розбилися, але залишилися на ешелоні. Ми ніби й не впали взагалі, і такого ще ніколи не траплялося за всю історію авіації. В окремих турбопропелерних літаків максимальна висота, на яку вони можуть піднятися, нижча за ту, на якій ми застрягли.

— Чекай, — випалила Анна, — ти знаєш, на якій ми висоті?

Парамонов збагнув, що бовкнув зайвого.

— Знаю, — неохоче зізнався.

— І?

Росіянин відмахнувся.

— Що від того зміниться?..

Майже хвилину обоє мовчали. Анна вирішила, що розмову завершено, проте щойно намірилася накинути на голову ковдру, Парамонов повернувся до неї та запитав:

— А якби я не сказав, що пілот?

Він дивився на неї так пильно, що Анні почало здаватися, наче за нею з його лоба спостерігає третє, невидиме око. Величезний блискучий місяць висів просто над його головою і немовби додавав ваги сповненому осудом погляду.

— Що? — дурнувато бовкнула Анна.

— Ти б не подала мені балон, хіба ні?

Парамонов майже відразу пожалкував про сказане — зараз справді не час з'ясовувати стосунки, — проте запитання вже злетіло з язика, й Анна мусила відповідати.

— Я подала тобі балон.

Місячне сяйво підфарбовувало її щоки блідістю.

— Але ти вагалася. — Він криво всміхнувся. — Це тому, що я росіянин, так?

Щоб вивернутися з-під його погляду, Анна задерла голову та втупилася в іскристу дугу Чумацького шляху, що містком витягнулася через небо. Вона так і почала говорити — не відводячи очей від неба.

— Мій чоловік зараз в АТО. Ми востаннє бачилися три тижні тому. Якраз перед приїздом додому в його підрозділі загинув солдат. Не те щоби його друг, але вони зійшлися за той час, доки...

— Давно його призвали?

Анна не очікувала на запитання і здивовано мовила:

— Кого?

— Твого чоловіка.

— Його не призивали. Моєму чоловікові сорок п'ять. — Краєчки її губ ледь сіпнулися, і цей непомітний посмик за інших умов — на меншій висоті й не в такому скаженому холоді — напевно, скидався б на м'яку усмішку жінки, яка приймає незграбний комплімент, але пам'ятає, що найкращі в сенсі зовнішності роки вже давно позаду. — Він сам пішов.

— Через гроші? — Брови Парамонова ледь піднялися. — Чого йому раптом у сорок п'ять закортіло на війну? — На Анниному обличчі чітко відбилася зміна настрою, і росіянин негайно додав: — Не ображайся. Просто запитую.

— Не через гроші. Ми маємо невеликий бізнес, на життя вистачає. У дев'яностих чоловік на ринку торгував аудіокасетами, згодом до касет додалися диски, і він відкрив магазин у центрі міста. Коли з'явився формат *mp3*, торгівля зійшла нанівець, і ми на місці магазину поставили кав'ярню.

Та я не про те. Був один хлопчак, Руслан, із кінця дев'яностих регулярно навідувався до магазину. Тоді він ще школярем був. Міг годинами дивитися на касети, окремі просив поставити й завжди щось купував. У них із моїм чоловіком збіглися смаки: попри різницю у віці, обоє були звихнуті на *Iron Maiden*, і невдовзі вже дискутували про всілякі новинки. Навіть коли диски вже ніхто не купував, Руслан однаково заглядав, пісня за піснею прослуховував цілі альбоми, після чого брав собі диск чи два, іноді більше. Він легко міг скачати їх, і ми це знали, та він, утім, купував, просто щоби зробити моєму Владові приємне. Ну, й поспілкуватися хотів також. — Анна зиркнула на Парамонова у спробі з'ясувати, чи він її слухає. Той кивнув, підштовхуючи продовжувати. — Коли наш музторг припинив існування, Руслан почав заходити до кав'ярні, й вони з моїм чоловіком подовгу говорили про музику. Мій Влад узагалі небалакучий, але з Русланом розмовляв годинами. Хлопчак, як потім виявилося, був офіцером запасу, і восени 2015-го його відправили в зону АТО. — Анна тихцем, як чимось засмучена дитина, зітхнула. — У серпні він повернувся. Тобто його привезли... Ховали в закритій труні.

Парамонов усміхнувся підталою усмішкою.

— Отже, максималіст. — Побачивши, як загострився Аннин погляд, він пояснив: — Твій чоловік. Я про нього. Усе через помсту?

Анна сердито мотнула головою.

— Ні!

Бажання продовжувати розмову щезло, проте спогади п'явками чіплялися за шкіру, й слова самі злітали з язика.

— Вони взялися телефонувати його матері.

— Хто?

— Бойовики.

— Я не розумію.

Анна озвалася далеким, відчуженим голосом:

— На похороні говорили, нібито Руслан загинув ще 29 червня, у бою на Світлодарській дузі, а потому тіло півтора місяці пролежало в морзі у Дніпрі, але згодом Влад дізнався, що насправді хлопця лише взяли в полон того дня. Його привезли до окупованого Донецька, де забили на смерть під час допиту. Тіло знайшли в одному з моргів представники «Червоного Хреста». Хтось казав, наче хлопцю розпороли живіт і відрізали вуха, проте я не знаю, чи це правда, тіло, крім матері, ніхто не бачив. — Спогади викликали біль, однак Анна не зупинялася. — Влад засмутився, тиждень після похорону не виходив із квартири, безмовно перепливав з одного дня в інший, одначе найгірше ще чекало попереду. У тих виродків залишився Русланів телефон, і на початку вересня вони взялися надзвонювати його матері.

— Навіщо?

— Не знаю.

— Що вони хотіли?

— Я не знаю! Знущалися з неї. Вона усвідомлювала, що її син мертвий, але не могла не відповідати. Зрештою... — Анна здригнулася, так наче наступні слова замість піднятися до голосових зв'язок спробували вирватися крізь сонячне сплетіння, — після двох тижнів таких дзвінків матір Руслана повісилася. Тоді все й почалося. У день її смерті Влад прийшов додому і... — голос зірвався. — Він в Інтернеті відшукав статистику й цілий вечір товкмачив мені, що жінки не вішаються, ну, тобто вішаються, але рідко, бо переймаються, який вигляд матиме тіло після смерті, і через це обирають способи, котрі не спотворюють зовнішність, а тоді безперестану повторював: уяви, як вона почувалася, уяви, до якого стану її довели...

Анна любила переливи чоловікового голосу, але того дня всі його слова звучали дивно. Зазвичай трохи скрипучий голос набув нового забарвлення, тони немовби зрівнялися висотою, і цілі фрази виходили монотонно-рівними, безкровними, позбавленими найменшого натяку на емоційність. Лише раз Анні здалося, що Влад от-от розплачеться, проте бурхливі, надривні схлипи, що зародилися в його грудях, майже відразу стихли. Вона слухала, говорила у відповідь правильні слова, але так і не наважилася його пригорнути. Анна ніколи не бачила, щоби її чоловік плакав, і боялася, що її співчуття похитне щось усередині нього, зачепить щось таке, що того вечора він так ретельно ховав під панциром удаваної холодності. Зате тепер, заціпенівши від холоду й дивлячись, як місячне сяйво гойдається в морозному повітрі, вона усвідомила, що помилилася. Треба було змусити його виплакатися, витрусити з голови чорноту, що на ранок осіла невитравним баластом. Вона подумала, що, виплакавшись, Влад майже напевно залишився б, і тоді, може, переконав би Артема не кидати навчання і не пустив би його до Москви.

— Наступного ранку він пішов до воєнкомату, — продовжила Анна. — Його спершу не брали, через вік, проблеми із зором, але потім, під час чергової хвилі мобілізації, не вистачило людей, і Владу зателефонували й попросили прийти. — Вона ніяково кашлянула. — Я не виправдовуюся, просто хочу, щоб ти зрозумів, чому я вагалася з балоном.

— У вас є діти? — запитав Парамонов.

— Син.

— Він теж воює на Донбасі?

— Ні. Він... — на розмову немовби лягла тінь, — працює за кордоном.

Далі він не розпитував і, помовчавши, зронив:

— Мені жаль. — Анна не зреагувала, і Єгор сказав: — Ні, справді. Мені, звісно, неприємно, що ти вважаєш усіх росіян монстрами, але мені жаль того пацана й жаль твого чоловіка, який ризикує життям на війні.

Анна спробувала заперечити:

— Я не вважаю всіх росіян монстрами, просто...

— Вважаєш. Але це недивно, зважаючи, яке море ненависті і вам, і нам згодовують по телевізору. Я зрозумів тебе, а тепер зрозумій і ти: бойовики на Донбасі — ще не всі росіяни. Так, є певна кількість крикунів, які генерують шум, створюють ілюзію ненависті, але більшості з тих, кого ця війна безпосередньо не стосується, просто начхати.

Відповідь їй не сподобалася, проте й заперечити було нічого.

— А ти? Тобі також начхати?

Парамонов замислився.

— Ні. Мені не начхати.

— Чому?

— Тому що близька мені людина була на борту «Боїнга», який збили над Донбасом. — Він спробував розім'яти пальці, похукав на них, потер долонями обличчя. — Я — пілот, я й так щоразу здригаюся, коли чую про авіакатастрофу, а після падіння MH17 життя взагалі перетворилося на пекло. Мене... — йому забракло слів, — я почав боятися літати.

— Та ну.

— Справді. У кабіні ще більш-менш, а щойно опиняюся в салоні — тіпає. Мушу щоразу, коли лечу пасажиром, напиватися. Ти сама бачила, як я накидався в терміналі.

— Але ж ти розумієш, хто його збив?

— Так.

Анна не очікувала, що Парамонов так легко погодиться, й не відразу осягнула те, що почула.

— Попри все, що розповідають ваші ЗМІ?

— Це трохи довга історія.

— Я до ранку однозначно нікуди не поспішаю.

Умовляти Єгора не довелося, йому варто було лиш почати, а далі історія вже плинула сама.

— Я маю друга з Чечні. Точніше, мав. Заур Яндарбієв. На рік молодший. Ми разом проходили підготовку на

«Boeing 737» і потім якийсь час літали. 2011-го у мами Заура виявили в мозку пухлину завбільшки з апельсин, якусь менінгіому чи щось таке, але Заур не дуже засмутився, бо онколог сказав, що така пухлина часто буває в літніх жінок і що хірургічного втручання зазвичай достатньо для одужання. Пухлину видалили, та за півроку вона повернулася. Жінку прооперували вдруге, а через кілька місяців знову стався рецидив. Словом, наприкінці 2012-го Заур звільнився та повернувся до Чечні. У червні 2013-го його мама померла, я злітав на похорон, до кінця літа ми обмінювалися повідомленнями, а потім усе якось заглухнуло. І раптом посеред жовтня отримую від Заура смс: «Допоможи». І більше жодного слова. Була майже північ, але я зателефонував йому. Відповів якийсь незнайомець, грубо розпитував, звідки я знаю Заура, як давно ми знайомі. Коли я спробував дізнатися, де Заур, чоловік запропонував під'їхати до районного відділку поліції в Аргуні[1]. Я пояснив, що я в Москві. Той тип розкричався, мовляв, якого хріна ти морочиш мені голову, і розірвав зв'язок. Я зателефонував Зауровій сестрі в Грозному, але вона чи то не могла, чи то не хотіла говорити. Сестра зрештою набрала мене наступного дня і пошепки зізналася, що Заур — гей, і його загребли правоохоронні органи... Мені досі не віриться. — Парамонов поводив головою з боку в бік і напружився, ніби спогади заважали йому дихати. — Ти уявляєш? Чувака кинули до в'язниці лише тому, що він нетрадиційної орієнтації. Я запитав, чим можу допомогти. Сестра попросила, коли можна, залучити федеральні ЗМІ. Я зателефонував до редакції «Новой газеты», мене з'єднали з якимось жевжиком, і... — Єгору зчавило горло. — Думав, це я йому буду розказувати. Натомість слухав переважно його.

---

[1] Аргун — місто в Чечні за 16 км на схід від Грозного. Населення — 28 тисяч жителів.

Парамонов пригадав, як журналіст ошелешив його повідомленням, що це не перший такий випадок, що в Чечні на найвищому рівні санкціоновано репресії проти представників ЛГБТ-спільноти, і що саме тієї осені розгорнуто особливо жорстокі переслідування. Закрутилося після того, як наприкінці вересня в одному із грозненських клубів поліцейські затримали хлопця під «екстазі». Вони залізли в телефон, виявили порно-галерею, а ще контакти та переписку з іншими місцевими геями. За цими контактами почалися масові затримання. Людей забирали з роботи, з дому й тягли до відділків. Телефон навмисно не вимикали, відтак усі, хто на нього телефонував (навіть із цілковито невинного приводу), також ставали «учасниками» кампанії за «сексуальну чистоту» Чечні. Затриманих жорстоко били й катували, тих, кому вдавалося довести свою непричетність до ЛГБТ, відпускали за викуп, решту — ліквідовували. Єгор не повірив у те, що чує. Ліквідовували? Так, ліквідовували. Знищували. Він поцікавився, хто за цим стоїть, хто цим керує? Не можуть поліцейські, навіть у Чечні, ні сіло ні впало відкривати полювання на гомосексуалістів. Журналіст відповів: Магомед Даудов на прізвисько «Лорд», права рука Рамзана Кадирова, на той час керівник кадирівської адміністрації. За наказом Лорда у місті Аргун замість колишньої військової комендатури силовики облаштували таємну в'язницю для утримання незаконно затриманих активістів і представників ЛГБТ-спільноти.

— Він розповів про нелегальну в'язницю, де чеченські поліцейські катують геїв, — додав росіянин, — за його словами, вони вже вбили щонайменше тридцятеро осіб і ще близько сотні ув'язнили.

— І він не писав про це?

— Ні. Пояснив, що в Росії цього ніхто не опублікує, що родичі жертв воліють за краще продавати квартири та платити викуп, аніж боротися в суді. Вони всі налякані. —

До жовтня 2013-го Парамонов ніколи не замислювався, що представники ЛГБТ чимось відрізняються від інших активістів, але того дня напрочуд гостро осягнув, як важко жилося Зауру в Чечні — можна відмовитися від політичних поглядів, можна змінити релігію, але ніколи, хай як тебе змушуватимуть, не вдасться змінити свою сексуальну природу. Останні фрази пілот промовляв так, як ніби в нього затерпли вуста: — Журналіст порадив викупити Заура, і на тому наша розмова завершилася. Подумай тільки: викупити! Наче раба! Я спробував знову вийти на зв'язок із Зауром, але він не відповідав. Згодом його телефон вимкнувся, а десь за тиждень зателефонувала його сестра, крізь сльози сказала, що Заура вже немає, і попросила більше її не турбувати. — Він поглянув на Анну. — Тепер розумієш, чому я не вірю нашим ЗМІ? Чому не повірив у байки про збитий «Боїнг»? Я ситий донесхочу тим, що в новинах замість розповідати новини мені втовкмачують, кого ненавидіти, кого жаліти, а кого боятися. В'їжджаєш тепер?

Вона кивнула. Потім якийсь час обоє мовчки дивилися на древнє, напоєне тишею, каміння, що скупо вилискувало в місячному світлі. Кожен думав про своє.

— Я, до речі, Єгор, — долинув із темряви тихий шепіт.

Жінка підсунулася.

— Я — Анна.

Парамонов м'явся майже хвилину, доки поставити наступне запитання:

— Я бачив у твоїй сумці гаманець — у ньому лише кредитки?

Анна сіпнулася, немовби слова поцілили їй у сонячне сплетіння.

— Ні.

— Багато там?

Вона вагалася.

— Трохи більше за тисячу доларів.

— Сотками?

Повільно, начебто хтось тримав її ззаду за потилицю, Анна повела з боку в бік головою: ліворуч, праворуч, потім знову ліворуч.

— Ні. Є двадцятки та п'ятірки.

— Добре. — Чоловік потер долоні: важив не номінал, а кількість папірців. — Просто чудово. Я візьму їх завтра, о'кей?

Анна довго нс відповідала, протс Парамонов не зводив із неї погляду, і жінка зрештою кивнула. Єгор кивнув у відповідь і відвернувся, проте за мить іще раз озвався:

— Ти казала, тобі потрібно до Бангкока.

Слова повисли між ними хмаркою білого туману.

— І що? — з горла випорснув дивний, мало схожий на слова, булькітливий звук.

— Літак летів до Пекіна.

— Я з пересадкою.

Парамонов звів брови:

— Через Пекін?

Ліворуч від нього з-під ковдри вигулькнуло скривлене обличчя Лоуренса Ґрейса.

— Чорт забирай, коли ви нарешті позатикаєтесь?!

— Пробач, — перепросила Анна англійською.

За її спиною глухо застогнав Олівер; росіянин, утім, не озирнувся. Коли Лоуренс заховався під ковдрою, Єгор повернув голову до жінки:

— Треба поспати. Принаймні спробувати. Завтра я розпалю вогонь.

Анна не відповіла й ще довго сиділа, втупившись у порожнечу й до крові закусивши губу. Гіршого закінчення розмови годі було вигадати. Її мізки наче всихалися від холоду, та це не рятувало від думок про Бангкок.

Страшенно хотілося заплакати, проте сльози не йшли.

18 березня 2017-го
Москва

Краплі почали вкривати плямами асфальт, щойно Артем проїхав станцію метро «Ко́жу́ховская» та вирулив на Трофімова. Вулиця була порожньою, якщо не зважати на ряд припаркованих уздовж тротуару легковиків, тож коли за магазином канцелярських товарів хлопець, зменшивши оберти, звернув у двір, заспокійливий стукіт крапель майже повністю заглушив деренчання двигуна.

Він поставив скутер під під'їздом, в якому мешкала А́лія, та, попри дощ, заходити не квапився. За три хвилини, несамовито затягуючись, викурив одну за одною дві сигарети, потім ще хвилину стояв, задумливо спостерігаючи, як холодна мжичка заштриховує сірим світлові сфери навколо ліхтарів. Артем курив рідко й ще жодного разу не скурював дві цигарки поспіль, одначе й Алія жодного разу не запрошувала його. Тобто вона телефонувала йому постійно — він возив їй суші з ресторану «Танукі», забирав одяг з хімчистки, якось навіть підкинув на дирчику до Казанського вокзалу, — але сьогодні все було інакше. Алія зателефонувала за півгодини до півночі, сказала, що вона сама, що їй нудно, і... одним словом, покликала до себе.

Руки тремтіли. Підіймаючись на дев'ятий поверх, хлопець упустив на підлогу ліфта дві пластинки Orbit'у, доки спромігся покласти одну до рота. У грудях немовби билася переляканa пташка. Відчайдушно працюючи щелепами (це не заспокоювало, проте відволікало від виснажливого калатання серця), Артем натиснув кнопку дзвінка. З-за дверей почулося «відчинено!», хлопець повернув ручку та переступив поріг.

Алія визирнула з вітальні. Невисока, із блискучо-чорним до плеча волоссям, важкими грудьми й темними, трохи розкосими очима. З вигинами всюди, де потрібно.

— О, привіт! Заходь, — і відразу зникла.

— Е-е... — Артем припинив жувати. Він так багато разів бував у цій квартирі, проте ніколи не просувався далі тісного тамбура за вхідними дверима.

— Заходь, кажу! — долинуло з проходу. — Я не кусаюся.

Хлопець скинув куртку, роззувся, прискіпливо оглянув білосніжні — щойно з пралки — шкарпетки і, заковтнувши побільше повітря, пройшов до вітальні.

У кімнаті був диван, невисокий столик із темного скла, три крісла-мішки фіолетового кольору та вбудована у спеціальну нішу шафа із розсувними дверима. Алія стояла біля шафи, в лівій руці тримала келих із вином, а правою намагалася заштовхати на одну з полиць паку якихось журналів. На собі мала джинси із розрізами спереду на стегнах і тугу бірюзову футболку, котра, здавалося, аж тріщала на грудях. Тепле світло від умонтованих по периметру стелі неяскравих ламп поглиблювало золотаву засмагу. На столику стояла відкоркована пляшка червоного вина та ще один, порожній, келих.

— Сідай. — Алія повела рукою з келихом у бік мішків.

— Якщо вам треба щось привезти, я міг би...

— Не викай мені. — Вона нарешті впоралася із журналами й обернулася до хлопця. Супилася та посміхалася водночас. — Я ж просила вже!

— Добре, пробач.

Артем, як зачарований, вивчав мідні глибини її очей. Дивитися в очі було легко, бо інакше він би просто провалився в бездонний колодязь її декольте.

— Хочеш вина? — Дівчина зробила ковток і поставила келих на столик.

— Ні, дякую. Я на скутері.

Вона безшумно прослизнула до суміжної кімнати (напевно, спальні), але, почувши його відповідь, вихилилася з-за одвірка та грайливо звела брову:

— А куди це ти зібрався?

Артем спершу тупо кліпнув, потім непристойно гучно клацнув зубами й лише через кілька секунд збагнув, що проковтнув жуйку.

— Я? Е... нікуди.

Лицева поверхня однієї із розсувних стулок була дзеркальною, й Артему привиділося, ніби з глибини дзеркала на нього витріщається цілковито незнайомий чувак із круглими чи то від збудження, чи то від переляку очима й дурнувато випнутими верхніми зубами. Він розтулив губи — так менше впадав у вічі неправильний прикус — і відвернувся.

— От і добре. — Алія тихо пирхнула та причинила за собою двері. — І не стій, — надійшло з-за стіни, — сідай уже й розслабся. Мусиш трохи почекати. Ти так швидко приїхав, що я не встигла причепуритися.

— Пробач, я думав... ну...

— Налий — собі — вина! О'кей? І попустися вже.

— Добре.

— Будь як удома!

Він підійшов до столика, хлюпнув вина в порожній бокал і повалився в одне з крісел. Крайня секція великого панорамного вікна була відчиненою, і жалюзі посмикував легенький вітер. Артем узяв келих, але, навіть не пригубивши, поставив назад, — так трусилися долоні. Відкинувшись у кріслі, він втупився у вікно. Крізь поцятковану краплями шибку відкривався огляд багатоповерхівки навпроти, котра в темряві скидалася на велетенський пасажирський лайнер. Від збудження завмирало серце, шкіра була наче наелектризована, а дрібні волосинки на руках здиблювалися. Хлопець перевів схвильований погляд на напівпричинені двері, з-за яких долинало тихе шарудіння. Він не йняв віри, що все це насправді, все це відбувається з ним! Який контраст зі смертельною нудьгою Рівного! Не те щоби в Україні було аж так погано, просто там він почувався розгубленим, нікому не потрібним, не розумів, хто він є та що має робити, щоби знайти своє місце у світі. Він раптом пригадав, як розлютилися батьки, коли сказав, що облишить навчання, але ні батько, ні матір жодного дня не працювали за спеціальністю, тож він не міг збагнути, навіщо вчитися йому. І тепер, прикипівши майже безтямними очима до дверей спальні, хлопець дивувався і водночас радів із того, як усе обернулося, з того, як швидко Москва немовби зрослася з його шкірою.

Коли Алія зайшла до вітальні, повітря стало розрідженим, і Артем почав задихатися. На дівчині була тільки сіра із блідорожевими вставками нічна сорочка та чорні босоніжки на височенних шпильках. Мереживо, яке обтягувало груди, було таким тонким і прозорим, що здавалося невидимим, — хлопець виразно бачив темні кружальця сосків.

— Як тобі? — Вона піднялася на пальчики й покрутилася перед ним. — Сьогодні купила.

Він відчув шок і щось дуже схоже на паніку, збагнувши, що на стегнах під сорочкою нічого немає.

Нічого!

Алія продефілювала повз нього до шафи та прикрутила регулятор освітлення. Лампи під стелею потьмяніли, і кімнату огорнув приємний напівморок; вишуканий золотавий колір її шкіри згустився до ніжно-бронзового. Алія повернулася, взяла до рук келих і зупинилася перед хлопцем. Артем, занімівши, пожирав її поглядом знизу вгору й думав, що зараз помре, і то буде найприємніша та найбезглуздіша на світі смерть.

— Про що думаєш? — запитала вона хрипким, млосним голосом.

Серце забилося об ребра в епілептичному нападі. Артем відчайдушно силкувався видати що-небудь дотепне у відповідь, однак у голові крутилася одна єдина дурнувата фраза: «Я вже був би в пеклі, якби мене судили за думки». Йому вистачило клепки залишити її невисловленою. Зрештою він видушив:

— Бляха, яка ти гарна.

Щось було в її обличчі — високі вилиці, широкий хтивий рот, плавні дужки довкола губ, — риси, які всі разом розвиваються лише в розбещених, одержимих насолодою людей.

— Справді?

— Так.

Алія пестила його очима. Артемові коліна затремтіли, попри те, що ступні ледве торкалися підлоги.

— Ну що, так і будеш дивитися?

Хлопець відвів очі та втупився у скривавлений вином корок на столі. Він мусив хоча б на мить на щось відволіктися. Йому здавалося, що варто ще тільки раз поглянути на її груди, і все, що нижче за живіт, спалахне тисячоградусним полум'ям, у якому він згорить дотла.

Алія надпила вина, відставила келих, провела язиком по розкішно м'яких губах, а тоді нахилилася та поцілувала Артема в шию. Потім провела грудьми вздовж його лиця та неквапом опустилася на стегна. Артем застогнав. Вона відхилилася і зняла з нього светр. Якийсь час дівчина не торкалася його, попри це відчуваючи, як у сідницю все дужче впирається член, — достатньо було ваги її тіла. Алія посміхнулася, порухала стегнами й поцілувала Артема в губи. Поцілунок був довгий, вона ніби пила його кров, гарячий язик прослизав між його губ мало не силоміць (швидше, ніж хлопець устигав їх розтуляти) і м'яко витанцьовував усередині. Артем обхопив її руками; упиваючись прорахованою до міліметра природною досконалістю її тіла, опустив долоні на талію, стиснув пальцями стегна. Нарешті, відірвавшись, засапано прошепотів:

— Що ти робиш? — ще одна ідіотська фраза, та Артему треба було щось сказати, просто щоби перевести подих.

— Я ж знаю, що ти хочеш мене.

Її тіло неначе випромінювало якесь світло. Алія відсунулася, розстебнула болти на його джинсах і, дивлячись хлопцеві в очі, обома долонями обхопила член. Артем спробував притягнути її ближче й поцілувати, проте Алія не далася та зісковзнула вниз. Вона скинула його джинси й труси на підлогу, потому, опустивши з пліч бретельки, оголила груди, щоби хлопець міг їх бачити.

— Бляха... — простогнав Артем. Він говорив щось іще, чи то пак намагався говорити, бо з губ зривалися лише стогони та нечленороздільне белькотання.

Алія схилилася над членом, її голова та руки ритмічно зарухалися. Артем напружився, ноги затремтіли від задоволення. За півхвилини хлопець зрозумів, що повинен щонебудь зробити, коли не хоче, щоб усе закінчилося просто тут і зараз. Він відіпхнув дівчину, скочив на ноги — Алія, здивовано вигнувши намальовані брови, випросталася, — після чого взяв її за руки та підштовхнув на диван. Від несподіванки Алія зойкнула, Артем, геть не тямлячи себе від збудження, навалився згори. Незграбно ввійшовши в неї, хлопець почав рухатися в шаленому, якомусь цілковито звірячому темпі, так наче це був останній секс у його житті, наче саме його життя от-от мало обірватися.

Упродовж хвилини Артему вдавалося стримувати наростання оргазму. Тоді він схопив Алію за кісточки та, зігнувши, притис її ноги до грудей — він стільки разів, засинаючи, уявляв, як кохається з Алією саме в такій позі, — і перед очима замерехтіли золотисті спалахи. Дівчина гортанно, якось майже завчено застогнала. Артем ще пришвидшився, рухи стали конвульсивними; коли почув, як почастішало її дихання, серце ледь не вискочило з грудей. Він скінчив так швидко й бурхливо, що підкосилися коліна, і, з'їхавши з дивана, мішком повалився на підлогу.

Півхвилини хлопець відсапувався, а потім запитав:

— Тобі сподобалося?

Алія задихано розсміялася.

— Ну, так.

Його голова лежала на канапі біля її плеча, тілом усе ще прокочувалися поривчасті пульсації, з боків і спиною збігав піт.

— Ну так — це як? Тобі сподобалося *зі мною*? — Артем тулився щокою до її плеча й розглядав химерне татуювання — тонку горизонтальну лінію, обведену навколо шиї, наче чокер. Ні в кого такого не бачив.

— Я люблю секс. — Алія знизала плечима. — Як і більшість дівчат.

Її відповідь збурила в ньому чорну хвилю ревнощів до цілого світу, але, зрештою, де ви знайдете чоловіка, якого захопила б жінка, нездатна завдавати йому болю?

— Пробач, що я так швидко. Я просто... не знаю... я можу ще.

Вона знову засміялася.

— Усе гаразд.

— Я серйозно! Я можу ще! Я зроблю, як ти хочеш. Усе, що скажеш.

Алія повернулася набік і запустила пальці в його волосся.

— Заспокойся. Ще встигнеш. — Вона сіла, поправила нічну сорочку. — Я в душ, — і пішла.

Алія нічого не сказала, навіть не намагалася натякнути, що йому не варто лишатися, та Артем усе збагнув без слів. Дівчина впустила його до вітальні, проте мине чимало часу, доки вона дозволить зайти до своєї спальні. Доки Алія була у ванній, Артем одягнувся, потім вони трохи потеревенили — ні про що, ніби нічого не сталося, — після чого хлопець попрощався та пішов.

Під під'їздом він без поспіху викурив іще одну цигарку. Дощ ущух. Асфальт волого зблискував. Уже докурюючи, Артем дістав телефон, активував екран і тихо буркнув «блін». Сім пропущених — усі від матері. Зазвичай вона телефонує щовечора, щоби дізнатися, як він. Хлопець глипнув на цифри електронного годинника — чверть по першій, — отже, у Рівному якраз перевалило за північ. Навряд чи матір заснула після сімох дзвінків без відповіді, хоча напевно знати він не міг. Артем уже вирішив, що перетелефонує зранку, коли раптом тілом розлилося тривожне мерехтіння: а що як щось трапилося з батьком? Він швидко натиснув «Зателефонувати».

Анна прийняла виклик через секунду.

— Мам? Це я.

— Привіт.

— Розбудив?

— Ні, — голос дещо змучений, але не сонний.

— Що-небудь сталося?

— Це я маю запитати: що сталося?

— Усе добре. Я був зайнятий, не чув твоїх дзвінків.

— Де ти зараз?

— Збираюся їхати додому.

— А де ти був?

Із губів зірвався недоречний, самовдоволений смішок.

— Працював.

— О пів на другу ночі?

— Ну-у... — Він був як вичавлений лимон, сил на вигадки не знаходилось. Розслаблено видихнувши, Артем зізнався: — Ма, я був з дівчиною.

Пауза.

— Вона гарна?

Хлопець пригадав, як пришвидшилося дихання Алії перед оргазмом (його — не її — оргазмом), і відчув, що знову збуджується.

— Дуже. Ти навіть не уявляєш.

Анна зітхнула:

— Ну, добре.

Артем підійшов до мопеда, вставив ключ, але заводити не став.

— З батьком усе гаразд?

— Нормально. Він телефонував увечері.

— Добре, ма, буду їхати.

— Напиши смс, як доберешся.

Хлопець театрально застогнав.

— Ти ж знаєш, що я не засну.

— Добре, добре.

Він намірився обірвати зв'язок, коли з динаміка долинуло ще одне запитання:

— Як її звати?

Секунду повагавшись, Артем відповів:

— А́лія.

— Алі́я?

— Ні, ма, А́лія, наголос на «а».

— Незвичне ім'я.

— Вона москвичка, але корені десь звідти, з Узбекистану чи Киргизстану, я ще поки не знаю точно.

— Погано, що не знаєш. Ну, але хай там звідки твоя Алія, якщо вона розіб'є тобі серце, я повідриваю їй ноги. Можеш так їй і переказати.

Хлопець стомлено розсміявся.

— Добре, ма, перекажу. Добраніч.

---

11 травня 2017-го
Гашербрум VI, південно-західне сідло
04:56

Єгор протягом ночі й на хвилину не склепив очей. Інші не те щоби позасинали — їхній стан більше нагадував кататонічний ступор чи заціпеніння холоднокровних тварин, — але принаймні, залишаючись без тями, не так мучились від холоду. Вмостившись у позі ембріона, росіянин дивився, як поволі розтає Чумацький Шлях, згадував батькову розповідь про трагедію на піку Перемоги й одразу, немовби в надпотужний телескоп, бачив себе у майбутньому. Знадобилося небагато часу, аби второпати, що батько таки доп'яв свого: Єгорові було страшно, і найгірше — не відступалося бентежне відчуття, наче він якимось дивом матеріалізував власне найогидніше жахіття. Він так багато думав про катастрофу, й ось вона сталася.

Незадовго по п'ятій ранкове світло розтеклося над землею. Парамонов спробував устати, та з жахом, від якого ще дужче захолола кров, усвідомив, що не може поворушити кінцівками. Та де там — його не слухався жоден м'яз, навіть посіріле від холоду обличчя заніміло на камінь. Він упав на бік, відкотився від тісного людського кола й упродовж майже тридцяти хвилин, стогнучи і скрегочучи зубами, вигинався та смикався, ніби хворий, що страждає на жахливий руховий розлад. Він зчесав об каміння щоку, до крові обдер задерев'янілі лікті, але не полишав спроб розігнати кров. Зрештою, хитаючись, підвівся.

Зовсім погано було з руками — нижче від ліктя Парамонов їх зовсім не відчував. Утім, він не дожидався, коли повернеться чутливість, і заходився будити інших. Першою розворушив Анну. Жінка отямилася миттєво, проте, як і Парамонов, довго не могла підвестися. М'язи боліли так незносно, начебто її всю ніч катували на дибі. Анна сяк-так відновила рухливість, після чого вони вдвох розбудили Гелен. Апшоу та Ґрейс прокинулися самі. Парамонов наказав Гелен та Анні бити одна одну по обличчі й тілу, щоби швидше зігрітися, натомість українка витягла ще не розряджений смартфон, поглянула на годинник і пополотніла. Тихо, ніби боячись власного голосу, запитала, чи у Бангкоці вже дев'ята ранку. Єгор бовкнув «так», хоч і не знав достеменно, і його відповідь немовби активізувала процес старіння: на обличчі Анни проступила сітка раніше не помітних зморщок, шкіра обвисла, жінка опустилася на землю і заклякла, втиснувшись у розколину між каменями. Єгор із Гелен перезирнулися —

Парамонов стенув плечима, — втім, часу щось з'ясовувати не було, й вони взялися відігрівати Лоуренса й Апшоу.

Найлегше ніч перебула Лейла. Майже похована під шістьма тілами, закутана в жакет, вітрівку та чотири ковдри, дівчинка найдовше зберігала тепло. Єдиний, хто так і не зміг стати на ноги після пробудження, — Олівер Морґенштерн. Його погляд був осмисленим, але сам він не ворушився. Про стан німця зрозуміли тоді, коли внаслідок спроби розторсати з Оліверового рота закрапала кров. Побачивши червоні цятки на камінні, Гелен спочатку стиха лайнулася на івриті, а потім втупила майже переляканий погляд у Парамонова.

— Це погано? — самими губами запитав росіянин.

Вона приклала долоню до Оліверового лоба — суха шкіра обдала занімілі пальці жаром — і вже хотіла відповісти, коли її випередив Лоуренс:

— Що за хрінь? — Американець дивився на напівпорожню пляшку з водою, яку вчора не дозволив допити росіянин, як на здохлу змію. — Вода замерзла!

Він торохнув пляшкою об камінь, суцільний шматок льоду всередині з глухим тріском розколовся на дрібні скалки. Дюк Апшоу, який протримався на ногах хвилину, а потому впав навколішки на каміння поруч із Лейлою, потягнувся до єдиної повної пляшки і, ледве ворушачи сухим на тріску язиком, прошелестів:

— Ця теж. На камінь.

— Поставте на сонце, — сказав Єгор, — відтануть. — Тоді зиркнув на Гелен: — Що з німцем?

Вона стурбовано хитнула головою:

— Нічого доброго. Це гірська хвороба... — помовчала, — у термінальній стадії.

— Усе аж так серйозно? — Росіянин окинув Олівера поглядом. Той лежав, так химерно вигнувши шию, ніби голова йому не належала.

— Угу, — відповіла Гелен. — Його треба спускати звідси. Інакше він помре. Власне, його треба було спускати ще вчора.

До них, тручи почервонілі очі, наблизився Лоуренс.

— Ну то на що ми чекали? — Американцю здавалося, наче в нього пересох не лише рот, а й нутрощі.

Парамонов нишком обстежив власні долоні — чутливість у передпліччях відновилася, проте пальці досі не слухалися, — і зміряв Ґрейса зневажливим, «ти-жартуєш-чи-справді-ідіот» поглядом:

— По-перше, насувалася ніч. По-друге, ми не альпіністи, у нас немає потрібного спорядження, і ми застрягли на сідловині, з боків якої півкілометрові прірви. Навіть якщо вдасться спуститися, не скрутивши в'язи, думаєш, — він кивнув на Морґенштерна, — його врятує спуск на півтисячі метрів?

— Я не знаю! — огризнувся Лоуренс.

— А я знаю: там, в ущелині, таке саме розріджене повітря, як і тут. Там не стане легше дихати, і нам доведеться йти далі, продовжувати лізти льодовиком, а льодовик... — Єгор запекло змахнув руками. — Бляха, ти розумієш, що таке льодовик? Він рухається, у ньому повно тріщин, окремі сховані під снігом чи під кіркою льоду, яка трісне, щойно на неї ступиш. Навіть якщо нам пощастить обминути тріщини, ми віддалимося від уламків літака, і тоді нам кінець, ми тупо замерзнемо в снігах, бо коли сюди доберуться рятувальники, ніхто не знатиме, де ми. Навіть якщо залишимо повідомлення про те, куди пішли, ніхто нас не шукатиме, бо... — Він махнув рукою в бік височенного кам'яного ікла на півночі. — Подивись на ці гори. Ніхто не виряджатиме гелікоптер, бо це надто високо. Рятувальники хіба переконаються, що серед пасажирів немає живих, заберуть бортові самописці та звалять звідси.

Захекавшись, Парамонов умовк.

— Що ти пропонуєш? — Лоуренс мав такий вигляд, якот зараз налетить на росіянина з кулаками.

— Чорт! — спалахнув пілот. — Хочеш спускатися? — Він тицьнув пальцем у Олівера. — Забирай його та лізь!

— Я не про нього! — У голосі американця прорізалися панічні нотки, і всі затихли. Впродовж кількох секунд чути було тільки те, як сапає Парамонов. — Що робити нам? — Усі німували. — Раптом ущелина виведе нас до якогось поселення?

Люди не селяться на висоті п'ять із половиною тисяч метрів, подумав Єгор, але вголос нічого не сказав.

— Припиніть. — Гелен стала поміж чоловіками. — Не сваріться.

— Ми не сваримося. — Лоуренс штрикнув її недобрим поглядом.

— Це все висота, — спокійно промовила Гелен. — Підвищена дратівливість і вразливість — найперші ознаки її впливу. Я прошу вас: заспокойтеся!

— Я спокійний, — буркнув американець.

— Якби десь унизу було поселення, люди вже прийшли б сюди. — Парамонов глянув на південний захід, у напрямку, куди збігав льодовик, потім, не озираючись, озвався до Лоуренса: — Маєш кращі ідеї — пропонуй.

— Не маю. Але я не хочу просто сидіти та спостерігати, як цей чувак вихаркує перед нами свої нутрощі.

Росіянин раптом відчув, як утомився. Він укотре скоса повів очима на Олівера, проте швидко відвів погляд. Жаль. Це саме те, що вони робитимуть, — будуть чекати.

— Ми повинні дочекатися рятувальників. Нас заберуть.

— Але як? — не вгавав Лоуренс. — Ти сам казав, що гелікоптером сюди не дістатися.

Гелен усе ще стояла поміж ними, тож Парамонову довелося відступити, щоби дивитися Ґрейсові в очі.

— Послухай, я чудово розумію, що нам потрібно спускатися, проте ми не обираємо між добрим і поганим варіантами, ми обираємо між хріновим варіантом, який дає хоч якийсь шанс вижити, та варіантом, за якого ми гарантовано здохнемо. Ми мусимо залишатися біля літака й протриматися до прибуття рятувальників. І я впевнений, що протримаємося... якщо погода не зіпсується.

Оте «якщо» все спаскудило. Запала понура мовчанка. Зрештою Парамонов торкнув Гелен за лікоть і показав на Олівера:

— Ми можемо йому допомогти? Тобто чи можемо якось полегшити його стан, не спускаючись із сідла?

Простою відповіддю було «ні». Німець уже перебував у стані акінетичного мутизму, який іноді називають «несплячою комою»[1]. Кровохаркання вказувало на набряк мозку, який від незворотного ураження кори зазвичай відділяють лічені години, тож урятувати Олівера міг лише невідкладний спуск до висоти нижче за три тисячі метрів. І Гелен це розуміла, проте озвучити не наважилася. Жінці забракло сміливості, щоб визнати очевидне: якщо рятувальники найближчим часом не з'являться — Олівер приречений.

— Я хірург і не так багато знаю про перебіг гірської хвороби, але кров... — вона бубніла, ковтаючи закінчення, — це погано. Ліками тут не зарадити, навіть якби я їх мала. Його треба спускати. Або до барокамери.

— Пробач, у мене немає барокамери, — сказав Єгор.

— Тоді... тримати його в теплі. — Гелен заледве не скривилася: це нісенітниця, це майже те саме, що компрес на голову під час інсульту. — Я не знаю... дати води. Йому потрібно якомога більше пити.

— Ти обіцяв, що розпалиш вогонь, — докинув Лоуренс.

Парамонов обвів їх поглядом. Спершу Лоуренса та Гелен. Потім Апшоу, Олівера й Анну. Сонце видерлося достатньо високо, яскраве світло виїдало очі. Примружившись, він

[1] Акінетичний мутизм — психічний стан, за якого хворий на тлі збереження свідомості не розмовляє, не рухається і майже не контактує з навколишнім середовищем.

простежив, як Лейла підповзла та притулилася до кардиналових ніг. Потім зміркував, що Апшоу, Олівер та Анна навряд чи якось допоможуть, отже... Росіянин поглянув на Гелен, розтулив рота, проте... Що він хотів їй сказати? У мозок нібито встромилися тисячі свердел, думки прокручувалися із дратівливою неквапливістю, і Парамонов несподівано збагнув, що не може пригадати, про що думав кілька секунд тому. Чорт. Єгор наморщив лоба та відчув, як страх розпрямляє крила в грудях. Річ же не в Олівері, не тільки в ньому — висота впливає на них усіх. Зрештою мовив до лікарки:

— Залишайся тут. — Потім повернувся до Лоуренса: — А ти набери на схилі снігу. Візьми якусь із сумок, але лише одну, решта знадобиться мені сухими. — Хлопець кивнув. — Наштовхай, скільки вдасться, у пляшки й постав на сонці. — Ще кивок. — Розтане, можна буде випити та розтопити ще. — Забувши, що наручний годинник зупинився, чоловік автоматично подивився на циферблат. — Зараз розпалювати багаття не варто, надто рано, ми не протримаємо його до... довго. Я полізу назад до літака і... — Він затих на півслові.

— І що? — звела очі Гелен.

— Зберу все, що горить. Те, що не забрали вчора.

— Що саме?

— Одяг, — він відповів над силу, — із мертвяків. Оббивка та панелі не горітимуть.

Спочатку Парамонову здалося, що Лоуренс втупився в його злегка відвислу щелепу та висолоплений язик, але зрештою зрозумів, що погляд американця лине ніби крізь нього.

— «Ми не протримаємо багаття довго», — повільно, немовби виплавляючи з металу кожне слово, повторив хлопець. — Як довго? Ти натякаєш, що ми проведемо тут іще одну ніч?

Єгор видихав повітря так повільно, що можна було дорахувати до п’яти.

— Я ні на що не натякаю. Просто намагаюся робити те, що збільшує наші шанси дочекатися рятувальників живими, і прошу тебе допомогти. А тому — заліпи пельку та принеси мені снігу. А я допоки полізу в літак.

Дві години по тому

Із Парамоновим пішла Гелен Горовіц. Упродовж години, орудуючи аварійною сокиркою та знайденим на бортовій кухні столовим ножем, вони зрізáли одяг із задубілих (на дотик неначе мармурових) тіл і складали його перед проломом у фюзеляжі. Кучугура виросла чимала. Заніміння долонь зрештою минуло, натомість з'явився дрібний тремор: коли вони вже майже закінчили, пальці Єгора тремтіли так, що він ледве втримував ними сокирку. О чверть по дев'ятій Гелен допомогла перенести назбиране до підніжжя пагорба, біля якого вони провели ніч, після чого росіянин знеможено повалився на землю. Він почувався вимученим, у вухах гуло, м'язи рук зводило судомами, та найбільше лякало періодичне затемнення окремих ділянок поля зору — що п'ять хвилин Єгор повністю втрачав здатність бачити предмети на периферії. За хвилину чи дві потьмарення зникало, щоб потім накотити знову.

Страшенно хотілося пити.

Сідловину затоплювали тонни сонячного світла. Здавалося, наче сонце намагається закип'ятити мізки, та попри це вода та сніг у пляшках розтавали жахливо повільно. Апшоу влив кілька ковтків у рот Лейлі, проте ні йому самому, ні Анні не вистачило навіть на те, щоби змочити губи. Старий також відтягнув Олівера з тіні, й на сонці той трохи оклигав. Олівер усе ще ледве ворушився, проте гарячка спала, кров більше не скрапувала з рота, й він цілком осмислено сфокусував погляд на Гелен, щойно вона присіла біля нього. Коли в більшій із пляшок набралося трохи талої води, Гелен усю її влила до рота Оліверу.

Лоуренс, незважаючи на засторогу, посмоктував грудку пресованого снігу.

Майже півгодини знадобилося Парамонову, щоб оговтатися, втім, він і далі лежав на камінні, біля купи порізаного шмаття, вслухаючись у схожий на віддалений стогін шум у вухах, — кожен порух відлунював у голові розкотистими вилясками болю. Згодом до нього підсів Грейс — приніс пляшку з підталим снігом — і нагадав про багаття. Росіянин витрусив на гарячий і шорсткий від спраги язик кілька холодних краплин і хитнув головою. Іще не час. Немає сенсу розпалювати вогнище так рано, у разі успіху вони спалять усе, що мають, задовго до заходу сонця. Лоуренс знизав плечима та відійшов.

Ближче до одинадцятої розімлілий на сонці та змучений після безсонної ночі Єгор нарешті заснув.

15:33

Розбудила росіянина Гелен.

— Дивись.

Однією рукою вона торсала Парамонова, іншою показувала на південний схід. Єгор, не підводячись, задер голову. Передусім зауважив — волосся шатенки ледь тріпоче, темно-русяві пасма закрученими мазками лягають на обличчя. Вітер. Легкі подмухи приємно холодили підставлену сонцю щоку. Праву, подумав Єгор, праву щоку. Отже, вітер південно-східний — потік повітря надходив звідти, куди показувала Гелен.

— Що там? — Парамонов кілька разів змигнув, одначе картинка залишалася розмитою.

— Тобі для вогню потрібне сонце, — чи то запитала, чи то ствердила вона.

Єгор придуркувато мружився.

— Звідки ти знаєш?

— Ти сам сказав.

— Я казав таке?

— Учора ввечері. Ти казав: якщо не буде хмар.

— А, ну так. — Він сперся на лікоть, провів долонею по набряклому обличчі, потер очі. — А що?

Гелен знову махнула рукою на південний схід, і тільки тоді Парамонов збагнув, що вона мала на увазі.

— От чорт.

За одну з вершин, кілометрів за десять від сідла, зачепилася хмара. Вона була неправдоподібно білосніжною, аж ніби намальованою, і зовсім не загрозливою на вигляд, одначе з говореного батьком про погоду в горах Єгор знав, якою оманливою є така невинна білість.

— Вона виросла просто на моїх очах, — знов озвалася Гелен, — і я подумала, що...

— Ти все правильно зробила.

Парамонов сів, зачекав, доки минеться запаморочення, й поволі став на ноги. Обвів поглядом сідло. Каміння наситилося сонцем, і повітря над кам'яним пагорбом відливало сріблом.

— Вода є?

Дюк Апшоу випростався і подав йому трохи більш як на половину повну пляшку.

— А друга не розтала взагалі? — звів на переніссі брови росіянин.

— Розтала, — тріскучий голос ледве прорізався між губ. Апшоу стояв, згорбившись і тримаючи ліву руку на серці. — Ми розділили її між Олівером і Лейлою та знову наповнили снігом. Це все, що поки маємо.

Єгор потрусив пляшкою, зрозумів, що води трохи забагато, потім вловив жадібний погляд Лейли й повернув пляшку старому.

— Нехай відіп'є кілька ковтків, — він кивнув на дівчинку, — мені потрібно не більш як третину.

Апшоу схилився над Лейлою.

— Може, їй уже досить?! — Ґрейсів голос наче зашкаруб, на щоках і шкірі над бородою палахкотіли опіки. — Я не кажу забирати в неї воду, але, блядь, я теж хочу! У мене незабаром язик закам'яніє смоктати йобаний сніг, а ця мала корова вже відро випила, не менше!

Кардинал із відкритою пляшкою застиг на відстані долоні від губ малої, проте Лоуренс дивився не на нього, а на Парамонова. Підсвічені сонцем зелені райдужки контрастували з червоною сіткою капілярів довкола них.

— Потерпиш. — Єгор, бачачи, як зіщулилася Лейла, випльовував слова різко й роздратовано. — Я розпалю вогнище, і ми матимемо воду.

— Якщо ми матимемо воду, то яка, в сраку, різниця, хто її пи...

Парамонов обірвав його:

— Замовкни! — і повернув голову до Апшоу: — Нехай п'є.

Старий наблизив горлечко до Лейлиних губів. Дівчинка насторожено глипнула на Лоуренса, проте Апшоу навмисно став так, аби затулити її від його погляду, і Лейла, швидко рухаючи потрісканими губами, зробила кілька ковтків.

Апетиту, як і раніше, ні в кого не було, тож Єгор, не переймаючись, висипав на землю знайдені вчора булки, після чого, розрівнявши пакет на пласкому камені, сокирою акуратно відтяв його нижню частину. Переконавшись, що поліетилен без дірок, він задер голову та бовкнув:

— Може, хтось помочиться?

Лоуренс і Апшоу перезирнулися.

— Я не хочу витрачати воду, — пояснив Парамонов, — якась частина однаково проллється, а тому я подумав... Ні? Ніхто?

Він переводив погляд з обличчя на обличчя, і всі по черзі заперечно хитали головою. Ніч на висоті шести кілометрів висмоктала з них усю вологу. Їм кортіло пити, а не мочитися.

— Добре. Впораюся так.

Росіянин нахилив пакетик під кутом, знайшов очима Апшоу й кивком вказав на пляшку з водою.

— Допоможіть. Наливайте.

Старий підняв пляшку й узявся обережно наповнювати пакет водою. Руки в обох тремтіли. Коли рівень рідини майже сягнув зрізаного краю, Єгор випалив:

— Досить!

Апшоу відставив пляшку. Парамонов затис у жмені верхню частину пакета і, поступово випускаючи повітря, заходився його закручувати — наче повітряну кульку після надування, от тільки всередині замість повітря бовталася вода. Частина рідини витікала, тоненькі струмки збігали передпліччями аж до ліктів Єгора, але він не зважав і закручував целофан усе дужче. Пакет помалу набував сферичної форми.

Коли Парамонов зупинився, скручений пакетик і за формою, і за розміром нагадував велику редиску.

— Це мала би бути сфера, — пробурмотів він, — щось максимально близьке до сфери, але я боюся закручувати дужче, бо ще лопне. Тоді втратимо і воду, і пакет, — насупившись, він глипнув на Лоуренса, який стояв найближче, так, ніби засуджував його за те, що той не зміг вицідити із себе трохи сечі. — Із сечею я би ризикнув, а так...

Ніхто не відповів. Єгор звернувся до Апшоу:

— Подайте, будь ласка, он ту сумку, — а сам скоса кинув погляд на Анну. Жінка, поставивши лікті у виїмку в кам'яній стіні, сиділа із заплющеними очима, проте на слові «сумка» відкрила їх. — Усередині гаманець, дістаньте з нього гроші.

Кардинал послухався. Схилився над сумкою, відшукав портмоне зі штучної шкіри та вийняв із нього худеньку пачку доларових банкнот різних номіналів. Парамонов тим часом витягнув із кишені джинсів серветку й коробку з пігулками. Анна стежила за ними туманним, осклянілим поглядом, нерухоме обличчя було білим, аж неживим, достоту як у загримованої гейші.

— Що мені з ними робити? — запитав Апшоу.

— Поки просто тримайте. І це теж. — Єгор тицьнув йому коробку, потім відступив на крок і, повернувшись спиною до вітру, опустився на коліна. Він по черзі зиркнув на Гелен і Лоуренса: — Підійдіть, станьте коло мене, але так, щоб не затуляти сонце.

Ті виконали прохання, розмістившись обіч росіянина.

— Тісніше, — наказав він, — затуліть мене від вітру.

Утримуючи целофанову кульку в правій руці, лівою росіянин згорнув серветку вчетверо та розрівняв на скельній плиті між колінами. Далі він розташував кульку з водою так, аби сонячне світло, що проходило крізь неї, потрапляло на серветку. Доки кулька знаходилася на висоті тридцяти сантиметрів над землею, округла світлова пляма на серветці була бляклою і розмитою, трохи більшою за дециметр у діаметрі, та коли Парамонов узявся наближати кульку до серветки, ведучи її строго вздовж сонячного променя, пляма почала меншати та яскравішати — краї проступили чіткіше, — аж поки не перетворилася на жовтогарячий кружечок менш як три міліметри в діаметрі.

— Це лінза? — прошепотіла Гелен. — Тобто воно працює, як двоопукла лінза?

Серветка в точці, в якій сфокусувалися промені, швидко набувала сіро-коричневого забарвлення.

— Так, — кивнув пілот.

Лоуренс спостерігав за Єгором із ледь роззявленим ротом. З-за спини Дюка Апшоу виглянуло замурзане личко Лейли. Навіть Анна підвелася і підійшла, обережно, наче канатоходець, що крокує линвою, ступаючи між каменями.

— Підкладіть під неї банкноту, — скоромовкою протороторохтів росіянин, — швидше.

Кардинал підсунув двадцятидоларову купюру під серветку.

— Отак?

— Так, усе правильно.

Коричнева пляма поступово росла. Єгорова рука тремтіла, і яскрава цятка не стояла на місці, смикалася туди-сюди, та попри це на ділянці, де вона затримувалася найдовше, папір уже почорнів. Несподівано Гелен схопилася пальцями лівої руки за нижню губу, а правою вказала на серветку.

— Дим!

У повітря над фокальною точкою здійнялася тонка цівка прозорого, майже невидимого диму.

— А тепер увага, — заговорив Парамонов, — тут холодно та мало кисню, воно займатиметься повільно, і ще в нас не так багато матеріалу для розпалювання, а тому, коли воно таки спалахне, ми матимемо лічені хвилини, щоби підпалити одяг. Будьте готові подавати мені спершу банкноти, після того картонку з-під пігулок, а потім одяг.

Коли цівка потемнішала, Єгор узяв у Апшоу стодоларову банкноту та поклав її на серветку, сховавши ту, ніби в сандвіч. Кульку з водою він не прибирав, і яскрава цятка тепер танцювала довкола лівого ока Бенджаміна Франкліна. Папір, з якого виготовляють долари, на три чверті складається з бавовняних волокон, відтак темнів він значно довше, і дим не з'являвся, аж доки коричнева підпалина не поглинула більшу частину щоки та носа батька-засновника американської нації. Щойно «сотка» задимілася, Парамонов накрив її ще однією банкнотою і попросив кардинала зафіксувати її з боків. Трохи більш як за хвилину вона теж почала диміти. Єгор показав Гелен, як тримати кульку з водою, а сам, лігши ницьма, взявся легенько дмухати на купюри на кам'яній плиті. Цівки сизого диму поповзли з-поміж банкнот, на верхній із колон меморіалу Лінкольна утворилася пропалина, зовсім швидко на її краях проступили червоні цятки — банкноти повільно затлівали.

Перший кволий вогник вискочив абсолютно несподівано, здавалося, мовби хтось під складеними одна на одну купюрами чвиркнув запальничкою.

— Вогонь! — скрикнув Лоуренс.

Лейла аж відскочила.

— Є займання! — підтвердив Парамонов. Його млоїло від тривалого дуття, проте часу оговтуватися не було.

Апшоу тримав гроші в кулаці. Єгор висмикнув стодоларову купюру, акуратно примостив її згори, виждав кілька секунд, а тоді заходився дмухати. Крихітний вогник прорвався крізь сіро-зелений папір майже миттєво.

— А хай йому... — Ґрейс учепився пальцями в бороду так, ніби від того, наскільки сильно він її стисне, залежало, як довго протримається полум'я.

Парамонов схопив у Апшоу решту банкнот і заволав:

— Не відпускайте, тримайте, скільки зможете! — А тоді задер голову на Гелен. — Тепер одяг! Спершу щось тонке й синтетичне!

— А що з лінзою?

— Забудь! Вона більше не потрібна!

Жінка метнулася до купи шмаття неподалік, витягла з неї якусь штанину.

— Це підійде?

— Будь-що! Ворушись!

Єгор один за одним згодовував доларові банкноти вогню, останньою доклав розірвану навпіл коробку з-під пігулок. Полум'я жадібно поглинало цупкі папірці та картонку. Гелен подала йому штанину, росіянин згорнув її, глибоко вдихнув, немов от-от мав пірнути під воду, і накрив нею банкноти. Полум'я зникло, натомість із-під ганчір'я поповзли щупальця їдкого молочно-білого диму.

— Горить? — майже благально запитав Лоуренс.

Єгор не зреагував. У повітрі завис виразний запах паленого. Апшоу закашлявся. Дим густішав, але не підіймався, вітер гнав його понад сідлом до прірви на заході. Де-не-де з-під штанини вигулькували скупі язики бляклого вогню, але тут-таки ховалися назад. Що довше Парамонов стежив за цим, то блідішим ставало його обличчя.

— Тканина занадто сира. — Він жестом закликав Гелен поспішити. — Знайди щось іще. Щось тонше та сухіше!

Жінка видобула з купи одягу сорочку.

— Є сорочка!

— Сюди! Бігом! — Гелен кинула її Єгору. Парамонов зубами відірвав клапоть завбільшки з долоню і, обережно прийнявши штанину, спробував його підпалити. — Чого стоїте? Шматуйте її!

Гелен і Лоуренс взялися рвати сорочку. Парамонов хапав клапті й один за одним підпалював їх. Окремі згорали швидко, інші навпаки ледве тліли. З купки мотлоху поміж його колінами валив дим, але вогню не було.

А невдовзі почав вичахати й дим.

— Ще паперу! — Якби не хрипота в горлі, Єгор, напевно, верещав би. — Дайте мені гроші, паспорти, що-небудь!

Усі гарячково закопирсалися в кишенях. Дюк Апшоу відшукав посадковий талон, Гелен дістала чек із дьюті-фрі магазину, Лоуренс витягнув кілька обгорток від м'ятних льодяників. Усе, крім цукеркових обгорток, швидко зайнялося і так само швидко згоріло. Штанина й обривки сорочки все ще тліли, проте вочевидь згасали.

— Чорт! Чорт! Чорт! — Парамонов ледь не завив із розпачу. — Цього недостатньо! — посеред фрази голос зірвався, ніби хтось спочатку підвищив, а потім різко прикрутив гучність майже до нуля. — Якби хоч трохи більше грошей!

Анна Янголь стояла за крок від нього й не могла ні дивитися, ні відвести очей від купки обвугленого шмаття. Єгор звернув до неї перекошене обличчя.

— Маєш іще гроші?!

У грудях розверзлася порожнеча, а сховані в труси й до ліфчика доларові згортки запекли жаринами, та перш ніж Анна встигла щось подумати, з губів злетіло коротке:

— Ні.

Тридцять тисяч... на ній, у її кишенях... майже тридцять тисяч доларів. Секунди мчали крізь Анну аритмічними поштовхами.

— Якби хоч трохи більше паперу, зовсім трохи, ми б розпалили його, — голос збляк. Парамонов склав долоні перед обличчям, закусив зубами кісточку на вказівному пальці й почав розгойдуватися, отупіло примовляючи: — Хоча би трохи... хоча би трохи більше...

Усі замовкли. Ніхто не знав, що далі казати чи робити. Анна відвернулася і спрямувала погляд на південний схід, туди, де за тисячі кілометрів звідси на ледь живе від смогу місто в гирлі Чаопхраї[1] наповзали сирі сутінки, проте бачила лише нагромадження гір і снігу. І ще важкі хмари, котрі, немовби ховаючись, товклися в западинах між хребтами. Їхні черева були багнисто-сірими, нібито на шляху до гір хмари продиралися крізь болотяні ліси й забрьохалися, безповоротно втративши цнотливу білизнý.

Вітер посилився й обпалював холодом Аннину шкіру.

---

28 квітня 2017-го
Москва

Приглушений регіт і п'яні вигуки прорвалися крізь гудіння електродвигуна за мить до того, як ліфт зупинився на дев'ятому поверсі. Артем пройшов півтемним коридором до Чингізової квартири, натиснув кнопку дзвінка й тільки тоді помітив, що двері незамкнені.

— Відчинено! — Двері розчахнулися, й Артем немовби пірнув у акваріум, де тхнуло алкоголем, старими меблями й пилом. За порогом він наштовхнувся на двадцятисеми-

---

[1] Чаопхрая — найбільша річка в Таїланді, наприкінці нижньої течії якої розташований Бангкок.

річного Мусліма Хасанова на прізвисько Муса. Чеченець з'явився на хвилину раніше та саме закінчував роззуватися. — Заходь! — Кремезний, схожий на професійного борця Муса скинув з ноги новенького черевика, засмикнув хлопця до квартири та стиснув в обіймах.

— Хто там? — із глибини квартири долинув прихриплий від алкоголю голос Чингіза. — Хто там іще?

— Це я, — випручавшись із обіймів, відповів Артем.

— Тьома-а-а! — загорлав Чингіз. — Тягни сюди свою хохляцьку задницю!

Артем зняв куртку та слідом за Муслімом подався до вітальні.

Повітря в кімнаті було заледве придатним до дихання — Артемові доводилося не вдихати його, а заковтувати, наче кисіль. До терпкого алкогольного духу додалися запахи поту, сигарет і китайських спецій. На невисокому овальному столику зі скла, що стояв по центру вітальні, вишикувалися півдесятка пляшок коньяку та горілки. Частина вже порожні. Під столом громадилася піраміда з коробок з-під піци та вок-локшини. На ворсистому килимі кремового кольору валялися недоїдки та зіжмакані паперові серветки. Вікно затуляли важкі портьєри, тож атмосфера в кімнаті здавалася ще більш гнітючою та задушливою. На стіні навпроти вікна працював телевізор: «Россия-1», ток-шоу «60 хвилин» зі Скабеєвою та Поповим.

— Штрафні! — Чингіз Ахундов, двадцятидев'ятирічний талиш[1], господар квартири, вихилився з потертого крісла, в якому сидів, підібгавши ноги, й тицьнув пальцем у пляшки на столі: — Славік, нахер, не тупи, наливай їм! — Його язик рухався не надто вправно, через що слова злипалися в однорідну глейкувату масу.

[1] Талиші — один із народів Південного Кавказу, проживає на південному сході Азербайджану та північному заході Ірану.

Славік Нєфьодов, кістлявий блондин із водянистими очима, розкинувшись у куті Г-подібного дивана, намагався прикурити від старої металевої запальнички. Обабіч нього, поклавши ногу на коліно й зосереджено втелющившись у телевізор, розмістився тридцятитирічний Кахабер Біркадзе. Поміж чоловіками вовтузився Люцифер — чорний, як ніч, чихуахуа, який залишився Чингізові від коханки, котру той вигнав тиждень тому. На шиї собаки теліпався захисний післяопераційний конус.

Нєфьодов, який за півхвилини мордувань спромігся викресати кремнієвим коліщатком лише кілька хирлявих іскорок, спересердя жбурнув запальничку на підлогу й сягнув рукою по пляшку. Муса обійнявся з Чингізом, потис руку Кахаберові, а тоді втупився в Люцифера.

— Що це, на хрін, таке? — прогавкав чеченець.

Нєфьодов застиг із пляшкою в руці:

— Не зрозумів.

— Що ви зробили із собакою?

— Йому вчора відтяпали яйця, — пояснив Чингіз. — Вияви хоч трохи співчуття!

Нєфьодов реготнув, Муса ж навіть не посміхнувся. Він повернув голову до Чингіза та серйозно запитав:

— На хріна?

Талиш змахнув руками:

— О, перестань! Ти ніби не знаєш, навіщо собак каструють.

— На хріна? — повторив чеченець. — У нього що, були яйця?

Нєфьодов давився сміхом.

— Він почав дивно поводитися, — сказав Чингіз. — Став агресивним.

— Ти глянь на нього! — вигукнув Муса. — Як створіння, що його назвали чихуахуєм, може бути агресивним?!

Чингіз забрав Люцифера до себе на коліна й удав, неначе затуляє його руками:

— Відчепись від мого собаки!

— Ну, добре. — Муса підняв руки долонями догори. — Добре, ти відчикрижив чихуахуя яйця. Гаразд. А ця хрінь на голові нащо?

Нєфьодов розреготався на повну, а тоді закашлявся, розхлюпавши половину з того, що налив Мусі. Чингіз закотив очі:

— Щоб він не лизав себе!

— Бля!

— Пий! — Нєфьодов тицьнув пластиковий келишок до рук чеченця.

Муса сів у вільне крісло навпроти Чингіза, співчутливо зиркнув на Люцифера, потім одним махом влив у горлянку горілку і, кривлячись, пробубнів:

— Як можна було так позбиткуватися із собаки?..

За кремезним Мусою Артема майже не було видно, тож Чингіз і Нєфьодов поглянули на українця, лише коли чеченець сів. На дивані вистачало місця, проте хлопець застиг ні в сих ні в тих, не наважуючись просити значно старшого Қаху потіснитися.

— Візьми табуретку. — Чингіз махнув рукою в бік кухні.

— Чого такий кислий? — вищирився Нєфьодов. Артем приніс табурет й умостився на ній спиною до телевізора. Росіянин потрусив перед ним напівпорожньою пляшкою. — Наливати? Чи ти хочеш коньяку?

Артем нічого не хотів. Починаючи з березня, Чингіз незмінно запрошував його на п'ятничні пиятики. Спочатку було весело. Вони збиралися одним і тим самим складом — Муса, Қаха, Чингіз і Нєфьодов — напивалися, поки Чингіза не вирубувало, а потім їхали машиною Қахи до нічного клубу, де набиралися ще дужче. Зрештою Муса, Қаха та Нєфьодов знаходили собі повій, і всі роз'їжджалися. Та невдовзі це почало втомлювати. Артем був не проти випити, але не розумів, який сенс жлуктити до втрати пульсу кожного довбаного тижня і потім усю ніч висячити в клубі. Крім того, ніхто з товаришів по чарці не був йому особливо близьким — просто колеги, не більше, — і хлопець так і не навчився розслаблятися в їхній компанії. Зі Славою та Чингізом було трохи простіше, вони, як і Артем, працювали кур'єрами, а от Каху та Мусу хлопець майже не знав. Зважаючи на те, як чеченець із грузином поводилися, вони були чи то наближеними до власників компанії, чи то самими власниками, які з якихось причин симпатизували Славі Нєфьодову та Чингізу Ахундову. Ну, і віднедавна йому, Артемові, також.

— Горілку, — махнув рукою Артем.

Він втомився. Волів виспатися, а завтра навідатися до Алії, втім, серед усіх кур'єрів чоловіки чомусь обрали саме його, і хлопець не наважувався відмовитися.

— До дна! — наказав росіянин.

Артем шумно видихнув і з другої спроби заковтнув усе, що налив Нєфьодов.

— Хочеш іще? — Росіянин вищирився; Артем замотав головою, і тоді Нєфьодов підсунув йому коробку із залишками піци: — На, заїж.

Артем схопив найближчий великий шматок і взявся жадібно жувати.

Каха відірвався від телевізора й опустив очі на українця:

— Ми на тебе чекали. — Його погляд був гострим і сфокусованим. Грузин або не пив узагалі, або ж алкоголь на нього майже не діяв.

— Мене? — перепитав Артем.

— Ну, так.

— Чому мене?

Кахабер подав знак чеченцю. Той дістав із задньої кишені зім'ятий конверт гірчичного кольору та поклав його на стіл перед Артемом. Хлопець звів брови.

— Що тут?

— Відкрий.

Артем обережно зазирнув у конверт. Пачка стодоларових банкнот. Не так щоб дуже товста, але й не маленька. На око — півтори-дві тисячі. Майже його заробіток за місяць. Може, більше. Хлопець припинив жувати.

— Тут гроші.

— Твої гроші, — підморгнув Чингіз.

Підморгування вийшло непереконливим. Артем не так побачив, як відчув, що талиш напружився. Хлопець розтулив рота, аби нагадати, що отримав зарплатню ще минулого тижня, та збагнув, що чоловіки й так це знають, тож тільки запитав:

— За що?

— Ні за що, — кинув Каха. — Поки що ні за що.

— Це аванс, — докинув Муса.

Артем перевів погляд на Нєфьодова — той єдиний серед присутніх був молодшим за нього, — проте росіянин, видобувши звідкись коробку сірників, нарешті підпалив цигарку та заховався за хмарою диму.

— І що я маю зробити?

— Дещо відвезти за кордон. — Каха говорив із підкресленою недбалістю, цідив слова одним кутиком рота. — Вантаж. Типу, невелику сумку.

Артемові пальці інстинктивно розтислися, і він акуратно відсунув конверт від себе.

— Тьомо, — Муса зробив невиразний жест рукою, — не очкуй.

— Чуваки, у що ви мене втягуєте? — Хлопець доклав зусиль, аби слова прозвучали впевнено й бадьоро, мовляв, це якась дурня, і мені насправді байдуже, що ви там надумали, проте посеред речення голос надломився, і закінчення фрази прозвучало так, наче він благав не вбивати його.

— Воу, воу, тихше, братішка. — Над верхньою губою Кахабера виступала брунатна, схожа на пипку на жіночих грудях бородавка; коли грузин розмовляв, бородавка смикалася, через що здавалося, ніби вона намагається відповзти від губ. — Ну, ти чьо, глянь, це ми — Славік, Муса, Чингіз — твої найкращі друзі, ніхто тебе, блядь, ні в що не втягує.

— Я хочу знати, що це за вантаж. — Каха не відповідав. Артем не витримав нетерплячого блиску в його очах і спрямував погляд на чеченця. Той також мовчав. — Що такого я повинен перевезти, щоб за це мені заплатили... — хлопець мотнув головою в бік гірчичного конверта, — скільки там?

— Багато, — сказав Муса.

— Півтори? Дві?

— Можеш порахувати. Вони твої.

Артем не поворухнувся. Упродовж хвилини ніхто не зронив жодного слова, і бубоніння телевізора проступило на перший план. Зрештою Каха кивнув Нєфьодову:

— Налий... тільки не мені, для них, мені не треба. — Потім клацнув пальцями, привертаючи увагу Артема, й тицьнув пальцем у конверт: — Зваж, це лише половина. Летиш, повертаєшся і отримуєш стільки само.

Артем закусив край нижньої губи.

— Там... у тій сумці, яку я везтиму... там теж будуть гроші?

Каха зітхнув:

— Ні.

Хлопець закліпав — його муляло запитати «а що там буде?», — проте розумів, що це неправильно, таке запитання ще не згода, але напевне поворот у небажаний бік. Натомість нетвердо проказав:

— Я відмовляюся. — Він був молодим і подеколи трохи наївним, але не дурним.

Каха з Мусою перезирнулися. Чеченець підсунув своє крісло ближче до табурета, на якому сидів Артем.

— Послухай, братан, добре, якщо ти хочеш знати, ми...

— Ні, ні, — хлопець відсторонився, — я не хочу. Не хочу навіть чути про це.

Каха жестом наказав Муслімові заткнутися, потім подався вперед і, впершись ліктями в коліна, заговорив:

— Ну чого ти боїшся? Чого кіпішуєш? Ми ж не ідіоти, братішка, реально подумай, просто, блядь, поворуши мізками: те, що ти везтимеш, коштує в рази більше за... — Каха майже закінчив «за твоє життя», та вчасно схаменувся, — за твою задницю. Тобі нічого не загрожує, ти нічим не ризикуєш насамперед тому, що ніхто не ризикуватиме тим, що ти везтимеш. У нас усюди свої люди, повір мені.

— У сумці наркотики, так? Там буде наркота?

— Тьома...

— До сраки це. Я не хочу. Я нікуди не поїду.

Грузин підвищив голос:

— Тьома.

— Я не брав ніяких грошей, і я нікому нічого не винен!

Каха похитав головою з виглядом людини, яка втомилася доводити очевидне.

— Ти ж розумний пацан. Ти вже от півроку в Москві, тобі не набридло розвозити одяг і піци? — Його голос мінився оксамитом. — Подумай про А́лію.

До цього моменту Артем прагнув якнайшвидше завершити розмову й піти. Після слів про дівчину хлопець скипів.

— А що Алія?

Кутасте обличчя грузина розпорола єхидна посмішка:

— Породиста сучечка, так?

— Вона не су... — У шлунок наче линули окропу, і хлопець прикусив язика. Тижнів п'ять тому, під час чергової п'ятничної вакханалії, він сп'яну розбовкав чоловікам про Алію. Похизувався. По тому Муса та Чингіз не оминали нагоди поглузувати з нього — цікавилися, як там його королівна. Артем зазвичай не реагував, вважаючи їхні кпини безневинними, зате тепер, перескакуючи поглядом з обличчя на обличчя, скрізь натикаючись на загадкові напівпосмішки, несподівано відчув, як нутрощами розпливається нестерпний пульсуючий жар. — Вона ж не хвойда? Ви ж не... — хлопець скривився. — Бля, та ви гоните! То ви це знали? Ви знали про неї? Вона просто повія?

Муса ляснув себе по лобі, опустив долоню на очі й похитав головою.

— Ну ти даєш, пацан.

— Не повія вона, не сци, — мовив Каха.

Артем однаково наїжачився:

— Тоді на хріна ти її вплутуєш?

— Я не вплутую. Я просто кажу, що твій фінансовий стан не дає змоги зробити таку сучечку, як Алія, щасливою. Розумієш, про що я? Такі баби для серйозних мужиків, а не для розвізників піци. Ні, ти не подумай, я ні на що не натякаю, мабуть, ти їй сподобався, просто уяви, як довго ти зможеш її втримувати. — Він прискалив око, крива посмішка не сходила з бородатого лиця. Артем понуро тупився у бородавку. — Ну? Уявив? Будеш водити на побачення до McDonalds'а? Покатаєш на метро? Чи на своєму драндулеті?

Каха кинув швидкий погляд на Мусу. Чеченець, склавши долоні біля губів, мовчав. Чингіз зсунувся і тепер уже напівлежав у кріслі. Посоловілі очі приклеїлися до телевізора. Славік Нєфьодов підкурював другу цигарку й намагався не дивитися на Артема. Каха правив далі:

— Не ображайся, брате, це Москва. Це гірше за джунглі, тут сотні таких, як ти, щодня б'ються за кращий шматок м'яса та за сучечок, як-от твоя Алія. — Каха прицмокнув, смакуючи останньою фразою, анітрохи не переймаючись тим, що її неначе зціджено із третьосортного фільму. — Гарні новини: Москва — це ще й місто можливостей. І це місто просто зараз, от просто в цей момент, підкидає тобі можливість. Місто дає тобі шанс стати мужиком, якого вона поважатиме. Мужиком, з яким вона захоче бути, а не час від часу трахатися. Розумієш? Через місяць зможеш повести її до «Остерія Б'янка». Чи в «Турандот». Через півроку повезеш на Мальдіви. Чи куди їй там заманеться.

Артем не зводив із грузина сторожкого погляду. Усі думки немовби замерзли. Каха промовисто скосив очі на конверт і продовжив:

— Не гарячкуй. Заспокойся і вислухай мене: я розповім, як усе буде. Потім дозволю тобі поставити одне запитання — одне, не більше — і обіцяю, що відповім на нього, нічого не приховуючи. Що б ти не спитав, я відповім правду. А далі ти вирішиш. Якщо раптом щось не сподобається чи ти просто засциш, вийдеш через ці двері, і більше ми до цієї розмови не повернемося. Будеш розвозити піцу. Чи попрешся на Донбас, воювати із цими, з казачками нашими ряженими. Мене, блядь, не гребе. Просто вислухай.

Каха замовк. Артем усе ще супився, проте ворожості в погляді більше не було.

— Кажи.

— Нічого надскладного від тебе не вимагають. Потрібно доправити сумку із цінним вантажем за кордон. Зрозуміло, що ніхто не зацікавлений, аби тебе із цією сумкою зупинили, тому ти не переноситимеш її через митний чи безпековий контроль ні тут, у Москві, ні там, куди полетиш. У нас це неможливо в принципі — тобі ж відомо, на сек'юриті роздягають до трусів. У пункті призначення перевірка не така прискіплива, та це однаково ризиковано. — Каха ніби підштовхував слова назустріч Артемові. — Сумку тобі передадуть у терміналі, вже після всіх перевірок. Не питай, як вона туди потрапить, це не твоя проблема, і знати про це необов'язково. Тобі треба лише зареєструватися на рейс, не привертаючи увагу, пройти на посадку та в заздалегідь домовленому місці підібрати вантаж. Якщо після нашої розмови ти погодишся, я поясню, де і як забиратимеш сумку. Зазвичай наша людинка в аеропорту підкидає її до одного з туалетів — це єдине місце без камер. Узявши сумку, сідаєш на літак і летиш до пункту призначення. Після приземлення, не виходячи із безмитної зони, прямуєш до схову, про який я тобі розкажу (в основному це знову туалет), і лишаєш там сумку. На цьому все. Ага, ледь не забув — летиш звичайним рейсом, економ-клас, ніяких надмірностей, усі транспортні витрати ми беремо на себе.

Каха відкинувся на спинку дивана й знову заклав ногу на коліно.

— Ну що?

Темні очі грузина не відчіплялися від Артемового обличчя. Хлопець мовчав, втупившись у жилку, що надималася на його лобі, шукав у голосі напруження, роздратованість чи навіть притлумлену агресію, проте нічого такого не було. Зрештою очі Кахабера набули мутнуватого відтінку, як у ще геть несвідомих немовлят, і він мовив:

— Давай своє запитання.

Артем ледь опустив очі, проте погляд зісковзнув із грузинового обличчя, і коли хлопець заговорив, здавалося, ніби він звертається до схожого на дріт жмутка волосся, що стирчав у клині розстібнутої на кілька ґудзиків сорочки.

— Чому я?

— Що «чому я»? — насупився Каха.

— Він думає, він особливий, — пирхнув Муса.

— Помовч, — звелів грузин.

— Чому ти пропонуєш це саме мені? — перефразував запитання Артем. На мить він зблід — мав такий вигляд, немов от-от знепритомніє. — У тому, що ти описав, немає нічого складного. Ну, й нічого небезпечного... нібито. Чому ніхто з вас не полетить замість мене та не забере гроші собі?

Каха повільно кивнув, показуючи, що зрозумів.

— Треба нових людей. Ми працюємо на багатьох напрямках і не повинні привертати до себе увагу. Якщо одна й та сама людина літатиме одним і тим самим маршрутом щотижня, це врешті-решт викличе підозри. Розумієш?

Хлопець телющився в Кахаберові груди так, як мовби бачив щось цілковито невидиме для решти.

— Ну то як? — запитав грузин.

Артем нарешті наважився зустрітися з Кахою поглядом. Обплетені червоними прожилками райдужки були моторошно темними, хлопець зовсім не розрізняв зіниць. Чорна каламуть немовби засмоктувала зіниці досередини, і через неї очі ставали начебто порожніми. Така сама порожнеча зяяла в очах Муси, Чингіза та дев'ятнадцятирічного Нєфьодова.

Ще місяць тому Артем наївно припускав, що за порожнечею ховається мудрість, але тієї миті усвідомив, що за нібито осмисленою глибиною, за тією жахливою бездонністю немає нічого, крім дикого голоду й жадоби грошей. Великі гроші завжди щось змінюють у глибині очей. Хлопець пригадав Льоху Карабашова й Олега Зикова, котрі прийшли в компанію вже після нього: такий самий вираз поволі вкорінювався і в їхніх очах. То він хоче стати таким, як вони? Чи він уже такий? Артем розумів, що мусить відмовитися. Інакше просто не можна. Потрібні слова вже крутилися на язиці, треба було тільки проштовхнути їх крізь губи. Хлопець уже набрав повітря і розкрив рота, як останньої миті перед очима постало смагляве обличчя Алії. Він пригадав тембр її ледь хриплуватого голосу; непристойний сміх, що рвався крізь напіврозтулені губи, коли вона наближалася до оргазму; ніжний пушок на щоках, який було видно на світлі, що падало на неї ззаду. Пригадав ритмічні, майже механічні рухи її стегон... і шкірою пробіглися мурашки. Самі лише думки про Алію пробуджували лихоманкове тремтіння внизу живота.

Артем повільно видихнув. У серці, котре ще хвилину тому здавалося каменем, щось нудотно накренилося, і всі доводи здорового глузду плавно зісковзнули в минуле. Хлопець тихо шморгнув і забрав конверт.

Каха ляснув по столі так, що задеренчали пляшки, і зайшовся переможним реготом.

Артем також засміявся, проте не впізнав власного сміху.

---

11 травня 2017-го
Гашербрум VI, південно-західне сідло
18:51

Коли сонце залишило по собі лише багряне марево над кряжем на заході, Дюк Апшоу опустився навпочіпки біля Гелен Горовіц.

— Ну як він?

— Тримається. Ніби, — жінка, закусивши губу, роздивлялася Оліверові зіниці, — але майже не реагує на мене. І лоб дуже гарячий.

Апшоу, часто й неглибоко дихаючи, ховав побілілі долоні під ковдру — ще навіть не стемніло, а холод уже пробирав до кісток.

— Може, дати йому ще води?

— Я давала. Він тягнеться до пляшки губами, фокусує на мені погляд, але на тому все. Зовсім не рухається. — Вона в розпачі повернула голову до купи валунів, між яких, згорбившись, сидів Парамонов: — Ну й де твої рятувальники?

Після невдалої спроби розпалити багаття росіянин на дві години впав у ступор — забився поміж камені та мовчки споглядав, як недобрий, насичений холодною вологою вітер надимав білосніжні савани над найвищими вершинами на південному сході від сідла. Збагнувши, що запитання адресоване йому, він загальмовано звів очі, і враз пригніченість у погляді поступилася місцем роздратуванню:

— Звідки мені знати?!

— Це не закид тобі, — м'якше промовила Гелен, — я просто хочу зрозуміти, як довго ще нам чекати.

— Я не знаю!

— Що як вони взагалі не з'являться?

— Вони прийдуть, — відрізав пілот.

— Ми замерзнемо, — скрипнув Лоуренс, — поки вони доповзуть, ми тут, на хрін, замерзнемо, — шерхіт власного занімілого язика здавався йому скреготом.

Щось буркнувши у відповідь, Парамонов насупився і важко піднявся. Вони не замерзнуть. Верхня частина тіла тремтіла, ноги не слухалися, пальці на руках знову почали німіти. Човгаючи, він позбирав розкидане попід пагорбом шмаття та перетягнув його туди, де сиділи Лоуренс, Апшоу, Лейла та Гелен.

— Надягайте, — звелів надірваним, цілковито вбитим голосом, — поділіть ганчір'я між собою і заштовхуйте під ковдри, — свідомість була немовби потріскана, — обмотайте довкола голови, рук і ступень.

Лоуренс скривився:

— Це ганчір'я з мертвих.

— Так. — Парамонов зиркнув на нього, але снаги сперечатися не знайшов. Апшоу хотів щось сказати, проте Єгор випередив його, показавши тремтячою рукою на південний схід: — Вітер... він посилився. Нам щастило... до цього моменту нам щастило... бо для такої висоти такі температури — аномальні. — Він давився уривками фраз. — Було сонячно й безвітряно, та попри це, ми ледь не здохли минулої ночі... сьогодні стане гірше. — Він поглянув Гелен в очі: — Вони прийдуть, от побачиш... ми просто маємо дочекатися.

Першою до купи порізаного одягу підступила Анна Янголь. Вона дістала з кучугури штанину й мовчки, як шарфом, обкрутила її довкола шиї. Потім, послабивши ремінь, що втримував поліестровий плед на правій нозі, взялася запихати під ковдру клапоть червоної футболки. За кілька секунд до неї приєднався Парамонов, потому Гелен та Апшоу, зрештою до ганчір'я, скривившись, потягнувся Лоуренс. Анна вибрала найсухіші обрізки та спробувала примостити їх Лейлі під вітрівку, проте дівчинка запручалася — підмерзла тканина спершу лиш обпікала холодом. Апшоу почав заспокоювати малу, та цього разу його голос звучав жорстко й досадливо, ледь не сердито, і Лейла, не розуміючи слів, сприймаючи тільки інтонації, відчула невдоволення в голосі, запручалася ще дужче й розплакалася. Довелося вдягати її силоміць. За півгодини, коли від купи порізаного одягу залишилася заледве п'ята частина та шестеро вцілілих із рейсу ALR 341 перетворилися на щось середнє між городніми опудалами та норвезькими полярниками, які ледве живими повернулися із зимівлі в Арктиці, Гелен кивнула на Олівера:

— Що робити з ним?

— Теж укутати, — сказав Єгор.

На сідловину налетів сильний порив вітру, дрібні камінці з шурхотом, немовби перешіптуючись, покотилися до провалля на заході.

— Годі вам. — Лоуренс загорнувся так, що зі шмаття на голові стирчала лише борода. — Він не жилець.

— Він іще живий, — відкарбував Парамонов.

— Так, іще живий. Але незабаром помре. Ми вже влили в нього бозна-скільки пляшок води, навіщо тепер віддавати ще й шмаття?

— Його правда, — мовила Гелен. — Якщо до ранку нас звідси не заберуть, він помре. Незалежно від того, як багато одягу ми на нього напнемо.

— Хто ти така, щоб вирішувати? — спалахнув Парамонов.

— Не в тому річ, хто я така. — Жінка ніби й обурилася, але погляд відвела. — Я не прошу забрати в нього ковдри чи більше не давати води. Я лише констатую: він помирає.

І тому більш... більш... — вона затнулася, відчайдушно підшуковуючи якесь безпечне слово, — більш *ефективно* було би замість нього краще закутати Лейлу. У неї немає застуди, немає зайвої ваги, і жінки зазвичай легше переносять гірську хворобу.

Росіянин застиг із безсило роззявленим ротом.

— Не кажіть так, — кислим голосом озвався Апшоу.

— Що? — не зрозуміла Гелен.

— Не кажіть так при ньому. Він ще при свідомості.

Лоуренс, Єгор і Гелен водночас повернули голови до Олівера. Його очі були розплющеними, проте погляд тягнувся в нікуди. Вітер термосив край сірої ковдри, з-під якої стирчала бліда й тістоподібна долоня. Очі обрамляли чорні, як у панди, кола. Перед тим як відвернутися, Гелен подивилася на його губи, котрі внаслідок недостатнього насичення артеріальної крові киснем набули промовисто синюшного відтінку — наче в мерця.

— Навряд чи він нас чує, — тихо заперечила вона. — Якщо я не помилилася, і це набряк мозку, він ще зранку втратив здатність чути, бачити та відчувати запахи.

— Замовкніть усі! — просипів Парамонов. — Одяг і вода йому зараз найпотрібніші! І вони в нього будуть!

Гелен із Лоуренсом мовчки обмінялися поглядами. Єгор згріб обрізки, підсів до Олівера та тремтячими руками взявся обгортати його руки тканиною. Апшоу заходився допомагати. За п'ять до восьмої вони завершили намотувати на ноги Олівера імпровізовані онучі, після чого пересунули німця в глиб западини, в якій збиралися провести ніч. Парамонов пустив по колу пляшку з водою, а єдину, що залишилася, віддав Апшоу, наказавши впродовж ночі тримати під пахвою і навіть на мить не відпускати, щоби не замерзла.

Доки чоловіки розсідалися, намагаючись розташуватися так, аби затулити Лейлу й Олівера від вітру, Анна трималася осторонь і спостерігала за всіма. Дівчинка безперестану скиглила, не хотіла бути біля німця, сахалася від усіх, навіть від Апшоу. Росіянин сапав так важко, наче кожен вдих обпалював його зсередини. Лоуренс стріляв навсібіч налитими кров'ю очима, кривив спотворене злістю обличчя і ремствував на те, що Парамонов більшу частину розтопленої води віддав Оліверу й Лейлі. Апшоу, прилаштувавши пляшку з водою під сорочку, довго не міг погамувати тремтіння.

Анна поглянула на захід, де під натиском темряви швидко згасала вогняно-червона заграва, і здригнулася від непояснюваної певності: цієї ночі станеться щось страшне. Вона бачила, як скляніють і наливаються важкістю очі чоловіків у міру того, як останні відблиски над обрієм утрачають чіткість і яскравість. Бачила, як напинаються їхні вилиці та глибшають на вітрі зморшки. Ще півгодини тому денне світло робило їх майже нормальними, гамувало тривогу в серцях, однак що далі на захід просувалася пітьма, то густіші тіні розпливалися їхніми обличчями.

Зрештою під настирливе завивання вітру темрява проковтнула смужку світла на заході, і над сідловиною запала ніч. Анна приєдналася до купки скоцюрблених тіл — влізла поміж Дюком Апшоу та Гелен — і крізь вузьку, немов у нікабі[1], щілину в намотаному на голову лахмітті тоскно втупилася в чорне небо.

Чорний колір здавався важким.

20:43

Гелен помилилася. Олівер Морґенштерн чув майже все, що вони говорили.

Минулої ночі в нього почався високогірний набряк мозку, який передусім зачепив скроневу ділянку кори. Олівер

[1] Нікаб — мусульманський жіночий головний убір, що закриває обличчя, із вузьким прорізом для очей.

не пам'ятав, як виринув із важкого напівмарення задовго до світанку, перші кволі проблиски свідомості з'явилися ближче до дев'ятої ранку, коли сонце вже прогріло каміння. Олівер розумів, хто він, але не міг збагнути, де перебуває, і пригадати, як сюди потрапив. Він повністю втратив слух і не володів жодним м'язом — навіть очі скував параліч.

Здатність сприймати звуки повернулася опівдні. Спершу у вухах зародилося помірне гудіння, що згодом розпалося на тони різної висоти та сили. Найнижчі тони трансформувалися в шум автомобілів, що мчать автобаном, середні перетворилися на приглушену та наче затерту електричними завадами мелодію (Олівер упізнав пісню, але назву не пригадав), а з найвищих розвинулося виснажливе й неперервне собаче виття. На щастя, на той час кровопостачання кори більш-менш відновилося, і німець розумів, що галюцинує.

Олівер був при пам'яті, коли Єгор Парамонов намагався розпалити вогнище. Він чітко розрізняв голоси, проте не спромігся вичленувати жодного слова. Втрата здатності розуміти мову — сенсорна афазія — була ще одним наслідком ураження скроневої ділянки. Олівер, певна річ, цього не знав, але й не переймався, вирішивши, що Єгор, Гелен і Лоуренс невідь-чому стали розмовляти незнайомою мовою. Упродовж двох годин після того, як спроба добути вогонь зазнала невдачі, сонце розпекло його так, що афазія відступила. Параліч усе ще тримав тіло нерухомим, проте Олівер мислив більш-менш чітко, бачив, що відбувається довкола, і добре розумів, що про нього говорили.

Болю майже не було. Трохи дошкуляла спрага, проте відчуття притупилися так, що Олівер без зусиль відганяв думки про воду. Після настання темряви він лежав, скорчений і притулений до холодної стіни, із безпорадно похиленою, як у Стівена Хокінга, головою, і споглядав перестиглі зірки. Марив, прокидався, провалювався у непам'ять, знов очунював, уявляв, що зірки — це вогні незнайомого міста, на які він дивиться із салону реактивного літака... і згадував Турід.

Власне, про Турід він думав найбільше.

Спершу, покопирсавшись у голові, Олівер не знайшов навіть пригорщі неболісних спогадів про дружину. Він пригадував, як нестерпно важко було прокидатися впродовж перших півроку після її смерті, розплющувати очі й щоразу заново осягати, що її немає. Час не вилікував його — хто взагалі вигадав цю дурницю, ніби час може лікувати? — йому не полегшало ні через півроку, ні через рік, просто він думав про Турід так часто, згадував її так розпачливо, що спогади зрештою немовби протерлися і стали прозорими.

Пізніше Оліверу таки вдалося видобути з пам'яті інші прокидання, задовго до трагедії, коли серце щоранку стискалося від усвідомлення, що життя наповнене сенсом, коли він випливав зі сну й задихався від приголомшливого відчуття незаслуженої радості, а потім, заплющуючи очі, тягнувся руками до розімлілої після сну Турід і запитував себе: за що йому все це?

Батько колись казав, що чоловікові насправді потрібне *відчуття любові*, а не конкретна жінка. Клаус часто повторював, що закоханість — це стан, котрого люди, в яких усе гаразд із головою, намагаються уникати. Втім Олівер їм не вірив. Хіба може людина, яка ніколи не стрибала з парашутом, розповідати про вільний політ? Хіба може той, хто прожив життя в похмурій норі, описувати неземну красу хмар? Він потребував не відчуття любові, йому треба була Турід. Минуло шість років, один місяць і двадцять три дні після її смерті, проте й досі, варто було лиш викликати в уяві її образ, легені неначе наповнювалися гелієм, а тіло невагомішало. І попри те, що частина розтерзаного висотою мозку вже усвідомила, що він помре, у пов'язаних із Турід спогадах було дещо, що лякало Олівера Морґенштерна дужче за смерть.

7 березня 2017-го
Федеральний автобан А9
11 кілометрів на південь від Інґольштадту, Верхня Баварія, ФРН

— Ти готовий?

Клаус Волкенхорст увімкнув «аварійку», повернув кермо та плавно натиснув на гальма. Чорний ліфтбек «BMW 6 Gran Turismo» збочив на крайню праву смугу й почав сповільнюватися. Відповіді не надходило. Гачкуватим пальцем із акуратно підстриженим пожовтілим нігтем чоловік торкнувся навушника у вусі, потім провів пальцями вздовж дроту до схожого на мушлю мікрофона, що теліпався праворуч під щелепою, і зрештою скоса кинув погляд на смартфон у руці. Таймер відраховував секунди, зв'язок не переривався.

— Олівере? — покликав він. — Чуєш мене?

Іще сліпе щеня з короткою золотавою шерсткою тихо заквилило, заплутавшись у складках махрового рушника на пасажирському сидінні біля Волкенхорста. Воно було зовсім малим, ще не могло звестися на лапи й час від часу тихенько скавуліло. Клаус силкувався на нього не дивитися.

— Так, — пролунало у вусі. Голос був чи то жалібний, чи то приречений, як у дитини перед кабінетом зубного лікаря. — Я готовий.

— Чудово. Це непогане місце. Зупиняйся. Я трохи від'їду і... і почну.

Клаус поклав телефон на коліна й, насупившись, скоса повів очима на дзеркальце заднього огляду. Сріблястий «Audi A6», модель 2011 року, який сунув за ним на незмінній відстані від самого Мюнхена, поволі віддалявся — Олівер сповільнювався, вишукуючи місце для зупинки. У січні Клаус таки дотиснув Олівера, переконавши пересісти на більш відповідний його статусу седан люкс-класу «Audi A8» (та сама модель, якою користується Ангела Меркель), але сьогодні наполіг, щоб той вирушив на старішому автомобілі. Буде краще, якщо на відео засвітиться дещо скромніше авто. Потроху пригальмовуючи, Клаус стежив за машиною підопічного: «Audi» повільно з'їхав із крайньої смуги й зупинився на узбіччі. Радник виждав кілька секунд і безгучно вилаявся: Олівер не ввімкнув аварійні вогні. «Прокидайся нарешті, чорт забирай, ти ж на автобані!» Клаус почекав ще трохи — відстань між «Audi» та його «BMW» неухильно збільшувалася, сріблястий седан на узбіччі швидко розчинявся в сіруватій імлі, що клубочилася над мокрою дорогою, — та щойно він намірився нагадати Оліверу про «аварійку», з боків «Audi A6» заблимали жовті вогники.

«Гарний хлопчик».

— Усе буде добре, Олівере.

Клаус ковзнув язиком по сухих губах. Ліфтбек сповільнився до тридцяти кілометрів за годину. Дві вантажівки, на швидкості оминаючи «BMW», промчали так близько, що авто загойдалося, наче човен на хвилях. Один із водіїв сердито просигналив. Клаус показав йому середній палець (як ніби водій міг його бачити), потім поклав смартфон до кишені пальто, забрав із заднього сидіння штатив із прикрученою до нього фотокамерою «Nikon D750» та вийшов із машини.

Повітря від вологи здавалося густим, а звуки — приглушеними. Клаус обвів поглядом узбіччя і підняв комір пальта. Кілька секунд постояв, тримаючи дверцята напіввідчиненими, а тоді нахилився до салону та вимкнув «аварійку». Не вистачало ще, аби хтось зупинився і взявся з'ясовувати, що відбувається.

Ставши перед капотом, він почав готувати штатив. Спочатку зафіксував штативну головку, нахиливши її на п'ятнадцять градусів униз щодо горизонтальної площини. Потім виставив екран попереднього перегляду на камері так, щоби, дивлячисьізнизу, бачити ділянку дороги, на яку скеровано об'єктив. Насамкінець розклав штатив на максимум, активував режим відеозапису та припасував усю конструкцію на капот автомобіля. «Nikon» розташовувався на висоті майже чотирьох метрів над дорогою — напередодні Клаус придбав найвищий, який зміг знайти, штатив. Закинувши голову та мружачись, щоб хоч щось розгледіти на крихітному екрані, Клаус підкрутив «лапи» штатива. Отримати ідеальний ракурс не вдалося, проте радник лишився задоволеним: обрізати та вирівняти картинку можна буде пізніше, у відеоредакторі.

— Я встановив камеру, — промовив він. У навушнику — тиша. Не чути було навіть дихання. — Олівере, ти тут?

— Так.

— Добре. Не мовчи.

Клаус обійшов автомобіль, відчинив передні дверцята з правого боку та застиг, втупившись у щеня. Салон ліфтбека швидко заповнило холодне повітря. Кволе скигління переросло в гучне жалісливе кувікання. Щеня затремтіло. Воно здавалося таким немічним і безпорадним, що Клаус не міг на нього дивитися. Чоловік, прикусивши нижню губу, якийсь час не рухався, зосередив слух на тому, як, похрускуючи, вистигає двигун. Зрештою зітхнув і, нахилившись, узяв щеня до рук. Більше зволікати не можна було.

— Я випускаю щеня, — сказав він у мікрофон.

Олівер Морґенштерн не відповів.

Клаус захряснув дверцята. Цуценя, опинившись на вітрі, заквилило ще дужче. Клаус пригорнув його та здивувався, коли щеня майже відразу затихло. Лиш час від часу тихенько повискувало.

Чоловік закрокував уздовж узбіччя в напрямку, протилежному рухові машин. На відстані десяти кроків від свого «BMW» він зупинився, поглянув у той бік, де стояв «Audi A6» Олівера, після чого викинув щеня на дорогу.

Цуценя впало на спинку посередині крайньої правої смуги. Опинившись на холодному та вогкому асфальтобетоні, воно знову жалібно заскавуліло. Клаус потьмянілим поглядом стежив, як щеня, незграбно звиваючись, перевернулося на живіт і, не припиняючи квилити, спробувало підняти голову. Він потягнувся пальцем до мікрофона.

— Воно на дорозі.

У навушнику пролунав глухий хрип, наче слабка хвиля прокотилася дрібною галькою. Клаус розвернувся і підтюпцем побіг назад до ліфтбека. Обігнувши капот, він задер голову та втупився в екран попереднього перегляду. Усе гаразд — камера працювала, щеня було в кадрі.

Коли Клаус опустив очі на дорогу, просто над щеням одна за одною пролетіли дві перші машини — блакитна «Škoda Octavia» та чорний універсал «Volvo». Волкенхорст почав уголос рахувати:

— Перша... друга... — потім вирішив, що це якось тупо, й далі, понуро глипаючи на дорогу, рахував подумки. Третя... Чоловік намагався не фокусуватися на золотавому тільці посеред дороги, сягав поглядом далі, аж до сірих хмар, які лахміттям звисали з неба.

Четверта...

Після п'ятого автомобіля — мікроавтобуса «Пежо» — Олівер озвався.

— Що там? Чому ти замовк?

— Усе гаразд. Я скажу, коли рушати.

— З ним усе добре?

Шоста...

— Олівере, не гарячкуй. Шість машин. Я скажу коли.

Сьома...

Восьма машина — білий «Мерседес» Е-класу — промчала лівою смугою, далеко від щеняти. Поки Клаус міркував, рахувати її чи ні, Олівер простогнав:

— Клаусе, досить, я їду.

— Ні, ще рано.

— Клаусе! — голос благальний, як у дитини.

— Зачекай! — Волкенхорст, роздувши ніздрі, не зводив очей з дороги. Сім машин — це надто мало. — П'ятнадцять автомобілів. Ми ж домовлялися!

— З мене досить!

— П'ятнадцять автомобілів!

— Я не можу на це дивитися! — заволав Олівер.

У Клаусових жилах скипіла кров, — *ти надто далеко, ти його не бачиш! На що, чорт забирай, ти не можеш дивитися?!* — та попри це він промовив стримано, упівголосу:

— Олівере, будь ласка...

Щеня щезло під днищем небесно-синього компактного кросовера «Mini Countryman», і Клаус злякано заплющив очі — здалося, ніби переднє ліве колесо зачепило собаку, — проте коли машина прогнала повз, цуцик усе ще лежав на дорозі. Неушкоджений.

Олівер, важко дихаючи, прохрипів:

— Або я забираю його, або їду геть.

Клаус безгучно вилаявся. Видовжена голова немовби аж загострилася, тонкі губи скривилися так, що обличчя аж до вух проорали дужки зморщок. Примружившись, чоловік глянув ліворуч уздовж дороги. Сріблястий «Audi», не вимкнувши аварійних вогнів, рухався узбіччям. Волкенхорст роздратовано вишкірився.

— Виїдь на дорогу.

Ніякої реакції. Клаус схопив пальцями мікрофон і притулив його до губ.

— Олівере, з'їдь з узбіччя! Вирулюй на дорогу, ти маєш зупинитися перед щеням. Ти ж не будеш діставати його просто з-під коліс інших ав...

Волкенхорст затих, збагнувши, що Олівер пропускає вантажівку-рефрижератор, яка наздоганяла його крайньою правою смугою. Рефрижератор швидко наближався, втиснутися перед ним не було жодної змоги, і щойно автомобілі порівнялися, Клаус усвідомив, що відео доведеться перезнімати: до щеняти ще було якихось п'ятнадцять метрів. Надто близько — седан Олівера на той момент уже потрапив у кадр. Клаус розлючено сплюнув під ноги. Який сенс вискакувати з узбіччя за п'ять метрів від собаки? На відео такий маневр здаватиметься ненатуральним, безглуздим зовсім. Утім, найгірше чекало попереду: водій чотиритонного рефрижератора, відволікшись на блимання аварійних вогнів, не помітив крихітне тільце на вогкому асфальтобетоні. Переднє праве колесо накотилося на щеня, пролунав моторошний, схожий на глухий сплеск від падіння чогось великого у воду звук, і на місці цуценяти залишилася тільки нудотно-багряного кольору пляма.

Клаус, неначе обпікшись, втягнув крізь зуби повітря. Із навушника почувся болісний стогін Олівера. «Audi A6» проїхав кілька метрів і заглухнув. Із відсутнім виразом на застиглому обличчі Клаус зняв штатив із капота, вимкнув камеру та висмикнув навушник із вуха. Якийсь час він постояв, прошиваючи остовпілим поглядом бетонний відбійник по центру дороги. Ніздрі роздувалися, жовна на вилицях то збурювалися, то опадали. Зрештою він сховав штатив до салону, гримнув дверцятами й попростував до машини Олівера.

Той вийшов з авто й закляк, учепившись обома руками в дверцята з боку водія. Витріщився на багряну пляму на тому місці, де хвилину тому звивалося безпомічне, сліпе щеня. Машини пролітали повз, обдавали його бризками. Рев двигунів зливався в монотонний гул, крізь який час від часу прорізувалося обурене виття клаксонів: якого біса стали посеред автобану?

— Клаусе... я не хочу... я цього не витримаю... — Думки немовби плавали в застояній воді. Оліверу було погано, власне, так погано, як зараз, ще не було ніколи, навіть на похороні дружини він не почувався так паскудно. Йому не вистачало слів, щоби передати свої відчуття.

— Якого хріна, Олівере?! — не стримався радник. — Ми це вже обговорювали!

— Я не можу...

Він весь тремтів. Нижня щелепа аж тряслася, і Клаус не міг збагнути, від люті це чи від переляку. Зазвичай оливкова шкіра Олівера посіріла, нагадувала висохлий на тріску пергамент, який ризикував розкришитися від одного необережного дотику. Клаусу раптом стало його жаль, і він злагіднів:

— Ми мусимо це зробити.

— Ні.

Клаус намагався дихати рівно, проте грудка, що підперла горло, коли рефрижератор розчавив щеня, не зникала. Радник зупинився навпроти Олівера так, щоб затуляти багряну пляму на асфальті, та заговорив якомога спокійніше:

— Я розумію, який це має вигляд у твоїх очах, і здогадуюся, про що ти зараз думаєш. Тобі здається, що, дослухавшись мене, ти вчинив щось жахливе, щось таке, що миттю перетворило тебе на нікчему, подібного до більшості тих, хто навколо тебе в ландтазі. Але це не так. Незадовго до смерті твій батько попросив мене подбати про тебе. Я пообіцяв, що ніколи не покину тебе. Я також пообіцяв, що зроблю тебе найуспішнішим політиком Баварії. І знаєш, що ще? Я сказав, що не впливатиму на твої рішення після того, як ти зійдеш на вершину. І я повторюю тобі те саме зараз: я на твоєму боці, я тут, щоб допомогти, і я не втручатимуся у твою роботу по тому, як ти очолиш уряд.

Олівер не вимикав телефон, і Клаус чув із салону «Audi» власний голос, немовби притишене, затерте шумом відлуння. Олівер заціпеніло мовчав. Клаус продовжив:

— Я тебе прошу: навчися відмежовуватися від таких моментів. Ти найбільш упізнаваний політик Баварії, попереду на тебе чекає феноменальна політична кар'єра, і впродовж цієї кар'єри тобі безліч разів доведеться обирати найменше із двох лих. Довірся мені. Ти не перший, кого обставини змушують переступати межу заради вищої мети. Чуєш? Зберися, вимкни мізки, роби, що я підказую, і побачиш: восени 2018-го ти не просто виграєш вибори, ти станеш наймолодшим прем'єр-міністром в історії Баварії. — Волкенхорст узяв Олівера за плечі. — Не думай про щеня. Думай про те, як багато доброго зможеш зробити, очоливши уряд Баварії.

Дивлячись крізь радника, Олівер пригадав мрячний, якийсь неначе затхлий вечір початку квітня 2009-го, коли він за вечерею вже звично жалівся Турід на те, як нудиться в парламенті. Минуло півроку після перемоги на виборах і рік від часу розмови з Гельмутом, під час якої йому забракло сміливості відмовитися від балотування, і відтоді Олівер постійно кудись квапився, хоча не міг пригадати, коли востаннє зупинявся, аби збагнути, куди й навіщо. Зазвичай дружина запевняла, що підтримає будь-яке його рішення, та того вечора трапилось інакше. Турід підібгала губи, подивилася йому в очі, якийсь час помовчала — було видно, що вона силкується стриматися, — проте зрештою слова посипалися з рота. Вона сказала, що він має владу, що він один із небагатьох, хто має змогу змінювати світ на краще, але концентрується лише на собі. Олівер спалахнув і огризнувся, зморозив щось образливе, зараз уже й не пам'ятав, що саме, проте Турід не затихла й не пішла, проковтнула образу, після чого видала фразу, яка невитравним тавром відбилася в його мозку: якщо ти не робиш чиєсь життя кращим, отже, ти марнуєш час.

Олівер звів зацькований погляд на радника.

— Це неправильно, Клаусе. — Він говорив із таким виглядом, ніби втомився від звуку власного голосу.

— А я й не кажу, що правильно, Оллі. — Волкенхорст потроху заспокоювався. — Не забувай, про що ми розмовляли нещодавно. — Клаус по-особливому поводився зі словами, він неначе обгортав їх захисною плівкою перед тим, як вимовити, пом'якшував їхнє значення, не змінюючи змісту. — Ти найкращий серед німців, яких я знаю, і я пишаюся тим, що працюю з тобою, але ти також наполовину ліванець, і якщо для мене той факт, що твоя шкіра темніша за мою, нічого не важить, то чималу частину твоїх «колег» із ХСС, — промовивши «колег», Волкенхорст пальцями зобразив лапки, — сама лише думка про те, що ти станеш прем'єром, позбавляє сну. Ні, вони не расисти. Хто говорить про расизм? Усі рівні, ХСС підтримує міграційну політику Меркель, але... — Клаус прискалив праве око, — коли в Німеччині йдеться про расу, ти або білий, або ні... Наполовину ліванець на чолі уряду Баварії? Ландтаг до такого не готовий. Поки що ні. Я із цим не погоджуюся, ти можеш на них сердитися, проте так є. Відтак ти мусиш не просто стати spitzenkandidat'ом, мусиш розгромити їх ущент, набрати стільки голосів, скільки жоден із них не бачив у найсолодшому сні, — говорячи, Клаус тицяв пальцем у напрямку Мюнхена, — бо лише в такому разі ти позатикаєш їм пельки. Не думай про щеня. Думай про PEGIDA[1], які набирають сили у Дрездені. Думай про AfD[2], які вдають із себе інтелектуалів-демократів, а насправді сповідують неофашистські погляди. Думай про NPD[3], котрі не приховують, що є наступниками гітлерівської НСДАП. Думай про те, як Йорґ Мейтен, Френк Франц чи ще хтось із послідовників Тіло Сарацина[4], викидатимуть

---

[1] PEGIDA (скор. від нім. *Patriotische Europäer gegen die Islamisierung des Abendlandes* — Патріотичні європейці проти ісламізації Заходу) — німецький антиісламський політичний рух, заснований у Дрездені.

[2] AfD (скор. від нім. *Alternative für Deutschland* — Альтернатива для Німеччини) — націоналістична право-популістська політична партія Німеччини. Основна ідеологія партії спрямована проти Євроінтеграції та проти імміграції іноземців. Керівництво партії відверто підтримує режим Володимира Путіна.

[3] NPD (скор. від нім. *Nationaldemokratische Partei Deutschlands* — Націонал-демократична партія Німеччини) — ультраправа, націоналістична, неонацистська партія Німеччини.

[4] Йорґ Мейтен (Jörg Meuthen, нар. 1961) — німецький економіст і політик, федеральний речник політичної партії «Альтернатива для Німеччини».
Френк Франц (*Frank Franz*, нар. 1978) — голова Націонал-демократичної партії Німеччини.
Тіло Сарацин (Thilo Sarrazin, нар. 1945) — колишній німецький політик, автор резонансної книги «Німеччина самоліквідується» (2010), в якій розмірковує про шкідливість мусульманської імміграції для європейської цивілізації.

із країни мігрантів, коли прийдуть до влади. Подивися на Трампа в Америці. Хочеш, щоб у нас було так само? Це, потвоєму, буде правильним? — Волкенхорст перевів подих. Олівер втупив погляд у набряклі жилки на його скронях і, здавалося, не дихав. Клаус закінчив уже розслаблено: — Пригадуєш 2013-й? Хто міг подумати, що після виборів тобі запропонують міністерство? Га? Якби не вік, ти мав би стати прем'єром, відтак міністерство тобі віддавали без питань. Тому те, що ми робимо зараз, усе для того, щоби змістити фокус, щоби після виборів усі обговорювали твої шанси стати федеральним канцлером 2023-го, бо тоді, от побачиш, ніхто навіть не пискне під час голосування за пре...

Олівер сфокусував погляд на радникові та підняв руку, просячи його замовкнути.

— Клаусе, а якщо я не виграю?

Волкенхорст закотив очі, ця розмова вже сиділа йому в печінках. Олівер замотав головою і, збиваючись, заторочив:

— Ні, ні, послухай мене. Що як я не наберу аж так багато голосів? — Він показав на пляму на дорозі. — До чого тоді оце все? Що як хтось кращий за мене...

— Олівере, ти подобаєшся людям. — Клаус підступив упритул. Йому довелося згорбитися, щоб не нависати над підопічним. Крихітні очі неспокійно забігали, немовби вишукуючи на обличчі Олівера невидиму надчутливу точку, в яку можна було б уп'ястися поглядом, однак голос був чітким і впевненим. — Я не завжди розумію, як це тобі вдається, припускаю, ти сам цього повністю не усвідомлюєш, але тебе наділено дивовижною здатністю переконувати людей. Я неодноразово спостерігав, як після короткої розмови з тобою навіть найзапекліші скептики перетворюються на відданих прихильників. — Клаус казав правду. Олівер Морґенштерн, позбавлений привабливості Джастіна Трюдо, мав незриму, але напрочуд чіпку харизму, і Клаус часом думав, що не пам'ятає нічого схожого від часу Джона Кеннеді. —

Ти виграєш ці вибори. Це ясно як день. І я тобі для цього не потрібен. Моє завдання — зробити так, щоб восени наступного року ти опинився у кріслі Зеехофера.

Коли Олівер збагнув, що Волкенхорст не відпустить його, щось усередині нього почало обсипатися.

Хвилину чоловіки мовчки дивилися один на одного. Зрештою, не сказавши жодного слова, Олівер сів у машину. Клаус поплескав долонею по блискучому даху «Audi» та пішов до свого «BMW». Олівер склав руки на кермі, якийсь час не рухався, а потім уперся лобом у долоні. У горло наче насипали піску, повітря в салоні здавалося важким і липким. Олівер натиснув кнопку на дверцятах, до упору опустивши вікно. Кілька разів вдихнув на повні груди та збайдужіло спостерігав, як його віддих вогкими плямами лягає на вітрове скло.

Західний вітер приніс із полів земляний запах дощу.

Клаус Волкенхорст наблизився до ліфтбека та відчинив багажник. Усередині стояли три картонні коробки, в кожній із яких вовтузилося шість щенят. Чи то пак у двох вовтузилося по шість, а в тій, що ліворуч, уже залишилося п'ять. Волкенхорст скривився — із багажника тхнуло сечею. Затиснуши носа двома пальцями, чоловік нахилився й обережно дістав із крайнього лівого ящика щеня. Сірувато-чорне, з коротким хвостом і білою плямою у вигляді піщаного годинника на морді. Щеня тихо чмихнуло й незграбно заметляло у повітрі короткими лапками. Клаус, опускаючи багажник, притулив цуценя до пальто, і хоч тканина була холодною, воно заходилося тицятися носом у шерсть, шукаючи пипку.

Радник обійшов ліфтбек праворуч, розчахнув передні дверцята та поклав щеня на рушник. Прямуючи до місця водія, він вставив навушник назад у вухо. Сівши на сидіння, похукав на похололі пальці, опустив комір і завів авто.

Щеня заворушилося й почало видавати схожі на хрюкання звуки. Клаус увімкнув радіо, щоб заглушити їх. Лунала «Shape Of You» Еда Ширана. Пісня жахливо не пасувала до його настрою, і Клаус спершу прикрутив звук, а потім узагалі вимкнув радіо. Краще вже слухати собаче квиління.

Виждавши півхвилини, він зиркнув у дзеркальце, подумки відзначив, що Олівер досі не вимкнув аварійні вогні, а тоді ледь схилив голову до мушлі-мікрофона:

— Трохи від'їдемо та спробуємо знову.

Олівер не відповів, однак, коли Клаус рушив, сріблястий «Audi» посунув слідом...

Чорне щеня з білим піщаним годинником на носі загинуло майже відразу. Клаус не встиг добігти до штатива, щоб виправити ракурс, коли від того місця, де він викинув щеня, долинув уже знайомий огидний виляск, як-от від падіння чогось важкого та плескатого у воду. Радник повернув голову якраз вчасно, щоби побачити, як рештки цуценяти розтеклися кривавою кашею під задніми колесами вантажівки «Scania».

Третє щеня — кремово-коричневе, з рожевим носом, більше подібне до розгодованої морської свинки, ніж до маленького собаки — протрималося майже дві хвилини. Понад ним, не заподіявши шкоди, прошмигнуло тринадцять автомобілів, проте за мить по тому, як Клаус наказав Оліверу рушати, на цуценя наїхав пікап із причіпним будинком на колесах. Нутрощі вистрелили в бік узбіччя так, наче хтось вичавив велетенський гнійник на дорозі. На асфальтобетоні впоперек дороги витягся блідо-рожевий слід із паруючих кишок.

Під час загибелі четвертого Клаус насилу стримався, щоб не вивергнути на дорогу все, що з'їв на сніданок, і вперше пожалкував про затіяне. Щеня — напевно, найстарше в ящику — загинуло не відразу. Воно сяк-так зіп'ялося на лапи та пошкутильгало до відбійника. За півметра від лінії розмітки, що відділяла смуги, спортивне купе «Porsche Cayman» зачепило його низьким бампером і відкинуло під позашляховик «Audi Q7», що мчав крайньою лівою смугою. Широке колесо Q7-го передушило задні лапи й таз. Щеня пронизливо закричало, несамовите протяжливе ревіння заглушило навіть шум двигунів. Клаус закусив кісточку вказівного пальця та з жахом спостерігав, як скалічене щеня ривками повзе до відбійників, тягнучи за собою рештки задніх лап. Він не міг повірити, що немічне тільце, яке ще хвилину тому вміщалося у пригорщу, здатне видавати такі гучні звуки. Верещання роздирало мозок, одначе Клаус не відвертався, якесь невидиме силове поле немовби втримувало його голову повернутою до щеняти. Він подумки благав, щоб наступна машина прикінчила собаку, проте водії ніби навмисно його оминали. Точно по центру крайньої смуги цуценя вибилося із сил і зупинилося. Дзвінкий виск перейшов у низькі, утробні стогони, що змінилися глухими клекітливими звуками.

Нарешті, задкуючи, Клаус відступив до ліфтбека, навпомацки відчинив дверцята й сів за кермо. З навушника линув змучений голос Олівера, він щось запитував, але слова ніби провалювалися під лід, не досягаючи Клаусової свідомості. Обхопивши вкриту набряклими венами голову, радник дивився на дорогу. Щеня затихло, проте вереск, здавалося, досі дзвенів у вухах. І тоді Клаус опустив голову, заплющив очі й уявив готове відео, уявив, як воно поширюється мережею, як десятки тисяч дітлахів лайкають його та пересилають друзям, уявив мільйони переглядів і, затамовуючи подих, подумав про мить, коли через півроку чи, краще, на початку 2018-го (так щоб не перед самими виборами), він залишить під завантаженим на *YouTube* роликом анонімний коментар:

UPDATE: The rescuer is identified as Oliver Morgenstern from Munich, the puppy is doing well now and has found a new family[1].

Він уявив, як описуватиме журналістам, як усе сталося: Олівер прямував у справах до Нюрнберга, помітив на дорозі

[1] ОНОВЛЕННЯ: особу рятівника встановлено, ним виявився Олівер Морґенштерн із Мюнхена; собаченя почувається добре та вже знайшло собі нову родину (*англ.*).

щеня і не зміг проїхати повз. Уявив, як розповідатиме, що після смерті дружини Олівер жив сам — ні, він не завів собі нову подружку, і так, у нього немає дітей, — і через це страшенно хотів залишити цуценя собі, проте через надзвичайну зайнятість у ландтазі вирішив віддати його до притулку. Він уявив, як під час окремої прес-конференції — цього разу вже напередодні виборів — знову нагадає журналістам цю історію та продемонструє на підтвердження майже дорослого собаку...

І тоді зрештою заспокоївся.

Одинадцять.

Дванадцяте — «врятоване» — віддали хлопчаку, чия матір працювала покоївкою в будинку Морґенштернів.

Решту шість Клаус Волкенхорст повернув до собачого притулку.

---

12 травня 2017-го
Гашербрум VI, південно-західне сідло
02:07

Олівера розбудили болючі нерівномірні поштовхи у грудях. Він хрипко сапав, одчайдушно черпаючи щелепою розріджене повітря, проте не міг позбутися огидного відчуття ядухи. Між черепною коробкою та мозком наче розжареного вугілля сипнули. Із величезним зусиллям Олівер смикнув головою, відірвавши примерзлу щоку від скельної поверхні. Через різкий рух перед очима замерехтіли сріблом мушки, а горло підперла нудота. Дихати легше не стало, зате він зрозумів, що саме стрясає його тіло зсередини. Аритмія. Переохолодження спричинило порушення серцевого ритму, й удари серця немовби накладалися один на одного.

Олівер замерзав, однак був при пам'яті — голова, попри біль, була на диво ясною. Соваючи ногами, він перевернувся на бік, приклав праву руку до серця і лише потім із якимось дивним відстороненням відзначив, що знову може рухатися.

Його вовтузіння розбудило Лейлу. Або, ймовірно, вона взагалі не спала. Дівчинка задерла підборіддя — капюшон вітрівки наповзав їй на очі, — й із вологим присвистом, що виривався з глибини легень, прошепотіла:

— *Man teshne hastam...* — а потім англійською: — *Water... water...*

Олівер застогнав. Вода. Жар із голови розповзався нутрощами. Він сам що завгодно віддав би за ковток води.

Лейла висунула з-під ковдр обкручену шматтям руку й торкнулася Оліверового лиця.

— *Man teshne hastam...*

Німець штовхнув ліктем спину, що притискалася до його живота. Ніякої реакції. Прислухався, проте через шум вітру не зміг визначити, чи той, кого він штурхає, ще дихає.

— *Man teshne hastam...*

Він зловив її погляд — сльозливі очі іранки тьмаво виблискували просто навпроти його обличчя — і спробував щось відповісти, проте не видушив із себе жодного звуку. Штурхнув спину ще раз, потім ще раз, і ще раз, і тут угледів, що з-під поліестрового пледа стирчить денце пластикової пляшки.

Кілька секунд Олівер витріщався на пляшку, не вірячи власним очам. Потім схопив її і майже хвилину силкувався відкрутити кришку задубілими на холоді пальцями. Хлюпання води всередині доводило до сказу. Зрештою він затиснув кришку зубами та прокрутив пляшку долонями. Від спраги темніло в очах. Олівер затремтів, згорбився, потягнувся до горлечка губами і... наштовхнувся лобом на лоб Лейли. Не розгинаючись, чоловік звів голову. Дівчинка мовчала. Під холодним світлом зірок здавалася значно старшою.

В широко розплющених оливкових очах застиг якийсь віддалений і зголоднілий вираз.

А потім Олівер укотре згадав Турід. У голові тихим відлунням сколихнулися її слова: *якщо ти не робиш чиєсь життя кращим, отже, ти марнуєш час*. Ці довгі шість років він не просто жив, тримаючись за спогади, він робив усе, аби бути її вартим. Якоїсь миті потому, як на автобані A9 під колесами чергового автомобіля загинуло сьоме чи восьме щеня, Олівер жахнувся з того, що робить, і подумав: а що як він невдовзі помре? Чи потрапить в аварію та залишиться паралізованим? Що як у нього просто не буде змоги зробити все те, на що натякав Клаус Волкенхорст? Протягом двох місяців Олівер успішно вдавав, ніби забув, що сталося під Інґольштадтом, прикидався, ніби це чиєсь інше минуле, ніби це не він сидів за кермом «ауді» та спостерігав, як одне за одним гинуть одинадцять цуценят, але ті думки нікуди не зникли та весь цей час немовби гнили у нього всередині. Напруженого та трохи переляканого погляду дівчинки виявилося більш ніж достатньо, щоби виштовхнути їх на поверхню.

Олівер заплющив запалені, почервонілі очі й затремтів так, що вода почала вихлюпуватися з пляшки. Якась частина його мозку знавісніло нашіптувала: «Пий... пий... пий... випий усе, щоб уціліти за будь-яку ціну». В іншій частині все ще лунав голос Турід.

(*ти маєш змогу змінювати світ на краще*)

Але ні, як з'ясувалося, не має. Він усе зіпсував — як завжди, — і тепер помирає... майже напевно незабаром помре. І що після нього залишиться хорошого? Ні дітей, нічого...

(*у житті кожного існує лінія, перетнувши яку, ми вже не можемо змінитися*)

Оліверу здалося, начебто він лише зараз по-справжньому осягнув, що мав на увазі його батько. Від того стало так гірко, що він застогнав. Стогін спровокував напад кашлю — звук був такий, наче в горлі рвалася суха тканина, — і кашель зрештою перейшов у сиплий свист. А тоді Олівер подумав: а що як усе не так? Раптом ті слова — тільки жалюгідна відмовка, якою Гельмут Морґенштерн прикривав власну зневіреність і небажання змінюватися?

Олівер поглянув на дівчинку.

Коли?.. Коли, як не зараз?

Із грудей піднявся клекітливий хрип. Чоловік сперся на лікті та тремтячою рукою підніс пляшку з водою до потрісканих губ Лейли. Секунду дівчинка не ворушилася, а тоді повела поглядом туди, де, згорнувшись клубком, лежав Лоуренс Ґрейс. Вона пам'ятала його реакцію і боялася.

Олівер заспокоїв:

— Пий.

Ще один косий позирк на Лоуренса.

— Пий, — немічний голос тонкими пасмами сотався із нечутливого, затерплого горла. — Вони всі сплять. Вони не дізнаються.

Лейла відгорнула шмаття з обличчя та розтулила рота, і чоловік притримував пляшку, аж поки вона не випила воду до останньої краплі. Потім підсунувся та обійняв її, затуляючи від вітру.

Дівчинка швидко заснула, проте за чверть години прокинулася і, здригнувшись, збагнула, що сидить сама. Олівера Морґенштерна біля неї вже не було.

02:13

У гіпоталамусі людини є невелика ділянка, центр, що відповідає за терморегуляцію, і якщо організм тривалий час перебуває в холоді, він активує захисний механізм, наказуючи усім підшкірним кровоносним судинам звузитися. Це так звана вазоконстрикція[1]: що менше крові циркулює

---

[1] Вазоконстрикція (лат. *vaso* — судина та *constrictio* — стягування, звуження) — звуження перетину кровоносних судин, здебільшого артерій.

під шкірою, яка контактує з холодним середовищем, то менше тепла втрачає організм. Утім, для стискання стінок артерій потрібно багато енергії, і в разі знесилення м'язи, що перетискають судини, зрештою розслабляються, внаслідок чого тепла кров, яка омиває внутрішні органи, раптово відтікає до периферійних тканин, і людина, хай як холодно їй було до того, відчуває «гарячий спалах» — потужний приплив тепла.

Пригорнувшись до Лейли, Олівер теж закуняв, але за лічені хвилини прокинувся і важко захрипів. Він увесь палав. Руки, ноги, груди, шию, шкіру обличчя немовби обдавало пекучим паром. Важко дихаючи, чоловік проштовхався між тілами, що притискали його до скелі, та виповз із заглибини.

Ніхто не прокинувся.

Крижаний вітер налетів на нього, але полегшення не приніс. Хибне відчуття жару роз'їдало шкіру. Не усвідомлюючи, що лише погіршує становище, Олівер судомно зривав із себе одяг. Витягнув обрізки з-під сорочки, розмотав шмаття на ногах, скинув ковдри з шиї, зірвав сорочку та штани. Менш як за хвилину залишився в самих трусах, але за мить і їх стягнув та відкинув.

Вітер, зраділо підвиваючи, накинувся на нього й узявся висмоктувати з тіла останні крихти тепла. Якийсь час, розкинувши руки, Олівер лежав на спині, потім, коли свідомість почала тьмяніти, перекинувся на живіт. Наставала фінальна стадія гіпотермії, під час якої людина здійснює копальні рухи, неначе намагаючись сховатися в землю. Цей стан медики називають «термінальним копанням». Теплокровні тварини перед зимівлею риють нори або зариваються в листя, щоби зберегти якнайбільше тепла, і людина, що гине від обмороження, інстинктивно робить те саме. Спливали останні хвилини його життя, Олівер зчісував лікті, надламував нігті, загрібав ногами дрібні камінці, проте закопуватися не було куди. Дихання майже зупинилося, серцевий ритм став спорадичним, і, зрештою, Олівер сповільнився, впер голову в скелясту плиту й застиг у дивній позі посеред калюжі холодного місячного сяйва.

09:29

Вони прокидалися — приходили до тями — важко, наче після наркозу, та й то лише потому, як сонце піднялося достатньо високо, щоби прогріти захололу кров.

Парамонов засинав із тупим болем поміж скронями, проте за ніч біль перетворився на пекельне полум'я, і голова нила, як гнилий зуб. Він повільно розклепив повіки й одразу відчув запаморочення. Хотілося блювати, попри те, що в шлунку за два дні побувало лише кілька ковтків води. Зашкарублий одяг і намотані по всьому тілу обрізки немовби душили набряклі кінцівки.

Прикриваючи очі від нестерпно яскравого світла, Єгор роззирнувся. Над сідловиною повзли пасма холодного сивого туману. Він задер голову та промацав поглядом згустки рваних хмар, що товклися довкола нижчої вершини на південному заході сідла, проте сіра запона залишалася прозірчастою та діркуватою, у ній не бракувало прогалин, крізь які на землю падали палючі промені. Парамонов раптом подумав, що якби хмари затулили сонце, ніхто з них не прокинувся б, а тоді помітив Лоуренса Ґрейса, який, хитаючись, стояв за кілька метрів від пролому в носовій частині фюзеляжа. Хлопець був такий блідий, що здавався вирізаним із картону.

Росіянин похрипів, неначе налаштовуючи горло, після чого витиснув зім'яте:

— Ей.

Переступаючи з ноги на ногу, американець повернувся. Його очі були дивними — скляними та водночас якимись аж занадто зосередженими. Лоуренс щось сказав, але до Єгора не долетіло жодного звуку. Пілот мотнув головою, демонструючи, що не чує, і тоді хлопець повторив голосніше:

— Що з ним?

— Із ким? — не зрозумів Парамонов.

— Ти не бачиш?

Лоуренс показав рукою на землю неподалік того місця, де стояв, — якраз туди, куди ледь досягала видовжена пляма його тіні. Єгор примружився та нарешті розгледів цілковито голе, із судомно підібганими кінцівками тіло Олівера Морґенштерна.

— Твою маму...

Парамонов спробував підвестися, проте в голові запаморочилося так, що чоловік одразу впав навколішки.

— Що з ним? — якось трохи загальмовано повторив Лоуренс.

— Він живий? — прошамкав Єгор.

— Блядь! — Хлопець вишкірився. — Схоже на те, що чувак приліг позасмагати? Він уже аж чорний! — Лоуренс безперестану тупцяв, як ніби перевіряючи, чи тверда під ним земля. — Чому він голий?!

Парамонов став навкарачки, проповз два метри й зупинився. Серце ошаліло тріпотіло в горлі. Він знав, чому німець перед смертю поздирав із себе одяг, — знав від батька, — проте не мав сил пояснювати. Та й навряд чи Лоуренс у такому стані зрозумів би його.

Американець тим часом підступив до тіла, нахилився, щось підняв із землі й різко випростався. Єгор побачив у його руках порожню пластикову пляшку. Секунду, не більше, Лоуренс роздивлявся її, а потім його очі забігали вздовж підніжжя пагорба. Не припиняючи щось вишукувати, він повільно, сновидою, посунув до Парамонова. Зупинився між ним і Дюком Апшоу та підняв із землі другу пластикову пляшку. Також порожню.

Не менш як чверть хвилини Лоуренс, неначе порівнюючи, приглядався до пляшок, а тоді, стиснувши кулаки, зім'яв пластик і надсадно прогарчав:

— Вода. — Обличчя зробилося холодним і злим. — Вода! — Він глипнув на росіянина й заволав: — ВОДА! ВОДА! ВОДА-А-А!

— Що таке? — Парамонов продовжував мружитися та затуляти долонею очі від, як йому здавалося, надміру яскравого світла.

Розбуджений криками кардинал сіпнувся, сів рівно та розплющив налиті кров'ю очі. Лоуренс повернув до нього голову, погляд умить закам'янів од люті.

— Старе пердло, де вона?! — Хлопець відкинув пляшки, схопив старого за барки, проте не втримався на ногах, і вони вдвох повалилися на землю. — Де пляшка?!

Лоуренс осідлав Апшоу, взявся бити того по обличчі. Бризнула кров, і Парамонов, пересилюючи млість і біль у м'язах, штурхнув Лоуренса ногою в бік. Удар був несильним, одначе його вистачило, щоби хлопець зісковзнув із кардинала та відкотився.

— Ти здурів? — Єгор зиркнув на американця із неприхованим презирством. — Припини!

— Яка пляшка? — Апшоу, не кліпаючи, витріщився на Парамонова, із розбитого носа текла кров.

— Із водою! — гаркнув Лоуренс.

— Я не знаю. — Апшоу скривився чи то від болю, чи то від неспроможності осягнути, що від нього хочуть.

Шумно дихаючи крізь зціплені зуби, Лоуренс Ґрейс зіп'явся на ноги та поплівся туди, де лежав Олівер. Дорогою перечепився об кам'яний виступ і, не встигнувши виставити руки, впав ницьма — було чути, як лунко клацнула щелепа.

Злість додала сил, і він підхопився майже миттєво. Розвернувся до чоловіків — його повело, проте, змахнувши руками, устояв на ногах, — а тоді розпоров деренчливим, істеричним криком повітря над сідлом:

— Він випив усю воду!

Прокинулися жінки. Анна шарпнулася та навприсядки заквапилась геть; Гелен, не розуміючи, що відбувається, водила довкола підпухлими очима. Лейла, скрутившись калачиком, тиснулася до стіни. Дівчинка хлипала, проте сліз не було, замість ридань із грудей вихоплювалися жалібні й немовби зачерствілі стогони.

Лоуренс, розкинувши задля збереження рівноваги руки, почав очманіло гамселити небіжчика ногами.

— Випив... воду... випив... усю воду... випив...

Тіло під ударами здригалося, але залишалося скоцюрбленим. «Неначе манекен», — подумав Єгор. Росіянин нарешті знайшов сили піднятися, дочовгав до хлопця та поклав руку йому на плече.

— Не треба. Він мертвий.

— У нас більше немає води!

— Він помер! Не марнуй сил. Ти робиш гірше собі.

— А може... — Лоуренс уп'явся в нього каламутними, наче вкритими тонким шаром криги очима, — може, це ти? Ти її випив?!

— Ні.

Хлопець загорлав:

— Я не вірю тобі! Ви змовилися зі старим пердлом! Ви...

Парамонов хотів заперечити, коли зауважив дещо дивне: він бачив, що долоня лежить на плечі Лоуренса, проте... не відчував цього. Єгор відсмикнув руку, зірвав із неї намотане дрантя і втупив налякано-підозрілий погляд у пальці. Дистальні та середні фаланги на всіх, крім великого, вкрилися велетенськими, наповненими сірувато-чорною рідиною пухирями, тож долоня нагадувала обтягнуту брудноватою рукавичкою лапу Міккі Мауса. Він спробував їх зігнути, проте пальці тільки ледь поворухнулися. Парамонов посірів іще дужче, обличчя ніби вкрилося плямами гнилі.

Лоуренс відсахнувся. Єгор спершу вирішив, що американця збентежив вигляд його долоні, але швидко збагнув, що помилився. Зелені Лоуренсові очі стали схожими на залежані виноградини, із грудей під час кожного вдиху та видиху чувся свист — хлопець дихав, як людина, що вдавилася і не може ні проковтнути, ні вихаркнути шматок, що застряг у горлі. На обличчі застиг такий переляканий вираз, що Парамонов на миттєвість викинув із голови свої пальці.

— Що з тобою?

— С-с-с... с-с... — Лоуренсова шкіра синішала на очах, лівою рукою хлопець шкрябав груди над черевним сплетінням.

З-за спини Єгора долинув стурбований і ламкий, немовби пронизаний потріскуванням тонкої криги, голос Гелен Горовіц:

— У нього щось із серцем.

Парамонов озирнувся і спочатку позаздрив, що жінці вдалося так швидко підвестися, а потім зауважив, що за ніч вона постаріла не менш як на десять років, — очі ввалилися, шкіра обличчя стала землисто-сірою та сухою, наче дно пересохлого ставка, і лущилася. Через різке падіння артеріального тиску Лоуренс хитнувся, втратив рівновагу та присів навпочіпки. Росіянину здавалося, що хлопець от-от зомліє, проте Лоуренс, упершись рукою в землю, зціпив зуби та свідомості не втрачав.

— С-с... с-с-серце, — нарешті витиснув він. — Болить.

Гелен схилилася до нього та завченим рухом приклала два пальці до зап'ястка.

— У тебе зараз серце зупиниться. Така тахікардія, що я не можу порахувати пульс. — Вона глянула на почорнілі, набряклі від обмороження кінцівки Олівера Морґенштерна, але відразу відвела погляд. — Заспокойся. Ляж.

Лоуренс уперто мотнув головою.

— Я кажу: приляж!

Він відсунувся від небіжчика й лише потім випростав ноги й відкинувся на лікті.

— Дихай рівно, — наказала Гелен.

Бліді перекривлені вуста на мить проступили крізь розкошлану бороду.

— Ага.

Гелен тільки пересмикнула плечима — мовляв, що ще я можу зробити? — хоча було помітно, що напад минув, загнане Лоуренсове дихання вирівнювалося.

Парамонов тим часом обернувся спиною до сонця, стягнув обрізки із правої руки та з жахом втупився в так само розпухлі фаланги. Чоловік не усвідомлював, що переляканo шкіриться. Гелен підійшла до нього, в її очах перекидалося щось темне.

— Ти відморозив пальці, — немічним голосом зазначила вона.

Єгор ще більше вишкірився. «А то я, бляха, не бачу!»

Жінка помовчала, а потім кивнула на тіло:

— Він помер.

— Так. Мабуть, уночі.

Репліки вийшли беззмістовними — так ніби Олівер міг померти ще вчора, а вони цього не помітили, — та Парамонову було начхати. Він водив розпухлими подушечками лівої руки по моторошних набряках на пальцях правої, жахаючись відсутності відчуття дотику.

— І ще в нас немає води, — затинаючись, докинув Лоуренс.

Гелен зітхнула:

— Я вже зрозуміла.

На обличчі Олівера застиг передсмертний вищир, і білосніжні зуби чітко вирізнялися на тлі почорнілої шкіри. Вищирене обличчя лякало, і Гелен, нахилившись, прикрила його ковдрою. Потому глипнула вбік, уловила, що Апшоу, Анна та Лейла спостерігають за нею, й іншим пледом накрила Оліверові стегна. Тупий біль бився об лоба в такт із ударами її серця.

11:12

Гелен полізла на схил, аби набрати у пляшки снігу, і вже спускаючись, знесиліла так, що не могла стояти на ногах. Вона скинула пляшки, простежила, як вони котяться схилом, і далі сповзала на спині, відштовхуючись від скелі ліктями. Спуск на півсотні метрів тривав п'ять хвилин, і коли, задихаючись, жінка зісковзнула до заглибини, де сиділи Апшоу, Анна та Лейла, до вух долинув дивний шум. Чи то пак Гелен спершу побачила, як скочив на ноги Лоуренс Ґрейс, а вже потім почула — з ущелини на заході надходило густе рокотання.

— Що це? — Американець тицяв рукою на південний захід. — Чуєте?

Єгор, Апшоу та Анна провели очима за його ошалілим поглядом.

— Ви чуєте?!

Так, вони чули. Наелектризований від викиду адреналіну, Лоуренс кинувся до провалля. Апшоу та Парамонов, охляло переставляючи ноги, пошкутильгали слідом. Анна спробувала звестися, проте впала навкарачки, не зробивши й трьох кроків. Кілька секунд жінка витріщалася на обмотані ганчір'ям ступні, проте розмотувати їх не наважилася, й порачкувала за чоловіками. Гелен зрушити з місця не спромоглася.

Коли Лоуренс дістався до західного краю сідла, Єгор гепнувся на землю приблизно посередині між заглибиною в схилі пагорба й уламками «Боїнга». Десять кроків — якихось десять кроків! — і в очах потьмарилося від болю, а в легені немовби впріснули кислоти. Дюк Апшоу глухо постогнував за кілька метрів позаду.

Коли Анна підповзла до Парамонова, той знову був на ногах, але рушати не поспішав — віддихувався. Вони водночас підняли голови й утупилися в Лоуренса, що застиг на краю провалля, і тоді однорідне гудіння з ущелини розклалося на низку виразних і впізнаваних звуків: чах-чах-чах-чах-чах-чах-чах.

Гелікоптер.

Анна затулила обличчя, залишивши понад долонями очі.

Лоуренс розвернувся і дзвінким від напруження голосом закричав:

— Ти казав, що гелікоптери не літають на такій висоті! — По центру його поля зору розпливалася чорна пляма, і хлопець нахиляв голову, інстинктивно пробуючи зазирнути за неї. Звідти, де стояли Анна та Єгор, це скидалося на те, що Лоуренс горлає до когось підвішеного над їхніми головами. — На хріна ти переконував, що нас не врятують?!

— Я не казав, що...

Лоуренс не чув.

— Чуєш?! — Він вказував рукою на південний захід. — Що це?! Сучий сину! На кий хер ми тебе слухали?! — Хлопець узявся терти очі, наче щось потрапило під повіки, проте горлати не припинив: — Я знав, я знав це!

Спираючись на долоні, Анна рушила до провалля. Парамонов, зупиняючись що п'ять кроків, почвалав за нею. Жінка першою дісталася до Лоуренса і, чіпляючись за американця, устала з колін.

Гелікоптер сунув низько над льодовиком. Як саме низько стало зрозуміло, коли він вилетів із-під кряжа на сонце. Крихітна, схожа на п'явку тінь мерехтіла, іноді зовсім зникаючи під днищем, просто під лижами. Виникало враження, що гелікоптер не летить, а ковзає поверхнею льодовика.

Лоуренс Ґрейс застрибав, оскаженіло вимахуючи руками над головою:

— Ей! Хе-е-ей! Ми тут! — Вітер смикав і вигинав його бороду.

Загрібаючи неслухняними ногами камінці, пришкандибав Парамонов. Кілька секунд, не відриваючись, він стежив за просуванням гелікоптера, після чого холодне оцінювання у погляді змінилося переляком.

— Йому не можна підійматися сюди, — прошепотів пілот російською.

— Чому? — озирнулася Анна.

Єгор лиш хитнув головою. Він упізнав гелікоптер — одномоторний «Eurocopter AS350» «Білка». Максимальна практична висота для нього ледве перевищує п'ять кілометрів, однак Парамонов невиразно пригадував, як років десять тому якийсь француз посадив полегшену модифікацію «Білки» на вершину Евересту. Коли сонце не зникало за хмарами, Єгор чітко розрізняв кольори: синій хвіст, червона кабіна, біле днище. На боці — напис жирними срібними літерами «AS350 B3». Гелікоптер точно не належав ні ВПС, ні рятувальній службі МНС Пакистану, і це чомусь було погано, страшенно погано, от тільки Єгор не міг збагнути чому: щойно ніби розумів, а вже за мить те розуміння розпливалося драглистою туманною плямою. Росіянин перевів настороженний погляд на хмари, що струмками збігали поміж скель. У животі замість радісного тепла важчала чимала металева куля. Сонце то ховалося, то з'являлося, вітер тиснув на спину, ніби штовхаючи його до провалля.

Гелікоптер, завмерши на висоті кількох метрів над льодовиком, опинився просто під сідлом. Парамонов підібгав губи; Лоуренс, видихнувшись, припинив стрибати. Надсадне, супроводжуване пронизливим свистом чахкання трилопатевого ротора плавно посилилося, і гвинтокрила машина почала підійматися. Вертикально. Із Єгорової горлянки випорснув сиплий звук.

— Що не так? — запитала Анна.

Парамонов навіть не глянув на неї. «Eurocopter» давно пробив свою статичну стелю[1], а отже, щоби продовжити

[1] Статична стеля для гелікоптера — найбільша висота, якої може досягти гелікоптер, підіймаючись строго вертикально. Зазвичай вона є на кількасот метрів нижчою за практичну стелю. Для «Eurocopter AS350» статична стеля складає 4260 метрів.

набирати висоту, водночас із підійманням мусив рухатися вперед. От тільки рухатися в горизонтальній площині не було куди: з боків нависали стіни ущелини, попереду — на півночі — до неба пнулося вкрите снігом скелясте ікло заввишки майже сім тисяч метрів. Що ще гірше — і це насправді лякало Парамонова найдужче — ватяні пасма хмар і жмутки туману нерухомо застигли на скельних виступах, і пілот гелікоптера навряд чи підозрював, що нагорі, понад скелями, дме сильний вітер, який вдарить у бік, щойно він зрине над сідловиною.

«Eurocopter» повільно та рівно, наче його сунули на тросі, піднявся на дві сотні метрів над льодовиком. Кривлячись від болю в голові, Єгор підступив до краю прірви, секунд на п'ять застиг, а потім, коли крізь посріблене тьмяними відблисками лобове скло кабіни вималювалося обличчя пілота, замахав руками та захрипів:

— Ні, ні, ні! Не сюди! Розвертайся!

На сонце набігла хмара, і з ущелини ривком піднеслася пітьма. Зненацька стало дуже холодно. Анна затремтіла, Лоуренс кинувся на росіянина, врізався плечем у коліно та повалив на землю. Парамонов крізь зуби рикнув і запручався.

— Мудило, що ти робиш?! — істерично шипів американець.

Єгору вдалося виборсатися з-під набагато кремезнішого хлопця та відповзти, проте сил на підвестися не залишилося ні в того, ні в того.

Часто дихаючи, чоловіки тягнули шиї, видивляючись гелікоптер. Лоуренс папугою схиляв голову набік і скошував очі — чорна пляма виросла, затуливши весь центральний сектор огляду.

Червоно-синій «Eurocopter» помалу набирав висоту. Вісімсотп'ятдесятисильний двигун люто гарчав від нестачі кисню. Парамонов бачив, як двічі поспіль на краях лопатей гвинта зароджувалася вібрація — флатер[1], — але вбудовані в ротор спеціальні віброгасники щоразу її зупиняли.

Що ближче до сідла, то меншою ставала вертикальна швидкість. Останні тридцять метрів гелікоптер ледве повз. Крізь тоноване скло тепер уже чітко проступала голова пілота, масивні навушники робили його подібним до витріщкуватої мухи. Чоловік не відривав очей від панелі керування, та якоїсь миті Парамонову здалося, ніби він кинув погляд на фрагмент фюзеляжа, що застиг над проваллям, і росіянин знаками показав йому «униз! лети униз!», однак не був певен, що той його побачив.

Щойно гелікоптер порівнявся із сідловиною, у правий борт ударив потік повітря, що проривався поміж піками. «Eurocopter» шарпнуло вбік, лопаті зі дзвінким, схожим на відпускання натягнутої тятиви тьохканням, заметлялися, двигун ображено вискнув. Парамонов із жахом дивився, як за якихось півтори сотні метрів від нього гелікоптер вихляється та брьохається, наче людина, яка не вміє плавати й раптово втратила під ногами дно.

— Униз... униз... — розпачливо цідив він.

Пілот Eurocopter'а опустив ручку керування кроком гвинта, оберти двигуна впали, гелікоптер дзьобнув носом і, накренившись, рвонув до льодовика. Загалом чотириста метрів мало би вистачити, щоби вирівняти його, проте пілот мусив також виконати розворот на сто вісімдесят градусів: знижуватися на північ не можна було — ущелина попереду звужувалася і, зрештою, впиралася у схил семикілометрового піка.

Не змінюючи швидкості зниження, пілот заклав крутий віраж. Завалившись на лівий борт, гелікоптер помчав на західну стіну ущелини. Парамонов несвідомо затулив

---

[1] Флатер (англ. *flutter* — тремтіння, вібрація) — самовільна вібрація лопатей повітряного гвинта гелікоптера, що виникає під час досягнення певної критичної швидкості. Спричинений флатером резонанс може призвести до руйнування гвинта.

роззявленого рота долонею, Лоуренс гарячково тер очі, щоби позбутися мерехтливої чорної латки перед очима. Єгорові спочатку здалося, що пілотові все вдасться, «Eurocopter» вийде із розвороту за кільканадцять метрів від стіни, прошмигне над схожими на кістяні пластини стегозавра льодяними виступами, але потім, коли ніс гелікоптера вже розвернувся на південний захід, одна з п'ятиметрових лопатей зачепила скутий кригою схил. Бризнуло каміння впереміш із льодом. Лопать, видавши тремтливе «дринь», розсипалася на шматки. На якусь мить усе — і «Eurocopter», і уламки лопаті, і вибиті зі стіни льодяні блискітки — немовби повисло в повітрі, а тоді кермовий гвинт, який не припиняв шалено обертатися, потягнув гелікоптер убік, хвіст зі скреготом пройшовся по крутому схилові та відламався, після чого те, що залишилося від фюзеляжа, перекидаючись, покотилося вниз, до засотаного мороком провалля.

Сизуватої поверхні льодовика на дні ущелини досягнула груда потовченого металу, мало схожа на літальний апарат. Парамонов бачив, як у момент удару безформну сріблясту груду охопило полум'я, і лише через секунду до вух дійшов приглушений виляск вибуху. За мить до того, як стихло гуркітливе відлуння, сонце визирнуло з-за хмар, наповнило провалля холодним білим світлом, і клуби ядучо-чорного диму, що поповзли до неба, набули ще більш зловісного відтінку.

Росіянин відвернувся — не міг на них дивитися, — і якраз вчасно, щоби побачити, як у Лоуренса Ґрейса закотилися очі та безсило відкинулася голова.

11:42

Анна та Єгор пересунули непритомного Лоуренса від прірви до місця, де сидів Апшоу, після чого попадали на землю і хвилин десять лежали непорушно. Парамонов, прикривши очі передпліччям, цідив крізь зуби тихі стогони — обморожені пальці потроху відтавали й нестерпно боліли. Анна прошивала застиглим поглядом обкладене холодними хмарами небо. Гелен хотіла дати їм води, взяла обидві пляшки, зібралася із силами та підвелася, і лише ступивши кілька кроків, усвідомила, що сніг усередині пляшок не розтав.

Сонце зайшло та більше з-за хмар не з'являлося.

Американець невдовзі отямився і, допомагаючи собі руками, сів. Сліпа пляма по центру поля зору не зникла, проте зменшилася до розмірів дверного вічка. Довкола вічка час від часу проскакували сріблясті спалахи, втім вони швидко зникали й не заважали бачити. Лоуренс спідлоба зиркнув на Парамонова:

— Вибач, що накинувся. Пробач. Мене накрило.

Росіянин лише скосив погляд і промовчав.

— Він розбився? — запитав хлопець.

— Так. — Анна піднялася на руках.

Лоуренс повернув до неї голову:

— Пілот загинув?

— Так.

— Ти впевнена?

Анна намірилася відповісти, що гелікоптер вибухнув, та її випередив Парамонов:

— Навіть якщо не загинув, ти що — полізеш його рятувати? Витягнеш його сюди, на сідло?

Борода задригалася, та водночас із роздратуванням почала розростатися пляма перед очима, й Лоуренс погамував спалах люті. Помовчавши, він сказав:

— Ти переконував, що гелікоптер сюди не дістанеться.

— А він і не дістався! — відрубав Єгор.

— Я про те, що... — хлопець супився, — він прилетів, він долетів сюди, то, може, ми не так і високо?

Парамонов, крекчучи, сів. Поборов напад нудоти, вишкірився, готуючись заперечити, та в очі впало тіло Олівера Морґенштерна, і потріскані губи розслабилися. Росіянин обвів поглядом охлялі обличчя Апшоу, Анни та Лоуренса, а потім із надсадою, через два-три слова зупиняючись, аби хапнути повітря, заговорив.

— Добрі новини, — верхня губа мимоволі смикнулася, так ніби в їхньому становищі залишалося хоч щось добре, — пілот нас побачив і, сподіваюсь, устиг доповісти. Потрібно протриматися, доки рятувальники не додумаються, як нас звідси визволити.

— Ми лежали серед каміння, — промимрив Лоуренс, — він міг не помітити.

— Вона стояла! — Єгор різко, ледь не зі злістю кивнув на Анну, та впевненості в голосі не було. Він знав, як важко керувати гелікоптером на такій висоті, знав, що пілот, зачепившись очима за носову частину фюзеляжа, міг не зауважити Анну, і навіть розгледівши жінку, навряд чи відчув потребу негайно про неї доповісти.

Чоловіки замовкли.

— А які погані новини? — запитала Анна.

Парамонов, наче соромлячись, сховав розпухлі пальці під ковдрою.

— У світі існує лише декілька гелікоптерів, які можуть злетіти на таку висоту. Їх однозначно немає в Пакистані. Те, що один із них приволокли сюди... — він затих, прикусивши губу.

— Що? — зморшки на лобі Анни вигнулися літерою W. — Що це означає?

Думка, що вислизнула, коли росіянин роздивлявся кольори на фюзеляжі гелікоптера, раптово повернулася. «Eurocopter» не належав ні армії, ні рятувальним службам Пакистану, і те, що пакистанці попросили про допомогу з-за кордону та, попри погіршення погодних умов, наважилися ризикнути й унікальним, пристосованим до високогірних польотів апаратом, і життям пілота, доводило, що рейс 341 розбився в місці, дістатися куди в якийсь інакший, менш ризикований спосіб дуже важко. Це не означало, що рятувальники облишать спроби вийти до місця катастрофи, особливо, якщо пілот Eurocopter'а встиг повідомити про Анну, проте після аварії гелікоптера чекати на їхню швидку появу справді не варто. Тож коли Лоуренс дивовижно спокійним голосом запитав:

— Ми помремо? — Парамонов знав відповідь, хоч і розпачливо опирався її усвідомленню.

— Ми всі колись помремо, — буркнув він.

Суплячись, Єгор узявся вишукувати які-небудь зачіпки, щоб запевнити самого себе, що вони протримаються ще хоча б день. Він глянув на схил меншого піка, на якому чорніла центральна частина фюзеляжа 777-го, і сказав:

— Треба спробувати долізти туди. — Анна, Апшоу та Лоуренс простежили за його поглядом. — Там можуть бути кисень, вода і... і щось для підпалу.

— Це небезпечно, — зронила Анна.

— Думаєш, воно того варте? — примружився хлопець.

Від спраги, виснаження та холоду вони всі почувалися якимись загальмованими. Думки та реакції дедалі частіше згасали, не набуваючи викінченої форми, а слова під час розмови немовби рухалися повільніше. Вони зважували небезпеку й водночас уперто уникали думати про те, що кисень їх уже не врятує, що вода, навіть якщо вдасться її знайти, давно замерзла, а шанси нашукати достатню для розведення вогню кількість паперу серед бедламу, на який перетворилися нутрощі центральної частини фюзеляжа, жалюгідно малі. Анна, Лоуренс і навіть Апшоу дивилися на Парамонова й напружено кивали. Він майже розпалив багаття, він знає, на якій вони висоті, він передбачив, що гелікоптеру не можна підійматися, він... Вони нестямно чіплялися за життя, а тому не піддавали сумніву жодне його слово.

— Там карниз. — Росіянин випростав руку та провів нею уздовж невидимої лінії, що сполучала сідло й навіс, над яким застрягла центральна частина фюзеляжа. — Вітер дме зі сходу, він притискатиме, а не зриватиме зі схилу.

Чверть хвилини чоловіки та жінка замислено вглядалися у вузький виступ на схилі гори. Зрештою Лоуренс мовив:

— Я полізу.

Єгор повернув голову.

— Ти не мусиш.

— Я полізу, — рішуче повторив американець.

— Слухай, якщо ти через те, що сталося перед падінням гелікоптера, то... забудь.

— Хто, як не я? Німець? Старий?

«Німець мертвий», — відсторонено відзначив Парамонов. За мить через силу озвався:

— Я міг би...

— Ти не можеш. Подивись на свої руки.

Росіянин втупився в почорнілі подушки пальців так, ніби вони могли пояснити, чому це все відбувається з ним, і протяжно зітхнув.

— Зараз? — не підводячи голови, запитав він.

Лоуренс став на ноги.

— А коли?

Хлопець ступив кілька кроків, а потім озирнувся. Анна сиділа найближче, і Лоуренс зустрівся з жінкою очима. Його погляд був несфокусованим, попечена шкіра над бородою — м'ясисто-червоною, густа сітка пурпурових жилок, як іржею, роз'їдала зелень райдужок, та поза тим щось було в його обличчі... щось таке, що Анні Янголь не вдавалося прочитати. Вона не знала, що сказати, аби підбадьорити, тож зрештою опустила очі. Лоуренс розвернувся і нетвердою ходою попрямував на південний схід, до провалля, із дна якого брудною мильною піною підіймалася сіра імла.

12:06

Протягом доби в Лоуренса поступово розвивався набряк диска зорового нерва. Спочатку це мало вияв тупого болю за очницями, та цього ранку внаслідок нервового перенапруження перед очима розплилася мутнувата плівка, після чого по центру поля зору утворилася сліпа пляма. Поки він лежав без свідомості, пляма звузилася до майже непомітної темної цятки, одначе згодом, коли хлопець, похитуючись, закрокував до східного краю сідла, цятка знову почала розростатися.

Пляма турбувала Лоуренса. Він боявся, що зненацька осліпне посеред карниза, на який показав росіянин, але повертатися не збирався. Дошкутильгавши до краю провалля, зупинився, потер пальцями очі та роззирнувся. Чи то пак спробував роззирнутися. Важка запона з хмар стоншилася, і крізь прозорий, схожий на дим серпанок проступив неяскравий обрис сонячного диска. Ліворуч насувався морок півкілометрового провалля, праворуч і трохи попереду вороже поблискував льодяним оком замерзлий схил. Лоуренс, нахиляючи голову, обстежив виступ, який, то ширшаючи, то заледве не зникаючи, траверсом тягнувся попід майже прямовисною стіною. Метрів за сто п'ятдесят від сідла над карнизом нависав чотириметровий серак[1], але хлопець нагледів лазівку, щоби перелізти через нього. У кількох місцях за сераком доведеться перестрибувати вертикальні тріщини й огинати контрфорси[2], та загалом усе не так страшно, як здавалося. Найважчими будуть перші тридцять метрів, де схил, який підпирає уступ праворуч, недостатньо пологий, аби по ньому йти, і водночас недостатньо крутий, щоби за нього триматися.

Іще раз потерши очі, Лоуренс якомога глибше вдихнув і посунув уперед. Він тримав руки розкинутими, трохи виставивши перед собою, щоби зберігати рівновагу, а ще тому, що лише в такому положенні добре їх бачив. Звіддалік його силует скидався на карикатурно-кіношного привида. Повітря з глухими стогонами розбивалося об гору, зісковзувало

[1] Сера́к (фр. *sérac*) — крижаний пік, вертикальне утворення на льодовику.
[2] Контрфорс — вертикальне ребро, що виступає від стіни чи схилу.

схилом та навалювалося на плечі. Вітер, наче знущаючись, смикав волосся, гострими язиками лизав потріскану й облуплену шкіру на щоках. Хмари, здавалося, лізли звідусіль: із дна ущелини, з-за гребеня гори, їжакуватими клубами скочувалися з неба. Якоїсь миті Лоуренс розгубився, в голові запаморочилося до непритомності, раптом йому приверзлося, що фрагмента фюзеляжа більше немає на схилі, хлопець мусив закинути голову, щоб намацати його бічним зором і трохи заспокоїтися.

Він зупинився. До рятівних виступів, за які можна буде вчепитися рукою, залишалося п'ятнадцять метрів. У вухах зародилося дивне потріскування. Хлопець прислухався і раптом відволікся на вітер. Його стугін переплітався із хрипами в легенях, шумом крові у вухах і нагадував дещо напрочуд знайоме... Стадіон. Так, саме так! Рев уболівальників. Нервовий монотонний гул, який створюють водночас десятки тисяч горлянок!

Сліпа пляма залила чорнилом майже все поле зору, проте Лоуренс цього не зауважував. Перед внутрішнім зором постали останні секунди 51-го Супербоулу: електронний годинник за спинами захисників «New England Renegades», широкий торс Джермейна Гоукінса попереду, бліде, перекошене обличчя Брендона Бартона, який розпочинав розіграш у власній заліковій зоні.

49... 48... 47 секунд...

(*не розчаруй свого батька, хлопче*)

Тілом піднялася хвиля нудотного поколювання. Хлопець став спиною до стіни — так було легше опиратися натискові вітру, — а тоді високим, наче йому забракло повітря, голосом просипів:

— Це не я... не через мене...

Ніхто не звинувачував Лоуренса у програші. Ніхто не пов'язував із ним причину поразки. Найбільше від преси й уболівальників дісталося Рону Метьюзу, координатору нападу, бо саме Рон, коли «Загарбники» перебували на відстані ярда від залікової зони та мали чотири спроби, щоби цей ярд пройти, замість виносу по землі обрав пасовий розіграш. Утім Лоуренс знав, що Рон не винен. Так, координатор відповідає за вибір схеми, але на полі діють гравці. Іронія полягала в тому, що Рон Метьюз насправді *вгадав із розіграшем* — він заскочив «Ренегатів» зненацька: бостонці виставили вздовж гольової лінії стіну з лайнменів і лайнбекерів, вони очікували на прорив землею, вони готувалися перехоплювати раннін-бека, ніхто з них навіть припустити не міг, що Метьюз скомандує пасувати! І якби Лоуренс упіймав м'яча, ті самі журналісти та вболівальники нарекли би Рона найгеніальнішим футбольним тактиком від часу заснування НФЛ.

Але Ґрейс не впіймав.

Щоразу, коли передивлявся відеозапис, Лоуренс прикипав очима до вільної смуги завширшки два метри між ним і лайнменами «Ренегатів» і уявляв, як усе склалося б, якби замість завалюватися назад, до залікової зони, він зробив крок уперед. Не думав про тачдаун, а просто ступив крок назустріч м'ячеві... Він прийняв би пас. Хтозна, чи заніс би м'яча за лінію — імовірно, Бартон повалив би його за дюйм від залікової зони, — та абсолютно точно впіймав би! І найважливіше — у його команди залишалося б аж три спроби, щоби цей дюйм пройти...

Шум крові у вухах остаточно перетворився на екзальтований рев уболівальників. Притуманене сонце розпалося спершу на дві, потім на чотири, потім на довжелезний ряд яскравих цяток, які вмить обернулися надпотужними прожекторами, що обрамляли чашу стадіону «NRG Stadium» у Х'юстоні. Лоуренс відчув, як скажено тріпоче у грудях серце: він знову на полі, знову на гольовій лінії, за лічені секунди до закінчення найважливішого матчу його життя!

Хлопець відступив від стіни та зупинився на гребені, за яким обривалося вниз провалля. Анна, Апшоу та Єгор стежили за ним, однак першою збагнула, що з американцем коїться щось дуже недобре, Гелен Горовіц.

— Що він робить? — Вона подивилася на чоловіків. — Зупиніть його! — Їй ніхто не відповів: інертні погляди, безсило відвислі щелепи. Гелен підвелася та замахала руками. — Хей! Е-е-ей! Стій! Не роби цього!

Лоуренс іще не зовсім утратив зв'язок із реальністю. У нього макітрилося в голові, гуло у вухах, і він це усвідомлював. Може, він би отямився, якби почув Гелен, але... хіба розбереш, що кричить виснажена жінка, коли перед тобою захлинається ревом заповнений по вінця стадіон?..

Ресивер раптом побачив низку тіней за два метри від себе й упізнав у них лайнменів суперника. Побачив закручений спіраллю м'яч, який опускався до рук із засвіченого неба, і всміхнувся, тішачись, що Джаред Коузер, його квотербек, виконав ідеальний пас. А тоді — *крок уперед, просто крок уперед, і ти на вершині світу!* — професійно наставив долоні та ступив назустріч порожнечі.

12:11

Звідти, де сиділи Апшоу, Анна та Єгор, поведінка Лоуренса, поки він просувався карнизом, не здавалася підозрілою. Вона не викликала занепокоєння, доки хлопець не зупинився. Він став спиною до гори й почав крутити головою, наче сновида, який щойно прокинувся і ніяк не второпає, де опинився. Гелен зірвалася на ноги й закричала, та навіть по тому ніхто з чоловіків не здогадався, що от-от відбудеться. Лоуренс ледь нахилив тулуб праворуч, виставив перед собою долоні, немовби в якійсь дурнуватій грі, де його попросили зобразити літеру «С», після чого зістрибнув у прірву.

За мить він перетворився на миготливу тінь, що скочувалася схилом, потім на хрусткий шурхіт снігу, що линув начебто звідусіль, а потім і шурхіт затих.

21 червня 2016-го
Штаб-квартира футбольної команди «New England Renegades»
Фоксборо, штат Масачусетс, 35 км на південний захід від Бостона
7 місяців і 26 днів до 51-го Супербоулу

Просторий кабінет на горішньому поверсі чотириповерхової офісної будівлі, що притулилася до західної стіни стадіону «Santander Bank Field», золотило м'яке передвечірнє світло. Немилосердна спека, що трималася впродовж першої половини червня, минулого тижня почала спадати, й у вівторок по обіді Білл Вентрон, шістдесятитрирічний тренер «Ренегатів», уперше від початку літа вимкнув кондиціонер і розчахнув вікно. Тренер напівлежав, уклавши голову на підголівник розлогого шкіряного крісла, й замислено пожовував кінчик простого олівця. Густе тепле світло розтікалося смаглявим обличчям, згладжуючи кутасті вилиці й затираючи складки на незмінно наморщеному лобі. Чоловік блукав очима за вікном, але погляд залишався несфокусованим: він не бачив ні покошланих, наче пір'ям набитих хмар, що повільно сунули на схід до затоки Кейп-Код, ні величезного асфальтового озера — стоянки для автомобілів, — темна латка якого широким півколом обступала домашній стадіон «Ренегатів» із півночі та заходу. Натомість думки знову й знову поверталися до Брендона Бартона, відеозаписи з іграми якого Білл Вентрон переглянув не менше як сотню разів протягом вихідних. Тренер ніяк не міг збагнути, чому Бартона ніхто не взяв під час драфту 2014-го. Корнербек «Тигрів Західної Алабами» привернув його увагу ще до драфту, проте навесні 2014-го «Ренегати» потребували не захисників, а гравців лінії нападу й ресиверів, тож у ході драфту Білл випустив Бартона з поля зору. Тренер згадав про корнера з Університету Західної Алабами лише зараз, коли Майк Каннінгем, за минулі чотири роки найкращий захисник «Ренегатів», відмовився поновлювати контракт і перейшов до «Вашингтонських Федералів». Після того як ЗМІ розтрубили про перехід Каннінгема, десь коло десятка агентів засипали Білла повідомленнями із недвозначними натяками, що їхні зіркові підопічні не відмовилися б зайняти місце головного корнербека в його команді, проте Вентрон не хотів зірок. Він волів будувати команду з нікому не відомих хлопчаків, для яких сама можливість вийти на поле під час професійного матчу важить незрівнянно більше за кількість нулів у контракті.

Тож, третій день розжовуючи олівець за олівцем, Білл Вентрон ламав голову над тим, чи може Брендон Бартон стати наступним таким хлопчаком. Корнер відіграв три хороші роки в коледжі, непогано відстояв дві з половиною чверті у півфіналі університетського чемпіонату (доки його не вилучили з поля) і блискуче показав себе на скаутському огляді, що передував драфту. Ніби все гаразд. Та перед тим запрошувати його до команди, Вентрон мусив дізнатися, що з ним не так. Чому жодна з команд не наважилася підписати корнербека, якого за всіма ознаками мали забрати не пізніше за третій раунд?

Білл повернув голову до монітора та клацнув по клавіатурі, вкотре запускаючи відеозапис інциденту під час півфінальної гри другого Дивізіону студентської футбольної ліги, через який Брендона вилучили з поля. Після завершення розіграшу Брендон накинувся на Гарві Гамільтона, ресивера «Аргонавтів Західної Флориди», зірвав із нього шолом і взявся оскаженіло дубасити кулаками по обличчі. Білл перемотав запис назад до моменту, коли Гамільтон упіймав м'яч. Брендон обхопив його та повалив на землю. Усе акуратно, все в межах правил, нічого такого, щоб скочити в бійку. Проте потім, коли корнер і ресивер підвелися, Гамільтон нахилився та щось сказав Бартону... і тоді закрутилося.

Щось сказав.

Тренер зупинив запис і, наблизивши очі до монітора, довго вдивлявся у спотворене люттю обличчя Брендона. Вочевидь, тієї миті хлопчак думав не про вихід до фіналу, не про те, що «Тигри» без нього програють, він думав про щось значно більш важливе за футбол. І Білл Вентрон розумів, що за будь-яку ціну мусить дізнатися, про що саме.

Відсунувши клавіатуру, він зняв слухавку стаціонарного телефона і, не випускаючи олівця із зубів, набрав свого асистента, що сидів поверхом нижче.

— Стіві, нагадай, хто був координатором захисту «Тигрів Західної Алабами» 2013-го?

— Джош Деніелс.

— А, трясця! Геть забув.

Майже сорок років тому Вентрон і Деніелс пліч-о-пліч починали кар'єру, працюючи помічниками координатора захисту в «Indianapolis Stars». Вентрон після того пішов лише вгору та зрештою став одним із найкращих тренерів Ліги, натомість Деніелсу не вдалося закріпитися в НФЛ, і він надалі тренував переважно другорядні університетські команди.

— Ти все ще думаєш про корнербека, чиї записи надіслав мені вчора? — поцікавився асистент.

Тренер невиразно мугикнув:

— Ну, так... Мабуть... Не знаю.

— Хочеш, я зв'яжуся з Деніелсом? Хочеш із ним поговорити?

— Ні, дякую. Я сам. Ми колись працювали разом.

Білл поклав трубку. Дістав із кишені шортів мобільний телефон. Хвилину тупився в неактивний екран і лише потому відшукав у контактах номер телефону Джоша Деніелса й натиснув на кнопку виклику.

Джош відповів після п'ятого гудка:

— Білле? — Координатор захисту Університету Західної Алабами щосили старався, щоби його шок прозвучав радше як тривіальне здивування, та йому не дуже вдавалося. — Щоб я здох, Білле, це ти?!

— Це я. — Білл Вентрон уже не пам'ятав, коли вони із Джошем востаннє розмовляли. П'ять? Сім років тому? — Привіт, Джоше.

— Старий пиздюк! Я думав, ти вже вмер! — Деніелс вицідив із горлянки схоже на хрюкання гиготіння. — Жартую, звісно. Я стежу за твоїми «Ренегатами», ти ж знаєш. Просто це трохи несподівано. Це-е... наче дзвінок від колишньої. — І знову хрюкання.

Тренер «Ренегатів», напівприкривши очі важкими повіками, дочекався, поки Деніелс затихне, а тоді промовив:

— Розкажи мені про Бартона.

Джош, вочевидь, здивувався, але перепитувати не став. Він знав, як Білл ненавидить марнувати час на вербальне сюсюкання, та основне — серед команд, які Деніелс тренував упродовж останніх тридцяти років, був лиш один хлопчак, якого звали Бартон і який міг би зацікавити найуспішнішого на сьогодні тренера НФЛ.

— Білле, ну, він хороший гравець. Я б не вважав його найкращим корнером з усіх, хто пройшов через мої руки, але він точно був не найгіршим.

— Я теж так думаю.

Джош гмикнув.

— Він проситься до тебе на збори?

— Ні, я переглянув добірку відеозаписів, які його агент розсилав менеджерам із персоналу перед минулорічним драфтом.

— Позаминулорічним, — поправив Джош.

— Ну так, позаминулорічним.

— А чого раптом ти ним зацікавився?

— Поясни мені, чому його ніхто не взяв.

Джош знову гмикнув.

— Про це питай менеджерів команд, які надали перевагу іншим корнерам. Я гадав, пацана заберуть у другому чи третьому раунді. Не пізніше як у четвертому. Ну, але сталося, як сталося.

— Ти довго його тренував?

— Два чи три роки в Західній Алабамі.

— Якщо Бартон був вартий другого раунду драфту, чому його не вибрали? — напосідав Вентрон.

— Та звідки мені, на хрін, знати? Це ти працюєш у НФЛ, а не я!

— Ти три роки був його тренером.

Деніелс невдоволено покректав.

— Тренер не завжди бачить повну картину... Важке дитинство, матір алкоголічка, батько постійно у відрядженнях. Як мені відомо, матір пішла із сім'ї, коли Брендону виповнилося дванадцять... чи чотирнадцять... не пам'ятаю вже. А потім його старий врізав дуба від передозування... це десь за рік до того, як пацан закінчив школу. Хлопця забрала до себе батькова сестра. У нього самого були серйозні проблеми з наркотиками. Здається, 2010-го пацана загребла поліція, такого обдовбаного, що він не стояв на ногах. Може, через це його й не взяли під час драфту, хоча відтоді Брендон залишався тверезим. Принаймні поки грав у мене в коледжі. За це можу поручитися.

— Отже, наркотики, — промовив Білл. — Але тобі про це було відомо? Тобто відомо від початку?

— Звісно, було відомо.

— Це все?

— Білле, ти ж знаєш: я б тебе не обманював.

— Що трапилося під час півфінальної гри 2014-го? Пам'ятаєш бійку, коли його вилучили? — мовчанка. — Що сказав йому Гамільтон?

— Гамільтон?

— Так. Ресивер «Аргонавтів» з Університету Західної Флориди.

Джош Деніелс не відповідав. Білл подумав, що той не може пригадати епізод, і вже намірився завершити розмову, коли Джош ніби нехотячи озвався:

— Гамільтон обзивав його байстрюком упродовж гри, а потім ляпнув щось про батька. Не знаю, може, щось іще. Я спробував поговорити з Брендоном після гри, проте він нічого не розповів. Відмахнувся. Я вже знав, що він має намір спробувати сили в драфті, тобто, що він іде з команди, а тому не наполягав. Ми програли, і мені було якось, типу, начхати. — Джош помовчав. — Про «байстрюка» я дізнався від інших гравців уже в роздягальні.

«Обізвав байстрюком? — Важкі повіки піднялися, проте погляд залишався відсутнім. — Сказав щось про батька?» Такі розмови на полі не рідкість, цього недостатньо, мусило бути щось іще. Гарві Гамільтон зумисне чи ненароком намацав якусь винятково болючу точку, смикнув за оголений нерв, умить довівши Брендона до сказу.

— Тоді останнє запитання. Якщо Брендон Бартон у шістнадцять років мав проблеми з наркотиками, чому його взяв *ти*? Що такого ти побачив у цьому малому, чого не зауважили решта тренерів?

— Я нічого не побачив, Білле. Пацан сам прийшов до мене.

Цікавість, що вже майже пригасла, спалахнула з новою силою.

— Тобто?

— Улітку 2011-го він прийшов до мене та сказав, що хоче грати в моїй команді. Я відповів, що кожен другий шмаркач звідсіля і до самого кордону штату хоче грати в моїй команді. Щоб ти розумів, десь за тиждень до того пацан перехворів на якийсь грип і дуже скинув вагу. Ну, в сенсі, ти б його бачив. Страх Господній! Присягаюся, то був найхудіший шмаркач з усіх, хто будь-коли, сидячи у кріслі мого кабінету, розказував, що хоче стати корнербеком. Тоді він розповів, що був найкращим у школі, але скаути не розглядали його як потенційного рекрута через наркотичну залежність.

Білл не вірив у те, що чує.

— Він сам це розповів?

— У мене теж очі на лоба полізли. Проте ти зрозумів мене правильно: пацан вивалив усе, не криючись і не відводячи очей. А потім виклав історію про... е-е... про свого батька. Абсолютно немислиму, на перший погляд, історію, і я... розумієш, я досі не знаю, чи то була правда, але пригадую, що подумав, якщо це таки правда, то пацан більше ніколи в житті не торкатиметься наркотиків. І ще він гратиме. Гратиме так, наче від цього залежить його життя... Я дав йому шанс.

Секунд десять обоє мовчали.

— Ти ж знаєш, Джоше, після такого я від тебе не відчеплюся.

— Знаю, що не відчепишся.

— Що то була за історія?

Джош зітхнув і почав розказувати...

Розповідь тренера Деніелса тривала три хвилини, і то були єдині три хвилини за день, упродовж яких Білл Вентрон не жував олівця. Тренер «Ренегатів» закляк: зморшки немовби закам'яніли, губи злиплися в бліду риску, брови з'їхалися клином, перетворивши обличчя на грізно вищирену маску. Здавалося, навіть час довкола нього зупинився. Увесь світ стиснувся до звуків, що долинали зі слухавки.

Коли Джош закінчив, Білл Вентрон кипів німотним гнівом від усвідомлення того, яким бездарним, нетямущим і сліпим був Деніелс. Утім, коли тренер «Ренегатів» озвався, ніщо в голосі не виявляло його стану.

— Знаєш, де хлопець зараз?

— Уявлення не маю, — відповів Джош. — Напевно, повернувся додому. Він із якогось забутого Богом містечка на заході Міссісіпі.

— Дякую, Джоше.

Білл Вентрон утопив кнопку скидання виклику, а за кілька секунд швидко набрав номер асистента.

— Стіві?

— Я слухаю.

— Знайди мені його.

— Бартона?

— Так. Дізнайся, де він зараз. Зателефонуй йому, я хочу поговорити.

— Так, босе.

— Негайно.

— Я зрозумів.

Білл розірвав зв'язок.

Стіві зателефонував за чверть години.

— Знайшов? — випалив Вентрон.

Запитання прозвучало, наче ляпас.

— Так. Хлопчак після драфту 2014-го повернувся до рідного Віксбурга в Міссісіпі. Працює офіціантом у місцевому «Popeye's Pizzas». Сьогодні має вихідний, але я дістав номер його мобільного, він зараз на другій лінії. Перемикати?

— Так.

У слухавці клацнуло. Білл затиснув олівець так, що деревина хруснула, дочекався короткого сторожкого «алло» та промовив:

— Брендоне, це Білл Вентрон, головний тренер «Ренегатів». Привіт.

А тоді замовк. За майже сорокарічну кар'єру Білл промовляв такі слова не менше за півтисячі разів. Власне, у словах нічого надзвичайного не було. Вони не мали жодного значення без тих, кому призначалися, тих, хто пожадливо всотував їх на іншому кінці, — здебільшого зневажених, ображених на весь світ хлопчаків, які давно розпрощалися з мрією стати гравцем НФЛ. Білл знав, що вони потребують трохи часу, щоб оговтатися.

Зрештою зі слухавки вилетіло:

— Та ну нахер...

На обличчі тренера не ворухнувся жоден м'яз. За стільки років він уже звик, що реагують вони всі приблизно однаково.

— П'ятого липня у моєї команди починається тренувальний збір у Фоксборо, штат Масачусетс, — сказав Білл. — Думаю, тобі відомо, де це. Я хочу тебе на ньому бачити.

— Я не...

— Сподіваюсь, ти в непоганій формі. Якщо ні, маєш три тижні, щоби підготуватися.

— Я н-не... бляха.

— Ти розумієш, що я називаю словом «підготуватися»? — Білл Вентрон умів смакувати такі моменти. — За сорок років у НФЛ я не знаю жодного вільного агента, якого би двічі запросили до тренувального табору. Ти або потрапляєш до команди, або про тебе забувають.

Брендон Бартон затих. Зі слухавки не вчувалося жодного звуку — здавалося, хлопчак навіть не дихав, — однак Вентрон відчував, що той його слухає.

Вирішивши, що витримав достатню паузу, тренер сказав:

— Фінансові питання обговориш із моїм асистентом, він усе ще на лінії, — а тоді, вже кладучи трубку, хрипко докинув: — До зустрічі, хлопче.

Білл розвернувся обличчям до вікна, витягнув олівець і кілька секунд роздивлявся розжований на тріску незагострений кінець. Два роки. Хлопчак не виходив на поле довгі два роки. Ймовірно, він заплив жиром, розм'як, і тоді все марно, проте якщо ні... В очах промайнув короткий спалах, ніби у маленької дитини в передчутті різдвяних подарунків. Білл умостив потилицю на підголівник і пожбурив олівець до кошика для сміття.

5 лютого 2017-го
NRG Stadium, Х'юстон, Техас
Перерва перед початком 4-ї чверті 51-го Супербоулу

Навіть без гравців на полі стадіон ревів так, що доводилося кричати, аби тебе чули.

Білл Вентрон, зсунувши навушники на шию та заклавши за вухо олівець, підійшов до лав, біля яких товклися захисники його команди. Здебільшого стояли, надто знервовані, щоби сидіти. Тренер пробігся очима по зосереджених обличчях і зупинив погляд на невисокій кремезній постаті із двадцять першим номером на грудях. Брендон Бартон відчув, як підібралися його товариші довкола.

— Брендоне, — Вентрон зробив невиразний жест у бік поля, — виходиш.

Хлопець інстинктивно потягнувся по шолом.

— Так, тренере, — слова прозвучали так, ніби він намагався вимовити їх під водою. Брендон подумав, що тренер, мабуть, його не почув і прогорлав: — Так, сер, я готовий!

Зморшки на важкому обличчі Вентрона невдоволено сіпнулися.

— Я не питаю, чи ти готовий. Виходиш проти Ґрейса.

— Так, сер, — Брендон не зразу втямив, — але це-е... — це якийсь жах. Проти Ґрейса? Його завдання — вивести з гри одного з найкращих ресиверів Ліги? Корнербек раптом збагнув, що не в змозі витиснути із себе жодного слова, щелепи неначе розм'якли, голову розпирала порожнеча.

— Щось не так? — Вентрон грізно звів брови.

Не наважуючись зазирнути в глибоко посаджені очі тренера, Брендон сфокусувався на кінчику олівця, що стирчав над вухом, і уточнив:

— Проти Лоуренса Ґрейса?

— У них у команді є ще один Ґрейс?

— Ні, сер.

— То чому перепитуєш?

— Пробачте, сер.

Білл Вентрон повернув навушники на голову, сердито сплюнув і відійшов. Одначе за хвилину, коли суддя подав знак гравцям обох команд готуватися до виходу на поле, знову покликав 21-й номер:

— Брендоне.

Корнербек стояв осторонь — шолом на потилиці — й, затуливши долонями обличчя, безгучно молився. На звук тренерового голосу хлопець провів руками по лиці з такою силою, ніби волів здерти з нього шкіру, й обернувся до Вентрона. Тренер наблизився, і на якусь мить гул, що наповняв повітря, немовби відступив. Вони були одного зросту, тож Бартонові на відміну від інших гравців не доводилося нахилятися.

— Страшно? — запитав Білл.

Брендон одягнув шолом, закріпив фіксатор на підборідді.

— Так, сер. Трохи. Це ж... — хлопець махнув рукою до трибун, що уступами здіймалися над полем, — це Супербоул.

Склавши руки на грудях і ледь задерши голову, Білл із-під напівопущених повік оглянув чашу стадіону, що неначе намагалася проковтнути їх, розчавити у своєму лоні, а тоді повернувся і вп'явся очима в обличчя Брендона. Хлопчак тримав руки перед собою, на рівні грудей, і пальцями правої руки погладжував тугий горбик на місці з'єднання середньої та дистальної[1] фаланг безіменного пальця лівої — слід від давнього перелому.

— Не існує такої речі, як зовнішній тиск. Це все у твоїй голові. — Тренер постукав по шоломі. — Розумієш?

Брендон автоматично кивнув:

— Так, сер.

— Думай не про те, як хочеш зіграти, це просто довбана гра з м'ячем. Думай про щось поза нею, про те, заради чого ти це робиш.

— Так, сер.

— Думай про того, заради кого щоранку приходиш на тренування.

Чергового «так, сер» не прозвучало — Бартон ним ледь не вдавився. Корнер глипнув на тренера, наважився навіть зазирнути в очі, у дві безжальні цятки, що тьмаво поблис-

---

[1] Дистальна фаланга — крайня (найдальша від долоні) фаланга пальця.

кували з-під густих брів. Це банальне накачування перед виходом? Але Білл Вентрон не страждає й ніколи не страждав на такі дурниці. Тоді до чого це? Що він намагається сказати? Якась невиразна, туманна здогадка проскочила в мозку, проте що дужче корнер кривився, силкуючись за неї вхопитися, то прудкіше вона вислизала. Пальці продовжували гладити горбик.

Тренер тим часом показав на поле й дуже тихо — Брендон радше прочитав за порухом губ, аніж почув, — промовив:

— Уперед.

5 лютого 2017-го
NRG Stadium, Х'юстон, Техас
Розминка команд за півтори години до початку 51-го Суперболу

— Як справи?

Лоуренс Ґрейс поклав долоню на коліно та скинув голову. Він упізнав низький скрипучий голос, який безліч разів чув по телевізору, та очі однаково покруглішали від здивування, коли погляд уперся в Білла Вентрона, головного тренера «Ренегатів». Ресивер поспіхом роззирнувся, переконуючись, що тренер суперників звертається саме до нього, а тоді відказав:

— Чудово, сер. — Він припинив розтягувати підколінне сухожилля, проте не підвівся — не знав, як реагувати, тож так і залишився сидіти із випростаною вбік лівою ногою. — Дякую.

Джермейн Гоукінс розминався за кілька кроків ліворуч. Лоуренс затримав погляд на товаришеві, проте той тільки знизав плечима. Під час передматчевих розминок тренери зрідка зав'язують розмову із гравцями суперника, проте зазвичай лише з тими, кого знають особисто (наприклад, із тими, хто колись грав за їхню команду), або ж із зірковими ветеранами Ліги, котрі заслужили на особливе ставлення. Лоуренс не був ні першим, ні — поки що — другим.

— Хвилюєшся? — Вентрон сховав руки до накладної кишені спереду бавовняного ху́ді з логотипом «Ренегатів».

— Якщо відверто: трохи нервую.

— Я теж. — Тренер усміхнувся, проте усмішка протрималася недовго, чоловік неначе засоромився її і, щоби приховати, вдавано закашлявся.

— Для мене це вперше, — пояснив Лоуренс.

Білл Вентрон задумливо втупився у трибуни над тією частиною поля, де під час матчу розташовуватимуться «Загарбники». Сектори заповнювали перші вболівальники, у прохолодному повітрі глухо жебоніли їхні голоси.

— Воно щоразу, наче вперше. — Вентрон зітхнув. Лоуренс дивився на важке, посічене зморшками обличчя, приглядався до загадкових тіней в очах і не міг збагнути, до чого той хилить. — Це Супербоул, до цього ніколи не звикнеш... Думаю, ти ще дізнаєшся.

Ресивер боявся ворухнутися, щоб не зруйнувати крихку чарівливість моменту: грізний Білл Вентрон, який протягом останнього десятиліття чотири рази вигравав із «Ренегатами» чемпіонський титул, мовчазний стратег, із якого на пресконференціях рідко коли вдавалося вицідити більше за півдесятка слів, замріяно тупився в порожнечу й патякав про унікальність відчуттів перед Супербоулом.

Несподівано тренер опустив голову й зиркнув на Лоуренса:

— Як твій батько?

Ресивер здивовано скинув брови:

— Перепрошую?

— Ми колись спілкувалися, ще коли він грав за Морську Академію. Мій батько тоді тренував команду морпіхів. Не те щоб ми товаришували, проте я іноді згадую Джонатана Ґрейса. Він непогано грав у захисті.

— Батько в чудовій формі, сер, дякую, що поцікавилися. Він зараз тут, на трибунах, ось там, за заліковою зоною. На відміну від мами він не прихильник VIP-зали. Хоче бути серед простих уболівальників.

Білл Вентрон повільно кивнув.

— Він, мабуть, пишається тобою.

— Не знаю, сер. Напевно.

Білл ледь відвів очі, й трохи дивний, як туманом засотаний, погляд уперся в газон неподалік Лоуренсової ступні.

— Тобі варто пишатися таким батьком, — начебто сам до себе мовив тренер. — Далеко не кожен має такого батька, як ти, синку.

Ресивер склав губи в силувану посмішку, через яку могло видатися, ніби в нього запор, і отетеріло кліпнув.

— Так, сер.

— Переказуй йому вітання, коли гра закінчиться... Дуже добре, що він тут. Добре, коли хтось уболіває за тебе. Не розчаруй свого батька, хлопче. — Тренер підморгнув, крутнувся на п'ятах і, не виймаючи рук із кишені на животі, закрокував до ділянки поля, де розминалися «Ренегати».

Лоуренс дивився йому в спину з таким виглядом, як начебто щойно проґавив щось дуже важливе. *Далеко не кожен має такого батька*. Що це, в дідька, означає? *Його батько*. Чому Вентрон заговорив про його батька? Стоп. Почнімо з іншого: його тато знайомий з Біллом Вентроном? Із *самим* Біллом Вентроном? Чорт забирай, чому він ніколи про це не казав? Жодного разу навіть не згадав! Невже це правда? Але якщо ні, то навіщо Вентрону брехати? Здуріти можна...

— Ти це бачив? — нахиливши голову, шепнув Ґрейс.

— Та-а-ак, — так само пошепки відповів Джермейн Гоукінс. — Він тобі підморгнув!

— Що це, на хрін, було?

— Я тупо не відстрелюю.

(*батько...*)

— Що він хотів?

— Не знаю, бро, я навіть не здогадуюсь. Він якийсь чудний, хіба ні?

(*батько...*)

— Ага. Я ще не бачив його так близько!

— Я теж... *Не розчаруй свого батька*... Блін, це реально дивно, чувак. Він, типу, хоче програти, чи як? Щоб його команда програла? Я щось не в'їжджаю...

(*батько... батько... батько...*)

11 лютого 2017-го
Штаб-квартира футбольної команди «New England Renegades»
Шість днів по завершенню 51-го Супербоулу

— Алло!

— Привіт, Білле!

— Джош?

— Так, це я. Вітаю з перемогою! І вибач, що турбую в суботу. Я зателефонував тобі додому, та Меліса сказала, що ти на роботі, як завжди, коротше, працюєш навіть у вихідні.

— Усе гаразд, Джоше. Я готуюся до драфту. Як ти?

— Якщо ти про здоров'я, то паскудно. Два дні не відходив від унітаза далі, ніж на десять кроків, і це після склянки знежиреного молока, хоча навряд чи тобі захочеться про таке слухати. А якщо про роботу, то я подумую про пенсію. Минулого року менеджер привів мені зграю безмозких орангутангів, половина з яких не знала, з якого боку хапатися за м'яч. Не розумію, на кий хер марнувати на них час, коли після університетської команди вони однаково підуть протирати штани до якого-небудь офісу. Це в кращому разі.

— Ти просто втомився, Джоше.

— Може, й так, — Джош Деніелс покректав. — Я чого тебе набрав. Нещодавно переглядав те відео...

— Яке?

— З Бартоном.

— Відео з Бартоном?

— Ну, перехоплення, яке зробив мій пацан на останніх секундах.

«Мій пацан» несподівано боляче різонуло Вентрона по вухах. Тренер подумав, що Брендон Бартон уже давно не «Джошів пацан». Власне, ніколи ним не був. Про «пацана» взагалі ніхто не знав би, якби Білл не згадав про хлопця і не витягнув із діри, в якій той деградував, натираючи столи та відмиваючи тарілки від недоїдків. Утім він розумів, що сперечатися про це безглуздо й лише буркнув:

— Не тільки ти.

Старий Джош не надто здивувався:

— І ти теж? Я знав, що ти теж його передивлявся!

— Та певна річ. Уперше — на ранок після Супербоулу. Щойно прокинувся, одразу ввімкнув запис гри. Хотів переконатися, що ми її виграли. Боявся, що мені наснилося те перехоплення.

Зі слухавки випорснув схожий на каркання сміх, який, одначе, швидко затих, поступившись місцем притлумленому покашлюванню.

— Ну то слухай, — відкашлявшись, продовжив Джош. — Відстань по прямій між місцем, де стояв Бартон перед початком розіграшу, і точкою над гольовою лінією, де він перехопив м'яч, складає шість ярдів. Твій корнер пролетів їх за півсекунди. Якщо точно — то за нуль цілих п'ятдесят чотири сотих секунди.

— Звідки така точність?

— Мій десятирічний онук займається відео, знаєш, усілякими такими штучками — монтування, обробка, — мріє працювати аніматором у «Pixar» чи «Lucasfilm». Я попросив його відкрити запис перехоплення у відеоредакторі. Там є шкала, що позначає час. Я власноруч пересував уздовж неї повзунок, а тому можеш мені повірити: розіграш тривав заледве дві секунди, а мій пацан рухався рівно нуль цілих п'ятдесят...

— Я зрозумів, — перебив Білл. — До чого ти хилиш?

— Шість ярдів — це п'ять із половиною метрів. Знаєш, що буде, коли п'ять із половиною метрів поділити на нуль цілих п'ятдесят чотири сотих секунди? — Білл Вентрон промовчав, розуміючи, що питання риторичне. Джош сам собі відповів: — Ми отримаємо середню швидкість, із якою Брендон подолав відстань до м'яча, і ця швидкість складає десять цілих чотирнадцять сотих метрів на секунду.

— І що? — Число нічого не означало для Вентрона[1]. Він тренував команду з американського футболу, а не олімпійських спринтерів.

— 16 серпня 2009-го, на XII чемпіонаті світу з легкої атлетики, ямаєць Усейн Болт установив світовий рекорд у забігу на стометрівці, пробігши її за дев'ять цілих і п'ятдесят вісім сотих секунди. Його середня швидкість лише на чотири десятих більша за швидкість Брендона Бартона.

— Ну й що з того? Це ж тільки середня швидкість.

— У тому то й річ! — вигукнув Джош Деніелс. — Максимальна швидкість Болта перевищувала дванадцять метрів на секунду, але це вже перед фінішем, а він же пробіг у двадцять разів більше за Бартона! Він розігнався! — Джош заторохтів, і попри старече поскрипування голосу, став схожим на школяра, який квапиться відповісти на вчителеве запитання, поки відповідь не вивітрилася з голови: — Знаєш, що я зробив? Переглянув найкращі забіги Болта, вимірюючи середню швидкість, з якою він пробігав перші п'ять-шість метрів: світовий рекорд на двохсотметрівці у Берліні, естафета на олімпіаді в Ріо, стометрівка на олімпіаді в Лондоні. Переважно вісім і дев'ять, дев'ять і нуль, один раз — дев'ять і чотирнадцять сотих метри на

[1] Під час скаутського огляду, що передує драфту НФЛ, швидкісні якості претендентів оцінюють у ході забігу на сорок ярдів (визначають час, за який атлет пробіг таку відстань), відповідно, швидкість, виражена в метрах на секунду, нічого не означає для Білла Вентрона.

секунду. Тепер розумієш? Я просто подумав: якби Бартон брав участь в олімпіаді й підтримував швидкість, із якою метнувся на перехоплення Ґрейса, хоча б упродовж половини забігу, ми б зараз мали американського олімпійського чемпіона. Він би не залишив Болтові жодного шансу, Білле, він обійшов би ямайця ще на старті!

Білл Вентрон мовчав. Джош Деніелс, не дочекавшись на реакцію, озвався:

— А тепер хочеш я тобі скажу, з якими показниками пацан прийшов проситися до мене в команду? Чи, може, нагадати, за скільки він пробіг сорок ярдів під час скаутського огляду перед драфтом 2014-го?

— Не треба, — тихо зронив Білл.

Що було — загуло. Він направду не розумів, навіщо порпатися в минулому. Бартон, якого Деніелс називав «своїм пацаном», і Бартон, який перехопив м'яча на останніх секундах суперкубку, вважай, цілковито різні люди. Хоча старий Джош навряд чи мав між вухами достатньо сірої речовини, щоб це зрозуміти.

— Що ти з ним зробив? Я три роки ганяв його полем так, що піт цвіркав із пор, як із поливалки, я особисто стримів над ним у спортзалі. Пацан провів три непогані сезони за «Тигрів», але потім бозна-скільки часу гнив у якійсь піцерії, і я — хай йому! — уже забув, що він існує. Аж тут телефонуєш ти, розпитуєш, а тоді береш шмаркача в команду, і через рік він встановлює світовий рекорд зі швидкості та вигризає для тебе суперкубок! Що ти з ним зробив, Білле?!

Тренер Вентрон довго мовчав перед тим, як відповісти:

— Це моя робота...

У цьому й полягала різниця між ним і Деніелсом. У цьому й крилася причина, чому Джош Деніелс не зміг досягти успіху в НФЛ: за номерами на спинах і забралами на шоломах він не бачив реальних людей. Він сорок років готував гравців студентської ліги до переходу в НФЛ, але так і не усвідомив, що є речі, які не можна виробити, виміряти чи навіть оцінити у спортзалі.

— Це твоя робота — і все? Це все, що ти мені скажеш?

— Причина не у спортзалі, ти ж розумієш.

— Якщо ти, бляха, досі не зауважив, то я саме намагаюся з'ясувати, в чому тоді причина!

— Це моя робота, Джоше, — повторив Білл. — Ти ліпиш із нездар непоганих атлетів, а я беру непоганих атлетів і роблю з них чемпіонів.

Чверть хвилини Джош Деніелс сердито сопів, а тоді виплюнув:

— Знаєш що, Білле? — у голосі бриніла образа. — Пішов ти! Пішов ти, скотина, у задницю!

12 травня 2017-го
Гашербрум VI, південно-західне сідло

Після обіду почався сніг. Двоє чоловіків, дві жінки та дівчинка пригнічено споглядали, як пориви вітру витрушують рої попелясто-сірих у розчавленому денному світлі сніжинок із підпоротих гребенями хмар.

Мовчали. Після загибелі Лоуренса Ґрейса ніхто не зронив жодного слова. Гелен знайшла сили пройтися до провалля із західного боку сідловини, довго дивилася на південь, туди, звідки прилетів гелікоптер, потім спробувала розгледіти рештки Eurocopter'а на льодовику, проте на той час місце падіння заволокло — немовби сірим дрантям накрило — важкими клубками туману.

Анна зібрала скинуті Олівером Морґенштерном ковдри й одяг, частину взяла собі, а частиною, попри млявий, неусвідомлений спротив, вкутала Лейлу. Дюк Апшоу стежив за нею з-під напівопущених повік, зморшкуваті губи ворушилися, та жодного звуку не видавали.

Єгор Парамонов перевернувся на бік, підтягнув коліна до грудей і поринув у химерне, наповнене задушливими тінями марення. У такому стані — та незмінній позі — він пробув наступні шість годин.

Росіянин отямився за кілька хвилин до восьмої, цілковито задубілий від холоду. Над горами залягла пітьма. Хмари викреслили з неба зорі, вітер, завиваючи, гнав понад сідлом пасма колючого поземку. Впродовж кількох секунд після пробудження пом'ятим і притрушеним снігом обличчям Парамонова блукала блаженна напівусмішка людини, що випручалася з кігтів підфарбованого багрянцем жахіття, а тоді погляд загострився, Єгор сів, роззирнувся та розпачливо застогнав.

— Ні... ні... ні-і-і! — Він глипнув на розпухлі та вже зовсім почорнілі долоні, й очі від жаху розширилася на півобличчя. — Чому це, блядь, зі мною?!

Із горла полилися уривчасті звуки, котрі, вочевидь, мали би бути схлипами, та насправді нагадували щось середнє між позивами до блювання та скорботним ревінням смертельно наляканого віслюка. Ці сухі, абсолютно безслізні ридання, що наростали протягом хвилини, розбудили Гелен, Анну та Лейлу. Дівчинка зрештою запхинькала, після чого Апшоу поклав кістляву руку на росіянинове плече та легенько струснув.

— Заспокойтеся.

— Я не можу! — звідкись узявся голос, і Єгор, тицьнувши набряклі чорною рідиною пальці кардиналові під ніс, заверещав: — НЕ МО-О-О-ЖУ!! — голос зривисто деренчав, як у хлопчака на початку пубертатного періоду.

Апшоу не прибирав долоні з плеча. Парамонов не припиняв хрипко, немовби задихаючись, квилити.

— Послухайте, — кардинал м'яко опустив його руки й нахилився, щоби глянути в обличчя, — не втрачайте надію. Будь ласка, не здавайтеся. Ви... — Єгорові крики раптом стали якимись зовсім тваринячими, — ви ж росіянин, так?

Парамонов похлинувся — борлак смикнувся — і кивнув:

— Так.

— Ви ж знаєте якусь молитву російською.

Стогони стихли, росіянин важко дихав і дивився на Апшоу.

— Навіщо?

— Я хочу, щоб ви проказали її. Разом зі мною.

— Ви не розумієте. Мої пальці...

Кардинал не наважився взятися за понівечені холодом руки Парамонова й торкнувся долонями передпліччя. — Я говоритиму англійською, а ви тією мовою, якою вас навчали молитися в дитинстві. Ну?

Нижня Єгорова губа затрусилася. Його не вчили молитися.

— На хріна?

— Я просто хочу, щоб ми помолилися. Разом. Це допоможе, от побачите.

— Промовляння молитов не розпалить нам вогнище! — ламкий голос раптово набув войовничого відтінку: — Нам потрібен вогонь, це єдине, що нам допоможе! Ми не доживемо до наступного ранку без вогню!

— Ви маєте рацію, нам потрібен вогонь, — голос Апшоу не змінився, лише трохи, на півтакту, сповільнився, — але нічого не вийшло.

— Так, нічого не вдалося! — хрипнув Парамонов.

— Я тільки прошу, не впадайте у відчай. Ви казали... і я також у це вірю: по нас прийдуть, нас не покинули напризволяще. — Старий помовчав, а тоді кивнув у той бік, де Гелен та Анна намагалися заспокоїти малу іранку: — Хоча б заради дівчинки. Ви лякаєте її.

Росіянин втупив налитий кров'ю погляд у Лейлу, котра опиралася, не даючи Гелен пригорнути себе, і враз неначе здувся: плечі опустилися, а погляд потьмянів. Кілька секунд, примружившись, він водив очима по кам'яній стіні над головою дівчинки, наче там щось писало дрібним шрифтом, а потім відвернувся. Його щелепа відвисла, пульсація грудей ущухла, а запалі очі застигли. Хвилину він просидів, заклякнувши статуєю, а тоді почав розгойдуватися, і в такт із рухами тулуба крізь судомно зціплені зуби прорізáлися дивні стогони. Парамонов скидався на людину, яка марно силкується пригадати давно забуту примітивну мелодію; і чомусь від того недоречно-незворушного, ледь не мрійливого постогнування, народженого замість мелодії, нутрощі Дюка Апшоу стискалися дужче, ніж від надсадних ридань кілька хвилин тому.

— Не кажіть, що ніколи не молилися, — мовив кардинал.

— Ніколи, — цвіркнув крізь зуби Єгор.

— Але ж ви думаєте про своїх близьких, особливо, коли хтось із них далеко від вас. І щоразу, коли згадуєте їх подумки, ви думаєте, чи все в них гаразд, чи ніхто з них не в скруті. Ви бажаєте їм добра, хай де вони перебувають... ось це і є молитва.

— Називайте це як хочете. Це не допомагає. — Не припиняючи гойдатися, росіянин задер голову й упер погляд у темне небо. — Там нема нікого, хто би слухав.

Дюк Апшоу із виглядом людини, впевненої у своїй правді та налаштованої цю впевненість відстоювати, видав коротке зітхання.

— Молитви діють, навіть якщо ви не вірите, що вас хтось слухає. І часом вони зігрівають краще за вогнище. Ви просто мусите спробувати.

— І що ваш Бог зробить? — Пам'ятаючи про Лейлу, Парамонов не підвищував голосу, проте пригаслі очі люто зблиснули. — На годину скасує закон всесвітнього тяжіння, щоб ми перенеслися в безпечне місце? Підкине нам генератор із польовою кухнею? То для початку, може, не треба було нас сюди закидати?!

— Бог завжди поряд, Він ніколи не відступається від нас, і Він подбає...

— Замовкніть! Не хочу чути цієї маячні! Ми самі. — Єгор вишкірився, ніби людина, що намагається розірвати зубами шматок м'яса, та злісно повторив: — Ми тут самі!

Апшоу затих, Парамонов опустив голову. Завішені хмарами та пом'якшені пітьмою гори довкола них нагадували купи сирої землі з іще не закопаної могили. Кардинал міг і далі переконувати, проте розумів, що отримує ефект, протилежний очікуваному. Він би замовк узагалі... якби не постогнування. Вони поновилися. Єгор ритмічно загойдався і, наче якийсь недоумок, узявся цідити крізь зуби одноманітно-тужливі стогони. За хвилину Апшоу озвався — лише для того, щоб це припинити:

— Ви альпініст?

Парамонов, не підводячи голови, зронив тихе:

— Ні.

— Я знаю, що ви пілот, — поквапився додати кардинал. — Я мав на увазі: чи ви коли-небудь займалися альпінізмом?

— Ні.

Апшоу безгучно видихнув, випустивши з рота хмарку пари.

— Просто ви розповідали про сніг. І про те, як розпалити вогнище. І про згубний уплив висоти...

— Ніколи. — Стиснувши губи так, що затремтіло підборіддя, Парамонов мотнув головою. — Я ніколи не підіймався вище як тисяча метрів над морем не в літаку.

— А я думав...

Росіянин обірвав його:

— Я вперше в горах. — Слова передавалися крізь розріджене повітря якоюсь ворожою, недоброзичливою вібрацією. — Мій батько був альпіністом.

На тому розмову неначе заклинило. Дюк Апшоу мовчав, Парамонов і поготів не справляв враження людини, що прагне спілкування, тож, коли тихий, позбавлений будь-яких емоційних відтінків голос росіянина виринув із темряви, Анна, Гелен і Апшоу водночас підвели голови.

— Ми з батьком жили в Ленінграді. Тобто я жив із ним, доки не вступив до льотного училища в Краснодарі. Потім більше не повертався. Батько з кінця шістдесятих був членом спортивного товариства «Спартак». Вони майже щороку виряджали з Ленінграда групи на підкорення різних вершин. Пік Клари Цеткін, пік Леніна, пік Ушба, Хан-Тенгрі. Думаю, мій старий досі є членом клубу, попри те що не відвідав жодного їхнього зібрання та не брав участі в походах від часу невдалої спроби підкорення піка Перемоги[1]... — він помовчав, — коли з чотирнадцяти осіб, які штурмували вершину, живим залишився тільки він.

Несподівано Анну накрило дивне й дуже сильне відчуття, якому вона не могла дати визначення, немовби чийсь безтілесний голос зашепотів над вухом про те, що Парамонову в такому стані не можна дозволяти говорити, що його треба конче перервати, заткнути, не дати вихлюпнути те, що він намірився розповісти. Однак озвучити це вголос не наважилася.

— Коли це було? — туплячись у темряву понад плечем росіянина, запитав Апшоу.

— 1985-го.

— Давно.

— Так. Дуже давно. — Єгор промовляв слова повільно, дивно відкриваючи рота, так наче на язиці виріс мозоль і він боїться здерти його об піднебіння, проте гіркота, що бриніла в голосі, водночас якось незрозуміло розслабила зв'язки, тож росіянину чи не вперше за два дні не доводилося напружуватися, щоби виліплювати зі звуків англійські слова. — Найгірше, що експедиція була добре оснащена, із нібито досвідченим головою. Начальником штурму в них був азербайджанець на ім'я Башир Кодзоєв, 1984-го він водив ту саму

[1] Пік Перемоги — найвища вершина гірської системи Тянь-Шань у Киргизстані, висота — 7439 метрів.

групу на пік Леніна, мій старий ходив із ними, і те сходження було вдалим. Мабуть, це їх і розслабило. Через багато років після повернення з Киргизстану батько казав, що перед експедицією ніхто не вивчав звіти про невдалі сходження на пік Перемоги, крім того, порівняно легкий підйом простими маршрутами піка Леніна сформував у членів групи хибну певність у власних силах. Башир Кодзоєв чомусь вирішив, що поступова акліматизація їм не потрібна, вершину можна штурмувати «на ходу», лише трохи сповільнивши темп набирання висоти. Ніхто йому не заперечив.

Непроникна завіса, за якою Єгор ховав спогади, стоншилася, по ній розповзалися дірки. Його батько безліч разів переповідав цю історію, тож росіянин пригадував усе так чітко, наче сам побував на горі. Він знав напам'ять імена, час і місце смерті тринадцятьох батькових товаришів, пам'ятав описи гребенів, тріщин, карнизів, кулуарів і насипів, уздовж яких їм довелося пройти.

План Кодзоєва був жахливо примітивним і передбачав, що під час сходження люди, які будуть втрачати сили, кидатимуть свою поклажу та спускатимуться. Інші продовжать дертися далі. Ті, хто дістануться висоти 7100 метрів, улаштують там табір, а наступного дня звідти на штурм вершини вирушить група з чотирьох осіб: Марат Ішемгулов, Ігор Кічеджи, Альберт Капінус і сам Башир Кодзоєв. Валерій Парамонов, Єгорів батько, був одним із запасних штурмовиків і міг узяти участь у завершальному кидкові на пік лише з дозволу Кодзоєва.

Сходження почалося вранці 13 серпня. 15 серпня група під керівництвом Кодзоєва перебралася через перевал Чон-Терен і розбила табір на висоті 5800 метрів. Наступної ночі заночували на висоті 6350 метрів. Тут у одного з альпіністів, Олега Наришкіна, розболілася голова, проте повертатися він навідріз відмовився. Ніч 17 серпня група провела на висоті 6800 метрів. Уночі Наришкіну погіршало, він скаржився на запаморочення, часткову втрату зору, зрештою почав блювати, і вранці 18-го Кодзоєв наказав спускати його. У супроводі трьох альпіністів — Павла Семісотова, Гліба Хінштейна та Кірсана Ісаєва — Наришкін розпочав спуск до табору на позначці 6350 метрів. Пізніше того самого дня зненацька відмовився від подальшого підйому один зі штурмової четвірки — Ігор Кічеджи. Після короткої суперечки із Кодзоєвим Кічеджи без супроводу поплентався назад до наметів на висоті 6800 метрів. До табору він не дійшов і став одним із чотирьох, чиє тіло так і не знайшли. У штурмовій групі залишилося дев'ятеро. Упродовж 18-го вийти на заплановані 7100 метрів не вдалося, до сутінків вони видряпалися тільки до 6980-ти і з настанням темряви зупинилися на відстані тридцяти метрів від східної вершини піка Перемоги.

У ніч на 19 серпня на гору налетів сніговий буран. Близько третьої штормовий вітер зі швидкістю понад сто двадцять кілометрів за годину пошматував два із трьох експедиційних наметів. Шестеро альпіністів утиснулися в один намет, трьом іншим — Іванові Мурзі, Гоші Острягіну та Маратові Ішемгулову — довелося закопуватися в сніг і так чекати на схід сонця. За дня буря не влягалася, і що ще гірше — від холоду відмовили примуси та рації. Начальник штурму звелів трійці Мурга-Острягін-Ішемгулов спускатися до табору на висоті 6350 метрів, де тієї ночі мали відпочивати Семісотов, Хінштейн, Ісаєв і Наришкін, і принести звідти кисневі балони та запасні примуси. До трійки приєднався Валерій Парамонов. Із ними хотіли вирушити ще двоє, Альберт Капінус та Ігор Лисаков, але Кодзоєв не дозволив — у таборі на 6350-ти метрах стояло лише два намети.

Після дня блукань у хуртовині Мурга, Острягін, Ішемгулов і Парамонов досягнули позначки 6400 метрів і, коли запала ніч, закопалися в сніг, не підозрюючи, що від наметів їх відділяє півсотні метрів.

Уранці 20 серпня Валерій Парамонов помітив намети й узявся кликати на допомогу. Його почули. Семісотов і Хінштейн (Наришкін на той час уже помер від набряку мозку, а Ісаєв перебував у вкрай важкому стані — на межі притомності) піднялися до викопаної в снігу ями та по черзі перемістили замерзлих Мургу, Острягіна й Ішемгулова до табору.

Наступну добу семеро альпіністів провели в наметах, марно чекаючи, коли вщухне буря. У них закінчився кисень, майже не лишилося гасу та їжі, тож на ранок 21-го Семісотов, Хінштейн і Мурга вирішили спускатися по допомогу. Вони пропонували Парамонову йти з ними (Валерій був у кращому за Ішемгулова чи Острягіна стані), але той захотів перечекати негоду. На другій годині спуску трійка заблукала. Збагнувши, що відхилилися від маршруту, чоловіки почали повертатися до табору, але не дійшли. За годину Іван Мурга помер від перевтоми: упав, ловлячи замерзлими долонями краплі крові з носа, і більше не підвівся. Семісотов і Хінштейн загинули невдовзі по тому: перший — зірвавшись зі схилу, другий — від високогірного набряку легень.

22 серпня буран нарешті відступив. Башир Кодзоєв і четверо альпіністів, які сиділи в таборі під східною вершиною піка Перемоги, рушили донизу, одначе смертельно виснажені після двох діб без кисню на висоті сім кілометрів спустилися тільки на сотню метрів. Сил, аби поставити намет, не вистачило, і вони закопалися у сніг. Там їх — присипаних снігом і зцементованих кригою — знайшли через чотири дні альпіністи з казахської експедиції та рятувальники ВЦРПС[1]. Усі п'ятеро замерзли вві сні.

— Вони підіймалися, не зупиняючись для акліматизації й на день. — Єгор помовчав і втупив важкий погляд у кардинала. Спогади були неначе ракова пухлина у свідомості. —

[1] Всесоюзна центральна рада професійних спілок (ВЦРПС) — орган профспілок СРСР, що керував їхньою діяльністю у проміжках між з'їздами.

За три дні дісталися мало не до вершини, доки їх не зупинив сніговий буран. Група розділилася: частина пішла вниз, частина засіла на майже семикілометровій висоті. А буря все ніяк не закінчувалася, бушувала чотири доби, і зрештою загинули всі, крім чотирьох (серед них — мій батько). Вони застрягли в одному із проміжних таборів на висоті 6350 метрів.

«Для чого? — відчуваючи, як перелякано тріпоче серце, думала Анна. — Навіщо це розповідати? — Вона благально глянула на кардинала. — Зупиніть його... скажіть, нехай замовкне». Проте Апшоу мовчав і з незбагненно-голодним блиском у примружених очах ловив кожне Єгорове слово.

— Двоє з них були у критичному стані, один узагалі без свідомості. Мій батько та ще один... на ім'я Марат... Марат Ішемгулов... якийсь час наче трималися, спершу навіть сподівалися, що понесуть товаришів на спинах, але швидко виявили, що під час урагану охляли так, що самі неспроможні йти. Вони стали чекати. У них закінчився гас, тобто вони більше не могли добувати воду. Через день після того, як заметіль трохи стишилася, хлопець, що лежав без тями, помер. І тоді Ішемгулов запропонував дещо. Сказав, що вони можуть використати тепло ще не охололого небіжчика, щоб натопити води, і допоки мій батько знайшовся з відповіддю, Ішемгулов виповз із намету, натрамбував у флягу снігу, заліз назад, задер парку на животі померлого, льодорубом розпанахав йому черево та впихнув баклагу досередини... в іще теплий кишківник.

Широко розплющивши очі, Єгор упритул дивився на Апшоу. Його груди ходили ходором, як у замученого спекою пса, здіймалися й опадали так часто, що Анні здавалося, ніби всередині грудної клітки щось обертається.

— Він сказав, що теплá людського тіла має вистачити, щоб розтопити трохи води, і не помилився. Доки той бідолаха задубів, частина снігу розтала. Мій старий та Ішемгулов розділили воду між собою, а тіло відтягли й скинули у прірву.

Апшоу нарешті розтулив рота з наміром щось промовити, одначе з горлянки не випорснуло жодного звуку. Росіянин продовжив:

— У наметі залишилося троє. Той третій, Гоша Острягін, був дуже слабким. Він заледве ворушився, проте свідомість не втрачав і розумів, до чого все йде, бо слізно просив його не вбивати. Мій батько й Ішемгулов увесь день то вистромлювали голови з намету, прислухаючись, чи не наближаються рятувальники, то стерв'ятниками нависали над Гошею, вижидаючи, коли той заплющить очі. — Єгор закашлявся і потрусив головою, й Анна раптом осягнула, що він насправді не хоче говорити, просто спогади, які за стільки часу вже майже розчинилися в намулі підсвідомого, виявилися сильнішими за нього: нарешті вирвавшись на волю, вони гачками учепилися в мозок. — До вечора по них ніхто не прийшов. Від спраги темніло в очах, але й Гоша не бажав помирати. І тоді мій батько з Ішемгуловим накинулися на Гошу й зарізали його... щоб розтопити ще трохи води.

Із хрипом, як ніби в його легенях щось обсипалося, Єгор затих. Він кидав рубані, нерівномірно пошматовані фрази, хоча тримав у голові все, немов бачене наживо. Пам'ять зберігала цю історію у вигляді чітких, нестерпно деталізованих картинок, бо про Гошу його батько розказував найбільше. Напевно, через те, що в разі з Кірсаном вони тільки скористалися тілом, причому робив усе Марат, а Гошу... його не просто прикінчили... вони зробили все, щоб Гоша Острягін потому, як йому розпороли льодорубом живота, залишався живим (і теплим) якомога довше, бо це давало змогу розтопити побільше снігу... Якби хтось зазирнув у Єгорову голову та знайшов там найяскравіший спогад, пов'язаний із батьком, то, напевно, здивувався б, збагнувши, що цей спогад насправді *не Єгорів*, це спогад батька — про те, як тримав Гошині ноги, доки Марат Ішемгулов занурював у ще живу плоть флягу зі снігом.

— Вони скинули тіло Острягіна у провалля, випили всю воду, а потім упродовж ночі не склеплювали очей. Обоє розуміли: хто першим засне, поплатиться життям. Під ранок батько відчув, що слабшає, і виповз із намету. Марат поповз за ним, наздогнав, вони почали боротися, і зрештою мій батько зіштовхнув Ішемгулова з кручі. Опівдні батька знайшли рятувальники.

Єгор заплющив очі. Застиг із відвислою щелепою. Від часу повернення з Киргизстану й до того, коли Єгор, по суті, втік на навчання до Краснодара, його батько розповідав про загибель Ісаєва, Острягіна й Ішемгулова сотні разів. Зрештою історія немовби зносилася від частого використання і вже так не лякала, а незадовго до випускного Єгор переконав себе, що батько все вигадав. Він відучився в училищі, п'ять років відлітав на винищувачі Су-30, базованому на аеродромі Міллерово в Ростовській області, і спогади про трагедію на піку Перемоги зблякли, проте потім... з'явився Інтернет. Якогось дня після телефонної розмови з батьком (розмови цілковито позбавленої емоцій і тепла — не те щоби зовсім як між чужими людьми, але дуже близької до того) Єгор несподівано пригадав історію, що так лякала, коли він був підлітком. У вихідні він вирушив до Ростова-на-Дону, засів у інтернет-клубі та на якомусь присвяченому альпінізму сайті розгорнув звіт про експедицію Башира Кодзоєва. Усе збігалося — дати, висо́ти, розташування проміжних таборів. Єгор узявся шукати інформацію про Ісаєва, Острягіна й Ішемгулова й не надто здивувався, прочитавши, що їхні тіла до цього часу не знайдено. Поблизу табору на висоті 6350 метрів рятувальники виявили напівживого Валерія Парамонова, два намети, деяке спорядження і... більше нічого. Лише смугу дивних слідів, які тягнулися до провалля.

Росіянин розплющив очі. Анна дивилася на них, і їй ввижалося, що білки плавають у темряві, ніби законсервовані у формальдегіді.

— Вам, мабуть, цікаво, на кий хер батько мені це все розказував? — Парамонов опустив погляд і вп'явся ним у розбухлі пальці; руки дуже тремтіли: — Тому що після повернення йому ампутували ніс, чотири пальці на лівій нозі, три чверті ступні на правій (там залишилася лише п'ята), а також долоні. Обидві кисті відрізали трохи вище від зап'ястків — їх зжерла суха гангрена! Зрештою батько повністю відновився, проте ледве ходив і не міг подбати про себе. Мені щойно виповнилося дванадцять, а я мусив годувати його з ложечки, наче, блядь, дитину. Я допомагав йому вдягатися, чистив зуби. Він газету не розгортав без моєї допомоги! Його друга дружина, моя мачуха, злиняла ще до того, як батька виписали з лікарні. Вона жодного разу не прийшла його провідати. І, знаєте, я би, нахер, зрозумів її, якби вона перед тим побачила заглибину на місці носа, побачила шрами на губах від обмороження, проте вона просто звалила, щойно дізналася, що батькові відчикрижили обидві долоні. — Кардинал Апшоу сидів найближче та відчував віддих Парамонова, важкий і вогкий, як протяг із печери. — І це ще навіть не початок історії. Моя матір, моя справжня матір, покинула його за два роки до невдалого сходження на пік Перемоги. Пішла до іншого, і через це, я припускаю, батько мене ненавидів. Уявіть, як йому було, коли він збагнув, що відтепер у всьому залежить від мене. І знаєте, що було найгірше? Він не міг підтиратися. Фізично здоровий, якщо не зважати на каліцтво, мужик жалібно стогнав після кожного випорожнення, потім ставав переді мною раком, і я мусив витирати йому задницю. Кожного довбаного дня! Я знаю, як важко йому було, поперва він навіть плакав із розпачу, але що довше це тривало, то дужче він сатанів. Він хотів зробити мені боляче, помститися за своє приниження, та лупцювати більше не міг. Він постійно бив мене після розставання з матір'ю, проте після трагедії на піку Перемоги припинив — більше не намагався. Зрештою, я міг би втекти. — Злі слова тоскно дзвеніли в холодному повітрі; вітер підхоплював їх і ніс на захід. — П'ять років я підтирав йому задницю, п'ять років вислуховував, як вони з Маратом Ішемгуловим розрізали черево ще живому товаришеві та запихали в кишки флягу зі снігом, і як потім пили розтоплену воду впереміш із лайном і кров'ю, яка швидко застигала на холоді! — Єгор удруге зиркнув на розбухлі пальці та гірко скривився, збагнувши, що більше ніколи не сяде за штурвал, ніколи не торкнеться вродливої жінки, і найгірше — що він абсолютно самотній: навіть якщо їх урятують, у нього в житті немає нікого, хто витиратиме задницю *йому*... — Будете далі говорити мені про милосердного Бога? — Парамонов здійняв над головою ліву руку, та через покручені пальці здавалося, що замість показувати в небо росіянин готується зацідити в зморшкувате кардиналове обличчя. — Там нікого немає, ніхто нас не слухає, але якщо раптом цей ревнивий і кровожерний вилупок таки існує, я не вірю, що він дослу́хається до наших молитов!

Стало тихо. Навіть вітер немовби принишк. Анну охопила паніка — хтось мусив щось сказати. Вона дивилася на Апшоу й подумки благала: не мовчи, не мовчи, не мовчи... Чекала, що старий от-от озветься, тим самим заспокійливо-виваженим тоном, яким завів розмову, заперечить Єгору, добере слова, які знищать огидний осад після розповіді, проте Апшоу мовчав. Його водянисто-сірі очі неспокійно промацували обличчя росіянина, й Анна відчула, як у животі холодним кублом зсідається безпричинний страх. Вона відвернулася, примушуючи себе відмежуватися від почутого, й несподівано її думки перекинулися на власного батька... здебільшого тому, що, як і Єгоровий, він замолоду покалічився, повністю втративши одну з долонь...

Літо 1981-го
Рівне, УРСР

— Тато каже, що Бога нема, бо... ну, бо його ніхто не бачив.

Три місяці тому Анні виповнилося одинадцять, і вона семимильними кроками наближалася до перехідного періоду. Її бабуся, шістдесятисемирічна Неля Йосипівна, почувши слова онуки, сіпнулася і завмерла. Кілька секунд вона не рухалася, наче зважуючи, що робити далі, а тоді повільно розвернулася. За її спиною на темній від жиру газовій плиті «Карпати» у велетенській емальованій мисці доварювалося полуничне варення. Неля Йосипівна судомно зітхнула й уп'ялася поглядом в онуку.

— Твій тато — телепень. Бог — це дух, Його неможливо побачити. Ти не побачиш Бога, навіть якщо шукатимеш його крізь найпотужніший на світі телескоп. Це так само, як, дивлячись на твою голову, я не можу прочитати твої думки. Невже це так важко зрозуміти? — Її очі затягнуло маслянистою плівкою, а слова зненацька немовби затверділи, стали майже ворожими: — І такі, як твій батько, зараз усюди! Живуть за своїми законами, зневажають Бога, нехтують Ним. Це неправильно, і знаєш чому? — Бабуся дочекалася, поки онука обережно кивне, а тоді урочисто виголосила: — Тому що в Біблії написано: це гріх, а заплата за гріх — смерть[1]!

Рік тому, почувши таке, Аня, напевно, розплакалася б, але зараз бабусині слова її радше розсердили. Налякали — також, але розсердили більше.

— Тато помре? — Дівчинка несамохіть стиснула кулачки. — Бог уб'є тата?

— Ми всі колись помремо. — Неля Йосипівна повернулася до помішування густого темно-бордового варива, на поверхні якого надималися великі липкі бульбашки.

В Ані затремтіла нижня губа, а разом із нею й голос:

— Бог уб'є тата?!

— Ні, Він не вб'є його, але покарає, дуже покарає. А ти як думала? — Стара трохи полагіднішала: — Звісно, якщо твій батько не отямиться.

[1] Бо заплата за гріх — смерть, а дар Божий — вічне життя в Христі Ісусі, Господі нашім! (До Римлян 6:23.)

— Але тато каже, що це вигадки, все, що написано в Біблії. Він каже, мені треба вчитися, а не слухати, як... як...

Ще одне напружене зітхання:

— Із кожним роком розумнішаємо, стільки всього понавигадували, а багато від того користі? — Бабуся зиркнула через плече. — Твій батько он вивчився, але життя від того не стало ні кращим, ні спокійнішим. Якби жив із Богом, то хоч із рукою залишився б, а так... — Вона похитала головою.

На початку сімдесятих Данило Ревега, Аннин тато та найстарший із трьох синів Нелі Йосипівни, навчався на механічному факультеті Українського інституту інженерів водного господарства. На третьому курсі проходив практику на Рівненському авторемонтному заводі, де першого ж дня майстер наказав прибрати токарно-гвинторізний верстат, попередньо його не вимкнувши. Вичищаючи від стружки передню бабку, Данило зачепив затискний патрон[1], після чого руку затягнуло під шпиндель і потовкло на місиво. Хірург не мав вибору, крім як ампутувати половину передпліччя та долоню. Анні було тільки одинадцять, і вона ще не дуже зналася на тому, як функціонує реальний світ, але всоте озвучена бабусею думка про те, що милосердний Бог відірвав її татові руку, бо тато йому не молиться, навіть для наївного дитячого мозку видавалася неправдоподібною.

— Але тато сказав, це через те, що він не дотриму...

Неля Йосипівна роздратовано перебила онуку:

— Не сперечайся, гівно мале! Бог святий, а ми грішні, а тому причина всіх наших бід — відхід від Бога!

---

[1] Трикулачковий затискний патрон — пристрій для фіксації деталі на осі шпинделя. Шпиндель — вал на токарному станку, оснащений пристроєм для затискання деталі.
Бабка — частина метало- чи деревообробного верстата, призначена для закріплення, центрування та переміщення щодо краю ріжучого інструмента деталі, що її обробляють.

Аргумент для одинадцятирічної дівчинки був неспростовним, тож наступне запитання вона прокричала не так через бажання розібратися, як від безсилого розпачу:

— Але чому?!

— Бо Він створив увесь Всесвіт, — піднесеним тоном відповіла бабуся. — Як ти можеш сумніватися в рішенні когось такого могутнього?

Аня опустила голову й наморщила лоба. Очі Нелі Йосипівни переможно зблиснули, та допоки вона повернулася до миски з варенням, онука скинула голову й випалила:

— А хто створив самого Бога?

Губи бабусі вигнулися в іронічній усмішці, якою дорослі обдаровують дітей щоразу, коли чують запитання, на яке в них є наготовлена відповідь. А Неля Йосипівна не просто мала відповідь, у таких розмовах вона почувалася наче риба у воді.

— Усе має початок і творця, — мовила жінка, — проте Бог належить до зовсім іншої категорії, і так повинно бути. Бог відрізняється від усього, що існує в природі, від усього, що є у світі людей, бо Він існував завжди й незалежно від усього, що створив. Він не залежить ні від кого та ні від чого. — Вона помовчала, згадуючи почуте в церкві слово, а тоді з апломбом доказала: — Він самодостатній!

Складки у міжбрів'ї дівчинки на мить розгладилися, а потім прорізалися знову. Неля Йосипівна промовляла в'язким, «вір-мені-я-точно-знаю-що-кажу» тоном і майже переконала онуку, але... ну, майже. Попри бетонну самовпевненість у голосі, чогось не вистачило.

— А чому Бог такий?

Поклавши руку на поперек, Неля Йосипівна нахилилася до онуки:

— Ну дивись. Наш світ по-іншому не поясниш. Хтось зробив цей стіл, хтось збудував наш будинок, хтось пошив твоє плаття. А Бог створив увесь світ. Усесвіт не міг створити сам себе та не міг існувати вічно. Ти ж розумна дівчинка, мусиш сама це розуміти, так? — Вона почекала на кивок, та цього разу Аня не поворухнулася, втупившись у точку на рівні бабусиних грудей, і тоді Неля Йосипівна підсумувала: — І це доводить, що Всесвіт не міг бути створений кимось, хто сам був створений. Тому Бог такий, який є, першооснова всього сущого. Зрозуміла?

Ні, вона не розуміла. Нічого. Складки над переніссям навпаки поглибшали.

— Але чому?

Неля Йосипівна закотила очі та, роздратовано рохнувши, випросталася.

— Ти ще надто мала, щоби зрозуміти.

— Ні, не мала! Поясни!

— Не буду.

— Ну, ба-а!..

— Ні.

— Ба-а-а-а...

Раптом старій дещо спало на думку. Вона збавила вогонь на конфорці та присіла перед дівчинкою.

— Підеш зі мною до церкви? — Кутики старечих губ задерлися, проте усмішка не торкнулася очей; холодний оцінювальний погляд прилипнув до обличчя онуки. — Там ти зрозумієш... або хоча би почнеш розуміти. От побачиш, там гарно!

Аня напружилася і взялася зважувати, що буде, коли відмовиться, і що — коли погодиться. Зрештою несміливо проказала:

— Тато не дозволить.

Неля Йосипівна спробувала підморгнути, проте не змогла: дурнувато блимнула обома очима.

— Ми йому не розповімо.

Дівчинка, затуливши рота кулачком, хихикнула.

— Я тобі все покажу, — продовжила вмовляти бабуся, — якщо не сподобається, більше не ходитимеш. Ну?

І мала кивнула.

Недільного ранку Неля Йосипівна повела онуку до Успенської церкви, що на той час була єдиною, яка діяла в Рівному. До горбачовської Перебудови ще було далеко, проте наприкінці сімдесятих влада облишила пресувати віруючих, тож до схованої у дворах поблизу набережної дерев'яної церковки можна було приходити цілком спокійно. Спочатку Анні було цікаво — похід як-не-як став джерелом нових вражень, — але вона була єдиною дитиною в душному, тісно напханому людьми приміщенні, майже нічого не бачила, не розуміла нічого з того, що чула, і невдовзі нудотно-солодкаві запахи, гугняві співи, надмірна скутість і зосередженість людей довкола їй набридли. Анна, хоч і змучилася, все ж достояла службу до кінця, а потім, плетучись за бабусею додому, осмислювала побачене та зрештою зробила висновок, що для того, аби краще розуміти Бога, потрібно мати велике терпіння та міцні ноги. Її власні стопи палали пекельним вогнем.

Батько оскаженів, коли дізнався. Анна сама розбовкала за два тижні після походу до церкви, і Данило розкричався так, що на шиї поздувалися жили. Потім зателефонував матері та взявся горлати на неї, мовляв, як ти наважилася? Репетував, аж слина летіла. Неля Йосипівна зрештою кинула слухавку, й тільки потому Данило помітив, що Анна заходиться слізьми на колінах у дружини. Кавкаючи, дівчинка намагалася пояснити, що вони просто молилися і не зробили нічого поганого, на що Данило загорлав, що єдина мета молитов — сформувати ілюзію, нібито проблеми замість того, щоб вирішувати, можна перекинути на всесильного бороданя, і що це неправильно, що світ насправді жорстокий і покладатися треба лише на себе.

Трохи заспокоївшись, батько знову набрав матір і попередив: якщо хоче надалі бачитися з онукою, повинна відмовитися від ідеї затягнути її до церкви. Він вислухав відповідь, а тоді навдивовижу спокійним голосом запевнив, що сам подбає про релігійне виховання доньки, — пообіцяв, що відтепер вони щовечора разом читатимуть Біблію.

І вони справді почали читати. Тобто читала Анна, а потім вони обговорювали прочитане.

Минуло багато років, допоки Анна зрозуміла, що саме батько прагнув їй донести. Пам'ятала, як якогось дня наприкінці червня він примусив її прочитати 6-й розділ Книги Ісуса Навина про зруйнування ізраїльтянами Єрихона. Вона ледве продерлася крізь недоладний, важко складений, майже неперетравний текст, нічого, певна річ, не второпавши, після чого батько, як міг, пояснив їй, що таке Ханаан і хто такі хананеї, та попросив ще раз перечитати вірші 6:20 та 6:21:

20. І закричав народ, і засурмили в сурми. І сталося, як народ почув голос сурми, і закричав народ гучним криком, то впав мур на своєму місці, а народ увійшов до міста, кожен перед себе. І здобули вони те місто.
21. І зробили вони закляттям усе, що в місті, від чоловіка й аж до жінки, від юнака й аж до старого, і аж до вола, і штуки дрібної худоби, і осла, усе знищили вістрям меча.[1]

Анна однаково не зрозуміла. Її батько взяв олівця, підкреслив слова «усе знищили вістрям меча» та поглянув на доньку. Вона опустила очі — не могла збагнути, чого він хоче. І тоді Данило спалахнув. Затято, ледве стримуючись, аби не перейти на крик, заходився пояснювати, що племена Ізраїлю прийшли на чужу землю та винищили хананеян — чоловіків і жінок, старих і малих, усіх без винятку, — вони захопили їхню землю, змели їх із лиця землі, і що це геноцид, чистий геноцид, будь-яка цивілізована людина має визнати це геноцидом, і що геноцид залишається геноцидом, навіть

[1] Переклад Івана Огієнка.

якщо його чинять за велінням Бога. Його донька, давлячись слізьми, кивала — *так, тату, так, це геноцид*, — але не наважилася сказати, що вперше чує це слово.

Уранці наступного дня, коли батько пішов на роботу, Анна витягла із книжкової шафи 1600-сторінковий «Советский энциклопедический словарь» і, акуратно гортаючи тонюсінькі аркуші, відшукала статтю про геноцид:

> **Геноци́д** (от греч. *γένος* — род, племя и лат. *caedo* — убиваю), одно из тягчайших преступлений против человечества, истребление отд. групп населения по расовым, нац., этнич. или религ. признакам, а также умышленное создание...

Далі читати не стала. За расовими, нац., етніч. чи реліг. ознаками... Вона знову нічого не зрозуміла, тільки ще більше заплуталася.

Найдужче в пам'яті Анни відкарбувався спекотний липневий вечір, коли батько дав їй читати 22-й розділ Книги Буття. Цього разу вона зрозуміла майже все, про що писалося. Бог вирішив випробувати Авраама та звелів йому принести в жертву свого єдиного сина Ісака, та останньої миті, коли Авраам уже стояв із ножем у руці над жертовником, на якому зв'язаним лежав його син, Бог передумав, наказав відпустити Ісака, а натомість послав Аврааму барана, якого вони із сином спалили на жертовнику. Втім розуміння описаних у Біблії подій анітрохи не наблизило одинадцятирічну Анну до розуміння того, чого від неї хоче батько.

Закінчивши, вона стисло переказала зміст прочитаного й утупилася в батькове підборіддя, що плавно, складками, переходило в губи. Данило підпалив сірником цигарку й затягнувся — він завжди курив під час їхніх читань, — потім, випустивши крізь ніздрі густо-молочний і страшенно смердючий дим, запитав:

— То чого це має навчити?

Анна опустила голову та прикусила губу. Починалося найгірше.

— Поваги, — ледь чутно припустила.

— До кого? — Дим із ніздрів немовби надавав ваги його словам.

— До батька... — Дівчинка намагалася за інтонацією вгадати потрібну батькові відповідь, гарячково підшуковувала яке-небудь слово, що змусило би його всміхнутися. — Ну... до батьків.

— Тут десь написано, що Ісак виявляв неповагу до Авраама?

— Ні.

— Тоді не мели дурниць. — Ще одна глибока затяжка, ще одна порція диму крізь ніздрі. — Про що цей уривок? Що ти повинна із нього зрозуміти? Яку мораль видобути із цієї розповіді?

Анна не наважувалася на нове припущення, та й думок ніяких не було, тож лише боязко зиркала на заляпані призахідним світлом штори. Зрештою дуже тихо промовила:

— Я не знаю, тату.

Він куксою вибив книгу з її рук.

— Ця дурнувата притча вчить, що релігія принижує людську гідність! Уяви, як би ти почувалася, якби я зв'язав і потягнув тебе на спалення, бурмочучи, що це звелів мені Бог — просто так, бо йому припекло перевірити мою відданість. — Слова, відлунюючись від стін, літали кімнатою. — Трясця, думай головою! Ось чого це має навчити! Не сприймай на віру те, що твоя бабця намагається втовкмачити у твою голову!

Того вечора батько знову розходився не на жарт. Димів, як ракета на старті, та розгнівано торочив, що схиляти голову перед істотою, яка, розчарувавшись у людях, утопила всіх за винятком однієї сім'ї, не пожалівши ні дітей, ні тварин, боягузливо й ганебно; що люди, чиє сприйняття реального світу ґрунтується на Святому Письмі, в якому, зокрема, йдеться про те, як чоловік, що не мав біологічного батька, через три дні після смерті виліз зі склепу, в якому його поховали, а через сорок днів піднявся на вершину гори та полетів на небо, нічим не відрізняються від дурників, які вірять у карткові фокуси; що релігія вважає відмову від наукового пізнання світу чеснотою, а це справжнє безумство, бо зі злиднів і хвороб Середньовіччя нас витягнула не релігія, а наука; і ще багато всякого, чого Анна не запам'ятала. Під кінець вона вже не слухала, радше відчувала, як слова дрейфують повз неї, і дивилася на скривавлений мазок на обрії, що залишився від денного світла.

А трохи більш як за десять років сталося дещо дивне. На початку червня 1992-го Неля Йосипівна померла, й Анниного батька немовби підмінили. Готуючись до похорону, Данило дбав про дотримання канонів із не меншою одержимістю, ніж налаштовував доньку проти релігії десять років тому. Початок дев'яностих був стрьомним, світ, здавалося, тріщав по швах: Анна щойно закінчила університет і не мала роботи, її батько роботу мав, але йому не видавали зарплату, траплялися вечері, під час яких на тарілках у них не було нічого, крім минулорічної картоплі, та попри це Данило не пошкодував останніх купонів, аби купити все необхідне (іконка, свічки, поховальний віночок), а потім, у день похорону, пожертвував належну суму й уважно простежив, аби священик зробив усе, як потрібно, — панахида, відспівування, запечатування могили.

Анна вже була дорослою, крім того, батькові намагання прищепити їй критичне мислення зрештою далися взнаки, тож, споглядаючи, як група жіночок зі скорботними лицями затягує похоронну пісню над відкритою труною, вона нахилилася до батька та прошепотіла:

— Навіщо це все, якщо Бога немає? Хіба їй не однаково? — Його губи смикнулися, й Анна поквапливо додала: —

Можна просто віддати їй шану. Навіщо ця вистава з купою чужих людей, які забудуть про бабусю, щойно ми підемо?

Данило Ревега повернув голову, проте погляд втратив гостроту, й він дивився немовби крізь доньку.

— Невже ти не розумієш? — Він зобразив невиразний жест рукою, ніби як накидаючи невидиме рядно на труну. — Це ж не про Бога.

Вітер кинув пасмо волосся Анні в обличчя.

— А про що тоді?

— Про повагу до того, ким ми є.

---

13 травня 2017-го
Гашербрум VI, південно-західне сідло

Крізь морок на сході пробилося ранкове світло.

Єгор лежав на спині попід скелею, впираючись маківкою в чиєсь стегно. Світанок поглинав чорноту й водночас випалював щось у його мозку. Він спробував згадати, як засинав чи як переповзав до заглибини, проте не зміг; можливо, його перетягнув Апшоу. Голова була важкою та гарячою, а руки нижче за лікті — цілковито нечутливими. Пілот не став перевіряти, чи може ними рухати, бо не хотів дивитися на долоні. Чутливість у решті тіла не зникла — Парамонову здавалося, наче холод пожирає груди зсередини, і понад усім цим розкинула чорні крила спрага: думки про воду завдавали фізичного болю.

Упродовж кількох годин свідомість немовби тліла, то пригасаючи, то розгоряючись. Під час чергового пробудження Єгор порухав головою, намагаючись розворушити того, в кого впиралося тім'я, і, не дочекавшись реакції, запанікував: *померли, вони всі померли, він тепер сам на сідлі*. Страх роздув серце до розмірів футбольного м'яча, Парамонов відчував, як воно мляво штовхається під ребрами.

Він спробував закричати, проте з горла витиснулося лише хрипле покректування. Очі заметалися поміж розкошланими хмарами, і раптом крізь тріщину в свинцевій товщі неба проступило вродливе жіноче обличчя: високі вилиці, мідне волосся. Єгор сіпнувся. Зоя? Погляд померкнув, Парамонов затремтів і почав одчайдушно торгуватися з тим, у кого ніколи раніше не вірив.

(*збережи мені пальці — я більше не торкатимуся заміжніх жінок*)

(*витягни мене звідси — я повернуся і доглядатиму батька*)

(*гаразд, забирай долоні — лише не дай померти*)

Якоїсь миті росіянина замлоїло від презирства до самого себе, та благати він не припинив: межа напруження, за якою нерви здають і думки починають панувати над людиною, а не навпаки, вже залишилася позаду. Не усвідомлюючи, що з горла ллються тихі стогони, чоловік потягнувся розбухлими до розмірів боксерських рукавичок долонями до неба, і тоді...

— Єгоре.

(*я помилився... пробач... я хочу жити... змилуйся*)

— Єгоре, чуєш мене?

— А? — Парамонов кліпнув, безпорадно, зовсім беззахисно, наче незрячий, і поклав на лице передпліччя, немовби затуляючись від різкого світла.

— Це я, Анна. — Її голос змінився до невпізнання. Жінка схилилася, прибрала руку, а тоді допомогла росіянину сісти.

— А. Я бачу. Так. Що таке?

— Я збрехала тобі. — Анна сіла, підігнувши ноги під себе. На обличчі — такий вираз, ніби вона щойно ковтнула отруту. Чи от-от має ковтнути. — У мене є гроші.

За кілька кроків від них Гелен Горовіц стояла навкарачки та з якимось сухим гавканням збльовувала світло-коричневі згустки. Дюк Апшоу тулився до стіни на відстані випростаної руки — обличчям до Гелен, але з поглядом, спрямованим у нікуди. Лейла сиділа в Дюка під боком, дихала — з-під намотаного на голову іранки мотлоху раз по раз вислизали хмарки пари. Вони пережили третю ніч на висоті шести тисяч метрів.

Парамонов наморщив лоба та прошелестів:

— Які гроші?

— У мене були гроші, коли ти розпалював вогнище. Але я не сказала. Хотіла, але не змогла. Пробач.

Ніяк не вдавалося зосередитися. Низовий вітер сік обличчя колючим поземком.

— Чому? — Він тримав розпухлі руки перед собою так, нібито вони були брудними.

— Не змогла.

— Та похер...

Парамонов подумав, що кілька зайвих папірців нічого не змінили б, він однаково не розпалив би багаття.

— Ти не зрозумів. — І Анна взялася діставати з-за пазухи, із кишень, зі взуття скручені валиками доларові банкноти й розкладати їх перед росіянином.

Мружачись, бо навіть просіяне крізь хмари світло обпалювало очі, Єгор ошелешено витріщався на готівку.

— Звідки?

Повітря між ними неначе просякло отрутою. Аннині плечі затремтіли від безгучних ридань, одначе запалі очі залишилися сухими. Вона нічого не відповіла.

— Це весь час було в тебе? — Чоловік наче вичавлював слова з-під преса.

Вона кивнула.

— Я не розумію. — Горло стислося, Парамонов почав задихатися.

— Пробач... пробач мені... — зашепотіла Анна.

— Стільки... — він не міг відірвати очей, — їх тут стільки...

— Вибач. — Їй здавалося, що хтось насипав у груди холодної землі.

— Стерво, чому не віддала раніше?

Анна затулила обличчя долонями, із горла вибрався уривчастий і низький, майже звірячий стогін.

— Не змогла-а-а!

Чоловік нахилився — на шиї проступили товсті вени — і зашипів їй просто в обличчя:

— На хріна вони мені зараз?

— Розпали, — проскочило з-поміж долонь. — Спробуй іще раз.

— Ти дурепа. — Парамонов відхилився, підняв руку та показав пальцем у небо. — Дурепа! — Жінка не зреагувала, і росіянин роздратовано просипів: — Подивися!

Анна прибрала долоні, задерла голову та втупилася у важку запону із сірих хмар.

Єгор заплющив очі, скулився та закричав. Крик болючою хвилею підступив із легенів, шкрябонув суху горлянку та розчахнув задерев'янілий рот так, що хруснули вилиці. Йому ввижалося, наче дзвінке відлуння здіймається до хмар, лавиною скочується у провалля з обох боків сідла, а потім чоловік розплющив очі та зрозумів, що крик дзвенить лише в його голові — він навіть не розтуляв губів.

Звісивши голову, Анна сиділа перед ним і тупилася в землю. Мовчки вихлюпувала відчай у зернисте від замерзлої вологи повітря.

Єгор знову склепив повіки й уявив, як щосили перетискає Аннину горлянку. Він бачив, як зашкарублі долоні обхоплюють тонку шию, бачив, як пальці встромляються у щитоподібний хрящ, намагаються дістатися до гортані. До вух долинало розпачливе, схоже на хрускіт сухої деревини й напрочуд реалістичне хрипіння. А потім, розплющивши очі, Парамонов раптом зрозумів, що все насправді — поваливши Анну на землю, він обома руками вчепився їй у горло. Обморожені пальці не згиналися, тож Єгор радше розплющував шию, ніж душив. Жінка хрипіла — вкриті орнаментом прожилок очі лізли з орбіт — і невміло відбивалася, проте не мала сил, аби скинути Парамонова із себе. Росіянин відшукав точку, налігши на яку, повністю перекрив доступ повітрю. Хрипіння урвалося, обличчя Анни посіріло, а очі закотилися. І тоді Парамонов почув за спиною слабкий до невпізнання голос Дюка Апшоу:

— Не треба. Ти вб'єш його.

Він помітив якусь тінь, устиг подумати «чому *його*, а не *її*?», а тоді голову немовби прошило розривною кулею. Руки підігнулися, Єгор упав на Анну й розгледів, як із-за вуха бурхливо б'є кров. Він спробував озирнутися, з'ясувати, що то за тінь поза спиною, та щось тверде й холодне розклинювало череп у місці з'єднання із шиєю та заважало повернути голову. Через секунду він почув, як Апшоу зронив:

— Навіщо? — і на тому все, кінець, це слово віднесло його до темряви.

10:08

Анна не сподівалася нападу, інакше змогла би ухилитися — відсахнутися та відповзти, — і цього, зважаючи на їхнє виснаження, мало би вистачити, щоб уникнути сутички, втім, росіянин накинувся несподівано швидко, і вона не зреагувала.

Поперваx страху не було. Анна бачила слабкість Парамонова й основне — чекала, що втрутиться Апшоу, проте кардинал, хоч і сидів за два кроки від них, не поворухнувся. Коли жінка нарешті злякалася та взялася відбиватися, було вже пізно: росіянин зімкнув руки на її шиї та почав душити.

Приглушене хмарами світло стало страшним, а повітря колючим. Анна спробувала зацідити Парамонову в пах, але через намотане й напхане під одяг шмаття не змогла, а тоді розгледіла чийсь розмитий силует, що повільно виростав понад лівим плечем росіянина. Вона кілька разів змигнула й упізнала Гелен. Ізраїльтянка насилу переставляла ноги, сунучи вперед зі швидкістю частково паралізованого лінивця.

У правій руці вона стискала сокирку, яку Парамонов приніс із літака. Анна бачила, як через Гелен перекочуються хвилі вогкого вітру, бачила паморозь на її бровах і вираз, що погойдувався в темних очах, — підозріла суміш подиву й роздратування, — проте власне серце провалювалося глибше й глибше, і зрештою на все впала чорна завіса...

Передусім повернулося оглушливе бухання крові у скронях. Дуже боліла шия, проте біль обдавав терпким теплом груди та нижню частину голови й через те був навіть досить приємний. Анна розплющила очі, виборсалася з-під тіла Парамонова та ще до того, як ударилася спиною об напівзігнуті ноги Дюка Апшоу, закричала. Із Єгорової потилиці руків'ям догори стирчала аварійна сокирка. Лезо наполовину вклинилося в череп у місці з'єднання із шиєю, до темного від крові обуха налипло волосся. Довкола валялися забризкані кров'ю згортки стодоларових банкнот.

Аннин крик обірвався, щойно вона перевела погляд на Гелен. Та стовбичила за крок від росіянина — там, звідки завдала удару. Чверть хвилини ізраїльтянка незмигно тупилася в Парамонова — із рани досі цебеніла кров, ноги час від часу ледь посмикувалися, — потім глипнула на Анну, і її очі стали безживними та тьмяними, наче в пораненої тварини.

За мить Гелен розвернулася та попленталася геть. Вона проминула тіло Олівера Морґенштерна, зупинилася біля носової частини фюзеляжа, кілька секунд постояла і повалилася на землю.

Біль поступово витікав, байдужість огортала свідомість вогким серпанком, і Анна поволі поринала в сонне заціпеніння. За хвилину по тому, як відійшла ізраїльтянка, вже майже з напівсну її вивело тихе вовтузіння за спиною. Анна озирнулася. Дюк Апшоу. Обвислі щоки, набряклі повіки, заплющені очі. Зморщена та потемніла шкіра нагадувала чорнослив. Жінка подумала, що за минулу ніч на його брезклому обличчі щонайменше втричі побільшало зморщок.

Упевнена, що нічого гіршого за те, що вже трапилося, бути не може, Анна складала в голові докірливе запитання до старого, коли його повіки піднялися, і її пересмикнуло — так вражаюче Дюк Апшоу нагадував пластмасового андроїда. Світло-сірі, обпалені сонцем очі повільно зсунулися ліворуч і застигли за сантиметр від Парамонова, після чого впродовж півхвилини залишалися нерухомими, немов у якоїсь божевільної ляльки. Анна відразу збагнула: погляд. Щось скоїлося із його поглядом. Він немовби спорожнів усередині.

Не зрушивши осклянілих очей і на міліметр, Дюк Апшоу промовив:

— Ми можемо розрізати його черево й розтопити трохи снігу.

До цієї миті Анна дихала надто бурхливо, та тут серце скрипнуло гальмами. Вона почувалася так, ніби кардинал хлюпнув їй в обличчя кислотою.

— Що? — Вона втупилася у спрагло вигнуті губи старого. А потім: — Ні! БЛЯДЬ, НІ!

Апшоу не відповів і повільно, наче ящірка, прикрив повіками очі.

---

2 грудня 2015-го
Тель-Авів, Ізраїль

Уперше в житті Деня Беркович опинився в ситуації, коли навіть не уявляв, куди далі рухатися. І тут не йдеться про якусь екзистенційну кризу середнього віку. Деня почувався зовсім розгубленим, бо розумів, що наступного дня — чи навіть за годину — його життя може тріснути, наче яєчна шкаралупа, і так само, як яєчну шкаралупу після розбиття, він уже ні хріна не склеїть його назад.

Відсунувши крісло від стола, Деня поклав голову на бильце та спробував збагнути, коли все пішло шкереберть. Він був відмінником у школі, 1994-го вступив до Донецького національного медичного університету (який на той час був просто медичним інститутом), 1999-го закінчив його із відзнакою, успішно пройшов інтернатуру, влаштувався на роботу в Донецький обласний онкологічний центр, 2006-го переїхав до Ізраїлю, де почав працювати у приватній клініці «Шеба», 2007-го одружився з Гелен, яка на той час проходила інтернатуру у відділенні трансплантології Медичного центру імені Сураскі... Життя здавалося казкою, а потім усе зійшло на пси через один неправильно поставлений катетер.

Рік тому, у грудні 2014-го, у Берковича лікувалася від гострого лейкозу дев'ятирічна Тоня Варченко з України. За день до закінчення другого сеансу хіміотерапії одна із медсестер припустилася грубої помилки, ставлячи венозний катетер, і токсичні препарати пішли дівчинці не у вену, а під шкіру долоні. Не вина Берковича, проте він був відповідальним, крім того, мама Тоні впродовж двох годин після початку капання щонайменше тричі казала йому про скарги доньки на нестерпне печіння, та Беркович відмахувався. Помилку помітила інша медсестра. Тоню в критичному стані повезли до реанімації, зрештою таки відкачали, навіть долоню не довелося ампутувати, проте Деня Беркович поплатився за халатність роботою. Що гірше (і Деня це чудово розумів) після такого його не пустять на поріг жодної пристойної клініки в Ізраїлі. А тоді, в січні 2015-го, йому написав колишній одногрупник, який ще 2000-го виїхав до Росії і тепер був лікарем у складі військового контингенту РФ у Сирії, натякнув на дещо, Деня зв'язався з колегами дружини у відділенні трансплантології, вони поспілкувалися, і... словом, почали працювати. Шість місяців, сім операцій, і Беркович заробив більше, ніж за три попередні роки.

І от тепер Гелен відмовилася оперувати.

Деня заклав руки за голову й подумав, що робитиме, якщо не примусить дружину передумати. В Україну він не повернеться. Кілька місяців тому він телефонував до Слави Ситника на прізвисько Лускунчик, ще одного колишнього одногрупника, який залишився в Донецьку. Цікавився, як справи. І справи були не дуже: сімнадцятирічного Лускунчикового племінника утримували в міністерстві держбезпеки ДНР, тож Слава думав лише про те, як витягти малого. Його, Берковича, квартира ніби стояла цілою, та загалом було зрозуміло, що ловити в нинішньому Донецьку точно нема чого, а тому...

Клацання дверного замка перервало його роздуми. Деня Беркович розімкнув руки та розплющив очі. Гелен повернулася з роботи.

— Ти вдома?! — долинуло від вхідних дверей.

Це вперше за вісім років шлюбу вона так горлала. Деня витримав паузу перед тим, як відповісти:

— Так.

Гелен швидко роззулася та зайшла до кімнати.

— Ми мусимо поговорити.

За майже десять років Деня вивчив іврит, але розмовляв погано, тож між собою вони досі спілкувалися англійською.

— Знаю. — Він холодно посміхнувся. — Мені вже зателефонували та розповіли.

— Добре. — Гелен навіть зраділа, це позбавляло необхідності вигадувати довжелезну прелюдію. — Добре, що розповіли. Хочу знати, звідки нирка.

Деня закотив очі:

— Від донора.

— Припини! — Вона сама здивувалася тому, як дико розлютилася. — Не смій так розмовляти зі мною! Я ж не ідіотка! — У той період Гелен курила, і то курила так багато, що голос став схожим на чоловічий. — Питаю ще раз: звідки нирка?

— Із Сирії.

Жінка затулила рота долонею.

— Господь Усемогутній, там же зараз війна... Як ти вивіз... Звідки ти дістав там нирку?

— Це довга історія, але якщо ти вже запитала, то в дев'яностих у Донецьку я вчився разом із одним...

Гелен, не прибираючи долоні від перекошеного обличчя, перебила чоловіка:

— Нирка дитяча. І такий збіг за всіма параметрами... Боже, ти... ти... Не можу повірити! Ми з тобою живемо під одним дахом стільки років, і ти...

Деня розізлився.

— Якщо ти думаєш, що ми вбиваємо дітей... — затнувся, збагнувши, що неправильно побудував фразу. У дружини очі ледь не вдвічі розширилися, коли вона її почула. Він глухо додав: — Орган чистий.

— Якщо він чистий, то чому ми оперуємо у приватній клініці? Чому не провести операцію в Сураскі?

— Тому що... все непросто.

— То поясни мені. Поясни так, щоб було просто.

Беркович уперто стулив губи, довго дивився на дружину, тоді підвівся та підійшов до вікна. Так і не дочекавшись на відповідь, Гелен проказала:

— Я не оперуватиму.

Чоловік гмикнув.

— Скільки їй? Вісім? Дев'ять років? Ти бачила її аналізи? Як думаєш, довго мала протягне на діалізі? — Він підступив на крок; із грудей на шию поповзли червоні плями. — Що ти скажеш її батькам? Що ми передумали? Викинеш перед ними у смітник практично ідеальний донорський орган, бо його нелегально ввезли до країни? Річ же не в грошах, і не в тому, звідки нирка...

— Я не оперуватиму.

Він підступив упритул і спробував узяти її за руки.

— Гелен.

— Я не оперуватиму! — Вона відштовхнула його. — Не можна... так не можна!

А потім Деня вдарив її кулаком в обличчя. Удар вийшов не надто сильним, проте від несподіванки Гелен утратила рівновагу й упала на спину. Наступної миті він навалився на неї, прокричав, що вона оперуватиме, двічі вдарив навідмаш по обличчі, та почав душити. Гелен розгубилася, а тому радше інстинктивно, ніж усвідомлено зацідила коліном поміж ніг. Це подіяло. Вискнувши, Деня схопився руками за пах і відкотився. Гелен встала, взяла із журнального столика кам'яну статуетку єгипетської богині Ісіди, яку років чотири чи п'ять тому їм подарувала мати Дениса, повертаючись із відпочинку в Шарм-ель-Шейху, а тоді, широко замахуючись, двічі вдарила чоловіка по голові. За другим разом поцілила в скроню, після чого Деня, лунко клацнувши щелепою, вирубився.

Гелен не стала перевіряти, чи він живий. Захопила паспорт, ноутбук і гроші та забралася з квартири. Ніч із другого на третє грудня вона провела в готелі «Crowne Plaza», майже не спала, зважувала, як учинити, і зрештою вирішила наступного дня повідомити про все поліції. Втім, як це часто буває, уранці плани змінилися. Снідаючи кошерними стравами в ресторані на дванадцятому поверсі, вона побачила новинний сюжет про арешт колишнього онколога з клініки «Шеба» Дениса Берковича та двох лікарів із відділення трансплантології Медичного центру імені Сураскі за звинуваченнями в незаконній торгівлі та трансплантації людських органів. Її фотографію не показали, проте дикторка зазначила, що поліція наразі встановлює місцезнаходження ще однієї, залученої до проведення хірургічних операцій, лікарки.

Із «Crowne Plaza» Гелен Горовіц вирушила просто до аеропорту.

7 травня 2017-го
Міжнародний аеропорт Шереметьєво, Москва

Попри прогноз, на небі було зовсім мало хмар, і крізь мутнуваті вікна таксі, що везло Артема до аеропорту, нещадним потоком лилося розлючене світло. Хлопець мружився і тер пальцями почервонілі очі. Скусані впродовж безсонної ночі губи пекли, він нервово облизував їх, хоча це не надто допомагало.

Авто зупинилося на естакаді, що тяглася вздовж східної стіни Термінала Е (якраз попід залою відльотів), о четвертій тридцять пополудні, за три години до вильоту. Артем розрахувався і відпустив водія. Оскільки багажу, крім невеликої наплічної сумки, в нього не було, хлопець відшукав автомат для самостійної реєстрації та швидко отримав посадковий талон. Утім іти на паспортний контроль не поспішав. Заховавши паспорт із посадковим талоном до внутрішньої кишені вітрівки, Артем спустився на перший поверх, трохи потинявся залою прильотів, потім піднявся на другий, узяв у «Starbucks» каву та знову вибрався на вулицю.

Сонце хилилося до заходу, тіні виповзали з-під естакади та пролягали до стоянки перед терміналом. Холодний вітер куйовдив волосся і вперто ліз крижаними щупальцями під одяг. Посьорбуючи каву з фірмового старбаківського келиха, Артем проводжав поглядом автомобілі, що привозили пасажирів до аеропорту. Невдовзі відчув, що мерзне, повернувся до термінала й попрямував до туалету. З параноїдальною ретельністю перевіривши засувку, зачинився та застиг перед унітазом. Постоявши хвилину, хлопець зрозумів, що відливати не хоче, і вийшов з кабінки. Ще півхвилини горбився над умивальником, відмиваючи руки так ретельно, наче щойно мав контакт зі смертельно токсичною речовиною.

Усе це здавалося жалюгідним, однак Артем нічого не міг із собою вдіяти: він щосили тягнув час.

Чверть по п'ятій хлопець нарешті став у кінець довжелезної черги, що вела до лінії металошукачів і рентгенівських сканерів для перевірки багажу. Перед ним у черзі стовбичив огрядний чоловік у шерстяному жакеті. Гладка шия кольору сирого тіста складками звисала над коміром сорочки. Чоловік безперестану гавкав у притиснутий до вуха телефон, невідь-як поєднуючи в голосі нотки невдоволення із властивою московському акценту солодкавістю. Спливло п'ять хвилин, товстун не замовкав, і до знервованості додалося роздратування. Саме тоді — коли Артем нарешті припинив метушитися, коли за спиною зібрався натовп, наглухо замурувавши його в черзі, — в голові грозовими хмарами почали зсідатися панічні думки. А що, як усе це підстава? Що, коли кур'єра, який має пронести посилку до дьюті-фрі зони, пов'язали, і служба безпеки аеропорту вичікує, хто прийде по залишену в туалеті сумку? А раптом хтось забере сумку до нього, після чого його, Артема, звинуватять у її зникненні? Чорт забирай, він же навіть не знає до пуття, що там усередині!

Хлопець почав пітніти. Голову огорнуло жаром, краплини поту збігали між лопатками до попереку, під пахвами аж хлюпало. Коли підійшла його черга, Артемова сорочка змокріла так, що її можна було викручувати.

Біля роликового конвеєра, яким багаж подавали до сканера, пасажирів зустрічали дві працівниці аеропорту. Перша — у білосніжній блузці та темно-синій жилетці — допомагала пасажирам, інша — в сіро-зеленій уніформі служби безпеки — трималася осторонь і спостерігала. Артем скинув сумку з плеча й автоматично поставив на конвеєр.

— *English*? *Russian*? — запитала Біла Блузка.

— Російською, — відповів хлопець.

— Лептоп? — Працівниця показала пальцем на сумку.

— Ні.

Біла Блузка подала йому пластмасовий піддон для одягу.

— Зніміть, будь ласка, куртку.

Артем скинув вітрівку. Тієї самої миті працівниця в уніформі ступила крок уперед.

— Ви нормально почуваєтесь?

Хлопець простежив за її поглядом, опустив голову та почервонів. Його синьо-коричнева в клітинку сорочка посіріла від поту. Думки перелякано застрибали в голові, свідомість миттю вималювала в уяві картинку, як його ведуть геть зі скрученими за спиною руками, та найгірше — він не вигадав нічого кращого за бовкнути:

— Пробачте?

Сіра Уніформа підступила ще на крок. Артем помітив зброю в неї на поясі й запанікував ще більше. Жар пропікав щоки, гул у вухах відтискав решту звуків на другий план. Хлопець кинув погляд на Білу Блузку, немовби чекаючи на її допомогу, на секунду затримав погляд на перегородці з мутнуватого пластику, що розділяла багажні сканери, а потім відвернувся, наче боячись, що побачить у відображенні, як із його щік валить дим.

Треба було щось говорити, проте слів не було.

— Це ваша сумка? — запитала Сіра Уніформа.

Артем кивнув.

— Ви нервуєтеся.

Жінка не зводила з нього погляду. І тут хтось ніби клацнув перемикачем у голові й думки стали на місце — він не вчинив нічого протизаконного, ніхто нічого йому не зробить, — і відразу по тому прийшло розуміння, як діяти далі. Хлопець розтягнув губи у збентеженій усмішці:

— Страшенно боюся літати.

— Куди прямуєте?

Артем простягнув їй паспорт з укладеним посадковим талоном. Побачивши золотавий тризуб на обкладинці, Сіра Уніформа наїжачилася.

— Де ваша міграційна карта?

Хлопець пригасив у зародку нову хвилю паніки та відповів:

— Там само, у паспорті.

Жінка дістала й вивчила карту.

— Що ви робите в Москві?

— Відпочиваю, — збрехав Артем.

— Аж місяць?

На в'їзному штампі стояла дата «20 квітня».

— Три тижні, — поправив хлопець. — У мене тут тітка.

Сіра Уніформа скинула голову.

— У мене теж тут тітка, — і повторила: — Що ви робите в Москві?

До того часу Артем уже трохи обсох і оговтався. Він закотив очі й, удавши, неначе притлумлює роздратування, проказав:

— В Україні на мене чекає повістка. Якщо бути точним, то вже три повістки.

Складки на лобі Сірої Уніформи потоншали. Вона повернула хлопцеві паспорт, міграційну карту та посадковий талон.

— Тобто назад ви повертаєтеся до Москви?

— Так. — Артем відповідав тоном чоловіка, який після півгодини лінгвістичної еквілібристики нарешті втовкмачив малолітньому синові значення незрозумілого слова. — Це протизаконно?

Жінка змовчала. Глянула через плече на сканер — Артемові куртка та сумка вже стояли на іншому боці, — потому тицьнула хлопцеві кросівки.

— Роззувайтеся, знімайте пояс і проходьте.

Металошукач не видав жодного звуку, і працівник, який зустрічав пасажирів за сканером, одразу втратив до Артема інтерес. Хлопець похапцем одягнувся, закинув сумку на плече й подався до лінії паспортного контролю. Офіцер мовчки погортав його паспорт, забрав міграційну карту та пропустив через турнікет.

Піднявшись ескалатором на третій поверх, Артем полегшено видихнув. Він у дьюті-фрі зоні, у нього на руках посадковий талон, і йому нічого не загрожує. Принаймні поки що. Хлопець роззирнувся. Він зійшов з ескалатора у північно-східному крилі Термінала Е. Перед ним розгорнувся довжелезний пасаж із ресторанчиками та дьюті-фрі крамницями ліворуч і рядами сірих крісел праворуч. За той час, поки він проходив перевірку безпеки та паспортний контроль, на небі з'явилися хмари, і світло, яке все пообіддя різало очі, тепер немовби вилиняло й розм'яклими хвилями вливалося крізь скляну стіну термінала. Ліворуч і трохи попереду Артем помітив яскраво-жовтий вказівник із написом «Выход на посадку 40» і несамохіть втягнув голову. Сороковий ґейт. Це десь тут. Хлопець подивився через плече — на такій само відстані позаду вказівник «Выход на посадку 41», — потім став спиною до скляної стіни. Ліворуч — ліфт, праворуч — магазин з елітним алкоголем під вивіскою «Duty Free Partners», між ними — вихід з ескалатора, трохи далі під стіною — питний фонтанчик. І відразу за фонтанчиком — непоказний хідник із написом «WC» угорі.

(*ескалатор... Duty Free Partners... ліфт...*)

(*сороковий і сорок перший ґейти...*)

(*питний фонтанчик...*)

Усе збігається. Усе, як описував Каха. Це саме *той* туалет. От тільки час не той, що потрібно. Артем кинув погляд на мобілку. За двадцять шоста. Ще надто рано. Він поволі закрокував галереєю, вишукуючи інші вивіски «WC». Невдовзі дістався тридцять восьмого ґейту й переконався, що там, звідки він прийшов, є лиш один туалет.

За чверть до шостої Артем доплентався до південно-західного крила, розвернувся та посунув назад. Проминув тридцять шостий... тридцять сьомий... тридцять восьмий ґейт і раптом відчув, як спітніли долоні. Нервозність повернулася. В очах мерехтіло від метушні, якісь жінки, оточивши працівницю аеропорту біля виходу до рукава, про щось сперечалися, крізь фоновий шум час від часу прорізалося оголошення про завершення посадки на той чи той рейс, але хлопець не чув нічого, крім власного пульсу у вухах. Бух, бух, бух. Артем знову зиркнув на телефон — 17:48, — різко повернув ліворуч, пройшов повз крісла до скляної стіни й утупився в летовище.

Треба заспокоїтися.

Погода псувалася. Хмари важчали та притискалися до землі. Поодинокі промені, що продиралися крізь них, встеляючи світлими плямами доріжки для маневрування, здавалися брудними. Сріблястий лайнер «Аерофлоту» повільно відчалював від телескопічного трапа. Артем провів його очима та спробував сконцентруватися на тому, що казав Каха. Ескалатор, ліфт, питний фонтанчик. Четверта від входу кабінка. Зачинитися зсередини й чекати. Ні з ким не розмовляти, не виглядати з кабінки. Коли в перегородку постукають — двічі по два, тук-тук, тук-тук, два парні постукування, і ніяк інакше, — ідентифікувати себе через *Viber*. Почекати кілька хвилин, забрати просунуту під перегородкою сумку та піти на посадку. Все просто. Хлопець заплющив очі. Він у безпеці, тривожитися нічого, це дьюті-фрі зона, ніхто його не чіпатиме, тут не діють закони... ну, майже не діють. Та що дужче він намагався заспокоїтися, то більше сценаріїв того, як усе може зірватися, виринало в голові. А що, як офіцер, який стежить за камерами спостереження, — тут же все має бути напхано ними, так? — вловить, що в нього після виходу з туалету з'явилася ще одна сумка? Бух, бух, бух. А що, як сумка виявиться завеликою, і працівники компанії зупинять його перед трапом? Бух, бух, бух. А що, як його зупинять перед посадкою просто через те, що в нього *дві* сумки, адже зазвичай до салону можна брати лиш одну? Лячні думки бульбашками лускали в голові, і щоразу Артем здригався, наче йому хлюпали холодною водою за комір.

Коли він утретє поглянув на телефон, годинник на екрані показував 17:57. Час іти.

На ватяних ногах Артем поплівся до центрального проходу, проминув сороковий ґейт, за магазином «Duty Free

Partners» повернув праворуч і пірнув до туалету. Прочинивши двері зі схематичним зображенням чоловічка, хлопець застиг як укопаний. Праворуч — сім чи вісім кабінок, ліворуч — ряд умивальників під заляпаним дзеркалом і (в окремій ніші) дві сушарки для рук. Над одним із умивальників схилився чоловік середнього зросту в сірих шерстяних штанах і світлій жилетці з асиметричним масивом кишень усіх форм і розмірів. Неохайні бакенбарди й кучма нерозчесаного смолянистого волосся робили його схожим на Росомаху з фільму «Люди Ікс». Хлопець, затамувавши подих, мовчки витріщався. Невже це він? Той, хто передаватиме сумку? Каха заборонив не те що озиватися, а навіть дивитися на нього. І що тепер? Артем обмацав поглядом підлогу під умивальниками. Біля ніг Росомахи не було ніяких сумок.

Зрештою чоловік зауважив хлопця і підвів голову. На мить їхні погляди схрестилися у дзеркалі. Артем опустив голову та зрушив з місця. Проминувши перші три кабінки, штовхнув двері четвертої та ввалився досередини. «Це не він, — з полегкістю висновкував хлопець. А потім розсердився сам на себе: — Не тупи! Зрозуміло ж, що не людина Кахи! Мужик зайшов просто посцяти! Вони ж не ідіоти лишати сумку з наркотою в порожній кабінці».

Півхвилини Артем не рухався, вслухаючись, як чоловік сушить руки під сушаркою. Потім Росомаха забрався, і в туалеті стало тихо. Хлопець постояв кілька секунд і насупився — подумав, що з переляку помилився. Визирнувши з кабінки, перерахував двері. Ні, все гаразд, він у четвертій. Знову зачинившись, Артем повісив наплічну сумку на гачок, опустив кришку унітаза й сів на неї. Витер долоні об сорочку, дістав із кишені телефон і, щоби вгамувати тремтіння, вчепився в нього обома руками.

Довго чекати не довелося.

О 18:03 відчинилися та зачинилися двері туалету. Якийсь час по тому було тихо, Артем навіть підвівся, міркуючи, чи не виглянути з кабінки, коли розчув тихий шурхіт кроків по кахлях, після чого хтось ступив до сусідньої, п'ятої за рахунком кабінки та замкнувся всередині.

Артем перестав дихати. Він очікував на стук, але однаково ледь не впустив із рук телефон, коли з-за перегородки долинуло чітке подвійне «тук-тук»... і через секунду — ще одне. Хлопець увімкнув смартфон, зайшов у *Viber*, набрав повідомлення «Я на місці», вибрав серед збережених номер, який йому дав Каха, і втопив кнопку з командою «Надіслати». Спливло трохи часу, і за перегородкою теленькнув телефон, сповістивши про надходження повідомлення. Артем ледь не похлинувся повітрям: усе по-справжньому. Через секунду він почув, як у сусідній кабінці — внизу, біля підлоги — щось зашаруділо, а потім крізь отвір між підлогою та перегородкою протиснулася сіро-коричнева сумка.

Клацнула засувка, дверцята п'ятої кабінки розчинилися, і чоловік, який передав вантаж, вийшов із туалету.

Упродовж хвилини Артем насторожено вивчав сумку. Не дуже об'ємна, із цупкого шкірозамінника, в сіро-коричневу клітинку та з вибитим написом «Louis Vuitton» на ручках. Типова китайська підробка. Зрештою хлопець узявся за ручки, підтягнув сумку до ніг і поставив на кришку унітаза. Важка. Артем відступив і скривився — тілом прокотилася хвиля гарячкового тремтіння. Він раптом подумав: а що, як усередині не наркотики? Що, як там бомба? Раптом Каха й Муса зовсім не наркоторговці, а члени ІДІЛ чи ще якого-небудь ісламського угруповання, що прагне помститися росіянам за бомбардування Сирії та знайшло спосіб пронести вибуховий пристрій до термінала?

Артем схилився над сумкою, неслухняними руками розстібнув блискавку та полегшено шморгнув. Не вибухівка. Те, що припущення про бомбу не справдилося, несподівано дуже зворушило, і хлопець уперше за день усміхнувся і вперше відтоді, як востаннє розмовляв із Кахою, дозволив собі повірити, що все буде добре. Всередині сумки лежало вісімнадцять ретельно обмотаних коричневим скотчем пакунків, кожен завбільшки з коробку з-під парфумів, і нічого й віддалено схожого на годинниковий механізм чи детонатори. Артем узяв один із пакунків, зважив на долоні, роздивився з усіх боків, навіть обережно принюхався. Напевно, наркотики, хоча крізь скотч не пробивалося ніякого запаху. Артем кинув пакунок назад і знову криво всміхнувся: начебто він знає, як за запахом відрізнити амфетамін від екстазі чи від героїну.

Спустивши сумку на підлогу, хлопець умостився на кришку унітаза й замислився. Тепер найважливіше — не накоїти дурниць. Він глипнув на телефон. 18:09. До посадки сорок хвилин. Потім задер голову й обстежив стелю, трохи запізно переконуючись, що в туалеті немає камер. Він із задоволенням просидів би решту часу в кабінці, проте подумав, що це ризиковано. Навряд чи у службі безпеки аеропорту передбачено окремого співробітника, який стежить, скільки людей заходить до, а скільки виходить із туалету, але якщо такий є, Артем не мав бажання з ним знайомитися.

Хлопець просидів у туалеті до 18:15, а тоді, гамуючи хвилювання, повернувся до термінала. Власну сумку він закинув за спину, а «Луї Вюттона» поніс у витягнутій руці. Трохи менш як півгодини Артем бродив дьюті-фрі магазинами, уникаючи світити «Вюттоном» перед камерами, а за десять до сьомої пройшов до тридцять дев'ятого ґейту та зайняв місце неподалік виходу до телескопічного трапа.

Посадка почалася о 18:55. Ніхто не зважав на другу Артемову сумку, і вже за кілька хвилин по сьомій хлопець вмощувався на своєму сидінні у хвостовій частині «Боїнга 767». О 19:20 літак здійнявся у повітря. Впродовж півгодини після того, як лайнер прорвався крізь хмари й пілоти вимкнули знак «Застебнути ремені», Артем тричі зривався на ноги й зазирав до багажного відділення над головою, перевіряючи, чи із сумкою все гаразд, але потім адреналін вивітрився, втома далася взнаки, і, заколисаний монотонним гудінням турбін, хлопець заснув так міцно, що стюардеса, котра за чверть до дев'ятої за московським часом почала роздавати в економ-класі вечерю, не змогла його добудитися.

Артем без задніх ніг проспав наступні п'ять із половиною годин.

8 травня 2017-го
У повітрі над Південно-Східною Азією
07:16, GMT +7

Інша стюардеса виявилася настирливішою.

— Сніданок?

— Що? — Артем насилу продер очі. Спину ломило після спання в незручній позі, а в ліве вухо ніби встромили штопор. У голові гуло.

— Бажаєте сніданок?

Хлопець кинув погляд під ноги, перелякано рохнув і закрутив головою.

— Де моя сумка?! — У грудях щось затьохкало. Він не почувався дезорієнтованим і добре пам'ятав, де перебуває, але чомусь спросоння вирішив, що після зльоту заштовхав сумку під сидіння крісла, що попереду, і тепер ледь не вмер, побачивши, що між ногами порожньо.

— Перепрошую? — не зрозуміла стюардеса.

Артемові стало душно, щоправда, завдяки перелякові він швидше прийшов до тями: адреналін ринув у кров, і в голові прояснішало.

— Нічого, все гаразд. — Тьохкання між ребрами вщухло. — Пробачте.

— Снідати будете?

— Так. — Хлопець опустив відкидний столик. Стюардеса передала йому сандвіч із шинкою і налила чаю. — А котра зараз... ну, тобто скільки до приземлення?

— Трохи менше за годину. Йдемо за графіком.

— Ага, дякую.

Він відкусив шматок сандвіча, витягнув шию та визирнув крізь ілюмінатор. У небо на сході повільно викочувалося сонце, проте землю далеко внизу затуляли кудлаті хмари. Артем розжовував шматок сандвіча вже вічність, зрештою перетер його на пастоподібну масу, але проковтнути не зміг. Шинка смакувала, наче шматок прілої гуми. Збагнувши, що шлунок не прийме ніякої їжі, хлопець відклав сандвіч, відпив трохи чаю і дістав телефон. У Москві була третя ранку.

Починалася найважча частина подорожі.

За півгодини літак стрімко пішов на зниження — біль у лівому вусі посилився, — а вже о 8:05 за місцевим часом шасі торкнулося бетонної смуги. Поки лайнер сповільнювався та розвертався носом до аеропорту, Артемові стерпли руки — від зап'ясть до ліктів, і далі вгору аж до пліч поповз колючий холод. Долоні знову зволожилися. Хлопець зціпив зуби та спробував опанувати себе. *Ще трохи... ще зовсім трохи... думай про готель... про те, як поїдеш до готелю, коли все закінчиться.* О 8:10, востаннє гойднувшись, «Боїнг» зупинився біля рукава, що стирчав зі скляної стіни термінала. Заклацали застібки пасів безпеки й пасажири, потягуючись і розслаблено перемовляючись, почали вставати з крісел. Артем не рухався. Підвівся лише тоді, коли в салоні поменшало людей, видобув із багажного відділення сумки та негнучкими від страху ногами почовгав до виходу.

Щойно зійшовши з літака на трап, хлопець вирішив, що потрапив до паралельного світу. Насичене вологою повітря мало кислуватий присмак, звуки долинали, наче крізь вату, м'язи задерев'яніли, й Артем шкутильгав, як ніби обидві його ноги були лівими.

Усе було не так, усе було інакшим, навіть сила тяжіння здавалася більшою.

Літак, як і казав Каха, підігнали до крила F. На виході з трапа Артем сповільнився і пробігся поглядом по скляній стіні аеропорту, — вишукував охоронців, — але бачив лише пасажирів, що поспішали до залів отримання багажу. Вже в терміналі, у натовпі, він трохи заспокоївся, після чого, видивляючись вказівники, поплентався до зони паспортного контролю. О 8:20 Артем вийшов до перетину крила F із крилом G і відразу помітив згадувану Кахою аптеку «Boots Pharmacy».

Усвідомлення, що за лічені хвилини він позбудеться вантажу, збадьорило його. Мляве обличчя просяяло, безживні очі замерехтіли нервозним блиском. Хлопець пришвидшив крок, перед аптекою звернув ліворуч і вперся поглядом у табло з характерними силуетами жінки й чоловіка. Він на місці. Перед тим як переступити поріг туалету, Артем роззирнувся. За ним ніхто не йшов, у радіусі двадцяти кроків довкола нікого не було. Хлопець штовхнув двері, проминув невелике проміжне приміщення й опинився в залі з кабінками.

Туалет був чималим, чистим і цілковито порожнім. Сірі стіни, чорна кахляна підлога, ряд плоских ламп у стелі. Приємно пахло хвоєю.

Артем зайшов до четвертої від входу кабінки, зачинився і скинув обидві сумки на підлогу.

У голові злегка паморочилося. Чи то від голоду, чи то від хвилювання, чи то від того й того водночас. Хлопець схилився над білим керамічним бачком, без проблем зняв кришку й обережно поклав її на підлогу. Потім хвилину розмірковував над тим, як перемістити вантаж до бачка. Зрештою поставив сумку на унітаз і розстебнув блискавку. Спустивши воду, Артем лівою рукою притримав поплавок, аби припинити надходження води, а правою взявся перекладати пакунки. Через півхвилини всі вісімнадцять пакунків перекочували до бачка. Два останні хлопець прилаштував так, аби вони підтримували поплавок по тому, як він прибере долоню (пакунки, майже напевно, герметичні, та Артем вирішив, що перестрахуватися не завадить).

Переконавшись, що вода не набирається, він акуратно накрив бачок кришкою.

От і все. Все, як наказував Каха. Він упорався.

Відчуття смертельної небезпеки, через яке в жилах холола кров, відступило, й Артемові захотілося волати від захвату. На радощах він ледь не розплакався. Затулив обличчя долонями. І треба було стільки вагатися? Так психувати? Він подумав про винагороду — чотири тисячі за рейс! — і погляд потьмянів, як у п'яного. Він уявив, як поїде з Алією на відпочинок. Байдуже куди. Уявив, як вони нестямно кохатимуться щоночі впродовж тижня, а може, навіть двох, і мало не похлинувся від збудження. А за півроку він придбає машину, не гіршу, ніж у Кахи... Хоча ні. Спочатку відвезе кілька тисяч батькам. Матір майже напевно спустить їх на допомогу військовим, але то її справа, нехай тішиться. Артем не міг стримати зловтішної посмішки, уявивши, як мовчки викладе гроші на стіл. Якщо батька не буде вдома, він подбає, щоби Влад про все дізнався, щоби гроші довго слугували йому мовчазним докором за те, що намагався випхати його з дому.

Хлопець згадав про порожню сумку, що стояла перед ним на унітазі. Опустив погляд і зміркував, що її не варто залишати в кабінці. Каха не надав стосовно цього ніяких інструкцій, але краще забрати її із собою та згодом позбутися. Або взяти собі. А чому ні? Нормальна ж сумка.

Голод, сухість у горлі, легка нудота й багато менш важливих відчуттів, від учора немовби вкритих захисною плівкою, поволі поверталися. Голод зрештою пересилив усі інші, й Артем вирішив, що не чекатиме до готелю, а поснідає тут, в аеропорту, а тоді раптом збагнув, що страшенно хоче відлити. Шкірячись сам до себе, він посунув порожнього «Луї Вюттона» з унітаза, підняв кришку та спустив штани.

За мить до того, як струмина ослабла, Артем уловив різкий, але приємний запах цигаркового диму. Він безшумно втягнув повітря ніздрями та зрозумів, що не помилився: хтось курив поряд із його кабінкою. Від страху живіт скрутило вузлом. Якийсь час хлопець не міг осягнути, що саме його налякало. Ну, закурив хтось. Що тут страшного? Напевно, він помилився, у туалеті хтось був, тихенько хезав, а тепер вирішив закурити. Розслабитися. Проте аеропорт, до якого він прилетів, був новим (Артем у житті не бачив таких нових аеропортів), а отже, у терміналі обов'язково повинні бути бокси для куріння. Грудьми почав розпливатися жар. Артем ледь не застогнав із відчаю. Він не перетинав лінію паспортного контролю, він досі у транзитній зоні, а тому той, хто запалив сигарету, мусив, як і він, прибути сюди міжнародним рейсом. Дуже малоймовірно, що людина, котра має гроші на міжнародний переліт, стане курити в забороненому місці, коли зовсім поряд є спеціально відведене для цього приміщення.

Хлопець задер голову — під стелею розповзалися клапті сизого диму, — і тоді в грудях запекло́, запекло́ так, наче у стравохід устромили розжарену шпицю.

Артем потягнув праворуч засувку й обережно прочинив двері. Навпроти кабінки, упершись сідницями в умивальник, стояв засмаглий чоловік років сорока з ріденькою борідкою та зачесаним набік волоссям середньої довжини. Азіат. На ньому були пом'ята сорочка з коротким рукавом, карикатурна краватка, що на долоню не діставала до пояса, і запилюжені чорні штани. Розуміючи, що ховатися немає сенсу, хлопець вийшов із кабінки.

Розжарена шпиця просунулася нижче та проштрикнула кишки.

Чоловік якийсь час роздивлявся тліючий вогник на кінці цигарки, потім із насолодою затягнувся, закинув голову й повільно видув дим у стелю. Опустивши голову, він обпік Артема важким поглядом і запитав із виразним азійським акцентом:

— Говориш англійською?

Голос у нього був наче пошматований вітром. Ліворуч від чоловіка, перегороджуючи вихід із туалету, завмерли двоє спецпризначенців у чорній уніформі, бронежилетах і кепках із абревіатурою NSB[1]. Зі штурмовими гвинтівками напереваги.

За стінами туалету було незвично тихо. Звуки навколишнього світу зникли, начеб Артем пірнув під воду. Натомість у його серці немовби почався землетрус.

— Я? Е-е, так, я го-го-говорю англійською. — Він почав затинатися; від страху побіліли навіть очі. — А ш-ш-що?

Чоловік загасив цигарку об умивальник і показав недопалком на бачок за спиною хлопця.

— Витягуй те гівно, що привіз із собою.

8 травня 2017-го
Рівне, Україна

Дзвінок Артема розбудив її о шостій ранку. Номер був незнайомий, починався із +66, тож минуло кілька секунд, допоки Анна відповіла. Якийсь час у динаміку лунали лише схлипування та крики зі свистом на задньому тлі, проте жінка вже знала, що телефонує її син. Відчула. Намагаючись звучати якомога спокійніше, Анна запитала, що сталося, і хлопець, затинаючись, розповів. Він у Бангкоці, в одній із тайських в'язниць, поліцейські забрали в нього документи й утримують разом із сотнею інших ув'язнених у схожому на спортивну залу приміщенні. В'язні переважно тайці, ніхто не знає англійської, в камері нестерпно душно та повно кусючих жуків. Наглядачі виділили йому біля жолоба з нечистотами пів квадратного метра, він не може лягти, а щойно, дорогою до телефона, співкамерники побили його й забрали всі гроші. Артем розридався — гірко, якось зовсім по-дитячому, — і почав благати матір допомогти, кричав, аби вона витягла його звідти. Анна, відчуваючи, що серце от-от розірветься, спробувала випитати,

[1] Скор. від англ. *Narcotics Suppression Bureau* — Відділ боротьби з наркотиками Королівської таїландської поліції.

як він потрапив до Таїланду. Артем крізь сльози процідив, що прилетів, просто прилетів, і його арештували в аеропортовому туалеті, а тоді знову взявся впрошувати її зробити щонебудь і голосив, аж поки зв'язок не обірвався.

Передусім Анна зателефонувала за номером, з якого надійшов виклик. Зрозуміло, їй ніхто не відповів. Набрала Артемів російський номер. Абонент поза зоною. Потім, гамуючи лихоманкове тремтіння, кинулася до ноутбука та зайшла на сайт МЗС України. Колись чула про гарячу лінію чи щось таке, проте не знайшла на сайті ні номера, за яким можна було би звернутися, ні порад, що робити. Мабуть, таку лінію відкривають лише в разі надзвичайної ситуації в якійсь конкретній країні. Анна не розгубилася і відшукала сторінку Посольства України в Королівстві Таїланд. І там був номер, у дужках під яким стояв дрібний підпис: *телефонувати виключно в разі загрози життю чи загибелі громадян України*.

Анна швидко закинула на рахунок п'ять сотень гривень і зателефонувала. Їй відповів керівник консульського відділу Ілля Костенко. Анна чітко, не збиваючись, описала ситуацію. Ілля вислухав, уточнив Артемове прізвище та паспортні дані, записав координати, за якими з Анною можна зв'язатися, після чого наказав протягом усього дня бути на зв'язку.

Розмова тривала заледве п'ять хвилин, і коли Анна прибрала смартфон від вуха, на годиннику було тільки чверть по шостій. Вона поставила телефон заряджатися, ввімкнула на ноутбуці *Skype*, зайшла до *Facebook*. Довго вагалася, але вирішила поки що не повідомляти Влада. По-перше, через те, що на той момент усе ще сподівалася, що це якийсь дурнуватий розіграш, і за годину-півтори її син прокинеться у своїй квартирі в Москві, ввімкне телефон, помітить пропущений виклик і зателефонує, а по-друге... вона розуміла: Влад зараз далеко, він нічим їй не допоможе й лише сам нервуватиме.

Проте Артем не озивався, й об одинадцятій за київським часом, уже майже втрачаючи свідомість від нервового напруження, Анна вдруге набрала посольство. Як і попереднього разу, їй відповів Ілля Костенко. Впізнавши Анну, чоловік розсердився, нагримав на неї і, гаркнувши, що вона мусить чекати, розірвав зв'язок.

Ілля набрав її у *Viber'і* двадцять по третій. Анна прийняла виклик; кілька секунд налаштовувався відеозв'язок, а тоді на екрані проступило довгасте обличчя із запалими щоками та блискучою залисиною. Костенко виявився значно молодшим за Анну — незважаючи на відсутність волосся над скронями й лобом, на вигляд йому було не більше за двадцять вісім.

— Анна?

Він був не в посольстві. За головою із відстовбурченими вухами жінка розгледіла червоні люстри у формі пагод[1], різьблені прикраси з фанери та шовкову фіранку із зображеннями вишневих гілок, золотих драконів та ієрогліфів — напевно, китайський ресторан.

— Це я.

— Отже, так. — Він не дав їй поставити жодного запитання. — Я думав, ваш син у Бомбаті, ну, це тюрма в Бангкоці, але він насправді в тюрмі Клонґ Прем.

— Це погано? — Анні, попри те що за день нічого не їла, здавалося, наче вона зараз виблює. — Яка між ними різниця?

— Ніякої. Обидві в столиці, обидві однаково жахливі. — Він махнув рукою. — Забудьте, це дурниці. Що важливо — у вашого хлопця збіса великі проблеми.

Жінка ледь не впустила смартфон.

— Ви бачилися? Що з ним? Що сталося?

— Ні, не бачився. Артема затримали в аеропорту з наркотиками.

[1] Пагода — багатоярусна вежа-храм.

Анна забелькотіла:

— Цього не може бути, це якесь непорозуміння, його підставили, мій син ніколи не...

— Припиніть. — Костенко скривився, голос звучав втомлено та сердито. — Ви марнуєте час: і мій, і — що більш важливо — вашого сина. Я знаю кілька випадків, коли тайці арештовували невинних іноземців, але цього разу... ні. Ваш син намагався провезти через кордон велику партію важких наркотиків.

Анна спробувала ковтнути, проте рот пересох; шкіру на голові пробрало жаром, так ніби в неї спалахнуло волосся.

— Що йому загрожує?

Перед тим як відповісти, Ілля зиркнув кудись убік, помовчав, потім втупився в екран.

— Я зараз дещо говоритиму... дещо неприємне, але, будь ласка, вислухайте до кінця. Не голосіть, не непритомнійте... ну, ви зрозуміли.

Анні потемніло в очах, але вона, закусивши губу, кивнула.

— Таїланд — це монархія, із дотриманням прав людини тут, м'яко кажучи, не дуже, і наркодилерів зазвичай засуджують до страти...

Ридання вирвалися так швидко й несамовито, немов у Анниних грудях розбилася на друзки величезна посудина зі слізьми.

— Боже, ні!

Ілля підвищив голос:

— Анно!

— Так... так, я вас слухаю. — Жінка докладала зусиль, щоби припинити плач, але тільки розтирала сльози по обличчю. — Усе гаразд... не зважайте... продовжуйте.

— Останніми роками в Таїланді діє неоголошений мораторій на смертну кару, і розстріл, зазвичай, замінюють на тривалий термін ув'язнення. Років сто, наприклад. Сімдесят, якщо пощастить. Білим, переважно європейцям, яких упіймали з героїном чи амфетаміном, дають від двадцяти п'яти до тридцяти п'яти. Через п'ять років можна думати про помилування, чи про екстрадицію, чи хоча би про значне зменшення терміну. Проте... — Він стулив рота.

— Що?

— У вашого Артема із собою було ну просто нереально багато наркотиків.

Ілля не переймався її почуттями, його погляд був радше глумливим, аніж осудливим, і вже точно не співчутливим, він неначе говорив: «Ваш син — дзьобнутий придурок, він вступив в о-о-отакенну купу лайна; місцеві правоохоронці вважають, що зірвали джек-пот, і готуються влаштувати показове судилище».

З Анниних очей котилися сльози, телефон у руці тремтів.

— Що мені робити?

— Я можу спробувати допомогти, — він промовисто наголосив на слові «спробувати», — та це коштуватиме великих грошей.

Схлипи припинилися.

— Скільки?

— Ну, скажімо... тридцять тисяч.

Її очі розширилися.

— Доларів?

— Так. — Пауза. — Сподіваюсь, ви розумієте, що це не для мене.

— Тридцять тисяч, і вони звільнять Артема?

Ілля кілька секунд замислено жував губи.

— Не можу цього обіцяти.

Анна затулила очі долонею:

— Господи...

— Я сказав лише, що можу *спробувати*. Рік чи два тому уряд Непалу звернувся до тайського уряду із клопотанням про звільнення ув'язнених непальців, нібито в Непалі був землетрус, тож країні дуже потрібні робітники. Тайці погодилися, і на цей момент непальців у тюрмах Таїланду немає. Гадаю, ми *спробуємо* провернути щось схоже з Артемом: в Україні війна, непросте становище, хлопці можуть стати в нагоді своїй Батьківщині, те-се. Я зустрічався зі знайомим майором королівської поліції, він готовий допомогти за тридцять тисяч доларів. Ми витягнемо хлопця і переправимо до Камбоджі. Але часу на роздуми нема: потрібно домовлятися до суду, інакше буде пізно.

— Я згодна, — випалила Анна. — Я дістану гроші. Як передати?

Він посерйознішав.

— Особисто, звісно. Як іще? Мусите бути тут о дев'ятій ранку в четвер. Не пізніше.

— Де?

— У посольстві.

— А якщо я не знайду квитків на літак?

— Мене це не обходить. Хочете врятувати сина, знайдіть і гроші, і спосіб бути у Бангкоці вранці 11 травня. Другого шансу не буде.

Сльози покотилися знову. Перед тим як відповісти, Анна стиснула губи — рішуче й водночас розпачливо, — наче дитина, яку висміюють однолітки.

— Я зрозуміла. Я приїду.

— І надалі телефонуйте мені на цей номер. Більше не телефонуйте до посольства.

— Добре.

Помовчавши, Ілля додав:

— Тридцять тисяч. Готівкою.

Вона кивнула, і довгасте обличчя зникло з екрана.

Тихо шморгаючи, Анна півхвилини просиділа над телефоном. Потім підскочила, кинулася до книжкової шафи й узялася витягати сховані поміж книжок гроші. Сховків — доволі умовних — було лише два, і в сумі Анна вигребла з них дві тисячі двісті доларів і трохи більше за сорок тисяч гривень. На їхньому спільному із Владом рахункові лежало ще дев'яносто одна тисяча гривень, але скільки все це разом буде в доларах жінка рахувати не стала — і так зрозуміло, що недостатньо, — натомість швидко перевдягнулася та сяк-так привела себе до ладу.

Забравши гроші й банківські картки, Анна застрибнула в уже місяць не митий «Ford Kuga» та поїхала до центру Рівного. Машину залишила на стоянці за Перинатальним центром, звідти пішки дісталася до приміщення на проспекті Миру, де колись були авіакаси «КийАвіа», а тепер містився офіс туристичної компанії із кострубатою назвою «Парадиз»: Анна не знала, як купувати квитки в Інтернеті, а тому потребувала допомоги. За десять хвилин вона вийшла з офісу із роздруківкою електронного квитка в один бік від Жулян до Бангкока із пересадкою в Дубаї. Готівки в гаманці поменшало на дванадцять тисяч гривень.

У відділенні «ПриватБанку» на розі проспекту Миру та вулиці Симона Петлюри Анна зняла в касі дев'яносто тисяч гривень, потім по Петлюри вийшла на Соборну й у «Прем'єр-Галереї» обміняла всі гривні на долари. Заховавшись у кутку за будкою обмінника, жінка перерахувала гроші: тепер разом із тими, які дістала зі сховку в шафі, у неї на руках було шість тисяч шістсот доларів. Поклавши їх до сумки, Анна залишила «Прем'єр-Галерею» та попрямувала до майдану Незалежності.

16:26

Анна зачекала, доки невисокий чоловік у завеликій футболці й джинсах, таких широких, що нагадували спортивні штани, забере свою каву, і тільки потому зайшла до кав'ярні «Куток Янголів». Тридцятитрирічна Ольга Данко всміхнулася до неї з-за прилавка, та усмішка зів'яла, щойно вона розгледіла Аннине обличчя.

— Що з тобою?

— Усе гаразд. — Анна дивилася не на Ольгу, а на буфет із тістечками.

— Справді?

Ольга працювала в кав'ярні Янголів лише трохи більше за місяць, хоча познайомилися жінки ще на початку зими, невдовзі після того, як Влад пішов на війну, а Анна долучилася до волонтерського руху. Ольжин чоловік був військовим, і вона ще в червні 2014-го організувала волонтерську групу «Допомога армії», якій після від'їзду Влада Анна щомісяця жертвувала не менше як тисячу гривень. Вони з Ольгою зблизилися, а місяць тому, коли хлопець, що працював у «Янголів» баристом, переїхав до Києва, Ольга зголосилася допомагати в кав'ярні. На той час кав'ярня стала для волонтерок із «Допомоги» чимось на кшталт штаб-квартири, Анна навіть встановила сейф, у якому вони зберігали зібрані пожертви.

— Абсолютно, — відрізала Анна.

На Олиному лобі зібралися зморшки — із тону відповіді було зрозуміло, що все якраз навпаки: абсолютно не гаразд, — а потім очі враз розширилися:

— Щось із Владом?

— Та ні! — Анна розсердилася. — Кажу ж, усе гаразд!

Ольга пересмикнула плечима. Анна присіла за столик у куті, якийсь час нервово м'яла в руках ручки наплічної сумки.

— Я тут подумала... — зрештою озвалася, — ти коли завтра виходиш?

Ольга — просто щоби чимось зайняти руки, — водила сухою ганчіркою по прилавку.

— Як завжди, о восьмій.

— Не хочеш узяти вихідний?

— М-м... — Її брови піднялися. — Ну та хто б не хотів.

— Ти його маєш, — аж надто поспіхом, наче слова обпікали їй горло, сказала Анна. — Я вийду завтра замість тебе. На весь день.

Двері відчинилися, і до кав'ярні ступила жінка із хлопчиком років шести. Малий узяв морозиво, жінка замовила лате.

Анна почекала, доки вони вийдуть, і вдавано недбалим тоном додала:

— Сьогодні теж можеш бути вільною.

Ольга втупилася в неї. Щось трапилося, без сумнівів, скоїлося щось дуже недобре, проте вона розуміла, що випитувати марно. Вже знімаючи фартух, мовила:

— Заходив Нестор.

— Який Нестор? — не зрозуміла Анна.

— Леоненко. — «Господи, Анно, отямся». — Наш конкурент з іншого боку майдану.

— А, Нестор. — Анна розгублено кліпала й упродовж секунди чи двох після відповіді все ще не розуміла, про кого йдеться. Зрештою згадала: сорокап'ятирічний Леоненко був власником велокав'ярні, яку ставив навпроти кінотеатру «Україна», не далі як за півсотні метрів від «Кутка Янголів». — І що?

— Приніс п'ятсот доларів.

Нервовий, зацькований погляд загострився і прилип до Олиного лиця.

— Ти зараз жартуєш.

— Не жартую, хоча, як і ти, здивувалася. Він почув, що ми збираємо на шоломи для армії, і приніс. Я доклала до тих, що в сейфі.

Навіть із відстані кількох метрів Ольга Данко зауважила, як напружилися Аннині вилиці та як погляд метнувся до кутка, в якому позад шафки, заповненої мішечками із різними сортами кави, стояв вогнетривкий сейф.

— А скільки там уже?

— Двадцять три, може, двадцять три з половиною. Перерахувати?

— Не треба. Потім.

— Там десь на сто п'ятдесят шоломів. Хлопці телефонували сьогодні, говорили, що в четвер зранку завезуть. Єдине: ми сподівалися, що всі сто п'ятдесят будуть Ей-Сі-Ейч[1], а вони везуть частину німецьких. — Ольга підглянула в залишену під прилавком нотатку: — Shubert M826[2]. Але це на краще: по-перше, «шуберти» вважають найкрутішими в Європі, а може, й у світі; а по-друге, ціна така сама — чотири тисячі гривень за штуку, от тільки... — вона підняла палець і всміхнулася, — для «шубертів» це вже з «бородами».

— Бородами? — примружилася Анна.

— Ну, з фіксаторами на підборіддя.

— А...

Ольга закинула на плече рюкзак, жінки ніяково помовчали, а тоді Анна, потупившись, побажала їй гарного вечора. Вона так відверто спроваджувала Ольгу з кав'ярні, що та майже напевно образилася б, якби не згаслий вираз тихих Анниних очей. Кинувши «бувай», Ольга вийшла з «Кутка».

Анна дивилася вслід, доки Ольга не звернула за ріг аптеки, почекала хвилину та замкнулася в кав'ярні. Вона метнулася до сейфа, через хвилювання лише за третім разом набрала правильний код, дістала зсередини обгорнуту коричневим пакувальним папером пачку доларових банкнот і, сівши просто на підлогу, перерахувала їх. Двадцять три тисячі сімсот тридцять чотири долари. Додавши до них шість шістсот, Анна вперше від часу Артемового дзвінка видихнула: у неї на руках було тридцять тисяч триста тридцять чотири долари. Сховавши гроші до сумки, жінка підвелася та роззирнулася. Згадала про виручку в касі — трохи більше за дві тисячі гривень, — і забрала її також. Потім увімкну-

---

[1] АСН (скор. від англ. *Advanced Combat Helmet* — удосконалений бойовий шолом) — броньований шолом на озброєнні сухопутних військ США.

[2] Schuberth M826 — німецький військовий шолом.

ла сигналізацію, вийшла з кав'ярні, захряснула захисний ролет і швидким кроком повернулася до машини.

Утім, їхати не квапилася. Хвилин п'ять Анна міркувала, як пояснюватиме Ользі, Владу та хлопцям, які везуть із Польщі кевларові каски, куди зникли зібрані гроші. Докорів сумління не відчувала, вона діяла так, як, на її думку, вчинила би будь-яка матір, — рятувала сина, проте розуміла, що пояснювати доведеться. Зрештою витягла із сумки роздрукований електронний квиток і ще раз перевірила дату та час вильоту. Виліт із Жулян — 10 травня о 4:10 ранку, виліт із Дубая — того самого дня об 11:20, приліт до Бангкока — 10 травня о 21:05. Ціла ніч у запасі.

Страшенно хотілося поговорити з Владом, але тепер уже було пізно: вона боялася його реакції.

Завівши двигун, Анна дещо згадала. Відшукала номер у телефонній книзі та набрала диспетчерку компанії «Шалена черепаха». За мить у динаміку пролунало:

— «Шалена черепаха», доброго дня, я вас слухаю!

— Будь ласка, одне місце з Рівного до Києва.

— На коли?

— На завтра, 9 травня, о... о... — Анна пробігла очима роздруківку; в Жулянах треба бути не пізніш як о другій ночі, проте краще виїхати раніше, щоби дістатися аеропорту за дня, — о третій дня.

— Ваше прізвище?

— Янголь. Анна Янголь.

— Янголь... одне місце... я записала.

— Дякую.

— Назад коли?

Анна насупилася:

— Не зрозуміла...

— Назад вам місце бронювати?

— Е... ні, — відчувши, як несамохіть стяглися м'язи живота, Анна пробелькотала: — Не потрібно.

13 травня 2017-го
Гашербрум VI, південно-західне сідло

Не надто усвідомлюючи, що робить, Гелен поповзом обігнула присипану снігом носову частину фюзеляжа та наблизилася до краю прірви. Витягнувши шию, вона шукала місце, де розбився гелікоптер, але поверхню затиснутого відрогами льодовика ховав туман.

Серцебиття зрештою стишилося, думки стали прозорішими, проте металевий полиск з очей не зник. Гелен не жалкувала про скоєне. Вона розуміла, що вчинила імпульсивно, проте не уявляла, що могла зробити інакше. Та й що б вона вдіяла? Відтягувала б Парамонова за комір? Спершу, побачивши, як жінка із золотавими пасмами, що вибивалися з-під намотаного на голову лахміття, розкладає перед росіянином згорнуті валиками купюри, вона розлютилася, та майже відразу присадила себе, подумавши, що насправді все не так, як здається. Її саму в Ізраїлі вважають злочинницею, а винна вона лише в тому, що намагалася рятувати людей. Напевно, та жінка мала достатньо вагому причину, щоб не віддавати гроші. Коли росіянин кинувся її душити, Гелен на кілька секунд заклякла, аж скулилася, пригадавши напад власного чоловіка, проте вже за мить саме ці спогади примусили її перебороти біль в обморожених кінцівках і почати рухатися.

Гелен лежала на боці, погляд плавав розкошланою поверхнею хмар. У камінні над її головою пронизливо свистів вітер. Того ранку вона прокинулася через те, що задихається, і досі не могла надихатися: почувалася так, немов на шию сів ведмідь, а в горлі під час кожного вдиху лячно клекотіло. Проте дужче за ядуху дошкуляв вузол болю, що засів нижче, під легенями.

Півтора року Гелен Горовіц переховувалася в ОАЕ в колишнього однокурсника, разом із яким навчалася в Лондоні, і всі ці півтора року її гноїло зсередини запитання: що з дівчинкою? Тією, яку вона так і не прооперувала. Трансплантат не під'єднували до апарата для постійного промивання розчином для консервації, тобто вранці того дня, коли Гелен втекла з Ізраїлю, нирка стала непридатною для пересадки. Дівчинка була у важкому стані, навряд чи лікарям вдалося підшукати новий орган із такою самою вражаючою гістосумісністю, тож... Гелен дратувало рефлективне усвідомлення фундаментальної недовершеності буття, через яку та малá сконала від термінальної стадії ниркової недостатності, не доживши навіть до десяти років, через яку Лейла замерзає в оточенні людей, які не знають жодного слова її мовою, через яку доводиться відбирати життя, щоб урятувати когось іншого. Що вона повинна була робити? Оперувати? Гелен не вірила, що орган належав дитині, яка загинула під час бомбардування. Це нереально — зробити необхідні аналізи, правильно видалити та вчасно доправити нирку з міста, на яке щойно відбувся авіаналіт. У кращому разі її чоловік заплатив за орган родині, яка потребувала грошей (ночами, коли не вдавалося заснути, Гелен повторювала це подумки, аж доки не падала у плетиво туманних снів). У гіршому — нирку відібрали в дитини, яка звернулася до лазарету в таборі біженців, або — від самої думки про таке в неї зводило зуби — у хлопчика чи дівчинки, чиї батьки загинули від тортур в асадівських катівнях. Гелен не могла оперувати, бо трансплантат — це не звичайний шматок плоті, а трансплантація — дещо більше за просто пересадження органів. Без усвідомленої згоди донора (або в разі раптової смерті — його найближчих родичів) вся операція перетворюється на сплановане вбивство, а трансплантологи уподібнюються до дикунів. Вона успішно прооперувала сімох пацієнтів у маловідомій приватній клініці, допоки усвідомила, що у Глобальній базі даних із трансплантації немає запису про жоден із пересаджених органів і що до цього причетний її чоловік. Восьму операцію Гелен скасувала за годину до початку, бо зрозуміла, що порятунок дівчинки зрушить ланцюг подій, які майже напевно призведуть до смерті наступної невинної людини в розтерзаній війною Сирії.

Гелен замерзала. Думки мерехтіли й час від часу згасали, разом із ними примеркало все довкола, тож, коли жінка помітила крихітну фігурку на льодяному схилі метрів за триста вниз по вертикалі від сідла, спершу вирішила, що галюцинує. Цілковито втративши відчуття часу, Гелен поклала голову на витягнуту руку та байдуже спостерігала за фігуркою. Спливла хвилина, дві, три, потім чверть години, і раптом, коли погляд укотре трохи прояснішав, жінка зрозуміла, що бачить на схилі вже декілька фігурок. Чотири, п'ять... ні, навіть шість! І вони рухаються. Вкручують у схил льодобури, пропускають крізь них мотузку для страхування і вперто, наче мурахи, повзуть далі.

Якоїсь миті чоловік, який прокладав дорогу схилом, задер голову та показав рукою на Гелен. Його обличчя затуляли киснева маска та сонцезахисні окуляри, тож із певністю Гелен сказати не могла, проте їй здалося, начебто він, опустивши руку, щось загукав, бо решта, які дряпалися слідом, теж підняли голови й асинхронно закивали.

Поперваx той жест і кивання підтвердили побоювання, що вона марить — має перед собою хворобливий викид ушкодженого нестачею кисню мозку, — адже якби все відбувалося насправді, чоловік у масці нізащо не розгледів би її, але потім жінка подумала, що рука могла показувати не на неї, а на фюзеляж за її спиною, після чого в грудях немовби здійнявся вогняний смерч. Їй не приверзлося! Усе насправді! На схилі люди! Рятувальники! І якби Гелен перекинулася на інший бік і закричала, привернувши увагу Апшоу чи Анни, все склалося б інакше, їхні страждання на тому скінчилися б, одначе шалений сплеск адреналіну погнав змучене серце вчвал і швидко випалив рештки сил, що втримували свідомість від колапсу. Пожадливо хапаючи ротом повітря, жінка лягла на спину, повернула голову та втупилася в Апшоу. Наступної миті перед очима замиготіли сріблясті мушки, голова налилася свинцем, і Гелен Горовіц, не видавши жодного звуку, знепритомніла.

11:14

Упродовж ночі в заглибинах на схилі кам'яного пагорба на півночі сідла назбиралося трохи снігу. Обдираючи шкіру на задубілих пальцях, Дюк Апшоу натрамбував його в порожню пластикову пляшку, після чого, затиснувши поміж долонь, витріщився на неї так, ніби чекав, що сніг розтане від його погляду. Коли пляшка вислизнула і, глухо вдарившись об скелю, відкотилася, Апшоу перевів очі на тіло Парамонова, кров довкола якого потемнішала, помалу загуснувши на вітрі. Павутина тривожних думок обгорнула кардинала. Він згадував розповідь росіянина та намагався знайти в ній хоч якийсь сенс. Навіщо Господь урятував Єгорового батька? Навіщо зберіг життя вбивці, який, вочевидь, не прагнув покаятися? Чому дозволив йому так довго знущатися із сина? Не те щоби ці думки підривали його віру, зовсім ні. Річ була в іншому: добре розуміючи, що релігія заснована на вірі, а не на знаннях, Апшоу все ж привчив себе не лише вірити, а й повсякчас шукати підтвердження тому, що там, нагорі, є щось, що нас веде. І що в усього є мета. Тож... якою була мета Господа, коли Він вирішив подарувати життя Єгоровому батькові?

Такі думки з'являлися в голові Апшоу не вперше. Одинадцять років тому він стояв над могилою своєї сестри Таманти Апшоу (за чоловіком — Фліккінґер) і невідступно запитував себе: чому? Навіщо Господь спершу врятував її, а потім дав змогу прожити ганебне життя та померти ще більш ганебною смертю? Із пам'яті досі не стерлися спогади про день, коли він стояв під парасолькою і вдивлявся в мокрий від мжички скромний надгробок, намагаючись віднайти хоч який-небудь сенс у тому безладі, яким було її життя, розпачливо переконуючи себе, що життя Таманти — це щось більше за низку неправильних рішень. Дюк ні з ким не ділився своїми сумнівами, бо вважав, що чи не найбільший гріх для священика — похитнути чиюсь віру, проте думки від того не ставали менш дошкульними.

Сестра була лише на рік молодшою, і в дитинстві вони були нерозлийвода. Їхні батьки не відзначалися особливою релігійністю, зате доклали максимум зусиль, аби Дюк і Таммі здобули належне виховання. Від початку було зрозуміло, що на Таммі ці зусилля не діють: дівчинка була впертою, свавільною та нерідко жорстокою. Таманта ледве довчилася в школі, відмовилася від університету, попри те що батьки могли вивчити їх обох, а вийшовши заміж... Апшоу із фізичною відразою відкинув спогади, але вони вперто лізли до голови... У червні 2002-го Таммі з чоловіком напилися, сіли у позашляховик і вдерлися на вечірку, де два десятки афроамериканців святкували день народження восьмирічного хлопчика. Таммі махала прапором конфедератів і вигукувала расистські гасла, її чоловік погрожував усім ножем... Апшоу примружився, згадуючи ім'я малого. Брендон. Брендон Бартон. У лютому Дюк бачив його в новинах — хлопчак став героєм Супербоулу й відтепер чи не найбільшою знаменитістю за всю історію Віксбурга... Згодом виявилося, що хтось із присутніх на вечірці зняв інцидент на відео, батьки хлопця викликали копів, і справа зрештою дійшла до суду. Спочатку Таммі з чоловіком поводилися зухвало, переконані, що їм світить штраф за хуліганство, проте зрештою Фліккінґерів визнали винними у злочинах на ґрунті ненависті та засудили на тривалі терміни: Таммі отримала п'ятнадцять, а її чоловік — двадцять років ув'язнення. Кардинал пам'ятав, як сестра плакала після оголошення вироку. 27 квітня 2006-го, на п'ятдесят другому році життя, Таманта повісилася на вікні своєї камери в окружній в'язниці Октіббега.

Апшоу потер тильним боком долоні обморожене, вже майже нечутливе обличчя та пригадав дещо інше. Наприкінці квітня 1962-го, коли у витівках Таммі з'явилися перші натяки на плавний дрейф її поведінки в напрямі від просто ексцентричної до зумисно-агресивної, до Віксбурга заїхав бродячий проповідник, який пафосно величав себе апостолом Мафусаїлом. Таммі, Дюк і кілька їхніх друзів із роззявленими ротами слухали його пристрасний виступ у шапіто. Ввечері батько пояснив їм, що той Мафусаїл є звичайним шарлатаном, єдина мета якого — виманювати гроші в легковірних людей. Утім, помітивши, яке враження справила на його восьмирічного сина гаряча промова проповідника, наступного дня батько купив Дюкові дитячу Біблію. З тієї книги Дюк дізнався, що після гріхопадіння кожна людина народжується грішною, що людина та Бог розділені, але водночас Бог добрий і люблячий, Він подарував людям спасіння, і щоби спастися, потрібно дотримуватися Божих заповідей і прилучитися до Бога через таїнство хрещення. Першої неділі травня Таммі, Дюк і четверо однокласників його сестри відпочивали на березі Міссісіпі, і раптом Дюк, який на той час сприймав знайомство з Богом як чергову пригоду, похвалився, що вміє хрестити людей, і запропонував їх усіх охрестити. Таммі, регочучи, погодилася. Дюк примусив семирічну сестру стати навколішки на мілині, вилив їй на голову три пригорщі води та намалював мокрим пальцем хрест на лобі. Решта не ризикнула лізти у воду, тож Таманта виявилася єдиною, кого він «охрестив». А наступного дня, у понеділок, шкільний автобус, яким клас Таммі вирушив на екскурсію до дитячого музею у Джексоні, зіштовхнувся із бензовозом «Shell» на автомагістралі I-20. Із сімнадцятьох дітей вижила лише Таммі... Подорослішавши, Дюк вважав, що нерозумно та наївно стверджувати, ніби його шлях до Бога почався з аварії, в якій дивом вижила його сестра, але... глибоко в душі розумів: саме так і було. Він пам'ятав фотографію, яку пощастило зробити фотографу-любителю, що проїжджав повз місце аварії, і яку надрукували в усіх газетах штату: блискуча цистерна, що склалася майже навпіл довкола вже охопленого вогнем жовтого автобуса «Gillig», жадібні язики полум'я, які щупальцями розповзаються асфальтом, клуби важкого чорного диму, що розпухають над дорогою, і Таммі, зовсім неушкоджена — ні мазка сажі, ні подряпини, — застигла посеред цього пекла, збентежено втупившись в об'єктив. 1962-го Дюкові Апшоу було тільки вісім, і він просто не міг не пов'язувати порятунок Таммі зі своїм вчинком напередодні.

Бог спочатку врятував її, а тоді дозволив скотитися на самісіньке дно, тож іще довго після похорону сестри Апшоу запитував себе: чому? Який у цьому сенс? Його сестра не мала дітей і навряд чи за п'ятдесят років зробила хоч щось, що дало би змогу назвати її життя змістовним. Хіба що... Через місяць після похорону Апшоу знайшов прийнятну відповідь (чи принаймні так йому здавалося): Господь урятував Таммі, щоби він, Апшоу, увірував, прийшов до Нього і, ставши на праведний шлях, до кінця своїх днів жив у святості. І попри те, що в такій думці було щось неприйнятне, щось крамольно-егоїстичне, вона залишалася єдиним, що припускало його примирення з тим, як Таманта змарнувала своє життя і як пішла з нього.

І тепер, скоцюбившись на холоді, ледь не божеволіючи від спраги, Дюк Апшоу знову повернувся до запитання: який у цьому сенс? Бог пожертвував його сестрою... заради чого? Щоби він, Апшоу, зрештою замерз у горах Пакистану? Так було задумано? Від початку? Але це якась дурня, і хоч не йому про це судити, але Бог не може бути таким... таким... непослідовним. І байдужим. Господь не міг пожертвувати Таммі просто так, повинно бути щось іще, щось попереду, що надасть усьому сенс.

Дихаючи, мов пес, він роззирнувся. Крижані райдужки під припухлими водянистими повіками із затверділою настороженістю промацували сідло. Гори чомусь утратили чіткість контурів. До чого це все? Апшоу мотнув головою. Думки плуталися, чоловік напружився, аж прикусив зсередини щоку, намагаючись вибудувати в голові розділену помірними паузами фразу, потім вдихнув, так ніби готувався її викрикнути й мусив подбати, щоби вистачило повітря, та фраза не складалася, паузи поміж надщербленими, якимись наче чужими словами розповзалися, зрештою все розпалося, і вже за мить чоловік не пригадував навіть, про що мала бути та фраза.

Апшоу роззявив рота, проте лише векнув — як немовля, — і мовчання розпливлося довкола нього задушливою важкістю. Він звів голову, прошиваючи очима волокнисту тишу, і раптом здригнувся. Щось немовби відріза́ло його від зовнішнього світу. Кардинал учепився поглядом за схоже на скисле молоко небо, але не міг позбутися страшного відчуття, що ґрунт під ногами осипається і він сповзає в лабети ненажерливої темряви, а тоді несподівано гостро осягнув, як дико хоче...

(*жити*)

Він знову сіпнувся, обдерши зап'ястя об скелю. Думка викристалізовувалася із темної та розкваслої, немовби пропущеної крізь м'ясорубку маси на денці свідомості.

(*жити...*)

Обморожені руки засмикалися, не знаходячи місця, із ніздрів вихоплювалося сопіння, і в такт із ним у голові наростала пульсація...

(*жити... жити... жити...*)

Тиша повнилася дрібною вібрацією. Апшоу заплющив очі та пригадав затишні сонячні ранки, коли він за годину після пробудження приїжджав до офісу в середмісті Джексона та брався відповідати на листи; пригадав схвильоване піднесення, що завжди огортало його перед початком обряду конфірмації; пригадав, як виголошував проповідь перед дітлахами в день закладання першого каменя на місці будівництва нового храму в Порт-Ґібсоні... і під шкірою над серцем забігали мурахи.

(*жити... він мусить жити будь-що*)

Ця думка розкраяла змучений мозок на клапті. І водночас подарувала полегшення.

Апшоу підповз до Парамонова, поклав руку на обличчя росіянина, та той уже захолов. Від фізичного напруження перед очима розпливлися химерні візерунки, начеб у кавовій гущі після додавання молока. Кардинал кілька разів змигнув, аби повернути зір. Коли в голові прояснішало, Апшоу розвернувся, втупився совиним поглядом у Лейлу та відчув, як у надрах мозку, на молекулярному рівні, щось зсунулося, і все тіло затопила неймовірна впевненість: він не помре. Очі набули застиглого скляного блиску, ставши схожими на вікна покинутого будинку.

Бог завжди вказує шлях. Господь привів до нього росіянина, Господь зробив так, аби росіянин розповів про свого батька, про те, як той вижив у горах, а потім потурбувався, щоби він, Апшоу, згадав про Таммі.

(*сестра... його сестра*)

Глибоко під сонячним склепінням зажеврів вогонь. Бог не відступився від нього. Він показує шлях. Апшоу підвівся. Кров відринула від обличчя, зморшки стали наче тріщини. Потрібно вціліти, хай чого це вартуватиме, бо лише тоді все матиме сенс: і смерть його сестри, і життя Єгорового батька. Нахилившись, кардинал із другої спроби витягнув із черепа Парамонова сокирку — мозок занімів так само, як і руки, — після чого невпевнено, ніби людина з частково паралізованим обличчям, забубонів:

— Боже, очисти мене грішного, бо я ніколи нічого доброго не вчинив перед Тобою, але Ти визволи мене від усього злого, і нехай буде в мені воля Твоя, щоб неосудно я відкрив уста мої грішні і славив святе ім'я Твоє...

Апшоу здалося, що з порожнечі над головою лине тихий нерозбірливий шепіт, хтось немовби заспокоює його, повторюючи за ним молитву. Кардинал випростався та почовгав до Лейли, що згорнулася калачиком попід кам'яною стіною.

Він придушував, зминав простір перед собою. Бог пожертвував його сестрою, щоб урятувати його... Голос у голові належав йому, проте звучав незвично важко та липко, нагадуючи зонд, уведений у тіло ззовні. Бог пожертвував його сестрою, щоб урятувати його... Фраза виникла із нізвідки, із кожним повторенням набирала гучності, швидко поглинаючи решту невиразних і дріб'язкових думок.

Нависнувши над дівчинкою, Апшоу стягнув капюшон і схопив її за волосся. Лейла пронизливо вискнула. Несподівана чистота її голосу злякала кардинала, проте волосся він не відпустив. Навпаки — іще міцніше стиснув нечутливі пальці.

11:53

Із напівмарення Анну висмикнув нестямний крик. Кілька секунд вона підсліпувато мружилася, проте Лейла не припиняла кричати, і зрештою, сфокусувавшись, Анна побачила Апшоу, який, тримаючи в одній руці аварійну сокирку, іншою намагався за волосся відтягти іранку від кам'яної стіни. Аннине серце миттю вихлюпнуло в тіло порцію наелектризованої крові.

— Що ти робиш?!

Апшоу повернув голову, й Анна відчула, як повітря довкола неї немовби вкрилося кригою — поважчало та стало крихким. Шкіра на обличчі кардинала огидно тряслася, очі були мертві, наче в опудала.

Старий прохрипів:

— Бог не може так учинити...

— Що? — Анна скривилася. — Відпусти її!

Апшоу вишкірився:

— Бог не може так учинити зі мною!

Він хотів сказати щось іще, проте Анна не чекала й шарпнулась уперед. Сил зіп'ястись на ноги не було, і вона вдарила Апшоу в коліна, після чого, сповзаючи на землю, вгородила зуби в литку. Анна не прокусила ковдру, та й ноги кардинала геть заніміли від холоду, тож укусу він не відчув. Зате поштовху вистачило, щоб його повалити. Кардинал розтиснув руку, якою тримав Лейлу за волосся, та, глухо крекчучи, повалився на бік.

Анна відштовхнулася від землі й заволала не своїм голосом:

— Тікай! — спершу українською, а потім англійською: — *RUN!*

Ні того, ні того Лейла не зрозуміла, проте їй вистачило інтонації. Дівчинка встала і, через крок оглядаючись, зашкутильгала в бік носової частини Boeing'а, туди, де лежала Гелен Горовіц.

Апшоу почав підводитися, Анна штурхнула його ногою в бік, і чоловік знову впав.

Спостерігаючи, як віддаляється дівчинка, Анна міркувала, як діяти далі. Думки ледве ворушилися. Вона надто слабка, щоби побороти кардинала. Водночас жінка усвідомлювала, що він замислив: убити малу іранку та розтопити сніг у її тілі. І тут щось наче клацнуло в голові.

Сніг!

Ставши навкарачки, жінка закрутила головою. Позбутися пляшки, в яку можна набрати снігу, і, може, Апшоу отямиться. Анна помітила неподалік заповнену снігом пластикову пляшку, потягнулася по неї, швидко запхнула під ковдру та порачкувала геть — у протилежний від носової частини фюзеляжа бік.

Не випускаючи з руки сокири, Апшоу повільно став на ноги та роззирнувся. Лейла, схожа в лахмітті на гнома в обладунках, віддалялася, проте кардинал затримав погляд не на ній, а на Анні. Він бачив, що Анна зробила, і радше інтуїтивно, ніж усвідомлено почовгав за жінкою на схід, до краю сідла.

11:59

Діставшись до прірви, Анна зовсім знесиліла. Перед очима плавали кола, серце тріпотіло, ніби силкуючись порвати горло. Жінка шпурнула пляшку зі снігом у провалля й отупіло стежила, як вона, набираючи швидкість, котиться засніженим схилом. Повернувши голову назад, Анна видала серію зойків — Апшоу стояв за десять кроків, не зводячи з неї погляду, а за його очима немовби ховалася діра, що розчиняла у своїй непроникності її крики.

Він не поспішав. Сунув уперед, погойдуючись із боку на бік, як людина, що втратила орієнтацію у просторі. Дихав хрипко й нерівномірно: після кількох важких і глибоких вдихів легені на якийсь час завмирали, й дихання ставало поверхневим.

Коли чоловік наблизився впритул, Анна припинила кричати та зі стогоном промовила:

— Усе... я викинула її... пляшки нема.

Тієї самої миті пригадала, що пластикових пляшок було дві, а з того, як вигнулися губи старого, зрозуміла, що він увесь час про це знав. Апшоу йшов не по пляшку, йому потрібна була Анна.

— Це все через тебе, — прохрипів він. — Через твою жадібність. Ти в усьому винна!

— Не треба. — Жінка не могла опиратися, вона ледве говорила, сил не залишилося навіть на те, щоби поворухнути рукою.

Апшоу якийсь час постояв над нею — верхня губа відкопилена, наче у скаженого пса, — а тоді сів на куприк і взявся ногами штовхати Анну до прірви.

— Будь... дьл... л... ласка, — слова були більше схожими на хрип, аніж на звуки людської мови, навряд чи кардинал їх розумів, — н... н-н... н-не треба...

— Все через тебе... це ти винна... ти...

Апшоу пересунув сідниці вперед і продовжив штовхати. Спочатку Аннина голова, потім плечі, потім груди зависли над проваллям. Коли через його край звісився весь тулуб, жінка почала з'їжджати сама. Тіло легко зісковзнуло з краю сідла і, плавно прискорюючись, шугнуло донизу. Анна знову закричала. Вона бачила Апшоу, який, виставивши голову поміж колін, спостерігав за падінням, аж поки не зачепила плечем скельний виступ. Від удару Анну перекинуло на живіт, тіло пронизало болем, а рот, ніздрі й очі натовкло колючим снігом.

Після другого зіткнення зі скелею її крик урвався.

12:02

Спираючись на аварійну сокирку, Апшоу підвівся. Очі неначе заслав туман, думки нагадували клубок заплутаних ниток. Утім, побачивши Лейлу, яка розпачливо торсала Гелен, чоловік рушив до західного краю сідла. Крізь зуби проскакувало рохкання, так ніби з кожним кроком Апшоу доводилося штовхати перед себе щораз важчий вантаж, ноги запліталися, серце вже не скорочувалося, а невпорядковано сіпалося, шарпалося, наче клапоть тканини на сильному вітрі, тож що два-три метри кардиналу доводилося зупинятися. Проте, відсапавшись, він продовжував сунути вперед.

Гелен не реагувала на поштовхи, і Лейла спочатку запхинькала, а потім, бачачи, що чоловік зі зморшкуватим, укритим чорними плямами лицем і моторошно-безбарвними очима не зупиняється, завищала.

Ближче до середини сідла Апшоу захрипів і закашлявся. Гавкаючий кашель стрясав тіло, кривава слина віялом розліталася навкруги, аж доки коліна не підігнулись, і кардинал не заточився. Та не впав. Уперся сокирою в землю, поклав на руків'я долоні та, налігши на них всією вагою, майже хвилину віддихувався. Потому знову посунув уперед. Метрів десять Апшоу рачкував і, лише проминувши тіло Олівера Морґенштерна, підвівся.

Коли до розпростертої обіч носової частини фюзеляжа Гелен залишилося не більше як п'ять кроків, Лейла стихла. Вона роззявила рота й напружувалася, намагаючись витиснути хоч який-небудь звук, проте голос сів, і з горла виціджувалося лише пискляве шипіння.

Зціпивши зуби, Апшоу подолав останні метри та завмер над дівчинкою — скелет у лахмітті, із ніздрів із шумом вихоплюється повітря, із відвислої, почорнілої від обмороження губи стікає закривавлена слина. У просіяному крізь хмари світлі його очі здавалися безбарвними. Лейла, попискуючи, затулила голову руками та скрутилася в клубок, силкуючись сховатися, заповзти під тіло Гелен. Апшоу, нахилившись, штурхнув її обухом у бік, раз, другий, третій, а тоді... у свідомість вдерлися голоси. Він почув би їх раніше, якби не верещання Лейли та власне надсадне дихання. Кілька секунд Апшоу здавалося, ніби голоси лунають усередині голови — у його мозку все ще жевріло кілька вуглинок здорового глузду, якраз достатньо, щоби про таке подумати, — він навіть затримав дихання, проте голоси не затихали, і зрештою, витягнувши шию, зазирнув у провалля.

Від рятувальника, що прокладав шлях льодяною стіною, Апшоу відділяло не більше за півсотні метрів. Погляд став невпевнений, обличчя видовжилося. Апшоу відступив на крок від Гелен і Лейли, шпурнув сокиру в бік обвугленої діри у фюзеляжі (чи то пак спробував шпурнути — сокирка приземлилася за три кроки від нього), після чого впав навколішки, помалу опустив сідниці на п'яти, і так і сидів, склавши обморожені долоні на рівні живота, аж доки рятувальники не піднялися на сідловину.

14 травня 2017-го
Гашербрум VI, південно-західне сідло
01:32

Перше, що Анна відчула, коли отямилась, — навколо неї бездонна, зачаклована тиша. Кілька разів змигнувши, жінка позбулася налиплого на повіки снігу та повела очима з боку в бік. Вона лежала на спині, ногами донизу, на вкритому снігом схилі гори приблизно посередині між льодовиком і сідловиною. Від місця, де вона застрягла, прямовисно вгору вела глибока борозна — слід від її падіння, — що складкою розітнула снігове полотно навпіл. Тіло було неповоротким і немовби зачерствілим — відчувалося радше як непотрібна оболонка, що відділяє від зовнішнього світу, — проте Анна абсолютно точно була живою.

Хмари щезли, було видно наче вдень — величезний круглий місяць піднесено сяяв просто над головою. Сяйво було м'яким і прозорим, Анна крізь нього добре бачила зорі. Піднявши голову, вона подумала, що вдень небо має зовсім інший вигляд: навіть без хмар воно здається обмеженим і замкненим. Зате вночі від цієї замкненості не лишається й сліду. Нічне небо безкрає, у нього немає меж, немає кінця та початку.

Ковзнувши поглядом по притуманеній смузі Чумацького Шляху, Анна помітила дещо праворуч себе. Незграбним і дуже повільним рухом змахнула сніг з лиця та придивилася. На відстані кількох метрів, майже на одній з нею висоті, напівприсипаний снігом лежав Лоуренс Ґрейс.

Хвилину Анна витріщалася на хлопця та нічого не відчувала — емоції замерзли разом із тілом, — а потім щось глибоко в захололих грудях смикнулося, зрушило з місця та теплою змією поповзло до шиї. Не усвідомлюючи ні суті, ні походження імпульсу, Анна підкорилася йому і, скрегочучи зубами, почала вибиратися зі снігової пастки.

П'ять хвилин вона звільняла ноги, і ще півгодини згаяла на те, щоби подолати кілька метрів до Лоуренса. Повзучи, Анна розігрівалася, тож коли її голова торкнулась до заледенілого на камінь хлопцевого плеча, чутливість повністю відновилася, і біль узявся роздирати її тіло на шматки. Анна довго відсапувалася, доки змогла звестися на лікті та переконатися, що Лоуренс загинув. У бороді застрягли шматки криги, вирячені очі непорушно тупилися в порожнечу.

Анна застогнала, перекинулася на спину й полинула поглядом у небо. Лоуренс мертвий. Злився із довколишнім пейзажем. Анна відчувала, що й вона поступово зливається, а тоді зненацька подумала про те, що таке життя? Що в ній особливого, такого, що відрізняє її від неживого каміняччя довкола? Елементи, з яких вона складається, — вуглець, водень, кисень, — ідентичні таким самим елементам у Всесвіті. Вуглець із тканин її тіла — це той самий вуглець, із якого сформовані діаманти та вугілля. Водень із H_2O абсолютно такий самий, як і той, що горить у надрах зір, якими вона милується. Кисень з органічних молекул не відрізнити від кисню із земної кори чи повітря. По суті, «розумне життя» — це випадковий побічний ефект процесу реплікації однієї особливої молекули, яка навчилася вибудовувати довкола себе захисну оболонку (тіло людини) так, аби забезпечити успішне копіювання самої себе. І на тому все. Ні в самій молекулі, ні в її оболонці, яка назвалася живою, немає нічого, що вирізняло б їх серед решти матерії у Всесвіті. Немає в них ніякої «животворної сили».

Анна споглядала розкинутий понад нею холодний і байдужий Всесвіт, у якому вирували дивовижні, проте цілковито неживі процеси, і міркувала про те, що значущість життя в його масштабах є нікчемною. Розгоряються зорі, формуються планети, зіштовхуються цілі галактики, і питання про те, чи є серед усіх цих процесів життя, здається неважливим. Навіть якщо воно існує поза Землею, навіть якщо життя широко поширене, його вияви надто малі — ми їх за межами планети досі не помітили.

Проте було дещо інше. Пам'ять. Анна поринула в один із особливо яскравих спогадів про те, як років десять тому вони всією сім'єю поїхали на відпочинок до моря. Артемові було лиш одинадцять, Росія ще не окупувала Крим, на сході України не палала війна. Напевно, то було найчарівніше в її житті літо. Вона пригадала, як якогось дня лежала в повній темряві на пляжі й дивилася на зорі... нескінченно довго, бо зірок було нескінченно багато... а за п'ять кроків від неї із шепотом накочували на берег хвилі. Спогад був таким рельєфним, що якоїсь миті Анні привиділося, ніби вона перенеслася до Криму, відчула запах водоростей і солі, запах сосен і літньої грози, почула розмірений плюскіт прибою. Відтоді минуло десять років, у її тілі не залишилося жодної клітини з тих, що були в ній того літа, коли вглядалася в нічне небо та прислухалася до шурхоту хвиль у Криму, але вона пам'ятала... пам'ятала все до найменших дрібниць.

Пам'ять. Ось що важливіше за життя. Завдяки пам'яті ми змінимо Всесвіт. Завдяки пам'яті життя накопичить достатньо знань, аби колонізувати інші планети, вирушити до сусідніх зірок і зрештою створити щось значуще у масштабі Всесвіту. Щось таке, що стане помітним за мільйони світлових років. Як спалах наднової. Чи народження пульсара.

Анна знайшла в собі сили сісти. Повернулася до Лоуренса. Він помер, він уже наче як камінь, але він *не* камінь. Вона сама помирала — Анна це розуміла, — та попри це вирішила віддати хлопцеві останню шану: поховати, як люди ховають мертвих людей.

Жінка спробувала прикрити Лоуренсові очі, але повіки не піддалися — надто промерзло тіло. Тоді вона нахилилася та почала закидати його снігом. Нечутливі, вигнуті клешнями руки не слухалися, поле зору звужувалося, серце стугоніло, ніби механізм, який от-от розвалиться, проте Анна не зупинялася. Вона продовжувала загрібати сніг, бо, навіть помираючи, вірила, що людство — це трохи більше за тонюсіньку плівку хімічного бруду на планеті, що намотує кола довкола нічим не особливої зорі. Вона робила так, як учинив би її батько. Спалювала рештки свого життя, щоб поховати Лоуренса, бо нарешті зрозуміла те, що почула від батька чверть століття тому: це не про Бога — це про повагу до того, ким ми є.

15 березня 2010-го
Віксбург, штат Міссісіпі
Драммонд-стрит, 3701, Віксбурзька середня школа

Стіни коридору, що вів до кабінету директора, були до стелі помальовані на зелене, і Том Бартон ніяк не міг позбутися відчуття, начеб ядуча зелень із кожним кроком вливається крізь ніздрі та рот йому до легень. Він зиркнув на годинник, кілька секунд вивчав табличку з написом «PRINCIPAL[1]», а коли у відповідь на слабкий стук у двері зсередини долинуло байдуже «заходьте», мимоволі згорбився і з виразним небажанням на обличчі ступив до кабінету.

— Доброго дня, сер.

Директор Віксбурзької середньої школи виявився років на десять молодшим за Тома присадкуватим блондином із подвійним підборіддям, обведеними сіруватими тінями жовтими очима та нездоровим рум'янцем на ретельно виголених повних щоках. Його дебелий торс мав абсолютно недоречний за заваленим паперами столом вигляд. На краю стола тихо гудів древній ламповий монітор. Підвіконня ліворуч було закидане стосами книг і швидкозшивачів майже до половини вікна, через що в кабінеті панував незатишний півморок. Повітря було сухим і затхлим.

— Пане Бартон? — голос нагадував скрегіт заіржавілого ланцюга.

— Так, сер.

Директор начепив на носа окуляри з тонкою напівобідковою оправою та прискіпливо обдивився Тома.

— Моє ім'я Джеймс О'Шонессі, я директор цієї школи.

— Так, сер, я бачу. — Том розчепив долоні та показав пальцем на майже поховану під якимись квитанціями табличку на столі. — Тут написано.

---

[1] Директор школи (*англ.*).

Директор сухо всміхнувся.

— Добре, що бачите, бо я от бачу вас уперше. — О'Шонессі повів рукою на стілець навпроти. — Сідайте, пане Бартон. Гадаю, ви знаєте, чому ви тут.

— Так, сер, знаю.

— Вашого сина вчора затримала поліція під... ем... під дією психотропних речовин.

Том зітхнув радше з ввічливості. Тієї миті якогось особливого жалю чи розпачу він не відчував. Після безсонної ночі всі почуття немовби притупилися.

— Він був трохи обкурений, визнаю.

Брови директора смикнулися.

— Ви бачили вашого сина вчора?

— Ні, сер. — Том винувато опустив погляд. — Я не був у місті. Брендона забирала моя сестра. — Злякавшись, що попередня фраза може видатися недбалою, він заторохтів: — Ви не подумайте, я працюю на вишках у затоці, у мене якраз почалася двотижнева зміна, я вчора вирушив до Нового Орлеана, звідки нас забирають вертольотом, але щойно дізнався про те, що...

О'Шонессі нетерпляче змахнув у повітрі товстими пальцями, показуючи, що йому нецікаво.

— За словами Уолтера Армстронга, Брендон не стояв на ногах. Поки його везли, він обісцявся і заблював патрульну машину. Пізніше, вже в офісі, він вирубився, і його пульс заледве промацувався, офіцерам навіть довелося викликати швидку. — Джеймс О'Шонессі зняв окуляри, протер пальцями кутики очей, помовчав. — Не хочу з вами сперечатися, але мені здається, що в цій ситуації вживати словосполучення «трохи обкурений» для опису стану вашого сина не надто доречно.

Том Бартон почервонів.

— Хто такий Уолтер Армстронг? — тихо запитав він.

— Новий шеф поліції.

Ще одне важке зітхання.

— То що тепер? Моєму хлопцеві висунуть якесь звинувачення?

— Ні. Хіба примусять вичистити салон патрульної машини.

— Ви відрахуєте його зі школи?

— Ні. — О'Шонессі раптом заговорив майже приязно: — Пане Бартон, ні я, ні шеф Армстронг не маємо на меті запроторити вашого сина до в'язниці. Цього разу ні. Проте я наполягаю, щоб ви дещо затямили: ваш син відбудеться зауваженням з однієї простої причини — у нього не було із собою наркотиків. Поліцейські нічого не виявили в його речах, тому Брендон, вважайте, виходить сухим із води.

Том Бартон мовчав, уперши погляд у безглуздо велику емблему Віксбурзької середньої школи на директоровім жакеті.

— Оскільки формальних підстав немає, я не вживатиму ніяких заходів. Я насправді запросив вас для іншого. Ми обоє знаємо, що успішність Брендона, м'яко кажучи, не вражає. Минулого семестру я двічі розмовляв із ним — ваш син сидів на тому самому місці, що й ви зараз, — і я знаю, що Брендон не дурний. Він просто не бачить сенсу в тому, щоби навчатися. — Том спробував щось уставити, проте О'Шонессі, насупившись, спинив його самим лише поглядом. — Зараз більшість молоді така, вони чхали на авторитети й не цікавляться нічим, і я, на жаль, мало що можу вдіяти. Але я також знаю, що згодом вони можуть змінитися. У коледжі якась частина з них розуміє, що успішність і стрімкість їхньої кар'єри залежать від того, що в них у голові, й тоді вони починають учитися, з дивовижною відчайдушністю надолужуючи все, що пропустили в школі. Мені здається, ваш Брендон саме з таких. Проблема в іншому. Щоб коли-небудь згодом зрозуміти важливість навчання, він спершу повинен потрапити до коледжу... Ви розумієте, про що я?

— Так, сер.

— Я не знаю, може, ви маєте заощадження, щоби відправити Брендона на два роки до муніципального коледжу. — Директор ледь скривився і хитнув головою. — Це не є погано, і тоді наша розмова ні до чого. Проте є інший варіант. Важчий, але такий, що заклав би значно кращі передумови успішного розвитку вашого сина в майбутньому. Брендон — чудовий атлет. Він міг би подати заяву на вступ до якогось із топових університетів і сподіватися на спортивну стипендію. Узимку ми з тренером Дербі про це говорили. — Побачивши, як піднялися брови в Тома, О'Шонессі пояснив: — Якщо ваш син закінчить школу із задовільними оцінками, тренер Дербі готовий надати всі потрібні рекомендації. Точніше був готовий... — директор замовк.

— А тепер що? Вже ні?

— Я не міг не розповісти йому про інцидент у поліційному відділку. Я сумніваюся, що таке сталося з вашим сином уперше, а тому... просто не міг інакше.

Том опустив голову.

— Про стипендію тепер можна забути, так?

— Це не я вирішую.

Том покректав перед тим, як озвучити наступне запитання.

— Я можу підійти до тренера?

— Для цього я вас і викликав. Те, що відбувається із Брендоном, ненормально, і, припускаю, ви невдовзі спробуєте серйозно поговорити з ним, одначе перед тим я хотів би, щоби ви поспілкувалися з його тренером. Криком чи покараннями ви на Брендона не вплинете. — Джеймс О'Шонессі враз узявся заклопотано перекладати якісь папери. — Від мене більше нічого не залежить. — Томас не рухався, насуплено вивчаючи поглядом носаки своїх черевиків, і директор тихо доказав: — Тренер Дербі зараз у своєму кабінеті на першому поверсі, це в тій частині школи, що ближче до стадіону. Я не повідомляв про ваш візит, але, гадаю, він знайде час, аби вас вислухати.

Том Бартон підвівся і, зсутулившись, вийшов із кабінету.

Пізніше того самого дня
Віксбурзька середня школа

Погода псувалася. Том Бартон без поспіху крокував порожнім коридором, спостерігаючи, як із заходу на місто наповзає хмара. Її брудно-сірий розкошланий край волочився по міському парку. Діставшись кінця коридору, чоловік просто перед себе побачив двері з табличкою «Coach A.J. Derby». Постояв кілька секунд, думаючи, чому на директорській табличці не було імені, потім постукав і обережно прочинив двері.

— Доброго дня, тренере.

Кабінет футбольного тренера був не таким захаращеним, а тому, попри меншу площу, здавався більш просторим, аніж у директора О'Шонессі. Єдине вікно виходило на північний захід, крізь нього проглядалися стоянка перед школою та стадіон. Навпроти вікна, спиною до входу, застиг середнього зросту чоловік у шортах та обвислому світшоті, статурою більше схожий на легкоатлета, ніж на гравця в американський футбол. Темношкірий, хоча зі шкірою, дещо світлішою за Томову. Почувши вітання, тренер повернувся, і Том Бартон зміг роздивитися його обличчя: уважний, незмигний погляд, квадратні, наче в коня, зуби, розвинуті м'язи довкола рота.

— Умгу... — вигляд тренер мав не надто привітний. — Ви хто?

— Мене звати Том Бартон, сер, і я батько Брендона Бартона. Він грає у вашій команді.

— А, так... І що?

— Можна я зайду? — Том м'явся на порозі. — Я не заберу багато часу.

Ей-Джей Дербі насупився.

— Ви вже зайшли. Сідайте.

Том Бартон присів на край незручного пластикового стільця. Ей-Джей — кутики губ усе ще невдоволено опущені — сів за стіл навпроти і втупив у гостя важкий погляд. Запала мовчанка. Том жував губи, не наважуючись підняти очі.

Не знав, із чого почати. У кабінеті директора розмову вів Джеймс О'Шонессі, тепер потрібно було все робити самому. Том по крупинках збирав першу фразу: «Вам відомо, що сталося з моїм хлопцем?..» Нісенітниця! Із Брендоном нічого не сталося, він сам вляпався в те лайно. «Ви чули про Брендона?..» Звісно, він чув, О'Шонессі все розповів йому. «Мені жаль, що так сталося...» Ще гірше. Що довше тяглася мовчанка, то дужче Том Бартон дратувався. Він ненавидів, коли розмова зав'язувалась отак. Зрештою запитав:

— Скажіть, мій син — хороший корнер?

Ей-Джей Дербі мовчав майже чверть хвилини, допоки відповісти:

— Так, ваш син — хороший корнер.

— Він зможе грати в НФЛ?

Дербі розреготався.

— Чорт, ні! Звісно, що ні! — Він змахнув руками, похитав головою і знову видобув із горлянки непристойно гучний, розкотистий сміх. — Ваш син міг би отримати стипендію в якомусь університеті, може, навіть у першому Дивізіоні, якби не... не те, що трапилося вчора. Але НФЛ? Не смішіть мене.

— І ви не дасте йому рекомендацію?

Цього разу Ей-Джей Дербі не вагався.

— Не дам.

Том наїжачився.

— А ви дасте йому рекомендацію, якщо він виправиться? Якщо він перестане... е-е... вживати всяку гидоту?

— Не дам. — Рівні, ніби напилком підпиляні зуби виступали вперед і ледь задирали верхню губу, від чого здавалося, наче тренер шкіриться.

Томас Бартон зобразив усмішку й відчайдушно вчепився за неї, бо розумів, якщо не втримає цю, то видушити нову снаги вже не стане.

— Тренере Дербі, Ей-Джею, я прошу вас: подумайте. Я не прошу вас робити щось проти ваших поглядів, ну, щось таке, чого ви не хочете. Якби на початку ви сказали, що Брендон хріновий... е-е, пробачте... що Брендон поганий корнербек, я би встав і пішов, присягаюся, відразу пішов би, щоб не марнувати вашого часу. Але ви ж знаєте Брендона, він не розумака, у будь-кого в моїй родині «С» з математики святкували, як День Незалежності, розумієте, він не втримається в коледжі інакше, ніж... ну... — Том у відчаї закусив губу. Він почувався так, неначе стоїть перед тренером голий. — Але якщо ви говорите, що Брендон міг би отримати стипендію навіть у першому Дивізіоні, то я прошу вас, подумайте...

— Пане Бартон, — перебив тренер (голос був різким, непоступливим), — річ не в тім, чи гарний із вашого сина футболіст. Джонні Манзел, Джош Ґордон, Аарон Ернандес[1] — вони всі були чудовими футболістами, але водночас вони кінчені люди, що принесли лише розчарування своїм рідним, товаришам по команді, всім довкола них. І все через наркотики чи алкоголь. Багато ви знаєте успішних футболістів, які були наркоманами в школі? От і я не знаю. Я не даватиму рекомендацію хлопцеві, який у майбутньому майже напевно стане джерелом проблем.

Том проковтнув колючий клубок і підвівся.

— Дякую. — Він немовби здувався на очах. — Спасибі за відвертість, тренере.

---

[1] Джонні Манзел (англ. *Johnny Manziel*, нар. 1992) — колишній квотербек команди «Клівленд Браунс». Під час виступу за університетську команду встановив безліч рекордів першого дивізіону NCAA. У НФЛ відіграв лише кілька матчів, після чого був вилучений із команди через зловживання алкоголем і непристойну поведінку за межами поля.
Джош Ґордон (англ. *Josh Gordon*, нар. 1991) — ресивер команди «Клівленд Браунс». 2013-го, у свій перший сезон у НФЛ, став найрезультативнішим ресивером Ліги. 2014-го Ґордона безстроково відсторонили від змагань унаслідок проблем з наркотиками. В інтерв'ю журналові «GQ» гравець зізнався, що вживав наркотики перед кожним матчем ще від часу університету.
Аарон Ернандес (англ. *Aaron Hernandez*, 1989—2017) — колишній тайт-енд команди «Нью-Інґленд Петріотс», засуджений до довічного ув'язнення за вчинені під дією наркотичних речовин три вбивства. Покінчив життя самогубством, повісившись на вікні своєї камери, у квітні 2017-го.

Пізніше того самого дня
Віксбург

Витягнувши босі ноги, Том Бартон сидів на терасі, що тулилася до задньої стіни двоповерхового будинку його сестри, Деббі, й допивав третю банку «Урожаю Диявола»[1], коли почув, як у вітальні грюкнули двері. Годинник показував двадцять по третій — надто рано для повернення з роботи сестри, тож це міг бути лише його син, і Том, не обертаючись, гукнув:

— Бі-Ті!

Другим ім'ям Брендона було Тайрон — Брендон Тайрон Бартон, — і Том називав сина скорочено Бі-Ті. Дружина пішла від Тома рік тому, відтак під час відряджень до затоки його хлопець жив із тіткою: Деббі розлучилася із чоловіком 2006-го і своїх дітей не мала.

Упродовж кількох секунд у будинку було тихо, та щойно Том вирішив, що не дочекається відповіді, з вітальні долинуло невдоволене:

— Що?

— Підійди!

Брендон штовхнув сітчасті двері та вийшов на терасу. Високий, сухий, із жилавими руками та маслакуватими плечима. Через зачіску схожий на чорну кульбабку. Його батько влив до рота рештки пива, зім'яв банку, а тоді кивнув на вільний шезлонг.

— Сідай.

Хлопець ступив крок до шезлонга, проте сідати не став. Том відкрив ще одну банку «Урожаю Диявола» й поставив її на невисокий столик поміж садовими стільчиками.

— Пий, — звелів.

— Не хочу.

— Чому не хочеш?

[1] «Devil's Harvest» — популярне крафтове пиво (пейл-ель) у штаті Міссісіпі, США.

— Не хочу, і все.

— Тоді сядь.

Ніякої реакції. Том підвищив голос:

— Сядь, я сказав!

Брендон, не відриваючи погляду від зашмуляних носаків своїх кедів, упав охляпом у крісло. Вицвіла синтетична тканина під його вагою жалібно рипнула. Том Бартон забрав банку зі столика, зробив ковток і проскрипів:

— Давно ти жереш ту херню?

Підліток звів голову, проте втупився кудись убік, на чагарі за заднім подвір'ям.

— Чого це тебе раптом почало цікавити?

— Відповідай на запитання!

Брендон не видав жодного слова. Том роздивлявся довжелезні синові руки — чудові як на корнера руки, — і раптом відчув нестримне бажання сказати про це хлопцеві, проте... не зміг. Не те щоби засоромився, радше не знав як. Натомість пробасив:

— Я ходив до тренера Ей-Джея.

— І що? — буркнув Бі-Ті.

— Він не дасть тобі рекомендації.

Хлопець пирхнув:

— Срав я з високої гори на його рекомендації.

Том спочатку відчув злість — і через те, *що* промовив його син, і через, як він промовив це, — та майже відразу по тому його затопила хвиля жалю. Він не хотів, аби Брендон став таким, як він. Чорт, та він сам не хотів бути собою.

— Ти ламаєш... ламаєш... — І знову сплеск роздратування, цього разу через неспроможність дібрати потрібне слово. Ламаєш життя? Надто пафосно... Спортивну кар'єру? А хіба можна ламати те, чого ще немає?.. Псуєш здоров'я? Дуже переконливо для шістнадцятирічного підлітка... Чоловік зрештою злісно випалив: — Блядь, ніхто не дасть спортивну стипендію чортовому нарику!

— Я не нарик! — огризнувся Бартон. А потім уже тихіше: — І до сраки мені та стипендія.

Брови Тома злетіли на цілий дюйм.

— А як же коледж?!

— Я не піду до коледжу.

— Як це, блядь, ти не підеш?!

— А на хріна туди йти?

Томас стукнув банкою об бильце шезлонга так, що вихлюпнулося пиво.

— Для того щоб не порпатися в лайні решту життя! Для того щоб не гарувати, наче раб, на бурових вишках!

— Але ж ти гаруєш, і нічого!

— Не смій так говорити! І... і... стеж за мовою!

Брендон вишкірився:

— Та пішов ти!

Хвиля жару вдарила в обличчя, і Том зім'яв у жмені майже повну банку «Урожаю», не помічаючи, як пиво виливається на долоню та біжить на дерев'яну підлогу тераси. Він був за крок від того, щоб ударити сина, підхопитися й зацідити кулаком просто в нахабний писок, але пригадав слова Джеймса О'Шонессі...

(*криком ви на нього не вплинете*)

...і раптом поник. Злість швидко вичахала, натомість груди німіли від задушливого відчуття безпорадності.

— Бі-Ті, ти ж колись так мріяв, що потрапиш до НФЛ... — Том без особливого успіху намагався налаштувати голос на потрібний лад.

Брендон закотив очі.

— НФЛ? Я колись мріяв про НФЛ?! — Хлопець розлютився. — Ти хоч уявляєш, чого вартує туди потрапити?! Блін, ти зараз думаєш, типу, нагадаєш мені про НФЛ, говоритимеш, як круто, коли тебе в неділю показують по телевізору, коли ти в двадцять два чи двадцять три заробляєш мільйони, і я тобі подякую та побіжу підстрибом до тренажерки? Ти думаєш, я ідіот?! Мені вже шістнадцять, а не шість!

Батько спробував заперечити:

— Я ніколи не думав, що ти...

Брендон не слухав.

— Ти кажеш: стипендія. — Хлопчак похлинувся слиною і наступні слова буквально проверещав: — Бляха! Я другий корнер у Віксбурзькій середній школі, яка за сезон виграла три матчі! Кому я, на хрін, потрібен?!

— У тебе рік попереду. І є другий Дивізіон NCAA[1]. Там сто сімдесят команд. Звідки знати: а що як справиш враження, і якась із них запропонує стипендію?

— І що з тієї стипендії?! — Брендон змахнув руками. — Навіть якщо я опинюсь у якомусь універі, чия команда виступає в Дивізіоні II, що після того? Сто сімдесят команд у другому та майже сто тридцять у першому, і в кожній як мінімум по п'ять корнербеків. Це... це...

— Півтори тисячі, — кволим голосом підказав Том.

— Півтори тисячі! І скількох із них забирають у драфті?

Чоловік відвів погляд. Він спробував пригадати, коли востаннє дивився драфт із сином. Два? Три роки тому?

— Ну?! — нахилив голову Брендон. — Чого замовк? Ти ж знаєш! Цього року забрали три десятки. Із п'ятнадцяти сотень! Із цих тридцяти половина не ступали на поле, а з тих,

---

1 NCAA (англ. ***N****ational* ***C****ollegiate* ***A****thletic* ***A****ssociation* — Національна асоціація студентського спорту) — університетська асоціація, що організовує спортивні змагання між коледжами й університетами США. Складається із трьох дивізіонів: Дивізіону I, Дивізіону II та Дивізіону III. Університети, чиї команди змагаються у третьому Дивізіоні, не пропонують спортивних стипендій узагалі. Університети другого Дивізіону здебільшого надають стипендії, проте фінансування команд є обмеженим. Футбольні команди першого Дивізіону майже не мають обмежень у фінансуванні, а отже, залучають найкращих молодих гравців. Зарплата тренерів, рівень інфраструктури, відвідуваність матчів цих команд іноді не поступаються професійним клубам. Під час драфту команди Національної футбольної ліги обирають нових гравців переважно серед студентів, що виступали в Дивізіоні I; футболісти із Дивізіону II потрапляють до НФЛ значно рідше.

що ступали, закріпилися в основі четверо. Четверо із п'ятнадцяти сотень! Як тобі такі шанси?!

Том відвернувся — синові слова боляче хльоскали по обличчю — й вихопив власне відображення у вікні будинку. Замість лиця — озлоблена мозаїка зі зморщок і тіней. Він витер долоню об шорти, а тоді, напівзаплющивши очі, провів подушечками вказівного та великого пальців по повіках.

Брендон закричав:

— Що ти на це скажеш?!!

Томас Бартон сховав очі за долонею. Що, чорт забирай, він міг сказати? Він сам був далеко не праведник і уявлення не мав, що слід говорити наступного дня після того, як твій син наковтався гидоти, від якої в нього заледве не зупинилося серце.

Не дочекавшись відповіді, Брендон підхопився і, грimнувши дверима, вибіг з тераси.

Пізній вечір два дні по тому
17 березня 2010-го

Попри те що у вікнах уже давно згасло світло, заходити до будинку Брендон не поспішав. Постояв під височенним болотним кипарисом, що ріс через дорогу від тітчиної двоповерхівки, повільно викурив цигарку й тільки тоді ліниво поплентався до ґанку. На годиннику було за двадцять до півночі.

У будинку, скинувши з ноги кросівку, хлопець ненароком випустив із рук дверну ручку, і протяг із гуркотом, від якого струснуло стіни, захряснув вхідні двері. Брендон вишкірився і на кілька секунд затамував подих. Прислухáвся. Довкола, як і раніше, було тихо. Незважаючи на шум, тітка Деббі не прокинулася. Ну, або вдає, що не прокинулася.

Хлопець видихнув, зняв другу кросівку й уже готувався рушити до кухні, щоб чимось підживитися перед сном, коли раптом просто посеред вітальні вгледів м'яке крісло, в якому хтось сидів. Брендон аж підстрибнув з переляку й ледве стримався, щоб не вилаятися: бляха, ще би трохи — і наклав у штани!

— Деббі, оце ви мене наляка... — він затнувся на півслові.

У кріслі абсолютно напевно сиділа не тітка. Жалюзі на вікнах у вітальні були опущені, проте крізь вікно в кухні проникало достатньо світла, щоби Брендон упізнав.

— Це ти?

У грудях спалахнуло роздратування. Ну що за хрінь? Старий мав уранці звалити, але, мабуть, забухав і тепер вставить йому пістонів за те, що повернувся майже опівночі. Хлопець ментально забарикадувався, наготувавшись відбиватися від чергової порції повчань, але батько навіть не поворухнувся.

— Ти не поїхав? — запитання прозвучало звинуваченням. — Я думав, ти вже в Новому Орлеані.

Батько не реагував. Брендон нахилив голову, й раптом на руках і спині проступили сироти — все тіло сповнило якесь дивне порожнисте відчуття.

Щось було не гаразд.

— Па? — покликав він.

Ніякої відповіді.

— Ти спиш? — тиша. — Па-а?

Брендон усе ще дивився на батька з неприхованим презирством, однак у грудях уже з'явився дискомфорт. Хлопець ступив крок уперед, нахилився і...

— Ох ти ж йо!.. — Він хотів поторсати батька за передпліччя, проте відскочив, як від удару струмом, щойно відчув шкіру на дотик. Томас Бартон не був холодним — тіло ще не встигло захолонути, — проте в тому, як подалася під натиском плоть, було щось таке, що не залишало місця для сумнівів: Брендон доторкнувся до покійника.

Хлопець зачепив плечем колону, за якою починалися сходи на другий поверх, і, ковзнувши вздовж стіни, ляснув долонею по вимикачі. Жовтаве світло затопило вітальню.

Глибоко в горлі щось забулькало, Брендон схопився за груди на рівні діафрагми. Обличчя на очах немовби вкривалося іржею.

— Бля, що за?.. Що ти?.. Що ти, нахер, із собою зробив?..

Хоча насправді він уже знав... зрозумів, щойно спалахнуло світло.

Його батько безформною грудою горбився у кріслі. Голова — упала набік, лице — наче розтягнутий сміттєвий мішок. Хоча дивився Брендон не на обличчя. Погляд прикипів до звішеної з бильця лівої руки. На підлозі під нею лежав темно-жовтий джгут, а з ліктьової вени в місці з'єднання передпліччя із плечовою кісткою стирчав невеликий шприц. Хлопчак кинувся до батька, ривком висмикнув голку, на кілька секунд уп'явся очима в крихітну ранку на руці, а тоді, збагнувши, що з неї більше не витече жодної краплини крові, заволав:

— ЩО ТИ, БЛЯДЬ, НАРОБИ-И-И-В?!!

Він вдавився власним криком, після чого видав горлянкою звук, якого ніколи раніше не чув, — глибоке гортанне ревіння. Протяжний крик злетів до стелі й забився між балками. Коли в легенях закінчилося повітря, крик розпався на серію коротких, але не менш різких і пронизливих зойків. Ті зойки розліталися будинком і безгучно лускали по кутках, як мильні бульбашки. Коли тітка Деббі вскочила до вітальні, Брендон бився головою об підлогу перед кріслом, на якому сидів його мертвий батько, та нестямно завивав. Тітка спробувала підняти хлопця, проте його очі закотилися, і Брендон зомлів.

18 березня 2010-го

Під час лабораторних досліджень зразків крові, проведених судовим медиком округу Уоррен наступного дня, установили, що в розчині, який Томас Бартон увів собі у вену, було понад двісті шістдесят міліграмів героїну, що більше ніж утричі перевищує летальну для ненаркомана дозу. Те, що

Томас Бартон не був героїновим наркоманом, ніхто не з'ясовував. Окружний коронер зрештою так і написав у висновку: причиною смерті стало пригнічення функцій дихальної та серцево-судинної систем унаслідок передозування діацетилморфіном (героїн).

24 березня 2010-го
6 років, 10 місяців і 13 днів до 51-го Супербоулу

Про батькову передсмертну записку Брендон дізнався в неділю, 21 березня, на другий день після похорону, проте тітка Деббі ще три дні ховала від нього листа й віддала його лише 24 березня по обіді, після того як їй зателефонував шкільний психолог і запевнив, що хлопець готовий прочитати батькове послання. Віддаючи племіннику списані нерівними друкованими літерами аркуші А4, Деббі Бартон мала такий вигляд, ніби от-от знепритомніє.

— Якщо хочеш, я посиджу з тобою, — огрядна афроамериканка говорила начеб із застряглою в горлі шкарпеткою. — Можу навіть їх прочитати.

— Я вмію читати, — відрубав Брендон.

— Як скажеш, добре, все гаразд, просто... ти просто знай, що я поряд.

Задкуючи, Деббі вийшла з кімнати й обережно причинила за собою двері. Брендон скочив з ліжка і, затиснувши аркуші в долоні, заходився міряти кроками кімнату. На вилицях напнулися жовна, губи немовби склеїлися, проте непоступливо-ображений вираз обличчя поволі збігав, змінюючись на збентеження в очах. Не знайшовши собі місця, хлопець вилетів з кімнати, гупаючи, збіг дерев'яними сходами на перший поверх і вийшов на заднє подвір'я. Деббі Бартон навшпиньки прокралася за ним і, щоби бачити племінника крізь вікно, зупинилася у проході між вітальнею та кухнею.

Темне тісто хмар затуляло небо й обдавало вологим теплом. Брендон шумно вдихнув, наче смакуючи запах іще не вигорілої на сонці трави, а тоді сів у крісло, в якому сидів під час останньої розмови з батьком. Упродовж кількох хвилин, вистукуючи босою ступнею по облуплених дошках, він довгим, пильним поглядом вивчав тріщини в дерев'яних перилах на терасі. Зрештою згорбився, розгладив аркуші на коліні та, насупившись, почав читати.

Син

Я тебе люблю

Не пам'ятаю, коли востаннє це тобі казав, але я тебе дуже люблю.

Мені сумно, що так усе вийшло. Мій старий був засранцем, і я не хотів буть засранцем як він, але, мабудь, став іще поганішим гівнюком. Пробач мене.

Тобі, мабудь, цікаво, нащо я таке зробив із собою??

Чуєш, пробач за те, що я зробив... Мені нема заради чого жити. Про тебе подбає тітка Деббі, а я... Останнім часом я часто про це думав. Ну про смерть. Знаєш, я не вірю що нас там щось жде. Думаю це так — КЛАЦ! — і все, і темно, і більше нічого, ти просто вмер... Це почалося, коли твоя мамка звалила від нас. Воно ніби як потемніло все, і я відчув, що все сидить у печінках... ну робота там, і взагалі життя... і якийсь час я ще тримався, типу все ОК, особливо, коли ти звонив мені на вишку, і ми розмовляли, це помагало, Бі-Ті! але потім приїжав додому і бачив, як ти віддаляєшься, і це мене дико харило. Я не хотів покидати тебе і їхати на роботу, а коли зміна кінчалася, не хотів вертатися додому, бо знав, що ти закриєшься в своїй кімнаті й за весь час, що я просижу дома, згадаєш про мене макс. два рази...

Тільки не винуvать себе. Навіть не здумай. Якби я знав, що можу щось поміняти, я б міняв, чесно! але я знаю, що вже пізно.

Я думав про те, що ти мені казав. Ну про корнербеків в НФЛ. Про те, як туди важко потрапити... А пам'ятаєш, як тобі було шість, і я пасував тобі на задньому дворі??. Я вмів гарно закручувати, але спрровчатку боявся тебе вдарити і типу легенько так накидав. Ти відразу почав ловити. Чорт! М'яч був удвічі більший за твою голову, проте ти не боявся, не зажмурювався, і тоді я почав закручувати — сильніше, сильніше! а ти все одно ловив. Ловив і ловив! Ловив і ловив!

Брендон пам'ятав. Батько щойно влаштувався оператором бурильного крана на одну з вишок у затоці й почав щомісяця зникати на два тижні, а коли повертався, то або сварився з матір'ю, або відсипався, і шестирічний Брендон користався найменшою нагодою, щоби привернути батькову увагу. Тож, коли Том запропонував синові покидати м'яча, малий, не вагаючись, погодився.

Було страшно і — що більш важливо — боляче. Завеликий м'яч буквально виламував пальці, регулярно, раз на три-чотири паси, Брендон не встигав змикати долоні, і м'яч влучав у обличчя так, що аж іскри з очей сипалися, проте хлопчак, гамуючи сльози, підбирав сфероїд, награно всміхаючись, ніс його батькові й відбігав, показуючи, що готовий приймати наступний пас. Він ладен був зубами ловити той м'яч, аби побути з батьком зайву хвилину.

Том так ніколи й не дізнався, що якогось дня перед черговим від'їздом зламав синові крайню фалангу на безіменному пальці лівої руки (це стало Брендонові уроком на майбутнє — не наставляй пальці, приймаючи м'яч). Від болю темніло в очах, але хлопчак витерпів, а за три тижні перелом зрісся без накладання гіпсу, залишивши тільки малопомітний горбик у місці з'єднання дистальної та середньої фаланг...

Брендон підніс ліву долоню до рота, торкнувся язиком твердого бугорця над дистальною фалангою та продовжив читати:

Так, я знаю, ти другий корнер у задрипаному Віксбурзі. Але подивись на це з іншого боку: тобі треба побити одного чувака — ТІЛЬКИ ОДНОГО! — щоб казати потім «я був найкращим корнером у школі». Розумієш? Найкращий — це багато значить. Воно так завжди в житті, Бі-Ті, щоб досягти успіху, достатньо бути трохи кращим за того, хто попереду... завжди трохи кращим. Здогадуюсь, що ти зараз думаєш: типу, якщо я такий розумний, то чому прожив усе життя таким лузером?.. Я не буду виправдовуватися, не казатиму, що це через те, що світ несправедливий. Бо насправді все через те, що я ніхера не робив. Коли мені випадала нагода, поруч щоразу опинявся хтось більш готовий. Хтось, хто працював більше за мене. От і все...

Питаєш усе ж таки, нащо я таке витворив?

~~Я знаю~~.. я дуже хотів би, щоб ти мене зрозумів.

Я не хотів ображати тебе, коли казав про НФЛ. Не хотів, щоб мої слова прозвучали, типу, так пафосно, як воно прозвучало. Ти ж знаєш, ні я, ні тв. матір ніколи не вміли гарно говорити, не те що твої однокласники-хонкі[1]*, які щебечуть так, ніби вміють заклинати слова (я уже два дні б'юся над цим ████████ листом... дістати героїн виявилося легше, ніж його дописати!)*

Та б███ь

~~Ти зараз на роздоріжжі~~

Перед тобою зараз дві дороги... Я жалкую, що не згадав цього під час розмови. Ти ж знаєш історію Крі-

---

[1] Хонкі (амер. сленг *honky*) — зневажливе слово, яким афроамериканці на півдні США позначають білих; білосракий.

са Гарріса-молодшого з «Денвер Бронкос»? Казали, що він замалий, щоб грати, його ніхто не взяв на драфті, проте він працював, і коли випала нагода... словом, малий, раптом ти забув: Гарріс-молодший носить на пальці чемпіонський перстень, і ще навіть не завершивши кар'єру, вважається одним із найкращих корнербеків в історії. В історії НФЛ, Бі-Ті!!!.. А Еммiт Томас? А Річард Лейн? А Віллі Вуд?..[1] *Розумієш, про що я?!*

Уявляю, як ти кривишся, читаючи це. А тепер слухай: вони нічим не кращі за тебе! Просто вони обрали правильний шлях, коли було найтемніше. Працювали, тренувалися й вірили в те, що роблять, коли ніхто інший не вірив. Мабуть, у них були якісь стимули. Бо це бля важко — працювати, наче одержимий, коли на тебе ніхто не дивиться. Коли все проти тебе, і всім начхати. Я от усе життя рухався навпомацки, ніколи не мав на кого рівнятися, а тому добре знаю, наскільки сильно для такого потрібен взірець або якийсь стимул. І тоді я подумав...

Нижче від цього місця аркуш був заляпаний водянистими із синюватою облямівкою цятками, окремі з яких затирали цілі літери. Брендон схлипнув, збагнувши, що його батько, закінчуючи лист, розплакався, і сльози, скрапуючи на щойно написаний текст, розмивали ще не підсохле чорнило. Він до болю закусив безіменний палець, не помічаючи, як власні

---

[1] Еммiт Томас (нар. 1943) — корнербек команди «Kansas City Chiefs» у 1966—1978 роках, триразовий переможець Супербоулу. До цього часу є рекордсменом за кількістю перехоплень за всю історію існування «Chiefs» (58).
Річард Лейн (1928—2002) — корнербек, який виступав за різні команди протягом 1952—1965 років. Упродовж понад шістдесяти років залишається не побитим встановлений Лейном рекорд із кількості перехоплень за сезон (14).
Віллі Вуд (нар. 1936) — сейфті команди «Green Bay Packers» у 1960—1971 роках, член Зали Слави, дворазовий переможець Супербоулу.
Усі троє були вільними агентами — жодного із цих гравців не обрали під час драфту.

сльози падають на папір і, розпливаючись, змішуються з батьковими.

...Бі-Ті, я раптом зрозумів, що зможу це зробити. Я вже ніколи не стану для тебе взірцем, але я подумав, що все ще можу стати для тебе стимулом.

Я вколов собі втричі більшу за смертельну дозу героїну, бо хотів, щоб ти побачив чим закінчуєтця життя нарика. Але я також хотів, щоб ти зрозумів — я тебе люблю і дуже хочу, щоб ти став корнербеком в НФЛ. Припускаю, якийсь час ти почуватимешся зрадженим, але якщо любиш мене, ти підеш іншим шляхом... і пам'ятатимеш мене... і пам'ять про мене буде тим, що примусить тебе ставати кращим.

Струмки сліз на щоках стали водоспадами. Брендон заштовхав до рота півкулака й уривчасто, насилу стримуючи розпачливі ридання, кавкав. Деббі Бартон, стуливши долоні перед обличчям, мовчки дивилася на нього з-за сітчастих дверей.

Якщо ж я помилився, і ти мене не любиш... якщо тобі начхати на цей лист... тоді мені тим більше нема чого чіплятися за життя. Без твоєї любові я ніщо, наскрізь прогнилий невдаха, який чекає своєї черги, щоб піти в небуття.

Я дуже люблю тебе, Бі-Ті.
Просто пам'ятай...

Точність визначень — це ілюзія, адже мова людей далека від досконалості, і справа не в тім, що нам бракує слів для того, щоб виразити любов, справа в тому, що слів вистачає, а любові нема.

Жозе Сарамаго. Євангелія від Ісуса Христа

П'ятеро альпіністів-рятувальників і двоє представників слідчого комітету з питань безпеки Управління цивільної авіації Пакистану дісталися до сідла на південному заході від Гашербруму VI за дві хвилини до першої години дня 13 травня 2017-го. Попри те що шанси знайти кого-небудь живим через три доби після катастрофи рейсу ALR 341 були мізерними, вони мали із собою теплий одяг, примуси, їжу, запасні кисневі балони та мінімальний набір медикаментів.

Після швидкого огляду виявили, що Лейла постраждала найменше. На ній було найбільше ганчірок та одягу (це вберегло від обмороження), крім того, протягом двох днів дівчинка отримувала більш-менш достатню кількість води. Лейлу перевдягли, напоїли, відігріли та під'єднали до кисню.

З Апшоу було трохи складніше. Його долоні та ступні вже мали ознаки III ступеня обмороження, тож відігрівати старого не стали: дали подихати киснем, трохи води, після чого накололи дексаметазоном і знеболювальним та почали чіпляти страхувальну систему.

О другій годині троє рятувальників, обидва представники слідчого комітету, а також Апшоу та Лейла розпочали спуск до табору на льодовику шістьмастами метрами нижче. Їм пощастило, що вітер і сніг по обіді припинилися, інакше старий і дівчинка навряд чи змогли би спуститися так швидко. Навіть за допомоги професійних скелелазів.

Спуск тривав понад п'ять годин. У таборі чекав вертоліт, і невдовзі після заходу сонця Лейлу й Апшоу доправили до Скарду. Оскільки обоє почувалися задовільно, уночі їх тримали в лікарні Скарду, і лише вранці наступного дня перевезли до Ісламабада.

Ситуація з Гелен Горовіц виявилася вкрай важкою. Їй зробили ін'єкції ацетазоламіду, дексаметазону та сілденафілу, на голові закріпили кисневу маску, виставивши максимальне подавання на регуляторі, проте до початку спуску Лейли й Апшоу жінка тільки раз прийшла до тями. Вона не змогла підняти голови, не те що підвестися чи самостійно пересуватися. Двоє альпіністів залишилися з нею на сідлі. Вони поставили намет, усю ніч не від'єднували Гелен від кисню, та перед світанком стало зрозуміло, що стан Гелен погіршується. Її потрібно було негайно спускати. Невдовзі після світанку двоє рятувальників з табору піднялися до сідла, принісши балони з киснем, а потім чоловіки загорнули ізраїльтянку у спальник, обв'язали страхувальними системами та вчотирьох почали спускати.

Спуск тривав цілий день і ще чотири з половиною години після заходу сонця. Весь цей час Гелен перебувала без свідомості. О 23:05, коли загін уже майже дістався до табору, хтось із рятувальників помітив, що з-під кисневої маски Гелен скапує в'язка біла піна. Маску зірвали, з'ясувавши, що Гелен похлинулася власним блювотинням. На той час вона вже не дихала, і в неї зупинилося серце.

Незважаючи на блювотиння, що вихлюпувалося з-поміж губ, рятувальники кинулися робити масаж серця та штучне дихання. Вставили ендотрахіальну трубку, вдихали спершу повітря, потім під'єднали кисень. Пульс з'явився о 23:15. Від моменту зупинки серця спливло щонайменше десять хвилин, і весь цей час мозок Гелен залишався без кисню.

О пів на першу ночі гелікоптер доправив жінку до лікарні в Скарду. Впродовж наступних двадцяти чотирьох годин апарат штучного дихання безперервно спльовував кисень у її легені. Слизисті виділення раз у раз заповнювали дихальну трубку, і медсестрам постійно доводилося прочищати її.

16 травня Гелен перевезли вертольотом до Ісламабада, проте до тями вона більше не прийшла. Жінка пролежала в реанімації шість тижнів, її вага впала до тридцяти семи кілограмів, усі м'язи атрофувалися, і зрештою в ніч із понеділка на вівторок, 27 червня 2017-го, вона померла.

Після того як Гелен Горовіц опинилася в Ісламабаді, слідчі з Управління цивільної авіації дізналися її ім'я, а ще через день з'ясували, що в Ізраїлі її розшукують як імовірну співучасницю групи лікарів, що проводила незаконне пересадження органів в одній із тель-авівських клінік. Гелен залишила Ізраїль того самого дня, коли заарештували її чоловіка, члена злочинної групи, і потому півтора року нелегально проживала в Еміратах. У травні 2017-го Гелен виявила, що її заощадження вичерпуються, і вирішила виїхати з ОАЕ. Її однокашник-еміратець, разом із яким навчалася у Медичній школі лікарні Святого Георгія в Університеті Лондона, допоміг вийти на митника, який за хабар поставив у паспорт Гелен транзитну візу, що дало змогу уникнути проблем під час виїзду з ОАЕ[1]. Що саме Гелен Горовіц планувала робити в Китаї, невідомо.

Батько Лейли, іранець, який працював у пекінській будівельній компанії, прилетів до Ісламабада того самого дня, коли туди привезли дівчинку. Одужання Лейли зайняло два тижні, потім разом із батьком вона полетіла до Китаю.

Дюк Апшоу... Лікарі спрогнозували, що його відновлення триватиме щонайменше три місяці, проте незворотних змін в організмі встановлено не було, і це означало, що Апшоу зрештою повністю одужає.

Святий Престол, дізнавшись про порятунок кардинала, негайно відрядив до Пакистану літак. Чартер прибув до

[1] Об'єднані Арабські Емірати офіційно не визнають державу Ізраїль, і власники ізраїльських паспортів не мають змоги легально в'їхати до ОАЕ. Втім, до ОАЕ вільно потрапляють ізраїльтяни, що мають подвійне громадянство, крім того, власники ізраїльських паспортів можуть отримати короткотермінову транзитну візу.

міжнародного аеропорту імені Беназір Бхутто пізно ввечері 14 травня, і приблизно в той самий час, коли Гелен Горовіц давилася блювотинням на відстані кількох метрів від табору рятувальників у горах Кашміру, працівники аеропорту в супроводі лікаря з Ватикану котили кардинала на інвалідному візку до літака. Перед трапом Апшоу попросив працівників зачекати. Розвернувшись, він довго дивився на північний схід, де за три сотні кілометрів від пакистанської столиці пнулися до неба неприступні вершини масиву Гашербрум. Зрештою, зітхнувши, дозволив занести себе до салону.

Уже на борту, прихилившись до ілюмінатора, Апшоу нарешті відчув полегшення. Та частина його мозку, яка до цього часу тягнулася до гір, де залишилися Олівер, Лоуренс, Єгор та Анна, немовби закрилася. За хвилину літак, м'яко погойдуючись, рушив до злітної смуги, і Апшоу, відкинувши голову та заплющивши очі, дозволив спокою розпливатися тілом. Він повертався до міст із величними церквами та височенними будівлями зі скла, міст, усіяних різноколірними вогнями та просякнутих огидною темрявою, міст таких прекрасних і таких брудних водночас... Повертався туди, де давно немає Бога. Розказувати про те, що таке Бог.

---

30 травня 2017-го — 19 червня 2018-го
Рівне, Україна

Післямова автора

Найдавніші txt-файли з чорновими начерками окремих епізодів цього роману, які я зміг відшукати на ноуті, датовано липнем і жовтнем 2012-го, хоча насправді все почалося значно раніше, ймовірно, аж із оповідання Джека Лондона «Бог моїх батьків», яке прочитав, коли мені було... ну, точно не більше за дванадцять років. На те, якою зрештою вийшла ця історія, також уплинули «Володар мух» Вільяма Голдінга та «Євангелія від Ісуса Христа» Жозе Сарамаго. Фраза, що стала назвою роману, належить Сарамаго, хоча контекст, у якому її вжито, безперечно, є даниною моєму, на той час ще по-дитячому наївному, шокові від закінчення вищезгаданого оповідання Лондона: «Тоді він поплив униз, щоб оповісти росіянам про Батиста Рудого і про землю його, де не визнають ніякого бога»...

Я почав вибудовувати в голові сюжет по тому, як натрапив на інформацію про катастрофу рейсу 901 новозеландської компанії «Air New Zealand». 1977-го «Air New Zealand» започаткувала розважальні рейси до Антарктиди: літак з екскурсантами вирушав з Окленда, прямував до материка, знижувався над протокою Мак-Мердо, де перед пасажирами відкривалися антарктичні краєвиди. Після завершення екскурсії лайнер повертався до Окленда. 28 листопада 1979-го внаслідок неправильного прокладення маршруту та різкого погіршення погодних умов черговий екскурсійний літак збився з курсу та налетів на вулкан Еребус. Двісті п'ятдесят сім пасажирів і членів екіпажу, що були на борту, загинули. І тоді я замислився: а що було б, якби хтось вижив? Уцілілі пасажири були би змушені вести боротьбу за виживання в одному з найбільш непридатних для життя середовищ на Землі, місці, куди, як мені здавалося, майже неможливо дістатися рятувальникам, а потім...

Хай якою захопливою видавалася задумка, на тривалий час я її відклав. По-перше, через те, що менш як за сорок кілометрів від місця катастрофи рейсу 901 стоять одразу дві науково-дослідні бази — новозеландська Скотт-Бейс та американська Мак-Мердо, тож уцілілих пасажирів урятували б за лічені години, а по-друге... ну яка Антарктида? Я ніяк нс міг вигадати, як пов'язати Нову Зеландію та екскурсійний рейс з Україною, тому зрештою майже відмовився від історії. Аж поки не натрапив на книгу Джона Кракауера «Еверест» про трагедію на Джомолунгмі 1996 року[1]. Ні, я не мав наміру розбивати літак об Еверест, це було б тупо, погодьтеся, але, читаючи звіт Кракауера (він був учасником тієї трагічної експедиції), раптом усвідомив, що на планеті є значно неприступніші й агресивніші за Антарктиду місця. Гори. По-справжньому високі гори.

Чому саме Гашербрум? Обираючи місце, я керувався трьома важливими принципами. Перший — висота гір повинна сягати понад шість тисяч метрів, бо це робить місце катастрофи недосяжним для більшості типів вертольотів. Другий — поблизу місця катастрофи літака не має бути туристичних центрів і прокладених маршрутів. І третє — понад горами мусять регулярно курсувати міжнародні рейси. Центральний Тибет відпав одразу — над ним не літають комерційні лайнери. Не з огляду на висоту хребтів, а тому, що на півночі за ними простягається пустеля Такла-Макан, далі Гобі, а ще вище Сибір. Там нема куди літати. Поспостерігавши за трафіком на сайті flightradar24.com, я зрештою зупинився на горах півночі Пакистану в спірному регіоні Кашмір — високих, малолюдних і важкодоступних. Пік Гашербрум VI досі не підкорений.

[1] Оригінальна назва «Into Thin Air» — «У розрідженому повітрі».

Описана в романі катастрофа вигадана, але, продумуючи її деталі, я спирався на три реальні авіаційні події:

- «Boeing 747», рейс 123 Японських Авіаліній, 12 серпня 1985-го — літак у польоті втратив вертикальний стабілізатор і розбився в горах, лише четверо із п'ятсот двадцяти чотирьох пасажирів і членів екіпажу вціліли;
- «Boeing 737», рейс 243 «Алоха Ейрлайнс», 28 квітня 1988-го — у повітрі над Гавайським архіпелагом відбулася вибухова розгерметизація, внаслідок якої з обшивки вирвало величезний шматок; пілотам вдалося посадити літак в аеропорту Кахулуї на острові Мауї;
- DC-10, рейс 232 «Юнайтед Ейрлайнс», 19 червня 1989-го — за годину після вильоту з Чикаго у тридвигунового «McDonnell Douglas DC-10» тріснув і розлетівся на друзки диск вентилятора хвостового двигуна, осколки пошкодили гідравлічні трубопроводи, через що лайнер став некерованим; застосовуючи тільки тягу двигунів, пілоти змогли здійснити аварійну посадку в аеропорті «Сіу-Сіті» — із двохсот дев'яносто шести осіб, які перебували на борту, загинуло сто одинадцять.

Чимало інших епізодів роману засновані на реальних подіях: історія Єгорового батька про невдале сходження на пік Перемоги, історія сестри Дюка Апшоу, історія Турід Морґенштерн, історія Артема Янголя (щонайменше півтора десятка українців сьогодні ув'язнено в тюрмах Таїланду), частково навіть історія Брендона Бартона (спортивна її частина), хоча про Брендона й американський футбол трохи згодом.

Хочу згадати книги й у такий спосіб подякувати авторам, які допомагали зрозуміти, як саме людський організм реагує на екстремальні висоту та холод: Френсіс Ешкрофт «На межі можливого. Наука виживання», Уілфрід Нойс «Південне сідло», Мітчелл Зукофф «Замерзлі. 5 місяців у снігах Ґренландії», Моріс Ерцог «Аннапурна» та вже згаданий вище Джон Кракауер «Еверест».

Є низка книг про еволюційне походження моралі, про взаємозв'язок моралі та релігії, а також про природу релігії, ідеї з яких ставали підвалинами для роздумів і реплік моїх героїв: Метт Рідлі «Виникнення альтруїзму та доброчинності», Франс де Вааль «Мораль без релігії. В пошуках людського у приматів», Річард Докінз «Бог як ілюзія», Майкл Шермер «Скептик. Раціональний погляд на світ», Бенедикт Спіноза «Теологічно-політичний трактат» і Девід Дойч «Структура реальності». Без цих авторів і книг роман «Де немає Бога» навряд чи з'явився б.

Традиційно хочу подякувати людям, які сприяли та підтримували мене під час роботи над книгою. Насамперед і найбільше — моїй дружині Тетяні. Вона допомагала продумувати сюжет задовго до початку роботи над романом і незмінно була поряд під час написання. Вона першою читала рукопис і зробила більше за будь-кого, щоби текст став кращим. Дякую. Я тебе люблю.

Окрім Тані, текст вичитували рідери Ольга Філь, Елла Яцута, Олег Іванчук, Санчос Родрігес, Тетяна Сапсай, Дімка Ужасний, Святослав Кіраль і Володимир Яковлєв. Кажу всім спасибі за терпіння та слушні зауваження.

Дякую батькам за підтримку й сестрі за книги.

Спасибі Анні Михальчук за те, що долучила до роботи Тураджа. Іранець *Touraj Akbari* переклав репліки Лейли перською (фарсі). Також вдячний Юлі Шушкевич за переклад кількох фраз німецькою.

Нижче йтимуть подяки всім, хто долучився до організації всеукраїнського туру **#100містНОІМ**, але перед тим хочу окремо згадати команду мистецького об'єднання «Стендаль»: Елла Яцута, Андрій Роговський, Оксана Янчишина та Надія Шиндор. Ви — круті. Мені приємно, що ми в одному човні та гребемо в одному напрямку. Хай так буде якомога довше.

Тур **#100містНОІМ** став найбільшою авантюрою за мою майже десятирічну кар'єру, і я точно знаю, що він би не відбувся без допомоги цілої купи чудових людей та організацій. Ось вони:

Київ	Анастасія Соболєва, Влад Ковтуненко, Дана Островець, Дмитро Шемберко, Катерина Тесленко, Марина Лимаренко, Оксана Расулова, Юрій Горбатюк, Дмитро Янголь, Дмитро Дорошенко, Світлана Попович, Оксана Карпишин, Володимир Яковлєв, Іра Бурак, Мирослава Ільтьо та Ігор Кім
Львів	Аліна Яковенко, Мар'яна Бекало, Анастасія Спіріна, Олександра Каркіщенко, Соломія Беген, Андрій Новіков, Ірина Буртик, Катерина Добрянська, Христина Качмарик, Лілія Кравчак, Марія Згоба, Назар Жовнір, Роксолана Беген, Роман Балкан, Романа Яремин, Василь Дорошенко, Євгенія Денисенко, Емілія Огар, Богдан Іванусь і команда Студентського уряду ЛНУ ім. Івана Франка
Рівне	Віктор Власюк, Наталія Чередниченко, Анатолій Толіч, Катерина Марканіч, Олеся Городецька, Ольга Єдинчук, платформа взаємодій «Простір»
Житомир	Ірина Климчук, Ігор Шурпан, Олексій Ковтонюк
Тернопіль	Юрій Матевощук, Мистецький фестиваль «Ї»
Чернігів	Марина Федоренко, Дмитро Федоренко
Суми	Олена Каріх, Олена Міцура, Валентина Бабинець, Тетяна Майборода, Арсеній Мірошніченко, проект «Cultura_sm»
Чернівці	Марина Лібанова, Сергій Остапчук
Харків	Аліна Желновач, Анна Соболєва, Анна Полежаєва, Ілля Самотой, Олеся Полежаєва
Полтава	Роман Повзик, Катерина Кролевська та команда НМО «Magnum Opus»
Черкаси	Людмила Фіть і команда організації «Книжковий Маестро»
Кропивницький	Кирило Поліщук, Олександр Ратушняк
Дніпро	Артем Сова, Світлана «Лампа»
Херсон	Євгенія Вірлич
Миколаїв	Ольга Шевцова, Артем Албул
Вінниця	Ярослав Турчак, Юлія Вороніна, Євгенія Висоцька
Хмельницький	Богдан Дереш, Юрій і Катерина Даценки
Одеса	Дімка та Лерка Ужасні, Артем Кршемінський
Івано-Франківськ	Джим Гольман, Анна Бажан, Анна Попович, Тетяна Прокопів, а також Олексій, Марина, Андрій та Оксана Померенки
Ужгород	Іванна Когутич і літературний клуб «Читаємо разом»

Червоноград	Ірена Яніцька
Коломия	Роман Пастушак, Ігор і Володимир Могильняки, Ольга Гаврилаш, літературний клуб «Scripta magenta»
Галич	Василь Вознюк
Кам'янець-Подільський	Андрій Павловський
Конотоп	Сергій Салій
Біла Церква	Сергій Наконечний
Умань	Олександр Петренко, кав'ярня «Coffee Roastery Palma»
Кривий Ріг	Сергій Шульга та «Шелтер+»
Вараш	Ольга Янчишина, Ярослав Янчишин, Сергій Лишканець
Сокаль, Соснівка	Володимир В'язівський
Снятин	Мирослав Онищук
Бережани	Микола Проців
Гусятин	Михайло Савчук
Рівненська область	Благодійний фонд Василя Яніцького «Наш край», Наталка Позняк, Людмила Босик, Олексій Берташ, Юлія Коханевич
Кременчук	Олеся Міфтахова й арт-група «Творчий Кременчук»

...я щасливий, що ви є в моєму житті, та свідомий того, що без вашої підтримки й допомоги не осилив би й половини шляху. Дякую!

Велике спасибі Василеві Івановичу Продану, водієві, що виручив нас наприкінці туру, без нього ми б нізащо не доїхали до кінця наш божевільний марафон. Василю Івановичу, ваші ентузіазм, готовність прийти на допомогу, розказані за вечерями життєві історії (а також частування домашнім вином) безцінні!

Дякую Володимирові Стаднику за чудову обкладинку, Ользі Веремчук за редагування, а також усім у видавництві «Клуб Сімейного Дозвілля», хто працював над романом.

Насамкінець хочу подякувати громадським і навчальним закладам, які сприяли у проведенні туру, як-от:

- Дубенська центральна районна бібліотека;
- Вараська міська публічна бібліотека;

- Нетішинська центральна міська бібліотека;
- Новоград-Волинська центральна міська бібліотека ім. Юрія Ковальського;
- Центральна міська бібліотека ім. Миколи Островського ЦБС м. Коростень;
- Роменська центральна міська бібліотека для дорослих ім. Бориса Антоненка-Давидовича;
- Люботинська центральна бібліотека;
- Лубенська центральна районна бібліотека ім. Володимира Малика;
- Корсунь-Шевченківська центральна бібліотека;
- Центральна міська бібліотека м. Горішні Плавні;
- Відділ абонементу ЦМБ ім. Максима Горького (Кременчук);
- Олександрівська центральна міська бібліотека ім. Олександра Пушкіна;
- Центральна бібліотека м. Жовті Води;
- Нікопольська центральна міська бібліотека;
- Нікопольський педагогічний коледж;
- Дніпровська обласна бібліотека для молоді ім. Михайла Свєтлова;
- Мелітопольська центральна міська бібліотека ім. Михайла Лермонтова;
- Бердичівська міська бібліотека та молодіжний центр «М-Формація»;
- Козятинська центральна районна бібліотека;
- Центральна районна бібліотека м. Деражня (Хмельницька область);
- Шепетівська центральна районна бібліотека ім. Михайла Коцюбинського;
- Сарненська центральна районна бібліотека;
- Дубровицький НВК «Ліцей-школа»;
- Рокитнівська централізована бібліотечна система;
- Ковельська центральна районна бібліотека;

- Волинська державна обласна універсальна наукова бібліотека ім. Олени Пчілки;
- Рожищенська районна бібліотека для дітей;
- Центральна міська бібліотека м. Нововолинськ;
- Книгарня «Є» міста Володимира-Волинського;
- Сокальська районна бібліотека;
- Соснівська бібліотека-філія № 5;
- Жидачівська центральна районна бібліотека;
- Дрогобицька центральна міська бібліотека ім. В'ячеслава Чорновола;
- Стрийська центральна міська бібліотека ім. Маркіяна Шашкевича;
- Бориславська центральна міська бібліотека;
- Мукачівська міська центральна бібліотека ім. Олександра Духновича;
- Закарпатська обласна універсальна наукова бібліотека ім. Федора Потушняка;
- Центральна районна бібліотека м. Долина;
- Калуська центральна міська бібліотека ім. Тараса Шевченка;
- Центральна районна бібліотека м. Надвірна;
- Музей етнографії та екології Карпатського краю у м. Яремче;
- Заліщанська центральна районна бібліотека;
- Снятинська районна центральна бібліотека;
- Центральна районна бібліотека м. Бучач;
- Теребовлянська центральна районна бібліотека;
- Бережанський краєзнавчий музей;
- Кременецька центральна бібліотека ім. Юліуша Словацького.

На цьому можна було би й завершити, проте є ще дещо, про що я хотів поговорити. Американський футбол. Напевно, варто пояснити, з якого дива українському автору закортіло написати про цілковито непопулярний в Україні вид спорту. Отже...

Американський футбол

На американський футбол мене восени 2007-го підсадив Мігель Гонзалес, мексиканець, із яким я ділив студентську квартирку під час навчання в Королівському технологічному інституті у Швеції. Він став першим, хто терпляче, упродовж щонайменше трьох тижнів, пояснював мені правила. Із до сьогодні не зрозумілих мені причин Мігель був фанатом посередньої вже майже протягом двох десятиліть команди «Чиказькі Ведмеді».

В Україні про американський футбол мало хто знає, а ті, хто щось десь чув, майже напевно плутають його з більш примітивним «бий-біжи» регбі. Насправді американський футбол є напрочуд видовищним, інтелектуальним та офіційно найскладнішим командним видом спорту у світі. Це підтверджує Книга рекордів Гіннеса (повне зібрання правил гри ледве вкладається у тристасторінкову книгу), а більшість термінів дуже непросто перекласти й адаптувати будь-якою мовою.

Щоб переконати в цьому людину, яка майже напевно не бачила жодного матчу, мушу почати з історії. Американський футбол еволюціонував із північноамериканської командної гри XIX століття, котра, якщо не вдаватися в подробиці, була схожа на регбі. У стислому викладі її зміст такий: є дві команди, одна нападає (володіє м’ячем), інша захищається. Команда, що нападає, має чотири спроби, щоби проштовхати м’яч (або гравця з м’ячем) на відстань десяти ярдів крізь захист суперника. Якщо це вдається, команда отримує чотири спроби на наступні десять ярдів і так далі. Якщо м’яч у такий спосіб донесли до кінця поля, це тачдаун — сім очок[1]; якщо захист зупинив нападників неподалік «рогатих» воріт, команда нападу може спробувати забити крізь них м'яч ногою, це польовий гол — і три очки; якщо нападників зупинили на значній відстані від воріт, вони передають м'яч гравцям суперника, й ті починають власну атаку. Важливо, що м'яч уперед можна було лише *нести*. Кидати м'яч уперед не дозволялося.

Схематично це можна представити так: двадцять двоє дебелих чоловіків зіштовхуються по центру поля; половина з них намагається прорубати в захисті коридор для гравця,

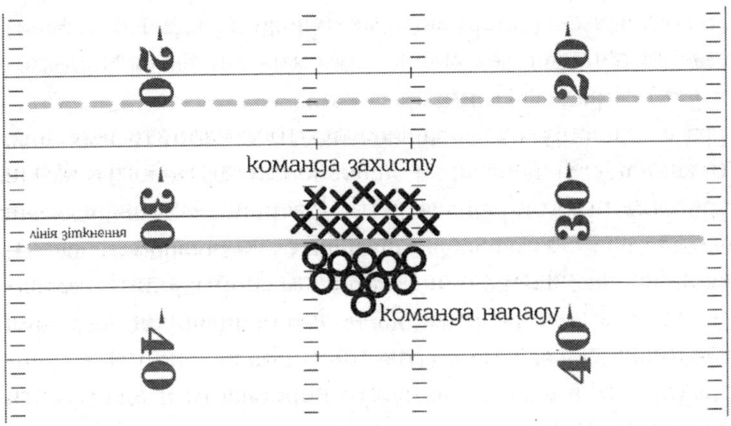

Малюнок 1. Шикування гравців на 32-ярдовій лінії перед початком розіграшу в американському футболі кінця XIX — початку XX століть (для продовження драйву команді нападу потрібно за чотири спроби доставити м'яч до як мінімум 22-ярдової лінії; м'яч можна лише нести)

[1] Насправді тачдаун — це шість очок плюс додаткові, так звані *extra point,* або PAT, *points after touchdown* (англ. очки після тачдауну). PAT можуть дорівнювати 0, якщо команді не вдалося їх заробити; можуть дорівнювати 1 — для цього після тачдауну потрібно забити польовий гол із 2-ярдової лінії; а можуть також дорівнювати 2 — для цього після тачдауну потрібно ще раз занести м'яч до залікової зони із 2-ярдової лінії. Тобто, технічно, тачдаун може принести 6, 7 або 8 очок, але для спрощення тут і вище в романі я кажу лише про 7, бо здебільшого команди НФЛ після занесення тачдауну пробивають польовий гол і легко заробляють додаткове очко (у разі удару із близької відстані кікер майже завжди влучає у ворота). Більш складні та ризикові 2-очкові PAT-конвертації виконують лише за крайньої потреби.

що несе м'яч, решта — власне, захист — силкується цього гравця завалити.

Гра була довгою, нудною і невидовищною. Що ще гірше — вона була небезпечною. У місці найбільшого скупчення гравці зіштовхувалися із неймовірною силою. Вони мали на головах схожі на танкістські шапочки шкіряні шоломи, які сяк-так захищали від ударів, що могли проломити череп, однак аж ніяк не убезпечували від струсу мозку. Наприкінці XIX та на початку XX століть гра була не просто травматичною, а смертельно небезпечною. 1905-й став найкривавішим роком в історії футболу: у «Чикаго Триб'юн» порахували, що того року вісімнадцятеро молодих гравців загинуло від зіткнень і ще сто п'ятдесят дев'ять отримало травми голови. На той час у футбол грали студенти престижних університетів, тобто серед загиблих були переважно юнаки із заможних родин, майбутня еліта. Країною прокотилася хвиля протестів із вимогою заборонити гру, і зрештою у справу втрутився 26-й президент США Теодор Рузвельт, наказавши будь-що зробити футбол безпечнішим. На початку 1906-го Комітет із питань правил погодив першу та найважливішу зміну в правилах, після якої гра змінилася назавжди: гравцям команди нападу дозволили пасувати м'яч уперед. Відтепер під час розіграшу команда нападу могла обирати, чи прориватися по землі (виносний розіграш), чи посилати м'яч уперед повітрям (пасувати було дозволено лише раз за розіграш: гравець, який упіймав м'яча за лінією зіткнення, далі міг лише нести його в руках).

Що це дало? Якщо раніше два десятки дебелих чоловіків зіштовхувалися на крихітній ділянці в центрі поля, то тепер команда нападу могла розосередити своїх гравців уздовж лінії зіткнення, тим самим змушуючи команду захисту відтягувати своїх гравців до бровок, аби прикрити потенційних ресиверів, і в глиб поля для підстрахування. Це розвантажило лінію зіткнення, разюче зменшивши і кількість футболістів, і силу зіткнень у центрі поля (див. мал. 2).

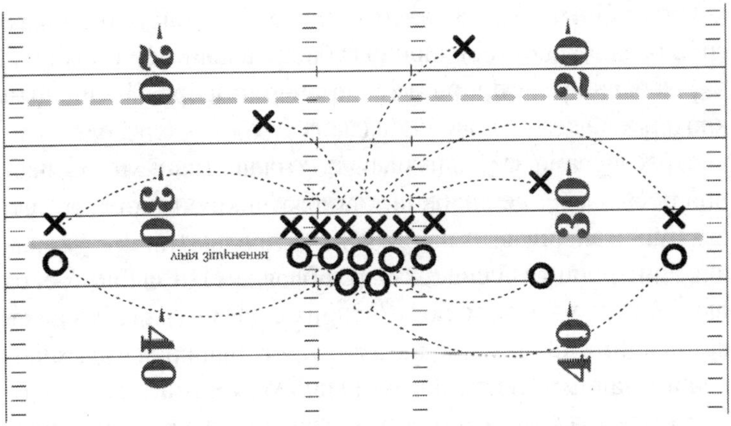

Малюнок 2. Зміна шикування гравців після запровадження пасу вперед

І це був лише початок. Запровадження пасу вперед спричинило процес поступової спеціалізації футболістів. Один із гравців нападу під час розіграшу повинен був вирішувати — кидати м'яча ресиверу чи віддавати раннін-беку, щоби той проривався по землі. Він не мав бути дебелим, швидким чи витривалим, натомість мусив уміти читати захист, якнайшвидше вирішувати, як атакуватиме його команда, та гарно кидати м'яча. Так з'явився квотербек — лідер нападу.

Квотербеку потрібен час на ухвалення рішення. Частина гравців нападу, які раніше тупо кидалися на захист, почала формувати довкола нього захисний «конверт», бар'єр, що дає змогу квотербеку вичікувати, поки не звільниться з-під опіки якийсь із ресиверів, а тоді віддати йому пас. Так виокремилися лайнмени нападу — гравці, що захищають квотербека. Лайнмени майже не рухаються і не ловлять м'яча, їхнє завдання — зупинити захисників, що атакують квотербека, тобто що більшою є маса лайнмена, то краще для команди. На ці позиції почали брати порівняно неповоротких, але надзвичайно масивних атлетів. На сьогодні зріст лайнменів складає не менше як 193 см, а вага перевищує

140 кг. Збільшення габаритів лайнменів нападу потягло за собою відповідне збільшення габаритів лайнменів захисту, чиє завдання — прорватися крізь «конверт» і завалити квотербека до того, як він віддасть пас.

Із ресиверами все навпаки, вони почали «тоншати». Сучасний ресивер — це високий, рухливий і прудконогий атлет, що вміє маневрувати на швидкості та втікати від захисників. Синхронно з ресиверами (щоби встигати за ними) еволюціонували корнербеки. Раннін-беки стали здебільшого кремезними та присадкуватими, щоби «пірнати» під високоченних лайнменів і таранити лайнбекерів. І так далі...

За менш як десятиліття одинадцятеро однотипних гравців перетворилися на чітко структуровану когорту, що складається з квотербека, ресиверів, лайнменів, раннін-беків і тайт-енда, і кожен із них відзначається відмінними від решти фізичними параметрами, починає розіграш із визначеної позиції та має вузьку, чітко окреслену роль під час розіграшу. Нудний і кривавий футбол початку XX століття несподівано трансформувався в живі шахи. Плейбук (тобто збірка схем атакувальних розіграшів) хорошої команди часто налічує не менш як тисячу сторінок, і кожен із нападників зобов'язаний вивчити його задовго до початку польових тренувань. Так само команди захисту розробляють і відпрацьовують десятки різноманітних шикувань для успішного протистояння нападникам.

На мал. 3 зображено приклад шикування нападу та захисту перед розіграшем.

Нижче приклад (один із тисяч можливих) переміщень гравців нападу під час розіграшу.

Додайте до цього драфт, який зрівнює шанси команд перед початком сезону, а ще так звану *salary cap* — установлене Лігою обмеження розміру сукупної зарплатні, яку може бути виплачено гравцям протягом сезону (станом на 2018-й — сто сімдесят сім мільйонів доларів на команду

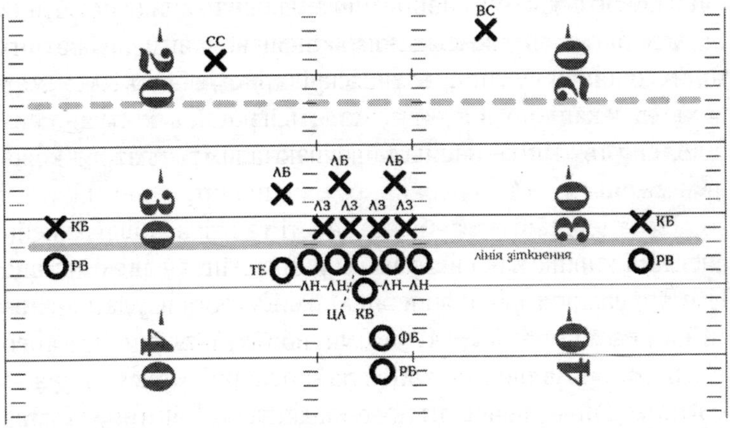

Малюнок 3. Приклад шикування перед розіграшем.
Напад: **КВ** — квотербек; **ЛН** — лайнмени нападу; **ЦЛ** — центральний лайнмен; **ТЕ** — тайт-енд; **ФБ** — фулбек (гравець, який зазвичай прокладає шлях раннін-беку, також може прориватися з м'ячем самостійно чи отримувати пас); **РБ** — раннін-бек; **РВ** — ресивери.
Захист: **КБ** — корнербеки; **ЛЗ** — лайнмени захисту; **ЛБ** — лайнбекери; **СС** — сильний сейфті; **ВС** — вільний сейфті.

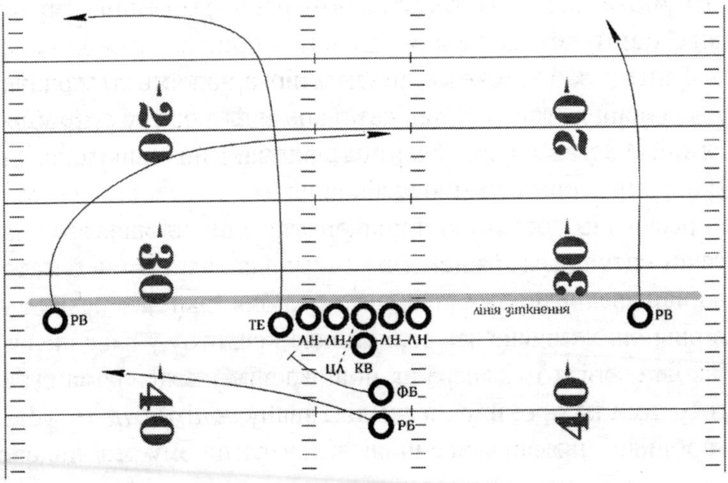

Малюнок 4. Схема атакувального розіграшу (захист не показано)

з п'ятдесяти трьох гравців, що цілковито нівелює різницю між багатими та менш заможними клубами), і ви отримаєте спортивну лігу, де не існує грандів, де кожен має шанс на чемпіонство[1], де важать не гроші, а тактична вишколеність і моральне налаштування команд перед кожним матчем.

«Портлендські Загарбники» та «Ренегати Нової Англії» вигадані, таких клубів немає серед тридцяти двох команд НФЛ, утім, описуючи перебіг 51-го Супербоулу, я спирався на реальні події — 49-й Супербоул, у якому 1 лютого 2015-го зустрілися «Seattle Seahawks» і «New England Patriots». Як і «Ренегати», «New England Patriots» відставали в останній чверті на десять очок, але змогли відігратися і за дві хвилини до закінчення вийти вперед 28—24. Як і «Загарбники», «Seattle Seahawks» промарширували через усе поле та зупинилися на відстані одного ярда від залікової зони «Patriots». Та найважливіше — долю матчу вирішило перехоплення, виконане на останніх секундах нікому не відомим корнербеком із Дивізіону II студентської ліги Малкольмом Батлером, який став прототипом Брендона Бартона.

Тепер, коли ви вже маєте уявлення про схеми розіграшів і шикування, трохи більш детально зупинюся на перехопленні. «Загарбники» (команда нападу) починають розіграш перед самісінькою заліковою зоною суперників, для перемоги їм достатньо проштовхати м'яч на один ярд. За такої ситуації в «Ренегатів» (команда захисту) небагато варіантів для дій. Їм більше не потрібно захищати глибину поля (глибини вже немає, команда «сидить» у власній заліковій зоні, тож сейфті на полі відсутні), зате треба бути готовими до прориву по землі. І річ не в тім, будуть «Загарбники» прориватися чи ні, «Ренегати» змушені перед-

[1] Окрім «Клівленд Браунс», певна річ.

усім готуватися до виносного розіграшу, оскільки це найпростіший спосіб пройти один ярд. Відтак «Ренегати» виводять на поле *heavy personnel*[1] — найважчих лайнменів і лайнбекерів, які стають шеренгою на гольовій лінії. Їхнє завдання — зупинити раннін-бека, не дати йому просунутися навіть на дюйм. Оскільки в «Загарбників» на полі є ресивери, «Ренегати» виставляють відповідну кількість корнербеків. Таке захисне шикування називають *goal-line*[2]: кількість корнерів дорівнює кількості ресиверів у команді нападу, решта — це *heavy personnel*.

Тепер до «Загарбників». Їхній розіграш не виносний, вони вирішують пасувати. У «Ренегатів» недосвідчений корнер, «Загарбники» про це знають і хочуть ударити по ньому. На правому фланзі нападу два ресивери (**РВ1** та **РВ2**) розташовуються майже один за одним. Завдання ресивера **РВ1** — зчепитися із корнером **КБ1**, сформувати «бульбашку» і тим самим завадити **КБ2** (Брендону Бартону) дістатися до основної мішені в цьому розіграші, ресивера **РВ2** (Лоуренса Ґрейса). Утім **КБ2** вчасно розгадує задум і перехоплює м'яч.

Я розумію, як важко новачкові не заплутатися в усіх цих корнерах, ресиверах, схемах і шикуваннях. Хороші новини: американський футбол напрочуд наочний вид спорту. Просто перегляньте прототип описаного розіграшу на *YouTube* — фінальний розіграш 49-го Супербоулу, — і все миттю стане на свої місця. Є два відео: перше — коротке, має назву «*Butler picks off Wilson to seal Patriots Super Bowl XLIX victory*[3]», в ньому власне перехоплення; і друге — із ґрунтовними поясненнями англійською «*The Malcolm Butler Interception | Do Your Job: Bill Belichick*

[1] Важкий персонал (*англ.*).

[2] Гольова лінія (*англ.*).

[3] Батлер перехоплює Вілсона [Рассел Вілсон, квотербек Seattle Seahawks із 2012-го — М.К.] і приносить перемогу «Патріотам» у 49-му Супербоулі (*англ.*). Посилання на відео — youtu.be/U7rPIg7ZNQ8.

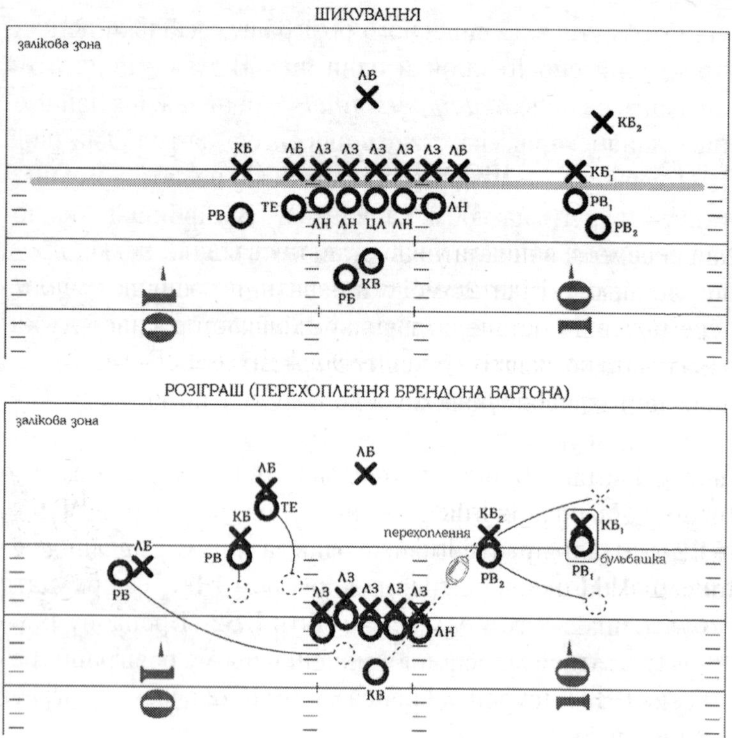

Малюнок 5. Перехоплення Брендона Бартона

& the 2014 Patriots | NFL Network[1]». Обидва відео можна знайти, просто ввівши у пошуковий рядок *YouTube* фразу «Malcolm Butler Interception», — потрібні вам посилання будуть угорі списку. Насолоджуйтеся!

---

[1] Перехоплення Малкольма Батлера | Роби свою роботу: Білл Белічик та Патріоти сезону 2014 | Канал NFL Network (*англ.*). Посилання на відео — youtu.be/MeNYQaS3rZI.

Зворотний зв'язок

Хай які емоції виникли у вас після прочитання книги, прошу вас ними поділитися. Я хочу знати, про що ви думали, перегорнувши останню сторінку. Залишайте свої відгуки в мережі та позначайте їх хештегом **#ДеНемаєБога**. Я з величезним задоволенням їх усі прочитаю. Дякую.

fb.com/kidruk
twitter.com/max_kidruk
instagram.com/max.kidruk
t.me/maxkidruk

Перелік музичних творів, рекомендованих для прослуховування під час прочитання

1. From Ashes to New — Crazy.
2. Cult to Follow — Down.
3. No Resolve — Get Me Out.
4. Judas Priest — Never the Heroes.
5. Digital Summer — Counting the Hours.
6. Memory of a Melody — Break Away.
7. From Ashes to New — My Name.
8. David Duchovny — Stranger in the Sacred Heart.
9. Brutto — Родны край.
10. The Hardkiss — Кораблі.
11. Dark Tranquillity — Forward Momentum.
12. Hollywood Undead — Renegade.
13. Rise Against — Politics of Love.
14. Three Days Grace — The New Real.
15. Digital Summer — Just Run.
16. Brutto — 12 обезьян.
17. David Duchovny — Mo'.
18. Linkin Park — Sharp Edges.
19. Judas Priest — Traitors Gate.
20. Iron Maiden — Tears of a Clown.
21. Dark Tranquillity — Force of Hand.
22. Dark Tranquillity — Faithless by Default.
23. Iron Maiden — The Man of Sorrows.
24. Double Life — До кінця.
25. Deuce — Talkin' About You (feat. Gadjet).
26. Linkin Park — One More Light.
27. Joan Osborne — One of Us.

Літературно-художнє видання

КІДРУК Макс
Де немає Бога
Роман

Головний редактор *С. І. Мозгова*
Керівник проекту *В. А. Тютюнник*
Відповідальний за випуск *О. В. Приходченко*
Редактор *О. А. Веремчук*
Художній редактор *В. О. Трубчанінов*
Технічний редактор *В. Г. Євлахов*
Коректор *В. М. Немашкало*

Підписано до друку 27.10.2021. Формат 84x108/32.
Друк офсетний. Гарнітура «Literaturnaya». Ум. друк. арк. 25,2.
Дод. наклад 2000 пр. Зам. № ЗК-003207.

Книжковий Клуб «Клуб Сімейного Дозвілля»
Св. № ДК65 від 26.05.2000
61001, м. Харків, вул. Б. Хмельницького, буд. 24
E-mail: cop@bookclub.ua

Віддруковано у АТ «Харківська книжкова фабрика “Глобус”»
61011, м. Харків, вул. Різдвяна, 11.
Свідоцтво ДК № 7032 від 27.12.2019 р.
www.globus-book.com

Кідрук М.

К38 Де немає Бога : роман / Макс Кідрук. — Харків : Книжковий Клуб «Клуб Сімейного Дозвілля», 2021. — 480 с. : іл.

ISBN 978-617-12-4950-9 (дод. наклад)

Доведена до відчаю українка з великою сумою грошей, яка ігнорує дзвінки від чоловіка. Росіянин-пілот, який намагається приборкати аерофобію після загибелі коханки в катастрофі рейсу MH17. Найвідоміший політик Баварії на піку кар’єри, який ненавидить свою роботу. Гравець американської Національної футбольної ліги, життя якого розвалилося після одного невдалого розіграшу. Таємний папський кардинал, який прямує до країни, де офіційно не існує Католицької церкви... Незнайомці з різними долями. Єдине спільне для них — рейс 341, і він веде до найбільшого випробування в їхньому житті.

«Де немає Бога» — спроба збагнути, чи є всередині нас те, що втримує від перетворення на звірів у місці, де не діє мораль, у місці, де немає Бога.

УДК 821.161.2

Уявіть, що на Землі існує місце, яке ніби застигло в часі. Місце, здатне сховати будь-кого, хто прагне втекти від реальності. Уявіть, що для того, аби туди потрапити, достатньо не озиратися й мовчати. Є лише одна проблема: в такому місці часом з'являються речі, страшніші за те, від чого ховаєшся.

Коли небо не відпускає...
Перед вильотом з Парижа пілота українського літака «ААРОН 44» переслідували погані передчуття. Інтуїція підказувала відмовитися від рейсу. Але попри все політ мав відбутися...
Для вивчення місця трагедії та з'ясування причин катастрофи «сорокчетвірки» прибула донька його конструктора, Діана Столяр. Загибель літака поставила під сумнів саме існування компанії-виробника. Дівчина намагається будь-що дізнатися правду та розкрити таємницю авіакатастрофи, не здогадуючись, що розслідування може обійтися їй надто дорого...